宿迁运羽书馆藏

宝卷

王庆俊 著

苏州新闻出版集团
古吴轩出版社

图书在版编目（CIP）数据

宿迁运羽书馆藏宝卷 / 王庆俊著. -- 苏州 ：古吴
轩出版社，2024. 10. -- ISBN 978-7-5546-2420-3

Ⅰ．I276.6

中国国家版本馆CIP数据核字第20244ZF596号

责任编辑：鲁林林
装帧设计：杨　洁
责任校对：张雨蕊
责任照排：白　杨
色彩管理：殷文秋

书　　名：宿迁运羽书馆藏宝卷
著　　者：王庆俊
出版发行：苏州新闻出版集团
　　　　　古吴轩出版社
　　　　　地址：苏州市八达街118号苏州新闻大厦30F
　　　　　电话：0512-65233679　　邮编：215123
出 版 人：王乐飞
印　　刷：无锡市证券印刷有限公司
开　　本：787mm×1092mm　1/16
印　　张：29.75
字　　数：432千字
版　　次：2024年10月第1版
印　　次：2024年10月第1次印刷
书　　号：ISBN 978-7-5546-2420-3
定　　价：298.00元

如有印装质量问题，请与印刷厂联系。0510-85435777

别样的收藏人生

黄　靖

　　"宿迁运羽书馆"是一位民间收藏家的书房名号。馆主王庆俊先生寄来《宿迁运羽书馆藏宝卷》书稿，嘱我作序。捧读全书，我不禁深深地为著者执着而深沉的文化情怀所震撼，不揣卑陋，欣然命笔。

　　"中国宝卷是在宗教（佛教和明清各民间教派）和民间信仰活动中，按照一定仪轨演唱的一种说唱文本，演唱宝卷称作'宣卷'（或作'念卷''讲经'）。"（车锡伦著：《中国宝卷研究》，桂林：广西师范大学出版社，2009年）宝卷的存续状态，既体现于活态的宣演，也见之于静态的收藏。文本的搜集、整理，是宝卷收藏的主要形式和根本途径。"自20世纪20年代顾颉刚、郑振铎等学者敏锐觉察到宝卷的学术价值之后，宝卷的收藏工作始兴。"（骆凡、王定勇编著：《扬州大学图书馆藏宝卷》（上），扬州：广陵书社，2021年）各地的图书馆、博物馆和民间藏家作为收藏的主体，为之提供广阔的文化空间，而民间藏家的努力尤为突出，更具自觉自主的特征。

　　笔者偏居乡野，对各大图书馆、博物馆的宝卷收藏知之甚少，而在2012年至2019年寻访中国活宝卷的过程中，有幸在民间见识众多热心，甚至痴迷于宝卷收藏的个人、家庭、家族。如江苏无锡的张敏伟、常州的包立本、常熟的王虎良、昆山锦溪的王秉中叔侄（女）、常熟的余鼎君父子兄弟，上海金泽的李小生，甘肃古浪的王吉孝、张掖甘州的代氏家族等。他们共同的特点是，生活在宝卷流行的吴方言区和甘肃河西走廊，自幼受宝卷文化的熏陶，对宝卷有着与生俱来的亲切感，而且他们中的许多人，还是讲唱宝卷的佛头和讲经先生。他们收藏宝卷，固然有深厚的社会文化动因，也有职业的利益驱动，因为吴方言区职业化的佛头、讲经先生，视宝卷为

1

"衣食父母"。而"在河西地区的广大农村,人们将宝卷文本视为镇妖、避邪之物,有'家藏一宝卷,百事无禁忌'之说。因此,抄录、收藏宝卷成了当地民间普遍信奉的一种习俗"(冯锦文主编:《中国宝卷生态化保护与传承交流研讨会论文集》,南京:河海大学出版社,2014年),赋予宝卷收藏以神圣的意味。

相较于上述宝卷收藏,王庆俊先生的宝卷收藏有着别样的路径和特色。

王庆俊1970年7月出生于江苏沭阳。江苏的宝卷流播主要集中在苏南的苏、锡、常地区,地处江北的靖江受吴文化辐射,成为"吴方言孤岛",宝卷自然而然地跨江而来,但止步于靖江与泰兴、如皋分界的界河。界河以北,苏中、苏北广袤的大地上绝少宝卷的踪迹。生于斯长于斯的青年王庆俊,一度将古旧书摊上的宝卷混同于唱本。直到1999年,他在靖江生祠镇亲历了一场宝卷宣演,才对宝卷有了鲜明的感观和认知,"由此踏上对宝卷这项独特的民间曲艺文化进行深入探索、学习和收藏之路"。

也许,这就是缘分,一位民间收藏者与宝卷的文化情缘。历经二十余年的艰辛,王庆俊硬是在"没有宝卷收藏的氛围和土壤"的宿迁,为宝卷收藏开辟出一片新天地。2023年,他在自己多年所收藏的230多种计320多部宝卷中选取出199种计273部,编成本书。在版本类型上,本书共有刻本65部、石印本71部、抄本129部、铅字排印本6部、油印本2部。在版本年代上,新中国成立前的版本超过200部。在宝卷种类上,《总目》(车锡伦编著:《中国宝卷总目》,北京:北京燕山出版社,2000年)中没有著录的有49种版本180部。

王先生坦言,本书的编纂受到《苏州戏曲博物馆藏宝卷提要》(郭腊梅主编,国家图书馆出版社2018年版)、《傅惜华藏宝卷手抄本研究》(吴瑞卿著,学苑出版社2018年版)下编《傅惜华藏宝卷手抄本目录》、《扬州大学图书馆藏宝卷》(骆凡、王定勇编著,广陵书社2021年版)等相关书籍的启发,并学习和借鉴了他们的编目方法。这不仅揭示了草根学者治学的诀窍和法门,而且折射出公共馆藏与民间收藏的关系,共时共生,相得益彰。这部凝结着王庆俊先生心血的《宿迁运羽书馆藏宝卷》,其文献价值和学术价值,丝毫不逊于出自专家学者之手的著作,与《苏州戏曲博物馆藏宝卷提要》《傅惜华藏宝卷手抄本研究》《扬州大学图书馆藏宝卷》,堪称

"姊妹篇"。

我与王庆俊先生因宝卷结缘。

2022年11月7日，王先生利用去上海出差的机会，中途来寒舍小晤，带来两背包宝卷藏品，其中竟然有20世纪80年代靖江人抄录的《李青宝卷》《药王宝卷》。当我轻轻抚摸着乡贤的手写卷本，心灵为之震颤。那一刻，这位谦和儒雅的中年人，仿佛老朋友让我感到分外亲切。

短短一小时的交谈，让我获取了大量的信息。而这些信息在他《我的宝卷收藏》一文中得到丰富和证实，这篇文章清晰地勾勒出王庆俊先生从穷孩子成长为古旧书收藏家的人生轨迹。

我自小就喜欢看书，尤其喜欢民间传说和历史故事。上小学那时没有钱买书，周围的同学也没书可借，因此也无书可看，只能在乡间逢集的时候到街头书摊上花上五分钱租书看上半天。我大伯家的三哥比我大九岁，高中毕业不甘在家务农，背着生产队骑着破自行车外出收破烂，家中总是堆些没有及时卖出的破烂。我一有时间就会在他的破烂堆里翻找，偶尔会找到《白蛇传》《梁山伯与祝英台》等民间唱本的手抄本、油印本。每有发现，我都如获至宝，小心收藏，留着在空闲时间慢慢品味。这些唱本中的五言、七言的唱词，工整押韵的语句，美好的神话故事情节，使我充满了好奇和向往，我对唱词、唱本的喜好和民间故事的兴趣就是从那时开始的。后来三哥外出打工不再收破烂，我也就没有了这些旧书的来源。

——《我的宝卷收藏》

于是，自20世纪90年代起，具体以1993年8月出差到江苏电视台办事为标志，王庆俊先生开启漫漫的收藏人生。经过多年的收集和积累，宿迁运羽书馆现存藏书1万余册，其中80%以上为20世纪80年代以前的旧书。通过与王庆俊先生的相识相处，我能够深深地感受到先生胸腔里始终跳动着一颗"文化饥渴"之心，历经时代雨露的浸润，他的心充满了对传统文化的挚爱深情。

个人的命运与国家民族的命运息息相关，王庆俊先生的人生历程，差不多与改革开放的历史进程相生相伴,同频共振。倘若将《宿迁运羽书馆藏宝卷》置于国人由穷变富的时代大背景下观照,其价值远远超出学术范畴,在这物欲横流、人心浮躁的现代社会,能给人以深刻的启迪,激发读者反思与自省。

行文至此,笔者有种莫名的冲动,想立即启程北上,实地考察宿迁运羽书馆。

是为序!

2023年5月16日

(作者系宝卷研究专家、靖江市民间文艺家协会主席)

我的宝卷收藏

王庆俊

一、与宝卷结缘

我自小就喜欢看书，尤其喜欢民间传说和历史故事。上小学那时没有钱买书，周围的同学也没有书可借，因此也无书可看，只能在乡间逢集的时候到街头书摊上花上五分钱租书看上半天。我大伯家的三哥比我大九岁，高中毕业不甘在家务农，背着生产队骑着破自行车外出收破烂，家中总是堆些没有及时卖出的破烂。我一有时间就会在他的破烂堆里翻找，偶尔会找到《白蛇传》《梁山伯与祝英台》等民间唱本的手抄本、油印本。每有发现，我都如获至宝，小心收藏，留着在空闲时间慢慢品味。这些唱本中的五言、七言的唱词，工整押韵的语句，美好的神话故事情节，使我充满了好奇和向往，我对唱词、唱本的喜好和民间故事的兴趣就是从那时开始的。后来三哥外出打工不再收破烂，我也就没有了这些旧书的来源。

此后直至参加工作我才有机会与旧书重逢。1993年8月，我出差到江苏电视台办事，在省城南京待了一周多时间，住在鼓楼边上。每天下午五点多钟开始，鼓楼广场就聚集各类文玩、杂货、旧书摊位，熙熙攘攘，甚是热闹，我才真正有机会接触到自己喜爱的、久违的民间唱本旧书。那时唱本、小戏书上不了台面，一般人看不上，价格也很低，我也分不清唱本、小戏曲、宝卷，看着喜欢，就用省下来的差旅费买了一大包带回家。后来随着出差的机会多了，每到一处，总要抽出时间逛逛当地的旧书市场，买些这方面的书，每次都会有所收获。

1999年，一次出差路过靖江，到生祠镇的一个村子里看望一位好友，我经不住好友的相邀，在其家里留住一宿。好友告知我来得很巧，刚好晚上有一场宣卷会被我赶上了。起初我不以为意，因为进入世纪之交，网络发达，各种文娱活动丰富多彩，连昔日在乡村备受追捧的放映队都早就退出历史舞台了，哪还有什么文化活动吸引人呢？好友反复劝说我，难得有机会来了靖江，一定要体验一下本地民间特有的宣唱宝卷文化。当晚村上一位老太太过寿，请宣卷讲经人宣唱宝卷《九王卖药》，好友陪我听卷。只见一家民居三间，正屋坐北朝南，中间堂屋靠北的墙上挂有一幅观世音菩萨坐像，下面是一张东西横放紧靠墙边的香案供桌，供桌上有香炉、拜烛、供品。供桌前有两张八仙桌拼成的讲经台，三人面南背北坐在台前。好友告知我，中间主讲的老者是"佛头"，两边的是"和佛者"。佛头面前摆有铃木、木鱼、佛尺。讲经前的仪式甚是庄严肃穆：先是佛头焚香点烛、升坐，接着站在佛台前念"拜愿偈"，唱"请佛偈"，然后进行开卷环节。只见佛头缓缓低声唱念开卷偈，念完开卷偈，才正式进入正文宣讲。这个佛头的宣讲做唱功夫甚是了得，体现在当地所讲的吞子（讲唱）和台面（表演）两个方面。只见佛头吐字清晰，嗓音圆润，声调抑扬顿挫，配合手势，声音或高或低，面部表情随宣讲内容情节的变化而变化，富有极强的表现力和感染力，有欢唱、有悲凝、有诙谐、有大笑、有伤泪，唱念过程中，两个和佛者根据佛头的唱念和停顿节奏，实时随声附和念唱"南无阿弥陀佛"，使整个宣唱过程充满强烈的仪式感和节奏感。整个宣讲持续三个多小时，将行孝尽忠的故事情节寓于嬉笑怒骂之中，让我大为震撼和大开眼界，见识到宝卷在靖江是如此盛行，也知道了靖江是我们南方民间宝卷的起源和流传地之一，这也促使我由此踏上对宝卷这项独特的民间曲艺文化进行深入探索、学习和收藏之路。

二、关于宝卷的收藏

最初我一直是把宝卷归为唱词、唱本之列，靖江之行以后，我对宝卷有了进一步认识，并增强了自己对宝卷的喜爱，就留心于宝卷专题的收集。我工作、生活的地方宿迁处于江苏北部，历史上从没有宝卷的流传，也没有受到宝卷文化的影响，本地人对宝卷知之甚少，当地更是没有宝卷书籍。可以说，在宿迁没有宝卷收藏的氛围和土壤。因此，在宿迁想要做宝卷专题的收集是一件很难的事。2001年的时候，我手上能称得上宝卷的书不到10本，而且多数是现代的手抄和油印本。在没有宝卷书籍收藏来源的地区和没有宝卷收藏氛围的条件下，要把宝卷作为一个收藏系列做下去，在现在看来都是一件很难有成效的事。另外，宝卷属于书报收藏之中的冷门、偏门系列，流传地方少，受众也少，收集这个系列要想有所收获也是一件难事。但凭着对宝卷的热爱，明知不可为而为之，我抱定这个收藏方向去努力坚持了下来，至今二十多年，终于有了一定的收获。

首先是从学习、了解宝卷入手，我多方搜寻与宝卷相关的介绍、研究书籍，对宝卷知识进行全面深入学习，逐步了解宝卷的形成历史、主要形式、流传区域、类别等。特别是2007年在上海一家书店发现了车锡伦教授的《中国宝卷总目》（以下简称《总目》），通过对此书的研读、学习，才真正认识到宝卷是我国传统文化的一块瑰宝。通过此书，我更是知道了已知宝卷竟然有5000多种，并且了解到还有众多流落民间的宝卷有待挖掘。于是我便把《总目》作为我宝卷收藏的宝典和指南，我根据此书重新调整和修正了我的宝卷收藏方向和策略。之前因研读专业书籍较少，缺乏对宝卷版本的判别经验，我的重点都是收集书名或书的内容中明确标有"宝卷"字样的木刻、石印宝卷书，对抄本看不上。其实年代较早的抄本从版本角度来说价值更大，更有收藏和研究价值，认识到这一点之后，我也更注重对流传较少、年代较早的抄本的收藏。

其次是努力拓宽和拓展宝卷的收集范围和视野。一是积极主动地走出去。任何一次外出访友、旅游、出差的机会我都会珍惜、把握，总会千方百计给自己留一点时间在当地看一看旧书、古玩市场，拜会网上联系的书友。多年来，我的足迹遍及省外50多个城市的旧书市场，所到之地都有宝卷收获。二是保持与全国各地的旧书收藏者和宝卷爱好者互通有无。三是通过网络收集宝卷。随着网络的发展，以前热闹的旧书市场逐渐萎缩，在旧书市场能找到宝卷的机会越来越少。但网络的兴起，也为宝卷的收藏提供了更广的范围、更多的选择。我从2007年开始逐步从线下各城市旧书市场转向通过网络收集宝卷。

最后是以书会友，通过宝卷的收藏，我结交了众多宝卷收藏的爱好者和从事宝卷研究的专家、学者。2005年夏季的一天，在无锡惠山公园门口的旧书摊上，我结识了来自家乡沭阳的沈先生。他在无锡收购、售卖旧书多年，听说我是沭阳人，便与我攀谈起来。他非常热情，得知我喜好宝卷，当即把自己收购的多本宝卷转让于我，然后告知我，无锡是南方宝卷的流传、盛行之地，民间所藏宝卷颇多，表示会尽全力帮助我收集无锡宝卷。我们就此一直保持联系多年，成为很好的朋友。从他那里，我也得到不少年代较早的宝卷旧抄本。2017年，因要核查关于靖江宝卷的资料，我购买了一本靖江本地的宝卷研究专家黄靖老师的《解读靖江宝卷》，从此结识了黄靖老师。黄老师是靖江本地人，2004年开始致力于靖江本地宝卷文化的研究，先后出版了多部关于宝卷方面的研究著作。我抱着请教的想法，以一名宝卷爱好者的身份冒昧地与他联系。首次通话，他竟然和我这个从没有谋面的宝卷学习新人通了近一个小时的电话，很耐心、细致地为我解答了我所提出的《三茅宝卷》《李青宝卷》的版本问题，并主动为我普及了靖江宝卷的源流、研究现状、非遗文化传承等方面的知识。从此我们一直保持通讯联系，他成为我宝卷版本甄别的指导老师。2022年6月初，我通过在网上购买《巍巍不动太山深根结果宝卷》结识了浙江兰溪的余老先生。余老先生是曾从事乡村教育多年的退休老教师，对宝卷收藏颇有研究，他亲自写信告知我此书版本的珍贵。此书曾藏于浙江兰溪菩提寺，抗战时该寺被日军烧毁，此书因当地一老农冒生命危险抢出才得以保存下来。因为新冠疫情所困，余老先生当时本在上海嘉定儿子家暂住，恰逢杨梅收获季节，余老先生特地赶回兰溪，到自家山上亲手摘取两盒上好的新鲜杨梅快递寄给我品尝，这份珍贵的礼物我一直记在心中。因宝卷而结识的书友、老师很多，占了我通讯录里很大一部分，这也是我宝卷收藏之路上最为珍贵的收获。

三、我的宝卷整理修补

古旧书收藏特别讲究书籍的品相，我收集宝卷，也是一样，除了版本、年代外，同样看重宝卷的品相。宝卷本身流传就较少，历经多年，翻阅的人多，品相好的不容易得到，加之品相好的宝卷往往身价更高，多数时候只能可望而不可即。因此，我有时也只能退而求其次，有的品相不太好的宝卷，也悉数购入。对于品相好的书，我自然是将之放在最显眼的地方或是用专门的书箱存放；对于装订线脱落、页面破损的书，最初我是不大待见的，将之放在角落弃之不管，但后面因为时常需要核实书名、内容、版本信息，每次都要在旧书堆里反复翻阅查找，甚感不便，便觉得既然是自己花费时间、精力把人家请回来的，就要善待人家。经过一段时间的激烈思想斗争，我决心为了做好宝卷的收藏，要学着再做个旧书修补匠。

好在网络是万能的，查询古旧书修补的方法很容易。看过网上的几段视频，我自觉没有问题，整了一套修补工具，便拿一本内页粘连、装订线脱落的民国旧字典来小试牛刀，不料照着"名家"视频，一番操作下来，把原本还能将就翻阅的民国旧书直接给整得面目全非了。为此，我在2010年专门到上海古旧书店向专业老师傅请教，方知古旧书修补是一项专业性极强的系统工程，并不是看几段视频、置办几样工具就能做的。在专业老师傅的指点下，我购买了专业的古籍修复技艺书籍了解专业知识，参加了中国国家图书馆古籍修复技艺基础班的网络学习，用废旧书报反复训练线装书的装订技术。为调制防霉、防酸、防脆的浆糊，我多方请教，反复试验；为选择与不同宝卷相匹配的纸张，我多次到上海福州路寻找旧纸。经过5年多的潜心学习，到2016年初，我才敢用一本清末木刻唱本进行修复试验。修补效果到底如何，自己心中没有底，专程到上海古旧书店，鼓起勇气给老师傅过目，得到老师傅的认可和赞许后才放心下来。此后，利用日常的休息时间、节假日对所藏古旧书进行整理、修复成了我业余干得最多的事情。一本书从着手修复到完成，需要经过几十道工序，由于都是利用工作之余的时间，我修复一本普通的旧书需要一两个月。古旧书修复需要耐心和专注，我从晚饭后开始工作，不经意间就会到深夜甚至凌晨。由于周末是完全属于自己的"旧书修补时间"，我便没有了时间概念，往往会把吃饭、喝水的时间都占用上。当一本无法正常阅读的旧书经过自己的努力和日夜的亲手打扮后，如丑小鸭变成白天鹅一般呈现在自己眼前的时候，我心底真是有满满的成就感。几年来，我修补了所藏的古旧书30多本，其中宝卷20多本，为我的宝卷整理和此书的出版做了很好的前期准备。

四、关于本书

全国各级图书馆、博物馆和各大院校、社科民俗研究机构历来都是宝卷收藏、研究的主体，近代顾颉刚、郑振铎等学者发现并推崇宝卷的学术价值以后，宝卷的收集、收藏才在民间个人爱好者中兴起，不过宝卷编目仍是各馆藏机构和各专家学者主导和组织的事。20世纪20年代以来，老一辈宝卷研究专家（顾颉刚、郑振铎、傅惜华、胡士莹、李世瑜）都有专门的宝卷编目，车锡伦《总目》的问世，真正把宝卷研究推向新的阶段，使之成为中国民俗、民间文艺研究中的一个独立体系。此后出现的宝卷编目专题图书主要有《北方民间宝卷研究》（尚新丽、车锡伦著，商务印书馆2015年版，收录北方宝卷116种），《苏州戏曲博物馆藏宝卷提要》（郭腊梅主编，国家图书馆出版社2018年版，收录宝卷236种，版本1119种），《傅惜华藏宝卷手抄本研究》（吴瑞卿著，学苑出版社2018年版）下编《傅惜华藏宝卷手抄本目录》（收录宝卷139种，版本352部），《扬州大学图书馆藏宝卷》（骆凡、王定勇编著，广陵书社2021年版，收录宝卷102种，版本113部）。受上述图藏和学界编纂宝卷目录提要的启发，并学习和借鉴了他们的编目方法，我用偷懒的拿来主义方式，在自己多年所收藏的230多种计320多部的宝卷中选取出199种计273部，编成本书。本书共收刻本65部、石印本71部、抄本129部、铅字排印本6部、油印本2部。在版本年代上，收录新中国成立前的版本超过200部；在种类上，《总目》中没有收集的有49种180部。

本书的结构及内容包含：题名、故事梗概、版本信息、文本结构、按语、图片。

1. 题名。宝卷名称以原书封面题名编入，如无封面页或封面页无题名，则以书名页、卷首题名、开结卷中出现的名称编入。"又名"是除正名之外，在书名页、卷首题名、开结卷中出现的该宝卷所有不同名称。同名宝卷有不同版本的，在名后注（一）（二）。宝卷内容、故事情节相同，但版本不同，故事发生地点、人物等有异的，单列为一种宝卷，故事情节用"参见"标注。

2. 故事梗概。宝卷作为一种虚构的文学作品，故事中的地名、官职名称常出现与历史事实不符的情况，兹于叙述时予以保留。

3. 版本信息。包含刊抄年代、刊抄者、刊抄方式、装订方式、卷册数、开本尺寸、页面数量、行字数量、外观品相、书题（封面封底、书口、书名页、版权页、插图、序、卷首、卷末、钤印）、收藏者等信息。

4. 文本结构。包含"开卷""正文""结卷"。"开卷""结卷"按照有"开卷偈""结卷偈"的原文照录，其中原文中刊抄者所使用的别字、错字，直接改为正字。原文中有识别不清或缺字的均以"□"表示。"正文"叙明说赞方式。

5. 按语。对宝卷版本的源流、其与相近版本的异同、版本收集过程等进行简要说明和补正。

6. 图片。对大部分宝卷选取封面页、书名页、绘图页、卷首卷末页、正文页等一张或两张照片，侧重于原书版本信息、封面及绘图，增强本书的可读性和观赏性。

五、关于宿迁运羽书馆

"宿迁运羽书馆"是我的书房名字。原先我的书房名为"运羽书屋"，2023年1月，宿迁市编印《宿迁文化遗产录》，收录了我收藏的几部有关宿迁的地方古籍。为了便于确定古籍的现存地点，经执行主编马志春先生（国内资深收藏家）建议，将收藏地点改称"宿迁运羽书馆"。

经过多年的积累，宿迁运羽书馆现有藏书1万余册，其中80%以上为20世纪80年代以前的旧书。藏书范围较广，涉及内容较杂。总体梳理下来，主要有以下特点：从版本年代上：一是民国及以前的线装书。二是民国至新中国成立前旧书。三是新中国成立后至"文革"前的"建国十七年"经典文学旧书。四是"文革"期间书名页前都有"毛主席语录"的旧书。五是"文革"后至改革开放前的旧书。六是20世纪80年代铅字印刷的文史方面的书。从内容上：文史类旧书占90%以上。有一定数量规模的、能够称得上专题系列的图书主要是"宝卷"系列、"解放区出版的红色新善本"系列、"民俗唱词唱本"系列、"新中国成立后十七年经典文学"系列、"新中国成立后十七年外国文学"系列、"'文革'文学"系列。随着本书的整理出版，对宿迁运羽书馆中其他专题图书的学习、整理又将继续占据着我的业余时间了。

王庆俊，江苏沭阳人，1970年7月出生，研究生学历。古旧书收藏者。现有各类藏书1万余册。重点收藏各类民国以前的线装书及民俗唱本、宝卷。多年来利用业余时间收藏明清以来各类民间宝卷200多种300余本。自建宿迁运羽书馆，所收藏的多部明清线装书及宿迁地方特色古籍收录于《宿迁文化遗产录》。

目　录

M

N

X

Y

Z

B

001《八宝山宝卷》

宋代仁宗年间，西天雷音寺十八罗汉之一的刘志心趁三尊佛祖瞌睡之际，盗取金花禅杖，下界到东京城外八宝山起造庙宇，招五百个和尚，广收信徒，接纳香火，掠取良女，无恶不作。东京城内王秀才，娶妻刘月英。正月十五，月英到八宝山进香，志心和尚垂涎月英美貌，欲强与月英成婚，月英破口大骂，坚拒不从。志心施法使月英得病，月英回转家中高烧昏迷七日而亡。志心遣徒弟于本、于聪去王秀才家，用纸尸偷换回月英肉尸。志心和尚对月英肉尸念动咒语，月英还魂复活。志心和尚再次强迫月英，欲与她成婚，月英拼死不从。王秀才岳父刘天成得报女儿病亡，查看棺内只有纸尸，到开封府状告王家陷害女儿，并要求活要见人，死要见尸。包公拿王秀才到堂问明情况，知其中必有蹊跷。包公为查明案情，假扮卖货郎进入八宝山寺庙，看见包括月英在内的七十余名妇女被掠在庙内。月英借买绣花针及胭脂之际将庙内情况告知包公。包公奏请皇帝发兵三千人攻打八宝山，志心和尚撒豆成兵打退朝廷官兵。包公妻子李夫人、杨家将、皇后娘娘先后带兵攻打八宝山，均被打败，李夫人、皇后娘娘被俘，押在庙内。包公夜寐神游，先后到天宫找玉帝，地狱找阎王，东海找龙王，查询得知均无神灵、鬼怪下界，后又到西天求救于如来佛祖。佛祖查清十八罗汉少了一个志心和尚，才知是自己打瞌睡一刻，志心下界扰乱世间十八年，随即派孙大圣下界收服。志心和尚带五百徒弟、众妇女、李夫人及皇后娘娘逃到万山上，几经变化，均被大圣识破，走投无路，只得归降。大圣烧掉八宝山庙宇，遣散众和尚，救出月英、李夫人、皇后娘娘及众良女。大圣带志心回西天交差。如来佛祖将志心化为灰烬，授孙大圣修真养性，登临佛位。

版本共1种：

1980年抄本

线装。抄本。一卷一册。开本：20厘米×18.4厘米。共35页70面，每面8行，每行17字。封面、封底全。内容完整。封面左上题"八宝山宝卷"，右上题"庚申

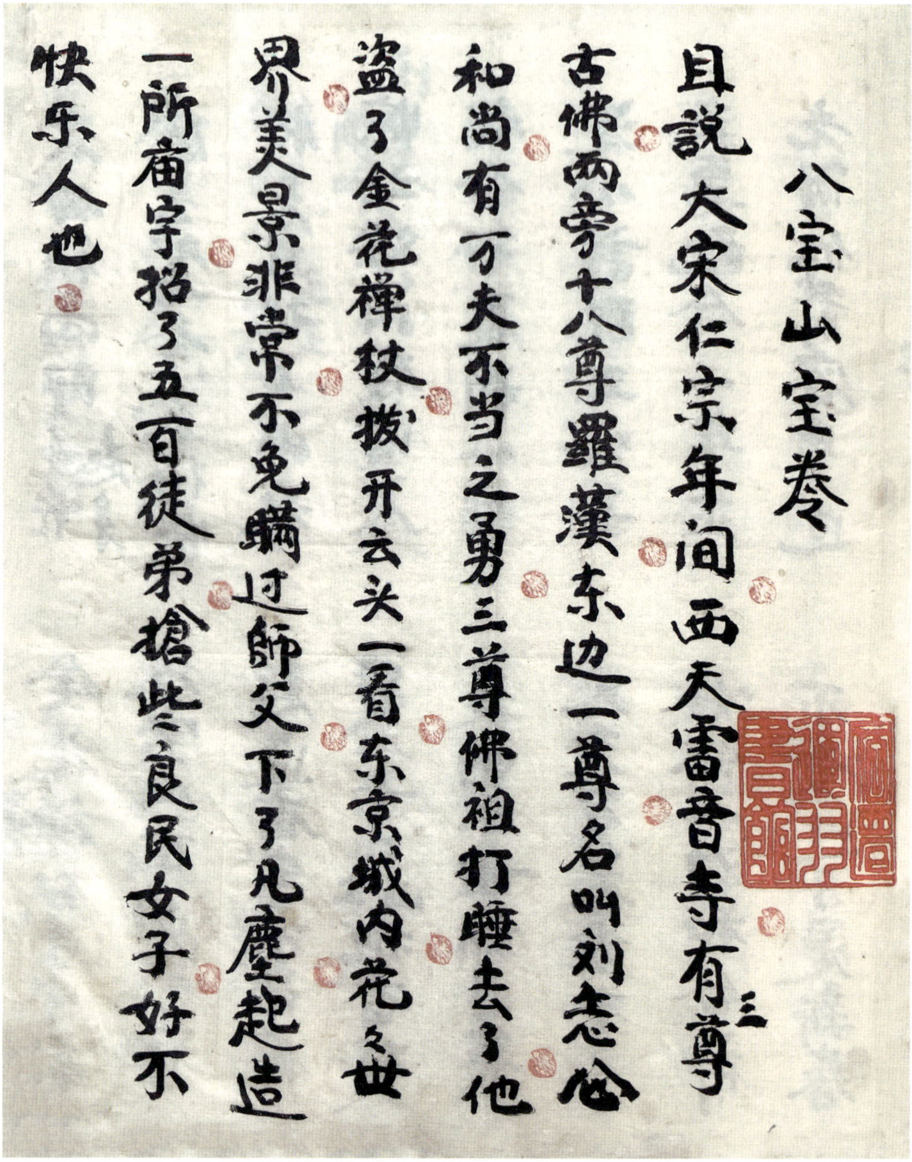

且説大宋仁宗年间西天雷音寺有尊三
古佛两旁十八尊罗汉东边一尊名叫刘志心
和尚有匹夫不当之勇三尊佛祖打睡去了他
盗了金花禅杖拨开云头一看东京城内花之世
界美景非常不免瞒过师父下了凡尘起造
一所庙宇招了五百徒弟抢此良民女子好不
快乐人也

《八宝山宝卷》1980年抄本

年八月抄"。卷首题"八宝山宝卷"，有钤印"宿迁运羽书馆"。卷末无题。

开卷。无开卷偈。

正文：散说、诗赞（七言）。

结卷。结卷偈："我今自晓罪业深，哀求好言禀师尊。孙大圣一听心大恨，大骂和尚秃妖精。盗取师父金禅杖，八宝山上闯祸十八春。皇上没有包文正，东京如何得太平。同我去到东京地，去见龙图包大人。志心和尚一听忙不住，挑起庙宇便驾云。同了大圣就起身，八宝山在面前存。庙宇放在高山顶，徒弟五百入庙门。大圣走进庙中看分明，庙中全部是妖精。一看心中怒气生，放起一把猛火焚。顷刻庙宇化灰尘，徒弟五百难逃命。若不将他来除尽，日后还要害良民。大圣带了和尚就起身，即刻来到东京城。将身且把府门进，内边请出包大人。包爷一见喜欢心，又见七十几个是女人。又见正宫娘娘李氏身，包爷急忙把礼行。娘娘送回内宫庭，仁宗皇帝喜万分。不表皇帝喜欢心，再表龙图包大人。包爷当时来吩咐，快快与我出榜文。四方良民得了信，笑在眉头喜在心。有的丈夫领妻子，也有哥哥领妹身。一众妇女都领去，人人感谢包大人。不言男女回家门，书中再表孙大圣。我带妖僧西天去，去见灵山三世尊。一个筋斗驾祥云，西天就在面前存。下落云端佛殿进，叩见师父表分明。我将秃妖来捉住，请佛发落定罪名。诸佛一见心大怒，骂你志心了不成。我打睡一时三刻正，盗我法宝闹东京。拐人多少良民女，幸亏包公得救身。越思越想心中恨，金花禅杖手中存。将你正性来勾尽，一刻焚火化灰尘。开言便叫齐天圣，你快修真养性把位登。这是宋朝一件事，表给各位散散心。《八宝山宝卷》拜完成，各位听得笑欣欣。大众听卷到天明，保佑各位寿原百念春。"

002《八宝延寿宝卷》，又名《延寿卷》《延寿宝卷》

明代太祖年间，宝庆府通城县洛阳村官宦后代陆文进，娶妻窦氏。夫妻同庚，都是四十岁，没有子女。二人诚心向善，祈望积德留有后代。因家贫难以修行布施，文进只能白天上山砍柴，夜间在家念诵经文。灶君将文进善心奏报天庭，玉帝赐成都刘科学下界投生，但阳寿只有九年，玉帝念刘科学前生从善，加到十年阳寿。窦氏十月怀胎，产下一子，取名天宝。文进上山砍柴，得黄金数万，自此家财富足。天宝十岁时，文进感染风寒，无药可治，卧病在床。天宝焚香祈求神明保佑父亲，在佛堂前取心肝救父亲之命。玉帝为之动容，敕令文进父子同增阳寿十年，派南北二斗星下界送天宝回阳。过了几年，窦氏又身染重病，天宝跪求神明保佑母亲。玉帝又增天宝阳寿十二年，派赤脚大仙徒弟姜有志下界救活窦氏，并令文昌星君封赠天宝。大比之年，天宝应考得中状元，娶朝中张阁老千金张玉梅为妻，夫妻恩爱，敬孝父母。状元夫妇多行善事，虔诚礼佛，夫妇及双亲先后又得增加阳寿。

版本共1种：

1993年抄本

线装。抄本。一卷一册。开本：26.9厘米×19.3厘米。共35页70面，每面7行，每行20字。封面题"八宝延寿宝卷"。卷首无题。卷末题"1993年5月抄"。

开卷。开卷偈："自从盘古立乾坤，君皇有道坐龙庭。外国年年来进贡，文武百官贺太平。三贞九烈传天下，二十四孝说贤人。不宣前朝并后代，最宣修行念佛人。《八宝延寿宝卷》开，尊尊诸佛坐莲台。香花灯烛来供养，一来上寿二消灾。"

正文：散说、诗赞（七言、攒十字）。

结卷。结卷偈："修到高峰顶成正果，延寿菩萨受香烟。状元修到西方去，功程完满见世尊。状元十岁延寿到一百岁，极乐国中去安身。元宵十五正生日，极乐八月十五上天庭。奉劝在堂诸大众，改恶向善有后根。勿信修行并修道，地狱尽如作孽人。此卷不是虚言话，传流古迹到如今。祈求斋主增福寿，消灾寿延解凶星。生意兴隆多吉庆，男增百福女延寿。《延寿宝卷》宣完成，永享康宁过光阴。在堂大众增福寿，年年月月保太平。卷中倘有差文字，大乘真经送卷文。"回向："延寿宝卷，福禄寿星官。消灾集福保平安，诸佛尽喜欢。长寿圆满，增寿麻姑算。南无延寿皇菩萨摩诃萨（三声）。"

003《八仙请寿宝卷》，又名《八仙请寿》《八仙上寿偈》《八仙上寿》

通篇歌赞众仙共赴蟠桃盛会。无具体故事情节。

版本共2种：

一、清光绪十八年（1892）姚云斋抄本

线装。抄本。一卷，与《解星宿宝卷》合订一册。开本：23.2厘米×13厘米。共6页12面，每面7行，每行20字。封面题"八仙上寿"。卷首题"八仙上寿偈"。卷末无题。

开卷。举香赞："佛者香烟嘟嘟，灯烛煌煌，终南山上无数仙神齐来上寿。"开卷偈："八仙过海浪滔滔，皇姥云中把手招。请问众仙何处去，佛堂上寿献蟠桃。五更三点洞门开，八洞神仙现出来。"

正文：通篇七言诗赞。

结卷。结卷偈："我今上寿已宣完，佛也喜来仙也欢。佛欢已降善人家，仙欢蟠桃长根芽。神欢今日来上寿，众仙叙会赴檀那。年年上寿年千岁，今朝增寿一千年。寿翁得做万寿图，福也多来寿也多。"

二、抄本

线装。抄本。一卷，与《花名宝卷》合订一册。开本：27厘米×20厘米。共2页4面，每面8行，每行14至15字。封面题"八仙请寿"。卷首题"八仙请寿宝卷"。卷末无题。

开卷。开卷偈："南报宫中一老翁，直跃西山紫霞宫。蟠桃会上长生乐，寿比南山日月同。"

正文：散说、诗赞（四字、七言）。

结卷。无结卷偈。

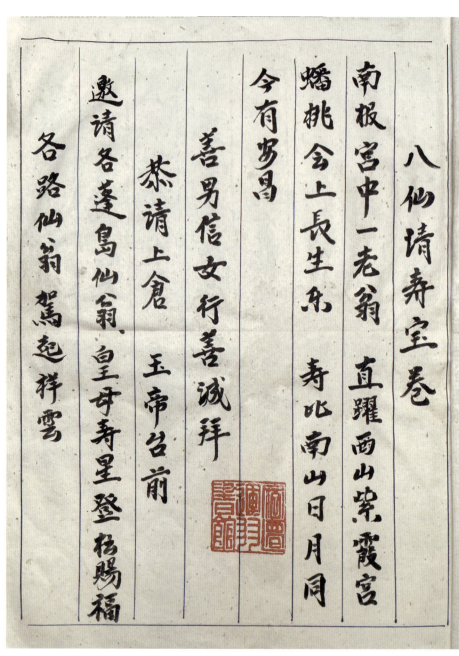

八仙请寿宝卷

南极宫中一老翁　直躍西山紫霞宫

蟠桃会上长生东　寿比南山日月同

今有岁昌

善男信女行善诚拜

恭请上仓　玉帝台前

邀请各蓬岛仙翁、皇母寿星登榜赐福

各路仙翁驾起祥云

《八仙请寿宝卷》抄本

004《白鹤传》，又名《韩祖成仙宝传》《湘子传》《韩仙湘子传》《韩仙宝传》

　　唐宪宗年间，永平府昌黎县有韩氏兄弟二人，兄长韩休，娶妻吕氏；弟弟韩愈，娶妻杜氏。韩氏兄弟都是进士出身，官居翰林院，都中年无子。韩休到城隍庙烧香求子，感动玉帝，派太白金星将老君驾前有思凡之心的白鹤贬到韩家投胎。韩休得子，取名强祖，乳名湘子。白鹤下界之前在天河边饮水，被仙芦闪了一翅，观音老母罚仙芦下界到当朝御史林国学士家投胎。林国夫人王氏，生一女，名林英。韩休病亡，湘子过继给韩愈，杜氏待他如亲生。湘子七岁，汉钟离、吕洞宾化为道长，到韩府门上，韩愈叫湘子拜两位道长为师。蓝采和又点化湘子，湘子自愿学道修仙。母亲吕氏生病亡故，湘子痛哭，誓愿修道向善。湘子到婚娶之年，经李河东做媒，林学士之女林英嫁于湘子为妻。成亲后，湘子不与林英同房，独自回转学堂，整日学道，不读诗书，韩愈将湘子叫到家中痛打。汉、吕二仙为湘子传道九年，留下书信一封，回转天庭。湘子见到书信连夜翻墙离家，追随二位师父到终南山修行得道。湘子离家出走后，林英、杜氏整日哀叹伤心。天遭大旱三年，唐王召命韩愈、李河东、林国设坛求雪，限令十五日内求得，若无雪，要归罪满门。湘子奉玉帝旨意下界，化作大罗仙，助天降大雪三尺三寸。韩愈相赠银子一万两，湘子不收，只要度韩大人一同归隐，韩愈将湘子打将出去。众官朝贺韩公祈雪大成，湘子化作道童空手上门道贺，再劝叔父修行。韩公不听，赶湘子出门，湘子驾白鹤腾空而去。杜氏思念侄儿心切，湘子感知，化作道童送上书信一封，告知其已经成仙，劝婶娘修道。韩公七十一岁寿辰，湘子化道长上门度化，又被韩公打出。湘子度叔父不成，又化道人到府门，送婶娘《因果经》一部，劝度婶娘。又到叔父寿诞之日，湘子化道童下界祝寿，现出真身，引韩公往天庭。到天梯前，韩公不敢上去，中途转回家中。林英知湘子回家未与自己见面，伤心流泪。湘子化和尚到后花园与林英相见，告知其夫在天庭成仙，劝小姐与他一起去修真养性，修成纯阳真体就能见到夫君，林英恼怒和尚调戏，让丫环春香将之打出。湘子请汉钟离、吕洞宾二位师父下界帮忙度化叔父，二人设计使韩愈被贬到千里之外的潮州。林英见韩愈被贬外放，心中更加苦楚，忧愁得病，骨瘦如柴。湘子化作道童下界医好林英，丫环给他银两，湘子不受，只求留宿一夜。丫环打骂要将他撵出去，湘子现出真身，林英惊喜，抓住他不放，湘子化清风飘离韩府。林英心中悲痛，辞别杜氏，离家到元秋亭出家归天。湘子让土地救林英到山下茅屋，然后点火烧毁元秋亭。湘子变作俊美书生到茅屋欲与林英成亲，却遭怒打，湘子现出真身，林英欣喜，请求湘子带她一起回天庭。湘子带林英拜见观音老母，老母封赠林英为天花姑，夫妇共谢恩德。韩愈和家臣张千、李万走到秦岭，天寒地冻，遭遇狂风飞沙，饿虎出没，湘子下界变为茅屋，救叔父脱险。韩愈见侄儿诚心，虔诚受戒。湘子将花篮送与叔父，吃穿用度都在里面。自己替叔父到潮州为官三年，清明如镜，将一县民众都度化成贤才。杜氏因丈夫和林英都已升仙，愈加思念湘子。湘子感知，化作癫疯道人下界度化杜氏。杜氏散尽家财，得道升入天庭。韩湘子度叔父、婶娘、妻子有功，玉帝下召封其为天花真人，位列八仙班内尊享仙福。林英度在观音座下为宫女。卷帘大将韩愈度在南京受都土地之职，杜氏为都土地夫人。

版本共2种：

一、清光绪九年（1883）曲靖府存板刻本

线装。刻本。一卷一册。版框：18.7厘米×10.7厘米。共115页230面，每面7行，每行17字。白口，单黑鱼尾，四周单边。书口题"韩仙宝传"。封面、封底后封。内容完整。封面左上题"白鹤传"。封面题"白鹤传／光绪癸未年重镌／板存曲靖府口灯姓"，有钤印"宿迁运羽书馆"。卷前载"玉清内相金阙选仙孚佑帝君吕祖降序"，落款为"大清同治十一年八月十五日降于黔南文昌宫内甘霖书馆"。随后刊有韩文公杜夫人像、湘子林英像、汉朝将军钟离祖师金容、唐朝进士吕祖师金容共4幅，每幅画像背面各刊有赞诗一首。卷首题"新刻韩仙宝传"。卷末题"韩仙宝传于甲乙集善书馆，壬申季秋望九南山居士书。共一百二十六篇"。

开卷。无开卷偈。

正文：每回题名后有六言或七言开场诗四句至八句。

结卷。无结卷偈。

《白鹤传》清光绪九年（1883）曲靖府存板刻本

二、清宣统三年（1911）晋阳德因堂藏板刻本

线装。刻本。一卷一册。版框：18.2厘米×12.5厘米。共120页240面，每面8行，每行24字。白口，单黑鱼尾，四周单边。封面、封底后封。内容完整。封面左上题"湘子传"。内封中大字题"韩祖成仙宝传"，右上题"宣统三年桂月镌"，左下题"晋阳德因堂藏板"。卷前有天花真人画像1幅，反面画像缺。后接"韩仙湘子传目录"，内容为：

第二十二回　文公走雪　沐浴井静凉一身

第二十三回　地府寻亲　有形地三爻返本

第二十四回　满门升仙　无相城六合归根

卷首题"韩仙湘子传"，右下题"钱塘雉衡山人编次，武林泰和仙客评阅"。每一回题名后都有四句七言开场诗，每一回正文后均有四句七言结束诗。卷末无题。

开卷。无开卷偈。

正文：散说、诗赞（七言、攒十字）。

结卷偈。无结卷偈。

按：该本内容结尾与《白鹤传》版本有所不同。此本结尾：湘子度叔父韩愈、妻子林英得道升仙后，杜氏忧郁而亡，湘子请得玉帝旨意，到地狱求阎王救父母和婶娘共上天庭。林国辞官归隐，湘子和林英也下界将林国、王夫人度回天庭，全家一起得道成仙。玉帝敕封韩愈为卷帘星，杜氏为月德天爵，韩休为文曲星，吕氏为月恩星，林英为天花姑，韩湘子为大觉仙真人，林国为文昌星，王氏为月福星。韩愈受封后因不下拜谢恩，被贬为土地神。

005《白马驼仙传》，又名《白马经》

汉代永寿年间，北关熊子贵，终日闲逛游玩，不事家务。娶妻杜氏，名金定。杜氏有富贵荣华之相。平日家务均为杜氏操持，邻里笑话子贵败家，生活殷实富足全托娶了个好娘子之福。子贵心中不服，找人算命，亦如众人所言，他自无福禄，到老不富。子贵怒气冲天，回家写下一纸休书，不顾一双子女小玄玄、观音奴哀求，将杜氏赶出门。杜氏哀求子贵给匹骡马代步，子贵只将一匹瘦弱白马送与杜氏。白马驮着杜氏来到城南太平岗观音岩的一座破庙，庙主张尼收杜氏为徒。杜氏卖掉瘦马，得五十两银子，为庙置办了几亩田产。没过几年，庙运大转，菩萨显灵，香火旺盛，有佛田数百亩，成群骡马，徒子徒孙几十人，谷米、金银满仓。熊子贵休妻后，家运败落，六畜染瘟，五谷不生，又遭火灾，家被烧得片瓦不留，一家难以度日，熊子贵被迫将儿子卖给山东张员外，小女卖于孟津城

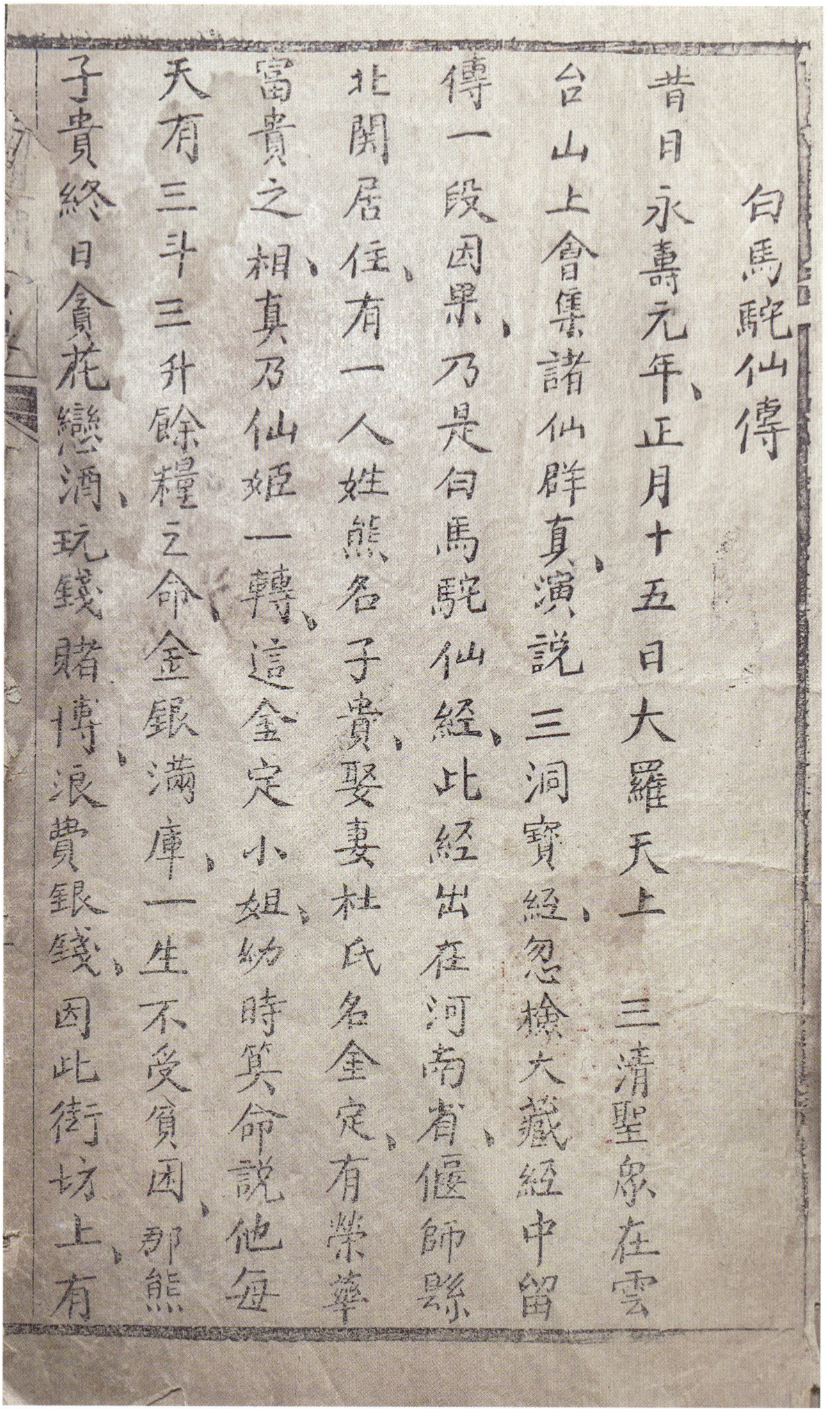

白馬駝仙傳

昔日永壽元年、正月十五日大羅天上 三清聖象在雲

台山上會集諸仙群真演說三洞寶經忽檢大藏經中留

傳一段因果、乃是白馬駝仙經此經出在河南省偃師縣

北關居住有一人姓熊名子貴娶妻杜氏名金定有榮華

富貴之相真及仙姬一轉這金定小姐幼時箕命說他每

天有三斗三升餘糧之命金銀滿庫一生不受貧困那熊

子貴終日貪花戀酒、玩錢賭博浪費銀錢、因此街坊上有

《白馬駝仙传》民国二十一年（1932）襄汾普净寺存板刻本

内周员外。卖儿女的几十两银子不过几月也被挥霍一空,熊子贵一贫如洗,无奈只得各处讨饭为生。杜氏思念儿女,满放河灯,诵经三天,施饭三日。子贵前来讨吃斋饭,杜氏认出子贵,带他到后厨,饱饭相待后,让其离开。子贵哀哭不肯走,要带杜氏回家,遭杜氏拒绝。张尼送给子贵十两银子,打发他出门。子贵遂生毒计,告官诬陷杜氏偷盗家中银子五千两、白马几十匹与情人投奔观音庙。县官提审杜氏和张尼,杜氏当堂拿出休书并呈明实情,县官将子贵打入大牢。杜氏不忍子贵遭受牢狱之苦,使钱打点救出子贵,并求张尼送五百两银子让其回家营生。子贵回家典回田产,娶二房张氏,恶性不改,未过三年,家又败落,流落破窑冻死,杜氏出钱为其收殓送葬。山东张员外视小玄玄为亲生,为其改名云龙,送学读书。云龙应试得中二甲进士,钦封河南巡按御史。云龙一日巡查河道,遇杜氏放灯,母子重逢。云龙扮作道童到孟津城寻找妹妹,遇周员外夫人刘居士在家斋僧,得与妹妹观音奴相见。云龙带妹妹、妹夫到观音庙与母亲团聚,又带母亲、张尼、妹妹、妹夫一起到任上,并接回义父母张员外夫妇奉养,全家团圆,共享荣华。

版本共1种:

民国二十一年（1932）襄汾普净寺存板刻本

线装。刻本。一卷一册。版框：18厘米×11厘米。共42页84面,每面8行,每行22字。白口,单黑鱼尾,四周单边。书口题"白马驼仙传"。封面、封底全。内容完整。封面左上题"白马驼仙传"。内封中大字题"白马驼仙传",右上题"壬申年刻",左下题"汾城□□普净寺存板",有钤印"宿迁运羽书馆"。卷首题"白马驼仙传"。卷末题:"经理:杨联元。募化:袁崇礼。新绛朱兴泰捐大洋三十元整。新绛朱兴泰为还愿专刻此书板一套。"

开卷。无开卷偈。

正文:散说,诗赞(五言、以攒十字为主)。

结卷。结卷偈:"丹墀上有白鹤飞腾一阵,感老君显奇能普渡七人。七仙人跨白鹤遍游仙境,这几人有仙缘能上天庭。朝玉帝谒三清各还本位,也是他五百年修成仙根。一共是七个人成了仙圣,白日里去飞升留下姓名。《白马经》

诵一卷罪恶消尽，愿众生苦修行逃出沉沦。老君显奇能，七人同上天。一爱化七鹤，合家皆成仙。今日开普渡，有缘渡有缘。静坐守大道，个个能成仙。"

006《白蛇传宝卷》，又名《白蛇宝卷》

宋仁宗年间，峨眉山有一条白蛇修炼一千七百年，不贪外道，不害生灵，受日月之精华，能变人形，能腾云驾雾，呼风唤雨。观音大士大发慈悲，带白蛇参加王母娘娘蟠桃盛会。西池金母娘娘见观音身边带一女子，说破机缘，告知白蛇一千七百年前原是一条小白蛇，一个乞丐要杀它取出蛇胆，一个名叫吕泰的樵夫花一百文钱将小白蛇买下放生，白蛇方得修炼到今。吕泰现在转世在杭州城，姓许名宣，要白蛇去报答许宣后方可再来赴会。白蛇随即辞别观音大士，驾祥云往东土而去。如来见一股妖气驾云去往杭州，算到必有生灵受难，差揭谛神在半途阻拦。白蛇告知揭谛神自己是去杭州还愿，发誓若有误处，愿压镇自身遭受苦难。白蛇下到杭州，化名白素贞，寻访恩人途中遇见青蛇，并将青蛇收为仆从，改名为小青。许宣（一作许仙）字汉文，时年二十三，自幼随父母、姐姐来到杭州，而今父母亡故，姐姐配与李君甫。李君甫在钱塘县衙做捕快，推荐许宣在杭州太平桥王员外家药铺做伙计。清明时节，许宣上坟祭拜父母。白素贞施法，天降大雨，许宣虽有伞，但雨大无法行走。小青驾船将许宣送到家中，并借许宣雨伞回家。许宣上门取伞，与白素贞相见，小青做媒，二人结为夫妻。许宣使用白素贞施法盗得的官银被捉，官府罚许宣到苏州受苦三年。白素贞与小青到苏州开药铺照顾许宣。端午节，许宣劝白素贞饮下雄黄酒，白素贞现出白蛇原形，许宣受惊吓致死。白素贞驾云到南极宫盗取灵芝草，救活许宣。金山寺法海和尚把许宣骗到金山寺，告知其妻为蛇妖，不让许宣归家。白素贞与小青到金山寺要人，遭法海拒绝。白素贞施法水漫金山，害死众多生灵，救出许宣回家。白素贞十月怀胎，产下一子，取名梦蛟。小儿满月当日，法海用金盂罩住白素贞，白素贞现出原形，法海将其压在雷峰塔下。小青出逃，许宣出家为僧。许宣姐姐李大娘将梦蛟抚养成人，梦蛟应考得中状元，回乡推倒雷峰塔，救出母亲，一家团圆。白素贞修行圆满，回归天庭，列入仙班。

版本共2种：

一、民国上海惜阴书局石印本

线装。石印本。两卷一册。版框：18.3厘米×11.5厘米。单页26面，每面20行，每行40字。白口，四周单边。封面、封底后封。上卷内容完整，下卷缺页。封面左上题"绘图白蛇传宝卷"，左下题"惜阴书局印行"。书名页大字题"绘图白蛇传宝卷"。此页背面有卷中人物白素贞、许仙、李大娘、小青青绘图1幅。上卷卷首题"浙江杭州府钱塘县白蛇宝卷上集"，有钤印"宿迁运羽书馆"，下卷卷首题"浙江杭州府钱塘县白蛇宝卷下集"。书口题"白蛇宝卷"。

开卷。上卷开卷偈："《白蛇宝卷》初展开，报德报恩到武林。善男信女虔诚听，明心见性便成真。"下卷开卷偈："救度生灵舍百钱，酬谢夫妻有三年。冤孽已满各分散，反累己身有罪愆。"

正文：散说、七言诗赞。

结卷。上卷结卷偈："许宣出外来迎接，不想法海到我门。法海开口相公叫，你今作事欠聪明。好一佛门真弟子，被你妻精伤残生。今有钵盂如来赐，特来收服你妻精。许宣心中来思想，僧人做事太凶心。我妻如是妖合怪，与你无涉半毫分。你今休得来生事，拆我夫妻两下分。小钵量来何足怕，断然难害我妻身。将身站立房门外，忽闻里面叫官人。你妻等望多时候，因何还不进房门。许宣即便回言答，我立门外有来因。你在房中来等我，你夫难以进房门。我若进来恐害你，只怕你们有灾星。那知钵盂多利害，一道金光射天门。忽然袖内来活动，一见妖气就飞腾。白素贞此刻心惊怕，一道白光出顶门。金白二光来斗住，霎时金钵化乌云。大叫一声挡不住，泰山压顶重千金。此刻许宣心着急，胆战心惊赶进门。欲知以后如何样，下集书中表分明。"下卷结卷偈缺。

二、1999年抄本

线装。抄本。存卷上卷一卷一册。开本：26厘米×14厘米。共41页82面，每面8行，每行25字。封面、封底后封。内容完整。封面无题。卷首无题。卷末题"一九九九年三月下旬"。

开卷。开卷偈："《白蛇传宝卷》初展开，奉请各位静下来。大家坐定听宣

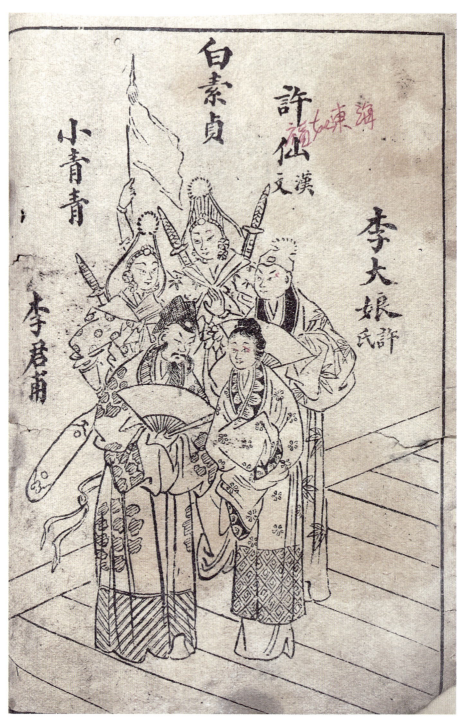

白素貞
小青青
許仙 漢文
李君甫
李大娘 許氏

《白蛇传宝卷》民国上海惜阴书局石印本

卷,家常闲事莫要谈。听了卷中情由事,能消八难免三灾。若问此卷啥年份出,大明正德传下来。"

正文:散说,七言诗赞。

结卷。结卷偈:"便衣公差二人身,跟了陈宝一同行。三人走到陈家宅,骗了许宣进衙门。不宣县官审堂坐,再宣娘娘白素贞。忽然觉得心惊跳,一算丈夫有灾星。"

按:此版本在江苏苏州、无锡等地传抄,故事发生时间为明代正德年间,与前述版本宋仁宗年间有异。故事情节与前版本基本相同。

007《白侍郎宝卷》,又名《侍郎宝卷》《白侍郎集》《居易宝卷》《鸟窠禅师度白侍郎》《浙江绍兴府余姚县修行侍郎宝卷》

昔日天界金妃宫太子与布袋罗汉同伴修行,观凡间众生贪恋酒色、作恶为非、自堕沉沦,欲下界度救。两人在佛前约定,若有失迷,相互救度。上天老祖将二人降下凡间,布袋罗汉投在杭州府富阳县潘家为子,金妃宫太子投在绍兴府余姚县钱塘江白家为儿。潘家公子13岁得中解元,看破凡尘,弃了功名到五台山专心修行,后回到仙界,师尊让其不要忘了之前与师兄的约定,要再回凡间度救师兄同回天庭。布袋罗汉遂化作人头鸟身,来到渭水桥边栖身孤松树上,自称鸟窠禅师,为行人讲经论道。白侍郎已高居侍郎之职,听闻差人说起人头鸟身能讲经论道,甚是惊奇。白侍郎到五台山无影寺烧香,路过孤松树,与鸟窠禅师辩论,心有归佛之意,但要回家与四位夫人商议。白侍郎回家后被四位夫人阻拦,不能脱身,鸟窠禅师化作乞丐在长街拦住侍郎规劝,侍郎不听。晚间鸟窠禅师又变作无常阎王托梦与侍郎,欲带其去地狱,侍郎赠钱财,不受。无常阎王告知侍郎,吃素、行善、参禅,皈依三宝,可天榜挂号,地狱除名。白侍郎醒后哀告众夫人,四位夫人愿意和夫君一同前往五台山修行。一家五人专心苦修九载,得成正果。

版本共2种:

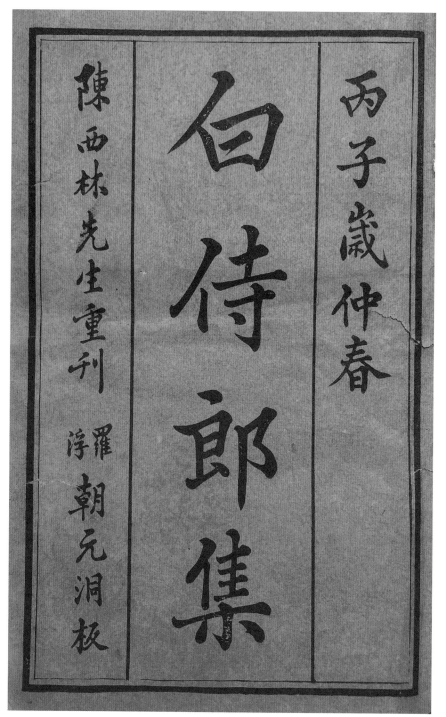

《白侍郎宝卷》民国二十五年（1936）陈西林重刊刻本

一、民国二十五年（1936）陈西林重刊刻本

线装。刻本。一卷一册。版框：19.5厘米×12厘米。共21页42面，每面8行，每行16字。白口，单黑鱼尾，四周双边。书口题"侍郎卷"。封面、封底全。内容完整。封面题"居易宝卷"，有钤印"宿迁运羽书馆"。内封中大字题"白侍郎集"，右上题"丙子岁仲春"，左上题"陈西林先生重刊罗浮朝元洞板"。卷首题"浙江绍兴府余姚县修行侍郎宝卷全集"。卷末题"白侍郎宝卷终"。

开卷。开卷偈："先正身心，后开宝卷。昔日有个白侍郎，得遇名师在路旁。夫妇五人同修道，普下经文度贤良。"

正文：散说、七言诗赞。

结卷。结卷偈："一子成道度九幽，三世父母往西游。奉劝世人行忠孝，同游三岛与十洲。但存夫子三分道，莫犯萧和何律周。处处公道无私曲，安分守己过春秋。男耕女织成家计，正心修身在心头。富国保养七珍体，炼个好心上瀛洲。三千诸佛男人做，八万仙女女人修。劝君存记良言语，不住灵山住瀛洲。"

二、油印本

线装。油印本。一卷一册。开本：19.2厘米×13.5厘米。共18页36面，每页10行，每行15字。封面、封底全。内容完整。封面左上题"白侍郎宝卷"。卷首题"鸟窠禅师度白侍郎"。卷末无题。

开卷。开卷偈："昔日有个白侍郎，禅师点化度妻房。合家大小升天界，回向西方见法王。"

正文：散说、七言诗赞。

结卷。结卷偈："修行两字要坚心，诵经念佛早向前。打破无明三昧火，去却六贼不来牵。一拳打破娘生面，二足踏开生死路。一心不乱归家去，直教火内便生莲。"

008《百花台宝卷》，又名《百花台双恩宝卷》《双恩宝卷》《花台宝卷》《双恩卷》

　　明代正德年间，浙江省绍兴府山阴县莫桂任职于通政司，告老还乡，妻徐氏，生两男两女，长子文兰，次子文秀，都在读书。长女月英已嫁于本城大户孙如权；次女月贞，自小许配于扬州府江都县李文俊，尚未出嫁。莫桂闻听李文俊父母双亡，家境贫寒，意欲悔婚，修书一封让家仆莫兴送去扬州并打探李家状况。李文俊自父母去世后，家境败落，与老仆人李忠辛苦过活。李忠日常里种些菜，换些钱供文俊读书。文俊收到岳父书信要其去绍兴完婚，于是变卖家当，与李忠赶往绍兴，路上遭遇山贼，财物盘缠被洗劫一空，主仆二人只好沿路乞讨，路遇善人吴保安赠送纹银十两，得以到岳父家。莫桂听莫兴说李文俊家中贫困潦倒，强迫文俊写休书。文俊拒绝，莫桂毒打主仆二人，李忠经受不住，病倒身亡。李文俊为葬李忠，卖身于莫家做书童服侍二位公子读书，文兰、文秀同情二姐夫，让文俊一起读书。莫桂把文俊罚去打扫百花台，丫环飘香告诉二小姐月贞，月贞到百花台与文俊相见，被大小姐月英发现，诬陷文俊与月贞私通，莫桂要赶走文俊，被老夫人徐氏阻止。四月初四，莫家到花神庙进香，月贞装病留下，私赠银两助文俊进京赶考，又被月英告诉父亲莫桂，莫桂赶回家中要捉拿文俊，月贞拦住父亲，帮助文俊出逃。莫桂气急怒罚月贞，月贞自尽，被葬于后山。家仆阿兴、阿旺夜间挖墓盗取随葬钱财，突遇狂风雷电大雨，雷电劈死二家仆，震醒月贞，大风将月贞刮到杭州江面，被去杭州进香的吴员外夫妇救起带回苏州家中，因二老无儿无女，认月贞为义女。文俊在学堂先生的救助下进京赶考，得中头名状元，奏表家中实情，皇帝下旨建造状元府，为莫月贞建贞节牌坊，钦赐李忠忠义匾额，准文俊回乡祭祖并安葬李忠。文俊前往绍兴找莫桂理论，途经苏州，投宿吴宅，巧遇恩人吴员外，吴员外闻知状元妻子亡故，将义女许配给文俊。文俊见到月贞，惊喜不已，二人当夜成婚。状元夫妻回到绍兴，莫桂羞愧难当，拿出卖身契书送还文俊，文俊原谅了岳父。岳母自从月贞自尽后一心持斋念佛，得知月贞夫妻成婚回来，直叫皇天有眼。文俊接回岳母、吴员外夫妇奉养，如待亲生父母。月英丈夫孙如权家中富有，伯父是当朝一品

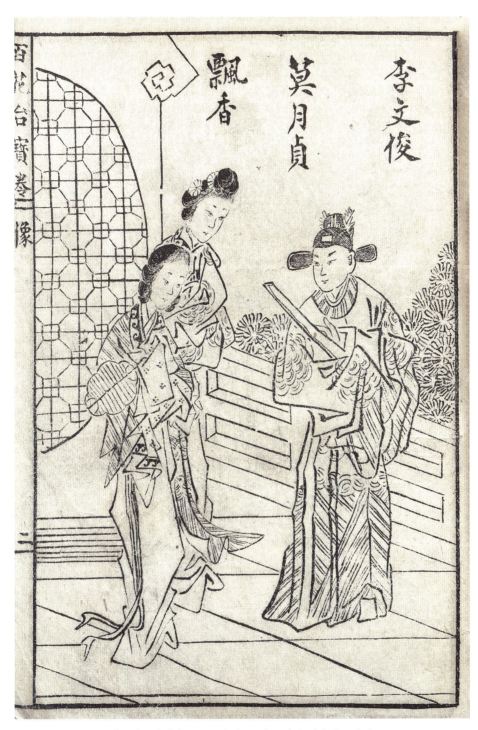

李文俊　莫月貞　飄香

《百花台宝卷》民国六年（1917）上海文益书局石印本

官员，无奈孙如权吃喝嫖赌，花尽家财，家道破落。孙如权得知文俊高中状元，逼月英回娘家借钱，月英无脸回家，上吊自尽，孙如权穷苦病死。文兰、文秀都考取功名，在朝为官。文俊三年守孝期满，皇帝下旨官封山东东昌府知府，在任为官清正，声名远播。

版本共1种：

民国六年（1917）上海文益书局石印本

线装。石印本。两卷两册。版框：18厘米×12厘米。共30页60面，每面18行，每行33字。白口，四周单边。封面、封底全。内容完整。封面左上题"绘图百花台宝卷"。书名页大字题"绘图百花台宝卷"，左下钤"东升里荣栈图书"藏书印一枚。内封右上题"民国六年夏月出版，上海文益书局"，有钤印"宿迁运羽书馆"。书口题"百花台宝卷"。卷首前有书中人物绣像2页4面4幅，分别是莫桂、徐夫人、莫月英1幅，莫文兰、吴保安、李忠1幅，李文俊、莫月贞、飘香1幅，莫兴、莫旺、曾大本1幅。上卷卷首题"百花台双恩宝卷上集"，下卷卷首题"百花台双恩宝卷下集"。卷末题"双恩宝卷全集终"。

开卷。上卷开卷偈："《双恩宝卷》初展开，诸佛菩萨降临来。善男信女虔诚听，此卷名叫《百花台》。"下卷开卷偈："《双恩宝卷》下集临，善男信女虔诚听。静心细听卷中事，要宣妖精是非人。"

正文：散说、诗赞（七言）。

结卷。上卷结卷偈："莫府合家去还愿，轿马纷纷出大门。家童使女同行走，滔滔一路向前行。行来不到多少路，花神庙内面前存。一家同进花神庙外，庙道迎接甚殷勤。母女出轿进庙内，父子先生一同行。焚香点烛多完备，男女纷纷谢神明。庙祝忙把香茗送，后堂大众用点心。宣到此处停半本，夫妻相会下卷听。"下卷结卷偈："《宝卷双恩》宣完全，古镜重磨照大千。莫桂阳世多作恶，阴司地府受苦刑。徐氏为人多正直，修成完满上西天。吴老夫人多行善，金童玉女接上天。如权夫妻多作恶，自尽身亡真可怜。状元夫妻同修道，后来功满上西天。世上善恶总有报，作恶之人不能逃。不信但听《双恩卷》，行善之人上九霄。《花台宝卷》宣完全，保保众位福寿绵。善男信女听宣卷，福也增来寿也添。宣卷之人转家门，归家也要去修行。"

009《报恩宝卷》，又名《报恩经》（一）

清康熙年间，浙江杭州府窦它桥许高祖，家财万贯娶妻窦氏。皇帝钦赐许高祖为探花，领按察使。后许高祖复学医术，济世救苦。当时宫内娘娘生病，张丞相保荐许高祖进宫，医好娘娘。一日许高祖梦得玉帝敕赐其为天医大帝，便辞官归隐，转而学道修行。玄天上帝令周公、桃花女化作道童下界劝度高祖。高祖辞别妻子，随道童到南方孤野山红岩石洞专心修行。玄天帝改其法号为净明。净明修行一年半，玄天上帝想到昔日玉帝敕封净明做天医大帝之事，遂遣净明前往武当山取法宝金如意，净明在武当山取得金如意，脱得凡身。玄天上帝赐净明金如意，封他做天医大帝。功曹带净明面见玉帝，玉帝又封净明为下八洞大仙，下界到杭州建太庙护佑众生。太庙建成后，许高祖化作一个乞丐到自家门口，称要找当家老爷。窦氏悲愤不已，送给乞丐一千文钱欲打发其离开，许高祖说明实情，夫妻相认。窦氏受许高祖所感，也到孤野山红岩洞要出家修行，道士不许她入洞，窦氏投水寻死，被许高祖救起，夫妻二人共回天庭。康熙皇帝赐在杭州城建天医庙供天下人参拜报恩。

版本共1种：

民国二十六年（1937）浙江温岭县鱼桥西畔锦云斋石印本

线装。石印本。一卷一册。版框：17厘米×11.5厘米。单面36页，每面11行，每行28字。白口，单黑鱼尾，四周单边。封面、封底后封。内容完整。封面左上题"报恩宝卷"。卷末题"报恩宝卷一册""定价大洋伍分""浙江温岭县鱼桥西畔锦云斋石印社发行""中华民国二十六年桃月三版。锦云斋石印经卷书籍局"。有钤印"宿迁运羽书馆"。

开卷。启圣香赞。念诵"南无香云盖菩萨（三称）"。开卷偈："《报恩宝卷》初展开，玄天上帝降临来。善男信女听宝卷，能增福寿又消灾。"

正文：散说、七言诗赞。

结卷。结卷偈："丞相奉旨就起身，文武百官出皇城。一路顺风无耽搁，杭州城内到来临。工匠司务无其数，不觉九日造完成。要塑天医报恩佛，又塑娘娘土地神。文武判官分左右，抱老张仙两边分。满堂诸佛多齐整，龙虎玄坛坐三门。日月如梭容易过，三月初三到来临。男男女女人无数，都来求福求儿孙。得子得福多富贵，福寿绵绵万年春。万岁拜得《报恩经》，稳坐江山国太平。官府拜得《报恩经》，世代为官在朝廷。富贵拜得《报恩经》，荣华福禄享不尽。贫穷拜得《报恩经》，愿求来世富贵门。农夫拜得《报恩经》，五谷丰登好收成。商贾拜得《报恩经》，一本万利值千金。工匠拜得《报恩经》，合家大小福寿增。男女拜得《报恩经》，子孙兴旺满家庭。太医拜得《报恩经》，神佛保佑免灾星。病痛拜得《报恩经》，灾星退散福星临。修行拜得《报恩经》，同做龙华会上人。天地日月恩难报，水土国皇报不尽。父母生身能好报，除非礼拜《报恩经》。三年报恩拜圆满，诸佛感应得超生。百万神佛多欢喜，保佑世上得安宁。世上恭奉《报恩经》，九品莲花朵朵开。传忏为人增福寿，宣卷礼拜福寿长。"赞："报恩教主正坐云端，手执幢幡并宝盖。誓愿救度众生，诚心免难消灾障。南无无量寿菩萨摩诃萨（三念）。愿消三障除烦恼，愿得智慧真明了。普愿灾障悉消除，世世常行增福寿。"

010《报恩传》，又名《报母血盆真经》、《报恩经》（二）

观音老母坐在莲台，观见东土众生迷惘，罪孽深重，不思报养育之恩，不思报娘血盆之苦，叫善才、龙女下界苦劝，救回九六子，同赴蟠桃宴。明嘉靖年间，河南洛阳有位许老爷，号慈民，官拜吏部左侍郎，因奸臣当道，辞官回乡，与夫人蒋氏同庚，都是四十岁，没有子嗣。四月初八日，夫人到嵩山中岳庙烧香，许愿求子，观音菩萨观见，遂让善才、龙女投生许家。蒋氏许愿回家不久，即有身孕，遂要行愿持斋，遭许老爷阻止。蒋氏十月怀胎产下一对龙凤胎，男孩取名宝柱，女孩取名凤英。孩儿长到六岁，蒋氏得病身亡。夫人去世后，许老爷抚养两个孩子，日夜操持家务，便觉烦累，心生再娶之意，便娶黄都堂家二十八岁的女儿过门做后妻。蒋氏亡魂投冥报号。鬼使告知在阳间时，她因丈夫阻隔未应愿持斋，对她施以酷刑，除非儿女投入佛门，访得一贯真传，得成正果，才可救度她。蒋氏哀求鬼使帮忙，得以托梦与宝柱和凤英，要他们持斋念佛三年。兄妹禀告父亲，许老爷容许二人持斋三年。清明时节，兄妹二人到祖坟祭扫，触景生情，有看破红尘之意。丘处机道长感知，下界点化二人。兄妹拜丘处机为师，誓愿入道。丘处机即呈报天庭，值日鉴察师到瑶池请法旨，到地府将蒋氏灵魂提出，送到天门养真，待儿女功成圆满，同送云城。丘处机指点兄妹俩炼虚灵，皈依佛法三宝，敬守五戒，技开二阴一阳，冲开三关过昆仑，九转纯阳身不坏，传授无字经。二人修炼三年已满，许老爷和黄氏要二人开戒，二人痛哭不从。许老爷用皮带抽打二人，把二人锁在后花园。黄氏要毒死二人，被识破。兄妹二人连夜逃出家门，到南门云水庵投奔庵尼空相。二人在庵中参拜水母娘娘，指引空相入道，传授无字经，空相收留二人在庵中修行。许老爷见一双儿女出逃，日夜伤心思念，黄氏难产身亡。宝柱、凤英兄妹在云水庵修行九年，能元神出现，便化作两个道童回家点化父亲。许老爷入道苦修三年，出神脱壳飞升。兄妹二人又到阴界救回生母、继母，为她们超度。宝柱、凤英功成圆满，回转天庭，回归原位。

版本共1种：

清光绪三十二年（1906）刻本

线装。刻本。一卷一册。版框：18.3厘米×11.2厘米。共40页80面，每面8行，每行21字。白口，单黑鱼尾，四周单边。书口题"报母经"。封面、封底全。内容完整。封面无题。内封中大字题"报恩传"，右上题"光绪丙午年刊"，左下题"板存滠镇"。卷首题"报母血盆真经"，有钤印"宿迁运羽书馆"。卷末无题。

开卷。开卷偈："杨柳洒净娑婆界，血湖池内现金莲。现在父母增福寿，过去父母早升天。性光透彻沃蕉狱，十类孤魂沾慈颜。忏母早出血湖狱，苦海波中有法船。"后有祝香赞、请佛偈、开经偈、《佛说血盆忏》、《血盆赞》。

正文：散说、七言诗赞。

结卷。无结卷偈。

011《报母血盆经》，又名《血盆经》《报母生身血盆真经》

《报母生身血盆真经》讲述古佛修造劝化众生为人总要孝顺父母，尊敬长上，和睦乡邻，革面洗心，持戒修福，以求投生净土极乐之家。上卷共有《爱惜儿女品第一》《不孝父母品第二》《死后回心品第三》《鬼庄遭难品第四》《救亲灵光品第五》《跑弃黎山品第六》《过奈何桥品第七》《上望乡台品第八》《堕血盆湖品第九》《到聚鬼厅品第十》《看枉死城品第十一》《由功德堂品第十二》《观因果堂品第十三》《窥宫院门品第十四》《游魂託梦品第十五》《功果成就品第十六》十六品。下卷有《莲花乐一百六十句》。

版本共1种：

清光绪三十三年（1907）山西直隶沁州沁源县北乡同善堂存板刻本

线装。刻本。两卷一册。版框：12.7厘米×10厘米。共37页73面，每面8行，每行20字。白口，单黑鱼尾，四周单边。书口题"血盆经"。封面、封底全。内容完整。封面左上题"报母血盆经"。内封中大字题"报母血盆经"，右上题"光绪三十三年秋季重镌"，左题"山西直隶沁州沁源县北乡同善堂捐资存板"。卷首题"报母血盆经"。卷末附有捐刻者姓名，有钤印"宿迁运羽书馆"。

开卷。香赞。开卷偈："天地人从一字开，阴阳会合结灵胎。妊怀十月随呼吸，乳哺三年任往来。苦养孩儿身长大，悲怜父母体虚衰。深恩罔极诚难报，唯学仙真佛圣回。"后有题："这部经卷是《报母生身血盆真经》。古佛修造，劝化众生。为人总要孝顺父母，尊敬长上，和睦乡邻，革面洗心，持斋修福，求生净土极乐家乡。信心者，九祖升超，同登彼岸。不信者，四生转变，永堕沉沦。苦乐两途，只在各人参悟。"

正文：散说，诗赞（五言、七言、攒十字）。

结卷。无结卷偈。

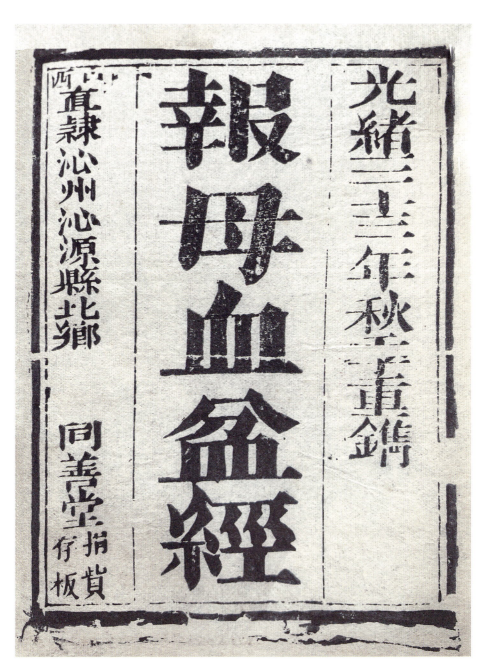

《报母血盆经》清光绪三十三年（1907）山西直隶沁州沁源县北乡同善堂存板刻本

012《碧玉簪宝卷》，又名《秀英宝卷》《秀英宝卷碧玉簪》《秀英卷》《碧玉簪》

明正德年间，浙江嘉兴府秀水县王裕，翰林院出身，命运坎坷，苦守家园，娶妻陆氏，单生一子，取名玉林。本城李廷甫官居刑部尚书，娶妻顾氏，单生一女，取名秀英。李尚书母亲去世，告假回乡。王裕与李尚书是同年同窗好友，李尚书五十寿辰，王裕带王玉林前去祝寿，李尚书当场将秀英许配于王玉林。秀英表兄顾文友一直爱慕秀英，见姑父将表妹许配给王玉林，心中记恨，遂买通媒婆孙妈妈，在秀英成亲之日向秀英借走一支碧玉簪，又以秀英名义伪造一封情书，将碧玉簪和书信丢在王玉林书房。王玉林拾得书信和碧玉簪，对秀英心生怀疑，多日不与秀英同房，并冷语相对，打骂秀英。李尚书假期届满回京。顾氏派丫环秋桂带点心去王家探望秀英，得知女儿受到虐待，修书告知夫君。李尚书告假回乡，到王家兴师问罪。王玉林取出玉簪和情书，李尚书责怒秀英，丫环春香冒死说出玉簪是孙媒婆借去未还，经审问孙媒婆，方知是顾文友所为。王玉林自觉错怪秀英，心中悔恨，请求秀英原谅，秀英气急病倒。顾文友谋娶秀英不得，得病身亡。王玉林赴京赶考，得中头名状元，将身世和家中实情奏表皇帝。皇帝大为所感，念及王裕为官清正，官升翰林，御赐二品顶戴，陆氏诰受一品太夫人，李秀英被封为诰命一品夫人，钦赐凤冠霞帔，并恩准王家父子奉旨回乡祭祖。秀英感念春香仗义贤德，为自己吃尽苦头，请王玉林将其纳为妾。王裕夫妇与秀英看破红尘，起造庵堂，三人一同修道十二年，功德圆满。

版本共2种：

一、清光绪二十九年（1903）许耀庭抄写，民国十一年（1922）许忠惠重修本

线装。抄本。一卷一册。开本：23厘米×13.5厘米。共61页122面，每面8行，每行24字。封面、封底后封。内容完整。封面左上题"碧玉簪宝卷"，右上题"壬戌年重修"，右下题"许忠惠记"。卷首无题。卷末题"光绪二十九年桂月日立，许耀庭敬抄。今据本邑新安乡俞村安东面彭公桥一小村便是"，有钤印"宿迁运羽书馆"。

开卷。无开卷偈。

正文：散说、七言诗赞。

结卷。结卷偈："慢表圣旨加封赠，再言贤惠李秀英。李氏秀英多称意，就把春香结拜相待如同姊妹情。状元一门多欢乐，二老双亲喜十分。奉养双亲归天去，守孝已满不细论。李氏夫人生五子，五子登科耀门庭。状元看破红尘事，夫妇一同广修行。修至三年零六月，功成行满上天庭。为人休学顾田样，须学状元王玉林。女人细学贞节女，万古传言到如今。《碧玉簪宝卷》宣完成，大家听得甚分明。代为斋主增福寿，合家人眷保平安。卷中倘有差讹事，诵卷《心经》送卷文。"

二、民国石印本

线装。石印本。一卷一册。版框：18.2厘米×11.2厘米。共15页30面，每面20行，每行42字。白口，单黑鱼尾，四周单边。封面、封底全。内容完整。封面右上题"碧玉簪"。书名页大字题"秀英宝卷碧玉簪"。卷首前有书中人物秀英绣像1面1幅。书口题"秀英宝卷"。卷首题"绣像秀英宝卷碧玉簪"。卷末无题。

开卷。开卷偈："《秀英宝卷》初展开，恭请神圣降坛前。善男信女虔诚听，一年四季保太平。"

正文：散说、七言歌赞。

结卷。结卷偈："《秀英宝卷》宣完卷，古镜重磨照大千。玉林本是金童降，秀英玉女下凡间。只因二人凡心动，堕落红尘受千辛。如今回心来修道，仍归原位作神仙。生下二位贤公子，后来金榜在金殿。一子李门接香火，一子王家后代根。李爷夫妻回心转，功程圆满上西天。王裕夫妇齐修道，修到西方作真仙。文有为人生嫉妒，作入丰都人可怜。孙媒贪财受刑罚，死在监中落九泉。春香后来也修道，归入仙班在西天。两位小姐夫人做，公子个个伴君前。今夜宣本《秀英卷》，一年四季保太平。"回向："愿以此功德，普及于一切。卷宣保长生，消灾增福寿。"

《碧玉簪》民国石印本

C

013《彩莲宝卷》，又名《李彩莲宝卷》《刘全进瓜》

唐太宗年间，扬州府江都县芦连庄富户刘全，字仲宝，父母双亡。娶妻李彩莲，生一子一女。男孩叫寿保，七岁；女孩叫春香，三岁。秋冬时节，刘全辞别妻子和一双子女去淮安收账，彩莲在家念佛修行。上界观音菩萨算到彩莲注定三十九岁要到皇宫借尸还阳。唐僧师徒四人取经回来，观音菩萨差唐僧到芦连庄去度化彩莲头上一根金钗，将夫妻拆散以应前世注定。唐僧到彩莲家门口，定要度化彩莲头上金钗，不然就撞死在刘家门上，让皇帝抄斩其全家。彩莲为保全家免受灾难，将头上金钗拔下递给唐僧，恰被邻居王婆看到。唐僧拿着金钗到淮安府大街上叫卖，在淮安收账的刘全见到金钗买下。王婆去彩莲家借米，彩莲说要等刘全回来才能借给她，王婆遂怀恨在心。刘全收账回来，刚要进家门，就被王婆拦下，告知他彩莲与和尚有私情并已私赠金钗。刘全听信王婆的话，到家毒打彩莲。一双儿女苦苦哀求，不许。彩莲含恨上吊而亡。彩莲魂游阴司，到森罗阎王殿前告状，阎王大怒，派牛头马面带王婆到阴间加以惩罚。刘全见彩莲上吊赴死，知是自己冤枉了她，伤痛欲绝，派家仆刘福去岳父家报丧。彩莲兄弟李龙、李虎到刘府痛打刘全。火德星君化作一只老鸦飞到刘全家房梁上，引起大火，刘全家财化为灰烬。刘全无处安身，带子女到南庄投奔胞妹，被胞妹臭骂。唐太宗当年夜游地府时许有三愿，游阴司和西天取经均已得偿，唯有送一对南瓜到阴司献给阎王一愿还没有完成，遂下旨张榜招天下尽忠贤能之人替他到地府完成许愿。刘全日夜思念妻子，自愿去阴司送瓜并寻找妻子，遂揭榜进宫。刘全喝下皇帝御赐的三杯麻乐酒，命归地府，面见阎王，献上南瓜以还唐太宗之愿。阎王得知刘全寻妻实情，准许夫妻一同还阳。阎王又查明得知皇宫玉音公主将命归阴司，当即命令彩莲借玉音公主尸体还阳。皇宫之中，玉音公主刚病亡半日，突然起死回生，口中叫着刘全的名字。刘全尸体还未及安葬，也突然复生。唐太宗连连称奇，认彩莲为御妹，招刘全为驸马，并将寿保、春香接到宫内。寿保在宫中与皇子一起读书，长大为驸马；春香配与东宫太子为妃，日后为皇后。刘全夫妇立志修行，观音大士化作一个和尚，进宫度化彩莲到深山石洞专心修行悟道，得成正果。

版本共4种：

一、清光绪十四年（1888）石印本

线装。石印本。两卷两册。版框：18.6厘米×11.2厘米。单面30页，每面16行，每行32字。白口，四周单边。书口题"彩莲宝卷"。封面、封底全。内容完整。封面左上题"彩莲宝卷卷上"，右上题"大清光绪十四年"。上卷卷首题"新编彩莲宝卷上"，下卷卷首题"新编彩莲宝卷下"。上卷卷末有钤印"宿迁运羽书馆"。卷末无题。

开卷。举香赞："先排香案，开卷举赞。炉香乍热，法界蒙熏。诸佛海会悉遥闻，随处结祥云。诚意方殷，诸佛现全身。南无香云盖菩萨摩诃萨（三称）。"上卷开卷偈："《彩莲宝卷》始展开，诸佛菩萨坐莲台。合堂大众齐声贺，自然降福又消灾。"下卷开卷偈："《彩莲宝卷》接前因，诸佛菩萨再降临。"

正文：散说、诗赞（三言、七言、攒十字）。

结卷。上卷结卷偈："便把箱子来开看，两行珠泪落纷纷。彩莲哭着来说道，四橱八箱件件有，四季衣衫色色新。周身绫罗来脱下，换了一身布衣衫。走到佛堂将身拜，又拜家堂共灶君。彩莲是，又拜刘氏三代祖，哀哀痛哭诉冤情。欲知彩莲死不死，且看下卷便知音。"下卷结卷偈缺。

二、1993年何崇焕抄本

线装。抄本。一卷一册。开本：19.3厘米×13.4厘米。共36页72面，每面10行，每行23字。封面、封底全。内容完整。封面左上题"彩莲宝卷"，左下题"太岁癸酉年荷月"，右上题"公元一九九三年"，中下题"何崇焕记"，并钤有姓名章。卷首无题。卷末题"彩莲宝卷完成"，有钤印"宿迁运羽书馆"。

开卷。开卷偈："《彩莲宝卷》初展开，诸佛菩萨降临来。合堂大众齐心听，自然降福又消灾。"

正文：散说、诗赞（三言、七言、攒十字）。

结卷。结卷偈："观音立刻显神通，顿时化起清代风。立刻作别亲夫主，跟

新編彩蓮寶卷卷上

先排香案

爐香乍熱法界蒙熏諸佛海會悉遙聞隨處結祥雲誠意方殷諸佛現全身

南無香雲蓋菩薩摩訶薩三稱

開卷舉讚

一炷清香爐內焚　報答天地覆載恩　天降甘露普人地　地漲萬物養眾生

二炷清香爐內添　上報星天水土恩　國家有道民安樂　天下太平萬萬春

三炷清香爐內插　下報爹娘養育恩　十月懷胎娘辛苦　父母恩重海樣深

延生功德最為高　白鶴啣花透九霄　萬壽老人來賜福　西天皇母獻蟠桃

韓湘子　品玉簫　志學修行家室拋　雪擁藍關難行馬　九度文公上九霄

曹國舅　愛道遙　不戀榮華卸錦袍　世上萬般修行好　手執雲陽仙板敲

漢鍾離　大肚皮　識透人情世態景　終南山上修妙道　位列仙班道行高

呂洞賓　道品高　肩背龍泉善斬妖　慈心救苦傳妙道　至今萬古姓名標

何仙姑　容貌嬌　懶伴紅塵願寂寥　苦志真修千百載　也歸仙界樂逍遙

藍彩和　年紀小　最愛修行卻富饒　名山修煉成正果　手執棕藍架海潮

鐵拐李　相咆哮　黑臉濃眉腿又蹺　虔心煉就長生法　掛拐登雲靄靄飄

張果老　年紀高　鬢髮蒼蒼兩鬢蕭　倒騎驢子哈哈笑　竟把繁華世界拋

《彩蓮寶卷》清光緒十四年（1888）石印本

了尼僧就动身。合家大小聚下拜，身坐莲花快如云。彩莲云端来吩咐，我来度你上天庭。夫君儿女听分明，再修十年功满成。五色祥云空中现，一时三刻不见形。观音大士亲吩咐，便叫刘全听原因。前为千山双飞燕，你同玉女下凡尘。又是金童来喜笑，罚你二人受灾星。金童只因良心毒，再修十年上天庭。为人到底行善好，恶人到底小收成。但看王婆多唆舌，坑虫蜈蚣去投生。奉劝眼前男和女，不可胡言乱说人。要学彩莲女善人，自然得道上天庭。公平正直无私曲，后来必定有收成。彩莲一心看经卷，借尸还阳上天庭。奉劝在堂大众听，为人总要正直心。多挣钱财有何用，一双空手见阎君。自然修福子孙旺，自己可以超升天。大众在堂亲听见，恶心要把善心改。《彩莲宝卷》宣完成，诸佛菩萨喜欢心。宣卷之人消灾障，口念弥陀福寿增。行善行恶两样心，田中稻麦一样青。在堂大众增福寿，男女老小永长春。"

三、1993年李云富抄本

线装。抄本。一卷一册。开本：27.5厘米×20厘米。共37页74面，每面10行，每行20字。封面、封底全。内容完整。封面左上题"李彩莲宝卷"，右上题"岁次癸酉年腊月办"，中下题"李云富记"。卷首题"李彩莲宝卷全集"，有钤印"宿迁运羽书馆"。卷末题："愿以此功德，普及于一切。拜卷拜团圆，消灾增福寿。诵《心经》一遍，《七帝咒》三遍。"

开卷、正文、结卷与前述版本（二）同。

四、抄本

线装。抄本。一卷一册。开本：27.5厘米×20厘米。共38页76面，每面10行，每行16字。封面、封底全。内容完整。封面左上题"彩莲宝卷"。卷首无题。卷末无题，有钤印"宿迁运羽书馆"。

开卷、正文、结卷与前述版本（二）同。

014《茶碗记》，又名《回头记》

扬州府江都县落阳桥下有个员外名叫王志远，娶妻陈氏，生有一子名王锦文。锦文十六岁时，父母双亡，又因天灾家财散尽。锦文流落到东门，以教书为生。东门茶馆老板张伯礼，生有一子一女。长子张广清，业已成家；次女张秀英，年方十六，聪慧持家，帮助父亲打理茶馆。锦文是茶馆常客，秀英见锦文博学多才，年少持稳，心生爱慕，私写书信约锦文见面，不料阴阳差错，书信误落屠夫周大成之手。周大成借机假冒锦文，夜半窜到秀英绣房。秀英错将周大成当成锦文，遂吹灭房灯，与之有肌肤之亲。哥嫂在楼下听得妹妹房中有响声，广清告知父亲，张伯礼上楼查看，惊动周大成。周大成慌忙下楼，与张伯礼相撞，遂抽刀杀死张伯礼，随手割下人头带走。周大成途中将人头扔到素日与自己有仇的典当行汪朝奉院内，连夜逃往徽州。张广清误以为妹妹杀害父亲，与之争执，引来四邻旁观。汪朝奉早上见到人头，担心受到牵连，花三百两银子找来两个担水老汉处理人头。两个老汉将人头带出，投到井中，正巧被到井边担水的后生殷小春看到，索性又将殷小春推入井里杀人灭口。广清将秀英扭送报官，县令赵大人对秀英施刑，秀英被逼说出私信相邀锦文之事。赵大人招来锦文，锦文连喊冤枉，拒不承认杀害张伯礼。赵大人暂将二人收入监牢，责令他们说出人头下落。牢头马能贪图钱财，夜间掘开最近去世的伯父马顺庆的坟墓，割下人头，以一百两银子的价格卖给秀英，秀英让家人张能将人头埋在自家后花园中。赵大人再次提审秀英和锦文，秀英为免受酷刑，供出人头所在。赵大人派公差到张家后花园取出人头，并将二人打入死牢。马顺庆妻子李氏报官亡夫人头丢失，并指认张家后花园所起出人头乃是马顺庆的。赵大人重新提审秀英，秀英供出张能，张能遂被打入死牢，张伯礼无头案一时陷入僵局。愁苦归家的赵大人经夫人提醒，再次提审秀英，获知与秀英私会之人长有胸毛，而锦文身上没有胸毛，遂将二人暂时收监，通告周边县府悬赏巡查前胸有毛之人。徽州两名公差到澡堂洗澡，撞着前胸长毛的周大成，便将他捉拿押送至江都县。周大成当堂供认假冒锦文欺奸秀英实情。汪朝奉、两名担水老汉也先后被捉拿归案，案情得以水落石出。王锦文、张秀英无罪释放，由赵大人做媒，两人婚配。汪朝奉罚银子三百两，回家思过，安分经营。汪朝奉所罚银两补给殷小春父母，周大成、两个担水老汉、马能被定成死罪，具文上表朝廷，秋后问斩。

　　版本共1种：

1995年抄本

线装。抄本。一卷一册。开本：20厘米×13.7厘米。共17页34面，每面12行，每行21字。封面、封底全。内容完整。封面左上题"茶碗记全本"，右上题"乙亥年"。卷首无题。卷末题"一九九五年农历三月十五日下午完呈"。有钤印"宿迁运羽书馆"。

开卷。开卷偈："炉内宝香接青云，《回头记》上表故人。若问此人家何住，自然道起本家门。"

正文：通篇七言诗赞。

结卷。结卷偈："表起知县赵大人，知县立刻申详文。报到京都人命案，文书发出几月日。京报一到要斩人。劝人莫学二老儿，受了金银乱伤人。马能不受银百两，何得尸首两处分。虽被冤屈王锦文，总与秀英结成婚。好人到底有好报，恶人那里有收成。编成一本《茶碗记》，留作人间劝世文。《茶碗记》全本完呈。"

015《长寿宝卷》

三国时期，湖南平源县有一地仙姓管名辂，字公明，能知天文地理，八卦阴阳，常年云游四方。一日，管公明来到广西思恩府上林县赵家庄，见一个青年在田中割麦，见他眉上有白斑，告知他三日内将身亡。青年名叫赵颜，年方十九，不信其言，回家将此事告诉父母。赵公得知是地仙管公明所言，急忙带领儿子追赶管公明，追了三十多里，才追上管公明。赵颜哭求管公明施法搭救自己，以报父母养育之恩。管公明为其孝心所感，让他第二日早上带鹿肉、美酒到南山树林，将美食美酒献给红白二位仙人。第二日早上，赵颜按照管公明所言，赶到南山树林，见到两位仙人在林中下棋，于是献上鹿肉、美酒，求两位仙人搭救性命。这两位仙人乃天上南北二斗星，下界巡查人间善恶。两位仙人享用了赵颜的酒肉，又见赵颜善孝淳厚，查其生死簿，却只有阳寿十九岁，随即在"十九"前面加上一个"九"，使其阳寿增至九十九岁，北斗星还送他《长寿图》一轴。管公明搭救赵颜，使其增寿之事传开，曹操请管公明做官，却被他婉拒。

赵颜归家后娶顾高志女儿为妻，五年内连生三子，后来都荣登科甲，光耀门庭。赵颜一生行善修行，得上天赞誉。赵颜八十寿辰之际，玉帝派王母娘娘亲率上中下八洞仙君下界祝寿，皇帝敕令上林县大放花灯为赵颜祝寿。赵颜八十大寿过后，更是持斋念佛，广修善果，斋僧布施，救济贫穷，并建造佛堂，塑管公明、南北斗星金像供奉。过了十多年，赵颜子孙满堂，功德圆满。

版本共1种：

1994年倪洪初抄本

线装。抄本。一卷一册。开本：27.5厘米×20厘米。共14页28面，每面11行，每行29字。封面、封底全。内容完整。封面左上题"长寿宝卷"，左下题"一九九四年三月抄"，中下题"倪洪初"。卷首无题。卷末题"愿以此功德，普及于一切。送卷保长生，消灾增福来"。

开卷。开卷偈："开花结子几十秋，愿祝无疆福寿长。八仙过海浪滔滔，皇母云中把手招。请问众仙何处去，特来上寿献蟠桃。拐李仙师道法高，果老骑驴把扇摇。国舅爱打云阳板，湘子云中吹玉箫。洞宾背剑清风客，钟离凸肚吹凤毛。仙姑敬进长生酒，采和花篮献蟠桃。斋主寿堂来上寿，一年上寿百年高。"

正文：散说、诗赞（七言、攒十字）。

结卷。结卷偈："善人修到功圆满，身骑白鹤上云端。脱下一堆尸骸骨，留得世间名扬传。《长寿宝卷》宣完成，诸佛天尊喜欢心。斋主合门增延寿，诵经念佛保太平。卷中倘有差错字，《吉祥神咒》补缺文。"

016《陈英宝卷》，又名《陈英还魂柳兰英伸冤宝卷》

宋朝仁宗年间，西京河南府陈廷玉，官居布政使，娶妻吴氏，家财万贯，不愿为官，告老还乡，广行善事，老来得子取名陈英，字君瑞。当朝御史柳怀，生有一女名兰英。一年山东大旱，仁宗欲派人去山东赈灾放粮，包拯保荐陈廷玉。陈廷玉接旨赴京谢恩。柳御史陪陈廷玉一起去开封府拜谢包拯。包拯做媒，说合两家结亲。陈廷玉放粮归乡，心地大变，一改以前的行善之举，盘剥百姓，无恶不作。火德星君恼怒，连烧数次天火，陈廷玉家业烧净，自身也被烧死。

陈英幸免于难，脱身后无家可归，安身窑洞，想到包拯曾为自己做媒与柳家结亲，遂投奔柳御史。柳御史此时也辞官归乡，闻知陈家遭难，便想悔婚，强迫陈英写下退婚书约。陈英被柳御史毒打，昏死街头，被太上老君救活后，以卖水度日。兰英知道父亲毁约退婚，怨恨父亲，派丫环梅香外出找寻陈英，没有结果。一日兰英在后花园赏花，闻听院外有人卖水，让梅香买水浇花，将卖水人唤来。兰英与陈英在园中相认，兰英让陈英晚上来后花园，将赠送银两供其读书应考。相约之事被柳家家奴柳祥听得，柳祥心生歹意，晚上冒充陈英先到后花园，被丫环春梅、秋菊识破，柳祥遂杀死两个丫环，抢走银两。柳祥回家见老母，老母劝说他到官府自首，柳祥又杀死老母出逃。陈英晚上摸黑到后花园，被两个丫环尸体绊倒，浑身沾血，惊慌之中被府中守更人捉住，送交柳御史。柳御史将陈英送交知府，并贿赂知府要其严办。知府赵东庭将陈英打入死牢。兰英知陈英受冤，请丫环夏莲带血书去开封府替自己为陈英伸冤。包拯查明案情，陈英的冤情得以昭雪，包拯主持，让陈英、兰英二人当堂成婚，并捉拿赵知府、柳祥归案。包拯奏报仁宗皇帝，皇帝封陈英为布政使，判赵知府腰斩，柳祥凌迟，柳御史自刎。陈英夫妇归乡祭祖，一生育有三个儿子，均在朝为官，全家和睦，喜度光阴。

版本共1种：

民国上海广记书局铅字排印本

线装。排印本。两卷一册。版框：16.7厘米×11.4厘米。四周单边。共17页34面，每面18行，每行34字。封面、封底全。内容完整。封面题"增像陈英宝卷"。内封中大字题"陈英宝卷"，左下题"上海广记书局印行"。上卷扉页有书中人物绣像2幅。上卷卷首题"新编陈英还魂柳兰英伸冤宝卷卷上"，下卷卷首题"新编陈英还魂柳兰英伸冤宝卷卷下"。卷末无题，有钤印"宿迁运羽书馆"。

开卷。开卷偈："《陈英宝卷》初展开，诸佛菩萨降临来。善男信女诚心听，增福延寿永无灾。"

正文：散说、诗赞（七言、攒十字）。

《陈英宝卷》民国上海广记书局铅字排印本

结卷。上卷结卷偈："先表丫环上楼报，后来再说女千金。梅香丫环高楼上，口称小姐贵千金。小人在外听得说，有件奇事恼恨人。西门布政陈公子，乃是姑爷叫陈英。万贯家财遭天火，烧得寸草也无根。身穷落薄来到此，特为认亲到府门。恼恨大人无道理，苦逼姑爷退婚姻。相公不肯将婚退，无情非刑打上身。无奈就将退婚写，立刻将他赶出门。我看相公真正苦，一无衣来又无吃。刻下气候又寒冷，随身衣服不遮身。小姐务要发慈念，可能搭救陈姓人。小姐听说如此话，犹如霹雳打在身。两眼不住双流泪，举起拳头自搥心。怪我爹爹无道理，拆散夫妻两分离。叫声丫环梅香女，有话吩咐你当身。快代我把长街上，找找公子陈姓人。若是找到陈公子，约他今晚进园门。送他银子和衣服，搭救相公难中人。到了此处收住口，下卷之中再表明。"下卷结卷偈："姑娘惊醒是个兆，一身香汗湿衣衿。方才奴家眼睛闭，听说公婆一双人。说奴丈夫遭冤枉，我定替他把冤伸。同了丫环人两个，收拾收拾赶路程。在路行程来得快，抵到兰州县城门。主仆来到县城内，遇见狼心柳祥人。柳祥开言把话问，你们要往那里行。兰英听说回言答，我到开封把状论。柳祥听说有主意，将他卖在院中存。龟奴逼奴来接客，何能做了下贱人。杀了侯清兵部子，打下监牢怎脱身。叫声夏莲冬梅女，那个代我把冤伸。夏莲听说回言答，我去开封把冤伸。小姐写好血书状，交了夏莲带在身。辞别小姐他去了，夜晓不分赶路程。一路行程来得快，抵到开封府衙门。夏莲就把状来告，状词呈上包大人。大人一看状词话，随即拿笔提文成。差了张龙并赵虎，各府县内去提人。提了河南陈君瑞，又提兰州县里人。二处人等均提到，见了龙图包大人。回禀人等在府外，包公立刻把堂升。带上陈英兰英犯，包公开口问一声。你们可曾认得我，就是龙图包大人。君瑞夫妇听得说，推开云雾见青天。蒙了仁叔来搭救，要把冤枉大人分。包公开口称晓得，你们先到后存身。从前做媒就是我，代你两人结为婚。今日在此来相会，代你洞房去成亲。多亏丫环良心好，留做陈家二夫人。你受多少冤枉事，即日同你见当今。包公金殿忙启奏，主公万岁听微臣。只有陈英受冤屈，为臣代他把冤伸。仁宗天子听得说，开口就封他当身。陈英封为布政使，兰英封为贞节人。陈英听封已完毕，跪在金阶谢皇恩。将身退出朝门外，夫妻欲要转回程。

拜别仁叔与叔母，就此收拾就动身。……兰州县内事已毕，又抵河南府座城。拿了知府赵东庭，将他熬油点天灯。将身来到柳府内，叫声御史姓柳人。抬起头来认得我，为何从前害我身。布政取出上方剑，御史自刎见阎君。君瑞想起双亲了，就此收拾祭祖坟。陈英合家多欢乐，夫妻和睦过光阴。布政生了三个子，均在朝中伴当今。夫妇百年归西去，各登本位在天庭。攒成一本贤良传，传于善男信女听。"

017《成立宝传》

河南省南阳县北乡八十里心意村成立，年方二十六，有兄弟五人，务农为生。他年纪最小，父亲早年去世，母亲在堂，兄弟分居，母亲由各家轮流赡养。四位哥哥皆忠厚老实，安分守己。唯有成立年幼性偏，不信善恩，不听母训，争强好胜，欺辱乡邻，骗奸取巧，做些小买卖，整日与一帮无赖舞枪弄棒。母亲劝说不听，说多了还要与母亲断绝关系。到了三十八岁，置办了二十八亩田地，也积蓄了少许家财，自负有能，更不信善。灶君据实奏明天庭，玉帝下旨减阳寿四十年，让阎王派小鬼前去捣扰。不上几年，二十八亩田产全都卖光，钱财尽散，成立就此日日忍饥挨饿，害病生疮不断。成立心中不服，打碎家宅六神、天地君亲师牌位。马头岗王老先生来村里宣讲善书，成立听了一篇醒迷文，心有触动，打扫神台，立起香灯、佛位，将家中做成佛堂，拜王老先生为师，开始忌口吃斋，念经诵佛。灶君上报天庭，玉帝心中欢喜，命阎王收回小鬼，又给成立增加阳寿四十年。成立虔诚修行，不料引来冤孽上门——之前因他贪图口腹之欲而被杀害的动物的灵魂都来讨债，阎君也放出众阴魂前来追讨成立，看他诚心如何。成立诚心念佛，众恶魔不敢近身，只得附着在成立亲朋身上。众亲朋埋怨成立自己持斋修行，害苦大家，成立遂有松懈之心。其父亲阴魂连夜托梦与成立，要其坚持修行诵经。成立醒悟，发誓往后永不退志。他日夜用功，又劝说一班旧友、左邻右舍一起修行，终修成大道。

版本共1种：

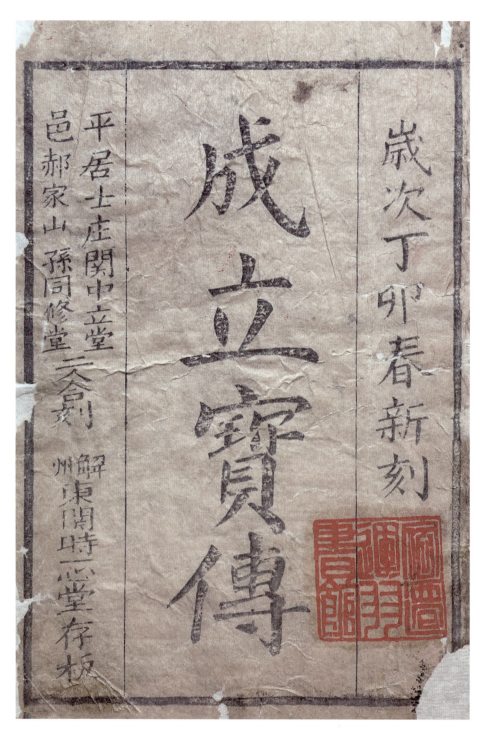

岁次丁卯春新刻

成立寶傳

平居士庄關中立堂
邑郝家山孫同修堂三合刻
解州東關時一心堂存板

《成立宝卷》民国十六年（1927）解州东关时一心堂存板刻本

民国十六年（1927）解州东关时一心堂存板刻本

线装。刻本。一卷一册。版框：16.7厘米×11厘米。共30页60面，每面8行，每行21字。白口，单黑鱼尾，四周单边。书口题"成立宝传"。封面、封底全。内容完整。封面无题。书名页中大字题"成立宝传"，右上题"岁次丁卯春新刻"，左上题"平邑居士庄关中立堂、郝家山孙同修堂二人合刻"，左下题"解州东关时一心堂存板"。卷首题"成立宝传芮邑薛逵九敬书"。卷末无题。卷附劝善言、诗一首及捐资助刻者姓名。

开卷。诗曰："大学之道明明德，现出《成立宝传》来。念之有功听免罪，醒迷息谤道阐开。"

正文：散说、诗赞（七言、攒十字）。

结卷。诗曰："今日谤来明日谤，越谤大道越坚强。谤得成立道兴旺，谤息道成上天堂。"

018《出堂宝卷》

经卷类宝卷，无具体故事情节。

版本共1种：

致和堂排印本

线装。排印本。一卷一册。版框：21.5厘米×12.5厘米。共47页94面，每面8行，每行20字。白口，单黑鱼尾，四周双边。书口题"出堂宝卷"。封面、封底全。内容完整。封面中题"出堂宝卷"。卷首无题，有钤印"宿迁运羽书馆"。

开卷。《观音心经》偈："爱河千层浪，苦海万重波。欲免轮回苦，大众念弥陀。"后念《大乘真经》《天缘经》。无开卷偈。

正文：佛偈、偈赞、和诵、仪轨文字。

结卷。无结卷偈。

019《雌雄杯宝卷》

周喜王年间，天下太平，风调雨顺，各番邦年年来朝，岁岁进贡。交趾国使臣进贡日月雌雄杯，将美酒倒入杯中，即有美妙歌声和七弦琴瑟之音响起，又有美人出现在杯中，周喜王视如珍宝，交正宫娘娘苏氏保管。东宫娘娘梅氏一直记恨苏氏，想做正宫。一日在御花园游玩，闻听有绝妙之音响起，得知是皇帝与苏氏在欣赏雌雄宝杯，心生毒计。梅氏假借求看宝杯之际，摔碎雌雄杯。皇帝迁怒于苏氏，不顾苏氏已有身孕，下旨命丞相潘葛为监斩官处死苏氏。潘丞相不忍皇后受冤，让自己的三夫人窦金莲代为受刑。行刑时分，太白金星施法，刮狂风救走窦氏。潘丞相帮助苏氏出逃湘州，路上苏氏难产，土地婆婆助她产下一子，取名天典。太白金星驾云将苏氏母子送至湘州地界，投宿到在此落脚安身的窦金莲家中，窦氏帮助苏氏一起抚养天典。潘丞相屡遭梅氏诬陷，被皇帝发配边疆。辗转十八年过去，皇帝年老多病，想到苏氏临刑时已有身孕，皇子如在人世，应已成人，可继承国位，遂召回潘丞相，询问行刑之时大风刮走苏氏原由。潘丞相告知实情。皇帝派潘丞相打探苏氏情况。天典长大成人，知晓自己身世，独身前往京城找到潘丞相，潘丞相带天典面见周喜王。周喜王欣喜万分，立天典为太子，接回苏氏和窦氏，赐潘丞相爵位，钦赐窦氏为贞节太夫人，下旨将东宫满门抄斩，天典迎取潘丞相千金为妃。后天典登基，治国有方，国泰民安。

版本共1种：

1980年抄本

线装。一卷一册。开本：20厘米×18.4厘米。共65页130面，每面8行，每行17字。封面、封底全。内容完整。封面左上题"雌雄杯宝卷"，右上题"岁次庚申办"。卷首无题，有钤印"宿迁运羽书馆"。卷末无题。

开卷。无开卷偈。

正文：散说、七言歌赞。

结卷。结卷偈："一切恩情封完成，诸官三级各加升。梅妃为人心肠毒，减寿夭亡命归阴。唯有一位苏太后，看破红尘要修行。开言便把恩妹叫，你我受

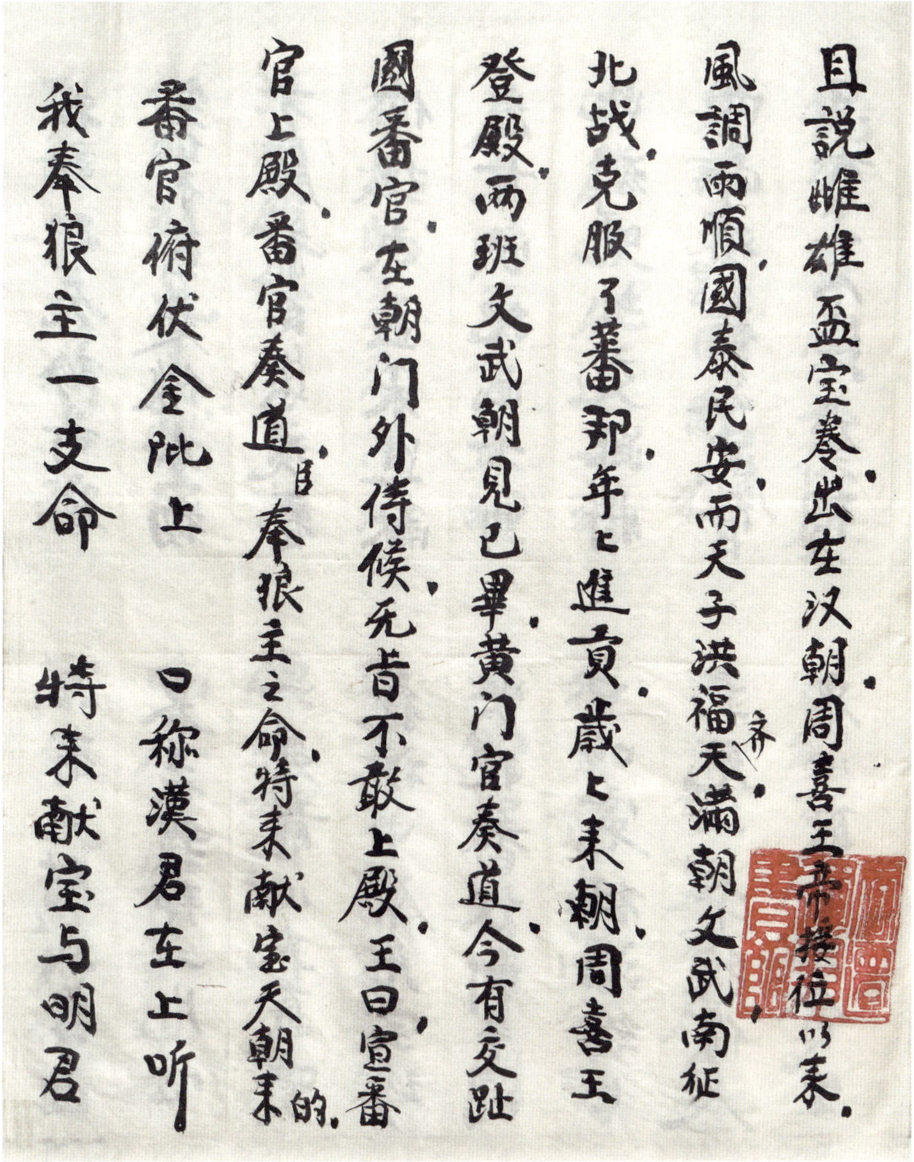

且說雌雄盃宝卷出在汉朝周喜王升接位以来，
風調雨順國泰民安而天子洪福天滿朝文武南征
北战克服了蕃邦年e進貢藏e来朝周喜王
登殿两班文武朝見已畢黃门官奏道今有交趾
國蕃官左朝門外侍候无肯不敢上殿王曰宣蕃
官上殿蕃官奏道曰奉狼主之命特来献宝天朝来的
蕃官俯伏金阶上口称漢君左上听
我奉狼主一支命特来献宝与明君

《雌雄杯宝卷》1980年抄本

难十八春。今日不如去修行，免得来世受难星。金莲即便回言答，此言正合我的心。小王听了二后话，建造庙宇诵经文。又想那年土地事，得救收生来报恩。要到此地来观看，建造一座土地庙。湘州一座圣母殿，墙塌屋倒未修成。即命工部尚书到，重修庙宇佛装金。工部领旨建庙去，工作完成来复君。《雌雄杯宝卷》已完成，奉劝世人莫坏心。奉劝世人心要平，害人终究害自身。苏后金莲被害神明救，梅妃行恶天减寿。宝卷已今宣完成，但愿大众福寿增。"

020《刺心宝卷》，又名《浙江嘉兴府秀水县刺心宝卷》《刺心卷》

嘉兴府秀水县西门内有一员外，名刘孝文，娶妻张氏，婚后没有子嗣。夫妇二人平日多行善事，施斋放生，建造渡口免费渡人。一日，夫妻二人到海门渡口曹王庙烧香，许愿如得子嗣，将修缮庙门，重整庙宇，重塑佛身。曹王菩萨奏表玉帝，玉帝派金童玉女下界投生。夫妇如愿生下一子一女，长子取名迎春，次女取名柳媚。儿女满月之时，夫妇忘记到曹王庙还愿。曹王气恼，施法刮起一阵狂风，将张氏掠到千里之外的深山白云庵修行受苦，让其家遭受夫妻分离、儿女受难之灾。张氏失踪后，孝文四处寻找未果。东村员外王良做媒，刘孝文再娶李家庄何员外之女何桂香为妻。何桂香歹毒心狠，不待见迎春、柳媚兄妹，经常打骂虐待他们，后来在金针上沾毒，穿刺两小儿之心，幸得娘舅张刚请杭州城名医张跃救活。何桂香反诬陷孝文下毒要害子女，行贿县官，将孝文抓进府衙，孝文被屈打成招，发配云南。孝文临行之时，将一双儿女托付于结义兄弟陶三舍。孝文被押解走后，陶三舍随即又将两小儿送回家。何桂香再生毒计，骗迎春坐船追赶父亲送银两，在迎春赶到曹娥江边时，何桂香将他推入江中。何桂香到家又要害死柳媚，丫环春梅提前带柳媚出逃。迎春落水被渔翁救起，路过的徽州人汪纪奎遇见将他收为义子，带回家里请先生教授诗文。在发配途中，押解差人受何桂香指使欲害孝文，被山中强盗扈奎救起。孝文早年救济过扈奎，扈奎感念，一路护送孝文到云南。迎春后来得中状元，寻回父母和妹妹，一家团圆。何桂香被捉拿归案，押赴刑场，斩首示众。

版本共2种：

一、民国六年（1917）上海何广记书局石印本

线装。石印本。两卷两册。版框：18厘米×11.5厘米。共18页36面，每面18行，每行39字。白口，单黑鱼尾，四周单边。书口题"绘图刺心宝卷"。封面、封底全。内容完整。封面左上题"增像刺心宝卷"。书名页中大字题"绘图刺心宝卷"，右上题"民国六年七月出版"，左下题"上海何广记书局石印"，有钤印"宿迁运羽书馆"。版权页题"发行者广记书局"。卷首前有绣像4幅，分别是书中人物汪朝奉、刘孝文、刘柳媚1幅，人物张秀英、刘迎春、何氏1幅，书中情节"得子失愿"1幅，"遇尼搭救"1幅。上卷卷首题"浙江嘉兴府秀水县刺心宝卷上"，下卷卷首题"浙江嘉兴府秀水县刺心宝卷下"。卷后附《新刻孝子报恩拜烛宝赞》《新刻十月怀胎宝卷》两种宝卷。

开卷。开卷偈："《刺心宝卷》初展开，诸佛菩萨降临来。善男信女虔诚听，迎祥集福与消灾。"

正文：散说，诗赞（七言、攒十字）。

结卷。结卷偈："一心修道无二因，菩萨不负善心人。值日功曹忙启奏，奏闻玉帝在上听。下界有个刘孝文，嘉兴府内住安身。一心清静修佛道，煆炼无字隐家门。至今十年忘杂念，夫妇同修断凡心。内功圆满外行足，各人头上透光明。玉帝闻奏心欢喜，即差太白老星君。星君得旨忙下界，腾云顷刻到嘉兴。手拿仙桃子一个，要换田宅与金银。若然与我肯兑换，顷刻与他上天庭。凡人那晓其中意，个个都说呆道人。孝文能知仙家事，与他一见喜欢心。愿将家财来兑换，望你度我一家人。太白星君闻此话，果是修行不虚文。即差白鹤童子降，化成五鹤到来临。一家都乘仙鹤去，逍遥快乐上天庭。孝文张氏成真果，同伴修行度三人。张刘二姓七代祖，共升名利享遐龄。家人料理忙写信，报与子女得知闻。驸马得信忙启奏，奏闻圣君敕封神。孝文封为护国大天尊，张氏定国太元君。迎春柳媚仍修道，心想修成会双亲。修道返本归原位，玉帝钦加获亲身。不宣天府相会事，再劝大众早修行。修满功成天堂事，作恶行凶地狱门。世上万恶淫为首，万般行善孝为先。有钱须要多布施，无钱吃素要平心。要存好心行好事，要行忠孝做好人。孝顺公婆敬丈夫，兄弟姊妹要相亲。邻里

《刺心宝卷》民国六年（1917）上海何广记书局石印本

乡党须和睦，恭敬尊长恤孤贫。皈行圣道修性理，存养气血惜精神。念经要参经中语，读书要悟圣贤文。时运不来家守分，心若平时天也平。酒色过度非君子，财气伤人不算能。挑唆词讼为小鬼，搬槭是非拔舌根。若无私欲妄想断，不是佛子也修行。七情六欲能消灭，明心见性了凡身。无中生有化无化，此道圆明不虚文。我今宣完《刺心卷》，奉劝大众早修行。万事如意回家去，隐修佛道永安宁。"

二、1983年杨思恩、杨友顺抄本

线装。抄本。一卷一册。开本：22.2厘米×19.9厘米。共35页70面，每面9行，每行17字。封面、封底全。内容完整。封面左上题"刺心宝卷"，右上题"一九八三年三月日立"，中下题"枯竹棚王记"。卷末题"杨思恩、杨友顺代笔复抄，一九八三年三月廿六日"。卷后附"枯竹棚王天法办用"，有钤印"宿迁运羽书馆"。

开卷。焚香举赞。诵念："南无香云盖菩萨摩诃萨（三称）。"无开卷偈。

正文：散说、诗赞（七言、攒十字）。

结卷。结卷偈："孝文骑了高头马，驸马坐了侍卫兵。夫人正宫轿内坐，宫娥彩女后面跟。在路行程休细表，不觉曹王庙宇临。木工漆工修贴好，刘府眷属回府门。曹王菩萨云端过，烧香点烛姓刘人。曹王菩萨已知道，保他大小多安宁。《刺心宝卷》拜团圆，刘家男女各修行。奉劝善男并信女，为人行善莫行凶。善恶到头终有报，报应来早与来迟。在堂大众听此卷，四季八节保平安。天下太平民安乐，五谷丰登笑颜开。在堂大家增福寿，四季平静永无灾。善男信女身康健，听卷诸友福寿绵。保佑斋主子孙发，拜卷禅师绵寿绵。"

021《崔文瑞张四姐成亲宝卷》，又名《文瑞宝卷》《仙女卷》《张四姐宝卷》《希奇宝卷》《张四姐闹东京》《摆花张四姐》《摇钱树》

宋仁宗年间，东京秀才崔文瑞，父亲早亡，母亲金氏，家财百万，生活富足。有一年突遇大火，家道中落，一贫如洗，母子安身古庙度日。玉皇大帝亲生女儿张四姐知文瑞乃上天金童投凡，自己与文瑞有三年姻缘，在天庭见文瑞落难，遂携带稀奇珍宝下界寻找文瑞成亲。元宵之日，张四姐化作美貌孤女与文瑞相识，文瑞将她带回见母亲，母亲喜爱，同意两人成亲。成亲后四姐拿出珍宝帮助文瑞重新置办家业，一家又重新过上富足生活。东京城内巨富王半成惊异崔文瑞由贫到富，到文瑞家探听原由，文瑞无意中炫富，遭王半成嫉妒。王半成诓骗崔文瑞到家中饮酒，诬告崔文瑞盗取财宝，将文瑞扭送报官。王半成贿赂官府张老爷，崔文瑞被屈打成招。张老爷派排军前去捉拿张四姐，张四姐怒杀排军。张老爷上报包拯，诬陷张四姐为妖孽。包拯上奏仁宗皇帝，仁宗差遣佘太君领杨家将前去捉拿，张四姐斩杀领路的张老爷，并打败杨家将。包拯请地下阎王和西天如来查张四姐来历。经查，没有鬼妖和神仙降临凡间。包拯又请玉皇大帝派天兵天将下界捉妖。玉皇大帝先后派遣杨二郎、哪吒、齐天大圣下界，均被四姐打败。王母娘娘见七个女儿少了一个，心知四姐是自己的亲生女儿，亲自带领六个女儿下界劝导四姐。四姐回明母亲原由，王母娘娘准许四姐带回文瑞和婆婆。玉皇大帝感念四姐救文瑞母子于危难，不予治罪，差遣崔文瑞重归原位，金氏安居月宫，张四姐重回仙房，东京城内重回太平繁盛。

版本共4种：

一、1991年抄本

线装。抄本。一卷一册。开本：20厘米×13.7厘米。共27页54面，每面12行，每行21字。封面、封底全。内容完整。封面左上题"摆花张四姐"，有钤印"宿迁运羽书馆"。卷首无题。卷末题"一九九一年农历正月十六下午起□抄写到正月二十七上午完呈"。

开卷。开卷偈："炉焚宝香透天庭，摇钱树表聚宝盆。若提摆花张四姐，先表君来后表臣。"

正文：通篇七言诗赞。

结卷。结卷偈："四姐仍归本位去，仙童还归李老君。崔文瑞的身生母，月里嫦娥下凡尘。只因下凡年纪老，还归月宫过光阴。玉帝殿上无话表，交代凡间一段情。包公回转开封府，呼杨二将回府门。再斌后来身长大，得中状元伴当今。父母会下家财产，仍旧状元掌家庭。此书就从这块止，后有岔头表不尽。传成一本《摇钱树》，宋朝传流到如今。虽然不是茶和酒，消愁解闷要精神。为人要尊忠良将，莫学奸贼王半成。忠孝之人不绝后，贪财爱宝罪不尽。劝人做事要忠诚，不要跟坏人学习。今天唱得不大好，众位诸尊请原谅，听书人等护万金。"

二、1993年何崇焕抄本

线装。抄本。两卷一册。开本：19.3厘米×13.4厘米。共40页80面，每面10行，每行22字。封面、封底全。内容完整。封面左上题"希奇宝卷"，左下题"张四姐闹东京"，右上题"公元一九九三年，太岁癸酉年阳月抄"，中下题"何崇焕记"。卷首题"张四姐宝卷上下全集"。卷末无题，有钤印"宿迁运羽书馆"。

开卷。开卷偈："香烟渺渺结彩云，《文瑞宝卷》初宣开。善男信女虔诚听，增福延寿得安宁。"

正文：散说、七言诗赞。

结卷。结卷偈："四姐听说笑盈盈，母亲在上听元因。只为文瑞遭大难，怒气冲上斗牛宫。他也不是凡间子，原是上界金童星。奴家此时来下界，古庙之中结成亲。今日母亲来到此，姐妹一同上天庭。带领婆婆与文瑞，驾起祥云往上升。到了天庭天上界，一同拜见玉皇君。拜了二十单四拜，叫声父皇听元因。奴家坐在仙房内，文瑞怨气透天宫。他也不是凡间子，李府宫内一金童。天愿夫妻三载正，月下老人订了婚。奴家因此来下界，配为文瑞结成亲。玉皇言语听得真，笑在胸膛喜在心。原是上界天仙女，同去池内洗凡身。敕封金童归原位，年老婆婆上月宫。仙女愿到仙房去，东京城内永太平。《希奇宝卷》宣完成，一家三人上天庭。在位听宣《仙女卷》，四季消灾福寿增。天下太平民安乐，宣传恭敬保长生。"

三、1995年李云富抄本

线装。抄本。两卷一册。开本：27.5厘米×19.9厘米。封面、封底全。共42页84面，每面9行，每行20—21字。内容完整。封面左上题"张四姐宝卷"，右上题"岁次乙亥年五月抄"，中下题"李云富置"，有钤印"宿迁运羽书馆"。卷末无题。

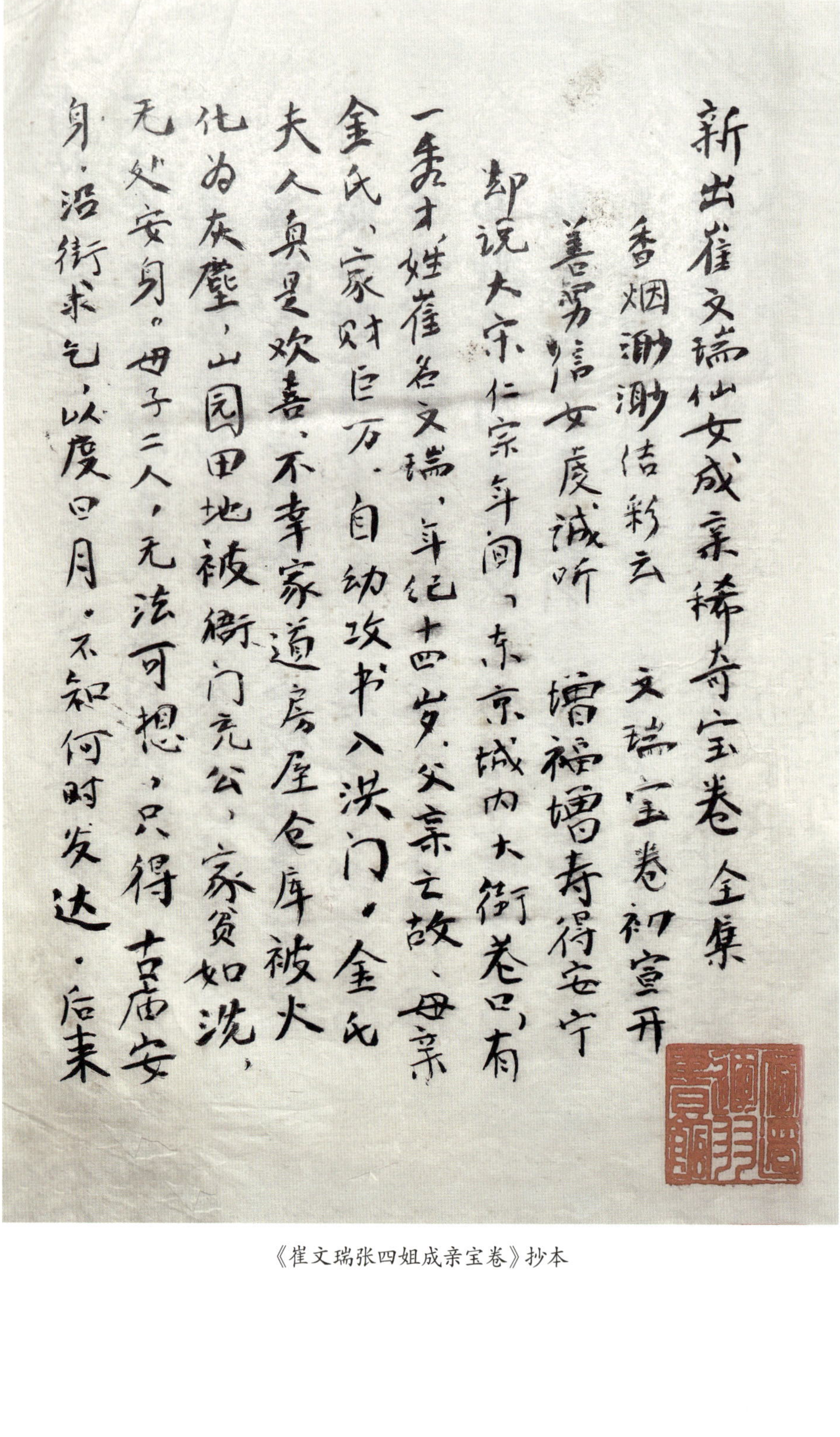

新出崔文瑞仙女成亲稀奇宝卷 全集

香烟渺渺结彩云　文瑞宝卷初宣开

善男信女虔诚听　增福增寿得安宁

却说大宋仁宗年间，东京城内大街巷口，有

一秀才姓崔名文瑞，年纪十四岁，父亲亡故、母亲

金氏、家财巨万。自幼攻书入洪门。金氏

夫人真是欢喜、不幸家道房屋仓库被火

化为灰尘，山园田地被衙门充公，家贫如洗，

无处安身。母子二人，无法可想，只得沿席安

身，沿街求乞，以度日月。不知何时发达。后来

《崔文瑞张四姐成亲宝卷》抄本

开卷。开卷偈："《希奇宝卷》初展开,诸佛菩萨降临来。善男信女虔诚听,增福延寿得消灾。"

正文:散说、七言诗赞。

结卷。上卷结卷偈："仙女翻身只一变,变了二十四个女佳人。拿住奸刁王员外,杀他家中一满门。……可怜员外死得苦,文瑞夫妻转回程。上卷报冤都表尽,再听下卷包大人。"下卷结卷偈与前述版本(二)同。

四、抄本

线装。抄本。两卷一册。开本:27.8厘米×20.1厘米。封面、封底全。共42页84面,每面9行,每行20—21字。内容完整。封面题"张四姐宝卷"。卷首题"新出崔文瑞仙女成亲稀奇宝卷全集",有钤印"宿迁运羽书馆"。卷末题"崔文瑞张四姐成亲宝卷"。

开卷、正文、结卷与前述版本(二)同。

D

022《达摩宝卷》

经卷类宝卷,无具体故事情节。达摩老祖是南天竺国香至国王第三太子,不恋荣华,不贪王位,修成西天二十八祖位,普度末劫。老祖到东土降临梁武帝殿前,要传授经法,梁武帝不信,将他赶出午朝门。老祖闻听王舍城中神光说法四十九年,便与神光辩法,得到神光信服,拜为祖师。达摩老祖在嵩山,面壁九载,不说半句浮谈,只是真经口诀相传,叫人加功前进,度人归原还乡。

版本共1种:

清光绪十六年(1890)河南省彰德府安阳桥治合堂、沙河岸增寿堂存板刻本

线装。刻本。两卷一册。版框:15.2厘米×9.5厘米。共40页80面,每面8行,每行20字。白口,单黑鱼尾,四周双边。书口题"达摩宝卷"。封面、封底全。内容完整。封面左上题"达摩宝卷",有钤印"宿迁运羽书馆"。内封中大字题

《达摩宝卷》清光绪十六年（1890）

河南省彰德府安阳桥治合堂、沙河岸增寿堂存板刻本

"达摩宝卷",右上题"光绪拾六年冬月捐资重镌",左下题"河南省彰德府安阳桥治合堂、沙河岸增寿堂存板"。卷首右上题"达摩宝卷",右下题"虔诚信士、同志,乐善捐金,付梓敬刊印送"。卷末题"达摩宝卷终"。卷后附跋语及《明说术流动静》《超过术流动静略说》。

开卷。"一番提起一番知,莫把修行当作愚。苦口良言是妙药,劝君同登佛菩提。"偈曰:"《达摩宝卷》初展开,诸佛菩萨下凡来。大众同心齐念佛,现在增福又消灾。香儿得道超三界,愚迷闻香也沾恩。大家同赴龙华会,得见当来古世尊。"又曰:"无字深微妙法立,百年万劫难遇缘。吾今见闻特授持,愿解如来古世尊。"

正文:散说、七言佛偈。

结卷。无结卷偈。

023《大悲咒》,又名《解结咒大悲咒》

经卷类宝卷,无具体故事情节。

版本共1种:

民国上海大观书局石印本

线装。石印本。一卷,与民国上海大观书局石印本《花名宝卷》同册。书名页下题"解结咒大悲咒"。卷首题"大悲咒"。全文为佛经咒文。

024《大祭祖》,又名《金枪传》《杨排风扫北大祭祖》

北宋年间,佘太君带领杨家将到北番两狼山祭奠老令公杨继业。辽将主帅韩昌之女韩翠平到龟山搬取救兵,龟山老母派翠平师姐鹏飞下山。鹏飞设下阴兵阵,大败宋军,太君之孙杨宗登被吓死阵前。杨家烧火丫头杨排风是王母娘娘八女儿下凡,久病刚愈即手使金枪,单骑杀进阵中,探得阵中虚实,在回营途中迷路,幸得无孕女张氏指引出阵。排风禀告太君如要破阵,需要去天庭请来八件宝贝相助。为报杨家恩德,排风辞别太君,到天庭向父母求救。玉帝、王母疼爱女儿,分别将自己的量天尺、方仙裙借与排风,玉帝又让太白金星请来齐天大圣借金箍棒，并请大圣出面，借来观音菩萨的净水瓶、寿祖大仙的九头杖、卓魁大仙的金禅杖、八宝将军的石人头、生母大仙的生母旗，共八件宝贝。排风随即赶到巫山请杨宗登的师父卓魁大仙来到宋营，救活杨宗登。排风回到军营，搭起迎仙台，焚香叩拜，迎请众仙和众宝，排兵布阵破敌。韩昌率领女儿韩翠平、鹏飞、国舅肖天佐、开路先锋肖天佑、驸马杨八旬、海底长、海底精、水白龙、水白虎、四大水神、陈杜氏、王兰英等众将在阵前迎战。杨家将在众天神的帮助下，大破阴兵阵，大败辽兵，韩昌被杨排风捉住。观音菩萨大发慈悲，放掉韩昌。韩昌带领残兵逃回北国，萧太后同意向宋献宝称臣。太君带领杨家将班师回朝，皇帝封杨排风忠孝天仙女，加封赏赐佘太君及杨家大小众将，钦赐杨家"忠孝"金字牌匾。八姐下界助杨家挫败北番后，功德圆满，回转天庭，重列仙班。

版本共1种：

1996年抄本

线装。抄本。一卷一册。开本：20厘米×13.7厘米。共23页46面，每面12行，每行21字。封面、封底全。内容完整。封面左上题"大祭祖"，右上题"丙子年"，有钤印"宿迁运羽书馆"。卷首题"绘图杨排风扫北大祭祖全本"。卷末题"一九九六年农历七月十六日完呈"。

开卷。开卷偈："金炉又把宝香焚，还读《金枪传》上人。这回提起《金枪传》，还表番兵韩翠平。"

正文：通篇七言诗赞。

结卷。结卷偈："杨氏英名传天下，北国幽州总投诚。书中何必多烦琐，大宋杨家有功名。佘老太君长不老，福寿康宁万万存。外国年年来进贡，先到天波大府门。忠孝节义《金枪传》，大宋流传直到今。"

025《大延寿宝卷》，又名《桃花宝卷》

周朝姬旦是周文王后裔，称为周公，娶妻李氏，生一男一女，长子密峰，次女凤姑。周公早年不愿为官，离家寻道，在云梦山投拜鬼谷子为师，学得占卜之道。回家途中，在玄女庙题诗讥讽玄女泥塑，得罪十洲山岛蓬莱弱水道高德真神仙九天玄女，玄女下界寻求有缘人传授秘法破解周公卜术。范家村员外范玉，与安人彭氏生有一女，名桃花。桃花自小持斋念佛，孝敬父母。母亲彭氏患病卧床，桃花求告上天保佑母亲，正遇九天玄女下界传法，玄女遂变作卖药先生下界医好彭氏。玄女感念桃花孝顺，于梦中传授桃花咒语、灵符妙法，赠送八卦桃花木剑、无字天书和令牌，桃花知是神人指点，遂朝夕演练妙法，熟练于心。周公归家后，开馆行道，挂牌行卜，夸口能断生死，能知未来，所断之事一一灵验，一时求卜问卦人员往来不绝，声名远播。岐山县石宗甫外出营生一年多未归，婆媳前来问卦，周公算得宗甫命该被破窑压死。婆媳二人啼哭归家，惊动桃花，桃花施法破解宗甫灾难，宗甫安然到家。周公算卦不灵，一时无人上门。周公闲来闭门为老管家彭祖算命，彭祖时年五十，算得其当年命亡。彭祖伤心离开周家，投奔姑母彭氏。桃花施法帮助表兄避过一死，并传授彭祖秘法，使其得遇上天七位星君，得以增寿八百岁。彭祖回到周家，周公见彭祖未死，大感惊异，心知必有异人破解自己卦卜，吊打彭祖，得知为桃花所为。自此，周公和桃花相互斗法。先是周公施法想治死桃花，桃花得彭祖帮助，逃过一劫。后是桃花施法治死周公，惊动诸神，诸神上奏玉皇，玉皇查到周公乃是天庭智多星下界，桃花乃是九姑星下界，劝二人和睦相处。在太白金星帮助下，桃花救活周公，二人尽释前嫌，诚心相待。后来周公和桃花各回天庭，回归本位。彭祖延寿至八百岁。

版本共1种：

1980年张俊祺抄本

线装。抄本。一卷一册。开本：19.2厘米×13.5厘米。共54页107面，每面7行，每行20字。封面、封底全。内容完整。封面左上题"大延寿宝卷"，右下题"张子良"。卷末题"愿以此功德，普及于一切。送卷保长生，消灾增福寿。公元一九八〇年太岁庚申农历九月张俊祺抄"，有铃印"宿迁运羽书馆"。

开卷。开卷偈："《桃花宝卷》初宣扬，诸佛尊尊座坛场。在堂大众同声贺，四季之中免灾殃。"

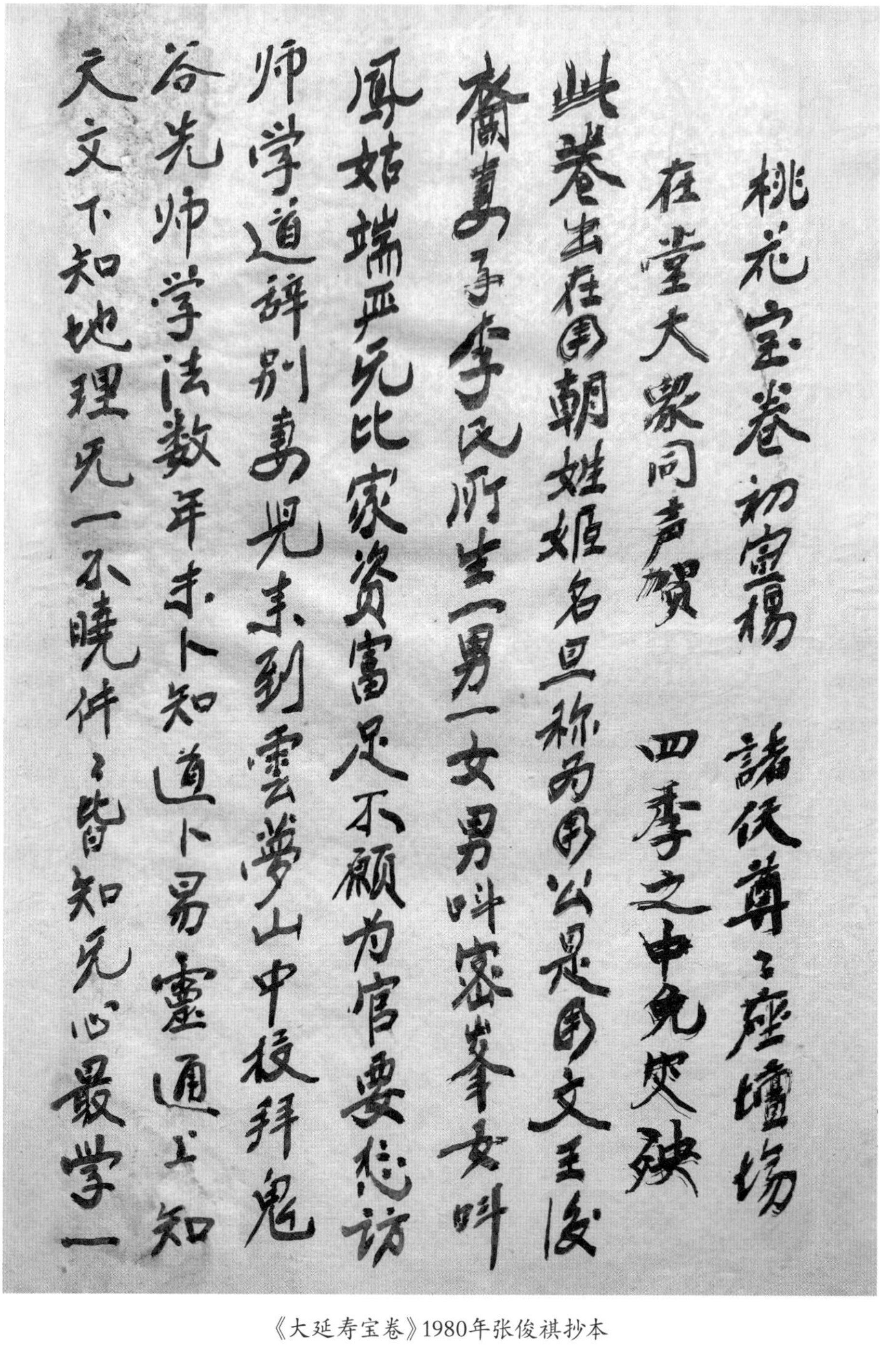

桃花宝卷·初宝赞　　诸位尊公座坛场

在堂大众同声贺　　四季之中免灾殃

此卷出在周朝姓姬名旦称两国公是周文王後

裔喜子李氏所生（男一女男叫密峯女叫

凤姑端严比家资富足不顾为官要恋访

师学道辞别妻儿来到云梦山中投拜鬼

谷先师学法数年未卜知道卜易灵通上知

天文下知地理无一不晓件件皆知无心最学一

《大延寿宝卷》1980年张俊祺抄本

正文：散说、七言诗赞。

结卷。结卷偈："《大延寿宝卷》宣完成，斋主合家福寿增。合家每位寿百年，百年长寿保安宁。贺佛老太也增寿，每位增寿六十春。翁媳听了《延寿卷》，一家和睦勿争论。儿童听听《延寿卷》，关煞开通易长成。群众来听《延寿卷》，无灾无悔永康宁。斋主佛前求忏悔，福也增来寿也增。卷中倘有差错字，《准提神咒》送卷文。"

026《地母真经》，又名《地母经》《高上地母解论正信皈真宝卷》

经卷类宝卷，无具体故事情节。全卷共分十品。

版本共2种：

一、民国十三年（1924）中条山南存板石印本

线装。石印本。一卷一册。版框：15.7厘米×11厘米。共13页26面，每面8行，每行15字。白口，单黑鱼尾，四周双边。书口题"地母经"。封面、封底后封。内容完整。封面后题"地母真经"。内封中大字题"地母真经"，右上题"民国十三年桃月"，左下题"中条山南存板"，背面有地母像1幅。卷前一面题"陕西汉中府城固县地母庙扶连传经，民国元年正月初三日传说《地母真经》《无上虚空地母玄化养生保命真经》。三拜九叩，地母化生。天下肃静，河海净然。山岳吞烟，万灵镇伏。召集群仙，天无氛秽。地无妖尘，明慧洞清。大道玄冥，虚空慈尊（四叩）。地母无量慈尊。解景鸿新刻传经。"卷首题"地母真经"。卷末附有捐资人姓名及捐助金额，有钤印"宿迁运羽书馆"。

开卷。无开卷偈。

正文：通篇七言诗赞。

结卷。结卷偈："地母收完了万法，普天盖地现真人。地母玄妙现决法，东西南北化莲心。善男信女遂娘转，永住极乐不投东。功果双全齐赴会，蟠桃大会常享荣。永不投东把凡下，不枉在世苦修行。《地母玄化救生保命真经》，无上虚空慈尊大悲大愿，大圣大慈（百叩）。又：奉劝四方，善男信女。想躲劫难，保佑合家性命，必须约集善信，立起忌戊会，即蟠桃会也。每月三会，总以戊日立

高上地母解論正信皈真寶卷

靜壇詞

大眾齊集會下　　　　　　　　聽我宣講根芽
平素一切慣病　　　　　　　　今天都要改他
先分尊卑長幼　　　　　　　　不可自尊自大
坐立品學周正　　　　　　　　不可笑語喧華
莫要交頭接耳　　　　　　　　不可閒說亂話
莫要詭詭唧唧　　　　　　　　不可扯扯拉拉

《高上地母解论正信皈真宝卷》民国石印本

会。若遇戊会之日，男女总以洁静身心，敬奉地母娘娘，吃斋念经，焚香朝拜。功德无量，保佑一方平安，同归西天。若有不忌口的人，能发心忌戊敬地母，也可消灾免难，逢凶化吉。若遇过会，当日要忌斋，会过不忌亦可，总不如常忌着好。前节是《地母真言》，人人可念可传。若遇会坛，可以念诵，世人得闻，大善大善。后有开经偈，《地母真经诰》。若念逢会、逢戊，吃斋焚香朝拜，可以念诵。"

二、民国石印本

线装。石印本。一卷一册。版框：17厘米×11厘米。共53页106面，每面8行，每行16字。白口，单黑鱼尾，四周双边。书口题"地母真经"。封面、封底全。内容完整。封面后题"高上地母解论正信皈真宝卷"。卷首有《地母佛像》1幅，背面有《先天、中天、后天阴阳八卦图》1幅。卷首题"高上地母解论正信皈真宝卷"。卷末题"高上地母解论正信皈真宝卷终"，有钤印"宿迁运羽书馆"。

开卷。开卷偈："盘古轮转到如今，富贵贫贱在修行。要得天下太平定，开坛先念《地母经》。"开经偈："无上至尊《地母经》，万劫千魔不能侵。不修大德难逢遇，须知地母无边灵。听诵《地母经》，通古又达今。知母万般苦，歹人也回心。"

正文：散说、诗赞（三言、七言、攒十字）。

结卷。结卷偈："《地母经》，三期劫，已尽出现。又是愁，又是恼，又喜无边。愁的是，各众生，难逃末劫。恼的是，各众生，坏了心田。只因为，九莲祖，普度开广。要度回，九二亿，佛子还乡。众诸佛，借凡体，都来劝化。我地母，才把这，真经来传。到时节，收齐了，千门万教。善者存，恶者亡，新换天盘。把娑婆，改作了，莲花世界。太极交，皇极接，封佛封仙。那时节，方能出，新主登殿。合大地，才能得，太平之年。《地母经》，胎养卷，下部了愿。求上皇，发慈悲，赦罪除愆。"

027《地藏宝卷》

地藏菩萨历劫发愿度人，所以转世生于暹罗国为太子，姓金名乔觉，唐贞观二年七月三十日午时降生，王城满国异香，瑞气腾胜。太子从小相貌非凡，一心修行。父王要传位于他，坚辞不受。太子辞别双亲，离了朝廷，遍访名师三载未得。释迦牟尼世尊知觉，化作老僧在三岔路口打坐，指点他去池州府青阳县九华山修行。金乔觉到九华山顶打坐，四周有青龙白虎相围，头顶有百鸟盘绕，后有狮子护其身。猊吼妖精前来捣扰，被护法神降服，伏地跪拜，恰巧被九华山山主闵公家樵夫看到，樵夫回家告知闵公子。闵公子上山问乔觉需要什么，乔觉说只要舍一领袈裟大小的山地一块，造茅屋一间安身。闵公子禀告父亲闵公，闵公思忖九华山都是自家之地，一领袈裟能需几何，随即写好舍赠山契文书付于乔觉。乔觉脱下袈裟一抛，九个山头尽罩在里面。闵公方知和尚乃非凡之人，便虔诚奉送。护法神请诸多工匠起造殿宇。金乔觉在九华山修行到九十九岁得道涅槃，成就金刚之身，成为地藏菩萨，执掌幽冥。地藏菩萨观看四门善恶报应，又查看十殿，各各审问善恶，利断分明，果报无差。地藏菩萨又下界度化双亲，拜见父母，告知自己受名师指点，在九华山修道成正果。中元节各鬼均得宽宥，唯梅姓鬼十恶不赦，不予放还，梅姓鬼夜晚托梦妻子，请和尚念经超度后回转阳世。秦桧陷害岳飞忠良五十三人，背生毒疮，去灵隐寺烧香许愿。地藏菩萨变作一疯僧点化秦桧，秦桧不听教化，从灵隐寺回转路上，被岳飞手下将领施全行刺。秦桧误会疯僧与施全是一党，差遣何立去捉拿疯僧。何立被逼往东南山寻拿疯僧，路遇仙人点化，入地狱见到秦桧被夜叉捉拿，感念从善，被送回阳间。秦桧因陷害岳飞，不受点化，罚在地狱受苦。秦桧之妻也被阎王带进地狱。

版本共1种：

清光绪二十七年（1901）常郡孔涌兴刻本

线装。刻本。两卷一册。版框：24.3厘米×15.5厘米。共63页126面，每面9行，每行19字。白口，单黑鱼尾，四周双边。书口题"地藏宝卷"。封面、封底全。内容完整。封面无题。卷首前有地藏王佛像1幅。扉页题"十二愿"，"光绪辛丑年板存常郡孔涌兴"。卷首题"地藏宝卷"。卷末题"优婆塞弟子孔清一九华山进香立愿募刊地藏宝卷功德芳名于左"。后附九华山祇园寺和尚、各信士捐刻人姓名、捐资金额。有钤印"宿迁运羽书馆"。

《地藏宝卷》清光绪二十七年（1901）常郡孔涌兴刻本

开卷。开卷偈："地藏菩萨宏誓深，历劫分身救度人。或现男子或现女，或现天龙神鬼身。救度众生无量数，人人记取莫忘恩。虽立是愿不思议，都为众生感业因。卷中本有《地藏经》，敬谨宣扬度迷津。回头好把心田扫，消灭三途地狱门。"

正文：散说、七言诗赞。

结卷。结卷偈："善恶到头总要报，只争来早与来迟。大众听了《地藏卷》，各各回心向善行。皈依三宝菩提种，九玄七祖尽超升。秦桧夫妻多奸恶，罚他遗臭万年身。"回相："愿以此功德，普及于一切。我等与众生，皆共成佛道。"

028《董永宝卷》

宋仁宗年间，祝州府万阳县普州村董三春，妻叶氏，家财万贯，生一子取名董永。董永三岁时母亲叶氏去世。董永长到七岁，家中连遭灾难，家道败落，父子白天乞讨为生，晚上寄住破庙安身。不久，董父染病身亡，小董永为葬父亲，插草卖身，王员外用三百两银子买下董永帮其葬父。董永在王员外家做长工到二十岁。一日，董永砍柴经过凉亭，一位仙女等候在此，要与董永成亲。董永告知自己父母双亡，无处安身，不能让仙女受苦。仙女表示自己不怕受苦，愿意与夫君一起过苦日子，还让槐树开口讲话，作为媒人，两人在槐树下拜堂成亲。仙女帮助董永重修三间茅屋，夫妻二人一起劳作生活。王员外要带董永回去继续做长工，仙女告知愿意代夫做工为丈夫赎身。王员外限仙女一日内织成十八匹绸绫，才准许董永赎身回家。仙女请来天上六姐妹帮忙，如期完成十八匹绸绫。仙女与董永在凡间美满生活一年半，已经怀有三个月身孕，玉帝召仙女返回天庭。仙女十月怀胎产下一子，送回凡间交给董永。董永给孩儿取名董清亲。清亲读书到二十三岁，进京赶考得中头名状元，为官三年，任满回乡祭祖，方得知自己母亲为天上仙女。太白金星下界度化董永修行，董永被感化，到黄梅山修行。观音度化王员外一家上黄梅山拜董永为师。董永苦修得成正果。

版本共6种：

一、民国二十七年（1938）温岭县锦云斋刻本

线装。刻本。一卷一册。版框：18.2厘米×11.5厘米。共36页72面，每面12行，每行20字。白口，单黑鱼尾，四周单边。书口题"董永宝卷"。封面、封底全。内容完整。封面左上题"董永宝卷"，右上手书题"中华民国二十七年"，封面中手书题"任顺昌号记"，有钤印"宿迁运羽书馆"。卷首题"董永行孝宝卷全集"。卷末题"温岭县卖鱼桥西畔锦云斋印刷店"。

开卷。开卷偈："《董永宝卷》说元因，天下孝子有名声。祝州府里万阳县，离城十里普州村。"

正文：散说、七言诗赞。

结卷。结卷偈："年老之人正好修，为人在世有几时。光阴如梭容易过，人老那有转少年。少年之人正好修，夫妻恩爱也要丢。当初有个韩湘子，抛别爹娘也要修。世上女人正好修，生男育女是冤仇。当初有个妙善女，不招驸马也要修。富贵之人正好修，修桥铺路造凉亭。斋僧布施功劳大，后来清福见世尊。穷苦之人正好修，灾星退散福重加。前世不修今世苦，今世修来后路通。四生六道正好修，皈依三宝佛门嬉。常将弥陀声声念，逍遥快乐永长春。天留甘露佛留经，人留男女草留根。人留男女防身老，草留根本木逢春。有人学得董永样，孝敬父母二大人。现在爹娘不敬孝，何必灵山拜世尊。《董永宝卷》拜团圆，能增福寿又消灾。在堂大众增福寿，合家快乐永平安。"

二、1979年石雄抄本

线装。抄本。一卷一册。开本：26.8厘米×15.2厘米。共47页94面，每面9行，每行24字。封面、封底全。内容完整。封面左上题"董永宝卷全集"。卷末题"一九七九年二月石雄手抄"，有钤印"宿迁运羽书馆"。

开卷、正文、结卷与前述版本（一）同。

三、1993年何崇焕抄本

线装。抄本。一卷一册。开本：19.6厘米×13.7厘米。共49页98面，每面9行，每行28字。封面、封底全。内容完整。封面左上题"董永宝卷"，右中题"公元1993年"，中下题"何崇焕记"。卷末题"董永宝卷完。借书观看正君子，借去

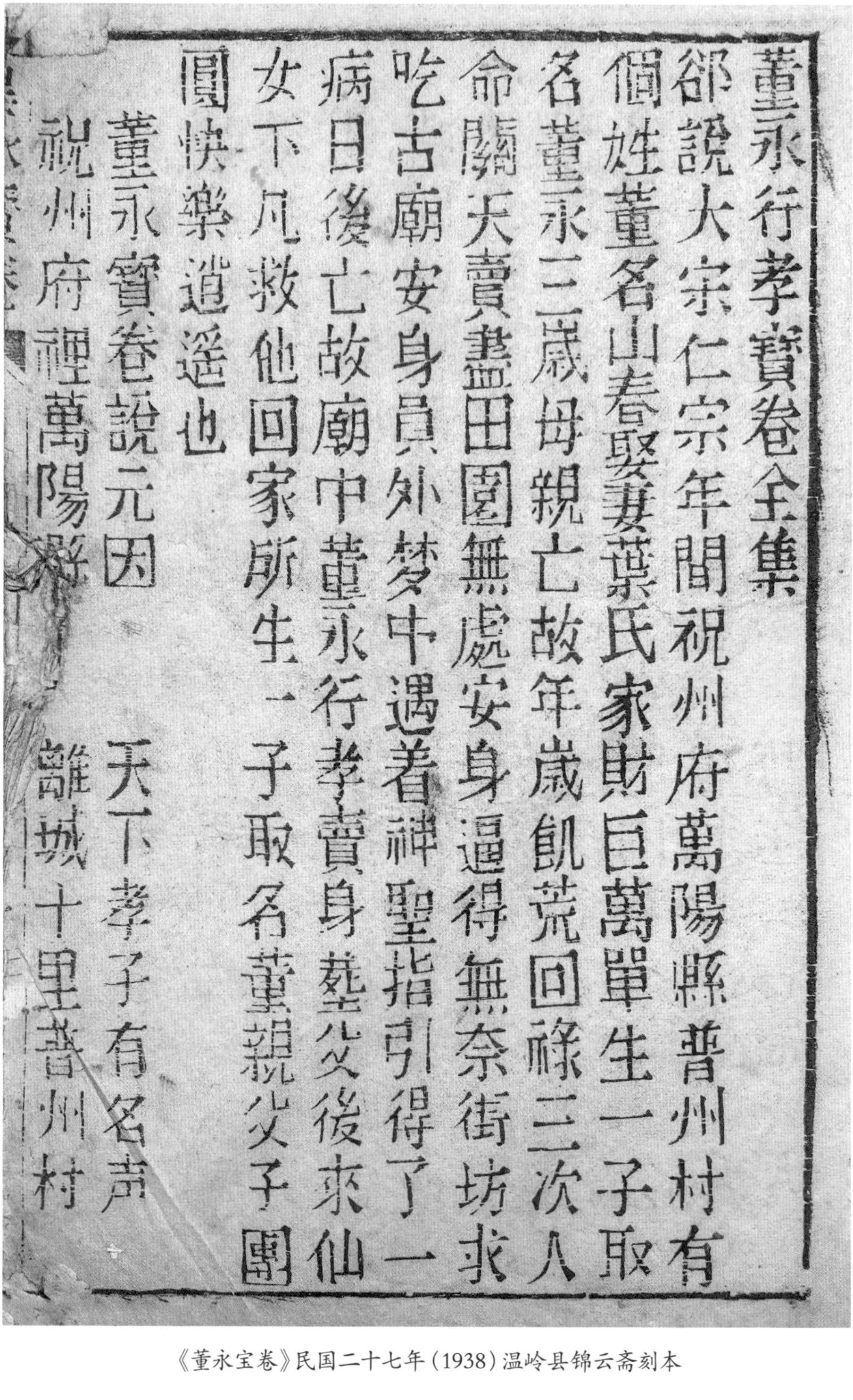

董永行孝寶卷全集

鄧說大宋仁宗年間祝州府萬陽縣普州村有
個姓董名山春娶妻葉氏家財巨萬單生一子取
名董永三歲母親亡故年歲飢荒回祿三次人
命關天賣盡田園無處安身逼得無奈街坊求
吃古廟安身員外梦中遇着神聖指引得了一
病日後亡故廟中董永行孝賣身藝灾後來仙
女下凡救他回家所生一子取名董親尖子團
圓快樂逍遙道也

董永寶卷說元因　　天下孝子有名声
祝州府裡萬陽縣　　離城十里普州村

《董永宝卷》民国二十七年（1938）温岭县锦云斋刻本

不还烂笑人",有钤印"宿迁运羽书馆"。

开卷、正文、结卷与前述版本（一）同。

四、1996年石忠森抄本

线装。抄本。两卷一册。开本：21.7厘米×14.6厘米。共55页110面，每面8行，每行20字。封面、封底全。内容完整。封面题"董永宝卷"，中下题"石忠森抄"。卷末题"抄于公元一九九六年秋月石忠森抄"，有钤印"宿迁运羽书馆"。

开卷、正文、结卷与前述版本（一）同。

五、1998年石忠森抄本

线装。抄本。两卷一册。开本：24.4厘米×16.8厘米。共58页116面，每面8行，每行15字。封面、封底全。内容完整。封面题"董永宝卷全集"，中下题"石忠森抄"，右上题"戊寅年冬一九九八年"。卷末题"公元一九九八年冬石忠森抄"，有钤印"宿迁运羽书馆"。

开卷、正文、结卷与前述版本（一）同。

六、排印本

线装。排印本。两卷一册。开本：18.4厘米×13厘米。单面92页，每面10行，每行18字。封面、封底全。内容完整。封面下栏题"董永宝卷（又名天仙配）"。上集卷首题"董永宝卷上集"，有钤印"宿迁运羽书馆"。卷末无题。

开卷、正文、结卷与前述版本（一）同。

E

029《二十四孝宝卷》

二十四孝第一孝：孝感动天；第二孝：亲尝汤药；第三孝：啮指痛心；第四孝：单衣顺母；第五孝：为亲负米；第六孝：鹿乳奉亲；第七孝：卖身葬父；第八孝：行佣供母；第九孝：戏彩娱亲；第十孝：拾葚供亲；第十一孝：为母埋儿；第十二孝：扼虎救亲；第十三孝：怀橘遗亲；第十四孝：乳姑不怠；第十五孝：扇枕温衾；第十六孝：涌泉跃鲤；第十七孝：闻雷泣墓；第十八孝：刻木事亲；第十九

《二十四孝宝卷》民国二十五年（1936）上海大观书局石印本

孝：恣蚊饱血；第二十孝：卧冰求鲤；第二十一孝：弃官寻母；第二十二孝：尝粪忧心；第二十三孝：哭竹生笋；第二十四孝：涤亲溺器。

版本共1种：

民国二十五年（1936）上海大观书局石印本

线装。石印本。一卷一册。版框：16.5厘米×11厘米。单页共12页，每面17行，每行36字。白口，四周单边。书口题"二十四孝宝卷"。封面、封底全。内容完整。封面题"图文对照劝世二十四孝宝卷"，左下题"上海大观书局发行"，背面有钤印"宿迁运羽书馆"。卷首右上题"劝世二十四孝宝卷"，右下题"编辑者大观书局"。卷末题"民国廿五年一月一日改编出版"。后附《模范格语》。

开卷。无开卷偈。

正文：七言诗赞，有插图。

结卷。结卷偈："二十四孝俱说到，奉劝世人不可忘。本局编这《劝孝卷》，百世流传亦有芳。"

F

030《法船宝卷》，又名《法船经》《观音菩萨造法船》

经卷类宝忏，无具体故事情节。

版本共1种：

1993年何崇焕抄本

线装。抄本。一卷，与1993年何崇焕抄本《花名宝卷》合订一册。封面左上题"法船经、劝世宝卷、花名宝卷、观音劝世"，右上题"公元一九九三年太岁癸酉桂月"，中下题"何崇焕记"，并钤有姓名章。卷首有抄写者白描绘画观音佛像1幅。卷首题"观音菩萨造法船"。卷末无题。

开卷。开卷偈："佛说明王古佛身，观音菩萨劝世人。红尘滚滚在世界，何人持斋讲修行。红尘滚滚在世界，何人持斋讲修行。《法船宝卷》初展开，诸佛菩萨降临来。"

正文：通篇七言诗赞。

结卷。结卷偈："《法船宝卷》拜完成，善男信女转家门。回家要拜观世音，世代儿孙福寿增。大众拜佛增福寿，合家大小福寿增。南无大慈大悲观世音菩萨摩诃萨。"

031《方四姐宝卷》，又名《于宝宝卷》

宋太宗年间，太和县有一方员外，娶妻张氏，生二子一女。长子方秀，次子还未取名，小女方四姐，尚未许人。本乡富户于鸿，也有二子一女。长子于可梁，次子于可久，小女于童养自幼许与方秀。于童养过门之后，张氏待她如亲生女，不料未过数月，于童养得病身亡。于鸿妻子于姚婆认为女儿是受方家虐待致死，怀恨在心。于姚婆请李保做媒把方四姐娶进门，配与次子于可久。婚后夫妻恩爱，但于姚婆处处与方四姐作对，设计陷害四姐。过门不到半月，于姚婆给三棱扁担和尖锥水桶让四姐到十里外担水，四姐担水耽误时间，遭于姚婆毒打，嫂嫂、小姑见之不理，经后房婶娘相劝，于姚婆方罢。于可久放学回家心疼四姐，气急要找母亲理论，四姐劝说丈夫不可激怒母亲。四月初八，于姚婆要四姐到后花园采花献佛，可久陪四姐采花并带四姐到书房，被于姚婆碰见。于姚婆责打四姐，污蔑说四姐带坏儿子。于员外送于可久到南庄上学。丈夫离家后，婆婆、姑嫂把四姐当仇人，随意打骂。四姐弟弟方公子到于家接姐姐回家暂住，于姚婆只容许四姐在娘家留宿一夜，并让四姐带去梭布，要她做好绣鞋八双带回。四姐回到娘家，诉说在于家所受苦难，全家伤心痛哭。夜间，张氏帮女儿赶做绣鞋，观音大士带领金童玉女下界帮忙，天明之前做好七双。因少做一双，四姐又遭毒打。四姐悲痛上吊，欲寻短见，被婶娘救下。七月麦黄，于姚婆要四姐在一日内将八亩麦子割完，观音下界帮忙完成。于婆不信，又毒打四姐。八月于姚婆让四姐织布，观音大士帮忙一夜织出三尺四寸，于姚婆以少织一寸为由，给一根绳子、一把刀让四姐自己去见阎王。四姐上吊自尽，观音差金童玉女下界，用金丹护住四姐尸身。于可久到岳父家告知妻子死因，方秀到太和县衙状告于家逼死妹妹。于姚婆贿赂仵作五十两银子，仵作假报验尸无伤，被县府王老爷识破，仵作招认收受于姚婆贿赂。王老爷判罚于家花钱为四姐出殡，念经七期。七舅母都来给四姐过头七招度七魂，安葬四姐。四姐魂游地府，阎王查得四姐应享阳寿九十二岁，遂将她送还阳间。花子徐能、林巧掘墓开棺窃财，观音借机将四姐真魂送入四姐体内，四姐还阳。四姐夜半敲门，丈夫于可久悲喜交集，夫妻团圆。因积下恶行，于姚婆、于家姑嫂先后得病，不治身亡。

版本共1种：

1982年抄本

线装。抄本。一卷一册。开本：19.1厘米×13.5厘米。共56页112面，每面7行，每行21字。封面、封底全。内容完整。封面左上题"方四姐宝卷"。卷首无题。卷末题"卷是好卷，也须别人看。看了要送还，不可自方便。好借好还，再借不难。人人做到，不要撕烂。八二年五月二十日"。卷后附《农谚篇段选》。

开卷。开卷偈："于宝听卷才展开，观音菩萨降灵来。听卷之人仔细听，听卷莫当耳边风。善男信女一同坐，念经文人讲明白。用心听了此宝卷，父慈子孝振家声。信佛人儿听此卷，贤子贤孙辈辈传。这些贤言没有表，再把贤郎说一番。"

正文：散说、诗赞（七言，攒十字为主）。

结卷。结卷偈："于家的一家人都是病人，害的那于可久愁眉苦脸。于可久每日里请医调治，吃了药不见好日加沉重。方四姐堂熬药流泪满面，望公婆和哥嫂一起都好。在佛堂焚香回叩头拜谢，视先那天地神日月三光。却说于可久父母、哥嫂、小妹得病之后，每日请医生，医治无效，全都身亡。于郎请来了高僧高道，七期念经，招度亡魂，做了纸贷择了吉日，埋葬以毕。正是：恶有恶报，善有善报。如若不报，时辰没到。"

032《凤凰图宝卷》，又名《巧缘宝卷》

明正德年间，苏州洞庭县柳如荫，年五十岁，安人郁氏，夫妻同庚，单生一女，名彩娥，二十一岁，聪明伶俐，如花似玉。嘉兴秀水县蔡必达，父母双亡，时年二十一，家私广富，相貌丑陋，单生过活。二月里蔡必达到龙华寺拜菩萨，遇见一位女娇娘，思慕万分，家童蔡兴打探得知是柳府小姐。蔡必达托媒婆包得成去柳府说亲，柳员外夫妇同意四月初八定亲，十二月十五日迎娶。兵部尚书王世成因当朝奸臣严世藩陷害，被革职归家。夫人裘氏，生二子。长子子建，次子子连。子建娶妻戚抚琴之女戚氏。戚氏贤德。子建考中头名状元，被严世藩奏表派去征讨沙陀国，三年未归。次子子连二十岁，未婚配，在家读书。王家家贫如洗，戚氏拿出陪嫁金圈让小叔子连去典当些银两度日。子连拿得金圈典当的五两银子，回家路上遇到屠夫周使焕正欲杀子供奉八十岁老母，就将银两全部送给了周家。子连回到家中，被老父责骂，让其回去向周使焕要回一半银子以解一家饥苦。子连要钱迷路，遭遇大雪，饿晕在蔡必达家门前。蔡家正在操办迎娶新人喜事，家人蔡忠原为王尚书府中家仆，将子连背入府内，到厨房拿来饭菜让其吃饱，并赠送自己积攒的十两银子，被蔡兴发现。蔡兴报告家主蔡必达，诬陷蔡忠私通外人，盗取府中钱财。蔡必达搜出子连身上银两，吊打子连，重罚蔡忠。蔡府花轿到了刘府，彩娥素知蔡必达丑陋，品行不端，拒不上轿，要蔡必达亲自来接，蔡家空轿而回。包媒婆见子连相貌俊秀，使计让子连冒充蔡必达去接亲。蔡必达威逼子连替自己接亲，不然便将子连扭送官府，子连只得应承。柳员外见到子连，十分满意，安排子连与彩娥当场拜堂成亲，送入洞房。包媒婆焦急催促新人上轿，无奈冰冻封河无法开船，耽搁一月有余。子连自知冒充有违良心，夜夜和衣而睡。因子连外出多日未归，王世成夫妇焦急万分。戚氏回娘家借银两，母亲见女儿空手回家，不但一文未给，反而羞辱戚氏。戚氏自觉无脸面见公婆，回家路上投河自尽，被卖货的朱婆婆救下。戚氏跪在十字街头乞讨得几文铜钱买米，回家给公公婆婆做饭充饥，回到房中自觉羞辱难当，准备上吊。潼关总兵姜正龙因得罪严世藩被满门抄斩，儿子姜彪逃到铁龙山占山为王，一晚下山，见王家府门高大，翻墙进府，准备偷盗钱财，恰巧撞见戚氏准备上吊。姜彪听得戚氏诉说情由，深为感动，冒充神明，言其丈夫将有书信来到。姜彪回到山寨，假借子建之名修书一封，报军中平安，并附银子三百两，差人送交王府，使戚氏及王世成夫妇宽心。蔡必达一月多未见子连带彩娥回程，心生杀机。周使焕用完子连赠送的五两银子，家中日子难度，到蔡府借钱。蔡必达乘机要周使焕去杀掉子连，周使焕假意答应，回家告诉妻子沈氏，沈氏让

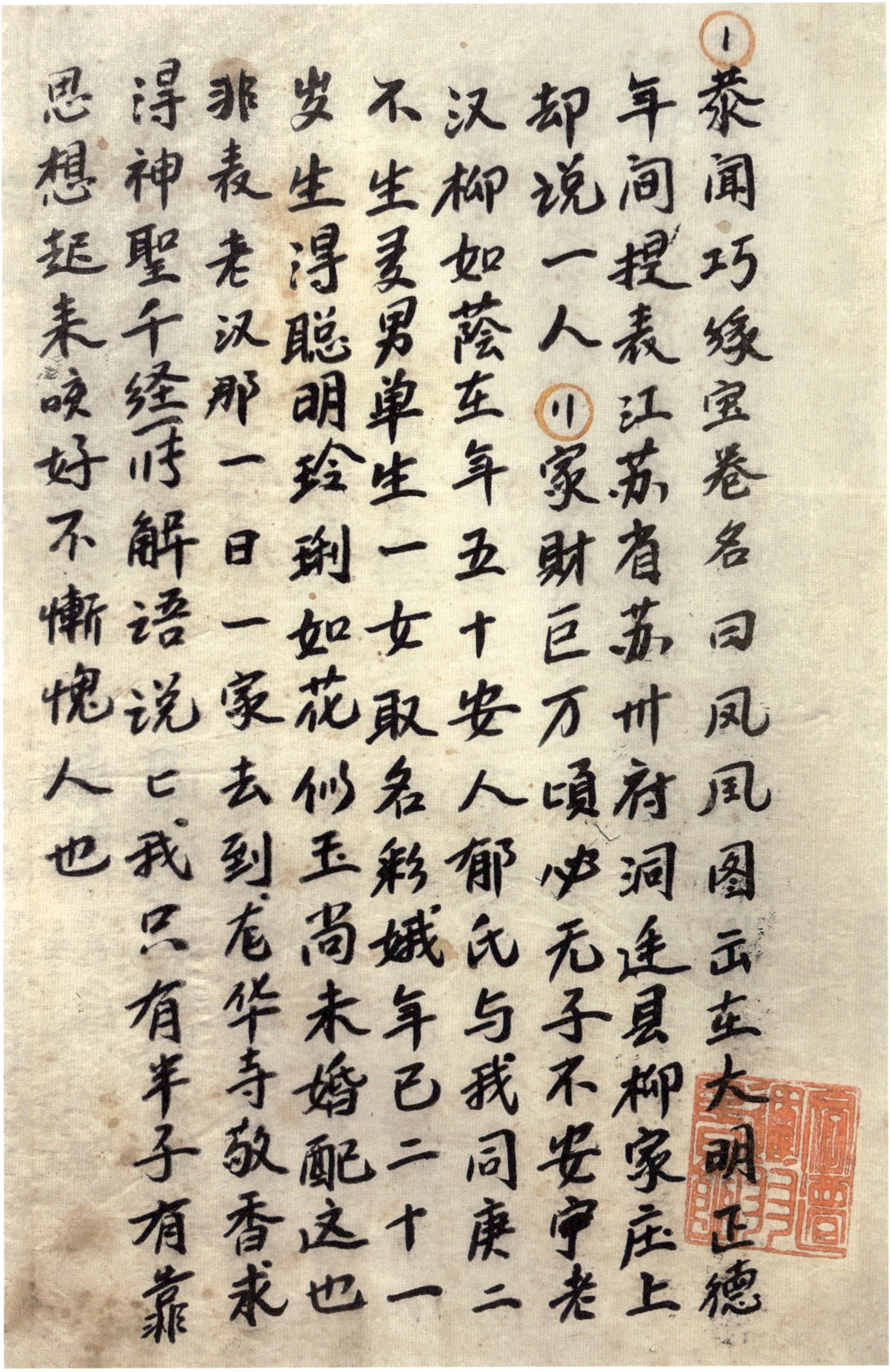

① 盖闻巧缘宝卷名曰凤凰图正在大明正德

年间提表江苏省苏州府洞连县柳家庄上

却说一人②家财巨万顷少无子不安守老

汉柳如荫左年五十安人郁氏与我同庚二

不生灵男单生一女取名彩娥年已二十一

发生得聪明玲琍如花似玉尚未婚配这也

非袁老汉那一日一家去到龙华寺敬香求

得神圣千经咒解语说亡我只有半子有靠

恩想起来哎好不惭愧人也

《凤凰图宝卷》1991年抄本

周使焕借机搭救恩人。周使焕到柳府面见子连，让子连外逃。柳员外见周使焕带刀入府，要将他扭送报官。子连向柳员外禀明原委，柳员外假戏真做，将女儿许配给子连，并送子连家传宝贝《凤凰图》一幅、银子五百两，送周使焕银子五十两，送随轿来接亲的王忠银子二十两，让两人作为证人，报官控诉蔡必达雇凶害人，并将媒婆包得成扭送官府。子连回家见过父母后赴京赶考，得中头名状元，严世藩奏表让子连带兵征讨沙陀国。姜彪带领山寨人马投奔子连，助子连一起去沙陀国杀敌。子连救出因粮草不济被围困的哥哥子建，用《凤凰图》施法，瞬间飞沙走石，大败敌兵，沙陀国王投降称臣。皇帝龙颜大悦，钦赐子连为平沙王，子建被困事出有因，官封平沙大元帅，王世成官复原职，裘氏封为一品夫人，戚氏为二品夫人，彩娥与子连奉旨成婚，封为淑德夫人，姜彪代父之职，任潼关总兵，柳公封为上大夫。严世藩被革职为民，蔡必达行凶害人，逃走他乡。

版本共1种：

1991年抄本

线装。抄本。两卷两册。开本：25.1厘米×17.8厘米。共97页194面，每面9行，每行18字。封面、封底全。内容完整。上卷封面左上题"凤凰图上"，下卷封面左上题"凤凰图下"。卷首无题，有钤印"宿迁运羽书馆"。卷末题"岁次辛未年三月十五日"。

开卷。无开卷偈。

正文：散说、七言诗赞。

结卷。上卷结卷偈："员外此刻喜容颜，美貌贤婿称心田。不表员外心中喜，包媒急得冤老天。刚刚今早要开船，老天作对我老身。早勿落来迟勿落，单单今落雪满天。若还再迟一个月，大爷跟前难开口。要想团圆勿能够，我呒一定坐监牢。未知何日可回占，未知子连得可全。宣到此处停两回，大娘求乞下卷云。"下卷结卷偈："《巧缘宝卷》宣完全，古镜重磨照大千。世成为官多忠心，官还原职伴龙颜。子建缺粮彼回困，仍封元帅甚威严。戚氏夫人多贤孝，生得一子伴金殿。子连得胜回朝占，敕封沙王威名传。柳氏夫人生二子，柳王两姓接香烟。员外夫妻回心占,功成圆满上西天。姜彪仁义两双全,官封总兵守关前。王忠苍头多仁义,身在王府享天年。使焕为人良心好,一家团叙得安然。世藩奸相害忠良,削职为民好可怜。必达爱色起凶心,逃往他乡不回程。包媒贪银骗成亲,身坐牢中受苦辛。善还善来恶还恶,世界头上有青天。一人能积无量福,千金难买子孙贤。《巧缘宝卷》宣完全,一年四季保平安。"

033《伏魔宝卷》,又名《关帝伏魔宝卷》《护国佑民伏魔宝卷》

汉末桃园三人结义,大哥刘备是当人清净法身,二哥关羽是原人千百亿化身,三哥张飞是圆满报身,三身原现,一体同观,破黄巾贼十万八千人。二哥关羽杀文侯,三刀劈四寇,过五关斩六将,千里寻兄,认弟古城,聚会团圆,降曹灭吴,保西川君主成大事,感动菩萨,曼陀之中,化一神堂古庙。关羽入庙避雨,菩萨化作一个美貌女子,故作心痛,哀告将军按她一下可救她一命。关老爷告知男女有别,不好上前治疗,隔门扇探出刀鞘为女子治疗。观世音菩萨在空中感叹关羽赤心,财色全忘,许其成神,护佑菩萨金身。玉皇大帝得知关羽耿直,在凡间官封汉寿亭侯、武安王,传告天下知闻,关老爷神通有感,一年多来,六国不乱,天下安宁。关老爷时时护持圣驾,保定真主。万岁一日梦中遇见一大将金盔金甲持大砍刀护定圣驾,天明上朝,便询问文武百官梦中之事,百官齐声奏报是汉寿亭侯保驾。于是皇帝下旨封关羽为三界伏魔大帝神威远振天尊,赐九旒珠冠,衮龙袍,白玉带,摩尼朝荷花,传令天下,都与关老爷改换金身。三官奏报,玉帝得知关老爷凡间被封为帝,缺少一帅,便选岳飞替职为帅。

版本共1种:

清光绪二十二年(1896)永平府抚宁县刻本

线装。刻本。两卷两册。版框:14.8厘米×10.8厘米。共77页154面,每面9行,每行21字。白口,单黑鱼尾,四周单边。书口题"伏魔宝卷"。封面、封底全。内容完整。樟木盒装,木盒正面题"关帝伏魔宝卷"。封面无题。内封中大字题"关帝伏魔宝卷",右上题"光绪丙申秋重刊",左下题"板存永平府抚宁县台营公□□□"。卷前有佛像7幅。有《关圣帝君叙》《达摩祖师叙》《周将军叙》

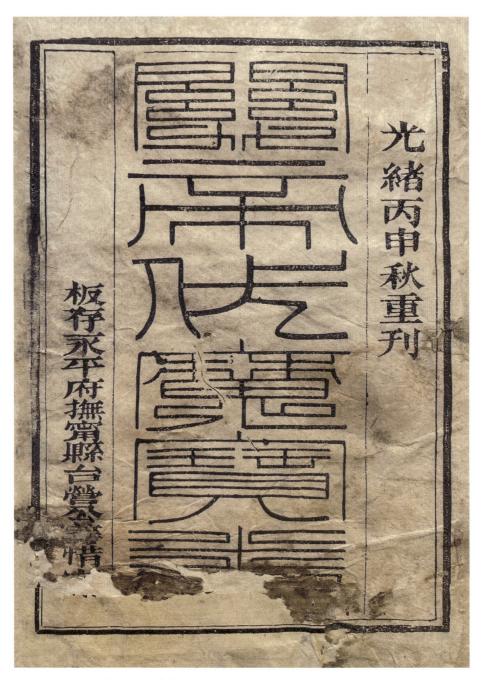

《关帝宝卷》清光绪二十二年（1896）永平府抚宁县刻本

《关将军叙》《司命张大帝叙》《东岳大帝叙》《文昌帝君叙》《张桓侯大帝叙》《纯阳祖师叙》《岳武穆降叙》。上卷卷首题"护国佑民伏魔宝卷上",下卷卷首题"护国佑民伏魔宝卷下"。卷末题"护国佑民伏魔宝卷终",有钤印"宿迁运羽书馆"。卷后有关帝伏魔佛像2幅。

开卷。开经偈:"《伏魔宝卷》立意深,传留后世劝贤人。有人信受《伏魔卷》,万劫不踏地狱门。"

正文:散说、诗赞(七言、攒十字)。

结卷。结卷偈:"一报天地覆载恩,二报日月照临恩,三报皇王水土恩,四报父母养育恩,五报祖师亲传恩,六报师兄护持恩,七报坛那多送供,八报八方众位神,九报九祖升天界,十报亡者尽超升。十方三界一切佛,绿柳海潮观世音。文殊普贤掌寒暑,地藏菩萨掌幽冥。一切菩萨摩诃萨,摩诃般若波罗蜜。"回相:"愿以此功德,普及于一切。我等与众生,皆共成佛道。"

G

034《割麦宝卷》,又名《割麦龙图宝卷》《三包龙图宝卷》

宋仁宗年间,庐州府合肥县南庄凤凰桥有一员外名叫包怀,娶妻郭氏,生二子,长子包山,次子包海,两子均已成家。郭氏年近五旬又产一子,黑丑无比,郭氏视他为妖精,怕人耻笑,将他丢入冷房,想让其饿死。大儿媳妇吕氏心善不忍,将孩子抱回家中独自喂养,哥哥包山为其取名铁面,嫂嫂吕氏为其取名文正。包正长到八岁,嫂嫂送他到学堂读书。二儿媳妇包二娘因为没有子女,担心有了三叔,少分家产,与丈夫包海设计陷害包正。一日,包正放学,包海将他接到家中用酒灌醉,把他背到青山岭打算让老虎吃掉他。刚到半山,一只老虎跳出,包海吓得丢下包正仓皇逃离。老虎守在包正身边,一直待到他醒来才离开。包正一夜无事,独自下山。大年初一,包山带着包正去给父母拜年,父母独不待见包正,将他赶去荒野放牛犁地。大嫂吕氏惦记包正一人在荒山受冻,每日送衣送饭。一日,包正到凉亭避雨,一只千年狐精被雷公追杀,逃到包正面前，包正将其藏到身下。因包正乃天上文曲星下凡，雷公不敢伤害他，狐狸于是逃过一劫。狐狸拜谢恩人，回深山修炼。包二娘一计不成又生一计，假借金钗掉落井里，骗包正下井打捞。包二娘将包正放到井下，剪断井绳离开。狐精感知恩人有难，赶来搭救包正出井。大比之年，嫂嫂吕氏筹备银两派包兴送包正进京应考。包二娘暗算包正不成，心生怒气，砸烂包家祖宗牌位，并要谋害包怀二老，被玉皇下旨令雷公劈死。包正赴京途中夜宿旅馆，盘缠被盗。蔡府小姐因妖魔纠缠身患重病，包正得狐精帮助医好小姐，蔡公遂将小姐许配包正，赠送银两供其进京赶考。包正考中二甲状元，回乡报于嫂娘，嫂娘让其报拜父母。包怀听信包海唆使，误认为包正买官哄骗父母，扯碎包正官纱朝服，罚其去南畈割麦。皇帝封包正为定县县令，县差前来接包正赴任。包正正在田里割麦，县差上前问路，包正带县差到家门，让县差在门口等候，自己先到房内禀报嫂嫂。吕氏出来接待，县差方知割麦之人正是县太爷。吕氏为包正缝衣补袜，收拾行装，叮嘱包正要为官清正，一心为民，包正一一记下。包正视兄嫂如父母，向嫂嫂跪行拜别大礼，到定县赴任。

定县阮小土做小买卖营生，妻子王妙青轻薄风流，与本城张子义有私情，为求长期私通，二人设计陷害阮小土。王妙青将丈夫灌醉，在脑门钉入铁钉致其死亡。出棺下葬之时，王妙青哭中带笑被包正看到，包正喝令开棺验尸。仵作从头至尾查验无有异常，包正寻思必有隐情，下令仵作三日内必须查出真相。仵作愁眉苦脸回到家中，后娶之妻刘氏得知丈夫愁苦原因，告知可查脑门有无异常。仵作二次开棺验尸，查出阮小土脑门有两颗三寸铁钉钉入，包正责问为何前次没有验出，仵作说出是受刘氏指点。包正惊奇，提来刘氏严审，连带破获刘氏杀害前夫命案，惩罚了王妙春、刘氏等人。

定县城内裁缝李小廷父母早亡，娶妻梅氏，妹妹玉花年届十八，还未许配人家。李小廷要到赵员外家做活两月，因听有闲言议论妹妹与隔壁书生周文林有私情，放心不下，让妻子看管好妹妹，不要让妹妹与外人接触。小廷走后，梅氏让玉花从楼下搬到楼上，自己到楼下居住。单身屠夫严仁标住在李小廷家对面，两家窗户相隔不到五六尺。严仁标一直暗中垂涎玉花美貌，得知李小廷外出，又风闻玉花与周文林有染，心生歹意，夜间用跳板爬进二楼玉花房内，假冒周文林，威逼侵害玉花。玉花误信来者是文林，为保名声，忍气顺从，黑暗之中，摸得此人背上有乳大肉瘤。李裁缝回家，梅氏夫妇又搬回二楼居住。严仁标一日夜间又借跳板进入房间，见房中睡有两人，怀疑是周文林来与玉花偷情，心中嫉恨，砍下两人头颅带回家中，想到地保五老爷平日与自己有仇，便把两颗人头丢到五老爷院内。五老爷看到人头，知是有人栽赃陷害，便把人头丢到卖汤圆的王老头担内。阿意、阿六两个浪荡汉发现王老头担内人头，要敲王老头竹杠，王老头骗阿意、阿六帮助挖坑之际，砍死两人，连同两颗人头一起埋入自家屋檐之下。玉花早上起来，上楼发现哥嫂被杀，尸首分离，人头不知去向，惊叫痛哭，引来邻居报官。包正审问玉花，玉花矢口否认杀亲。包正追问玉花是否与人有奸情，玉花供说日前有人自称是周文林进房侵害自己，因黑夜没有确认是否真的是周文林，但记得此人背上有乳大肉瘤。包正招来周文林，查验其背上没有肉瘤，无头公案一时陷入僵局。一日，包正将周文林、玉花二人押到长青街上，指着一块青石板说，此石成精，杀人谋命，下令将青石板抬到衙门审问。县太爷要审问青石板，引得全城民众前来观看，严仁标也混在人群中想看个究竟。包正吩咐紧闭府衙大门，告诉民众今日不审案，大家散去，但要求个个都要脱衣而出，暗中嘱咐衙差背上有肉瘤之人不要放走，严仁标得以被擒获归案，最终又破得王老头杀害阿意、阿六两人命案。周文林无罪释放，包老爷赠送他银两供其读书应考。李玉花因被诱骗失身，免于治罪。五老爷移赃避过，罚银四十两，用于玉花安葬兄嫂。严仁标、王老头斩首示众。礼部尚书冯铨上表弹劾包正无详文上报朝廷核准，擅杀犯人，不合法度，皇帝下旨将包正削职为民。包正自觉无颜回家面见嫂娘，便到普照寺隐居参禅。吕氏得知包正入寺修行，背着包正时常向寺中布施钱粮，请长老关照包正。

陈州遭荒三年，国舅曹德侵吞赈灾皇粮，王丞相保举包正前去监管赈济。仁宗皇帝加封包正为龙图大学士，领开封府尹，钦赐尚方宝剑一把、黄木御棍一根，并许他有先斩后奏之权。包正奉旨到陈州后，查清国舅曹德将糠掺在米中，哄抬米价，侵吞皇粮，残害灾民的罪行，将他捆绑上堂，棒打四十，擒拿入狱。包正不辞辛劳，日夜核查，造册登记，照册赈饥，使三县灾民户户有米，顿顿有饭。赈灾完毕，包正押解曹德进京定罪。皇帝下旨将曹德打入天牢，永不见君，包正加封萨国公，包母封为一品夫人，嫂娘吕氏养教有功，钦赐一品嫂夫人，敕赐凤冠，妻蔡氏封一品夫人。包正奉旨回乡祭祖，进门拜见嫂娘，亲自为嫂娘佩戴钦赐的凤冠，终生奉养。

版本共1种：

线装。抄本。两卷两册。开本：25.1厘米×17.8厘米。共69页138面，每面9行，每行17字。封面、封底全。内容完整。封面左上题"割麦上"。卷首无题，有钤印"宿迁运羽书馆"。卷末无题。

开卷。无开卷偈。

正文：散说、七言诗赞。

结卷。上卷结卷偈："此案名曰双钉嵌，双钉奇案百姓称。包爷威名传四海，百姓敬重如真神。宣到此处暂停回，后面还有许多情。"下卷结卷偈："《割麦龙图》宣完全，古镜重磨照大千。包怀夫妻功成满，白日无疾上西天。包正本是文曲星，百姓敬重如真神。蔡氏夫人多贤德，同夫理事治万民。《割麦龙图》宣完全，一年四季保平安。"

035《观音宝卷》

周朝早期有个杏林国，国王妙庄王，因无子传后，朝臣献计广做善事。庄王大办养老堂、清节堂、育婴堂。玉帝得知，派御前犯过的青狮变成牡丹下界。送子娘娘将牡丹插到宝德皇后头上，皇后遂有身孕，十月怀胎，产下一女，取名妙书。妙书公主长到三岁，庄王想要太子，让全国民众修行三年，打开全国牢房，释放犯人。玉帝知闻，将座下打瞌睡的白象罚送下界投生，于是皇后又生一女，取名妙音。妙音三岁后，庄王只想得到太子，又令全国不准杀生。不料物极必反，蛇虫鱼虾成精，凡间怨气冲天。玉帝有心挑选仙人下界投生，无奈众仙都不愿意。玉帝遂召集众仙参加蟠桃会商议，也请宝德皇后游魂参加。慈航菩萨见宝德皇后修行三年就能参加，自己修行七世才得参加，心生不满。玉帝看破，本欲将慈航打入三曹地府，经韦驮菩萨求情，才将其发落庄王家。玉帝命慈航变作金童、玉女各一个，金童为面黑如锅底的童子菩萨，玉女为面如桃花的仙子菩萨，让宝德皇后挑选一个。宝德皇后唯恐选黑面金童会被国人笑话，就选了貌美玉女。玉帝告知选童子生太子，选玉女生公主，宝德皇后想反悔，但为时已晚。宝德皇后醒来又有身孕，产下一女，取名妙善。妙书长到十二岁，妙音九岁，妙善六岁，庄王请陆御史家千金进宫教三位公主读书、绣花。过了三年，陆凤英母亲六十大寿，陆凤英辞别三位公主回家探亲。一日，妙善到御花园散心，看到母亲修行时住过的茅屋，心生修行念头。玉帝感知慈航在凡间有入道之心，命韦驮菩萨下界送《金刚经》并作其领路人。韦驮变作僧人到皇宫叫喊"卖经"，妙善将他请入宫里拜为师父。韦驮用杨柳沾净水为公主洒身，传授三皈五戒。妙善专事修行，早晚念经。丞相刘仰家中生子，庄王为自己无子而感难过，为大公主妙书招文状元张文为驸马，为二公主妙音招武状元李武为驸马。庄王要为三公主妙善选婿，妙善执意要修行，庄王气恼，将妙善手脚锁住，押入御花园，画地为牢，不许她念经修行。西番红颜国下战书挑衅杏林国，送来五百棵罗汉树、五百块石板，要庄王七天之内在石板上栽活罗汉树，朝中无人能够办到。丞相刘仰表奏，三公主一直修行，可请来试一试。庄王将妙善从御花园放出，告知她若能办到，可顺其修行之意。玉帝派栽花童子、百花仙子下界帮助妙善栽活五百棵罗汉树，红颜国深感杏林国大有能人，主动退兵。北番哈里国兴兵来犯，要庄王三日内将石枷、石锁煨熟。庄王让妙善解难，玉帝派铁嘴鹰哥帮助完成。庄王心中欢喜，但因两件难事完成得蹊跷离奇，担心妙善因为修行走火入魔，遂将妙善打入冷宫，使其受苦，以断绝其修行之心。玉帝派火龙太子下界加温，使冷宫变暖宫，妙善毫发无损。庄王将妙善贬到河南省许昌府龙庭县白雀寺打杂受苦，让寺中张老尼劝说妙善。

版本共1种：

2004年抄本

线装。抄本。存上半部一卷一册。开本：19.2厘米×14.7厘米。共56页112面，每面7行，行字不等。封面、封底全。封面中题"观音宝卷"，右下题"农历甲申年六月"。卷首无题，有钤印"宿迁运羽书馆"。全卷不完整，抄写到进白雀寺终止。卷末无题。

开卷。上半卷开卷。排香设案："三炷香，设会场。同赴会，赐寿阳。斋主到佛前焚起三炷香，设立阳生大会场。拜请福禄寿三老星君同赴会，西池王母赐寿阳。天留甘露佛留经，人留男女草留根。天留甘露生万物，佛留经典劝善人。人留男女防身老，草留枯根等逢春。"上半卷开卷偈："拜请《观音宝卷》初卷开，拜请大悲观音降临来。两旁善人同念佛，能消八难免三灾。宝卷初卷开，拜请活如来。树从根上起，花从叶里开。"下半卷开卷偈："开金花我替斋主家满门老少添阳寿，开银花我替合堂老奶奶免三灾。《观音宝卷》再讲来，行善积德传万代。"

正文：一平一挂宣讲，散说、七言诗赞。

结卷。上半卷结卷："《观音宝卷》打个等，稍等片刻再谈论。天赐平安福，人同富贵春。斋主家和各位善人保延生。对不起奶奶们，首卷到此。"下半卷结卷："快马加鞭昼夜行，四蹄奔起一溜烟。在路登程来得快，皇命官到了白雀寺。《观音宝卷》路程远，现在文中打个等。稍等片刻再说论，下文再讲劝善人。对不起，奶奶们！进白雀寺：上西天，苦黄连。花仙果，密转甜。昔年唐僧师徒四个上西天，跋涉艰难苦黄连。吃尽园中花仙果，取到真经密转甜。"

按：此版本宝卷在江苏东台、盐城一带传抄。

036《观音济度本愿真经》

尔时慈航尊者在大罗天宫逍遥胜景，端坐八宝金莲之上，慧眼遥观，见东土众生贪迷酒色财气，利锁名缰，醉生梦死，皆无了期。慈航心中悲切，跪奏瑶池金母无极天尊，自愿脱化女身下界，诚心苦度有回心向化之人。金母准许慈航下凡。慈航辞别诸佛菩萨，前往东土。东土伯牙国母一日梦中恍惚见一太阳落于怀中，自觉腹中有孕，十月怀胎，产下一女。庄王已有两女，长女妙音，次女妙元，便将此女取名妙善。妙善自幼不吃荤乳，长至五六岁时，秉性善良，心灵异常，读书过目不忘，出言吐词与众不同，庄王国母喜爱至切。不觉间妙善公主已长大成人，两位姐姐都已招了驸马，庄王商议欲为妙善招亲。妙善一心向佛从善，不愿招婿。庄王大怒，命令宫女扒下妙善身上衣服，只留遮体衣衫，将她赶到皇家后花园挑水浇花。妙音、妙元去见妙善，劝妹妹回心转意。妙善告诉两位姐姐，自己甘愿受苦，不贪世间荣华，并规劝姐姐们多做善事。值日功曹将妙善决志修行之事上奏天庭，玉帝命达摩尊者往东土，指示慈航要秉持先天大道，率性返本，方能成正觉。达摩尊者化作一个沙弥前来试探妙善。沙弥告诉妙善，自己是香至国太子，本指望修道成仙，无奈修行过程苦楚难承，灰心不愿再受苦，也劝公主金枝玉叶之身不要再去受苦，回转心意，在宫廷享受凡人所不及的荣华。妙善为沙弥多年修行却自愿放弃感到惋惜，坚信自己只要此生一心修行正道，西天佛祖自然会看得到。达摩心知妙善修行意坚，心中欣喜，告知妙善，如只知修行，不懂自己本来、未来和清浊区分，只会枉费心力。公主灵心，知晓沙弥必是佛祖派来度化自己，当即跪朝西方，立誓归佛。庄王思量妙善在御花园受苦已有时日，命太监去看看妙善心意如何。太监到御花园看到各种鲜花开得盛艳悦目，公主在花边打坐，岿然不动，面露喜色。庄王得知如此，下诏将公主送到白雀寺，让长老规劝。公主不为所动，长老无奈，只得分派妙善扫地、烧火一应杂事，各路诸神又暗中帮助，一应杂事做得面面俱到，使得众僧尼惊异不已。妙善在寺内遇着高僧黄法师，两人甚是投缘，在三清堂一同打坐修行，谈法论经。民间童谣传言三公主与黄法师以修行为名在寺内私通，庄王听闻后大怒，命大将王真虎带领五百名兵士火烧白雀寺，寺中五百余僧众全部被烧死。妙善在三清堂得诸神护佑毫发无损，被庄王下令带回皇宫，强行为她招亲。妙善回应庄王，若要女儿从命，需要天庭王母娘娘做媒，玉皇大帝送嫁。庄王恼羞成怒，命金瓜武士将公主押解法场，三官大帝与护法诸神护佑，金瓜武士的宝刀举起即断。庄王怒斩执行官员，又赐公主白绫自尽，公主颈如钢硬，无法处死，庄王接着又斩监斩官。妙善不忍父王再杀无辜，求告诸神，自己情愿一死。西天瑶池金母算得公主有斩绫之灾，令黄龙真人下界传旨让妙善受难，公主就颈而亡。黄龙真人差诸神将公主形骸收归松林，将公主真性引至灵山聆听如来佛祖教诲后，又将公主领至无极宫中觐见金母。金母点化妙善，妙善受戒离开灵山。黄龙真人又领妙善遍游地府十殿后回到阴极山松林之下，见公主尸首卧于卧虎岩之上，便推公主跌落云下，公主苏醒还阳。太白金星下界与黄龙真人一起送妙善公主到香山。妙善公主在香山每日焚真香，念真经，勤修苦练，不觉九年。玉皇大帝驾登灵霄宝殿，太白金星奏表下界妙庄王婆枷罗者阻碍妙善公主修行。玉皇大帝闻奏大怒，下令夺去妙庄王所存阳寿。妙庄王在宫中突发重病，身生毒疮，疼痛万分，试过各种药方无效。妙善得知父王有难，化作一个小和尚下山，进宫为父王医治。不日妙庄王病好。妙庄王赐她黄金五千两，要为她封官，妙善一概拒绝，告知如若真心谢佛，可到香山进香拜佛。妙庄王和国母并百官虔诚齐到香山，方知千手千眼女菩萨就是妙善。妙庄王大彻大悟，将王位传于大臣悉旦嗒，与国母一同在香山跟随妙善专事修行。后妙善又度化大姐妙音、二姐妙元、大姐夫赵魁、二姐夫何凤、香山道长周全功、五百余僧众及文武三臣杨杰、赵震、悉旦喃同修佛道。三官大帝将慈航尊者功果一应上奏如来佛祖，接引佛祖引妙善到灵山叩拜如来佛祖，佛祖赐封妙善为南无大慈大悲救苦广大灵感观世音菩萨，封妙音为南无大智师利文殊菩萨，封妙元为南无大行能仁普贤菩萨，封妙庄王为南无大庄严善胜菩萨，杨杰、赵震、赵魁、何凤、悉旦喃诸众等一并官封仙界。

版本共2种：

一、清咸丰三年（1853）陕西省城按察司门西边关帝庙内黄家刻字处刻本

线装。刻本。两卷一册。版框：14.8厘米×11.5厘米。共97页194面，每面10行，每行24字。白口，单黑鱼尾，四周单边。书口题"观音济度本愿真经"。封面、封底全。内容完整。封面左上题"观音济度本愿真经"。内封中大字题"观音济度本愿真经"，右上题"咸丰癸丑年重镌"，左下题"板存陕西省城按察司门西边关帝庙内黄家刻字处便是"。卷前有观音济度神像1幅。卷首前有《观音梦受经》《后附斋期》《观音古佛原本读法十六则》《西天达摩祖师题赞》《孚佑大帝吕祖题赞》《观音济度本愿真经叙》《观音古佛原叙》。上卷卷首题"观音济度本愿真经上卷"，下卷卷首题"观音济度本愿真经下卷"。卷末有观音像1幅。

开卷。无开卷偈。

無上甚深微妙法　百千萬劫難遭遇

我今見聞得受持　願解如來真實義

《观音济度本愿真经》清光绪三十一年（1905）彰德府林县蒋村郭兴诗刻本

正文：散说、七言诗赞。

结卷。无结卷偈。

二、清光绪三十一年（1905）彰德府林县蒋村郭兴诗刻本

线装。刻本。两卷两册。版框：15.2厘米×11厘米。共115页230面，每面9行，每行23字。黑口，单黑鱼尾，四周单边。封面、封底全。内容完整。封面左上题"观音真经"。内封中大字题"观音济度本愿真经"，右上题"光绪三十一年春月重镌"，左下题"彰德府林县蒋村善士郭兴诗重刊"。卷首有观音济度神像1幅。卷首前有《观音梦受经》《观音古佛原本读法十六则》《西天达摩祖师题赞》《观音济度本愿真经叙》《观音古佛原叙》。上卷卷首题"观音济度本愿真经上卷"，下卷卷首题"观音济度本愿真经下卷"。卷末题"观音济度本愿真经下卷终。南众信善敬刊"。卷后有观音佛像1幅。卷后附东阳主人题跋，后有《观音祖降曰》《主坛真人降子云真人降箓修性炼命之工夫》。

开卷。无开卷偈。

正文：散说、七言诗赞。

结卷。无结卷偈。

037《观音经宝卷》，又名《观世音经》《观音高王真经》

经卷类宝忏，无具体故事情节。

版本共2种：

一、民国上海大观书局石印本

线装。石印本。一卷，与民国上海大观书局石印本《花名宝卷》同册。书名页下题"观音高王真经"。卷首题"观世音经"。卷末无题，有钤印"宿迁运羽书馆"。

开卷。无开卷偈。

正文：通篇佛偈、佛经。

结卷。无结卷偈。

二、排印本

线装。排印本。一卷一册。开本：18.4厘米×13厘米。共15页29面，每面11

行，每行15字。封面、封底全。内容完整。封面中题"观音经宝卷"。卷首有观音像1幅。卷首题"佛说观音经"。卷末无题。卷后附《祖师圣旨》。

开卷。无开卷偈。

正文：通篇七言诗赞。

结卷。无结卷偈。

038《归元宝筏》，又名《广野归元宝筏》

经卷类宝卷，无具体故事情节。共有"其一至其十六"十六封瑶池老母劝导众生改恶从善书信。附有《大成堂佳音》《大成堂歌赞》。

版本共1种：

清光绪二十五年（1899）刻本

线装。刻本。两卷一册。版框：14.2厘米×10厘米。共62页124面，每面9行，每行21字。白口，单黑鱼尾，四周双边。书口题"书帖页数"（封面及书口题名应为当时回避官府书籍查验的假借书名）。封面、封底全。内容完整。封面左上题"书帖初集"。内封中大字题"归元宝筏"，右上题"光绪己亥菊月重镌"，左题"双善氏捐资敬信奉行"。卷首题"广野归元宝筏"。卷末题"归元宝筏终"。

开卷。无开卷偈。

正文：诗赞（五言、七言、攒十字）。

结卷。无结卷偈。

039《郭三娘割股》

乾隆年间，江南省淮安府清河县小杨庄有个杨员外生了三个儿子，大郎杨仁娶妻刘氏，二郎杨义娶妻李氏，三郎杨礼年纪尚小还在读书。东庄有个郭员外，所生一女，小名三娘，生得清秀端庄，自小不吃五荤，年十六，尚未许配夫家。杨员外请媒人说合，让郭三娘嫁与杨三郎。三娘过门之后，夫妻恩爱。杨家兄弟、妯娌孝敬父母，和睦相处。妯娌三人同心持家，洗衣做饭，每日三茶四饭，样样俱到，不烦公公婆婆操心。忽有一日，婆婆生病，病卧床榻，兄弟三家

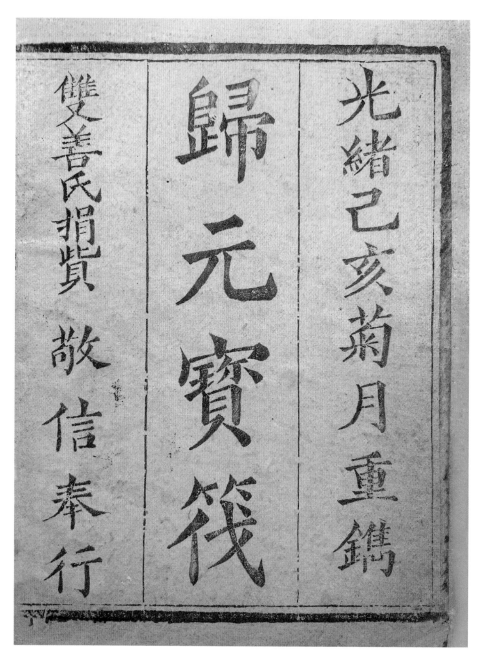

光緒己亥菊月重鐫

歸元寶筏

雙文善氏捐貲 敬信奉行

《归元宝筏》清光绪二十五年（1899）刻本

夫妇请医煎药，照顾服侍，多日不见好转。大郎夫妇、二郎夫妇、三郎夫妇均表示愿意损身救母，最后郭三娘说服家人，由自己承担。后婆婆病愈，三娘行孝之事受到传诵及君王表彰。三娘寿过九十三岁，所生三个儿子，个个都入朝为官。

版本共1种：

抄本

线装。抄本。一卷一册。开本：20厘米×13.7厘米。共8页16面，每面12行，每行21字。封面、封底全。内容完整。封面左上题"郭三娘割股"。卷首无题。卷末无题。有钤印"宿迁运羽书馆"。

开卷。开卷偈："紫金炉内把香焚，定唱贤娘郭三娘。家住江南淮安府，清河县内有家门。"

正文：通篇七言诗赞。

结卷。结卷偈："好个贤娘郭三娘，一传十来十传百。传到淮安府大堂，知府申详到总督，总督起本奏君王。君王闻奏龙心喜，发下皇银造牌坊。牌坊上面写大字，贤孝二字在当央。世间家家有媳妇，扬名天下郭三娘。后来生下三个子，状元榜眼探花郎。寿过九十零三岁，白日升天往西方。三娘原来归天堂，龙花会上念《金刚》。炉内烧的真檀香，奉请三娘受真香。兄弟进过龙花会，奉请三娘上天堂。传与世上男和女，总像贤娘郭三娘。为人不把双亲敬，你在世上做人样。堂前活佛你不敬，何必远处去烧香。孝顺还生孝顺子，忤逆还生忤逆郎。这是贤人一小说，先祖太爷出文章，万古流传把名扬。"

H

040《合同记》

（内容接上卷）宋公被抄家，夫人病亡，只得带二子宋龙、宋虎，小女宋金亭逃到二龙山落草为寇，占山为王。一日，宋公让高老将军下山守候，遇着白面书生就请到山上，招为女婿。金宝从牢房逃出，来到二龙山三岔路口，被高老将军带至山上。宋公审问得知他乃是自己的仇家山东洪洞县王金章的儿子王金宝，恨得咬牙切齿，下令将他绑到扣心亭，要活割他心肝祭奠夫人。金宝痛哭哀伤。小姐宋金亭骑马经过扣心亭，见金宝相貌不凡，心生爱意，拦下刀斧手，到聚义堂找父亲求情。宋公告知女儿，自己原为都督大元帅，因贪念外藩进贡的宝贝，被吏部王金章上奏弹劾，自家被满门抄斩，因此要杀仇家之子。金亭求父亲宽限至八月十五中秋节母亲忌日再斩，宋公应了女儿，释放金宝，让他改名王同，打发他在宝房清查宝物。金宝与金亭在花园木樨亭相见，二人私定终身，被宋公撞见，金亭羞愧返回绣房，宋公一脚将金宝踢晕。丫环玉兰、秋香告知小姐，金亭赶到，口对口吹气救活金宝。金宝去山西探亲半年未归，母亲任氏在家等得焦急，带上卖掉金钗得的三十两银子往山西寻找金宝。任氏夜宿三官庙，银子被一群叫花子偷走，哭求叩拜三官，菩萨显灵，土地化作白胡子老爷爷赠银子三十两并送任氏到山西地界。任氏进省城吏部尚书田府寻找金宝，被长春指使田龙、田虎扯出府外。襄阳府红梅县李文、李武兄弟到山西游玩，路过田府花园，见到任氏在伤心流泪。兄弟二人父母早亡，心生孝心，将任氏认为义母，带回襄阳。八月十四日晚上，金亭带金宝身携金银共骑一匹马，连夜逃出山寨，夜宿三官破庙。金亭让金宝待在庙中，自己外出买饭食回来充饥。宋公派宋龙、宋虎追赶金宝，二人追到破庙，金宝连忙躲藏，宋龙、宋虎没有追到金宝，遂返回。金亭带回饭食，不见金宝，疑是被二兄捉回，急忙往二龙山追赶二兄。金宝出来后看到饭食，知道金亭回来过，担心宋龙、宋虎回头再来，遂只身离开破庙。金亭追上二兄，得知他们并没有捉得金宝，遂又赶回庙中，已不见金宝，心中悲切，打马飞奔到了凤梅镇，投宿招商店。此店为磨盘山上强盗所开，店主周青用迷魂沙酒迷晕金亭，背到山上送与山大王。山大王欲招金亭为压寨夫人。金亭假借比武，杀死山大王，自立为王，改磨盘山为凤凰山，下令众喽啰下山，四处寻找金宝。九江口无赖尤哈大、尤哈二假冒鬼怪拦路打劫。山东邓州府潘茂松、任凤林夫妇到九江口做生意，尤家二兄弟杀死潘茂松，强占任凤林为妻。金宝在九江口被二尤假冒恶鬼追到陈家祖坟，抢去随身携带的金银。王金章早年救过陈家祖上，陈家祖上见恩人后代有难，显灵吓走二尤，金宝幸得脱身。金宝来到一间茅屋，敲门求救，得与表姐任凤林相见。金宝央求表姐留宿一晚，任凤林担心二尤回来伤害金宝性命，自尽而亡。金宝见自己害了表姐，含泪离开。二尤四更回家，见到任凤林已死，烧毁茅屋，到凤凰山假意投奔女大王。金亭识得二尤所献礼金正是自己送给金宝的金银，怒杀二人。金宝逃到猛虎山，被猛虎追赶，砍柴人郭文明救下金宝并将他带回家中，郭母杨氏收留金宝。（中卷到此终）

版本共1种：

清顾浩鑫抄本

线装。抄本。存中卷一卷一册。开本：23.9厘米×13厘米。共70页140面，每面7行，每行24字。封面、封底全。内容完整。封面左上题"合同记中本"，右下题"顾浩鑫记抄"。卷首无题。卷末无题。

开卷。无开卷偈。

正文：散说、七言诗赞。

结卷。结卷偈："金宝未说前流泪，伯母在上听元因。爹爹去世身亡过，家遇回禄烧干净。万贯家财多散去，厅堂房屋化灰尘。安童使女多拆散，单成母亲二个人。我到山西探亲去，岳父不认子婿身。反到书童来害我，害我吃了千万苦。当道不知运气好，牢头禁子救我命。送我盘费来逃走，谁知又遇对头人。拿到岭山受刑罚，运亏小姐救我命。小姐陪我同逃出，八月十五来拆散。伯母九死一不存，许多苦楚说勿尽。伯母听说双流泪，侄儿受苦乃知音。乃知山东这般样，一无信息乃知音。叫声侄儿休有闷，宽定休烦且消停。公子身坐厅堂上，已今红日落西沉。杨氏伯母忙办酒，还办夜膳烧端正。中本宝卷宣完成，有苦有甜在后本。大众各位歇一歇，吃盅茶儿再宣明。"

041《何文秀宝卷》，又名《恩冤宝卷》

明代嘉靖年间，南京应天府江阴县人氏何文秀，时年十四，已身入洪门。文秀与家仆何贵去华山拜圣母娘娘还愿，完毕回程，途经扬州，到兰华院游玩，与刘三姐相遇，在院中逗留两月有余。文秀父亲何显赴任到山东任主考，本府陈练央求何显容许二子一孙一同参加考试，并拜请何显照顾。何显未应，且将三人赶出考场，陈练就此怀恨在心。何显主考完毕，上京复旨后，回家路上受了风寒，到家不久去世。陈练乘机到何府敲诈，让何家助捐银子三万两。何府老夫人裘氏痛骂陈练，陈练捉拿总管何九思到堂，指使下人放火烧毁仓库，嫁祸于何家，捉拿裘氏，要斩何九思。老夫人裘氏撞死在公堂。陈练查没何家田产、宅院充作官府仓库。文秀在兰华院半年，银两用完，遭院内老鸨王婆婆冷落，只得回家。文秀在丹阳上岸，即被官兵捉住，幸得好友李子青搭救出逃苏州，落得沿街卖唱道情、乞讨为生。当朝国老王元返乡闲居，老安人姜氏生有一女，名王兰英，年方十六。丫环妙莲在街上买花，见文秀唱道情，回府后禀告小姐，兰英让妙莲领文秀进府唱《八仙上寿》道情戏为母亲祝寿。兰英见文秀一表人才，气度不凡，夜间与他在后花园私定终身，并赠黄金三百两，不料被家丁王虎、王龙撞见拿住。王元毒打二人，将二人沉入江中，被夫人姜氏吩咐管家陶常救起，藏到妙莲家。妙莲祖母同情二人，做媒让二人在家成亲。二人与妙莲一行三人离家出走他乡，来到海宁租住富豪张兴的房子安身。房主张兴贪兰英美色，假意与文秀结拜兄弟，将文秀灌醉，与家仆张堂上门欲奸污兰英，幸被乡邻发现未遂。张兴又故意杀害家中丫环嫁祸于文秀，陷害文秀入狱。邻居杨妈妈相帮打点，兰英得以探监。丫环妙莲见小姐忧伤，不忍连累，自愿出家，到庵中为尼。文秀被押解到杭州受审，兰英与文秀分别后回家自尽，被杨妈妈救下。杨妈妈将兰英带回家，认作干女儿，兰英与杨妈妈儿子杨文宝、小女杨翠英以兄妹相称。杭州新任知府陈练见文秀自投罗网，将他打入死牢，并呈文上报，三日后斩首。牢房王狱官为文秀冤屈所感，说服妻子，用自己的哑巴儿子换出文秀，助其出逃山东。王狱官的哑巴儿子被斩。张兴、张堂要抢兰英，杨妈妈带三兄妹到乡下躲避。兰英到杭州城寻夫，得知丈夫被斩首，收尸回家。不久，兰英产下一子，取名登登。文秀逃到山东，改名王察。大比之年，赴京赶考，得中二甲进士，皇帝钦点为浙江十一府巡按，赐尚方宝剑，有先斩后奏之权。王察先到海宁拜谢义父母、王狱官夫妻二人，随后扮作算命先生私访，得知杨妈妈救了兰英。王察假借算命，为兰英书写状纸，兰英到巡按府告状，王察提杭州知府、海宁知县到堂，张兴、张堂一并到案，审问定罪。王察将案情呈明皇帝，陈练、张兴被处极刑。文秀带兰英到岳父家门，姜夫人欣喜，国老悔恨，文秀原谅岳父。兰英帮妙莲修缮庙庵，文秀奉养王狱官及杨妈妈两家终身。

版本共1种：

民国四年（1915）上海文益书局石印本

线装。石印本。两卷一册。版框：17.8厘米×11.8厘米。共21页42面，每面20行，每行40字。白口，单黑鱼尾，四周双边。书口题"何文秀宝卷"。封面、封底全。内容完整。封面左上题"何文秀宝卷上下卷全"，左下"上海文益书局"。书名页中大字题"何文秀宝卷"，右上题"民国四年桃月出版"，有钤印"宿迁运羽书馆"。卷首前有书中人物绣像2幅，分别绘何显、何文秀、王兰英和妙莲、姜老夫人。上卷卷首题"何文秀宝卷上集"，下卷卷首题"何文秀宝卷下集"。卷末无题。

开卷。开卷偈："《恩冤宝卷》初展开，诸佛菩萨降临来。善男信女虔诚听，增福延寿免消灾。"

正文：散说、七言诗赞。

结卷。上卷结卷偈："兰英一见何文秀，抱住官人痛伤心。那日不听奴言语，偏偏要去饮杯巡。反将奴家来埋怨，不听妻子半毫分。今日坐在监牢内，事到如今悔无门。行来落马收缰晚，江心补漏枉劳心。若还解到杭州去，我夫定然活不成。抛撒妻子如何好，叫我女流靠行人。孤单独自真叫苦，又无田地与金银。叫我如何来度日，那个照看奴家身。况且难回苏州地，难见爹爹老父亲。想望夫妻同偕老，恶贼害我半路分。况且奴家有了孕，未知腹内是何人。倘然生下男和女，如无抚养怎长成。我写状纸去呈告，啼啼哭哭到公庭。将我呈纸来扯碎，无财无势告勿成。张堂有财又有势，知府衙门有贿银。妻害官人一条命，夫妻拆散两下分。文秀便把娘子叫，你今不必两泪淋。我口供已今来招认，看来死罪不离身。你今不必来送饭，回家苦守过光阴。倘然解到杭州去，定然一命丧了生。卑人看来难管你，必定夫妻做勿成。倘若生下是女儿，长大嫁与别人生。若是产下小儿童，后来好做报仇人。养得孩儿成人大，不绝何家后代根。拜托娘子来抚养，也算祖宗有后人。我在阴司保佑你，阎王殿前把冤伸。佳人听得伤心哭，哭

何文秀

何顯

王蘭英

《何文秀寶卷》民國四年（1915）上海文益書局石印本

声文秀我夫君。倘然官人归阴去，妻子与你一同行。两人说到伤心话，禁子催促不留停。兰英出了监门多悲苦，明日再来看夫君。啼啼哭哭归家转，思想我夫实悲伤。间壁妈妈来相劝，解劝娘子放宽心。你若解到同一个清州去，日后夫妻好团圆。慢表杨妈妈来相劝，下卷再表丫环妙莲身。"下卷结卷偈："妙莲启口说原因，众位听我说分明。本来天机勿可泄，如今只得说真情。奴奴本是天仙女，误了事情降凡尘。虽然与你为夫妻，仍然金刚不坏身。如今大限来逃脱，仍归本位做花神。顷刻朦胧来睡去，只见金童玉女身。他们二人把我请，午时三刻要归阴。与我香汤来沐浴，等候金童接我身。你们二人做人好，后来也好得成真。切勿把那修行退，功满度你见世尊。夫人同那何巡按，前世根本如海深。只要修行功成满，后来要做享福人。今日虽只苦中乐，有人度你上天庭。我今要到阴司去，抬到山林焚化身。千万不可多悲切，日后相逢见你们。说罢了时口不动，金童玉女下凡尘。太白星君下凡界，度了妙莲上天庭。玉帝见了忙下旨，仍然本位扫花神。勿表妙莲救神事，再提凡间一段因。杨妈妈母女三个人，看了妙莲更坚心。焚化妙莲尸骸后，早晚念佛诵经文。如今登官成大人，熟读诗书赶功名。文秀做官来告假，带了翠英转家门。一同拜谢天和地，又拜先宗与先灵。杨妈妈同杨文宝，见了翠英喜欢心。后来二人功成满，无灾无病到幽冥。兰英同乃何文秀，一同经堂共修行。家务翠英来照管，登官后来拜朝廷。日后修到功成满，有神护你上天庭。《恩冤宝卷》宣团圆，古镜重磨照大千。王家相救何文秀，狱官夫妻一重恩。故此名为《恩冤卷》，奉劝世人行善心。劝人切莫贪花色，贪色但看姓张人。起了一片邪心念，烧了蜡烛化灰尘。狱官为人良心好，如今做了享福人。杨家母子心正直，也是结果好收成。奉劝在位男和女，回心及早去修行。今朝听了《恩冤卷》，福寿绵长永康宁。各处风烟均平息，家家共享太平春。"

042《何仙姑宝卷》，又名《吕祖师度何仙姑宝传》《吕祖度何仙姑因果卷》《何仙传》《绘图何仙姑宝卷》

唐玄宗开元年间，蒲州府永乐县吕严，字洞宾，号纯阳，弃儒归隐，拜汉钟离为师，在终南山修行练道成功，位列仙班。吕祖思虑终南山众仙中无仙女能在每年三月初三天庭蟠桃会上为王母娘娘敬酒，遂下界游遍天下，欲寻访度化一位仙女。杭州钱塘县有何姓夫妇在西湖边开一间中药铺，只有一女，年届十六，自小向道。吕祖化作一位道长到何家中药铺要买家和散、顺气汤、消毒饮、化气丹，何老伯配不出这四副中药，二人遂争吵起来，引得何小姐前来。何小姐天资聪慧，悟性过人，一一化解吕祖所问。吕祖万分欣喜，称自己手中的葫芦内的灵丹能治万病。何小姐慧心，知道道长不是凡人，便请求拜吕祖为师学道。何小姐向父母表明自己向道从善的想法，何家夫妇不许，要为女儿招婿，何小姐坚决不从。吕祖再次化作一位老伯到何家度化何小姐，与何老伯说明自己儿子愿意上门为婿，何小姐执意不应，吕祖无果而返。吕祖请老师汉钟离化作何老伯的妹夫和自己一起下界，当面再劝何小姐，反被何小姐劝化教导。何老伯心中气恨，棒打小姐致死。何小姐魂游地府，阎王查看生死簿，没有小姐姓名，遣其返阳。小姐不愿还阳归家，魂游天庭。玉帝令吕祖度化何小姐回天庭。何家正在做法事超度何小姐，突然何小姐尸身腾云飞去。何老伯让学有道法的黄龙追赶，吕祖让徒弟柳树精阻止黄龙。黄龙追赶到藤桥空州县与柳树精打斗，被观音大士劝住救度。何小姐被吕祖带到终南山学道修行功成，位进中八仙之列，名曰何仙姑。黄龙回转家门，告知何老伯原委。何老伯从此也念经修行。何仙姑化作一位老婆婆下界，到自家门上度化父母同回天庭。

版本共3种：

一、清光绪二年（1876）镇江宝善堂藏板刻本

线装。刻本。两卷一册。版框：19.7厘米×13厘米。共80页160面，每面9行，每行23字。白口，单黑鱼尾，四周双边。书口题"何仙姑宝卷"。封面、封底全。内容完整。封面左上题"何仙姑宝卷"。内封中大字题"何仙姑宝卷"，右上题"光绪丙子年冬镌"，左下题"镇江宝善堂藏板"，有钤印"宿迁运羽书馆"。卷前有吕祖度何仙姑图像1幅。卷首前有《劝世歌》1篇。卷首题"吕祖师度何仙姑因果卷"。卷末无题。卷后附捐刻者姓名。

开卷。开卷偈："《点化凡人宝卷》开，名山洞府众仙来。终南山上神仙地，神仙洞里有大材。"

《何仙姑宝卷》清光绪二年（1876）镇江宝善堂藏板刻本

正文：散说、诗赞（七言、攒十字）。

结卷。结卷偈："普劝大地男和女，持斋受戒用心修。一片道心全不退，自然得见古弥陀。争名夺利几时休，早起迟眠不自由。骑着驴骡思骏马，官居宰相望王侯。只愁衣食耽劳碌，那怕阎王就取勾。继子荫孙图富贵，更无一个肯回头。"

二、清光绪十五年（1889）刻本

线装。刻本。一卷一册。版框：15.5厘米×10厘米。共79页158面，每面10行，每行23字。白口，单黑鱼尾，四周单边。书口题"何仙传"。封面、封底全。内容完整。封面左上题"吕祖度何仙姑宝传"。卷首题"吕祖度何仙姑传"，有钤印"宿迁运羽书馆"。卷末题"光绪己丑瓜月念九日紫云子炳炎氏在大安抄"。

开卷、正文与前述版本（一）同。

结卷。结卷偈："谁道纯阳戏牡丹，无中造有作非谈。修成物外道遥客，岂落红尘又堕凡。曾赴王母蟠桃宴，月里嫦娥懒出现。是非不与凡人辩，作话之人招罪愆。凡夫何必假相传，天宫那有杀人仙。丹成岂将媱女戏，高举慧剑斩邪缘。我在唐朝成正果，他与宋时古中篇。不信但看《升仙传》，吾早飞升五百年。"

三、民国十一年（1922）上海宏大善书局石印本

线装。石印本。两卷一册，版框：16.5厘米×11厘米。共62页124面，每面11行，每行25字。黑口，单黑鱼尾，四周双边。书口题"何仙姑宝卷"。封面、封底全。内容完整。封面左上题"绘图何仙姑宝卷"。内封中大字题"何仙姑宝卷"，右上题"壬戌孟秋之月"。版权页题"上海宏大善书局藏板"，有钤印"宿迁运羽书馆"。卷首有吕祖度何祖图像1幅。卷首题"吕祖度何仙姑因果卷"。卷末题"何仙姑宝卷终"。卷后附《乙丑年九月发行书目价格表》。

开卷、正文、结卷与前述版本（一）同。

043《荷包记》,又名《伍盈春》

　　宋仁宗年间,西京城外堆花巷指挥使伍止兰,夫人刘氏,生有一子名伍盈春。东门外王都督,生有一子一女,子王科进,为当朝巡城御史,次女王桂英配与伍盈春为妻。王桂英过门之后不久,公公伍止兰去世,盈春为父守孝。清明时节,仁宗皇帝到东门外踏青散心,拿出碧玉带、无量瓶、瑶琼盏赏玩,一阵阴风吹过,刮走三件宝贝,落在伍止兰的坟头,被前来为父亲扫墓的伍盈春拾得。皇帝丢失宝贝,龙心不悦,出榜昭告天下,拾得宝贝献于皇庭者加官封侯。盈春回家告诉母亲刘氏,刘氏劝说儿子将宝贝献于皇家。盈春辞别母亲、妻子,赴京献宝。国舅曹三当街遇见盈春,心生歹意,将盈春骗到府中害死,尸身投入后花园枯井,龙王显圣护佑,用龙衣遮盖盈春尸体。曹三携宝献于皇帝,被升职为总督大丞相,起造逍遥府第,经过府邸文官须下轿,武官须下马。盈春阴魂回家托梦于母亲、妻子,告知自己冤屈,让二人到京师开封府状告国舅曹三。刘氏带媳妇王桂英到京,暂住北山寺,寺中主持让婆媳绣六顶幔帐和六支长幡,按绣工计算,需三年才能完成。刘氏救子心切,承诺七七四十九天完成。婆媳二人昼夜不歇,到第四十八天,一顶幔帐还没有绣好。上天王母娘娘算到凡间红尘星君有难,带七个女儿下界帮忙,一夜完成所有任务。王桂英用剩下的绸缎绣出荷包,给婆婆到街坊叫卖。当朝太师王半臣看中荷包,将刘氏婆媳诱骗到府中,害死刘氏,强迫王桂英成亲。桂英借口为婆婆请僧超度,夜间越墙逃出府门,又遇着两个打更之人图谋不轨,幸被哥哥王科进搭救带回巡城御史府中。包公郑州放粮皇命完成,面圣复命,回家途中,经过国舅曹三府门没有下轿。曹三怀恨在心,串通太师王半臣诬告包公私通外国,犯有欺君之罪。仁宗皇帝听信谗言,将包公绑赴法场候斩。国太得到大臣王成玉报信,赶到法场救下包公。包公对曹三献宝升官心存疑虑,到城隍庙烧香祷告神明。神明指引刘氏、伍盈春母子二人阴魂到开封府找包公状告曹三和王半臣。包公决计为伍家伸冤除奸,遂称病诈死。仁宗下旨任命曹三、王半臣代替包公,共同掌管开封府。曹、王二人到开封府赴任,即被包公擒拿,巡城御史王科进带妹妹王桂英前来告状、指证,曹、王二人认罪伏法,全家被诛。包公从曹府后花园枯井中捞起伍盈春尸体，向皇帝借来碧玉带，救活伍盈春，盈春与桂英夫妻相逢。包公上表奏请皇帝封赏伍盈春献宝之功，皇帝准奏，钦封伍盈春为都督丞相，王桂英为一品夫人，恩准回乡祭祖。伍盈春辅佐皇帝，后生二子都成国家栋梁。

版本共2种：

一、1984年贾明甫抄本

线装。抄本。一卷一册。开本：20厘米×13.7厘米。共36页72面，每面12行，每行21字。封面、封底全。内容完整。封面左上题"伍盈春"，右上题"甲子年"，右下题"贾明甫"。书卷首无题。卷末无题。卷后附《太阳星君呈经》。

开卷。开卷偈："炉内宝香结彩云，《荷包记》上表贤人。若要表起《荷包记》，先表仁宗四帝君。"

正文：散说、七言诗赞。

结卷。结卷偈："包公奏上一道表，万岁拆开看分明。一连看了数行字，招选盈春上朝门。相公来到金銮殿，二十四拜见当今。仁宗天子龙心喜，便把卿家叫一声。卿家心中来献宝，把你官职往上升。封你总督都丞相，富贵荣华得安宁。你的父亲死得苦，请僧超度老年人。你妻矣稳世间少，奉为一品做夫人。赐你御祭三顶礼，卿家回去祭祖茔。发下黄金数万两，卿家回去起府门。相公忙把恩来谢，辞王别驾出朝门。文武百官来相送，动身三炮鬼神敬。将身来到开封府，拜谢龙图包大人。码头上面官船叫，炮响三声出京城。逢州自有州官接，过县自有县官迎。报到都督回家转，城里城外总知情。当方官员将他接，立即起造新府门。一进五堂造得好，朱砂板壁亮争争。立起一个金字匾，都督帅府大衙门。诸亲六眷来恭贺，笙箫鼓乐闹吟吟。道士和尚分两班，做斋超度二双亲。一座响堂造得好，青松翠柏密层层。石马石人石朝官，石头大门左右分。办起三牲和祭礼，金班执事祭祖茔。斋满之后散了席，一家安乐过光阴。都督后来生二子，五福五寿一双人。两个儿子生长大，文官武将伴朝廷。夫妻不想现成福，修行吃素念经文。修行得道成正果，白鹤升天见玉尊。玉皇见他功劳大，加封官职收香烟。先把盈春封官职，东斗星君在天子。又把桂英封官升，红銮天喜保长庚。串成一本《荷包记》，仁宗流传到如今。听书人等休遗笑，闲谈几句散散心。"

二、1993年抄本

线装。抄本。一卷一册。尺寸：20厘米×13.7厘米。共36页72面，每面12行，每行21字。封面、封底全。内容完整。封面左上题"荷包记"，右上题"一九九三年"。书名页左上题"伍盈春"，右上题"癸酉年"。卷末题"一九九三年农历七月十六下午两点手写到七月二十三上午十点完呈"。

开卷、正文、结卷与前版本同。

按：《荷包记》是广泛流行于江苏的传统民间故事，分别有扬剧、淮剧、昆剧等改编的戏曲剧目，此两个版本的宝卷都是在这些传统剧目基础上改编宣讲。

044《红灯宝卷》

故事发生年代为宋仁宗年间，东京城河南府北门外有富户孙进朝，娶妻苏氏，生有二子，长子孙孝保，次子孙富保，长到十几岁上，请先生教授两个孩子读经念文，各取官名孙吉成、孙吉高。其他情节与《赵千金宝卷》同。

版本共1种：

抄本

线装。抄本。一卷一册。尺寸：18.5厘米×13厘米。共46页92面，每面10行，每行24字。封面、封底全。内容完整。封面无题。卷首无题。卷末无题。

开卷。开卷偈："《红灯宝卷》才展开，古今此事内中怀。天龙八部生欢喜，念卷之人永无灾。善男信女两边排，听罢留传记心怀。听卷不能胡文乱，不可刮了耳边风。"

正文：散说、七言诗赞。

结卷。结卷偈："人生一世要忠正，礼义廉耻记心中。三纲五常不能忘，生儿育女得当先。孝敬老人尽心血，此卷圆满说明了。卖儿孝女世上传，吉成吉高是孝子。还有凤英千金女，都是世上贤良人。留在世上有名声，世人都要学他们。"

045《红罗宝卷》，又名《晚娘宝卷》

唐玄宗年间，湖广省汉阳府黄冈县花仙村富豪张士忠，夫人杨氏，婚后多年无后。夫妇同到五圣灵官庙许愿求子，许愿后喜得一子，取名灵宝。灵宝长到十五岁，杨氏为还愿，花三年时间亲绣红罗宝帐为三郎官遮盖金身。五圣灵官其他四位圣灵嫉妒不满，便将杨氏勾到阴间幽冥，要杨氏再为每人绣一副红罗宝帐，才能还阳。在阳间，杨氏死后一年多，张员外另娶寡妇尤氏为妻，生一子。张员外买了九江守备一职，因与水贼交战失败，被打入死牢。尤氏处处刁难灵宝，想毒害灵宝，却阴差阳错杀死自己亲生儿子，反诬陷是灵宝所为。尤氏买通官府迫害灵宝，灵宝被屈打成招打入大牢。三郎官施法救出灵宝，灵宝一路乞讨赴京救父。在京城闹市中，唐王之女翠莲招亲，灵宝被绣球打中，成为驸马。公主帮助救出公公张员外，杨氏在阴间绣完四副红罗宝帐，五灵官送其还阳，一家相逢重聚。尤氏被阎王召入地府，永世不得超生。

版本共1种：

民国二年（1913）上海文益书局石印本

线装。石印本。一卷一册。版框：18.5厘米×11.5厘米。单面36页，每面17行，每行32字。白口，单黑鱼尾，四周双边。书口题"红罗宝卷"。封面、封底后封。内容完整。封面大字题"红罗宝卷"，右上题"即晚娘宝卷"。版权页右上题"民国2年出版"，中下题"上海文益书局印行"，有钤印"宿迁运羽书馆"。卷首前有绣像4幅，分别为书中人物张士忠、文俊、尤氏、杨老夫人、张灵宝、翠莲公主，书中故事情节"杨员外夫妇进庙烧香""公主抛打绣球"各1幅。卷首题"红罗宝卷"。卷末无题。

开卷。开卷偈："《晚娘宝卷》初展开，奉劝诸公行善心。善男信女虔诚听，增福延寿免灾星。卷中有个张灵宝，千辛万苦招皇亲。出世七岁娘亡故，后娶晚娘尤氏身。奉劝善男信女听，且宣灵宝一段因。"

正文：散说、诗赞（七言、攒十字）。

结卷。结卷偈："员外即便进了内，妻儿媳妇说分明。房屋家财都抛下，尽行赏赐众家人。娘儿公主心欢喜，清身起程一同行。毫无挂念心清净，撇却红

《红罗宝卷》民国二年（1913）上海文益书局石印本

尘洗手行。老僧在前来引路，四人在后一同行。青天白日往西去，惊动东京尽皆闻。休表天下真奇事，五人作伴向西行。身轻足捷精神爽，路逢辛苦不关心。走到中河来隔断，无桥无路又无人。老僧就把神通显，钵盂丢入海中心。念声真言来变化，变作慈航宝舟形。老僧先在船中等，四人同登在船中。青云缥渺来护法，顺风相送往西行。顷刻行程数万里，已到西方仙国城。我佛如来亲受记，莲花台上表芳名。生生不脱善提路，世世常沾佛圣恩。土忠卷帘归原位，杨氏宫娥到天庭。灵宝金童还本位，翠莲玉女侍玉皇。奉劝世人晚娘听，且听《红罗卷》中因。亲娘晚娘俱一样，举头三尺有神明。善恶到头终有报，只争来早与来迟。《红罗宝卷》宣完成，诸佛龙天尽欢欣。奉劝世人勤念佛，千钱难买子孙贤。修行自然增福寿，作恶到底有祸灾。今日菩萨寿筵开，善男信女一齐来。宿山功德非小可，增福延寿免祸灾。清闲一宵无好说，宣讲宝卷说分明。老者听了多康健，少年听了多安宁。有人听信《红罗卷》，黄泉路上宝幡迎。若还不信《红罗卷》，阴司地狱受苦刑。神仙本是凡人做，只怕凡人心不坚。长生保禄南方进，不老灵丹西域来。保佑众等长安乐，福寿绵长享太平。"

046《洪钧老祖下山宝卷》，又名《洪钧老祖下山》

共有《洪钧老祖下山》《李哪吒大闹东洋海》《龙王告状》《李哪吒陈塘关射箭》《哪吒认父》《唐僧取经》五个《封神榜》神话宝卷故事。

版本共1种：

抄本

线装。抄本。一卷一册。开本：20.1厘米×13.5厘米。共28页56面，每面8行，每行21字。封面、封底全。内容完整。封面左上题"洪钧老祖下山宝卷"。卷首无题，有钤印"宿迁运羽书馆"。末无题。卷后附《上八宝贞祥》《中八宝贞祥》《下八宝贞祥》三个神话劝善文。

开卷。无开卷偈。

正文：通篇诗赞（七言、攒十字）。

结卷。无结卷偈。

047《花名宝卷》

劝善类宝卷，以诗赞茶花、杏花、桃花、蔷薇花、石榴花、荷花、凤仙花、桂花、菊花、芙蓉花、荔枝花、蜡梅花等花劝善世人。无具体故事情节。

版本共4种：

一、民国十九年（1930）徐金懋抄本

线装。抄本。一卷一册。开本：24.1厘米×13.3厘米。共6页12面，每面7行，每行16字。封面、封底全。内容完整。封面左上题"花名宝卷／知过不改／破窑赋"，中上题"中华民国庚午年腊月订立"，右下题"止敬堂缄立"，左下题"徐金懋抄"。卷首无题。卷后附《知过必改》《破窑赋》两篇劝世文。卷末题"中华民国岁次庚午十九年金茂腊月抄"。

开卷。"且说此本《花名宝卷》，奉劝世人非同等闲小说。言明：宣此卷者必须虔心朗诵，世间男女亦可。听者不可喧哗、嘻笑、闲谈、浮论也。"和佛："南无阿弥陀佛，《花名宝卷》。"开卷偈："《花名宝卷》初展开，诸佛菩萨降临来。合堂大众徐声和，一句弥陀接下来。"

正文：通篇七言诗赞。

结卷。结卷偈："《花名宝卷》宣完成，奉劝贤良敬大人。若能敬信《花名宝卷》，胜造浮屠塔七层。"

二、民国上海大观书局石印本

线装。石印本。一卷一册。版框：17.4厘米×11.5厘米。共2页3面，每面18行，每行37字。白口，书口题《花名宝卷》。封面、封底全。内容完整。封面上题"绘图念经真本花名宝卷"，下题"上海大观书局发行"，背面有钤印"宿迁运羽书馆"。书名页页眉大字题"花名宝卷"，此页中间部分有如来佛、观音大士绣像，下栏部分附有本书刊的九部宝卷、经卷的目录，分别是《弥陀真经》《往生净土神咒》《解结咒大悲咒》《般若密多心经》《观音高王真经》《太阳经太阴经》《灶君真经》《孝子报恩歌》《十月怀胎宝卷》。卷末无题。

开卷。和佛："南无阿弥陀佛。"开卷偈："《花名宝卷》初展篇，诸佛菩萨降临来。"

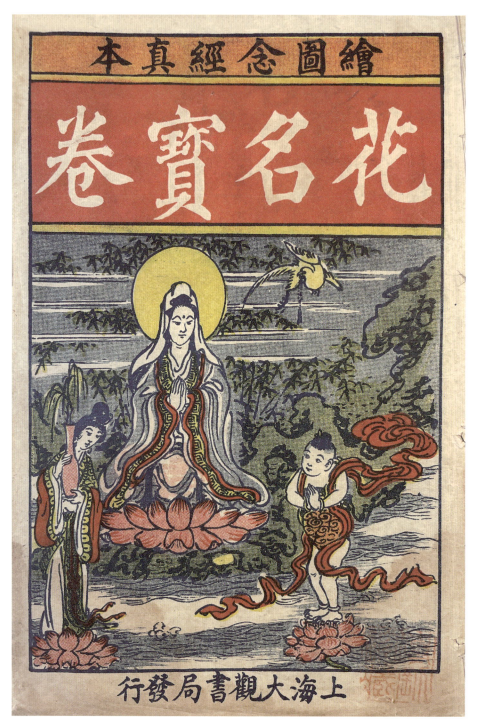

《花名宝卷》民国上海大观书局石印本

正文：通篇七言诗赞。

结卷。结卷偈："《花名宝卷》说完成，苍天不负苦心人。若能敬信《花名卷》，胜造浮屠塔七层。"和佛："南无阿弥陀佛。"

三、1993年何崇焕抄本

线装。抄本。一卷，与1993年何崇焕抄本《劝世宝卷》《法船经》《观音经劝世》合装一册。开本：19.3厘米×13.4厘米。共5页9面，每面10行，每行14字。封面、封底全。内容完整。封面左上题《花名宝卷》，右上题"公元一九九三年太岁癸酉桂月抄"，中下题"何崇焕记"。卷首有抄写者白描绘画观音佛像1幅。卷首题《花名宝卷》。卷末无题。

开卷。开卷偈："《花名宝卷》初展开，诸佛菩萨降临来。善男信女虔诚听，字字句句劝世文。"

正文：通篇七言诗赞。

结卷。结卷偈："《花名宝卷》宣完成，奉劝贤良敬大人。若能敬信《花名卷》，听卷之人福增寿。"

四、抄本

线装。一卷，与抄本《八仙请寿宝卷》合装一册。开本：27厘米×20厘米。共5页10面，每面8行，每行14字。封面题"八仙请寿"。卷首题"花名宝卷"，有钤印"宿迁运羽书馆"。卷末无题。

开卷。开卷偈："《花名宝卷》初展开，诸佛菩萨降临来。"

正文：通篇七言诗赞。

结卷。结卷偈："《花名宝卷》说完全，奉劝贤良敬大人。若能敬信《花名卷》，胜过浮屠塔七层。"

048《花杀宝卷》，又名《梅氏花杀宝卷》

宋代湖广荆州府永庆县有一富家公子郁兰，字廷祖，年届二十四，父母早亡，娶妻梅蛟英，夫妇无有子女。一日，蛟英带丫环春香到天齐庙烧香还愿，路遇当朝太师蔡京之子蔡老虎，慌乱躲避之际丢落绣有自己名字的手帕，被蔡老虎拾得。蔡老虎垂涎蛟英美色，欲娶为妻，求计于媒婆包妈妈。包媒婆去见廷祖，告知蔡公子欲娶蛟英，并出示蛟英的手帕，谎称是蛟英赠予蔡老虎的。廷祖信以为真，毒打蛟英，当岳父母之面，写下休书，让岳父梅元春把蛟英带回娘家。包媒婆到梅府强下聘礼，当晚就要娶走蛟英。蛟英妹妹姣珍的丫环海棠献计，让二小姐姣珍代嫁，自己领大小姐乔装打扮去往姨娘东门外白云庵师太处躲避。妹妹姣珍代姐上轿，途中用绣剪割腕自尽。包媒婆见新娘在轿中自尽，又与蔡老虎合谋，将其尸体用黄油烧为灰烬，再把花轿抬到梅府，要强娶二小姐姣珍，未果，将梅员外带回蔡府逼迫他交出姣珍。海棠身背蛟英逃到白云庵，庵主师太收留。海棠一路奔波劳累，一病不起亡故。蛟英十月怀胎，在庵中产下一子，但无奶水，无法养活。山下卖豆腐的刁婆同期生子夭折，刚好有乳，师太托请刁婆抱回孩子帮助抚养。当朝翰林叶柳春在淮安府任知府，与内室孙氏婚后多年未有子女。孙氏花钱五十两将刁婆所抱之儿买回抚养，并告知老爷孩子是自己所生。廷祖得知蛟英自尽，心中悲愤，出走他乡，得遇叶柳春收留，在知府衙内安身。为报叶柳春知遇之恩，廷祖改名许古由，到叶家教授小公子读书，将公子改名为叶上林。许古由见上林长相与自己的亡妻蛟英非常相似，寻访到岳父家，得知蛟英在白云庵，上林是自己与蛟英亲生之子。上林长到二十岁，分别与表姐妹吴雪珍、冯银辉订亲并先娶雪珍为妻。大比之年，上林和许古由一同进京赶考，途中许古由告知上林实情，父子相认。父子二人分别高中头名状元和榜眼。上林上表皇帝，陈述自己的身世及家中遭遇，皇帝下旨收监蔡京，抄斩蔡老虎和包媒婆，封姣珍为花杀夫人，蛟英为一品忠孝夫人。

版本共2种：

一、清光绪八年（1882）杭州玛瑙明台经房刻本

线装。刻本。两卷两册。版框：21.2厘米×13.8厘米。共120页240面，每面9行，每行17字。黑口，双鱼尾，四周双边。书口题"花杀卷"。封面、封底全。内容完整。封面无题。上卷卷首题"湖广荆州府永庆县修行梅氏花杀宝卷上集"，下卷卷首题"湖广荆州府永庆县修行梅氏花杀宝卷下集"。卷末题"板存杭城大街弼教坊玛瑙明台经房印造。大清光绪壬午年春王月陈春发重刊"。

开卷。上卷开卷偈:"《花杀宝卷》初展开,奉请诸佛降临来。善男信女虔诚听,增福延寿免消灾。"下卷开卷偈:"宝卷重开接前因,诸佛未退护坛庭。善男信女虔诚听,回家百事可安宁。"

正文:散说、七言诗赞。

结卷。上卷结卷偈:"超荐之事已圆成,再听下卷说封面(和佛)。后来不知如何事,暂停一刻听原因。时人听得卷团圆,也有恒心可收成。看卷不可失头尾,半路相抛乱翻文。如此之人莫学他,要学始终久远心。"下卷结卷偈:"《花杀宝卷》宣团圆,古镜重磨照大千(和佛)。梅氏人等俱上天,状元丁忧到家园。灵前吊孝方已毕,出殡焚烧化香烟。四处香风来吹动,众闻清香百里延。状元搭棚来守墓,二个夫人服侍前。同住坟庄静修养,各修身心忠孝全。每日朝夜焚香拜,可比公婆在面前。三餐茶饭来供奉,坟茔担扫各心坚。见有风雨来遮盖,大雪寒冰把火安。活是孝来死不忘,此人真好上西天。状元官升为极品,八十九岁也归天。二位夫人生四子,个个金榜两团圆。夫人俱到九十余,高福修炼已归天。凡圣两全具完备,殡殓出丧闹无边。孝顺还生孝顺子,还报子孙个个贤。四子亲丁六十外,两家有田两万另五千。后来荆州也有名,久远富贵久向善。今劝善男并信女,及早回头种福田。善还善报恶还恶,恶归地狱善归天。大众听完《花杀卷》,增福延寿保平安。"回向:"愿以此功德,普及与一切。宣卷保平安,消灾增福寿。大众念佛一堂,《心经》回向举赞送佛。"

二、民国上海惜阴堂书局石印本

线装。石印本。两卷两册。版框:18.8厘米×12厘米。单面43页,每面22行,每行40字。白口,四周单边。书口题"花杀宝卷"。封面、封底全。内容完整。封面左上题"绘图梅氏花杀宝卷",左下题"惜阴书局"。书名页中大字题"绘图花杀宝卷",左下题"上海惜阴书局印行",有钤印"宿迁运羽书馆"。卷前有书中人物画1幅。上卷卷首题"湖广荆州府永庆县修行梅氏花杀宝卷上集",下卷卷首题"湖广荆州府永庆县修行梅氏花杀宝卷下集"。卷末无题。

开卷、正文、结卷与前述版本(一)同。

湖廣荊州府永慶縣修行梅氏花襴寶卷集上

先排香案　　　　後舉香讚

花襴寶卷初展開

善男信女虔誠聽　　奉請諸佛降臨來

話表花襴帥音寶卷出在大宋年閒間音提表一　增福延壽免消災

人姓郜名蘭字廷祖家住湖廣荊州府永慶

縣先炎在日官居三邊總制郎總總兵　母封誥

命不幸炎母去世單單我兒家財豪富任吾

使用小生年當三十四歲幸喜早入黌橫音門

《花杀宝卷》清光绪八年（1882）杭州玛瑙明台经房刻本

049《黄糠宝卷》

宋淳祐年间，苏州府吴江县东门外东北村富户张金源，进士出身，为吏部尚书，妻子钱氏，生子珍宝，七岁入学，取名贤文。西门徐克富，夫人范氏，生二女，长女兰福嫁于县太爷陈府。贤文长到十六岁，由胡进士做媒，与徐家次女兰英结亲。婚后不久，贤文家遇不幸，父母双亡。朝中奸臣龙奎假传圣旨，查抄张金源家，诬陷贤文私藏财宝，将其打入天牢，幸有翰林院翰林奏请皇帝赦免出狱。贤文家中一贫如洗，兰英去娘家借钱度日。父母狠心拒绝，并要兰英改嫁有钱人家。丫环春喜仗义，冒死请主母接济二小姐，钱氏勉强给三年陈黄糠三斗。春喜送兰英回家，贤文正欲上吊，被兰英、春喜救下。春喜将自己多年积攒的白米五斗六升和铜钱八百文给二小姐度日，贤文愧不肯收。二小姐送春喜出门，贤文又行上吊，被卖糖老人潘义救下。潘义无儿无女，将一生省吃俭用积攒的二百两银子送与贤文作为赴京赶考盘缠，夫妻二人拜潘义为义父，兰英与春喜结为姐妹。贤文赴京应考，高中头名状元，皇帝招为驸马，将公主宝莲嫁与贤文为妾。徐克富夫妇闻知贤文得中状元，收春喜为三小姐。贤文奉旨携公主回乡祭祖，接春喜回家收为三夫人。贤文接徐克富夫妇回家奉养，夫妇二人惭愧，悔不当初，从此一心向善，布施向佛。贤文又帮助义父潘义找南庄李小姐成亲，以传潘家香火。贤文三位夫人都有身孕，各生一子。贤文上奏皇帝谢恩，皇帝钦赐三个外孙名列三甲出身。王丞相请旨将家中三个女儿许配给三个公子，皇帝准许。全家共奉朝廷，共享安康。

版本共1种：

民国上海惜阴堂书局石印本

线装。石印本。两卷一册。版框：18厘米×12厘米。单面18页，每面19行，每行39字。白口，单黑鱼尾，四周单边。书口题"黄糠宝卷"。封面、封底全。内容完整。封面题"绘图黄糠宝卷"，左下题"上海惜阴堂书局发行"。内封中大字题"绘图黄糠宝卷"，右上题"校正大字"，有钤印"宿迁运羽书馆"。卷首扉页有书中人物张金源、张贤文、徐克富、徐兰英、宝莲公主绘图1幅。卷首题"新刻黄糠宝卷前本"。卷末无题。卷后附《十殿宝卷》。

張賢文
徐克富
寶蓮公主
徐蘭英
張金源

《黄糠宝卷》民国上海惜阴堂书局石印本

开卷。开卷偈："《黄糠宝卷》初展开,诸天大圣降临来。欺贫重富从古有,后来报应不开怀。"

正文:散说、七言诗赞。

结卷。结卷偈："金銮殿上多热闹,要与外孙结成亲。三付执事排前走,金锣开道两边分。迎接三位千金女,洞房花烛喜十分。红绿牵巾赦罗帐,再说状元老大人。状元家里连三报,合家欢喜谢皇恩。三儿个个身及第,皇天不负善心人。三个孩儿回家转,状元心中喜十分。奉劝眼前诸大众,一生休使满墙蓬。贤文贫苦无摆布,后来得中状元身。潘义换糖行好心,后来豪富不非轻。《黄糠宝卷》宣完成,诸天大圣喜欢心。大众志心勤朝礼,增延福禄永团圆。"

050《黄梅宝卷》,又名《五祖宝卷》《五祖黄梅宝卷》

湖广黄州府黄梅县黄梅山上有座黄梅寺,主持已传四代。一日,四祖出灵,观见五祖在黄梅县抱渡村出世,姓张名怀年,在红尘之下,不思看经念佛,遂令二僧下山,指引他修成正果。张怀年已年届七十五,家财万贯,院君周氏,生二子,长子张忠,次子张孝。张怀年一生荣华富贵,终日饮酒作乐,歌舞升平,经两位和尚上门劝化,幡然悔悟,毅然抛下家财、辞别家人,随二位师父上黄梅山。张怀年遵从四祖教诲,在寺中种树、砍柴、劳作七年。四祖感其真心归佛,传其真妙之法,度化其下山脱壳投胎。张怀年按照四祖指引,云游到祝家庄浊河边,把四祖赐予的袈裟、斗笠、龙头拐杖三件宝物挂在树上,自己投入河中,化作一颗红桃漂到河边,被在河边洗衣的祝家姑嫂二人捞起。祝家小姐吃下红桃,体内便成胎孕。祝员外知道实情后,恼怒万分,打骂女儿,将其关在绣房内,要次子祝虎晚上将其勒死,抛到城外荒郊。长子祝龙将二弟灌醉,夫妇二人和祝夫人一起私放小妹逃走。祝小姐改成平常妇女穿着,寄居在破庙,以乞讨为生,十月怀胎,产下一子。小儿落地不言不语不哭不闹,生下即会打坐。母子俩被大善人王员外收留,安置在后花园。小公子长到七岁,重阳节时突然开口叫娘,言明自己的前世今生,带母亲辞别王员外,到浊河边找到三件宝物,穿上袈裟,戴上斗笠,手持拐杖,和母亲一起前往黄梅山。四祖知五祖将归位,差遣五百个和尚下山接引，自己升仙归天庭。众和尚将小公子接到山上拜为五祖，并拜祝小姐为佛母。五祖在黄梅山广施善事，救助百姓。祝员外七十寿辰贪食寿桃，身起毒疮，僧人告知需用未嫁先孕妇乳洗之，方可救治。祝龙、祝虎兄弟二人上黄梅山，遇到小妹祝小姐，祝小姐让兄弟二人求救于五祖，五祖告知祝龙、祝虎，让祝员外自己上山。兄弟二人归家告诉父母妹子及五祖情况，一家五口一起上黄梅山，五祖医好祝员外，合家拜于五祖门下。王员外也千里来到黄梅山出家修行。

版本共1种：

民国二年（1913）石印本

线装。石印本。一卷一册。开本：20厘米×13厘米。共39页78面，每面10行，每行18字。书口题"黄梅　页数"。封面、封底后封。前4页为后抄补，内容完整。封面左上题"黄梅宝卷"，右上题"一九八六年立"。卷首题"五祖黄梅宝卷"。卷末左上题"黄梅宝卷　稀奇无夫有孕"，右上题"民国二年立"，有钤印"宿迁运羽书馆"。

开卷。开卷偈："《五祖宝卷》才展开，诸佛菩萨降临来。大众虔诚齐念佛，能消八难免三灾。"

正文：散说、七言诗赞。

结卷。结卷偈："五祖升堂说分明，细细说与众人听。我身不是凡胎骨，天差下界救世人。年老七十零五岁春，投化黄州抱渡村。修行看经并念佛，种松碓米六年春。四祖说法亲观看，看我心中有志成。付我经诀和三昧，指我投胎脱化身。西南一路滔滔走，遇见后周一乡村。浊河岸上娘亲立，要借净房宿安身。不待母亲分明许，投胎浊河转生身。我今魂魄悠悠聚，化作仙桃水面存。祝龙妻子来撩起，付与姑娘手内存。只道老人借房屋，那晓借体受胎孕。见桃鲜艳多香味，不识三魂入腹中。一点灵性怀耽聚，在腹周年便降生。当初不信千金女，只说吞桃是假情。我母不是凡间女，天庭菩萨降凡尘。当初杀了千金女，把你家中化鱼潭。你今生了疮恶毒，原要一定寻千金。若不我今来救你，怎能有药治你身。前后事情多说过，即便神通去救人。略将法水轻轻洒，即时疮毒尽

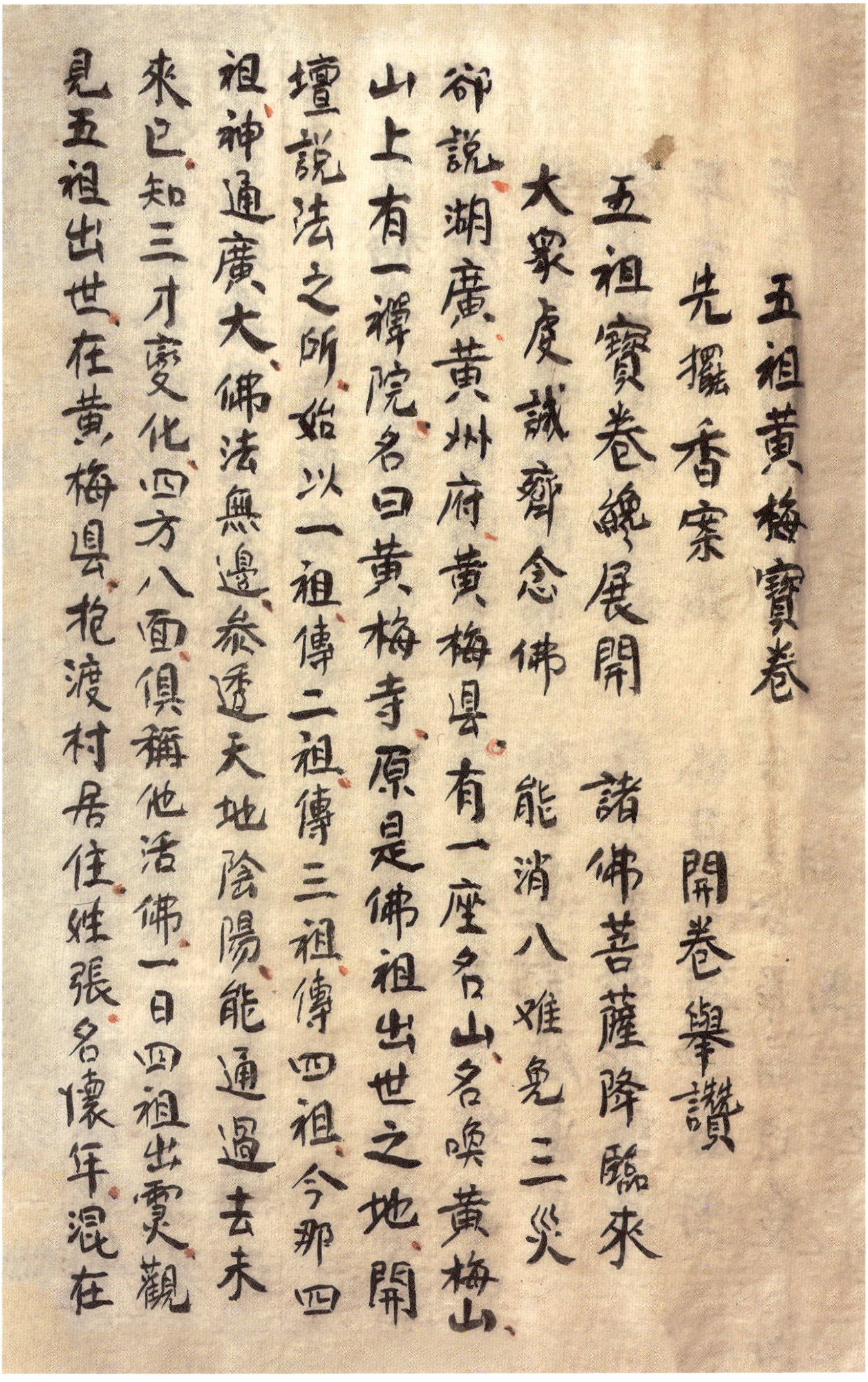

五祖黃梅寶卷

先擺香案

五祖寶卷既展開　　開卷舉讚

大眾虔誠齋念佛　諸佛菩薩降臨來

能消八難免三災

卻說湖廣黃州府黃梅縣有一座名山名喚黃梅山、山上有一禪院名曰黃梅寺原是佛祖出世之地開壇說法之所始以一祖傳二祖傳三祖傳四祖今那四祖神通廣大、佛法無邊參透天地陰陽能通過去未來已知三才變化四方八面俱稱他活佛一日四祖出雲觀、見五祖出世在黃梅縣、抱渡村居住姓張名懷年混在

《黃梅寶卷》民國二年（1913）石印本

115

除根。员外一见清凉爽，合家大小谢深恩。五祖修行世罕闻，白日升天驾祥云。千金带了院君去，母女双双上天庭。祝龙夫妇劝修道，同做龙华会上人。还有员外亦修行，家财不要入山林。相同祝虎回心转，要炼长生不老春。王家员外同修行，合家大小尽虔心。自古道一女上天超七祖，祝王两家尽腾云。善人善报早上岸，恶人转意迟登天。《五祖宝卷》拜完全，祝家大小尽登天。奉劝善男并信女，听卷回心福寿延。"接散说："《黄梅全卷》，救虎团圆。重登宝座，说冤愆法，水洗疮痍。大小参禅，合宅上西天。"

051《黄氏宝传》，又名《黄氏传》

唐朝宣宗年间，曹州府南华县清风乡七家庄黄桂香，自小不吃五荤，存心斋戒，七岁时聪慧过人，读书过目不忘，常想拜佛念经，一心向佛。桂香长到十五岁，任凭父母如何劝说威逼，意志坚定，发誓绝不嫁人，永不开荤。父母气恼，强行将她嫁给赵家庄屠户赵令芳，婚后十年，生二女一子。桂香劝说赵令芳改行，不要屠杀生灵，张令芳不听，并经常打骂桂香，逼迫桂香开荤。桂香被折磨，愁苦病亡，魂归地府。玉帝查得桂香是普贤菩萨下凡，赵令芳是卷帘将下世，两人天堂有缘，于是差遣阎府十王送桂香还阳。十王在地府要桂香念《金刚经》，需一字不差才许还阳。桂香从头至尾念得清楚明白，于是顺利还阳。青州府易都县张世亨二十四岁做南华县知县，八月十五日走马上任，路边驴叫致坐骑受惊，张世亨跌落鞍下而亡。黄桂香借尸还魂，做了张知县。张世亨为官清正，教化百姓。自己与妻程氏生二子一女，收赵令芳二女一子为义女义子，劝导赵令芳不再杀生，安排他在县衙后厨做饭。张世亨为官三任满，辞官专事修行。如来佛祖算黄氏女下界修行已满，令达摩尊师引她回天庭。张世亨向赵令芳和程氏告知自己的前世今生，让程氏所生子女与张家子女互成婚配，安排好家事，自己随达摩祖师回归天庭。

版本共2种：

一、民国三年（1914）学善堂刻本

线装。刻本。一卷一册。版框：13.5厘米×9.8厘米。共66页132面，每面8

行，每行21字。白口，单黑鱼尾，四周双边。书口题"黄氏宝传"。封面、封底全。前8页为后抄补，内容完整。封面左上题"黄氏传"。卷前有《黄氏宝传原叙》。卷首题"黄氏宝传　民国三年学善堂梓"。卷末题"黄氏卷终"，有钤印"宿迁运羽书馆"。

开卷。无开卷偈。

正文：散说、诗赞（五言、七言）。

结卷。结卷偈："红尘苦万里，修道乐安然。人要皆惺悟，听我劝一番。修行成道有依靠，大帝男女齐学好。听我劝化早惺悟，免得死后哭嚎啕。行善之人天保佑，作恶之人无下稍。男子为人存忠孝，五伦八德记坚牢。克己复礼常谨记，公平正直祸不招。斋戒念佛头一好，刻书放生德最高。今世修下来世福，百年命尽过金桥。阴阳界前把名点，功果不差半分毫。金童送到天宫内，转世为人福寿高。借住富贵再修养，感格明师下天曹。能遵三皈五戒理，指你性命路一条。双林树前清净地，曹溪洞里搭天桥。猿猴拴到十字街，四天苦海返王朝。山上清泉到海底，车上昆仑赴蟠桃。人若遵信这篇语，都是灵山佛根苗。妇女之人遵贤孝，恶口两舌一概抛。孝敬公婆是根本，随夫贵贱性莫傲。□□□□□□□，□□□□□□□。再生不知有罪过，阴司血湖你难逃。披头散发坐在内，□□□□血染腰。持斋能免血湖罪，烧香念佛乐逍遥。也学当年女菩萨，遵皈守戒出狱牢。观音菩萨女子修，于今个个把香烧。王母娘娘凡间女，立志成功众仙朝。不看古来把我效，三世而修乐逍遥。初世天宫称大贤，二世斋戒把香烧。三世转男苦修行，一纪脱壳到蓬岛。如来封赠贺洲地，人人称赞把名标。你们也学我等样，千魔不改出尘嚣。宝卷劝你真实话，人能遵信回天曹。道成落卷普世传，但愿个个把佛朝。有志看卷须急早，莫等临嫁把脚抛。"

二、民国六年（1917）宛南明善堂存板刻本

线装。刻本。一卷一册。版框：13.3厘米×9.9厘米。共66页132面，每面8行，每行21字。黑口，单黑鱼尾，四周单边。书口题"黄氏宝传"。封面、封底全。内容完整。封面左上题"黄氏传"，内封中大字题"黄氏宝传"，右上题"丁巳年巧月重刻"，左下题"宛南金花镇牌坊徐营明善堂存板"。卷前有《黄氏

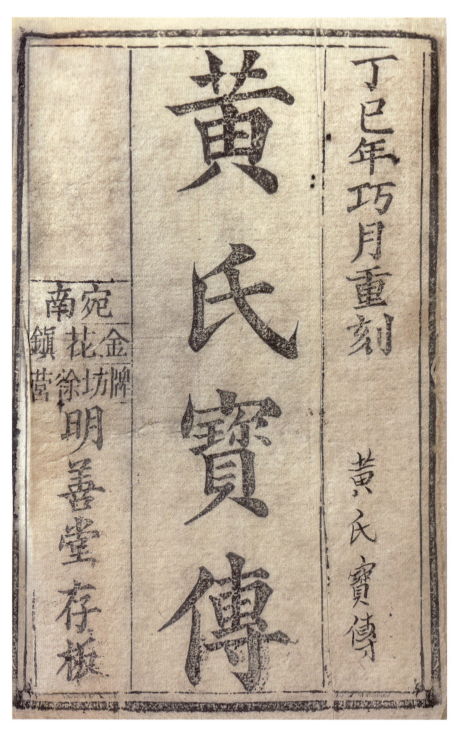

《黄氏宝传》民国六年（1917）宛南明善堂存板刻本

宝传原叙》，卷首题"黄氏宝传"，有钤印"宿迁运羽书馆"。卷末题"黄氏卷终"。开卷、正文、结卷与前述版本（一）同。

052《回郎宝卷》，又名《江南松江府华亭县白沙村孝修回郎宝卷》

明代年间，松江府华亭县白沙村曹百万，娶妻王氏，夫妻同庚，都是三十九岁，家财富足，有一子，取乳名曹三，学名曹文政。文政长到十六岁，娶本城周员外之女为妻。周氏贤惠孝顺，婚后生下一子，取名回郎。回郎长到三岁，遭遇大旱饥荒，全家没有粮米充饥。王氏生病，仅有的粥舍不得喝，要让给孙儿回郎。文政不忍母亲生病受饿，遂决定舍儿救母。其后周氏十月怀胎又生一子，酷似前子回郎，落地便会叫爹娘，文政仍为他取名回郎。祖母王氏欣喜孙儿回来，喜极而亡。曹氏一家三口广行善事，感动玉帝，一家皆修成正果。

版本共2种：

一、民国上海何广记书局石印本

线装。石印本。一卷一册。版框：17.2厘米×11.2厘米。单面12页，每面16行，每行32字。白口，四周单边。书口题"回郎宝卷"。封面、封底全。内容完整。封面左上题"增像回郎宝卷"。书名页大字题"绘图回郎宝卷"，左下题"附七七宝卷　知错必改"，有钤印"宿迁运羽书馆"。版权页题"上海何广记书局印行"。卷首有书中人物绣像2幅。卷首题"绘图江南松江府华亭县白沙村孝修回郎宝卷"。卷末无题。卷后附《七七宝卷》。

开卷。开卷偈："《回郎宝卷》始展开，香烟渺渺透天扬。善男信女虔诚听，消灾延寿礼无疆。"

正文：散说、七言诗赞。

结卷。结卷偈："就差金童玉女身，幢幡宝盖去相迎。城隍土地忙相送，护送曹门上天庭。一门大小升天去，都做仙家会上人。一家来到灵霄殿，二十四拜玉帝尊。玉帝一见龙心喜，亲提御笔重封赠。孝子文政听封赠，□□□□□□□□□□□□□，封你孝母仙官名。周氏孝女听赐名，封你九天仙女名。回郎孝子听赐名，难为割股救娘亲。敕赐你在灵霄殿，插花童子

《回郎宝卷》民国上海何广记书局石印本

伴香灯。一门敕赐归天去，再表本府奏朝廷。万岁见奏龙心喜，一道圣旨下来临。钦差督造回郎庙，春秋四季闹盈盈。八月十五圣寿旦，家家户户把香焚。倘有世上不相信，松江一府尽知闻。松江府内华亭县，离城十里白沙村。村中有个回郎庙，从前就是屋基厅。要问此卷何年出，嘉靖年间到如今。善男信女听此卷，为人须要见双亲。若把爹娘来轻慢，汝有儿报之非轻。妇人若把公婆敬，听宣此卷甚分明。褒渎翁姑平常有，劝你及早改性情。奉劝众人行孝道，快快生起孝心肠。孝顺感动天和地，千年万载作贤人。"回向："愿以此功德，普及与一切。宣卷化贤良，同愿往西方。大众念佛一堂，回向各诵经咒奉送。"

二、1996年何崇焕抄本

线装。抄本。一卷，与《吴三春宝卷》同册。开本：19.3厘米×13.4厘米。共17页34面，每面10行，每行25字。封面、封底全。内容完整。封面左上题"回郎宝卷"，右上题"公元一九九六年 太岁丙子 蒲月抄"，中下题"何记"。卷首无题。卷末无题。

开卷。开卷偈："《回郎宝卷》始开场，香烟渺渺透天扬。善男信女虔诚听，消灾延寿保安宁。"

正文：散说、七言诗赞。

结卷。与前述版本（一）同。

053《回乡宝卷》

佛经劝善类宝卷，无具体故事情节。

版本共1种：

旧抄本

线装。抄本。一卷一册。开本：15.8厘米×10.5厘米。共6页12面，每面8行，每行14字。封面、封底后封。内容完整。封面无题。卷首题"回乡宝卷"。卷末无题。卷后附《守节文》："吾讲良言把世劝，守节妇女听分明。身无夫主真个苦，抛头露面要小心。举止动静看方便，待人接物认真情。胭脂花粉休贪念，酒色财气莫沾身。起早睡晚须勤俭，关门闭户要留心。穿衣朴素依本分，美体红妆是

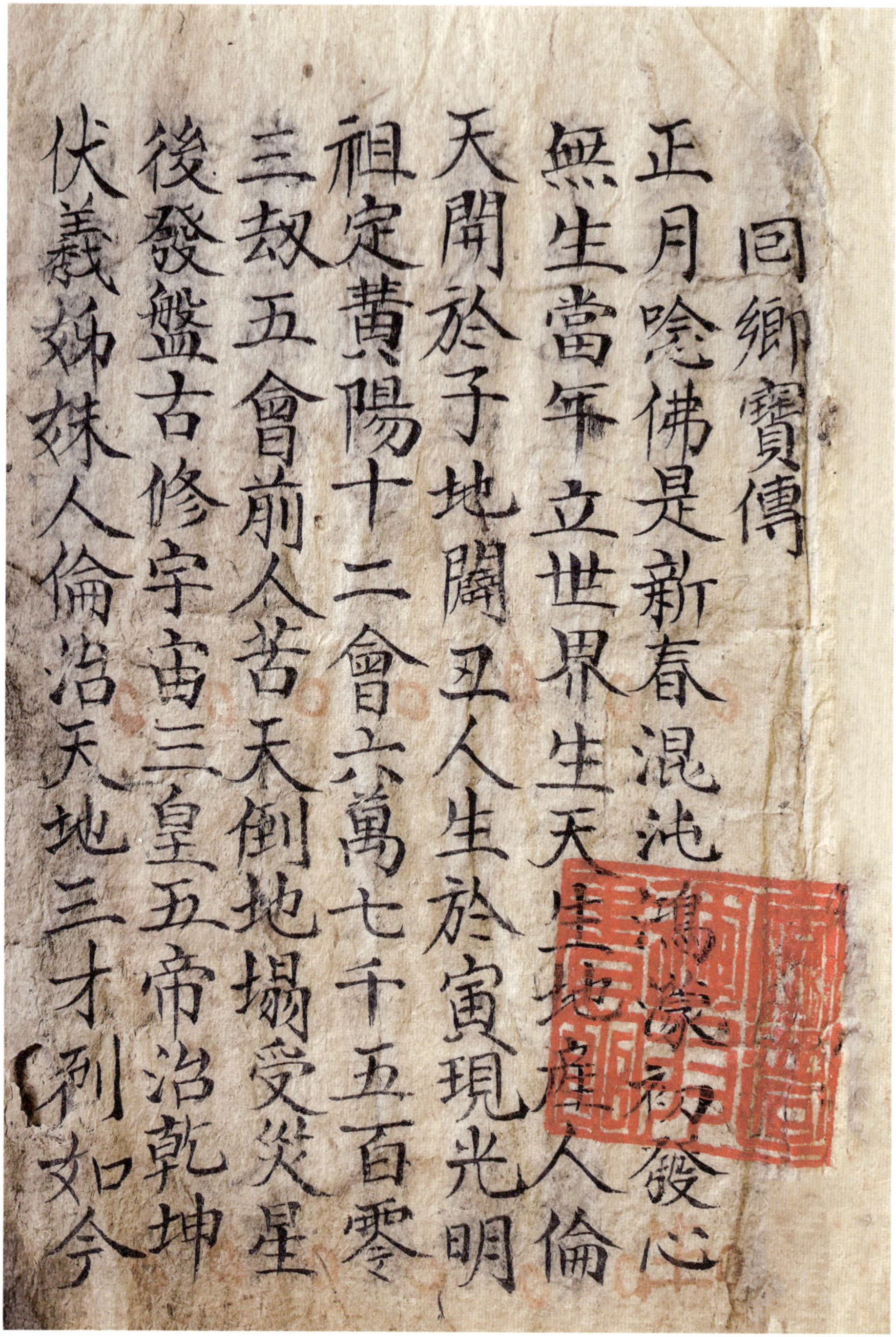

回鄉寶傳

正月陰佛是新春混沌鴻濛初發心

無生當年立世界生天生地產人倫

天開於子地闢丑人生於寅現光明

祖定黃陽十二會六萬七千五百零

三叔五會前人苦天倒地塌受災星

後發盤古修宇宙三皇五帝治乾坤

伏羲姊妹人倫治天地三才列如今

《回乡宝传》旧抄本

怪人。守我松柏清操志,那怕霜雪来降临。一夫二妇古来有,烈女不配二夫君。饥寒饿死是小可,失节事大子不成。家中有无随时过,莫比富户大家声。可怜无夫身无主,马无牵缰怎能行。也是前生修不到,缘浅命薄天配成。不知找条修行路,解解冤孽出火坑。虽然言浅须当记,万两黄金难买听。从今我把你劝转,诸天菩萨笑盈盈。南海岸上有榜样,学他修行冠当今。辞别苦海成正果,永劫不堕地狱门。公婆灵魂超三界,丈夫也得往上升。九玄七祖归本位,三代宗亲口成佛。者是守节真好处,修行结果在天庭。"

开卷。开卷偈:"正月念佛是新春,混沌鸿蒙初发心。无生当年立世界,生天生地产人伦。天开于子地辟丑,人生于寅现光明。祖定黄阳十二会,六万七千五百零。"

正文:通篇七言诗赞。

结卷。结卷偈:"腊月念佛是一年,根宗一一说完全。都是开天辟地事,不是闲谈凭口言。千载难逢我下世,打开大路透西天。始末根由说与你,任你婴儿行那边。天堂地狱都说尽,祖祖相传到如今。无字真经从头讲,一字归元各自参。不是金炉有洪誓,玄妙真空怎肯传。指引群迷归家路,清凉宝座得安然。"

054《火神宝卷》

天地初分,凡人初开时代,人们不知天地,不知水火,不知耕种,不知穿衣饮食。元始天尊下旨,玉皇重立天地,玄师天尊封立弥陀菩萨从衣袋里放出稻麦粮食,玉帝敕封火神菩萨、水府龙王降临人类世界生成水火。自此,人类始知烧食、耕种,始得知衣食住行。玉皇大帝接玄天上帝并太上老君敕令,封火神、水府、龙王、地母、如来、弥陀住在青龙山上,安位登殿,为凡民生活水火护助,接受万民香烟。从唐王太宗年间起,各州各县都建造火神庙。

版本共1种:

抄本

线装。抄本。一卷一册。开本:19.5厘米×13.5厘米。共6页12面,每面8行,每行20字。封面、封底全。内容完整。封面题"火神宝卷"。卷首无题。卷末无题。

开卷。开卷偈:"《火神宝卷》初展开,诸佛菩萨降临来。进是经堂静是心,诚诚心心把香焚。放去一切家常事,一心一意念《心经》。烧香念佛保家门,念念《心经》保自身。自身功德佛来助,消灾免难寿长春。家门健康身及第,全家福禄永太平。开经开卷消灾难,在堂菩萨笑言开。念经不是轻容易,唐僧取来到如今。唐僧吃尽千般苦,为是凡人免灾星。遇到灾星《心经》念,念念《心经》保太平。玉皇大帝大救星,爱护庶民养乾坤。为人得知天和地,水火仙界佛世尊。"

正文:散说、七言诗赞。

结卷。结卷偈:"今朝念本《火神卷》,全家福禄永长春。今朝念本《火神卷》,各位太太回家都平安。今朝念本《火神卷》,家家老少喜欢添。今朝念本《火神卷》,吃不完来穿不完。"

J

055《鸡鸣宝卷》,又名《鸡鸣卷》

宋浙江嘉兴府东门外鼓楼街蒋君得,父母早亡,娶妻席氏京娘,婚后四年方得有孕。君得思量不能坐吃山空,将家中之事托付于对门裁缝范学仁,自己到西洋帮助人家贩货。临别之时,家中一只小公鸡鸣叫,君得让妻子用心喂养,待日后回家用它酬谢范兄。君得随大船去西洋途中,遭遇狂风大浪,大船葬身海底,君得落入海中,被吹到一座荒岛,在荒岛以果实充饥,等待救援。君得离家后,京娘十月怀胎产下一子,取名玄郎。当街无赖贾必青上门要侮辱京娘,被范学仁捉住毒打出蒋家大门。贾必青就此对范学仁怀恨在心。京娘孤儿寡母生活艰难,范学仁不时接济。玄郎长到七岁,范学仁帮忙送他到学堂读书。贾必青见范学仁与京娘来往频繁,四处散布二人有私情的谣言。蒋君得在荒岛一呆就是九年,幸遇船队经过搭救方得回家。为感谢范学仁,蒋君得将家中已养十年的公鸡杀掉款待他,二人结为兄弟,君得特意将鸡头敬与学仁,学仁从来不吃鸡头,又让与君得。十年鸡头毒如砒霜,君得食后中毒身亡。贾必青闻听后报官

蒋君得养鸡留祸

《鸡鸣宝卷》民国四年（1915）上海文益书局石印本

诬陷范学仁与京娘私通，害死蒋君得，二人被屈打成招，收监入狱。范学仁妻子孙氏找嘉兴有名的周铁笔写诉状，为丈夫伸冤，被贾必青撞见。夜间贾必青潜入范家，杀死孙氏，拿走诉状。京娘和范学仁被羁押一年，刑部京祥到堂，命令即刻将二人押付刑场斩首。皇帝钦授包拯龙图阁大学士，有先斩后奏之权，巡察江南，查访贪官污吏，清查冤假错案。包拯到浙江嘉兴府，离船微服私访途中在法场救下京娘和范学仁，带回城隍庙重审，使得真相大白。贾必青被捉拿到案，处以腰斩。日后玄郎经范学仁相助，学业有成，应考得中头名状元。皇帝钦封玄郎为东宫侍郎，范学仁被加封五品冠带荣身。

版本共1种：

民国四年（1915）上海文益书局石印本

线装。石印本。两卷两册。版框：18厘米×11.5厘米。共32页64面，每页16行，每行32字。白口，四周双边。书口题"鸡鸣宝卷"。封面、封底全。内容完整。上册封面无题，背面中题"武陵斌记"。下册封面左上题"鸡鸣卷"，中上题"下集"，中下题"顾涨根缄"，背面中题"武陵斌记"。上册书名页中大字题"绘图鸡鸣宝卷"，右上题"民国四年夏出版"，左下题"海陵袁蔚山题"，有钤印"宿迁运羽书馆"。书名页背面题"总发行上海文益书局"。卷首前有书中人物及故事情节绘图6幅。上卷卷首题"绘图新出鸡鸣宝卷上卷"，下卷卷首题"绘图新刻鸡鸣宝卷下卷"。卷末题"鸡鸣宝卷卷终"。卷后附《文益书局出版各种宝卷书目》一页，标有36种宝卷名称及售价。

开卷。上卷开卷偈："《鸡鸣宝卷》初展开，诸佛菩萨降临来。善男信女虔诚听，增福延寿降平安。"下卷开卷偈："卷有情来事有因，拔根连枝淘底根。二人受苦如何说，自有清官判分明。"

正文：散说、诗赞（七言、攒十字）。

结卷。上卷结卷偈："孙氏啼哭出外堂，学仁一见问根由。夫妻见说凄凉话，忽听外面到声喧。禁子上前忙催促，外面官府来查监。大娘听说心惊怕，夫妻分别好伤心。学仁难舍亲妻子，大娘难舍我官人。禁子看得官来到，就将孙氏推出监。大娘无奈回家转，啼啼哭哭转家门。一路行来多悲泣，家中日夜泪纷纷。此卷已宣有半本，诸位停停用香茗。宣到此处用香茗，下入监内下卷云。"下卷结卷偈："《鸡鸣宝卷》宣完全，古镜重磨照九天。今日宣部《鸡鸣卷》，胜如《莲花》一部经。为人觅心西方去，修行念佛道心虔。京娘受尽千辛苦，今得天上做仙人。君得善心坚灵固，城隍香火万年春。学仁为人多忠义，冠带荣身福禄全。孙氏大娘多节孝，还阳夫妻两团圆。状元妻子生三子，后来八十四岁归西天。奉旨江南为巡按，百姓人等多修炼。必青地狱多苦受，永世不能再超生。大众听了《鸡鸣卷》，合宅老小保平安。善男信女听了《鸡鸣卷》，家家户户保安宁。"

056《集善明箴宝卷》，又名《集善明箴卷》《新阐集善明箴卷》

劝善类宝卷。无具体故事情节。内容共分"天、地、日、月、阴、阳"六集。

版本共1种：

民国二十一年（1932）巍州集善坛藏板刻本

线装。刻本。六卷六册。版框：20厘米×12厘米。共199页398面，每面9行，每行21字。黑口，单黑鱼尾，四周双边。书口题"集善明箴"。封面、封底全。内容完整。封面右上题"太乙会仙宫降著"，左上题"新阐集善明箴宝卷"。内封中大字题"集善明箴"，上题"民国壬申新阐"，左下题"巍州集善坛藏板"。书口题"集善明箴页数"。首卷前首篇《昊天至尊金阙玉皇上帝诏曰》落款："中华民国二十一年岁次壬申新春元旦四日子刻降于阳瓜集善坛会仙宫"。次篇《八圣救劫天尊序》。每卷卷首前均有本卷目录。首卷卷首题"新阐集善明箴卷一"。卷末题"集善明箴阳集终"。

开卷。无开卷偈。

正文：散说、诗赞（五言、七言、攒十字）。

结卷。无结卷偈。

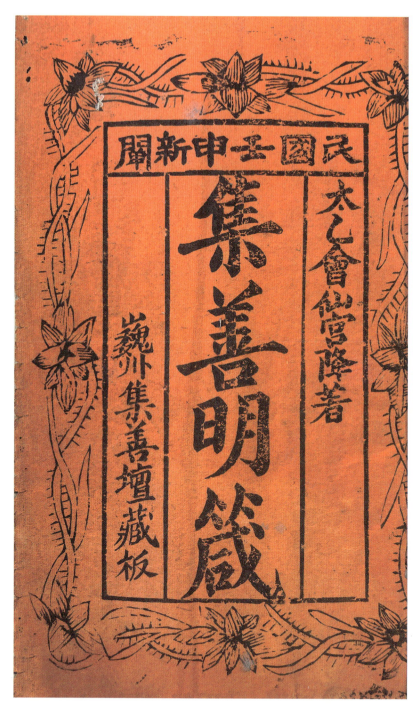

《集善明箴宝卷》民国二十一年（1932）巍州集善坛藏板刻本

057《家谱宝卷》

经卷类劝善宝卷，无具体故事情节。

版本共1种：

民国石印本

线装。石印本。一卷一册。版框：16.3厘米×10.4厘米。共19页38面，每面10行，每行22字。黑口，单黑鱼尾，四周双边。书口题"家谱宝卷"。封面、封底全。内容完整。封面题"家谱宝卷"。卷首题"云城圣地品第十"。卷末无题，有钤印"宿迁运羽书馆"。

开卷。散说："《家谱宝卷》专劝男女，留一条正路，恐怕皇胎迷失。云城大路，后度难逢。今将圣地开明，后来皇胎好去寻找。后来三灾八难，只用十善儿女。三位五位，一齐同心，治造未来佛宝，降这妖魔，好进云城。皇胎不信，细听吾言。"无开卷偈。

正文：散说、诗赞（七言、攒十字）。

结卷。结卷偈："见家谱者禀诚心，满斗焚香谢神灵。三阳浅书天机事，有神之人躲灾星。白阳弥勒治事起，无福人等实难过。过着皇天真正教，莫要心返别原师。你要斯师大有难，韦陀护法不容情。师父有过你劝改，他要不改认自己。公修公德自己好，婆修婆德管自己。自修自修全家乐，莫要说人怀自己。老母天堂安定果，三佛出头分派你。你要不听果不成，遂心如意母不管。随你自办自己事，成不成的由在你。弥勒要是派完事，随者儿女你心日。"

058《尖刀宝卷》

宋朝年间，浙江省湖州府乌城县南关外落墙巷张员外，家财百万，夫人李氏，所生六子，长子娶妻陈氏，次子娶妻蒋氏，三子娶妻孙氏，四子娶妻丁氏，都贤孝持家。五子娶妻田氏，田氏操持家务，忤逆刻薄。六子娶妻朱氏六娘，六娘自小知书达理，从道向佛，孝顺父母，过门之后，更是孝敬公婆，样样贤能。大比之年，张员外带五个儿子进京赶考，将家中事务交与六娘操持打理。六娘每日礼拜菩萨，烧香诵经。田氏心中愤恨，处处刁难六娘，在婆婆李氏面前挑咳，污蔑六娘借烧香拜佛之际诅咒婆婆早死。李氏由此对六娘心有怨恨，常常打骂六娘。一日，花猫打碎几只莲花碗，田氏向李氏告状，说六娘毁坏家中财物。李氏到厨房用棍棒追打六娘，不慎将灶君打落地上，惹恼灶君。灶君将李氏恶行禀报天庭，玉皇让天狗星下界惩罚李氏。李氏半夜三更突然得病，肩生毒疮，田氏诬陷说是六娘咒骂所致，李氏责骂六娘。六娘焚香祷告，请求神明保佑婆婆。观音菩萨下界试探六娘诚心，托梦与六娘，告诉她只有取活人心肝方得救好李氏。六娘把做梦之事告诉丈夫六官，让六官去打尖刀回来，自己要去取心肝救婆婆。六官坚决不依，六娘即以死相逼。六官无奈，只得找韩铁匠打刀。韩铁匠不忍伤人和连累自己，本欲回绝六官。但六官苦苦哀求，韩铁匠只得一边焚香一边打刀，保佑尖刀不伤贤孝之人。六官将尖刀带回家中，不忍妻子受苦，夫妻在房中抱头痛哭。田氏告诉李氏，六娘缠住丈夫，不来服侍，李氏唤来六官痛骂。正说之间，李氏毒疮发作，昏死过去。六娘闻知，焚香保佑婆婆，自己拿尖刀刺破胸膛，鲜血直流，一命归阴。六娘一灵真性冲上天庭，玉帝感知，差遣太白金星下界化作一位年老卖药人来到张府。卖药老者救活六娘。李氏得六娘救护，疮毒清除，才知六娘真心，心生悔意，自此待六娘如亲生。六娘孝行，感动六邻，州县上司逐级上报朝廷，君王下旨，钦赐六官头名状元，六娘为头名孝心夫人，韩铁匠善心得遇好报，官封巡逻司。张家兄弟除五官外，各封官职，在朝为官。田氏后来被雷劈死。

版本共1种：

1997年抄本

线装。抄本。一卷一册。开本：27.5厘米×22厘米。共23页46面，每面12行，每行20字。封面、封底全。内容完整。封面左上题"尖刀宝卷"，中下题"一九九七年三月十五日抄"。卷首无题。卷末无题。

开卷。开卷偈："《尖刀宝卷》初展开，诸佛菩萨降临来。关外有个张员外，同妻李氏在家中。"

正文：散说、七言诗赞。

结卷。结卷偈："雷公雷母上天去，张家大小正惊然。六官六娘伤心哭，买棺成殓田氏身。一时狂风来大起，尸骨吹去化灰尘。此人天不用来地不载，那有棺材葬其身。县里文书呈到府，府里文书到上司。通政司大堂来挂单，即日奏本到朝廷。君王见奏心欢喜，圣旨送到湖州府。六官送上金殿门，钦赐头名状元身。状元得中回家转，张员外见了心喜欢。六娘一身行大孝，封为头名孝心人。韩铁匠打刀心肠好，圣旨来到韩家门。同事一齐来迎接，迎接好官韩大人。动身三个浪烟炮，三吹三打进衙门。巡逻司虽然官职小，上下威风二三分。张家大小有官职，六官封为状元身。正宫娘娘见六娘，讨了六娘做寄女。宫娥使女来服侍，多来服侍六娘身。只有五官无官做，教他回家种田守家门。观音本是慈悲佛，六娘一心来念佛。六娘一心行大孝，敬重南海观世音。观音本是慈悲佛，修行总要心放平。六娘诚心来念佛，观音度他上天庭。夫妻二人升天去，全做天上成仙人。《尖刀宝卷》宣完成，要孝公婆二大人。十年媳妇十年婆，媳了十年自己做公婆。在堂父母增福寿，过去父母早超升。听了宝卷记在心，后代儿孙出贤人。"

059《节烈宝传》，又名《节烈卷》

河南省南阳府邓县元柿里九明庄张乐照，外号张牙骨，每日好酒，不务正事，娶妻刘氏，生二女一男。长女出嫁十年多，夫婿亡故。次女张清香嫁于何家。何郎杀生好恶，生毒疮，八年未好。刘氏带清香到白泰山许愿求签，大姐请修道多年的表兄王先生到家讲经。王先生要他们坚持早晚念经、酬书和放生三件事，能消灾得福。清香将王先生所言奉为至宝，父亲牙骨当作耳旁风。全家都拜王先生为师，入道修行，清香更是勤于苦修，参悟玄妙。清香长到二十四岁，夫君何郎因病丧命。清香与母亲刘氏又到白泰山求签，签曰先有苦，苦尽则甜。母亲带清香回家居住，有媒人上门说亲，都被清香骂走。清香打乱头发，撕破衣服，脸抹黑锅灰，吓得媒人不敢上门。清香跪求父亲不再逼婚，张牙骨责打清香，侄儿张全安劝解伯父放过阿姐。张牙骨做主与故事桥陈家交换庚帖。刘氏与儿子张全造到陈家商议退帖。陈家也是圣德之家，将庚帖当面焚毁。清香要投河自尽，母亲苦劝拦住。张媒婆到张门为吴家说亲，张父收下定礼。清

《节烈宝传》民国九年（1920）宛南明善堂藏板刻本

香假意应承，夜间出逃，张牙骨追赶，清香逃入黑坟圈躲过。天降大雨，清香到破竹竿庄刘先生家佛堂外避雨，被佛堂唐姑、高姑收留。吴家迎亲花轿到张家门口，被刘德真、张全造劝回。太山镇梅四奶奶吃素修行，好结善缘，全造带清香到梅四奶奶家暂住。吴家老爷吴云隆见结亲轿子空轿回程，心中气恼，请里长将牙骨提到公堂，限期要他交出女儿。刘氏到梅四奶奶家寻找女儿，清香已到梨园丁老先生处修行。清香婆婆李氏见儿媳受了百般磨难，将清香接回家中。清香先后劝度嫂嫂、小叔改恶从善，持斋修行。

版本共1种：

民国九年（1920）宛南明善堂藏板刻本

线装。刻本。一卷一册。版框：15.7厘米×10.2厘米。共45页90面，每面9行，每行21字。白口，单黑鱼尾，四周单边。书口题"节烈卷"。封面、封底全。内容完整。封面左上题"节烈宝传"，内封中大字题"节烈宝传"，右上题"庚申年新刊"，左下题"宛南明善堂藏板"。卷首题"新刻节烈宝传"。卷末无题。

开卷。诗曰："天地为万物之祖，生出万国与九州。奇降三皇并五帝，女有节烈万万秋。"无开卷偈。

正文：散说、诗赞（攒十字）。

结卷。结卷偈："劝世上妇女们都学修行，吃清斋才能把节志坚守。纵然有大磨难不可恨怨，一世苦万世乐何等安闲。这本是邓县地节烈一案，遗留于有志人无事勤观。"诗曰："未见夫面随夫亡，不比寻常烈女行。魂飞天上星斗怵，魄落人间草木香。"

060《节义宝卷》，又名《乾隆游江南宝卷》《乾隆游江南》

清乾隆年间，浙江省湖州府归安县周德正，官居边关总兵之职，因奸臣陷害，告职回乡。家有一子，名叫天保，武艺周全，娶妻陈氏。陈氏名玉英，为本乡陈元德之女，贤德义情双全。一日，奸臣上表弹劾周德正谋反，皇帝下旨抄斩周家满门。周德正让天保夫妇出逃，与妻子双双被送斩。天保夫妇逃到广州芍药村租房安身，天保打柴，玉英纺纱为生。乾隆带两员大将到江南出游，一来散心，二来查访周德正为官情况，一路听得民众称赞周德正为官清正，广州进士王豪作恶多端，危害乡民。到了广州地界，皇帝让两个护卫先行进城，自己独自寻访民情。到了芍药村，突遇大雨，皇帝到周天保家躲雨，天保外出打柴未归，只有玉英一人在家。时过晌午，家中没有米面，玉英把准备孵育小鸡的五个鸡蛋煮汤招待皇帝。皇帝得知天保为周德正之后，甚是高兴，收玉英为义女，将随身佩戴的外国进贡的丝罗宝带送与玉英，告知玉英，自己叫赵清，以后可凭此玉带到京城找义父认亲。王豪兄弟带家丁在山中打猎，与天保相遇。王豪叫家丁抢夺天保柴担，殴打天保。天保愤怒之下无奈还手，将王豪兄弟二人及十八名家丁全部打死。天保自知闯下大祸，主动到衙门投案。广州知府陈天德收监天保，将他打入死牢。玉英探监，拿出玉带，告知天保此为义父所赠，天保识得此宝为天子之物，让玉英到京城寻父。玉英出了监牢天色已晚，误入知县陈天德宅院。知县夫人见得玉英手中玉带，心生歹意，与知县合谋，将玉英害死，投入枯井，让自己的女儿金娟顶替玉英到皇城认亲。乾隆皇帝见到玉带是真，但金娟不像义女，盘问得知玉英已被谋害，遂下令处斩金娟。玉英本为上天金女投生，太白金星下界施法救活玉英，并将她带到京城午朝门。玉英寻找赵清，天神显灵，敲击金鼓，惊动值守丞相，丞相连忙奏报皇帝。乾隆见到玉英，心中大喜，将她带到后宫拜见皇后。丞相奉旨亲自到广州捉拿知县陈天德斩首，从牢中放出天保并护送他到京城。皇帝封天保为驸马，在驾前效力，建造快乐宫作为驸马府。天保在宫中安享荣华，想到父亲一生经历，看淡世事，上表辞官，外出修行。皇帝难舍女儿女婿，将快乐宫改为仙姑亭，天保夫妇在仙姑亭，每日持斋，诵经打坐，功成圆满，佛祖丹书接引，得道升仙。

版本共2种：

一、1993年何崇焕抄本

线装。抄本。两卷一册。开本：19.3厘米×13.4厘米。共30页60面，每面10行，每行24字。封面、封底全。内容完整。封面左上题"节义宝卷"，左下题"乾隆游江南"，右上题"公元一九九三年　太岁癸酉年阳月抄"，中下题"何崇焕记"。卷首无题。卷末题："剧终。借书观看正君子，借去不还烂小人。"

節義寶卷初展開　諸佛菩薩降臨來
善男信女虔誠聽　且聽周家一段情

却說大清乾隆年間,浙江省湖州府歸安縣。有一姓周名德正,官居边關總兵之職。与奸臣作斗,因此告職回鄉,家有一子,取名天保,武藝周全。娶妻本鄉,陳元德之女。賢德義情双全。

因日奸臣上殿奏与萬岁。萬岁準奏,周德正謀反君皇差軍到歸安縣周德正家滿門抄斬。因為周老爺聽了操斬此事,不好了,一時嚎啕大哭。天保在边傍聽著頭倒在地,暂~甦醒轉,說道。此事不好了。德正说。兜吓,你夫妻二人快~逃生去吧。德正夫妻二人取斬。為德正所有交情。不追子媳,回復而去便了

《节义宝卷》1993年李云富抄本

开卷。开卷偈："《节义宝卷》初展开，诸佛菩萨降临来。善男信女虔诚听，且听周家一段情。"

正文：散说、诗赞（七言）。

结卷。结卷偈："却说天保升天去，空中鼓乐闹盈盈。真心修行功成满，今日上天降紫云。玉英公主把本奏，奏为父皇得知因。驸马今日升天去，听见空中鼓乐声。万岁当时也不信，前来亭中看分明。忽听空中齐鸣响，异香扑鼻满皇城。殃殇驸马多半俊，再表玉英更虔诚。玉英修道心坚固，每日弥陀不离身。十月初一升天界，化度玉英上天庭。玉英公主升天去，青天白日驾祥云。宫中彩女来知晓，奏为万岁得知情。万岁见奏龙心喜，亲自到亭看分明。五色祥云齐驾起，笙箫鼓乐闹盈盈。世上这样稀奇事，万岁也要去修行。真心修道功成满，凡人也有入仙班。昔日古人有好处，仙佛多是苦中修。为官之人比水清，不贪贿赂明如镜。倘若贪财来屈断，转瞬即将大祸到。此卷不是年久日，辛酉年间来作成。编成一本《节义卷》，万古千秋永流传。为人要学陈玉英，节义贤良出头人。结义要结情义友，贪财失义烂小人。吃酒吃肉多朋友，落难之中无一人。在堂大众知心听，神仙不负好心人。《节义宝卷》拜完成，大众回家永康宁。拜卷之人增福寿，听卷之人福寿增。"

二、1993年李云富抄本

线装。抄本。两卷一册。开本：27.5厘米×19.8厘米。共34页68面，每面10行，每行16字。封面、封底全。内容完整。封面题"乾隆游江南宝卷／岁次癸酉年十一月抄阳／李云富志"。卷首无题，有钤印"宿迁运羽书馆"。卷末无题。

开卷。开卷偈："无上甚深微妙法，百千万劫难遭遇。我今见闻得受持，愿解如来真宝义。《节义宝卷》初展开，诸佛菩萨降临来。善男信女虔诚听，增福延寿免三灾。"

正文：散说、七言诗赞。

结卷。结卷偈："《节义宝卷》拜完成，大众虔诚来听卷。听得宝卷笑连连，回家个个身健康。下次双寿早的来，走到佛堂好听卷。修行拜佛真道路，九岁修行观世音。拜卷之人有功德，转世投生做菩萨。"回向："愿以此功德，

宿迁运羽书馆藏宝卷

普及为一切。拜卷庆延今，消灾增福寿。诵《心经》一遍。诵《七帝咒》或诵《往生咒》。"

061《解辰星宝卷》，又名《解辰星》《解辰星卷》《解星宿宝卷》《解星宿卷》

唐朝太宗年间，扬州府泰兴县有秀才姜有志，父母双亡，与哥嫂一起生活。嫂嫂陈氏，为人凶恶，每日在家嫌弃阿叔贪吃懒做，恶言相待，哥哥有运因此常与陈氏争吵。有志不忍哥哥受气，遂离家出走，在金山脚下被赤脚大仙收为徒弟，赐法名有脱，人称解辰星。大仙送有志金龙子一条、母子钞一个、八卦包一个，约定二十年后在度仙桥相会。姜有志只身来到镇江城，在老伯王大德的指引下，住进因闹鬼怪一直无人敢住的赵员外新造宅院。夜半时分，有四个恶鬼出来要迷有志的魂，被金龙子捉住，恶鬼求饶，有志命金龙子拔除恶鬼头上扒头钉，发配到三千里外充军，尔后一夜无事，赵员外称奇致谢。因赵员外犯有十宗恶罪，三个神明商议要火烧赵宅并使其断子绝孙，被有志听到。有志让赵员外施斋念佛，广做善事。灶君将赵员外改恶从善之事奏报上天，玉皇欣喜，赐赵员外显耀门庭。赵员外喜得贵子，有志帮助取名佛元。佛元聪明伶俐，从小喜好读书，长到九岁，白云山上修炼千年的狐狸化作绝美佳人到书房引诱佛元，被有志叫金龙子擒住，罚到千里之外的深山修炼。佛元十六岁赴京应考，得中头名状元，娶王氏小姐为妻。镇江城内富户陈百万年届四十，娶妻刘氏，没有子嗣，后娶赵员外家丫环春兰为妾。大娘刘氏常常辱骂春兰，春兰一年后生一子。陈百万侄儿陈怀想要霸占伯父产业，怂恿刘氏溺死春兰之子。有志算到春兰有难，扮作卖糖人到陈家门上。金龙子救出婴儿放在糖担子中，有志将担子挑到王老伯门上，将孩子寄养在老伯家中，为他取名福元。福元长到十六岁，进京赶考。陈员外病亡，陈怀强夺伯父家产。福元得中探花，被皇帝封为监察御史，奉旨回乡祭祖，见到王老伯、姜有志和赵员外，得知自己身世，因父亲离世，几次晕厥，其孝心感动上苍，玉帝令太白金星送还魂丹救活离世三日的陈百万，父子相认。有志与赤脚大仙二十年相约时限已到，有志身背金龙子，腰挎八卦包，化作祥光，赶到度仙桥，师徒重逢，同赴天庭。玉帝封姜有志为九运七祖。佛元后官至宰相，福元为尚书，赵公夫妇皆百岁，陈公大娘、二娘相处和睦，王公向佛福寿年长。

版本共2种：

一、清光绪十八年（1892）姚云斋抄本

线装。抄本。一卷一册。开本：23.2厘米×13厘米。共55页110面，每面7行，每行17字。封面、封底后封。内容完整。封面题"解星宿宝卷"。卷首题"解星宿卷"。卷末题"光绪十八年杏月上浣灯下满空抄写弟子姚云斋书"，有钤印"宿迁运羽书馆"。卷末附《八仙上寿偈》。

开卷。开卷偈："《解星宿卷》初展开，诸佛菩萨供莲台。斋主诚心来念佛，祈求降福又消灾。念佛念心心念佛，家常俗语且丢开。"

正文：散说、七言诗赞。

结卷。结卷偈："十八岁上拿红帖，会一戏结成成亲。夫妻恩爱如宾客，连生七子耀门庭。官职封到尚书职，薛氏封赠做夫人。百万寿满九十六，一子七孙好收成。卷中始末根由事，唐朝流传到如今。做官有了解辰星，无头屈事断得清。读书有了解辰星，进场文章打豆名。种田有了解辰星，田中五谷有收成。生意有了解辰星，一年四季长千金。撑船有了解辰星，船中常坐贵客人。孩童有了解辰星，关煞开通易长成。女人有了解辰星，挑花扎绣甚聪明。病人有了解辰星，四百四病尽除根。父子有了解辰星，父慈子孝过光阴。兄弟有了解辰星，同心合意土变金。夫妻有了解辰星，你敬我敬一条心。婆媳有了解辰星，和和睦睦一条心。斋主有了解辰星，凶星退散福星临。有灾无灾多化解，天解地解解灾星。合家大小增福寿，一年四季进财星。日进斗金用不退，银钱赚到堆不尽。斋主佛前求忏悔，八仙上寿进门庭。"

二、清手抄、民国十一年（1922）许忠惠重修本

线装。一卷一册。尺寸：23.2厘米×13.2厘米。共34页68面，每面8行，每行24字。封面、封底、后封全。内容完整。后封面左上题"解辰星宝卷"。原封面左上题"解辰星"，右上题"壬戌年重修"，右下题"许忠惠记"。卷首无

解辰星卷始展开　　　諸佛菩薩座蓮臺

在堂大众齐声贺　　　自然降福典消灾

且説唐朝太宗皇帝登基天下太平杨州府太兴县有

一個秀才姓姜名有志哥～名叫有運嫂～陈氏为人凶恶

父母以亡每日在家搤婶阿叔贪吃懒佐日～恶怒终日

夫妻争论姜有志道哥～嫂休要呕气代我出门让你知

　全肥父～看娘回　　千朵桃花一樹生

　有志走到街坊去　　買了銭帛糕家门

解星宿卷

解星宿卷初展開　　　諸佛菩薩供莲抬

瘫主诚心来念佛　　　祈求降福又消灾

念佛念心～念佛　　　家常俗語且丢开

且説唐朝太宗皇登位。天下太平。杨州府太

兴县。有人姓姜。名有志。我哥～名有運赘门

秀士。嫂～陈氏为人凶恶父名如林。母亲顾氏。

《解星辰宝卷》清光绪十八年（1892）
姚云斋抄本

《解辰星宝卷》清手抄、
民国十一年（1922）许忠惠重修本

题。卷末无题。

开卷。开卷偈："《解辰星卷》始展开，诸佛菩萨座莲台。在堂大众齐声贺，自然降福与消灾。"

正文：散说、七言诗赞。

结卷。结卷偈："凡间不是安身处，愿归净处去安身。想起二十年前事，师父与我说分明。度仙桥上来相会，且到桥边看虚真。有志抬头来观看，果然师父大仙身。赤脚大仙迷迷笑，还我金龙母子钞。今朝同你归西去，三天门下过光阴。玉帝敕封归上界，九远七祖尽超生。有志哥嫂归极乐，逍遥宫内去安身。佛元朝中为宰相，斋僧布施广修行。赵公夫妻皆百岁，子孙代代佑公卿。福元官封尚书职，所生七子伴君皇。大娘二娘多和睦，尽受皇封太夫人。王公吃素年长寿，百年靠老姓陈人。《解辰星宝卷》宣完成，诸般灾难化灰尘。卷中倘有差讹字，消灾神咒补缺文。"

062《金刚记》

内容提要参见《黄氏宝传》。

版本共1种：

民国十四年（1925）张福明抄本

线装。抄本。一卷一册。开本：25.5厘米×14.5厘米。共29页58面，每页8行，每行14字。封面、封底全。内容完整。封面题"金刚记全部／张福先记"。卷首题"金刚记"。卷末题"看经念佛王氏女／金刚记终／天运乙丑年三月下旬张福明抄写誊录"。

开卷："看经念佛王氏女，不说汉来不说唐。单唱看经王五娘，三贞一烈传天下。"

正文：通篇七言诗赞。

结卷。结卷偈："状元辞了官不做，不觉心中好悲伤。立起白云庵一座，老少四人念《金刚》。修行不上三五载，惊动神圣下天堂。圣旨宣传四人到，封你南天过时光。逍遥快乐登仙界，去会蟠桃会一场。西天佛祖传佛旨，敕封善人

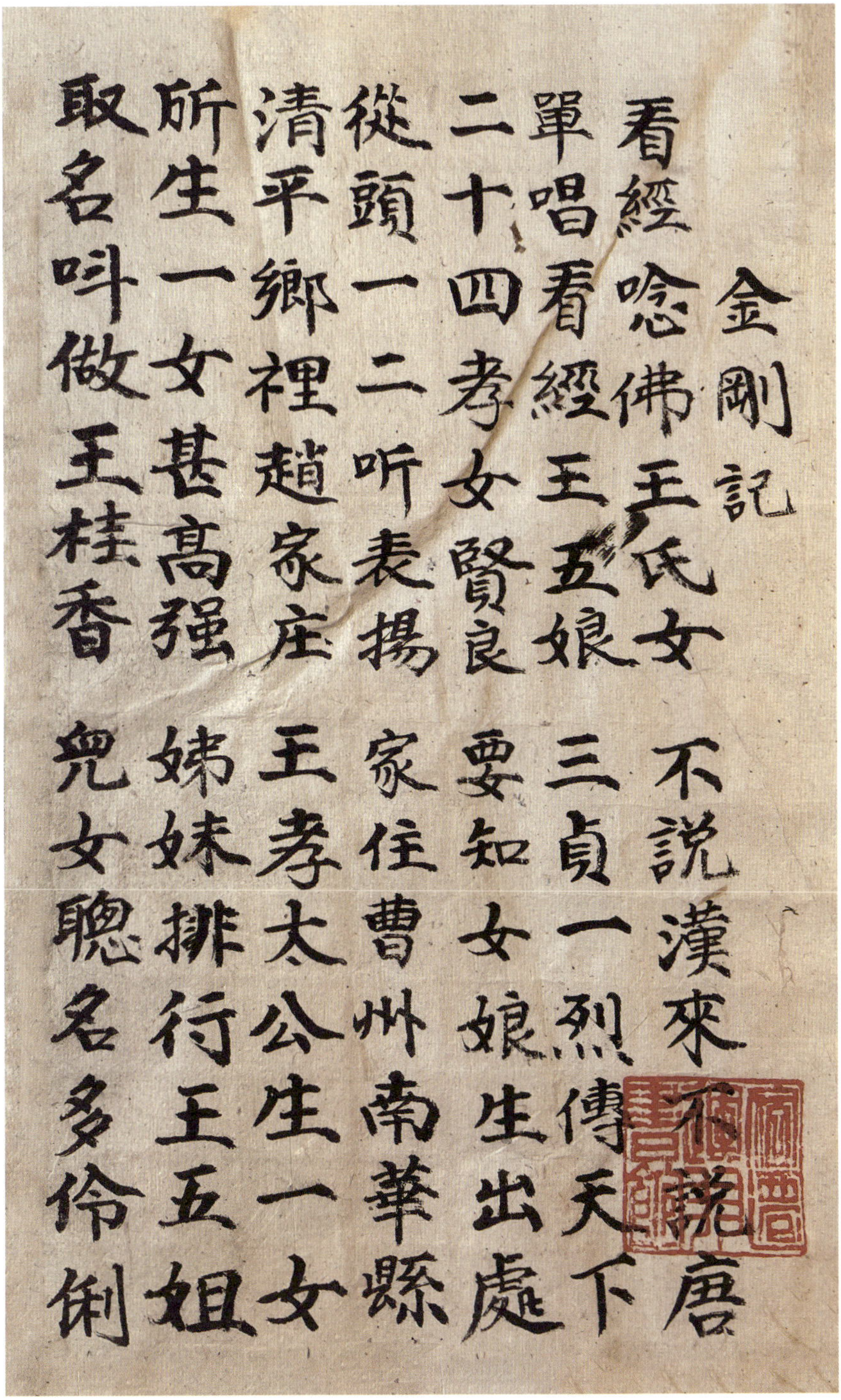

金剛記

看經唸佛王氏女　不説漢來不説唐

唸佛王氏女　三貞一烈傳天下

單唱看經經王五娘　要知女娘生出處

二十四孝女賢良　家住曹州南華縣

從頭一二聽表揚　王孝太公生一女

清平鄉裡趙家庄　王孝太公生一女

所生一女甚高強　姊妹排行王五姐

取名叫做王桂香　兒女聰名多伶俐

《金剛記》民国十四年（1925）张福明抄本

王五娘。看经念佛王氏女，参禅悟道现金光。一世修行是女子，二世修行状元郎。三世修行天堂上，逍遥快乐福无疆。四海龙王修寺院，普天匝地把名扬。在家修行养真性，出家修行上天堂。此书就是《金刚记》，单表看经王五娘。世人若是将经念，五色祥云盖身旁。"

按：《金刚记》与《黄氏宝传》都源自同一孝女故事，故事内容基本相同，只是故事发生地点和人物姓名略有差异。《金刚记》主人公为曹州府南华县清平乡赵家庄王孝太公之女王桂香，《黄氏宝传》主人公为曹州府南华县清风乡七家庄黄员外之五女黄桂香。因两种版本的流传、表现形式有较大差异，因此作两种不同的宝卷予以表述。

063《金仙认祖归根宝筏》

经卷类宝卷，无具体故事情节。

版本共1种：

清光绪二十二年（1896）山西解州城内刘纯仁堂存板刻本

线装。刻本。一卷一册。版框：19厘米×13厘米。共35页70面，每面8行，每行20字。白口，单黑鱼尾，四周双边。封面、封底全。内容完整。封面题"金仙认祖归根宝筏"。内封中大字题"金仙认祖归根宝筏／光绪丙申二十三年／板存山西解州城内刘纯仁堂"。卷首题"西天古佛十封书"，有钤印"宿迁运羽书馆"。卷末无题。

开卷。诗曰："一次写书泪涟涟，把书捎与众英贤。英贤本是皇胎子，一去东土六万年。"无开卷偈。

正文：诗赞（七言、攒十字）。

结卷。结卷偈："此正是午会中六阳纯满，无极母大慈悲法旨恩宽。命四亿为先学下世一转，作九二之纲领共助收圆。儒释道三教人同心合伴，离先天分性光脱生人间。性天清心地明出世为善，三教经豁然通不昧前缘。遇有道即诚求心有定见，知正邪识真伪不二不偏。得大道谨遵行勤修苦炼，立大志学古来仙佛圣贤。开普度不辞劳出世开阐，遇有德身亲近同结善缘。因此上先天道大

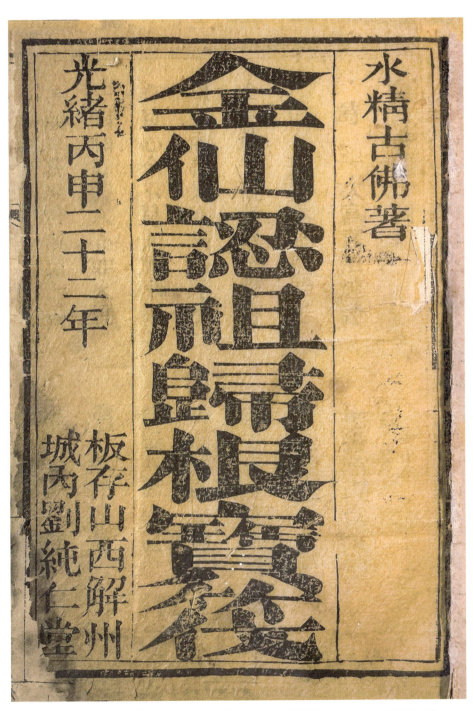

《金仙认祖归根宝筏》清光绪二十二年（1896）山西解州城内刘纯仁堂存板刻本

帝传遍，都只为度九二返本还原。有知识即惺悟回头向善，访名师求大道莫失奇缘。时年至大劫临龙华不远，早办功早修果早证金莲。此篇词合凡圣聊通一线，善知识展智慧理会同参。"

064《九殿卖药》

靖江江东人氏芦魁德，在天桥旁开中药铺，以卖药为生，生有一子名叫芦公义，娶妻郝氏。二老过世以后，公义夫妻二人不善经营，关了药铺，时间一长，坐吃山空，郝氏便与公义商议开荒种菜。公义挑黄瓜沿街叫卖，整日没人过问，好不容易有个盲人要买，却被一过路人搅掉。第二天，公义又挑担韭菜叫卖，被一个斜眼说像葱，没有卖出，最后只得答应烧饼店主，用韭菜换担草灰挑回。路上忽刮大风，草灰被风吹尽，公义空担回家，遭郝氏数落。郝氏让公义到山上割草，遇大风，草篮被吹走。公义正要去寻找，跳出一只猛虎，公义只得跑回家中。郝氏无奈，只得带公义一起上山砍柴。郝氏乃是天上仙女下凡，在山上遇到大片草药，便与公义商议，重操父母旧业，采药回家，开草药铺。自此，夫妻二人，施药医病，积下好生之德，感动天地。玉帝让吕洞宾下凡，点化公义夫妇吃素修行，郝氏回归仙界本位，芦公义被封九殿阎君都市王。

版本共1种：

抄本

线装。抄本。一卷，与《李青宝卷》同册。共4页8面，每面8行，每行22字。封面、封底全。内容完整。卷首题"九殿卖药"。卷末无题。卷后附《太岁黄妙真经》。

开卷。开卷偈："九殿阎君都市王，当年是个卖药郎。"

正文：散说、诗赞（五言、七言）。

结卷。结卷偈："芦公济世开药房，他是九殿阎君都市王。"挂："扁鹊是药王，华佗行医忙。芦医来卖药，老少保安康。弟子奉命开药方，诸位神灵来帮忙。药到病除好喜欢，喜欢就摸手续费。"

L

065《李翠莲舍金钗大转皇宫》，又名《李翠莲救逆从善宝卷》《刘泉进瓜》

内容提要参见《彩莲宝卷》。

版本共2种：

一、清刻本

线装。刻本。一卷一册。版框：17.5厘米×11厘米。共41页82面，每面8行，每行23字。白口，单黑鱼尾，四周单边。封面、封底后封。前6页为后补抄。内容完整。卷首题"李翠莲舍金钗大转皇宫"。卷末无题。

开卷。开卷偈："富贵荣华不可求，看来皆因前世修。庐林村中一妇女，年方七岁便回头。斋僧斋道多施舍，持斋好善逐日修。未知善人家居住，听我从头说根由。"

正文：散说，诗赞（七言、攒十字）。

结卷。结卷偈缺。

二、1998年抄本

线装。抄本。一卷一册。开本：20厘米×13.7厘米。共27页54面，每面12行，每行21字。封面、封底全。内容完整。封面左上题"刘泉进瓜全本"，右上题"戊寅年"。卷首无题。卷末题"一九九八年农历闰五月初十日起数写到十四完呈"。

开卷。开卷偈："紫金炉内把香焚，表起斩龙庙上人。只因龙王借雨行，违犯天条罪不轻。天主按律该当斩，斩龙就是志徽臣。……唐僧取经将回转，又要招选进瓜人。要问进瓜那一个，听我□□□分明。"

正文：通篇七言诗赞。

结卷。结卷偈："送来牙钗作凭证，刘泉心中狠心悔。可恨王婆老贱人，刘泉此时命远退。儿女还是归儿女，夫妻还是归夫妻。黄牙钗出向他身，公主接钗泪珠流。今日黄河水才清，御妹仍然坐皇宫。春香以此称郎女，寿保奏为御外甥。通公三奇回工院，以后成佛归山林。择日援赴在皇宫，刘泉连忙将恩谢。奉旨砌造驸马府，奉旨端奏祭祖坟。今朝悔得罪奏请，刘泉福禄男宽庶。从此春香将书读，成人将配上官卿。刘泉日后为驸马，运到时来人上人。当初贫苦无人问，如今发达个个亲。夫妻同偕向岁老，儿孙奉赠代代荣。不是一书主为景，怎得梅花秀云香。奉劝世人多行善，行善之人有好处，行恶之人没应成。《刘泉进瓜》完呈。"

按：此两种版本与《彩莲宝卷》故事内容基本相同，仅发生地点、人物姓名等不同。

066《李驸马宝卷》，又名《李驸马参石门行脚宝卷》

昔日有一王成看破浮生，往燕平山修行数载，得成正果。李员外年过半百无子，忧闷游燕平山，邀王成到家中后园继续修行。一日，王成见一按院大人骑高头大马，兵将家丁前呼后拥，威风凛凛，陡然心生羡慕，被西天老祖感知凡心未脱，罚王成降下凡间投生李员外家为子，李员外为其取名李长生。李长生长到十六岁，进京赶考得中头名状元，被皇帝招为驸马，享受荣华富贵。观音见李长生贪念凡间富贵，不思修行，命莺歌变作一只白兔下界引他归位。一日，李驸马外出游玩，在城门外路遇一只白兔，追至燕平山石门，一箭射去，不见了白兔，箭落石门上，见石门上有两行字："若要此门开，还等原人来。下拜石门开，开门就是闭门人，二十年前叫王成。"李驸马下马叩拜，石门即开，进入门内，又见一行字："观音菩萨来引诱，此处清静好修行。"李驸马猛然醒悟，随即写书信让随从带给公主并上表皇帝。皇帝开恩，准许驸马出家。公主见驸马离家，自无依靠，也随驸马共赴燕平山修行。夫妻苦修得道升天。

版本共1种：

民国二十五年（1936）陕西林先生刻本

线装。刻本。一卷，与《白侍郎卷》同册。共8页16面，每面8行，每行16字。书口题"李驸马"。卷首题"李驸马参石门行脚宝卷"。卷末题"李驸马宝卷终"。

开卷。无开卷偈。

正文：散说、七言诗赞。

结卷。结卷偈:"奉劝信修好良心,不成菩萨也成圣。圣贤都是凡人做,只怕凡人不修心。有朝身心都修好,带同九族尽超升。仁义礼智为根本,忍辱慈悲利他人。劝君世情来参透,修行及早趁光阴。豪杰英雄多虚忙,早求长生出世因。扫除十恶并奸诈,忍辱久远永存心。目前问信求指点,双林树下念真经。日时常转妙消息,运动三车现光明。苦害超起登彼岸,六欲渐消灭三心。火中生莲出三界,九九数满永长生。百尺竿头重进步,莫学痴愚不信心。修行不论男和女,斋戒不论富和贫。一子持斋千佛喜,九玄七祖尽超升。诸仙诸佛凡人做,只怕凡人不坚心。劝人信此修行理,定往西方佛国证。无边逍遥登极乐,王宫最好不及半毫分。但修久远存好心,大众同登上品升。"

067《李恒志救母》

清顺治年间,桂林城西李家庄李尚德,家境贫寒,娶妻罗氏,甚贤,生一子名恒志。李尚德四十二岁病亡,李家失去依靠,罗氏纺纱织布,承接手工零活养活小儿。恒志长到四岁,罗氏大病卧床十余日,恒志昼夜服侍喂药,不离床前,多日仍不见好转。家中米粮吃尽,罗氏让恒志离家逃命,恒志痛哭不从。恒志外出乞讨得米粮,自己忍饥挨饿,也要供养母亲,罗氏方得病愈。四邻叔伯见恒志贤孝聪慧,供其上学。恒志二十岁得中进士,被皇帝封为翰林,留京任用。恒志思母亲无人照料,奏请回乡亲自奉养,待母亲百年之后再报效朝廷。皇帝为其孝心所感,特予恩准,赐他白银三千两回乡。恒志回家娶孟家姑娘为妻,生三子。罗氏七十寿辰之日,一命归阴,魂归地府,阎王因其生子时血污神明,富贵之后杀生开戒,将她打入血湖池受苦三年。罗氏遂托梦恒志。恒志辞别妻儿,拜悟玄道人为师,到灵明山聚仙洞修行,练得转轮法道。功曹奏报天庭,玉帝差遣功曹到地府将罗氏从血湖池提出,送到天地门,待其儿功满,一同升天。恒志后来功成果满,超得九玄七祖同上西天。

版本1种:

李恒志救母

詩　天地三界孝為先　地獄救母屬曰連
曰　能效前輩大忠孝　何愁祖宗不昇天

却說清朝順治年間桂林縣城西李家村有一人姓李
名尚德妻羅氏甚賢家道貧寒生二子名恒志尚德雖貧
而能守常以方便存心惜物救命心性好善年至四十二歲
時忽然病故恒志尚幼羅氏仰仗鄉鄰將夫草草埋葬
日食難度夜晚坐在床前思前想後好不心酸不由哭曰

《李恒志救母》民国十五年（1926）刻本

民国十五年（1926）刻本

线装。刻本。一卷一册。版框：15厘米×9.8厘米。共18页36面。每面8行，每行21字。封面、封底全。内容完整。封面左上题"李恒志救母"。书口题"李恒志救母　页数"。卷首题"李恒志救母"。卷末题"李恒志救母此卷新刊"。卷后附捐资人姓名及金额。

开卷。诗曰："天地三界孝为先，地狱救母属目连。能效前辈大忠孝，何愁祖宗不升天。"

正文：散说、诗赞（攒十字）。

结卷。结卷偈："这本是李恒志救母一案，闲无事寻章句集成一篇。言粗俗文浅薄字多错乱，观书的诸君子多多包涵。宣一篇上天爷记你功德，舍此书能消灾刀兵不沾。说完了救母事歇歇再念，回家去要孝敬莫忘此篇。"诗曰："红尘滚滚苦奔忙，惹得迷人在内藏。那个能学救母事，临尾躲得五阎王。"

068《李青宝卷》（一）

金章宗年间，山东临青州如若县青石山太平村李亚平，三十六岁，家财万贯，娶妻赵氏，夫妻同庚，没有后代。夫妻希望通过广做善事，感动上苍，但行善三年无果。员外又请二观道友、报恩寺僧人到家做道场，仍无果。经家中书童和丫环秋香劝说，李员外夫妻到东岳神庙烧香，见庙院破败、佛像断臂，许愿如若得子，将重整庙院、重塑金身。东岳庙已久无香烟，见李员外许愿，东岳菩萨专程到天庭请玉帝赐子。因李亚平命中无后，玉帝受东岳慈心所感，把生死簿交于东岳，东岳受天命掌管人间生死，将违反天戒的枯香童子罚下李家，但只给阳寿二十七年。李员外烧香回家，赵氏遂有身孕，十月怀胎，产下一子，取名李青。李青六岁生日，李员外请戏班在家唱戏庆贺。东岳菩萨气恼李员外得子后忘记还愿，差二个青衣童子勾李青阴魂到阴间。土地出面周旋，救活李青，点化李员外出资修缮庙宇，重整佛像。李青长到十六岁，考中秀才，娶南门外刘百万家小姐刘氏为妻，继续苦读诗书。过了七八年，李青到太子庙进香，住持赠送一本佛经。李青回家后，一心一意修行念经，刘氏受感与李青一起修行。

又过三年，阎王查看生死簿，得知李青阳寿已到，将他带到阴司，游历鬼门关、孟婆庄、破钱庄等。李青一路口念真经，无鬼敢留，阎王责问为何在阳间只知敬奉神明，不知敬奉地府阎君，李青辩称是因为自己不知阎君圣旦。阎王传授李青地府各王圣旦后，将他送还阳间。李青还阳后散尽家财，供奉十殿阎君，全家修道三年。玉帝闻知，让太白金星下界超度李青全家升仙，授李青报恩师菩萨，刘氏贞节玉德正夫人，李青父母为圣父圣母，用穿云箭将封神榜射到凡间王朝黄门，金章宗照榜发至十三省，传到靖江县，百姓造起十王殿，奉请十王殿君，永承香火。

版本共1种：

抄本

线装。抄本。一卷一册。开本：20厘米×13.7厘米。共26页52面，每面8行，每行22字。封面、封底全。内容完整。封面中题"高记/李青宝卷"。卷首无题。卷后附《九殿卖药宝卷》《太岁黄妙真经》。

开卷。圣谕："昼夜流，等春秋。生死路，早回头。海水滔滔昼夜流，树在园中等春秋。百鸟也知生死路，人在东途早回头。"挂："弟子坐经台，诸佛降临来。对佛常礼拜，能消八难免三灾。弟子坐经台，善人两边排。树从根上起，花从叶里开。"开卷偈："《李青宝卷》初展开，拜请报恩菩萨降临来。"

正文：散说、诗赞（五言、七言）。

结卷。结卷偈："《李青宝卷》讲完成，《十王宝卷》后面跟。两旁奶奶帮贺佛，加添阳寿转家门。圆满师菩萨摩诃萨，宝卷圆满注长生。"回向："天赐平安福，人间富贵春。对不起奶奶们。"

按：此宝卷流传于江苏靖江，为靖江民间宣讲《李青宝卷》的母本。

069《李青宝卷》（二）

员外李正风，三十九岁，娶妻赵氏，夫妻同庚，生有一子，名李青，长到七岁，请东庄朱老夫子到家教授诗文。李青聪慧过人，上进好学，李员外请来苏州戏班在李氏坟堂搭台唱戏祭祖，惊动东岳大帝，东岳气恼李员外忘记求子还愿的诺言，差两个郎鬼到阳间勾回李青真魂。两个郎鬼化作一对蝴蝶在李青面前飞绕，李青站在桌上追逐蝴蝶，跌落地下，气绝而亡。朱先生诊脉，号得李青一脉阴一脉阳，询问家中是否有愿未还，李正风才想起求子许愿未还，随即在厅堂烧香祷告。东岳大帝受纳香烟，遂放李青还阳。李青长到十六岁，娶南门外刘百万家小姐刘氏为妻，继续苦读诗书，到二十二岁，得中秀才。四月初八，释迦牟尼圣旦，李青随一众老奶奶到庙中进香受戒。李青回家后，起造庙宇，吃素诵经。李青长到二十七岁，阎王查看生死簿，发现他阳寿已到，命两名青衣童子将李青真魂带到阴司，游历鬼门关、孟婆庄、破钱庄、滑油山、恶犬村、望乡台、奈何桥、枉死城，再让恶鬼带他游十殿。李青游过刀山地狱、镬汤地狱、寒冰地狱、拔舌地狱四殿，也没有记住已游各殿君王圣旦，阎罗王只得让李青停止游殿，并让李青撕下衣角，咬破十指，在衫布上一一记下十王圣旦，还阳后传于善男信女。李青还阳后散尽家财，改造厅房大堂，塑佛装金，供奉十殿阎君，带领父母、妻子一起供奉修行，传播十殿圣旦，三年有功，全家升天。

版本共1种：

东台顾明生宣读抄本

线装。抄本。一卷，与东台顾明生宣读抄本《血湖宝卷》同册。共18页36面，每面12行，每行38字。封面、封底全。内容完整。卷首无题。卷末无题。

开卷。无开卷偈。

正文：散说、七言诗赞。

结卷。结卷偈："金太皇皇重封赠，敕封李家一满门。封他父母两个人，圣父圣母职不轻。又封刘氏一个人，刘氏也是正宫身。又封李青一个人，十王祖师受香烟。经到头来卷到梢，斋主佛前请香烧。请香烧来换香烧，更比往常有功劳。经到头卷到头□，无边功德在上头。看库同志来落锁，钥匙交把主人怀。宣个宝卷又招财，门前高挂太平牌。太平牌上写大字，香房抱出大学生来。两班善人帮贺佛，门口也挂太平牌。太平牌上七个字，太太平平免三灾。"

按：此版本流传于江苏东台、南通一带，与前述流传于靖江的《李青宝卷》版本虽然内容上大体相同，但故事的地点、人物的姓名有差异，语言表述也各不相同，故此列为两种不同的宝卷。

070《李三娘宝卷》，又名《磨房宝卷》《白兔记宝卷》

唐朝徐州府沛县东流村刘典，夫人田氏，夫妻同庚，生有一子，取名知远。知远从小不善读书，喜欢舞枪弄棒，七岁跟随师傅练习武艺，到十四岁便枪棒俱能。知远时常惹是生非，父母为此操心气闷，先后病亡。知远不善持家理财，不到两年，败光家业，流落街头，在天王庙栖身。沙坨村李员外生二子一女，长子洪贝，次子洪义，均已成家。小女名三娘，聪慧美貌，时年十六。一日，李员外去天王庙还愿，见到流落庙内的知远，观其相貌堂堂，便将他带回家中，与夫人商议婚配与三娘。三娘不嫌弃知远落魄，真心相待。二位兄长嫌弃知远穷苦潦倒，处处刁难知远。知远和三娘婚后不到一年，李员外夫妇先后病亡。洪贝逼迫知远写休书，要赶走知远，三娘苦劝兄长，洪贝之妻张氏让洪贝假意应承，随后设计让知远去有妖精出没的西瓜地看瓜。知远凭借自身武艺打败妖精，在妖精出没之地掘得兵书和宝剑。知远因忍受不了李家兄弟的欺负和不忍三娘受气，辞别三娘去邠州岳帅府投军。岳大帅安排知远做马头军。风雪之夜，知远在马房被冻得来回跳动，岳府千金小姐同情他，从绣楼上抛送父亲的锦衣袍给其御寒。岳大帅发现知远身披自己心爱的锦袍，误以为锦袍是知远所偷，提审得知知远身世，对知远赞赏有加，加之岳小姐钟情，便让二人成婚。知远离家时，三娘已有身孕，洪贝将三娘赶入磨坊，每日挑水磨面。三娘在磨坊产下一子，自己咬断脐带，将小儿取名咬脐郎。三娘请族中三叔托人将孩儿送到邠州元帅府。知远向岳小姐说明原委，将咬脐郎交给岳小姐抚养，自己受岳大帅之命带兵攻打朱温之军。知远大败朱温手下大将王彦章，被皇帝封为镇远大将军，镇守边关十八年，方得回家探亲。岳小姐将咬脐郎改名为刘承佑，请先生、师傅教授承佑诗文武艺。承佑长到十八岁，一日出城打猎，被一只白兔引到山林，遇到担水的三娘。三娘见小将军长相酷似自己的夫君，向他诉说自己遭遇。承佑回家禀明父亲，知远得知妻子三娘遭受苦难，心中万分悲痛，与承佑带五百名军士赶到沙坨村救出三娘。知远要杀李家兄弟，被三叔说情救下。洪贝之妻张氏自觉羞愧，上吊自尽。知远和承佑带三娘回到岳帅府，岳小姐尊三娘为长，二人亲如姐妹，全家团圆，幸福和睦。

版本共2种：

一、1980年菱江抄本

线装。抄本。两卷两册。开本：20厘米×18.4厘米。共53页106面，每面8行，每行20字。封面、封底全。内容完整。封面题"庚申年四月抄／菱江李三娘宝卷"。卷首无题。卷末无题。

开卷。无开卷偈。

正文：散说、歌赞（三言、七言）。

结卷。结卷偈："一切冤仇都报清，合家跪谢三叔大恩人。忙备轿子有一顶，要请三娘上轿行。三娘轿子前头行，刘爷父子坐马后面跟。多少人马上路行，威风凛凛好惊人。把三娘接到邠州城，同享荣华过光阴。奉劝在堂大众们，做事总要好良心。作恶到头总有报，请看洪贝张氏见分明。《三娘宝卷》宣完成，在堂男女福寿增。大众听卷笑盈盈，五谷丰登贺太平。"

二、抄本

线装。抄本。两卷两册。开本：20.1厘米×13.7厘米。共71页142面，每面8行，每行15字。封面、封底全。内容完整。上卷封面上题"磨房宝卷上"，下卷封面题"磨坊宝卷下"。卷首题"李三娘宝卷"。卷末无题。

开卷。上卷开卷偈："《磨房宝卷》初展开，诸佛菩萨降临来。善男信女虔诚听，四季平安免三灾。一炷清香炉内焚，报答上苍天地恩。二炷清香插在炉，五谷丰登永太平。三炷清香虔诚敬，堂上父母福寿增。合家大小都欢喜，富贵荣华万万春。"下卷开卷偈："宝卷重开接前因，诸佛菩萨降临来。在堂男女齐心听，从福延寿保长生。"

正文：散说、诗赞（三言、七言）。

结卷。上卷结卷偈："不说知远安营寨，单表朱温手下人。彦章坐在中军帐，蓝旗小卒报军情。今有大唐人和马，领兵犯界到城门。彦章听报重重怒，谁人敢打我城门。大小三军听号令，出兵城外战他人。欲知谁胜与谁败，下卷文中说分明。"下卷结卷偈："光阴迅速且容易，元帅归天知远升。知远升了元帅职，五年之后天子崩。其时五代天下乱，天子无儿乱朝廷。文武公举刘知远，改为后汉坐朝廷。东宫三娘李氏女，西宫就是岳小姐。天子承佑都勇猛，并作领兵带将人。四十二年民安乐，风调雨顺谷丰登。汉帝归天太子接，后来却被宋朝平。《三娘宝卷》宣完成，奉劝世上做好人。远报却有子孙辈，近报就是自己身。为人须要行正道，不信且看张氏身。三娘先苦后来贵，好人自有好收成。《三娘宝卷》宣完成，一年四季乐太平。在堂大众增福寿，佛天保佑无灾星。今夜双寿回家转，保佑大小福增寿。加你福来加你寿，子子孙孙福寿长。宣卷文人长生在，听卷文人永长春。"

071《立世宝卷》

无生母上表奏请玉皇差遣弥勒佛下凡，度众善人归天。弥勒佛下凡转世在赵州府宁普县庞宋庄村李员外家，名李向善。李家兄弟五人，全家没有吃穿，终年受穷。向善排行老五，五岁父母双亡，兄长不管他，只得以乞讨为生，夜晚住荒郊野地。李向善十五岁遇见当印老母，得授大道圣心真传，十六岁在严山与众善人辩道，十八岁到五台山落发为僧，先掌佛修正领李向善辩道，众善人为修正和向善修了一座极乐寺院，广开道场，讲经布道。清廷派兵围住极乐寺院，拿住李向善和修正二人，解押到京师，西太后传旨将他们打入大牢，修正服毒命亡，回归天宫。李向善被饿了整整一个月，因有无生老母护佑没有被饿死。西太后又下旨让向善每日四顿，吃了整整一个月，一个月中向善没有小解大便。西太后领宫人前来察看，无生老母暗中助李向善显出神通。只见李向善大腹便便，腹围一丈六尺。西太后钦封他为弥勒佛，赐亲笔书写"真如自在"金匾一块，恭送向善回南山。弥勒佛在南山广办大道法会，为世人广播立世之法。

版本共1种：

民国抄本

线装。抄本。一卷一册。开本：21.5厘米×14.2厘米。共12页24面，每面8行，每行22字。封面、封底全。内容完整。封面左上题"立世宝卷"，卷首题"立世宝卷"。卷末无题,有铃印"宿迁运羽书馆"。

开卷。无开卷偈。

正文:散说、诗赞(七言、攒十字)。

结卷。无结卷偈。

072《连花宝卷》

清代乾隆年间,云南连高升官居吏部尚书之职,辞官在家闲居,夫人赵氏,所生二子二女。长子云标,二十六岁,娶妻徐氏;次子云香,二十四岁,娶妻柯氏;长女连英,二十岁,许配本城陈德为妻;小女连花,年方十五,未曾许配。当朝傅丞相奏表皇帝,连高升为官清正,忠心报国,再请起用。皇帝下旨封连高升为一品吏部天官,即日启程,进京就职。连太师离家一年有余,一日,连花身着粗衣布鞋要去清福庵烧香拜佛,赵氏嫌小女如此穿着有辱连家脸面,让其梳妆打扮,穿金戴银,连花不从。赵氏气恼,不许连花出门。农历二月十九观音大士寿诞之日,连花离家出走,独自上山,来到清福庵拜庵主为师,在庵中修行。赵氏与长女连英先后上山劝说,连花拒不下山。二兄云香上山劝说,反被连花修行意志所感,与妹妹一同留在山上修行。云香之妻柯氏思念丈夫,上山找云香未果,下山禀告婆婆赵氏。赵氏修书送到京城,连太师得知情况,辞官回家。连太师让县府派兵,要烧毁清福庵,被观音大士施法阻止。连太师亲自上山劝说,兄妹二人决心不回。兄妹二人修行得道,被观音大士点化,归引西天。二人得到观音大士许可,下界度父母。连太师夫妇及柯氏听得连花、云香已修得正果,也一心向佛,一家脱去凡身,同赴天庭。

版本共1种:

1985年王天法抄本

线装。抄本。一卷一册。开本:20.8厘米×13.8厘米。共71页142面,每面8行,每行21字。封面、封底全。内容完整。封面左上题"连花宝卷",右上题"一九八五年梅月 日抄",中下题"王天法办",有铃印"宿迁运羽书馆"。卷首无题。卷末题"连花宝卷 一九八五年 月"。

开卷。开卷偈:"《连花宝卷》初展开,诸佛菩萨降临来。大众齐心来听卷,增福延寿永绵绵。"

正文:散说、诗赞(七言、攒十字)。

结卷。结卷偈:"兄妹上前开言问,禀告师父在上听。弟子奉命捉鱼去,只见浮尸水中存。我今不知因何故,要求师父说分明。菩萨开口将言说,你今听我说元因。此尸浮起非别个,就是二人脱凡身。功成行满成佛道,带你兄妹上天庭。霎时祥云来驾起,同到西方见世尊。一直来到西方上,葡萄案前听经文。兄妹二人来禀告,禀告世尊听元因。我今修行私自出,父母在家痛伤心。多蒙世尊度到此,欲意返宅见双亲。乞求佛祖宽恩照,免得双亲挂在心。世尊当时开言叫,任凭二人一同行。下山定要修正道,不可胡乱累自身。云香兄妹腾云去,霎时来到自家门。一直往进厅堂上,不见双亲在高堂。开言就把家人叫,老爷夫人在乃房。梅香抬头仔细看,只见相公小姐到厅堂。自从二人修行去,夫人出书送进京。老爷接书心愤恨,辞职交印转家门。儿女修行如何去,怎能到山进庵堂。家人情由细谈说,老爷执意拆庵堂。自从庵中回家转,每日虔诚诵经文。你今若要爹娘见,请到经堂看分明。兄妹听得心欢喜,同到经堂见双亲。双膝跪地哀悲哭,哀告爹娘在上听。孩儿同妹归家转,烦望双亲赦罪愆。兄妹二人修真果,要带爹娘同上天。昔日山岩未倒下,为何今日儿女到家乡。云香兄妹开言禀,爹娘在上听儿言。真心修道全还退,大难一到佛来临。乃晓爹娘回家转,带同兵役数百名。要把庵堂来破坏,观音菩萨到来临。就把山岩来倒下,更比先前好几分。之后儿女功成满,菩萨带我上天庭。禀过佛祖回家请双亲,同往灵山见世尊。个个听得心欢喜,同往灵山见世尊。忽然毫光四面起,五色祥云驾来临。合家大小腾云去,同到西天拜世尊。拜得佛祖并菩萨,情愿学道要用心。《连花宝卷》有来因,世事万般皆虚文。但看连家修行道,九玄七祖尽超生。愿得大众礼尊佛,虔诚双寿发善心。回家要把弥陀念,百年临终往西天。一句弥陀再方便,不要功夫不要钱。但愿一念无间断,合家男女福寿绵。"回向:"愿以此功德,普及于一切。拜卷保长生,消灾增福寿。诵《心经》一卷。"

073《良愿龙图宝卷》，又名《良愿宝卷》《龙图宝卷》《龙图卷》《花枷良愿龙图宝卷》《卖水》《卖水龙图宝卷》

宋仁宗年间，东京城烟波巷林福，家财万贯，没有子嗣，娶妻戴氏，时年三十二，怀孕三月有余。元宵佳节，林福夜观花灯，遇着本城富户王春，得知其也是尚无儿女，夫人刚有孕在身，遂相约到华山庙烧香求子。二人以圣母娘娘为媒，各割衣襟相赠，结为儿女亲家。玉帝因二人前世命犯孤星，故派两名丧家星下界投胎。林家生得男儿，取名林招得，王家生得女儿，取名王千金。林家忙于向王家下聘，疏于拜谢敬奉五圣尊神，招致家中祸害连连，到林招得长到十六岁时，全家已经无处安身，幸得文婆收留，暂寄住文婆铺中，林家父子在街头卖水。王春得知林家败落，诓骗林福到家，退还聘礼，威逼招得写下退婚书约。王千金得知父亲悔婚，让丫环雪春给招得送信，言明自己非他不嫁。三月初三，林招得放风鹞线断，鹞子落入王春家后花园，招得翻墙进入王家，得与千金相见。王千金将玉钗送与招得，约定当晚三更再来后花园相送金银，供其读书应考。夜间秦太尉府无赖张斐赞巡更到王家后花园遇见雪春，见财起意，杀死雪春，抢走黄金。招得当晚睡过约定时辰，夜半赶到后花园，撞上雪春尸体，手上沾血，惊慌回家敲门，在门上留下血手印。雪春被杀，王春查问家人，得知招得白天寻风鹞到过府内，遂报官。开封府包公到陈州放粮，开封府印由当朝国舅薛纲掌管。国舅收得王春贿赂，仅凭林家门上的血手印，将林招得屈打成招，打入死牢。雪春魂入地府，到阎王殿前诉冤，阎王令庄仙带其去蓬莱修行，待包公放粮回程，前去伸冤。王千金知招得含冤，到华山圣母庙许下花枷大愿。招得入狱三年被绑赴法场受刑，千金前去法场探望。玉帝受王千金花枷大愿所感，派太白金星下界施法。包公放粮完毕回京，路过天汉桥法场，遇狂风大作，天昏地暗，得知正在斩杀犯人，算得必有冤屈，法场之上救下招得。包公为断明案情，夜赴阎王殿，借乌台审冤案。雪春阴魂前来伸冤，状告张斐赞。包公醒后，捉住张犯，审明案情上奏皇帝。皇帝下旨斩杀张犯，国舅薛纲发配边疆充军，招得任太和县令。包公做媒，帮助招得与王千金成婚，两人认包公为义父，并到圣母庙还愿。林招得三年任期届满，辞官回家，夫妻勤修十年，同上天庭，

《良愿龙图宝卷》民国上海惜阴书局石印本

仍归原位。王春患病身亡，魂归阴司受审，被小鬼押解游观地府，王千金到幽冥界救度父亲超升。

版本共有7种：

一、清光绪杭州西湖昭庆寺慧空经房藏板刻本

线装。刻本。存卷下一卷一册。版框：19.1厘米×11.7厘米。白口，单黑鱼尾，四周双边。书口题"良愿宝卷"。共53页106面，每面9行，每行18字。封面、封底全。内容完整。封面无题。卷首题"花枷良愿龙图宝卷下"。卷末题"板存杭州西湖昭庆寺慧空经房。大清光绪 年岁在 月重刊刷印"。

开卷。无开卷偈。

正文：散说、诗赞（七言、攒十字）。

结卷。结卷偈："《龙图宝卷》今宣毕，从头一一听分明。善男信女听卷后，一一言语记在心。为人俱要心正直，切莫奸邪恶心存。要学极忠极孝极淳厚，一点一画过光阴。利人利物利鬼神，礼拜天地谢神明。每见日月三稽首，家堂灶司把香焚。公婆伯叔重如佛，爹娘哥嫂敬如神。邻舍和睦俱要好，恤孤怜贫敬长亲。凡人原是修之本，男必成佛女成真。花枷良愿千金作，大宋流传到如今。"回向："世间若有急难事，虔许花枷大愿心。今世还得花枷愿，下世灾难全无福寿增。今朝宣了花枷愿，处处安宁保太平。大众念佛一堂回向。"

二、民国上海惜阴书局石印本

线装。石印本。两卷一册。版框：18.2厘米×11.9厘米。单面40页，每页21行，每行40字。白口，四周单边。书口题"龙图宝卷"。封面、封底后封。内容完整。封面题"绘图龙图宝卷/上海惜阴书局印行"。内封题"绘图龙图宝卷"，右上题"败子回头金不换，包公巧断血手印"，左下题"上海惜阴书局印行，吴江陈润身题"，背面有书中人物画像1幅。卷首题"河南开封府花枷良愿龙图宝卷全集"。卷末无题。卷后附《本局发行各种宝卷表》一页，标有79种宝卷名称及售价。

开卷。开卷偈："《良愿宝卷》初展开，诸佛菩萨降临来。大众虔心来听卷，增福延寿免三灾。"

正文、结卷与前述版本（一）同。

三、民国上海惜阴书局石印本

线装。石印本。存卷下一卷一册。版框：17.8厘米×11.4厘米。共11页22面，每面18行，每行44字。白口，单黑鱼尾，四周双边。封面、封底全。内容完整。封面"花枷良愿龙图宝卷下集／庚戌年重修／丁记置"。卷首题"花枷良愿龙图宝卷"。卷末题"龙图卷集终"。

开卷。无开卷偈。

正文、结卷与前述版本（一）同。

四、1970年丁记抄本

线装。抄本。存卷上一卷一册。开本：20厘米×14厘米。共60页120面，每面8行，每行17字。封面、封底全。内容完整。封面题"图卷上／庚戌年办／丁记置"。卷首题"河南开封府花枷良愿龙图卷上"。卷末无题。

开卷。与前述版本（二）同。

正文：与前述版本同。

结卷。结卷偈："《龙图》上卷圆一拜，小姐赠金在下本。"

五、1991年抄本

线装。抄本。两卷两册。开本：25.1厘米×17.8厘米。共83页166面，每面9行，每行18字。封面、封底全。内容完整。上卷封面题"卖水上"，下卷封面题"卖水下"。卷首无题。下卷卷末题"农历一九九一年正月"。

开卷。无开卷偈。

正文：散说、诗赞（七言、攒十字）。

结卷。上卷结卷偈："雪春被骂管自行，占湾落角到园亭。风吹竹叶嗖嗖响，阴风惨惨闻血腥。胆战心惊发寒尽，静坐园中等林生。未知三更可来到，未知姑爷可来临。宣到此处定半本，张斐赞冒充下卷云。"下卷结卷偈："《卖水龙图宝卷》宣完全，古镜重磨照大千。为人要觅四方路，修行原要道心坚。林福为人心正直，并无私曲在心田。与妻张氏同修道，功成圆满上西天。王春为人多势利，阎王判他投贫贱。闻婆为人多仁义，寿到八九命归天。招得夫妻回心占，仍归原位上西天。薛超贪赃来受贿，发配充军到关前。雪春刀下来屈死，超升判断女占男。斐赞行凶多作恶，斩首示众随九泉。善恶到头终有报，只争迟早不差偏。一善能积无量福，千金难买子孙贤。听得卷中上下全，一年四季保平安。《卖水龙图宝卷》宣完全，大家团聚保全村。"

六、1993年何崇焕抄本

线装。抄本。二卷二册。开本：23.8厘米×19.2厘米。封面、封底全。共88页176面，每面10行，每行19字。内容完整。封面题"龙图宝卷/血手印林招得出世/太岁癸酉年荷月/何崇焕记"。上卷卷首题"河南开封府花柳良愿龙图宝卷全集上集"。上卷卷末题"龙图宝卷上集完请看下集"。下卷卷首题"河南开封府花柳良愿龙图宝卷全集下集"。卷末题"龙图宝卷完剧终"。

开卷。开卷偈："果为《花柳良愿》，《龙图宝卷》是也。"

正文：散说、七言诗赞。

结卷。结卷偈："暗里损人神不损，举头三尺有神明。善恶到头终有报，不过迟早有差分。天堂地狱门相对，凭你那条路上行。万事只劝行善好，莫行恶事坏良心。不信看我《龙图卷》，善恶一一报分明。雪春屈死庄仙度，带往蓬莱去修行。"

七、钜鹿根抄本

线装。抄本。存卷上一卷一册。开本：19.2厘米×13.4厘米。共42页84面，每面10行，每行19至20字。封面、封底全。内容完整。封面题"良愿天/钜鹿根记"。卷首无题。卷末无题。

开卷。开卷偈："《良愿》宝卷初展开，诸佛菩萨降临来。善男信女虔诚听，增福延寿免消灾。"

正文：与前述版本同。

结卷。结卷偈："《龙图宝卷》定半本，要接黄金下卷宣。"

074《梁皇宝卷》，又名《梁皇卷》《梁王宝卷》

梁武帝登基后，国泰民安，天下昌盛。一日，梁武帝梦见猛虎追击，恶龙缠身。东林寺志公禅师能知过去未来，皇帝降旨请他来解梦。禅师解说圣上身边有奸臣，迷住圣心。梁武帝拜志公为国师，诚心向佛，并传旨大赦天下。太子劝皇帝弃佛理政，皇后郗氏劝皇帝去斋开荤，皇帝一概不理。皇后不管春夏秋冬，胸前常系一领白汗巾，只要白汗巾离身，即会感觉胸口疼痛。梁武帝求问自己及皇后的前世今生，志公禅师告知皇帝前世乃是一个砍柴人，皇后前世乃是一蚯蟮精。皇后记恨志公，派人杀了十二只黄狗，做了五百个馒头，取狗脑放在馒头里，送到东林寺斋僧。志公知道皇后欲害东林寺和尚，提前做好五百个同样大小的馒头，调换了狗肉馒头。皇后以为狗肉馒头已被和尚吃掉，上奏皇帝，说东林寺和尚荤素不分，都不是真僧。梁武帝到东林寺查问，看到寺庙后园被调换下来的狗肉馒头，方知是皇后诬陷志公。皇后气恼，带来一百名皇宫侍卫和宫女，怒砸东林寺，撕碎大乘经，打坏菩萨金身。皇后亵渎皇家寺院圣地，触犯天条。五百个狗肉馒头臭气冲天，直到天庭，上界下旨惩罚皇后。皇后突然得病，身不能动，口不能言，一命归阴，阎王罚皇后变作蟒蛇在阴山受苦受难。观世音菩萨赐蟒蛇金丹一粒，使其能口说人言，盘身去皇宫求皇帝请志公造《梁皇忏》一部，即可超度她回转天庭。皇帝受大蟒蛇之托，请志公帮忙。志公在御花园搭起三丈三尺高观星台，请十位法师诵经，十八位学士抄写经文，经过七七四十九日修得《梁皇宝忏》一部，蟒蛇得以脱去蛇身回归天庭。梁武帝感念志公所为，赐封他为护国大禅师。自此梁武帝大散金银，救济穷人，大赦天下，把监牢改作佛堂，各种典章法度都弃置不用，自己常住东林寺，整日念经拜佛，天下由此大乱。朝中大奸臣侯景为篡夺皇位，奏请梁武帝去台城清静之地专心修行。侯景率兵攻打台城，梁武帝被围在台城饿死。观音派郗氏又化作蟒蛇，带武帝一起共回天庭。侯景安坐皇宫三年，看破红尘，传位于太子，脱袍交印也去修行。

版本共2种：

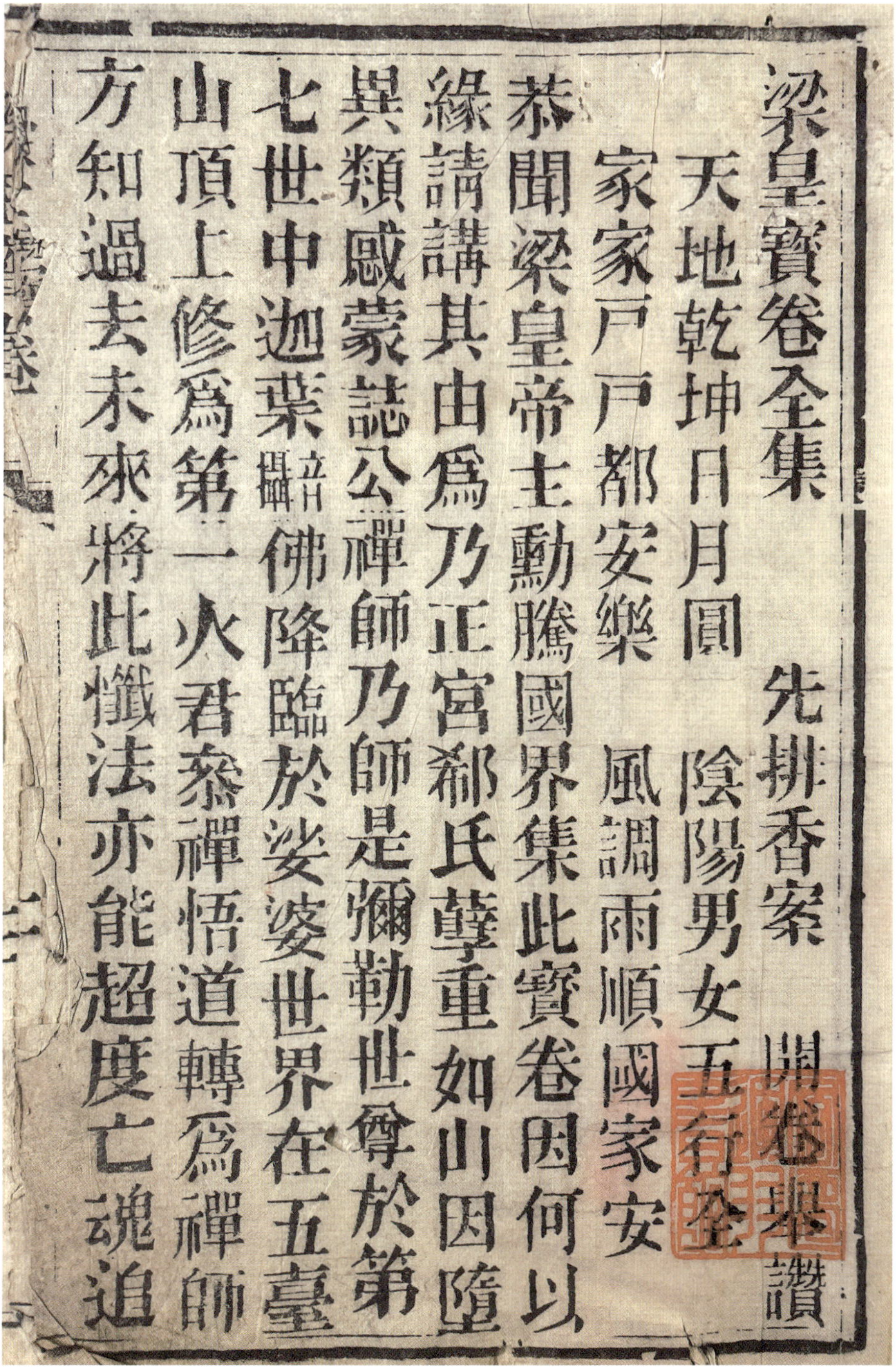

先排香案　開卷興讚

天地乾坤日月圓　陰陽男女五谷全

家家戶戶都安樂　風調雨順國家安

恭聞梁皇帝士勳騰國界集此寶卷因何以

緣講講其由爲乃正宫郗氏尊重如山因墮

異類感蒙誌公禪師乃師是彌勒世尊於第

七世中迦葉佛降臨於娑婆世界在五臺

山頂上修爲第一火君蔡禪悟道轉爲禪師

方知過去未來將此懺法亦能超度亡魂追

《梁皇宝卷》清光绪二年（1876）杭州玛瑙经房刻本

一、清光绪二年（1876）杭州玛瑙经房刻本

线装。刻本。一卷一册。版框：21.7厘米×13.2厘米。共50页100面，每面9行，每行17字。内容完整。封面题"梁皇宝卷全集"。书口题"梁皇宝卷　页数"。卷首题"梁皇宝卷全集"。卷末题："大众念佛一堂《心经》回向奉送。浙越□北孙兴德公室喻氏愿祈天下太平者重刊。板存杭州大街弥教坊玛瑙经房印造。大清光绪二年岁在丙子浴佛节校订。"卷后附捐刻者姓名及捐助金额等。

开卷。"先排香案，开卷举赞。天地乾坤日月圆，阴阳男女五行全。家家户户都安乐，风调雨顺国家安。"开卷偈："《梁皇宝卷》初展开，恭请诸佛降坛延。和佛：善男信女虔诚听，增福延寿处处安。得失荣枯苦自添，机关用尽枉徒然。人心不足蛇吞象，世事翻覆螳捕蝉。无药可医公卿病，有钱难买子孙贤。各家守分随时过，便是逍遥自在仙。"

正文：散说、七言诗赞。

结卷。结卷偈："此本名为《梁皇卷》，梁朝流传到如今。劝人为善是不错，佛祖神天保佑真。一朝修到功成满，头戴金冠坐莲心。《梁皇宝卷》宣圆成，胜诵《莲华》一部经。虔诚宣卷功德大，消灾集福永康宁。"

二、1979年菱江抄本

线装。抄本。一卷一册。开本：20厘米×18.4厘米。共34页68面，每面8行，每行17字。封面、封底全。内容完整。封面上题"梁皇宝卷/己未年八月抄/菱江"。卷首无题，有钤印"宿迁运羽书馆"。卷末无题。

开卷。开卷偈："《梁皇宝卷》初展开，恭请诸佛降坛延。善男信女虔诚听，增福延寿得消灾。得失荣枯苦自添，机关用尽枉徒然。人心不足蛇吞象，世事反复螳捕蝉。无药可医公卿病，有钱难买子孙宁。各家守分随时过，便是逍遥乐九仙。"

正文：散说、七言诗赞。

结卷。结卷偈："武帝夫妻重相会，双双拜谢观世音。又把净瓶甘露洒，好似琼浆付他身。志公静坐来出灵，来送皇上夫妻们。能知侯景因果事，得道老猴转世因。不表武帝夫妻因，再说侯景坐龙庭。三年皇帝好名声，风调雨顺百

姓称。侯景前世根基深,不爱三宫六院人。世上红尘都看破,皇位让还太子身。紫袍玉带虚花景,脱袍交印去修行。《梁皇宝卷》宣完成,真心修行上天庭。若还只看钱和银,难有孽障冤仇情。志公禅师说因由,普劝善人趁早修。儿孙满堂成何用,死后仍是一场空。《梁皇宝卷》大功成,消灾集福永康宁。"

075《梁山伯宝卷》,又名《梁山伯与祝英台宝卷》

周朝文王年间,宁波府祝家村有个祝员外,家财万贯,妻滕氏,晚年生一女,取名祝英台。浙江绍兴府诸暨县梁百万年老得一子,取名梁山伯。梁百万早亡,山伯十八岁离家外出求学。祝英台从小喜好读书,长到十四岁,辞别父母,女扮男装,去书院求学。山伯和英台求学路上相遇,结为异姓兄弟,结伴同行,一同拜师入学。三年同窗,山伯不知英台为女儿身。英台日久生情,爱慕山伯。因与父母约定三年读书期满,英台告知山伯,自己家中有小妹,欲许配于他,并将花鞋留给师母,请师母转交山伯。山伯十里相送英台。英台回家后,祝员外将英台许配于翰林院士马天荣之子马文才。师母将花鞋转交山伯,山伯方知英台原来是女儿身。山伯到祝府要娶英台为妻,被祝员外拒绝,归家后一病不起,悲愤而亡。马家迎娶英台,花轿路过山伯坟前,坟墓忽然开裂,英台一跃而入,坟墓随即合上。马文才受惊吓跌落马下而亡。马文才到阴间状告山伯夺妻。阎王告知马文才,英台、山伯本是上天童男、童女,已经化蝶共赴天庭,遂让阴差送马文才还阳。祝员外夫妇看破红尘,弃家修行。梁母散尽家财,一生从善。

版本共二种:

一、民国二十五年(1936)宁波崔衙前学林堂书局石印本

线装。石印本。两卷一册。版框:18.5厘米×11.7厘米。单面41页,每面19行,每行38字。白口,四周单边。书口题"梁山伯宝卷"。封面、封底全。内容完整。封面页题"民国二十五年夏月重刊绣像梁山伯宝卷/宁波崔衙前学林堂书局发行",右下有钤印"宿迁运羽书馆"。卷首前有书中人物绣像1幅。上卷卷首题"梁山伯宝卷上集",下卷卷首题"梁山伯宝卷下集"。卷末无题。

开卷。开卷偈:"《梁祝宝卷》初展开,诸佛菩萨降临来。善男信女虔诚听,

梁山伯

祝英台

祝安人 滕氏

梁员外

祝员外 公速

梁院君

《梁山伯宝卷》民国二十五年（1936）宁波崔衙前学林堂书局石印本

祝寿绵绵永消灾。"

正文：散说、七言诗赞。

结卷。结卷偈："不觉已到胡村上，就把彩轿来停息。轿内走出英台女，走到坟前哭梁兄。叫声梁兄人不见，只见坟墓不见人。拜了哭来哭而拜，口叫梁兄不绝声。梁兄呀想你年青书香□，为了奴家命归阴。想你做人多正直，因何短命来归阴。想你尚有高堂母，白发苍苍靠何人。想你那日嘱咐我，嘱我前来吊你坟。今日愚妹前来到，因何不见你显灵。梁兄呀但愿你把灵魂显，来捉愚妹一同行。梁兄呀你今不把灵来显，愚妹要到马家门。英台哭得伤心处，一头撞去山伯坟。幸而丫环来扯住，只见山伯显灵魂。登时将坟来开裂，豁开坟墓好惊人。英台一见坟开豁，急忙钻入坟中心。丫环来扯英台女，只见裙儿不见人。唬得马上翰林子，一跤跌倒地埃尘。一众家人来相救，只见那跌破头颅命归阴。各人报于东翁晓，两家员外多出惊。马家员外前来到，只见那文才死得好伤心。回头便把家人叫，抬了公子转家门。祝员外此刻亦来到，不见英台女佳人。我想此事真奇怪，想我从前未曾闻。坟前四处来观看，宛然一□好新坟。我今且到马家去，与他讨回我女身。按下阳间情由事，再表阴司三灵魂。文才扯了梁山伯，阎王跟前把理评。可恨山伯无道理，把我贤妻勾在阴。害我唬得魂飞散，跌破头儿命归阴。要求阎王来审断，谁恶谁善断分明。阎王簿上来查看，叫声文才你且听。英台非是凡间女，山伯亦非凡间人。牛郎本是梁山伯，英台原是织女星。只为私将银河渡，上帝罚他下凡尘。想你那是凡间子，那好配得织女星。查你阳寿还未满，送你还阳劝世人。若说英台梁山伯，他要化蝶上天庭。说罢便叫值日鬼，快将三魂送出城。小鬼领了阎王命，丰都送出三显魂。按下阴司三魂事，再表马府一段情。正要文才来成殡，那知文才转还魂。唬得家人多逃走，文才口叫老双亲。员外一见心欢喜，细细盘问文才身。我儿还阳因何故，你将情由说我听。文才开言双亲叫，且听孩儿说原因。孩儿到了阴司地，阎王殿上把冤伸。阎王簿上来查看，说我命中有灾星。本当要受百日罪，目今此事可消平。若说英台梁山伯，本是牛郎织女星。只为私将银河渡，上帝罚他下凡尘。不信你把坟墓掘，二人化蝶上天庭。员外听说称奇事，便差家人去掘坟。家人领了员外命，各拿农器去掘坟。咬牙切齿将坟掏,掘得石土碎纷纷。急忙开棺来观看,只见双蝶上天庭。不见山伯葬体在,英台死尸却无形。员外见了心暗想,果然阴司不错分。重又石土将坟盖,回家与儿另对亲。再说祝府老员外,得悉此事气也平。夫妻看破世间事,从此二人去修行。再表梁府情由事,白发苍苍年老人。得悉此事称奇事,等时看破世间情。常将金银穷人救,闲来念佛过光阴。后来皆上西天去,《山伯宝卷》已完成。"

二、1995年抄本

线装。抄本。两卷两册。开本:20厘米×13.7厘米。共55页110面,每面12行,每行21字。封面、封底全。内容完整。封面题"梁山伯与祝英台/丁丑年"。卷首无题,有钤印"宿迁运羽书馆"。卷末题"一九九五年农历十月初十起数抄写到十四下午完呈"。

开卷。开卷偈:"紫金炉内把香焚,奉请北方女痴心。家住浙江杭州地,玉水河边祝家村。父亲员外祝公远,母亲滕氏老安人。"

正文:通篇七言诗赞。

结卷。结卷偈:"吹打放炮多热闹,走奔浮桥□上来。打从山伯坟前过,陡刮狂风轿难抬。刮起狂风如下雾,众人迷眼息下来。看的男女无其数,口内都说不□才。轿内惊动英台女,便问这是什地界。众人说到浮桥□,此地有座新坟台。姑娘听说明白了,定是梁兄阴魂来。开言便把众人叫,快请新郎把轿开。让我下轿拜一拜,定然安□过此界。马俊心中只图快,亲自来把轿门开。英台下轿将坟拜,口内暗叫梁兄台。速速将坟来开裂,妹妹与你做一块。佳人正然暗祝告,天差五雷降下来。咯咋五雷一声响,打得坟墩裂开来。英台即刻花了眼,能□看见梁秀才。手扯裙子往前走,用力一跳入坟台。又听一声天雷响,坟墩依然合起来。众人连忙向前拉,拾下裙子好几块。裙边□变花蝴蝶,许多腾空飞起来。祝家收了马家礼,蝴蝶不离马兰秸。三郎一见嘻啼哭,碰头撞脑泪满腮。三家员外得知道,一齐闹上浮桥来。马子福怪祝公远,老不成欠良心怀。你家女儿配山伯,不该爱我家的财。骗我多少财利物,同我当官把礼排。祝公先怪梁必玉,你家养的小畜生。骗人良女该何罪,害得人家门风坏。梁必玉怪祝员外,你家养的小妖怪。调戏我儿不旨配,活活害了我□□。你们总有几个子,我们夫妻绝后代。正是员外闹住了,天空飘下圣旨来。上写凡民休争吵,金童玉女来投胎。只因思凡心邪歪,贬他受苦降世界。罪满要他回天转,该□尸首合坟台。众人看罢都嗟叹,东□一飘转上界。五雷回天绞圣旨,金童玉女转天台。二星绞旨见过驾,转立上帝左右排。忘想之苦吃怕了,谨守天法目不斜。不表二星归原位,再说三个老员外。各人物件收回转,拖的拖来抬的抬。回家安分守己过,各有各□总忍耐。有后代来无后代,前生后世早安排。马俊气得削去发,出家念经拜如来。自从一心朝南海,掉落江心脱凡胎。只因心中疑未决,兴风作浪收香才。每年二月十八日,马和尚过江拜如来。顺风顺水他不去,逆风逆浪奔南海。不言马郎成正果,再表山伯祝英台。金童玉女归上界,凌霄宝殿去交差。上帝见他多辛苦,仍归原位在天台。我劝在地老和少,奉劝世上男共女。忠孝节义莫学坏。俗谈语儿休见怪,如愿令堂大发财。无事不旨相请驾,胜□堂内收香才。收香收烟收纸马,收纳香粮转天台。托天福,登坛台。满奠斟酒大发财。"

076《零碎佛偈》

有《八仙偈》《孝顺花名偈》《六亲偈》《五更偈》《钥匙偈》《折金偈》《童养媳妇偈》《小猪偈》《无夫偈》《庚申偈》《蔑丝灯》《忤逆见子》《忤逆女儿》《何姑买药》等十四偈言,均为劝善经卷类宝忏、宝偈,无具体故事情节。

版本共1种:

抄本

线装。抄本。一卷一册。开本:24.4厘米×13.7厘米。共51页102面,每面8行,每行19字。封面、封底全。内容完整。封面题"零碎佛偈/岁在戊子夷则下浣重编"。卷首无题,卷首页有钤印"宿迁运羽书馆"。卷末无题。

开卷。开卷偈:"东边日出竹竿篙,大众烧香要塔道。伯姆烧香同道走,我要烧口朝饭吃子去同道。东家大伯婆里来借米,西家小叔婆里借柴烧。大阿姆里借油盐,小婶婶里借一碗烂糖糟。吃子朝饭就起身,一今走到豆山门。走进山门头一殿,弥勒尊佛坐正殿。韦陀菩萨朝北立,四大金刚两旁边。走进山门

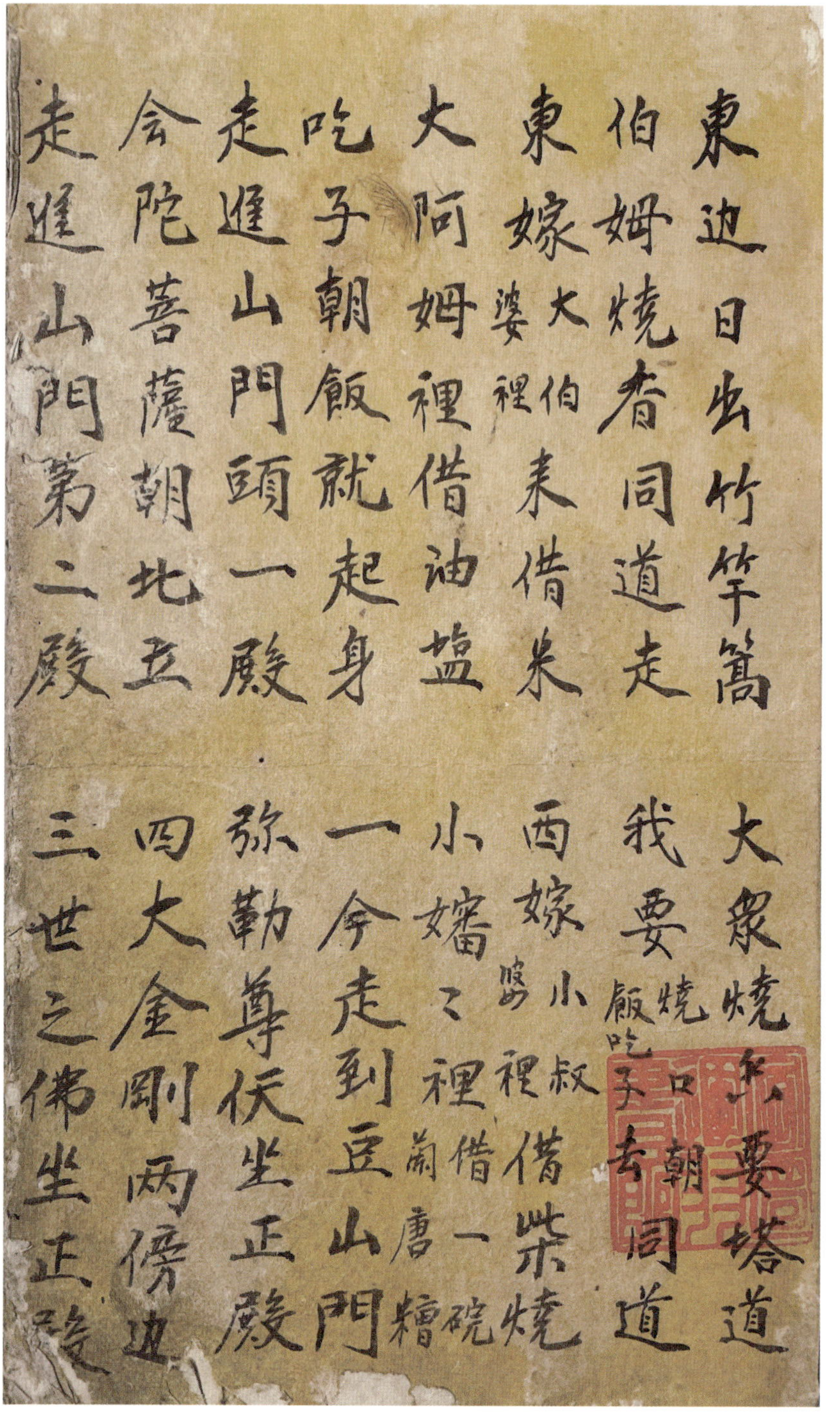

東迁日出竹竿篙
伯姆烧香同道走
東嫁大伯未借米
大阿姆裡借油塩
吃子朝飯就起身
走進山門頭一殿
会陀菩薩朝北立
走進山門第二殿

大眾烧香要塔道
我要烧飯吃口朝同道
西嫁小叔裡借柴烧
小嬸嬸裡借一碗糧唐
一今走到豆山門
弥勒尊佛坐正殿
四大金剛兩傍边
三世之佛坐正殿

《零碎佛偈》抄本

第二殿，三世之佛坐正殿。三官菩萨分左右，十八尊罗汉两旁边。走进山门第三殿，观音菩萨坐正殿。善才龙女分左右，张仙送子两旁边。走进山门第四殿，祖师菩萨坐正殿。两个□□分左右，鬼蛇二将两旁边。走进山门第五殿，阎罗天子坐正殿。生死二簿来执官，判官小鬼两旁边。走进山门第六殿，猛将菩萨坐正殿。百姓个个遭王难，干落王虫大荒年。走进山门第七殿，东平老爹坐正殿。七月念五落子风朝雨，收灾降福太平年。走进山门第八殿，齐天大帝坐正殿。皇上敕封祠山宫，收灾六殃万万年。走进山门第九殿，阎王菩萨坐正殿。天下执官生死簿，无常二鬼两旁边。走进山门第十殿，玉皇大帝坐正殿。善恶两□来执官，查察世人善恶言。"

正文：散说、七言诗赞。

结卷。无结卷。

077《刘贤宝卷》，又名《鹦歌宝卷》

周朝惠帝年间，普陀洛伽山有一只绿鹦歌鸟，在洞中修炼多年，不吃生灵，只食百草果子，能听讲经说法，会说人言，伶俐非凡。慈航道人在洛伽山洞中讲授大乘真经，天气炎热，道人流汗，汗滴入石岩之中，天长日久，汗滴化为一只仙鸟，名曰白鹦歌，宿在石内修炼。慈航道人后来男转女身，做了妙庄王之女，得道成佛，在普陀山紫竹林中显现金身，成为观音菩萨。白鹦歌随观音菩萨来到普陀山，在菩萨身边叼花献果供养佛母，悟道修行。绿鹦歌母亲老鹦歌生病，绿鹦歌采遍百药，身受万重苦难，没有救回母亲性命。绿鹦歌在母亲去世后，在洛伽山难以安身，飞到普陀，被观音菩萨收留。两只仙鸟从此相识，在菩萨莲花台前结拜为兄弟，白鹦歌为兄，绿鹦歌为弟，二鸟共同在观音佛母处听从使唤。绿鹦歌因母亲去世忧思得病，白鹦歌为救绿鹦歌之命，飞赴万里，去九龙山采取黄连苦子药，途中在树林中歇脚，被捕鸟人碧华、碧金捕获，放在笼中，提到京城街坊叫卖。当朝右相刘贤见此鸟能说人言，又能讲经说道，花五百金买回送给老母解闷。刘老太受白鹦歌舍命救弟义举所感，开笼放鸟。左相王高上表诬告刘贤私藏奇珍仙鸟，不献君王，刘贤被定欺君之罪，打入死牢。白鹦歌出了牢笼，飞到九龙山采回黄连苦子药，治好绿鹦歌，得知救命恩人遭遇大难，赶到宫廷搭救刘贤。周惠帝得到神鸟明示，辨明忠奸，释放刘贤，斩杀王高。刘府自此合家修佛，均得正果。

版本共1种：

1984年抄本

线装。抄本。一卷一册。开本：20厘米×13.7厘米。共33页66面，每面9行，每行19字。封面、封底全。内容完整。封面左上题"刘贤宝卷"，右上题"一九八四年八月日，麻车头村枯竹棚"，中下题"王记办"。卷首题"刘贤宝卷"，卷首页有钤印"宿迁运羽书馆"。卷末题"愿以此功德，普及为一切。拜卷宣完成，消灾增福寿"。

开卷。开卷偈："《刘贤宝卷》初展开，诸佛菩萨降临来。善男信女来庆贺，庆贺庙主寿千年。"

正文：散说、七言诗赞。

结卷。结卷偈："鹦歌细说情由事，老爷夫人在上听。我今不是飞禽鸟，菩萨拘管是真情。一来衔花并献果，二来侍奉佛世尊。三来奉了菩萨旨，违逆旨意罪非轻。刘爷快快把我放，还有贤弟挂在心。刘爷听得鸟言语，鹦歌还要听原因。我今恩情还未报，在我家中养精神。讲经说法我母听，再过几天转山林。鹦歌听得老爷话，不晓我的报恩情。来时打从南楼过，见面太太老夫人。一串佛珠无价宝，相送年老太夫人。老爷来年生贵子，兴丁发达刘家门。鹦歌说出此言语，刘贤夫妻心欢欣。刘爷就叫家童放，家童释放鸟飞腾。即刻鹦歌腾飞去，夫妻拜谢观世音。鹦歌飞转南海地，菩萨台前把礼行。兄弟二人勤念佛，不可留恋在红尘。修到扁毛成真果，同到西方见世尊。不表鹦歌修行事，再宣刘贤见娘亲。夫妻同进后堂内，步上南楼说事情。太太一见儿媳到，欢天喜地问原因。朝中奸臣如何样，不见鹦歌转回程。刘贤一口从头说，鹦歌飞来奏明君。君主听奏龙颜怒，立刻斩了一奸臣。合家老小来相会，南楼礼拜观世音。佛珠一串无价宝，黑夜之间不用灯。刘府太太寿筵到，挂灯结绿闹盈盈。万岁送他龙头杖，满朝文武拜寿临。佛珠一串中堂挂，毫光闪闪佛法深。个个称赞无价宝，刘老太太福寿增。寿比南山不老松，福如东海水长流。刘府合家勤修道，后做龙华会上人。《鹦歌宝卷》拜完成，诸佛菩萨转天门。神圣听经回宫转，回宫入庙保康宁。保佑大众增福寿，各家安乐享太平。今夜双寿身康健，回家抱子又抱孙。"

078《刘香宝卷》，又名《太华山紫金镇两世修行刘香宝卷》

宋真宗年间，山东太华山紫金镇上有一个员外名叫刘光，一生正直，心性公平，祖上向来积德行善，近来家境清贫，就在镇上开了一间杀猪店铺。刘光妻室徐氏贤德慈心，夫妻二人十分和爱。徐氏年近四十产下一女，取名香女。香女长到六七岁，就晓得持斋把素，孝顺爹娘。光阴迅速，香女长到十岁，谦和仁孝，慈心念佛。刘光家附近有一个福田女庵，内有真空老尼师，每日打坐参禅，每逢初一、十五开坛宣讲佛法因果，劝化世间男女。一日，香女听了真空师太宣讲佛法，顿悟佛道，回家后劝说父亲停止杀生，改开素食饭店，多做善事。刘光开始不听，经过香女多日苦劝，渐渐领悟，回心转意，将杀猪屠刀放下，依女主见，开了一间素面饭铺，生意倒也热闹。一家三人广修善缘，若有僧尼善人来吃，一应结缘，免费供奉，若有结余，都用于修桥铺路，布施放生。大树坊有一员外，姓马名忻，有财有势，性情凶暴，横行乡里，与妻子不敬三宝，爱杀生灵。马忻家有三个儿子，长子马金，次子马银，三子马玉。香女长到十五岁时，马忻请媒婆到刘府为三子提亲，刘光草率答应，遭徐氏责怪。香女不愿父母相互埋怨，要马玉答应十件许愿，一生从善修行，马玉同意。香女应许马玉求亲，只收红罗一匹，其他礼金一概不收。刘光夫妇持斋念佛六年，双双病亡，香女请公公马忻帮助料理完父母后事，嫁于马家。新婚三日后，马玉要到书房读书，香女劝说马玉修行向佛，被两个婶婶听得，告知婆婆。婆婆气恼，让马玉搬到书房居住，打发香女到厨房烧火做饭。香女在厨房，每日空闲就修行诵佛。两个婶婶告诉婆婆，说香女咒骂马家。婆婆恼怒，痛打香女，丫环玉香冒死为香女求情并自愿照顾香女。玉香受香女诚心修行所感，拜香女为师，主仆二人一同修行。马家清明要去上坟祭扫，香女苦劝婆婆不要用牲畜祭品，婆婆嫌弃香女多管闲事，把香女打出家门，撵到马家坟庄居住。香女在坟庄每日辛勤劳作，没有任何怨

《刘香宝卷》清光绪二十五年（1899）刻本

言。看管坟庄的坟公、坟婆很是赞赏香女，认为跟定此人，日后必修后福，都拜香女为师，跟随香女修行。马玉进京赶考，得中头名状元，官封朝州知府，妻子刘氏香女被封为二品夫人。马家二位婶婶担心多次祸害香女，日后状元回来受到牵连，于是诬告香女在坟庄与外面男人有私情，辱没马家。婆婆把香女打出坟庄，不让其居住。香女流落破庵暂住，以乞讨为生。张家赵氏大娘心善，时常施饭与香女，赵氏听香女修行念经有感，劝说夫君张宏恩一同拜香女为师，跟随修行。香女夜宿破庵，两个和尚见色起意，欲谋不轨，因香女已得道有法力，不得近身，突发腹中疼痛，哀求香女饶命。经香女劝说，二人归心悔悟，参拜香女为师。自此，香女名声大振。四位婆婆请香女到西山茅庵登坛讲经说法。马玉奉旨回乡，寻到茅庵，见到香女骨瘦如柴，痛哭哀求香女跟随自己一起赴任。香女则劝马玉另选侧夫人随任，如若有心修行，官任期满，夫妻便可团聚。马玉遵从大夫人劝告，娶后街朱员外之女金枝为二夫人随任。马忻一家不修佛道，惹怒上天，玉皇下旨惩处，一家十二口人一夜之间全都得急病而亡。香女闻听玉香报信，急忙回家料理马家后事，并修书告知马玉。马玉在任上，一日突发头疼热病，昏死过去，魂游地府，见到父母、哥哥、嫂嫂一众人都在地狱受苦，得知是全家作恶多端所致。阎王感香女修行积德，准予马玉还阳。马玉醒来，见到香女书信，立即辞官回家，得知香女已经料理丧事完毕，马玉深感香女恩德，带金枝随香女一同修行，终成正果。

版本共1种：

清光绪二十五年（1899）刻本

线装。刻本。两卷一册。版框：21厘米×13.3厘米。共72页144面，每面13行，每行25字。黑口，单黑鱼尾，四周双边。书口题"刘香宝卷　页数"。封面、封底全。内容完整。封面左上题"刘香宝卷"。内封中大字题"刘香宝卷"，右上题"光绪己亥年清和月佛诞日重刊"。卷首有佛像2幅。卷首题"太华山紫金镇两世修行刘香宝卷全集"，卷首页有钤印"宿迁运羽书馆"。卷末题"刘香宝卷全集终"。卷后附捐刻者姓名。

开卷。举香赞："先排香案，后开经偈。南无香云盖菩萨摩诃萨（三称）。

宝卷初展开，香风满大千。价如多宝藏，福利广无边。"开卷偈："《刘香宝卷》初展开，诸佛菩萨降临来。善男信女虔诚听，增福延寿得消灾。"

正文：散说、七言诗赞。

结卷。结卷偈："玉帝见奏龙心喜，莲华九品注芳名。西方佛祖来迎接，同到西方见世尊。得成正果身清净，幢幡宝盖驾祥云。金童玉女齐来接，鼓乐齐鸣好雅声。五色旗幡前引路，七珍华盖后跟随。旃檀香气金炉焚，珠灯高照满天明。四众弟子登佛位，端坐西方对世尊。弥陀祖佛升金殿，亲蒙授记取芳名。马玉称名无愚佛，香女称为宝目尊。金枝称名无垢尊，玉梅号称离垢尊。《刘香宝卷》宣完成，胜诵《莲华》一部经。"

079《龙凤配宝卷》，又名《龙凤宝卷》（即《再生缘宝卷》上部）

元世祖年间，当朝兵部元帅皇甫敬，娶妻尹氏，生龙凤双胞胎，长女长华，次子少华。男女长到五岁，云南张巡抚急报番蛮起兵十万攻打边地，夺取城池十余座，皇甫敬主动请求带兵平番。元帝官封皇甫敬为大元戎，领兵三万前去平番。大元戎兵到云南，番王惧怕，呈降书罢兵，进贡上京。世祖加封皇甫敬为兵马总督，坐镇云南，钦赐建造总督府，并准皇甫敬把家眷接到云南。子女长大成人，因长华降生时有异象，皇甫敬思虑她命中必有良配，便先张罗少华婚事。兵部孟士元之女时年十五岁，才貌双全，皇甫敬请本省秦布政前去提亲，可巧本省另一乡宦顾鸿业受国舅侯府刘奎璧之托也来提亲。孟兵部与夫人方氏商议，两家均不好得罪，只得比武招亲。皇甫少华比武获胜，孟士元选定与皇甫家结亲。刘奎璧心有不甘，设计陷害少华。一日，刘奎璧邀请少华一同到西郊打猎，晚间留宿刘府，暗中指使家人进喜夜半放火，要烧死少华。进喜母亲江氏是刘奎璧小妹刘燕玉的乳母，进喜将侯爷要害少华之事告诉母亲，江氏阻止儿子行凶并告诉小姐，燕玉让进喜引来少华相见。燕玉见到少华，心生爱慕，愿以身相许，少华告知自己已与孟家定亲，燕玉情愿为妾。少华赠白罗手巾为定情物，小姐也赠丝扇于少华。少华逃出刘府，进喜待少华走后，放火烧着他所住房子，少华所带家仆与地保报于地方官。皇甫元帅到刘府要人，进喜私下

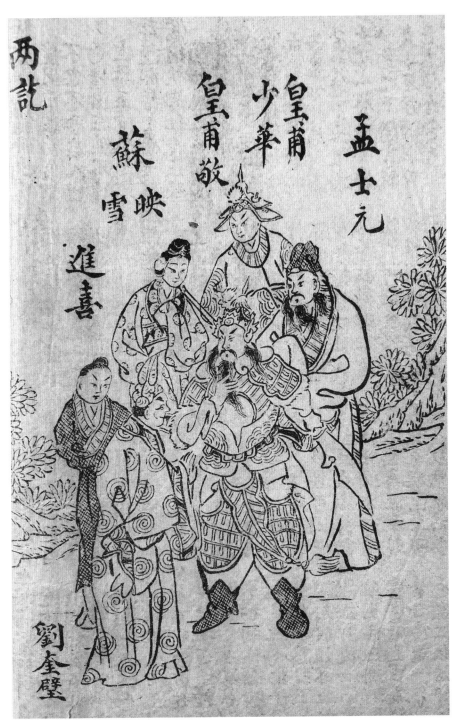

《龙凤配宝卷》民国二十六年（1937）上海惜阴书局石印本

告知少华已经脱险归家。皇甫元帅返回家中，见到少华，不再追究刘家。刘奎璧担心皇甫敬上表参劾，父亲国丈受到牵连，便修书假说皇甫家抢夺孟女。国丈刘捷心中怀恨皇甫敬，欲寻机报复。高丽兴兵侵犯山东沿海，山东巡抚彭如泽、登州总兵殷耀先急报朝廷，刘捷乘机举荐皇甫敬带兵征讨。皇甫敬知是国丈有意陷害，但皇命难违，只得领命出征。孟士元保举方氏表弟、松江府华亭县卫焕做先锋，助皇甫元帅出征。首战迎敌，卫焕斩杀敌国邹必凯手下大将苗成龙；二战皇甫敬刺伤邹必凯；三战高丽军师施法拿住皇甫敬和卫焕，邹必凯要报被刺之仇，欲斩二人。后事在《再生缘宝卷》中表起。

版本共1种：

民国二十六年（1937）上海惜阴书局石印本

线装。石印本。两卷两册。版框：18.3厘米×11.6厘米。封面、封底全。单面32页，每面18行，每行32字。内容完整。上册封面左上题"绘图龙凤配宝卷"，左下题"上海惜阴书局印行"。下册封面左上题"龙凤配宝卷下集"，右上题"民国廿六年春置"。卷首前扉页有书中人物皇甫敬、皇甫少华、苏映雪、孟士元、进喜绣像1幅。卷首题"绘图新编龙凤配宝卷"，卷首右下题"太原醉痴生编"，卷首页有钤印"宿迁运羽书馆"。卷末无题。

开卷。上卷开卷偈："《龙凤宝卷》初展开，西方诸佛光临来。宣卷本抱观世旨，忠孝二字存心怀。不忠不孝在人世，好似禽兽似一般。《龙凤宝卷》写忠孝，其中情节奇非凡。奇情出在并不远，就在明朝前一代。□元开国将宋灭，汉运已衰实可哀。上界玉帝来请宴，西天诸佛陆续来。几位星君相视见，就因相看祸患开。"下卷开卷偈："《龙凤宝卷》接上文，皇甫孟家就订婚。奎璧心中大吃醋，欲害少华计谋深。他便命仆去相请，来到家中敬十分。有时西郊同打猎，毫无怨恨心中存。一连数次常来往，奎璧知道计可成。又隔数天请帖到，约他游湖写端正。少华即去双亲禀，为官应允少华行。唯独长华说不妙，我弟还须自谨慎。少华点头答称是，但终不防诈谋生。其实奎璧早定计，花园放火烧他身。"

结卷。上卷结卷偈："姐姐姻缘可有门，如未有时求允婚。小姐为正你偏作，不知你心怎理论。映雪一听心大喜，当下立誓向神明。立下了誓同携手，二人含笑喜欣欣。正然情话有人到，映雪不由胆心惊。不料失足来跌倒，香汗淋淋着一身。醒来暗暗称奇怪，为何梦中私定婚。莫非和他五百年，也有姻缘注命分。如今已立山盟约，定当相守在闺门。抛下映雪一边事，且谈奎璧气得昏。将情禀与母亲晓，此恨绵绵痛感深。孩儿若非孟氏女，一生一世不成婚。刘母用言安慰劝，世上岂少美佳人。从此奎璧想毒计，欲害少华命归阴。欲知相害少华事，下卷之中交代明。上卷已毕暂停笔，府上平安多吉庆。营商得利财源进，合府康强福寿增。念了宣卷精神长，名利双收快活人。"下卷结卷偈："顷刻之间起大风，天上黑云布满空。元军船只在浪里，立时吹散在西东。皇甫元帅身跌倒，元兵叫苦呼苍穹。军师又用隐身法，一跳过船如燕同。伸手又对元帅指，可怜皇甫木呆同。□被军师拦腰抱，驾起云光回岛中。吩咐手下来绑住，又到阵前捉先锋。元兵大乱半逃走，一半跌翻在海中。□兵得胜回沙上，邹帅迎接称大功。□帅传令将俘将，一齐押入见本躬。对着皇甫便喝问，尔今被擒何面孔。那天被尔一枪刺，今日看你怎威风。皇甫破口便大骂，番贼番贼骂得凶。□□一听便大怒，吩咐斩了不放松。皇甫卫焕并不怕，一齐推出含怒容。今日为国身死了，九泉之下有光荣。完卷暂时算完毕，皇甫性命危险中，要知下文如何事，《再生缘》上仔细云。"

按：此宝卷为《再生缘宝卷》的上部。

080《龙王真经》，又名《龙王宝卷》

经卷类宝忏，无具体故事情节。

版本共1种：

民国五年（1916）武城县董灿章重刊刻本

线装。刻本。一卷一册。版框：17.7厘米×1.8厘米。共43页86面，每面6行，每行12字。黑口，单黑鱼尾，四周双边。书口题"龙王真经"。封面、封底全。内容完整。封面无题。内封中大字题"龙王真经"，右上题"丙辰年夏月武城县董灿章为谢雨还愿重刊"，左下题"板存山东夏津县南关观音寺"。卷前有《六

《龙王真经》民国五年（1916）武城县董灿章重刊刻本

月十六日曲隈求雨训》《吕祖乩著龙王经序》。《吕祖乩著龙王经序》页有钤印"宿迁运羽书馆"。卷末题"龙王真经终"。

开卷。无开卷偈。

正文：共有九品，每品先有七言诗赞四句，随后是攒十字诗赞，最后是散说。

结卷。结卷偈："《龙王宝卷》今告成，可作后人金鉴经。果能遵行经中律，诚心无不施灵应。《龙王真经》传人间，奥妙无穷最灵感。永持此经增福禄，年年大有万民安。"

081《轮回宝传》

东京卞国梁城东桥关外有一富翁姓张名存仁，别号百万，娶妻赵氏，年近六旬没有子嗣，夫妇二人到三官庙拜佛求子。三官大帝奏表玉皇大帝，玉帝查张存仁前世作恶多端，今受天罚，理应绝嗣，但念张存仁诚心修善，准予赐后，将斗牛宫圣母娘娘驾下思凡的仙女送下界投生张家，将来配夫刘京。刘京乃宿孽太重之人，仙女须劝他改恶从善，修真慕道，异日同归仙界，得证菩提。张存仁夫妇拜佛当晚，赵氏夜梦有仙人送仙桃入腹中，得有身孕，十月怀胎，产下一女，取名秀英。秀英自幼秉性幽娴，不喜酒肉，每日只是吃斋念佛，长到十八岁，嫁于富翁刘大华家公子刘京为妻。婚后秀英孝顺公婆，甚得全家喜欢。未过两载，父母、公公婆婆先后去世，一切家务都归刘京掌管。日月如梭，刘京四十岁，此时夫妻尚无子嗣。刘京盘剥乡里，不敬天地，凶恶横行。张氏时时苦劝刘京改恶行善，刘京全然不听，反而辱骂张氏。张氏为减轻刘京恶行，除却每日规劝外，自己更是日日拜佛修行，布施行善。张氏苦劝刘京二十多年，到四十岁，病亡，魂游地府。阎王查张氏为仙女临凡，在阳世修善圆满，应归天庭。张氏归天之后，刘京哀伤得病，一命而亡。家中仆从抢夺家财，四散而走。刘京尸体无人收殓，被恶狗分食。刘京魂魄被无常带到地府，遭受到十王轮番审问拷打，张氏仙女到灵山跪求如来世尊发慈悲，超度刘京和地狱众苦难之人。世尊被张氏仙女之举感动，降旨地府，一应恶行无论轻重均予以减罚，各依前因释放，早送世间投生。刘京寻得东京城富豪黄百万家投生，生下即能言语，被黄百万当作

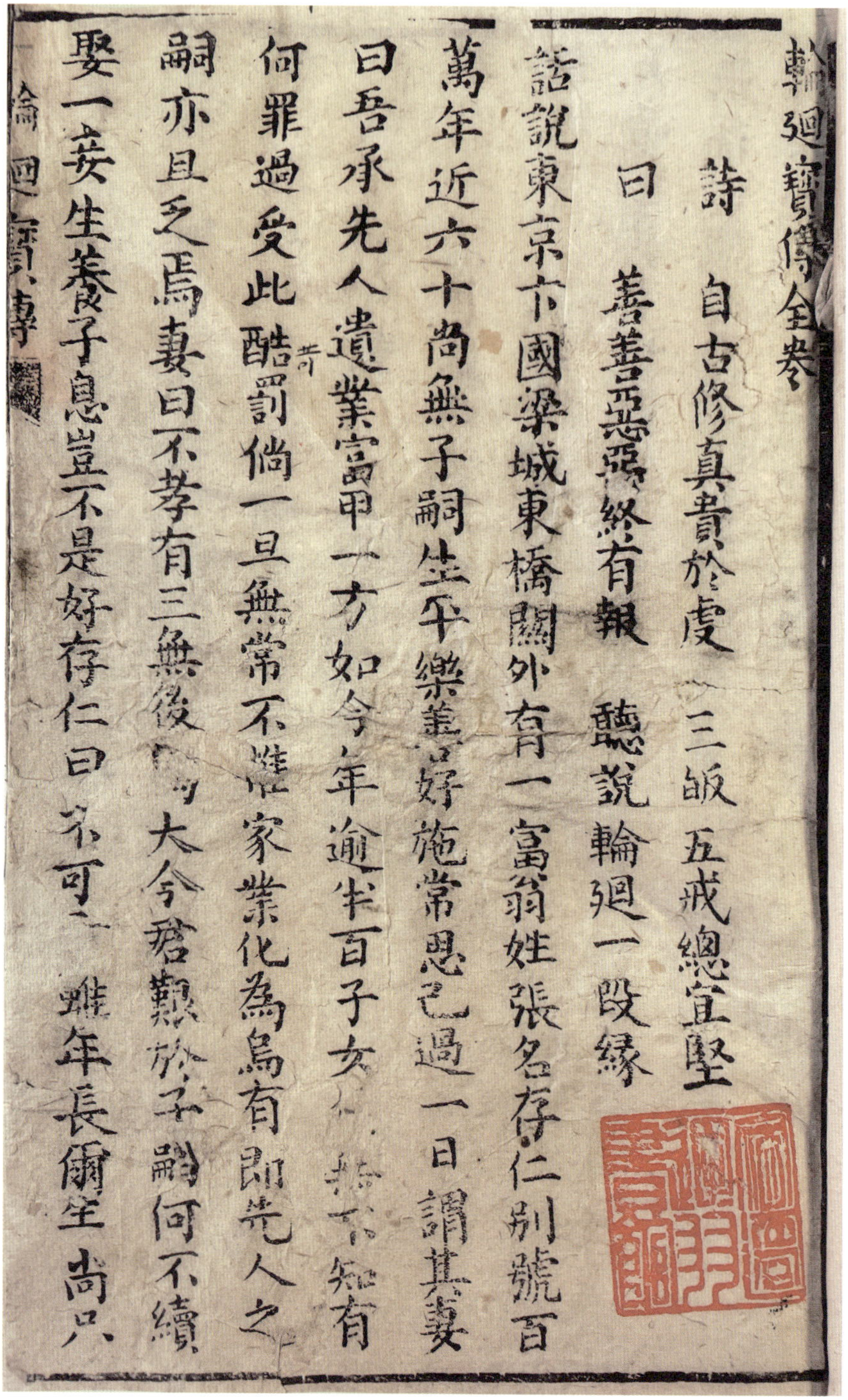

轉廻寶傳全卷

詩　自古修真貴於虔　三皈　五戒總宣堅

日　善善惡惡終有報　聽說輪廻一段緣

話說東京卞國梁城東橋關外有一富翁姓張名存仁別號百
萬年近六十尚無子嗣生平樂善好施常思己過一日謂其妻
曰吾承先人遺業富甲一方如今年逾半百子女杳然未知有
何罪過受此酷罰倘一旦無常不進家業化為烏有閒先人之
嗣亦且乏焉妻曰不孝有三無後為大今君顦於子嗣何不續
娶一妾生養子息豈不是好存仁曰不可雖年長爾全尚只

《轮回宝传》清光绪三十二年（1906）绵邑义顺堂刻本

妖孽打死，重回地狱。张氏仙女拜求阎王再给投生机会，并告诫刘京，要忍得四十年之苦，方得超度升天。刘京再次还阳，主动投生穷户陈尚智、陈净洁夫妇之家，取名陈苦李，出生后经受冰寒饥饿之苦，二十岁后身患毒疮，口不能言，三十岁后得眼疾，眼不能视。陈苦李在苦难岁月，时时不忘尽孝，侍奉双亲，到四十岁，阳寿已满，回归地狱。阎王查陈苦李在阳世经受苦难和行善之举已经折抵前世恶行，将其送入天庭。陈苦李拜于张氏仙女门下为徒。陈苦李在天一年，阳间已过十二年，陈家夫妇阳寿已到，张氏仙女让陈苦李下界度回父母，在天宫安享快乐。张氏度人有功，仙职加升三级，加增金花两朵。陈苦李行孝有功，封为苦行真人。

版本共1种：

清光绪三十二年（1906）绵邑义顺堂刻本

线装。刻本。一卷一册。版框：20.3厘米×12厘米。共90页180面，每面9行，每行24字。白口，单黑鱼尾，四周双边。书口题"轮回宝传"。封面、封底全。内容完整。封面左上题"轮回宝传"。内封中大字题"轮回宝卷"，右上题"光绪丙午年嘉平月刊"，左下题"板存绵邑义顺堂"。卷首题"轮回宝传全卷"。卷末题"光绪三十二年秋月上浣日晋熙了尘子沐手敬书，绵邑苏兴街义顺堂"。

开卷。诗曰："自古修真贵于虔，三皈五戒总宜坚。善善恶恶终有报，听说轮回一段缘。"

正文：散说、诗赞（七言、攒十字）。

结卷。无结卷偈。

082《罗衫宝卷》

宋仁宗年间，开封府祥符县南庄徐子见有两房妻室，大娘子苏氏，二娘子李氏。徐子见与白罗衫为结义兄弟。大比之年，子见将家室托付于罗衫照料。临别之时，李氏已有身孕，子见告知李氏若生男孩取名金宝。李氏取出香蝴蝶一双，雄蝴蝶交与子见，雌蝴蝶留在自己身边。子见应试高中状元，仁宗皇帝敕封为七省查盘御史，赐尚方宝剑。李氏十月怀胎，产下一子，遂取名金宝。罗衫日日来徐家，与苏氏勾搭成奸。苏氏嫌李氏碍眼，对她处处刁难，李氏无奈只得带金宝回东庄娘家居住。子见日久未归，苏氏遂将家财送给白家，明目张胆搬到西庄白家居住，与白罗衫似夫妻过活。白罗衫父亲为当朝丞相，人称白老虎。白罗衫横行乡里，人称白千岁。金宝长到十六岁，与伙伴铁桂一起打猎为生。徐子见离家十八年，奏请皇帝恩准回乡探亲。子见官船到祥符县，邻船船工以徐家遭殃、白罗衫霸占苏氏、李氏离家之事行猜酒令。子见知道多年未归，家中有变，驻船上岸，扮作叫花子独自先到东庄找李氏。子见让李家家童把香蝴蝶交于李氏，并转告送蝴蝶之人已到西庄白府。子见到白府门上，被家人捉进府内，吊在马坊打昏。丫环云香在马坊搭救旧主，被苏氏识破，苏氏和罗衫合谋将子见和云香打死丢入后花园。李氏见到香蝴蝶，知是丈夫回来，知子见到西庄必遭苦难，着急痛哭。金宝带铁桂到白府找父亲，苏氏用毒酒欲害死金宝，被铁桂救下。金宝、铁桂将徐子见、云香背回家中。李氏带金宝到开封府包公堂前告状，张龙、赵虎设计将白罗衫骗到开封府衙。白罗衫招供杀人之事乃是苏氏所为，苏氏到堂，供出害死丈夫、云香经过。包公收监二人，将案情上奏皇帝，奏表不幸落入白丞相之手。白丞相恶人先告状，诬陷包公谋反，皇帝将包公绑赴法场斩首。行刑之时，狂风大作，监斩丞相知晓必有冤情，回禀皇帝。皇帝提审包公，得知白丞相私藏奏表，大怒，下旨斩杀白丞相、白罗衫、苏氏，加封包公为都督，让包公救活子见、云香。众人上殿，皇帝敕封子见为丞相，李氏为一品正夫人，云香配与丞相为二夫人，金宝为直殿大将军，铁桂为总兵。

版本共1种：

民国十三年（1924）俞锡泉抄本

线装。抄本。一卷一册。开本：24.2厘米×13.2厘米。共42页84面，每面9行，每行28字。封面、封底后封。内容完整。卷首无题。卷末题"愿以此功德，普及于一切。宣卷增福寿，和佛保长生。民国十三年桃月　日立。信人俞锡泉抄完"。

开卷。开卷偈："《罗衫宝卷》初宣□，□□□□□□□□。大众念佛齐声贺，□□□□□□□。"

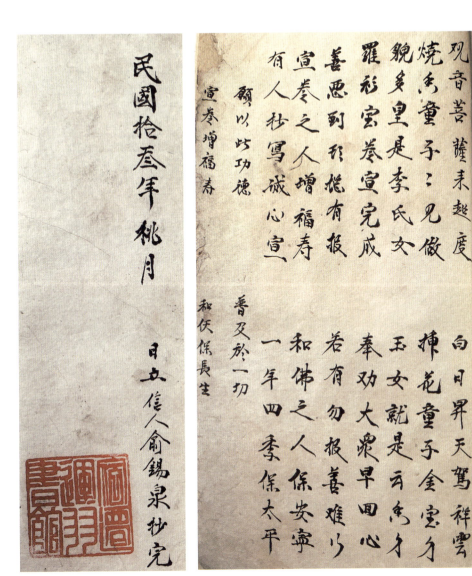

観音菩薩来超度
燒氣童子々兄做
貌多皇是李氏女
羅衫寶卷宣完成
善惡到形總有報
宣卷之人增福寿
有人抄寫誠心宣
顧以此功德

宣卷增福寿

和侯保長生

向日昇天駕祥雲
揮花童子金雲寸
玉女就是天丙才
奉劝大衆早回心
若有勿报善难以
和佛之人保安寧
一年四季保太平

普及於一切

《罗衫宝卷》
民国十三年（1924）
俞锡泉抄本（一）

《罗衫宝卷》民国十三年（1924）俞锡泉抄本（二）

正文：散说、七言诗赞。

结卷。结卷偈："合家大小都从善，厅堂改做佛堂门。装塑一堂西方佛，朝朝夜夜诵经文。安童使女回心转，尽是烧香念佛人。春去夏来秋又到，残冬过只又逢春。光阴似箭催人老，日月似梭晓夜从。修得十年功德满，善心是可奏天庭。上界玉帝得知闻，即差多罗太白星。太白金星来变化，化作凡间一老人。急忙来到徐家宅，齐来度你上天庭。观音菩萨闻知得，超度徐家一满门。观音菩萨来超度，白日升天驾祥云。烧香童子子见做，插花童子金宝身。貌多皇是李氏女，玉女就是云香身。《罗衫宝卷》宣完成，奉劝大众早回心。善恶到头总有报，若有勿报善难行。宣卷之人增福寿，和佛之人保安宁。有人抄写诚心宣，一年四季保太平。"

083《罗通扫北传》，又名《罗通扫北》

唐贞观年间，北番赤壁国保康王令左居轮为元帅带兵南下，意欲夺取中原。唐太宗李世民御驾亲征，命秦琼为大元帅，程咬金为先锋，军师徐茂公、副将胡敬德、卿家苏定芳保驾随行。左居轮在牧羊城设下空城计，将唐朝君臣、兵马困在城内。徐茂公用激将之法，使程咬金杀出重围到京城搬取救兵。魏徵奏请太子同意在京城设下擂台，命各府小爵主到小校场参加比武，争夺二路元帅。越国公罗成之子罗通打败苏定芳二子苏林、苏凤，勇夺帅印，挂二路元帅，率领一众少国公前往北国解围救驾。罗通一行路过磨盘山，收服响马俞游德、单天常。在白银关，罗通命诈降的俞、单二人和有反叛之心的苏林打头阵，并借敌将之手将三贼铲除，苏凤迎敌，临阵出逃，被打四十军棍。罗通帅程铁牛、秦怀玉、殷林收复白龙关、金岭关、野马川，斩杀北番守将铁雷金牙。在银灵川遇北番骁将铁雷八宝，罗通战之不过，落荒而逃，途中遇义弟罗仁前来相帮。罗仁武艺高强，将铁雷八宝斩首。黄龙岭为屠芦丞相之女、北番王义女屠芦金花公主镇守，罗仁打头阵出战，被屠芦公主用飞刀杀害。罗通出阵迎战为弟报仇，屠芦公主看上罗通，在阵前擒住罗通，屠芦公主以降唐为约，许以终身。罗通在屠芦公主飞刀威逼之下，以国事为重，无奈立下婚誓，公主遂诈败放关。罗通杀到牧羊城下，守城大将苏定芳暗通北国，为报罗通杀子之仇，想借刀杀人，闭门不让罗通进城。罗通杀至北门，惊动皇帝，开门迎接救兵。唐军里应外合，战败左居轮，北番保康王投降称臣，年年来朝，岁岁纳贡。程咬金表奏皇帝屠芦公主献关借道之功及罗通向公主立下的婚誓，皇帝钦赐罗通与屠芦公主成婚。罗通因屠芦公主杀害义弟罗仁，心怀恨意，新婚之夜不理公主，公主含羞自尽。皇帝责怪罗通因私愤破坏两国交好，下旨罗通永不婚配。程咬金念与义弟罗成之交，做媒将庙前丑姑许配与罗通，使得罗家延续后代。

版本共1种：

1995年抄本

线装。抄本。两卷一册。开本：20厘米×13.7厘米。共40页80面，每面12行，每行21字。封面、封底全。内容完整。封面左上题"罗通扫北上下全本"，右上题"丙子年"。卷首无题。卷末题"一九九五年农历九月二十一日完呈"。

开卷。开卷偈："炉内宝香透天庭，罗通扫北表忠臣。若问扫北此事情，坛前自然表分明。"

正文：通篇七言诗赞。

结卷。结卷偈："此为《罗通扫北传》，唐朝流传在世上。唱书不比茶和酒，消愁解闷精神长。今日唱得不太好，请君休笑请原谅。"

M

084《麻姑宝卷》

唐代都平州金花县侯家庄有一个侯员外，名果字本元，娶妻张氏，年届四旬，生有一女，乳名真定，生来聪明，自幼好善。真定长到十二岁，家中供奉金仙圣母、无生老母、观音大士佛像，白昼焚香叩首，黑夜参禅悟道。到了十五岁，真定看透生老病死，有心离家入山寻道。一日，真定夜间梦见一位老妈妈手持黎杖来到床前，告诉她玉阳山西连秦岭，北靠金炉，东有一个古庙，名叫白鹤堂，长安玉阳公主在那里修身。此人本领高强，如真心向佛，可前去拜她为师，

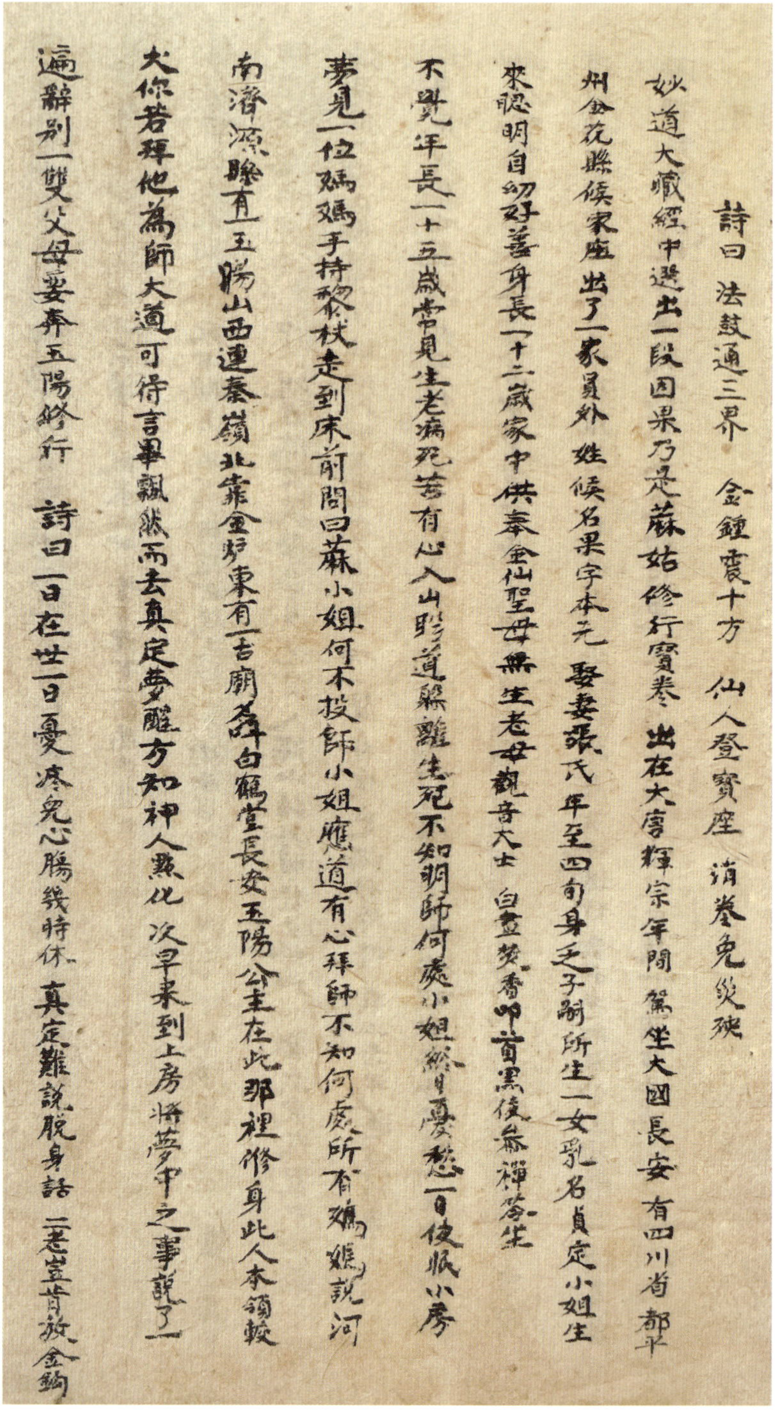

詩曰　法鼓通三界　金鐘震十方　仙人登寶座　消愆免災殃

妙道大贜經中選出一段因果乃是蘇姑修行寶卷　出在大唐輝宗年間　駕坐大國長安　有四川省都平

州金花縣候家庄　出了一家員外　姓名候字本元　娶妻張氏年至四旬身乏子嗣所生二女　欶名員定小姐生

來聰明自幼好善身長一十二歲家中供奉金仙聖母無生老母觀音大士　白晝焚香叩首黑後參禪參坐

不覺年長一十五歲常見生老病死苦有心入山尋道躲離生死不知明師何處小姐終日憂愁一日便喚小房

夢見一位媽媽手持黎杖走到床前問曰蘇小姐何不投師小姐應道有心拜師不知何處所有媽媽說河

南濟源聽真五陽山西連秦嶺此靠金爐東有一古廟名群白鶴堂長安玉陽公主在此那裡修身此人本領較

大你若拜他為師大道可得言畢飄然而去真定夢醒方知神人點化　次早來到上房將夢中之事說了一

遍辭別一雙父母要奔五陽修行　詩曰　一日在世一日憂　凄凉兔心腸幾時休　真定難說脫身話　二老堂前放金鈎

《麻姑宝卷》民国二十六年（1937）杨和厚抄本

言毕飘然而去。真定醒来知是神人点化，次日向二老辞别。父母不忍，苦劝不住，只得答应女儿。因路途遥远，侯员外亲送真定前去。父女经过半年辛苦跋涉，行到黄河边，侯员外再次劝说真定回家，真定坚心不改，侯员外只得自己回家。真定一人攀山过河，坚心前行。一日经过荒山野岭，天色将晚，真定无处投宿。金山老母心中不忍，变化出一座庵堂，自己坐在门前等待真定，把真定迎进庵中，烧火做饭照顾真定，然后离庵。为试探真定归佛心意，金山老母又化作一位白面书生，敲门进入房中，欲与真定结成夫妻。真定连夜出逃，慌乱之中为保贞洁，跌落山崖摔死，西天王母娘娘及时赶到将她救活。真定料想自己从悬崖跌落大难不死，必是神仙所救，更加坚定自己的修行决心，望天叩拜神明后走出山林，突遇翠柏青松围绕，绿水清泉长流，眼前宛若仙境。只见一洞府，门上书写"白鹤堂"，真定知是到了玉阳山，进洞拜玉阳公主为师。玉阳公主告知堂中缺少米粮，不能供养，劝其下山回家去。真定哭求公主收留，自己历尽千辛万苦，如若不收留，自己只有死在庵前。玉阳公主无奈同意，让其下山种麻。真定辛苦劳作，开荒种麻。不幸遭遇天旱，麻苗长势不好，真定每日到几里之外挑水浇麻。几个月下来，真定面容消瘦，披头散发，衣衫褴褛，不成人形。真定离家三年多，侯员外带衣物经过半年艰辛跋涉，到玉阳山看望女儿，见到真定不成人形，苦劝女儿跟自己回家。真定让父亲不要悲伤，自己虽然身体受苦，但心中快乐。临别之时，真定把师傅玉阳公主给自己的两只桃子给父亲带回。侯员外回程路上饥渴难耐，吃了一只女儿给的桃子，顿觉身体轻盈，快走如飞，不觉片刻即到家中，将女儿情形告知张氏，并将剩下的一只桃子给张氏。张氏吃了桃子，顿觉腹中暖气升腾，经过十月怀胎，产下一子，取名王桃。真定在玉阳山下种麻不觉已有二十年，金山老母感其意志坚定，亲来点化真定，在麻田边指地为泉，免真定担水之苦，并授真定《红丹宝卷》。真定将丹经呈于师傅，师徒观看，知其乃是修身养性的真经，二人参悟真经，顿觉七窍大通。玉阳公主给真定十两纹银，告知其父母大限将至，让其回家为二老送终。真定修行二十年已有仙功，即时驾云赶到家中。父母已经身患重病在床，交代真定照顾好弟弟王桃，闭目而亡。料理完父母后事，真定操持弟弟王桃与二舅的女儿成婚，将弟弟小夫妻二人托付于二舅,叮嘱王桃要为二舅养老送终。安排好家中事务,真定回转玉阳山面见师傅玉阳公主,师傅告知其已经功圆果满,不必再浇水种麻,送其仙号麻仙姑。玉阳公主见玉阳山白鹤堂年久失修,奏请父皇拨银修缮,徽宗皇帝下旨王屋、孟州、阳城、曲阳四县钱粮不必解押京师,作修缮庵堂之用。玉阳公主召能工巧匠经过两载重修,玉阳宫、万寿宫并天坛顶三宫八观九庵焕然一新。此善举感动王母娘娘,王母上奏玉皇大帝,玉帝大喜,差王母娘娘下界召侯员外夫妇从地府升入天庭。

版本共1种:

民国二十六年（1937）杨和厚抄本

线装。抄本。一卷一册。开本:22.9厘米×13.2厘米。共11页22面,每页9行,每行44字。封面、封底全。内容完整。封面左上题"麻姑宝卷",右下题"杨和厚录"。卷首无题。卷末题"民国二十六年冬月新刊　普净寺存板"。

开卷。诗曰:"法鼓通三界,金钟震十方。仙人登宝座,消卷免灾殃。"散说:"妙道《大藏经》中选出一段因果,乃是《麻姑修行宝卷》。"

正文:散说、诗赞(七言、攒十字)。

结卷。结卷偈:"西王母驾祥云亲点化度,度化他一家人早上天台。侯员外老夫人腾空去了,撇家缘付姣儿王桃儿童。这家缘交于了娘舅照管,两家儿成就了亲上加亲。麻仙姑得了道功成果满,普天下人赞叹真定修行。功成就虎扫山龙隐沧海,宝卷完功果满各回天宫。今夜晓消一本《麻姑宝卷》,普天下男共女个个回心。有智人听宝卷从恶向善,无智人听宝卷耳边过风。我人再想要多说几句,卷本上无有字记不清。"诗曰:"七宝林中七宝台,宝莲宝树宝花开。消罢宝卷言道德,三人举步下瑶台。"

085《马立宝卷》

内容提要参见《三仙阁宝卷》。

版本共1种:

抄本。

线装。抄本。一卷一册。开本：27.5厘米×19.7厘米。共33页66面，每面10行，每行17字。封面、封底全。内容完整。封面左上题"马立正道情全本"。卷首无题。卷末无题。

开卷。开卷偈："《马立宝卷》初展开，诸佛菩萨降临来。善男信女虔心听，合家大小福寿增。"

正文：散说、诗赞（七言、攒十字）。

结卷。结卷偈："日夜站在门口来守门，三餐好饭只你吞。天龙地虎义气高，以恩报恩理应当。给兄弟记得清，马立正出头友名声。中教结义罗善人，救济穷人大善报。友义玉英良心恶，后来结果无出头。善恶到头终有报，日后迟早报分明。马立正书本唱完成，各位男女身康健。大众早把弥陀念，能增福寿又消灾。今夜双寿回家转，保佑全家大小福寿绵。"

086《卖花宝卷》，又名《张氏三娘卖花宝卷》

宋仁宗年间，河南开封府祥符县梧桐乡人刘达，官居吏部尚书，娶妻赵氏，生有三子。长子、次子早年在外经商，客死他乡。次子刘昌自小好学上进，博学多才，十四岁中秀才，娶张显之女张氏三娘为妻。张氏贤德温良，敬孝公婆。刘昌婚后不久，家运不济，一年遭遇三次不幸，父亲刘达在任上病亡，河南知府王德下派刘昌押运十二万担钱粮去南京，在乌江口翻船，粮草尽失，变卖家财以抵官亏，家境就此败落。张氏已生有一子，取名高升。张氏平日在家做些纸花到街上叫卖，换些铜钱补贴家用。一日，张氏三娘卖花路过曹国丈府，曹国丈看中张氏美色，将张氏诓骗到府中，欲强行收纳为妾。张氏坚拒不从，大骂国丈无耻。国丈恼怒，指使家人将张氏打死，埋在西花园芭蕉树下，并种上三种花树。张氏外出卖花整日未归，刘昌外出寻找不得。张氏夜间托梦于刘昌，让刘昌到招商店问询。刘昌到招商店打听，得知张氏被带入曹府未见出来。刘昌不敢冒然进入曹府，遂到开封府告状，不料诉状误落国丈之手，国丈收缴诉状，将刘昌带回府中，打入死牢。张氏冤魂夜游开封府，向包公状告国丈。包公到曹府拜访国丈，带张龙、赵虎在西花园起出张氏尸体，当场捉拿国丈回开封府。包公将案情奏明皇帝，国丈被处斩。仁宗皇帝念张氏、刘昌忠烈至孝，钦赐刘昌四品顶戴，出任知府之职，张氏三娘诰封四品正夫人、节孝夫人。

版本共2种：

一、民国宁波百岁坊学林堂书局石印本

线装。石印本。一卷一册。版框：17.5厘米×11.8厘米。单面24页，每面18行，每行32字。白口，单黑鱼尾，四周单边。书口题"卖花宝卷 页数"。封面、封底全。内容完整。封面左上题"绘图卖花宝卷"，左下题"宁波百岁坊学林堂书局"。封面大字题"张氏三娘卖花宝卷"。卷首前有书中人物绣像1幅。卷首题"张氏三娘卖花宝卷全集"。卷末题"愿以此功德，普及与一切。宣卷保长生，消灾增福寿"。

开卷。开卷偈："《卖花宝卷》初展开，恭迎诸佛降临来。善男信女虔心听，增福延寿永无灾。"

正文：散说、诗赞（七言、攒十字）。

结卷。结卷偈："包公大骂曹国丈，律条犯法甚分明。作了犯法违条事，照例办事理该因。全不思你父犯了十恶罪，反来埋怨大臣身。我今把他来斩首，晓谕官员百姓人。前日玉帝召了我，命我伴驾在朝廷。若是怒了我包拯，连你娘娘做不成。仁宗听了慌忙入，御手扶起姓包人。娘娘女流少见识，冲犯大臣包爱卿。诸凡得罪看朕面，爱卿不必挂在心。身犯王法曹国丈，应该照例受刀刑。寡人爱卿来伴驾，加封官职震朝廷。包公俯伏金阶上，愿王龙耳纳微臣。尚书刘达多忠正，在日为官多知名。如今亡故家门苦，清白传家家道贫。其子刘昌亦厚道，早已入泮在庠门。妻房张氏多节孝，看他清白世难寻。愿王封他官和职，不负刘家忠义人。恩封天下谁不晓，刘昌夫妇永传名。皇上奏准忙传旨，宣进刘昌张氏身。龙颜大悦来封爵，四品黄堂理万民。好个节孝张氏女，加封四品正夫人。夫妻得受官和爵，金銮殿上谢皇恩。包公也谢仁宗帝，三呼万岁出朝门。刘昌忙到南衙去，拜谢恩官包大人。一程回到家乡地，还乡祭祖悦阴灵。破窑里面娘受苦，受尽饥寒真伤心。三岁孩儿哇哇哭，饥寒啼哭不安宁。今日团圆归故里，合门喜庆可安身。可恨人头多势利，都来趋奉刘家门。当初窑内无人识，如

張氏三娘

包龍圖

劉思進

《卖花宝卷》民国宁波百岁坊学林堂书局石印本

今荣耀有人迎。远近亲邻皆来贺，远房叔侄也来迎。打拱作揖多谦逊，胁肩谄笑小人形。锦上添花常时有，雪中送炭也无人。夫妇双双归家内，婆婆孙子出窑门。公子一见亲娘面，抱头大哭叫娘亲。皆是孩儿多不孝，累娘受苦到如今。娘亲张氏上前亦大哭，看见婆婆儿子好伤心。婆婆吓儿媳若无包公救，千个残生活不成。今朝钦赐为知府，又是包公奏圣明。此恩此德同天地，剪肉烧香报不清。可知忠厚不亏本，忠原自有好收成。当初国丈横行事，个个趋奉老皇亲。如今身被包公杀，谁人提及大奸臣。瓦罐不离井上破，劝人及早要回心。刘昌山东济南府，夫人张氏苦修行。看破世情皆虚幻，唯有修善是真情。婆婆赵氏也修行，祈求来世脱凡尘。后来多向西方去，童女接引上天庭。为人要看刘家样，夫妻忠孝有芳名。一个连升三级为知府，一个苦志坚修人上人。做官要学包公样，威灵名显振朝廷。至今神灵多显赫，香烟不断庙堂门。可知忠孝节义天降福，奸盗诈伪灾祸临。此本名为《买花卷》，宋朝留下到如今。宋朝皇帝听此卷，见了忠孝便开心。众位善信听此卷，积福延寿保安宁。倘能个个行忠孝，皇帝江山万万春。"

二、1993年何崇焕抄本

线装。抄本。一卷一册。开本：19.3厘米×13.4厘米。共31页62面，每面10行，每行20字。封面、封底全。内容完整。封面左上题"卖花宝卷（包公斩曹国舅）"，左下题"太岁癸酉年桐月　立"，右上题"公元一九九三年"，中下题"何崇焕记"。卷首无题。卷末题"卖花宝卷完"。

开卷、正文、结卷与前述版本（一）同。

087《梅花戒宝卷》，又名《双英宝卷》《千金一笑》

唐永徽年间，浙江宁波府定海县宰相公子王应文，父母双亡，聪颖好学，十六岁得中秀才。应龙八月十五观潮得罪海神，被海潮冲到福建省泉州府晋江县浦江。浦江骆相爷告老还乡，女儿骆蛟英与杨天标女儿杨完英相认为姐妹，蛟英送梅花戒给完英。杨天标妻女在浦江边洗衣服，救起身无遮掩的应文带回家中，杨氏拿女儿完英的衣服给应文遮身。完英爱慕应文英俊，将蛟英送其的梅花戒作为定情之物赠与应文。杨天标在完英房中看到应文身穿女人衣服，误认为他是"凤阳婆"，将其拖出家门，丢入恶虎山，致使应龙流落街头。骆府千金骆蛟英自小由皇帝做媒，被许配于沈英千岁之子沈标。因沈标相貌丑陋，行为不端，蛟英为此郁郁寡欢，不思茶饭。骆相爷许诺，谁要是逗笑小姐都给予重赏。众丫环在后花园各使嬉笑招数，均无果。骆小姐上街散心，遇衣着不整、行为怪异的王应文，不由一笑。相爷召王应文入府，以讨女儿欢心，见其文才出众，遂留身边做书童。王应文向骆蛟英讨定终身，方知她已许配。沈标暗入骆府偷认骆蛟英相貌，巧遇丫头嬉扮小姐，见其貌不扬，主动退婚，恰巧成全王应文与骆蛟英姻缘。王应文赴京应考，得中状元，皇帝恩赐完英二品贤淑夫人，蛟英一品淑德夫人，应文奉旨完婚，喜配完英和蛟英，苦尽甘来。

版本共1种：

民国石印本

线装。石印本。两卷一册。版框：17.6厘米×11.5厘米。共16页32面，每面20行，每行40字。白口，四面单边。书口题"梅花戒宝卷"。封面、封底后封。内容完整。封面后题"梅花戒宝卷"。上卷卷首题"绘图梅花戒宝卷上集"，下卷卷首题"绘图梅花戒宝卷下集"。卷末题"梅花戒宝卷下集终"。

开卷。上卷开卷偈："《双英宝卷》初展开，恭请神圣降临来。奉劝善男并信女，一年四季保太平。"下卷开卷偈："香在炉中烛在台，花在盆中四季开。茶在盏中随时饮，果在盘中敬如来。"

正文：散说、七言诗赞。

结卷。上卷结卷偈："家人奉命去如云，手拿名帖往前行。一路行程无耽搁，不觉来到骆府门。伏望传言来通禀，潼关来了姑爷身。与你小姐完花烛，快禀相爷莫停留。付家人接帖身进内，禀与相爷得知情。宣到此处将半本，露戒扬名下集听。"下卷结卷偈："《梅花戒卷》宣完成，古镜重磨照大千。应文本是文曲星，亵渎神明受灾星。如今回心来修道，仍归原位作真仙。二位小姐月宫女，堕落红尘受灾磨。幸得劝夫来修道，仍作嫦娥月里仙。"

雙英寶卷名曰梅花戒　　恭請神聖降臨來

益圓雙英寶卷名曰梅花　　奉賀善男并信女　　一年四季保太平

戒出在大唐永徽年號提表甯波府定海縣一人姓王名應文先父逝賣在日

官居首相母親張氏不幸二老去世單留小生一人多虧義僕王德扶養成人小生在年二八身入黌門

尚未婚配這也不在話下終日攻書不能上達思想起來好不順悶人也

雁芝獨坐在書房　　思想爹娘好傷心　　我身雖入黌門路

相公今日乃是八月十八大潮日期多少熱鬧我看相公有心事何不起到江邊看潮以消愁悶問小生王

思想虛度年十六　　未聯秦晉結朱陳　　不絕王氏後代根

與言之有理叫王德出來說明前去叫小生你非為別事今日大潮之日我意欲前去看潮未知你意

頭小生起來叫老奴不准你去我想相公在上老奴叩應正在來思想丑來了小使報事情小生王

下如何咳相公本該老奴出來有何分付小生叫你去我想相公今日大潮之日我意欲前去看潮以消愁悶

奴在黌縣念小生這個自然吓王與全我江邊一走便了就去看看到也使得須要早去早回以免老

應文移步出門庭　　書僮啟面喜洋洋　　一路行來多快樂

今日前來散心腸　　路上行人多熱鬧　　風送丹桂撲鼻香

不覺來到江邊看　　書僮啟口說端詳　　焚香點燭甚忙忙

唔相公江邊到哉潮未來末嗳啥好看不如去到廟內遊玩遊玩少刻潮頭一起小人來請相公看潮

末是哉小生如此你就在此等候我去廟內遊玩一番便如丑是小人曉得　　我想潮神何靈感

只見男女鬧洋洋　　觀看神前來供佛　　喚出廟祝問端詳

應文移步進廟堂　　　　　　盡是泥塑末雕裝

一生廟祝在那里親來恭敬為何人人來恭敬小生非為別事我想潮神有何靈感百姓們因何如此

誠敬亲相公潮神大王十分靈感求男得男求女得女求財得財求婚得婚昔日有個漂洋客人前來

《梅花戒宝卷》民国石印本

088《猛将宝卷》，又名《猛将卷》

　　唐武则天当政年间，江苏省松江府上海县落檀墩富户刘忠，夫妻同庚，单生一子，乳名三官。三官七岁进入学堂，先生取学名必达，成年后娶妻包氏三娘，婚后没有子女。三官三十三岁时，父母先后亡故，夫妻二人料理完父母丧事后，一同到灵官庙拜佛许愿求子。夫妇许愿如果得子，将重新改造佛堂门，重塑灵官大帝金身。许愿后三官夫妇回家持斋念佛做善事。灵官大帝将刘三官善行上奏玉帝，玉帝钦赐太白金星遣四大天王到刘家送子。包氏许愿后十月怀胎，喜得一子，取名刘佛寿，七岁送去学堂读书。三官得子许愿未还，灵官大帝恼怒，派遣判官降灾殃到刘家。包氏三娘一日突然得病，一命归天。火烧牌头王婆婆做媒，把朱家湾丧夫的寡妇朱氏说与刘三官做二婚老婆。朱氏带亲生儿子朱金宝嫁到刘家，刘佛寿一连三月未喊朱氏娘，朱氏气恼，处处跟佛寿过不去。刘三官外出要账，朱氏立马逼佛寿当面喊自己娘，佛寿不从，遭朱氏痛打，连饿三天。三官收账回来，看到佛寿面黄肌瘦，得知是朱氏折磨，到房中痛责朱氏，朱氏被迫嘴上应承待佛寿如亲生。三官再次外出收账，朱氏在家变本加厉，更加恶毒地对待佛寿，把砒霜放在鱼中想毒死佛寿，却杀死黄狗。朱氏无奈，日里逼佛寿挑水，晚间把他锁在磨坊磨面。佛寿累倒，朱氏用擀面杖打得他一命呜呼。佛寿魂游地府，阎王算佛寿阳寿未尽，又送还阳间。佛寿在磨坊醒来，家童拿稀饭救他活命。一计未成，朱氏又生一计，拿炒熟的麦种让佛寿下地种麦。赖有天神帮助，麦种颗颗皆出，长得旺盛。刘三官要账回家，佛寿向父亲哭诉被后娘毒打折磨经过，三官找朱氏理论，朱氏装疯卖傻，撕打蛮缠刘三官，砸烂家中物品，捣碎灶台和刘家祖宗孝堂。刘三官被逼无奈，屈服于朱氏淫威，把佛寿骗到河边，把他推入河中。佛寿漂到包家庄，被在河边淘米的舅母救起。佛寿在外公家居住两年半，遭遇荒年，舅父家难以过活。舅父让佛寿去竹园里看鹅放牛。佛寿思念母亲，在南岗岭搭庵棚，掘土塑母亲像，每日祭拜。佛寿孝心感动上天，赐他黄金甲和青龙宝剑，佛寿法力大增。舅父造大船准备运输粮食，大船下水之日，请来三百人帮忙，好酒好肉款待，独没请佛寿入席。但三百人也没能拖动大船下水，舅父只得重摆大宴请佛寿吃饱喝足，佛寿

《猛将宝卷》民国石印本

一人轻松推动大船入河。天逢大旱，遭遇蝗虫天灾，武则天皇帝出皇榜，招天下能人除灭蝗虫。佛寿揭榜，手执青龙宝剑，身着黄金甲，斩杀天下蝗虫。观音大士前来帮忙，施法刮起大风把蝗虫赶走，又施法下起暴雨，田中禾苗重又新出。皇帝钦封佛寿为刘猛将、驱蝗护国天尊，上天封佛寿为猛将刘大神，各地起庙、塑像。从此，刘猛将天下传名，每年各地都祭拜他，祈求保佑蝗虫不起，全年五谷丰登。

版本共2种：

一、民国石印本

线装。石印本。两卷两册。版框：16.5厘米×11.6厘米。共15页30面，每面16行，每行32字。白口，四周单边。书口题"猛将宝卷"。封面、封底全。内容完整。封面左上题"猛将宝卷"。书名页大字题"猛将宝卷"。卷首前有书中人物绣像2幅，分别是宋仁宗、包公1幅，刘猛将军、太白金星1幅。上卷卷首题"猛将宝卷上集"，下卷卷首题"猛将宝卷下集"。卷末无题。

开卷。上卷开卷偈："《猛将宝卷》初展开，诸佛菩萨降临来。害人之心不可起，头上三尺有神明。"下卷开卷偈："三娘正在来拜别，轿子歇在外墙门。一班鼓手来吹打，掌礼三通请新人。梳妆打扮换衣衫，三娘移步出房门。有个孩儿朱金宝，抱住娘亲不放行。蚂蟥丁子螺蛳脚，双手抱牢不许行。三娘开言哄骗子，克爷之种听我言。你爹在日许下愿，还了香愿就回程。金宝小儿回言答，吾娘说话不中听。既然庙里还香愿，为何头上戴方巾。必定吾娘去改姓，不该丢下孩儿身。三娘便叫朱金宝，孩儿听吾做娘话。媒婆说我无男女，母子双亲那进门。我去明朝来领你，三朝领去见父翁。金宝勿听娘说话，抱住衣衫哭勿停。三娘内心生一计，我儿金宝叫连声。内边忙记手帕子，你到房中拿点心。柜台面上菱三只，外有糖糕当点心。骗得孩儿房里去，反搭房门加上锁。骗脱孩儿身上轿，轿夫抬子就动身。"

正文：散说、七言诗赞。

结卷。上卷结卷偈："朱三娘子一寡身，亦无翁姑作主人。即日送子行盘礼，放炮三声就娶亲。前头打灯十二时，后头两对梅花灯。流星火炮声音响，篾簧火亮得密层层。媒人跟子花轿走，笙箫细乐闹音音。三娘听见吹打响，哀哀别祖丈夫灵。弗是妻子不守节，可恨王婆说活心。三娘去往刘家门，再听下卷接前因。"下卷开卷偈："众人吃酒闹盈盈，独有外甥无酒吃。个个在吃馒头酒，忘记刘佛一个人。勿吃馒头争口气，便拏粮船法水喷。我若到来就下水，我若勿到勿要动。刘佛作法回避去，包公喊出众闲人。齐齐立在船两边，要拔粮船船不动。作头司务来打号，大家用力总人生。三百余人尽用力，粮船好像生了根。朝晨拔起拔到夜，全然不动半毫分。三百后生拔不动，人人个个舌头伸。包公看见心烦恼，就骂作头勿是人。赏你喜封又酒点，工钱勿欠半毫分。奉旨造船非小可，错过今朝好时辰。拣子好日并好时，我做坐头司务人。并无有啥态祷做，自你外甥作法能。看你船上拍三拍，外甥作法弗该应。包公听说作头话，便叫众人就取寻。东寻西寻寻不见，弗知刘佛那方存。包公自己来寻觅，厢房里面好安身。刘佛困在厢房里，呼吐呼吐打昏度。外公发怒高声叫，就说官人无道理。喊醒刘佛回言答，外公为何看我轻。寻到刘佛归家转，不宣后事如何因。《猛将宝卷》宣完成，诸佛菩萨喜欢心。"

二、1996年士明涂抄本

线装。抄本。一卷一册。开本：24.8厘米×13.7厘米。共36页72面，每面8行，每行24字。封面、封底全。内容完整。封面左上题"猛将卷"，右上题"一九九六年岁次丙子　孟夏月上旬　立抄"，中下题"太原记录"。卷首有《刘佛寿哭五更》。卷首无题。卷末题"公元一九九六年岁次丙子孟夏月上旬士明涂录"。卷后附《猛将诰》。

开卷。开卷偈："《猛将宝卷》始展开，在台佛圣降临来。在堂大众端然坐，闻言杂语要去开。"

正文：散说、七言诗赞。

结卷。结卷偈："朱氏金宝两恶人，自己投河命归阴。海里江潭何人做，就是金宝晚娘身。后来大神归原位，封为猛将刘大神。种田人家家家敬，家家田稻十分收。到了秋季待猛将，唐朝古迹到如今。大神原来仙童子，传流后世莫欺人。《猛将宝卷》已宣完，大神听见喜心欢。神欢佛喜消灾障，一年四季保平安。

《猛将宝卷》宣元□，在堂大众也喜欢。斋主人家身健康，四时八节保平安。"

089《孟姜女宝卷》，又名《万里长城宝卷》《孟姜仙女宝卷》《孟姜宝卷》

秦始皇建造万里长城，上天罗鸡宫芒童仙官和仙姬宫七仙姑见下界民众遭受苦难，相约下界解救万民。芒童仙官先行下界投生到苏州府员外万天心家，取名万喜良。松江府华亭县孟家庄有一个姜婆婆，年近八十，无儿无女，家中地基与孟员外家连边。孟员外家人孟兴种的南瓜瓜藤爬到姜婆婆家地里结出一个南瓜，姜婆婆用心照料，南瓜长得硕大无比，七仙姑就此投生南瓜之中。姜婆婆见南瓜成熟，要摘下来，孟兴也来争。争执不下之际，瓜中蹦出一个女婴，俊秀无比，孟员外夫妇也是没有子女，甚是喜爱，要抱回家抚养，姜婆婆不让。两家争执不下，姜婆婆报官。华亭县主查实，瓜是孟家种，寄在姜家地上长，女婴是从瓜中出，遂取名孟姜女，规劝两家不要再争论。孟员外主动接姜婆婆和孟姜女进门共为一家。姜婆婆活到八十五岁，去世后，孟员外视孟姜女为自家女儿。孟姜女长到十六岁，针线、绣花样样都能。孟员外为小女选婿，孟姜女不肯，只愿修行。玉帝差太白金星下界散播童谣："姑苏有个万喜良，一人能抵万民亡。后封长城做大王，万里长城永坚刚。"丞相李斯将童谣上报始皇，始皇下令捉拿万喜良去修长城，万员外夫妇连夜送喜良出逃。喜良白天躲避，夜晚赶路。一日，孟姜女到后花园赏花不慎跌落水池，被在花丛中藏身的喜良救起。孟员外见喜良人才出众，自己又与万员外是旧识，遂将孟姜女配与喜良。成婚当日，钦差得知消息，拉走喜良。喜良被押到长城，秦始皇封喜良为万里侯、万王尊神，将他下葬于长城脚下，以威镇长城。孟姜女思念夫君，一路哭到长城，哭倒长城一片。始皇传孟姜女到宫中，见其美貌，欲招为正宫。孟姜女假意应承，要始皇建造万王宫。孟姜女借祭奠夫君万喜良之际，投身入火。观音引度二人升天，回归天庭原位。

版本共1种：

民国石印本

线装。石印本。一卷一册。版框：17.6厘米×11.5厘米。共12页24面，每面17

万喜良　　孟姜女

《孟姜女宝卷》民国石印本

行，每行32字。白口，单鱼尾，四周单边。书口题"孟姜女宝卷"。缺封面、封底。内容完整。书名页中大字题"孟姜女宝卷"，右中题"万里长城宝卷"。书名页背面有书中人物孟姜女、万喜良画像1幅。卷首题"孟姜仙女宝卷"。卷末无题。

开卷。"昔迷今悟亮堂堂，三宝是慈航。一炷圣香，皈礼法中王。"开卷偈："《孟姜宝卷》初展开，诸佛菩萨坐莲台。善男信女虔心听，增福延寿得消灾。"

正文：散说、七言诗赞。

结卷。结卷偈："《孟姜宝卷》宣完成，在会个个发道心。年幼听得学恩义，忠孝廉节万古名。年长听得发慈念，舍身度众不口空。但看喜良宏愿大，仙女贤良世无双。孟姜节义天下少，留得芳名万古存。诸位听得《仙女卷》，寿也增来福也增。"

090《弥陀宝传》

弥陀佛乃是三清化身，在天台山苦修成正果。弥陀不忍世人遭难，上奏玉皇大帝，自愿下界度化众生。弥陀许下四十八愿度众生。后附《关圣帝君十字文》。

版本共1种：

清光绪三十年（1904）今古堂刻本

线装。刻本。一卷一册。版框：19厘米×11.6厘米。共30页60面，每面11行，每行23字。黑口，单黑鱼尾，四周单边。书口题"弥陀传"。封面、封底全。内容完整。封面题"弥陀宝传"。内封右上题"光绪三十年重刊"，中大字题"弥陀宝传"，左下题"板存节烈业木牌坊今古堂"。卷首题"弥陀传全部"。卷末无题。

开卷。无开卷偈。

正文：散说、诗赞（七言、攒十字）。

结卷。无结卷偈。

光緒三十年重刊

彌陀寶傳

板存郎烈棠牌坊 今古堂

《弥陀宝传》清光绪三十年（1904）今古堂刻本

091《弥陀真经》

经卷类宝卷，无具体故事情节。

版本共1种：

民国上海大观书局石印本

线装。石拓本。一卷，与民国上海大观书局石印本《花名宝卷》同册。共2页4面，每面18行，每行37字。书名页下题"弥陀真经"。卷末无题。

开卷。无开卷偈。

正文：通篇七言诗赞。

结卷。无结卷偈。

092《蜜蜂记》，又名《蜜蜂记宝卷》

苗家兄妹俩苗青、苗凤英，自小父母双亡，由叔叔抚养。苗青长到十四岁，被叔叔赶出家门，在外流浪，乞讨为生。小妹苗凤英被叔叔卖到董家做儿媳妇。董家二老心肠好，待凤英如亲生。凤英也待董家二老如亲生父母，侍奉尽孝。婚后三年婆婆去世，公公娶了后娘。后娘年轻，引诱调戏凤英丈夫董良才不成，找董公诬告良才调戏自己，董公不信，后娘便身涂蜂蜜到后花园，让董公藏在假山后面。后娘在花园引得蜜蜂上身叮咬，浑身拍打，良才路过上前帮忙，后娘哭着让董公出来，幸得凤英及时赶到，揭穿后娘骗局。后娘在馒头里下毒，让凤英端给董公，并先于凤英告知董公，诬陷良才在馒头中下毒。待凤英端来馒头，后娘先让家中黄狗食之，黄狗当场被毒死，董公以为儿子要害自己，要勒死良才。良才头现白虎星，董公和后娘当场被吓昏过去。凤英到厅堂看到丈夫和公公婆婆都昏倒在地上，解开丈夫绳索，用剑刺死自己。良才醒来见凤英浑身鲜血，担心父母醒来怪罪于自己，连夜出逃。良才从未出过远门，凤英阴魂到城隍庙中借来红灯笼为丈夫引路。天放亮，良才路遇小舅子苗青，二人结伴同行，夜宿和尚庙，当家和尚见财起意，夜间要害二人，被苗青杀死，苗青逃脱，良才被众和尚扭送至官府，打入监牢。凤英阴魂到地府，阎王知其受冤，因其尸体已坏，准其借尸还魂。湖南邓家庄邓小姐年方十九岁，在后花园荡秋千，跌落地下摔死。凤英到邓家借尸还阳。邓家二老待凤英如亲生。良才在狱中一年多，玉帝派太白金星下界搭救。太白金星施法，刮起一阵狂风，将良才带出牢房，送到邓家庄邓员外家后花园，凤英与良才夫妻得以重逢。邓员外得知原委，操办二人婚事。良才在邓家苦读，大比之年应考得中头名状元，喜报送到董家，董公羞愧，后娘上吊自尽。良才接回董公到邓家庄居住，夫妻奉养三位老人。

版本共1种：

抄本

线装。抄本。一卷一册。开本：19.86厘米×14.3厘米。共18页36面，每面8行，每行14字。封面、封底全。内容完整。封面题"蜜蜂记（借尸还魂）"。卷首无题。卷末无题。

开卷。开卷偈："《蜜蜂记宝卷》初展开，诸佛菩萨降临来。奉请各位身坐定，我将小卷宣分明。"

正文：诗赞（七言、攒十字）。

结卷。结卷偈："状元报单发到董家府，晚娘听见胆心惊。我道畜生白虎吃，原来被他逃出门。今日他已中状元，定要拿我不太平。晚娘急得无路走，手拿麻绳扣死命归阴。从此董员外他到邓家去，金银财宝带动身。家人使女都领去，二家合并喜气生。厅堂摆起团圆酒，合家老小领杯巡。善有善报从古有，恶有恶报古来文。凤英吃得苦中苦，借尸还魂做夫人。良才死里逃性命，得中状元第一名。董氏晚娘心肠毒，上吊自尽命归阴。千经万卷劝人为善，不可横行害良民。《蜜蜂记宝卷》宣完成，听宣宝卷福寿增。"

093《妙英宝卷》

宋太宗年间，东京太平庄员外徐文庆，年四十，妻子刘氏，生一女名妙英，聪明伶俐，容貌非凡，从小持斋念佛。妙英长到十六岁，徐员外因膝下无子，欲招女婿上门以传香火。妙英一心皈依佛门，宁死不愿招婚婚配。姨娘刘氏做媒，将妙英说与东京城内王百万家独子王承祖。元宵当日，徐员外夫妇假借让妙英陪看灯会之名，将妙英抬入王府与王承祖拜堂成亲。妙英向上苍祷告，灵山教主差雷公电母行飞沙走石，带妙英至白云山修行。徐员外状告王承祖杀妻藏尸。承祖被屈打成招，打入死牢。当年恰逢丰年，太宗大赦天下，承祖被免除死罪，发配西陲充军。两个公差押解承祖西行一千多里，到白云山投宿，遇到在此修行的妙英。承祖心愿皈依佛门，拜妙英为师，取法名妙静。两公差回转东京分别告知徐府和王府妙英未死、承祖无罪之事。徐员外夫妇和王百万欢喜不已，散尽家财，共赴白云山，情愿向佛。知府柳太爷自知办案有失，冤屈承祖，遂辞官，也赴白云山修道。柳太爷、徐文庆、王百万、刘氏在白云山受妙英点化，皈依佛门，分别取法名妙智、妙润、妙德和妙修，各各得道，修成正果。太宗闻听此事，龙颜大悦，下旨在白云山广修殿宇。众官百姓都持斋向善，天下太平安康。妙英功德圆满，升天成为白衣大士。

版本共1种：

清刻本

线装。刻本。一卷一册。版框：21.3厘米×13.7厘米。共40页80面，每面9行，每行17字。黑口，单黑鱼尾，四周双边。书口题"妙英宝卷"。缺封底。内容完整。封面无题。卷首题"妙英宝卷全集"。卷末题"妙英宝卷终"。卷后附《嘉兴倪秀章六代持斋拯火有求必应志》及《张德方劝世文》两篇劝世文。

开卷。开卷偈："《妙英宝卷》始展开，大众诚心念如来。卷中句句消灾障，妙谛行行灭罪晦。今日虔诚开宝卷，能消八难免三灾。三宝佛天齐欢喜，诸佛菩萨坐莲台。"

正文：散说、诗赞（七言、攒十字）。

结卷。结卷偈："妙英立愿起修行，白云山上得成真。寅年正月初三日，白日升天驾祥云。半天金光吹仙乐，白衣大士上天庭。太守百万皆成道，员外后来得成真。出家妙静王承祖，著末后来上天庭。庆金众生千千万，西方佛国见世尊。一女修成超九祖，九宗七祖尽超升。白云山上修成道，万古流传到如今。大众虔诚增福寿，四时八节保安宁。忏悔三障皆消灭，三途八难尽除根。碧天云散家家月，大地回春处处新。铁杵磨针工深就，山河全露法王身。人能修得成

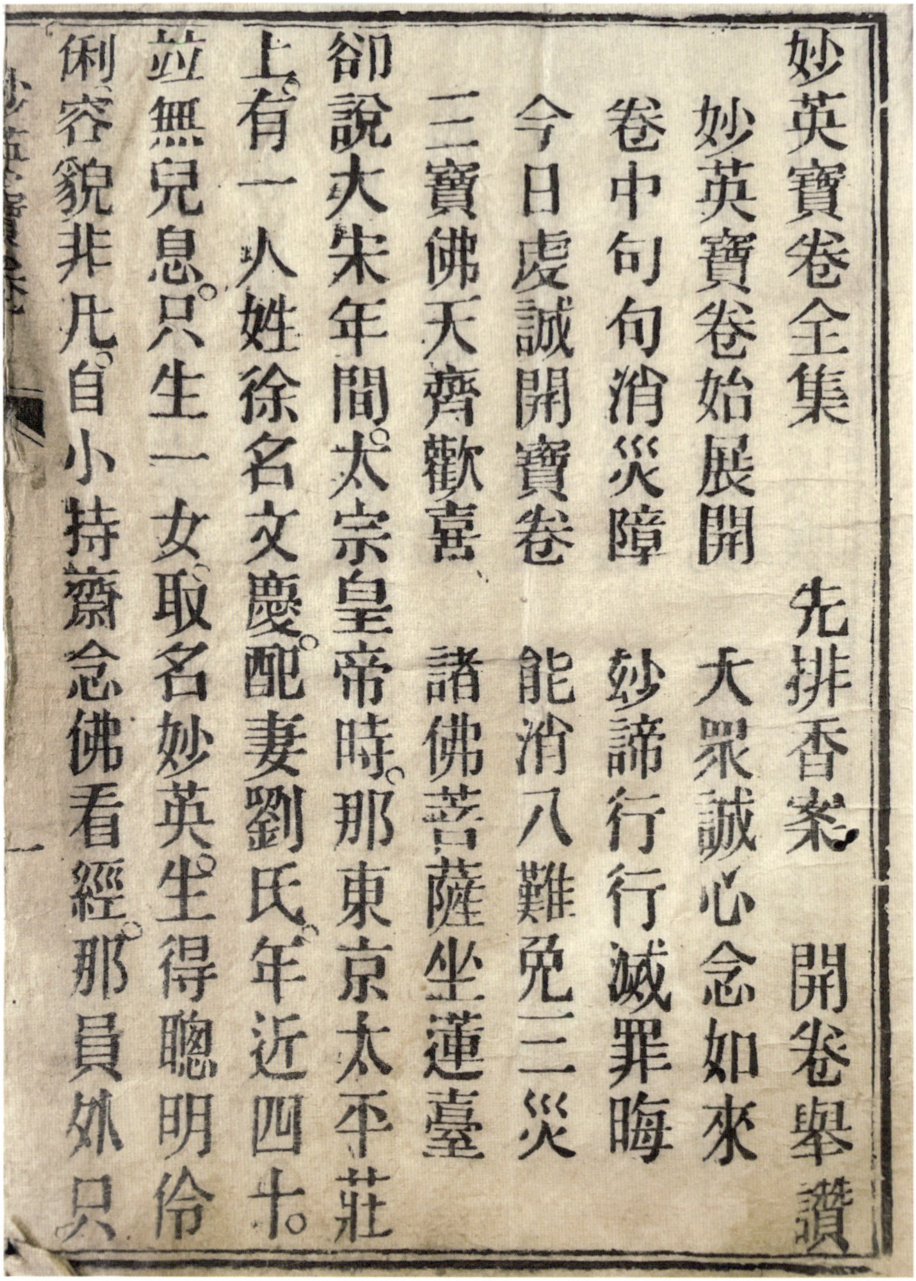

妙英寶卷全集

妙英寶卷始展開　先排香案　開卷舉讚

卷中句句消災障　大眾誠心念如來

今日虔誠開寶卷　妙諦行行滅罪愆

三寶佛天齊歡喜　能消八難免三災

卻說大朱年間太宗皇帝時　諸佛菩薩坐蓮臺

上有一夫姓徐名文慶配妻劉氏年近四十。那東京太平莊

並無兒息只生一女取名妙英坐得聰明伶

俐容貌非凡自小持齋念佛看經那員外只

《妙英宝卷》清刻本

正果，轮回六道永除根。谁人学得妙英样，真心说法度众生。度尽众生成佛道，西方佛祖喜欢心。《妙英宝卷》宣圆全，在堂大众福寿宁。今朝听了如意卷，善男信女尽回心。卷中句句消灾障，延寿赐福保安宁。四时八节风雨顺，万国九州永太平。"

094《目莲三世宝卷》，又名《目莲宝卷》《目莲卷》

内容提要见《幽冥宝传》。

版本共1种：

清光绪二十年（1894）成德堂藏板刻本

线装。刻本。三卷一册。版框：19.2厘米×11.5厘米。共77页154面，每面9行，每行22字。白口，单黑鱼尾，四周单边。书口题"目莲宝卷"。封面、封底全。内容完整。封面左上题"目莲三世宝卷"。内封大字题"目莲三世宝卷"，右上题"光绪甲午年冬月重镌"，左下题"成德堂藏板"。卷首无题。卷末无题。

开卷。举香赞："一炷真香举起来，登坛说法把经开。合堂男女静心听，降福延寿无后灾。"

正文：散说、诗赞（七言、攒十字）。

结卷。结卷偈："一家相会翠云登，父子三人大放声。幽冥教主生慈念，收为护法两边升。左边立的傅员外，右边立着目莲僧。刘氏青提后宫内，逍遥自在佛龛登。宣的本是《目莲卷》，龙华会上好修行。劝尔世人斋戒好，莫贪口腹杀生灵。闻声不忍食其肉，他肉焉能补我身。一日持斋荤不吃，犹如买物去放生。不言死后超三界，就是眼前乐太平。吸些清淡开花物，戒食马牛荤膻腥。不问朋侪兼亲辈，劝他安分读明经。皇天岂肯善人负，总是庸人自取刑。士农工贾照常做，娶室生儿一样行。上报先亡升极乐，下积阴功与子孙。久后百年归净土，落个贤名与世称。阴差猛鬼忙拱手，就是冥官也起身。层层地狱逍遥过，马面牛头远远迎。削去凡名登仙籍，西天挂榜地抽丁。迎他三十三天外，龙会灵山伴世尊。一本《目莲卷》宣了，合堂大众保安宁。恐其错字错章句，再补《往生》与《心经》。"

宿迁运羽书馆藏宝卷

209

《目莲三世宝卷》清光绪二十年（1894）成德堂藏板刻本

N

095《拈花宝卷》，又名《拈花接引收圆宝卷》

共有《同登拈花示众品第一》《玉佛说下生品第二》《玉佛问根源品第三》《古人弗叹修行品第四》《扫邪除妖品第五》《佛叹末劫品第六》《佛叹教法归一品第七》《玉帝定劫品第八》《交宫过品第九》《达本答查品第十》等十品劝说经文。

版本共1种：

民国抄本

线装。抄本。一卷一册。开本：25.5厘米×14.7厘米。共54页108面，每面10行，每行31字。封面、封底全。内容完整。封面无题，封面背面题"拈花宝卷"。卷首题"三佛说拈花接引收圆宝卷"。卷末无题。卷后附《了劫经》《定劫经终》《观世音菩萨保家门经》《十二月采茶歌》《中国武当山真武祖师真经宝训》《佛说日光经》《祖师经（元天上帝金科玉律真经）》等七篇经卷、劝善文。

开卷。开经偈："揭开《拈花卷》，诸神降来临。天神皆稽首，拥护弥勒尊。《拈花宝卷》非等闲，东土佛国开九莲。佛男佛女亲得遇，龙虎之年便团圆。宝卷内里说得明，细细详详不差分。看经着意须知味，末后根原总在经。一光变化满天涯，一性包括大恒沙。一字流出三藏法，一字还源到于家。"

正文：经文散说、诗赞（七言）。

结卷。结卷偈："不遵《收圆》真宝语，诽谤《收圆》不超升。贤良若有知心意，知根答本恭《收圆》。九洲汉地天心国，万善同皈古道场。无生宝地安心国，九龙潭头大说法。衙门地上讲根基，知识个个无决断。不是收圆真祖会，谁敢收圆治后天。若还踏着无生地，就是三佛龙华会。青天不见埋名等，跟我儒童了后天。交宫过渡天地明，另改阴阳别立天。"

拈花宝卷　開經偈

揭開拈卷、諸神降來臨

天神皆擁苗，擁护弥勒尊

拈花宝卷非等閑，東土佛國開九蓮，
佛男佛女親得過，龍虎之年便团圓。

宝卷内里說得明，細細祥祥不差分，
看經着意須知味，末后根忿（原）在　經

一光变化满天涯　一性包括大椢沙

《拈花宝卷》民国抄本

P

096《潘公宝卷》，又名《潘公免灾救难宝卷》《免灾宝卷》

苏州府潘中堂的大少君潘功甫世代积德行善，戒杀放生，科甲连绵，状元、宰相人才辈出。潘公预知苏州城将有大旱，早早在苏州城内各处掘井数十口。到秋间，苏州城果然大旱，河中无水，全亏潘公开凿的井救活了城内数十万百姓，当时人人赞潘公如神仙现世。忽一日，在井内开出佛像四尊，分别是释迦牟尼佛、观世音佛、阿弥陀佛和弥勒佛，石杯两双，古瓶两个，潘公见了，晓得以后还有大难，遂做成《十年报恩太平曲》一篇，广传四方善男信女，以免除灾难。潘公升天之后，各众诚拜敬奉之心不减，潘公也是依然时时记挂世间众亲。淡然生是苏州城内一个善士，素行施斋，历来隐名。淡与潘两家是亲戚，两人也是知己。潘公坐化升天后，第二年正月初一三更时分，忽有一个青衣人领淡然生至一处殿宇，高房四面都堆有簿册，写的批的有二三十人。潘公端坐中间，告知淡然生世间众生孽障深重，大灾将到，让淡然生转告众生，应当发愿改过为善，多积功德，每家每日早晚点三炷香。第一炷香要求皇上万岁干戈永息；第二炷香要求年岁丰登，瘟灾消释；第三炷香要求改过立愿之人免灾免难。淡然生醒来知是潘公托梦，随即将此一段因由传告四方，广行劝化，又将潘公嘱咐的十二条好话及其平日所写十六条劝世金言录出，广传众人。

版本共1种：

清光绪元年（1875）刻本

线装。刻本。两卷一册。版框：18.1厘米×11.5厘米。共50页100面，每面9行，每行20字。黑口，单黑鱼尾，四周单边。书口题"潘公宝卷"。封面、封底后封。内容完整。封面左上题"潘公宝卷"。内封大字题"潘公宝卷"，右上题"光绪乙亥年冬重镌"。卷前有《序》。卷首题"潘公免灾救难宝卷"。卷末无题。

开卷。开卷偈："《免灾宝卷》乍宣扬，满堂善气降祯祥。潘公救世婆心动，西归托梦到家乡。劝人快把心头摸，改过立愿细思量。富者出钱行好事，穷人好话换心肠。若能依了潘公话，无灾无难保安康。有缘来听《免灾卷》，息心

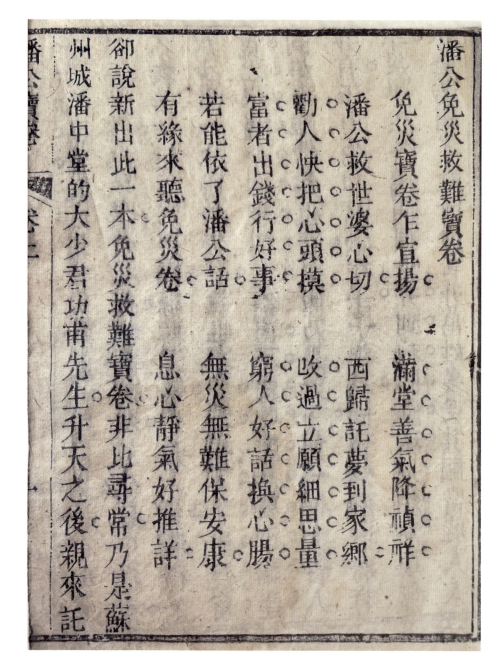

潘公免災救難寶卷

免災寶卷乍宣揚。潇堂善氣降禎祥。

潘公救世婆心切。西歸託夢到家鄉。

勸人快把心頭摸。改過立願細思量。

富者出錢行好事。窮人好話換心腸。

若能依了潘公語。無災無難保安康。

有緣來聽免災卷。息心靜氣好推詳。

卻說新出此一本免災救難寶卷非此尋常乃是蘇

州城潘中堂的大少君功甫先生升天之後親來託

《潘公宝卷》清光绪元年（1875）刻本

静气好推详。"

正文：散说、诗赞（七言、攒十字）。

结卷。无结卷偈。

097《蟠桃卷》

三月初三，王母娘娘召众仙共赴蟠桃会，众仙拜问原由。王母娘娘详细解说。元始天尊、观音老母、无极老母等众仙分别落凡，普渡有缘人。

版本共1种：

清刻本

线装。刻本。一卷一册。版框：15厘米×10.6厘米。共46页92面，每面8行，每行16字。黑口，单黑鱼尾，四周双边。书口题"蟠桃卷"。封面、封底全。内容完整。封面题"蟠桃卷"。卷首前有《太上老君序》《洁静子序》。卷首题"蟠桃卷"。卷末无题。

开卷。"三月蟠桃天，老母好心酸。想其九二子，有意差群仙。"无开卷偈。

正文：散说，诗赞（五言、七言、攒十字）。

结卷。结卷偈："红尘世龙华会世人不懂，三期至不修行难回家门。吾今差众菩萨下凡度您，听蟠桃吃长斋速速修身。命弥勒领合同速下尘世，莫畏磨莫畏考领众回郡。无元佛闻听说倒身下拜，辞老母眼懂泪湿透衣衿。泪汪汪领合同落凡去了，疼了那瑶池母两泪纷纷。咱母子瑶池宫今日分手，又不知到何年才回家门。送一步哭一声离娘去罢，佛回头见金母大放悲声。又只见命侍仙来把壶捧，眼懂泪手提酒与佛饯行。弥勒佛手接酒跪在天境，儿落凡娘饯行好不安宁。儿又怕红尘世酒色财气，倘若是迷住了怎救残灵。无奈何饮一杯泪珠又倾，百叩首辞金母难舍天宫。我再说红尘世不渡男女，三月三瑶池母哭坏天宫。母子两难割舍号啕悲痛，忽听得昆仑顶钟鼓齐鸣。金母说三期至不得不往，催行鼓噌噌响哭下天宫。弥勒佛恍惚间落凡下世，离了母舍了娘不能相逢。母回宫祖落凡来渡男女，为皇胎迷在世佛不安宁。"

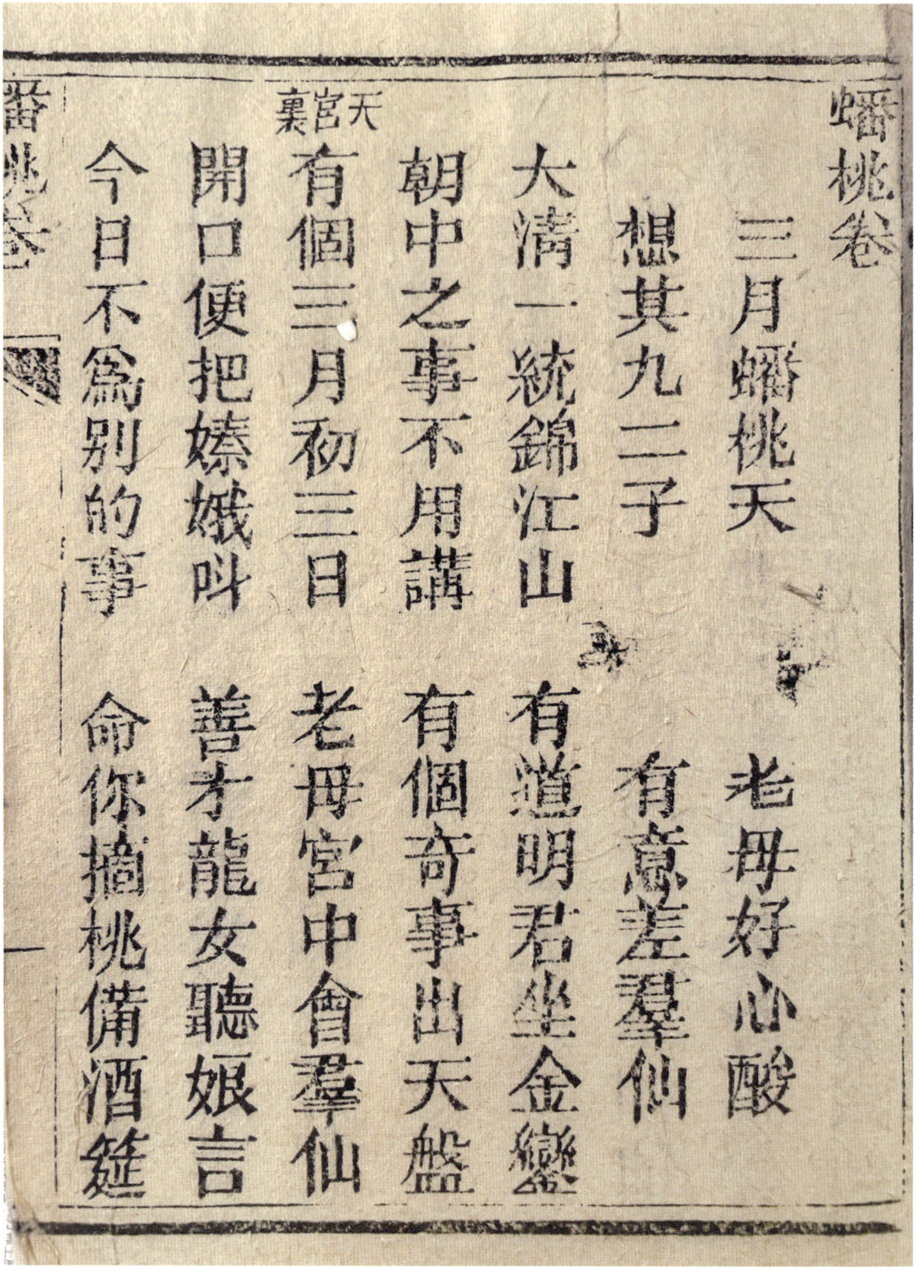

三月蟠桃天　老母好心酸

想其九二子　有意差群仙

大清一統錦江山　有道明君坐金鑾

朝中之事不用講　有個奇事出天盤

天宮裏　有個三月初三日　老母宮中會群仙

開口便把嫦娥叫　善才龍女聽娘言

今日不為別的事　俞你摘桃備酒筵

《蟠桃卷》清刻本

098《庞公宝卷》

汉明帝时，湖广襄阳府襄阳县人氏庞蕴，字道玄，一生行善，生一男一女，长子庞呆，次女灵招，一家各有善心，广布善事。上界有五百罗汉，私出天门，往北海沃燋山下观看地狱情形，返回西京，路过铁固山溪潭，遇杜康仙人正在酿造美酒，一时贪图口腹开酒戒，被阻南天门。阿罗揭帝传玉帝法旨，贬五百罗汉去东土，变为螺蛳，受火途汤途刀途百日之苦，方可返归原职。庞公夜梦五百罗汉求救，早上到街上见一双孩童提竹篮叫卖螺蛳，买下一数正好五百个，到家中放生在后园荷花池中。百日期满，五百罗汉回归天庭，宝头卢尊者和波多那尊者分别向庞公赠送聚宝盆和摇钱树作谢。自此庞公家中金银财宝堆积如山。庞公布告众人均可来借贷，不用中保，不收利息，有则还之，无则不追，乡人争相借贷。河南豫州荆山孝悌村一进京赶考秀才不第，无回家盘缠，向庞公借贷。庞公借给纹银三百两，并借给毛驴一头。秀才赶驴，驴不前行，并开口说话："与你宿世无因果，不做来世对头人。"秀才惊奇，问驴原因，驴告知自己前世借庞公谷一石，三世作驴还不清。秀才醒悟，回转将银两归还庞公。灵招和父兄同到终南山，拜嵩隐禅师学道修行，庞婆不去，只是自己在家念经。庞公家人传心、用心二人携金银外逃，各怀鬼胎，互害皆死。灵招让父亲建造大船，装上聚宝盆和金银财宝沉入大海，波多那尊者也收回摇钱树。家中大屋遭遇大火，化为灰烬，全家在南山搭三间茅屋居住。庞公编织竹篱，庞呆锄地种田，庞婆纺纱绣布，灵招帮父亲外出叫卖竹篱。无为寺当家和尚丹霞常买灵招竹篱，对灵招心动，灵招用观音像铺床、用《法华》经卷作枕来度化丹霞，丹霞见之悔悟。灵招随母亲一起念经，再度劝化母亲，拜嵩隐禅师修行。丹霞和尚在武昌菩提寺火烧木雕佛像，度化四十九名和尚与之一起回转上界，复归罗汉职位。庞公、灵招、庞婆在家坐化成仙，邻居黄明先生告知庞呆，正在锄地的庞呆闻后坐化升仙。

版本共1种：

清光绪三十一年（1905）刻本

线装。刻本。两卷一册。版框：16.4厘米×10.5厘米。黑口，单黑鱼尾。四周

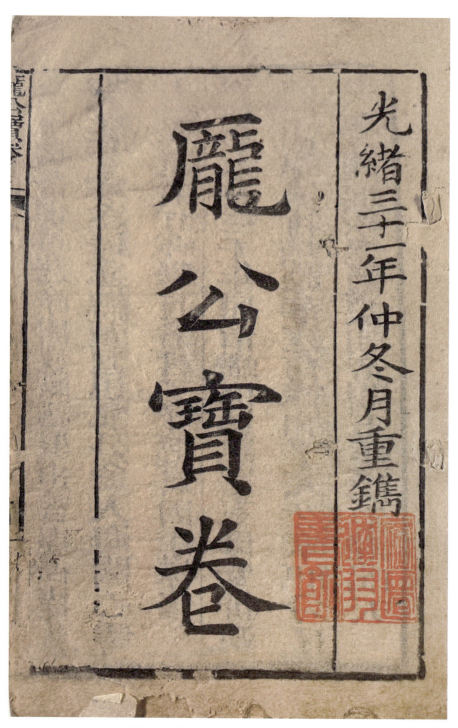

光緒三十一年仲冬月重鐫

龐公寶卷

《庞公宝卷》清光绪三十一年（1905）刻本

双边。书口题"庞公宝卷"。共48页96面，每面9行，每行22字。封面、封底全。内容完整。内封中大字题"庞公宝卷"，右上题"光绪三十一年仲冬月重镌"。卷末无题。

开卷。开卷偈："《庞公宝卷》今展开，诸佛菩萨降临来。善男信女虔诚听，增福延寿得消灾。今日有缘共相会，听后须把善根栽。静听卷内因由事，慢把唠叨家务谈。苦乐顺逆前生定，富贵贫穷天安排。此刻听卷休提起，自然祸去福从来。前生不修今生苦，今世不修后世灾。但看卷内因由事，丝毫报应不虚怀。"

正文：散说、诗赞（七言、攒十字）。

结卷。结卷偈："丹霞若无招女引，焉能引度五十尊。有缘同上龙华会，有分共登莲九品。借名做斋来报恩，邀众团圆共飞升。白云暖暖空中现，庞公庞婆显金身。一对兄妹分左右，来迎罗汉众多僧。今日做斋齐团圆，个个白日去飞升。送神焚帛凡火引，一道红光透天明。焰焰三昧来焚化，约相凡间不留踪。挽手共赴蟠桃宴，五百罗汉齐相逢。不提当年旧古事，共结有缘有分人。亲奉如来亲法旨，三官接招安位分。五百五十阿罗汉，不堕十缠归本真。不贪富贵庞居士，如今封你无碍尊。红尘不染灵招女，封你清静微妙尊。慈悲摄受不厌苦，庞婆封为解脱尊。庞呆封为调御师，受享极乐永无穷。立体投地齐谢佛，绕佛三匝念千声。卧云仙女天花散，地涌金莲步步增。狮吼象鸣推法座，各登宝座返无生。《庞公宝卷》宣团圆，三会龙华愿同登。上祝皇帝万万岁，后妃太子永长春。在堂善男并信女，持斋念佛要虔心。但看庞家都成佛，何不同做佛家人。果然虔诚无退悔，许你莲台上品乘。"

099《琵琶宝卷》，又名《赵五娘琵琶宝卷》《琵琶记宝卷》《赵五娘》《贤孝宝卷》《赵氏贤孝宝卷》

汉朝年间，陈留人蔡邕娶妻赵五娘，五娘贤孝双亲，蔡邕攻读诗书。大比之年，经父亲及亲朋的劝说，蔡邕赴京应试，高中状元。当朝大学士刘中丞强招蔡邕为婿，蔡邕无奈答应，派家奴牛兴先行携带银两回家报信，牛兴半路携银两出逃。赵五娘在家照顾双亲，遇大灾之年，家中断粮。五娘回娘家借粮遭拒，只能每日外出做工、替人缝制衣物换钱维持生计。五娘将米粥细粮给公公婆婆吃，自己背地里吃粗糠。婆婆怀疑五娘背着自己偷吃细粮，尝吃粗糠被噎死。公公得知徐氏去世，也伤心而亡。五娘剪去自己的头发卖钱安葬二老后，手捧公婆画像，身背琵琶，一路弹唱乞讨到京师找寻丈夫，到京后栖身弥陀寺。蔡邕夜间梦见父母，心中不安，去弥陀寺烧香，五娘避之不及，画像失落，被蔡邕拾得带回家中。五娘因冲撞状元，被寺僧撵出，慈悲庵碧莲师太将五娘收留在庵中打杂。刘小姐见夫君烧香回来后面对画像闷闷不乐，去拜访碧莲师太，在慈悲庵与五娘相认，得知实情，带五娘回府中与夫君相见。蔡邕悲喜交加，上奏皇帝实情并请罪。皇帝赦其无罪，亲旨赐封五娘为贤孝一品夫人，赐建贤孝功德牌坊两座，恩赐蔡邕皇银五万两并允其携两位夫人回乡祭祖，赈济灾民。

版本共3种：

一、民国上海文益书局石印本

线装。石印本。两卷两册。版框：18厘米×11.5厘米。共25页50面，每面16行，每行32字。白口，单黑鱼尾，四周双边。书口题"琵琶宝卷"。封面、封底全。内容完整。封面左上题"琵琶宝卷"，中下题"周永诵"。内封题大字"赵氏五娘琵琶宝卷"。扉页题"上海文益书局"。卷首前有书中人物绣像2幅，分别是蔡老员外、蔡老夫人、张公1幅，蔡伯喈、赵五娘1幅。上卷卷首题"赵氏贤孝宝卷上集"，下卷卷首题"赵氏贤孝宝卷下集"。卷末题"愿以此功德，普及于一切。我等与众生，皆共成佛道"。

开卷。上卷开卷偈："《贤孝宝卷》初展开，奉请诸佛菩萨降临来。善男信女虔诚听，增福延寿免消灾。"下卷开卷偈："宝卷重开接前因，诸佛未退设坛庭。善男信女虔诚听，回家百事可安宁。"

正文：散说、七言诗赞。

结卷。上卷结卷偈："畜生吓临行之时对你说，榜上有无早回程。音信全无殊难卜，路途虽险岂无音。可怜吓思儿思得肝肠断，望儿望得眼花昏。离家言语全不记，忘却二老一番心。亏得媳妇行孝道，不然爹娘早亡身。爹娘在世常有病，看来不能命长存。早来今日还有见，迟来要见万不能。若要爹娘来见面，除非纸上见双容。畜生吓可恨你今心太狠，抛妻撇母不回程。养儿防老人之礼，岂知如今一旦空。公婆休得多悲苦，儿夫总有相会期。《贤孝宝卷》分上下，割股救婆下卷听。"下卷结卷偈："皆因赵氏多孝道，报奏朝廷好万人。蔡府一家多行善，想得微时实伤心。五娘此时多好佛，起造庙宇佛装金。舍粥舍饭舍锦衣，修桥修路修凉亭。善人原是有善根，善孝二子有收成。过往神祇云端行，慧眼观看善孝门。值日功曹来启奏，启奏玉皇圣帝闻。玉帝赐他子孙昌，赐他汉中为勋臣。赐他二妻如松柏，赐他祖先早超生。赐他父母登仙界，赐他福禄得绵绵。蔡氏一家多修善，赐他儿孙满堂前。赵氏所生二男女，牛氏所生三个儿。蔡邕柯亭有旧迹，文姬女才颇有名。《贤孝宝卷》到此全，阿弥陀佛宣团圆。一心常把弥陀念，同往西天极乐天。"

二、民国上海惜阴书局石印本

线装。石印本。两卷两册。版框：18.5厘米×12厘米。共16页32面，每面20行，每行40字。白口，四周单边。封面、封底后封。内容完整。封面左上题"琵琶宝卷"。内封中题大字"绘图琵琶记宝卷"，右上题"精校无讹"，左下题"上海惜阴书局印行"。扉页有书中人物蔡伯喈、赵五娘、牛云雾、徐氏安人、使女绣像绘图1幅。卷首题"赵五娘琵琶记宝卷"。卷末无题。

开卷。上卷开卷与前述版本（一）同。下卷开卷偈："宝卷重开接前因，诸佛未退设坛庭。善男信女虔诚听，回家百事可安宁。一句弥陀在口边，不费功夫不费钱。奉劝世人勤念佛，何愁难到佛祖前。"

正文：散说、七言诗赞。

结卷。上卷结卷偈："蔡老夫人启口将言说，相公你且听原因。并不媳妇街坊走，只为贫苦度光阴。可怜一片孝心惟天告，方得你我免饥馑。有日外出做针黹，或而与人做女工。日前帮邻调饭菜，那时在外洗衣衿。目下柴米真昂贵，无处可以趁一文。可怜说到此处夫人哭，权做乞求过光阴。好个孝顺贤媳妇，世上难寻第二人。相公休要来多说，切莫冒犯媳妇身。蔡公听说重重怒，开口就骂老贱人。媳妇青春年少女，当做街坊乞吃女。此刻叫我心不忍，被人笑谈做

牛雲霧
蔡伯喈
趙五娘
使女
徐氏安人
張公道
蔡安

《琵琶宝卷》民国上海惜阴书局石印本

下等。蔡夫人开口将言说，媳妇并非作歹人。相公且息雷霆怒，休要埋怨五娘身。只谓你我受饥饿，出于无奈极孝心。米粥与我二老吃，自吞糟糠过光阴。相公你若不相信，但看媳妇憔瘦形。好个贤德孝媳妇，世上无寻第二人。蔡公听说一番话，不觉怒气渐消平。开言便把媳妇叫，为公有言你且听。我家门楣休要破，首格尚在大门庭。求乞且是你来做，外观不雅遗笑人。汝婆之言多短见，妇人之愚事不宜。看你一片行孝道，公婆方可得安宁。二老忍可来饿死，清贫乐死有芳名。千心求得锱铢利，多累妇道失闺训。为公缓言吩咐你，以后不许出门庭。"下卷结卷缺。

三、1979年吴兴麟抄本

线装。抄本。两册两卷。开本：27.2厘米×19.4厘米。共64页128面，每面11行，每行16—18字。封面、封底全。内容完整。上卷封面左上题"贤孝宝卷卷上"，下卷封面题"贤孝宝卷卷下"，中下题"吴兴麟置"。卷前内封页左上题"琵琶记"，右下题"己未年桃月立"，中下题"吴兴麟置"。上卷卷首题"赵氏贤孝宝卷上集"，下卷卷首题"赵氏贤孝宝卷下集"。上卷卷末题"赵氏五娘贤孝宝卷上集终"，下卷卷末题"贤孝宝卷全集终"。

开卷、正文、结卷与前述版本（一）同。

100《铺堂宝卷》

经诵类宝卷。无具体故事情节。内容主要是经诵诗赞铺堂二十四司。

版本共1种：

抄本

线装。抄本。一卷一册。开本：19.6厘米×13.5厘米。共29页58面，每面21行，行字不等。封面、封底全。内容完整。封面中题"铺堂宝卷"。卷首无题。卷末无题。

开卷。开卷偈："《铺堂宝卷》初展开，拜请诸佛降临来。斋主领上菩提路，直到安身直乐邦。"

正文：散说、诗赞（七言、攒十字）。

结卷。结卷偈:"《铺堂宝卷》讲完成,斋主家拜拜菩萨请起身。二十四司端然坐莲花,斋主家世世代代显荣华。圆满师菩萨摩诃萨,宝卷圆满注长生。"

按:此宝卷为得之于东台,内容流传于苏中、苏南的盐城、东台、泰州、靖江、无锡、江阴等地的民间宣讲本,主要以宣讲本、抄本为主,未见刊刻流传。

Q

101《七七宝卷》

宣论人命归阴之后有七七守灵之说。劝人在世间多行善事。

版本共1种:

民国上海何广记书局石印本

线装。石印本。一卷,与民国上海何广记书局石印本《回郎宝卷》合册。单面12页,每页16行,每行32字。内容完整。卷首题"新刻七七宝卷"。卷末附《七七卷偈》。

开卷。无开卷偈。

正文:通篇七言诗赞。

结卷。结卷偈:"有人宣得《七七卷》,十王殿上放毫光。在堂大众增福寿,过去爹娘往西方。为人要免轮回苦,早做好人好心肠。佛在云头亲观看,要救好人上天堂。"

102《麒麟豹宝卷》

明朝嘉靖年间,祥符县太平村方卿中状元后,被钦授七省查盘御史,与陈、华二夫人及小妾翠屏一家和睦生活。方家连生二子一女,长子方俊,次子方伩,小女方飞龙。方俊喜好读书,方伩、方飞龙喜好武枪弄棒。方御史夫妇四十岁寿宴上,由兵部王大人做媒,方俊与通政司裴天相家千金裴彩珍结亲,陈夫人将一方珍珠塔付于裴家作订婚凭证。朝中严嵩、罗林一众奸臣当道,罗林为报方忽然有日無常到，閻了門戶閉了窗。
閻王註定一更死，有錢難買四更往。
夫妻本是同林鳥，大限到來各飛往。
頭七來到秦廣王，滿堂兒女哀哀哭。
記得陽間多作惡，天大家私拿不去。
為善之人仙童護，一雙空手見閻王。
在世之人常念佛，孟婆莊上吃茶湯。
鬼門關前討受生，善人吃了如良藥。
在生不念彌陀佛，惡人吃下亂癲狂。
前面來到惡狗狗，惡狗如狼兩邊藏。
皮風燥癢脫衣裳，亡魂嚇得心膽顫。
惡犬咬得血肉傷，惡犬低頭避遠傍。
二七來到楚江王，判官要錢受悽惶。
有錢放你全身去，無錢敲打剝衣裳。
尸見罪人聲叫苦，冤家債主盡來撞。
有罪推入池中去，血湖地獄內放毫光。
念得血盆經萬卷，血湖池內放毫光。
三七來到宋帝王，四七來到伍官王。
超生爹娘上天堂，破錢山下好悽惶。
快薦父母免悽惶，將來破錢山上藏。
披枷戴鎖响叮璫，地獄遂放五免光。
陽間若有男女孝，六親眷屬哭悲傷。
黃泉路上真難當，七魂拿去無處用。
不還受生苦難當，念得血盆經萬卷。
奉勸陽間燒白紙，紙灰未冷真挑揚。
勸人早修大法王，吃素念佛存忠孝。
三年十月齋戒滿，念佛吃素無處用。
思量地獄千般苦，望見兒女披麻孝。
五七來到閻羅王，望鄉臺上好悽惶。
要歸家中歸不得，哭到臺上望家鄉。
善人金銀橋上走，惡人地獄好悽涼。

差來小鬼不貪嗔
誰人替你受無常

《七七宝卷》民国上海何广记书局石印本

卿杀害父亲罗同之仇，奏报方卿有反叛之心。皇帝下旨查抄方家，方卿被杀，陈夫人带二子一女出逃，一家饥寒度日。方俊长到十七岁，去襄阳裴家借银两作进京赶考之资。岳父裴天相悔婚，设计陷害方俊，方俊含冤入狱。方伦辞母去襄阳寻找大哥，在刁庄怒打地方恶霸刁龙，刁龙设计陷害方伦，将其骗入黑风洞，方伦在黑风洞斩杀蜘蛛精逃出。方伦路过怀庆府，与王涓大人之子王荣打擂相识，方伦受邀到王荣家做客，在王府收服麒麟豹，并与王家小姐王秀英结亲。方飞龙女扮男装离家去找二位哥哥，在桃花岭斩杀山贼头目，自立为王，接母亲陈氏上山暂住。方伦和方飞龙一起联手攻占襄阳，救出方俊。王涓大人上奏皇帝实情，皇帝抄斩罗林一众奸贼，赦免方俊兄妹。吕宋小国反叛，皇帝命方家三兄妹带兵征讨，得胜，吕宋兵败归降。皇帝封方伦为忠勇侯，封王秀英为一品夫人，收裴彩珍为御妹，招方俊为驸马并加封兵部尚书。皇帝还请王涓大人做媒，将方飞龙许配给皇子。方家兄妹三人奉旨回乡祭祖，全家护国安民，代代福禄安康。

版本共2种：

一、民国上海惜阴堂书局石印本

线装。石印本。两卷一册。版框：18.9厘米×11.8厘米。单面32页，每面18行，每行32字。封面、封底后封。内容完整。封面红色版画印刷，左上题"绘图麒麟豹宝卷"，右上题"宣讲劝善"。内封中大字题"绘图麒麟豹宝卷"，左下题"上海惜阴堂书局印行"，右下有钤印"宿迁运羽书馆"。扉页有书中人物方飞龙、裴彩珍、方俊、裴天相、方太太、方伦绣像1幅。上卷卷首题"后珍珠塔麒麟豹上集"。下卷卷首题"后珍珠塔麒麟豹下集"。卷末无题。

开卷。上卷开卷偈："《麒麟宝卷》初展开，诸佛菩萨降临来。在座善男信女听，增福延寿并消灾。"下卷开卷偈："后面还是接前因，在座诸公福寿临。一门欢乐光阴过，合宅平安保长春。"

正文：散说、七言诗赞。

结卷。上卷结卷偈："天相假意怒冲冲，大骂无耻小畜生。你在此处多优待，望你上进就功名。谁知你是下流辈，忘却在家受苦情。古云饱暖思淫欲，调

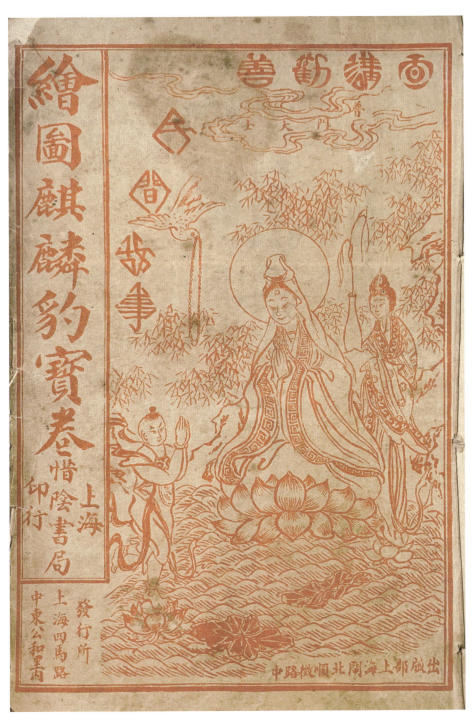

《麒麟豹宝卷》民国上海惜阴堂书局石印本

戏丫环当正经。红云不从将他杀，杀人抵命罪非轻。顷刻知县来到此，带你衙
中受苦刑。老夫半夜闻救命，还当他家左右邻。谁知杀人就是你，天明叫你到
公庭。外堂吵闹纷纷乱，夫人小姐面面觑。此刻天色已大亮，并不梳洗至中厅。
到了中厅来盘问，埋怨丈夫不该应。方俊乃是文弱辈，焉能提剑起杀心。他在书
房攻书读，那有奸淫这等情。显系此事栽害婿，老爷如何不察明。况且又是自
家婿，女儿终身怎样行。裘爷闻听夫人话，急忙回答不消停。人命大事你休管，
杀人偿命自该应。诱奸不遂将人杀，岂非玷辱我门庭。夫人赶快回房去，不必
替他担忧心。不提女婿犹自可，提起女婿恨伤心。夫妇二人正争辩，外面锣声
已到临。欲知后事如何样，下卷书中再表明。"下卷结卷偈："后来方俊生一子，
方伶也生二个男。方俊想起孙知县，罚他边外去充军。又把裘家接来住，奉养
终身二老人。太太年高八十岁，无疾而终命归阴。善恶到头终有报，劝人行善勿
行凶。此是后本《珍珠塔》，五百年前到如今。今日堂前宣此卷，合家大小免灾
星。增福延寿消灾劫，四季平安永长春。"

二、民国上海惜阴堂书局石印本（惜阴堂石印的不同版本）

线装。石印本。两卷一册。版框、内容与前述版本（一）同。封面黑色版画
印刷，版画内容、形式与前述版本不同。

103《麒麟送子》

劝善类宝卷，无具体故事情节。

版本共1种：

民国上海协成书局石印本

线装。石印本。一卷一册。版框：16.8厘米×10.2厘米。单面9页，每页16
行，每行28字。封面、封底全。内容完整。封面左上题"麒麟送子"，左下题"上
海协成书局印行"。卷首题"新刻麒麟送子"。卷末题"麒麟送子古人名完"。

开卷。无开卷偈。

正文：通篇七言诗赞。

结卷。无结卷偈。

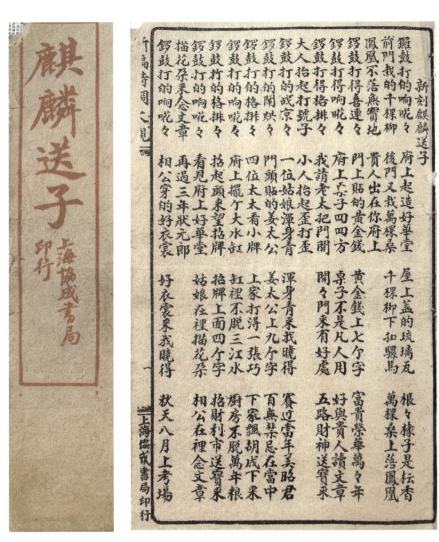

新刻麒麟送子

羅鼓打的響呢々　前門我的千棵柳　後門又我萬棵桑　鳳凰不落無寶地　貴人出在你府上　門上貼的黃金錢　府上栽子四四方　府上起造好草堂　屋上蓋的琉璃瓦　千棵柳下扣騾馬　根々椽子是枋香　萬棵桑上落鳳凰

鑼鼓打得喜連々　鑼鼓打得響呢々　府上裁子四四方　黃金錢上七个字　好與貴人讀文章　桌子不是凡人用　富貴榮華萬々年　閧々門來有好處　五路財神送寶來

鑼鼓打得格排々　我請老太把門開　大人抬起打號子　小人抬起歪打歪　一位姑娘渾身青　渾身青采我曉得　賽過當年美路君　百無禁忌在富中　姜太公上九个字　下家飄胡戚下來　廚房不脫萬年糧　招財利市送寶來　相公在裡念文章

鑼鼓打的或京々　門頭貼的姜太公　上家打淨一張巧　缸裡不脫三江水　招牌上面四个字　看見府上好草堂　再過三年狀元郎　姑娘在裡描花杂　相公在裡念文章

鑼鼓打的開燃々　四位太太看小牌　府上擺个大水缸　抬起頭來望招牌　描花杂來念文章　相公穿的好衣裳　好衣裳來我曉得　秋天八月上考場

《麒麟送子》
民國上海協成書局石印本（一）

《麒麟送子》民國上海協成書局石印本（二）

麒麟送子　上海協成書局　印行

宿遷運羽書館藏寶卷

229

104《千手千眼大悲卷》，又名《大悲卷》

本卷讲述妙庄王的三公主妙善行善孝亲，成为千手千眼菩萨的故事。

版本共1种：

清刻本

线装。刻本。一卷一册。版框：12.4厘米×9厘米。共37页74面，每面6行，每行10字。白口，单黑鱼尾。四周双边。书口题"大悲卷"。封面、封底后封。内容完整。封面题"千手千眼大悲卷"。书名页题"解结咒大悲咒"。卷首题"千手千眼大悲卷"，有钤印"宿迁运羽书馆"。卷末无题。

开卷。无开卷偈。

正文：通篇诗赞（七言、攒十字）。

结卷。结卷偈："皇姑说，若修行，却也容易。先发下，宏誓愿，就当合同。把心猿，与意马，牢牢拴住。吃长斋，拈长香，常常明灯。供香花，灯火果，茶食宝珠。敬皈依，虔拜佛，默念真经。朝参禅，暮打坐，修真养性。功要圆，果要满，都能大乘。一句话，提醒了，梦中文武。众文武，不回朝，都要修行。有庄王，与国母，同情意愿。我情愿，让江山，弃假修真。众文武，皆不爱，天子之位。大皇姑，二皇姑，也舍皇宫。因此这，留下了，《大悲宝卷》。大悲佛，救苦难，普济众生。大悲佛，救苦难，普济众生。"

105《乾坤宝传》，又名《乾坤传》《李氏女救母》

道光年间，淮阴县有一个郑员外，名广德，字显仁，身居武魁，家资巨万，秉性刚正。夫人吴氏亦甚贤淑。夫妻半百，无子无后，舍财积德，广行善事。到五十二岁，吴氏生得一子，眉清目秀。夫妻十分欢喜，为他取名天佑，学名清廉。清廉七岁入学，攻读诗书，聪明过人，十八岁中举人，二十四岁得中进士，娶妻李氏，名秀莲，贤淑无比，孝德两全。清廉受任为淅川县知县，到任后，为官清正，三年后升任山西宁武府知府，合家到任。其妻李氏一日接家书得知生母亡故。李氏悲痛，言请夫君备办猪羊祭品，礼请僧道，超度亡母。府下有一斋婆劝李氏夫人，戒杀放生。李氏不听，坚持要采办猪羊祭品。值日功曹路过宁武府

门，听得李氏言语，将此事报于城隍。城隍差土地将李氏真魂引入地府，叫她亲眼看地府情状。李氏在血湖池见母亲受苦，进到阎君殿前，又哀求阎君救脱母亲。阎君被李氏孝心所感，动了恻隐之心，告诉李氏，若要救母免受血湖之苦，还阳后需要吃长斋，拜求名师，拜佛修行，遵从三皈，敬守五戒，替娘亲多念佛经，多做善事，言毕送李氏还魂归阳。清廉与众丫环正在伤心痛哭，李氏突然醒来，告知清廉游观地府情由。郑清廉本身也是喜善行孝之人，听得夫人所说，甚是喜欢，口称如若能将岳母超度，自己也情愿修行。李氏遂请来斋婆，跟从她每日修行念佛诸事，终功满果足。

版本共1种：

民国九年（1920）彰德明善堂存板刻本

线装。刻本。一卷一册。版框：14.5厘米×9.9厘米。共16页32面，每面8行，每行21字。白口，单黑鱼尾，四周双边。书口题"乾坤传"。封面、封底全。内容完整。封面中大字题"乾坤传"，右上题"民国九年新刻"，左下题"板存彰德明善堂"。卷首题"新镌乾坤宝传"，有钤印"宿迁运羽书馆"。卷末无题。卷后附捐刻者姓名。

开卷。诗曰："混元一气道在先，无极运花定乾坤。寅会临凡原来子，时逢未劫要还原。"

正文：散说、诗赞（七言、攒十字）。

结卷。结卷偈："李秀莲得大道立功无限，速把他生身母提出狱间。女修道当免娘血湖魔难，王即差青衣童去至狱间。娘出苦上下衣尽行更换，随童子到森罗叩谢慈颜。谢恩毕阎君爷喜笑满面，命童子送娘亲打着幢幡。亲送到安养宫加修苦炼，我方才辞阎君又还阳间。郑老爷听此言喜笑满面，妻可称纯孝子女中魁元。想父母养育恩实难酬算，我也要报亲恩体学先贤。郑老爷随进朝辞官修炼，不恋那名与利恩爱牵缠。朝看经暮念佛力行诸善，访明师得先天一贯真传。白昼间办外功逢人劝善，到夜晚坐禅床苦炼金丹。乳三年劬九载功圆果满，瑶池母命金童诏回灵山。谒诸佛会群仙逍遥无限，母救封亿万年大觉金仙。此即是李氏女救母一案，劝世间妇女们回心自参。想行孝除非是吃斋修

《乾坤传》民国九年（1920）彰德明善堂存板刻本

炼，学李氏救母亲逍遥西天。"

106《秦香宝卷》，又名《沉香宝卷》

山东省青州府安丘县有一个员外秦邦，是汉中山靖王之后，合家大族世居于此，娶妻宋氏，年届四十无子。三月十五，夫妇同到观音殿许愿求子。宋氏许愿后十月怀胎生下一子，七岁读书，取名秦香。十年苦读，值大考之年，秦香进京赶考，路经华岳三娘庙，拜神求签。三娘赴王母娘娘蟠桃会，秦香题诗一首于墙上："红红白白一尊神，木雕泥塑做装成；咽喉若有三分气，好做同床合被人。"三娘回来见诗气恼，要追杀秦香，被太白金星拦住，告知他们二人有三夜夫妻姻缘。三娘赶上秦香，变化一座宅院，与秦香成婚，做了三夜夫妻。临别之际，三娘赠丈夫夜明珠、珍珠、玻璃灯三件宝物。秦香赶到京城，已经错过考期，宝贝被奸人胡丞相发现，上奏诬告秦香是妖人，皇帝下旨将秦香绑赴法场处斩。秦香向天高呼"华岳"三声，三娘赶来搭救，施法让皇帝重新出题，使秦香得以应考。秦香文章出众，官封扬州知府，奉旨赴任。又到上天王母蟠桃盛会之期，三娘已有身孕，未能赴会。蟠桃会上何仙姑与二郎神互开玩笑，道出三娘私自下凡会夫，已有身孕之事。二郎神气恼妹妹丢了自家脸面，将三娘拿住，压在华山脚下。三娘十月怀胎生下一子，取名沉香，托夜叉送至扬州，由秦香抚养到十二岁。清明时节，各家上坟祭扫亲人，沉香向父亲追问母亲何在，父亲以实相告。小沉香辞别父亲，去华山寻访母亲。历尽万重苦难，沉香到白云湾，无路可走，欲寻短见，被太白金星化作一个牧童救下，带到终南山拜何仙姑为师，学道五年。八月十五日，沉香借众仙又赴天庭参加蟠桃会之际，偷吃八仙丹，喝八仙酒，看仙师兵书，穿戴金甲，带月斧、仙桃、夜明珠去救母亲。在华山脚下与母舅二郎神大战，沉香在众仙的帮助下，劈开华山，救出母亲，一起回到扬州，一家三口团圆相聚。秦香辞官，专事修行，合家均成正果，共回天庭。

版本共1种：

民国抄本

线装。抄本。一卷一册。开本：24.1厘米×13.2厘米。共71页142面，每面8

行，每行22字。封面、封底全。内容完整。封面左上题"秦香宝卷"。卷首无题，有钤印"宿迁运羽书馆"。卷末无题。

开卷。开卷偈："《沉香宝卷》始展开，诸佛菩萨降临来。大众虔诚齐来贺，合堂神圣笑颜开。不可交头并接耳，自然神灵降福来。大众听宣《沉香卷》，增福延寿又消灾。"

正文：散说、七言诗赞。

结卷。结卷偈："太白金星忙下界，便传玉旨到华山。唱住沉香二郎神，你们两旁各收兵。沉香此时收兵转，便到华山救母亲。上山山下多不见，山前山后影无形。放声大哭肝肠断，连叫娘亲不住停。苦了沉香人一个，又无人来指分明。山神土地来禀告，你娘压在石中存。你娘压在华山下，华山里面受苦辛。沉香太子大直喷，开山月斧手中存。望空一斧乒乓响，八百里华山两边分。华山石头来劈开，救得娘亲出苦沧。沉香见了娘亲面，口叫母亲不住停。三娘见了亲孩儿，又如枯木再逢春。沉香救了母亲出，看看母亲不像人。沉香取了仙桃子，拨我母亲一口吞。三娘原是天仙女，依旧照前一样生。母子两人来商议，要到扬州见父亲。沉香拜别师父恩，辞别众仙就行程。一路行程来得快，报于父亲得知文。孩儿吃了多少苦，救得母亲见你身。秦香见了心欢喜，连忙吩咐开正门。衙役书吏忙不住，接到里面内花厅。夫妻两人来相会，说起根由苦杀人。夫妻有此团圆日，谢天谢地谢神明。夫人将情来解劝，不如辞官发善心。我身若无沉香救，夫妻那有团圆日。秦香听得夫人话，回心辞官早修行。大堂改作三宝殿，院堂改作佛堂门。修到后来功圆满，合家大小上天庭。此卷多是真情话，句句说话不差分。不信但听卷中话，从古流传到如今。善有善报从古今，恶有恶报古来闻。不信但看檐头水，滴滴答答不差分。《沉香宝卷》宣完成，合堂大小喜欢心。大众便把弥陀称，念念弥陀保长生。卷中若有差错字，《心经》一卷补完成。"

《秦香宝卷》民国抄本（一）

沉香宝卷姑展开
大众虔诚齐来贺　　　诸佛菩萨降临来
不可交頰並援耳　　　合堂神圣笑颜开
大众听宣沉香卷　　　自然神灵降福来
　　　　　　　　　　增福延寿又消笑
且说前朝山东省青州府安邱县里有一個員外姓秦
名邦原是溪豹中山靖王之后合家大族世居此地便人
家住山东青州府　　　安邱县里住安身
积祖有钱称百万　　　院君宋氏老安人

《秦香宝卷》民国抄本（二）

107《劝世文宝卷》，又名《观音经劝世》《劝世宝卷》

劝善类宝卷，无具体故事情节。

版本共1种：

1993年何崇焕抄本

线装。抄本。一卷，与1993年何崇焕抄本《花名宝卷》同册。共5页10面，每半页10行，每行14字。卷首题"劝世文宝卷"。卷末无题。

开卷。开卷偈："《劝世宝卷》初展开，大众虚心细听言。此卷是古文明经，贫富善恶分得清。"

正文：通篇七言诗赞。

结卷。结卷偈："大家听经休烦恼，听经还是念经好。有人拜佛日勤劳，西方路上乐逍遥。《劝世宝卷》说完成，大众欢乐福增寿。"

R

108《如如宝卷》，又名《如如老祖化度众生指往西方宝卷》

昔年清凉山灵隐寺有一位得道和尚，曾许愿"必须天下之人尽归于善，方如我愿"，因此被称为如如法师。华州府大贤县王文，娶妻张氏，家财万贯，纵酒欢乐，杀害生灵，放利盘剥乡民，不思行善。如如下界度其皈依佛道，终于圆满成功，同归天界。

版本共1种：

清玛瑙寺经房刻本

线装。刻本。一卷一册。版框：19厘米×13厘米。共63页126面，每面9行，每行18字。黑口，单黑鱼尾，四周双边。书口题"如如宝卷"。封面、封底全。内容完整。封面左上题"如如宝卷全"。卷首题"如如老祖化度众生指往西方宝卷全集"。卷末题"如如宝卷终。板存玛瑙寺经房印造流通，现住武林大街弼教坊便是"。

开卷。开卷偈："《如如宝卷》初展开，诸佛菩萨降临来。在位齐心来拱听，

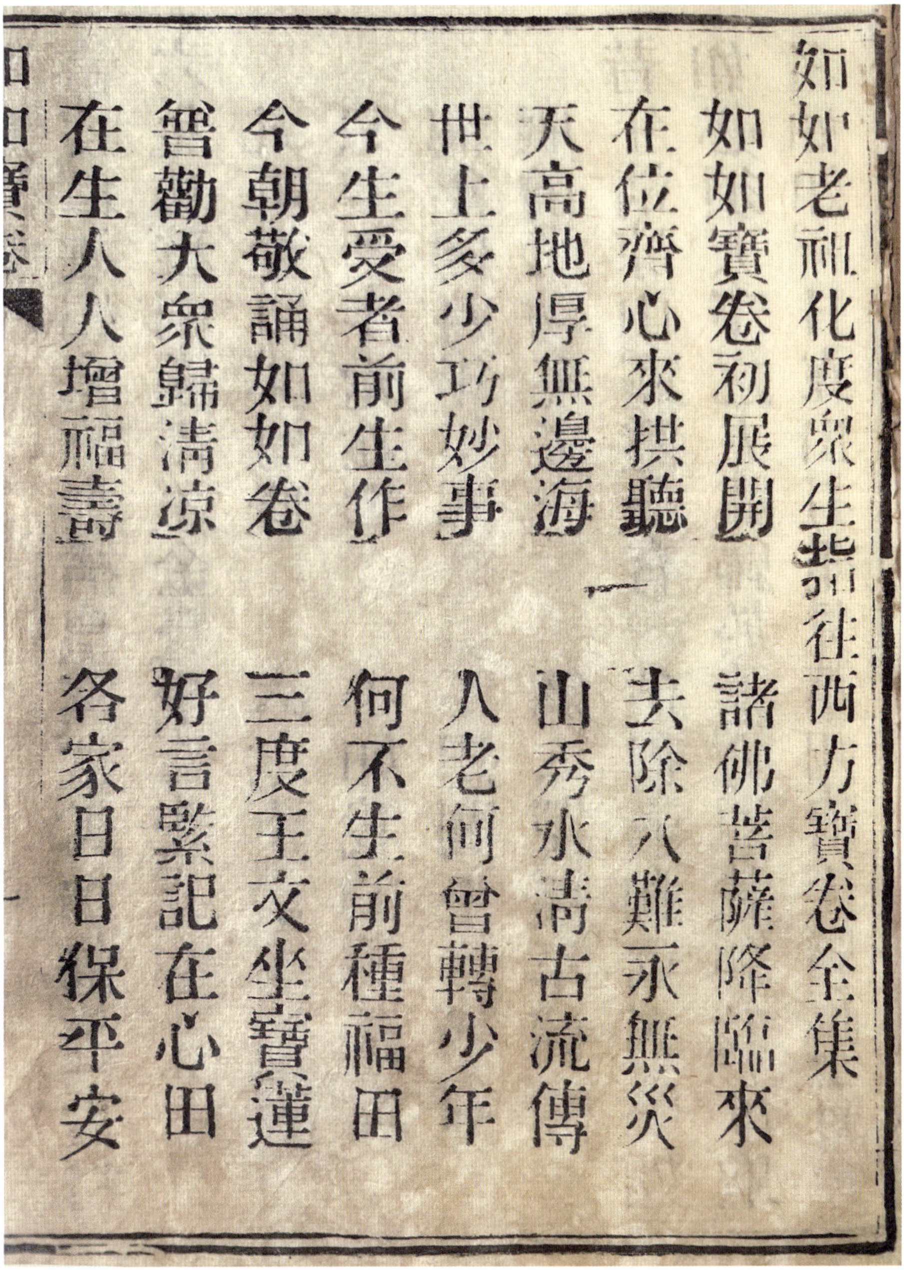

如如老祖化度眾生指往西方寶卷全集

如如寶卷初展開　諸佛菩薩降臨來
在位齊心求拱聽　去除八難永無災
天高地厚無邊海　山秀水清古流傳
世上多少巧妙事　一　入老何曾轉少年
今生愛者前生作　何不生前種福田
今朝敬誦如如卷　三度王文坐寶蓮
曾勸大眾歸清涼　好言緊記在心田
在生人人增福壽　各家日日保平安

《如如宝卷》清玛瑙寺经房刻本

去除八难永无灾。天高地厚无边海，山秀水清古流传。世上多少巧妙事，人老何曾转少年。今生受者前生作，何不生前种福田。今朝敬诵《如如卷》，三度王文坐宝莲。普劝大众归清凉，好言紧记在心田。在生人人增福寿，各家日日保平安。"

正文：散说、诗赞（七言、攒十字）。

结卷。结卷偈："我本西方极乐仙，为度众生到此间。只为凡人不信佛，化作和尚度众缘。王文夫妻都收到，功成圆满往西天。今朝与你来分别，我返故乡上莲船。说罢合掌来拜揖，一道青烟化作莲。笙箫管笛来迎接，乘骑白虎上西天。如如已到西方去，留下宝卷是真言。为人若不信善果，枉在人间头顶天。《如如宝卷》已宣完，再将通本宣完全。善男信女听我说，急急回头好修炼。世间万般皆前定，枉非忙忙白了头。孝顺儿女空好看，夫妻恩爱忽然休。天大家财无你分，死去双手空拳头。灵前祭扫了人事，何曾一滴到咽喉。死后超度空费力，生前念佛是真修。奉劝现前诸大众，要学王文十年修。王文不是别一个，五百年前化主修。修成福慧非一日，还他享福受风流。只因王文贪心重，忘了前世不肯修。杀生害命多多少，刻薄成家苦上头。如如傍眼来观看，要去劝他出家修。别了真悟下山去，立时起身到华州。来到华州大贤县，王文修成万古留。世间不信修行事，留下宝卷劝人头。此卷非是凡人造，千年留下普度周。大众念佛一堂。"

109《如意宝卷》

宋蓝山县富豪周忠烈，年四十岁，娶妻戚氏，年三十七，夫妻二人没有子女。一日，周忠烈到圣母殿拜佛，抽签求子，签上解意要娶小妾可得子，回家告诉戚氏，戚氏不答应。周忠烈求子心切，不顾戚氏反对，迎娶东门陆寿春之女陆应凤为妾。周忠烈新婚一月后，与家仆周兴外出到襄阳收账。襄阳城陈超，时年二十四，父母双亡，留下万贯家财，以放账为生。襄阳南门张必正，时年三十，父亲张齐贤，早年为官尚书，母亲徐氏，父母早亡，娶妻王兰英，怀孕半年。张必正家境贫寒，三年前借陈超二十两银子，至今未还。陈超见王氏貌美，上门逼债，要张必正连本带利归还八十两银子，不然就让媳妇王氏抵债。周忠烈主仆二人晚上投宿必正家中，得知必正家中遭遇，拿出八十两银子帮助张必正还清陈超欠债，并赠银子五十两供必正进京赶考。陆氏自周忠烈离家收账后，已有孕在身，日夜思念忠烈，不时伤心流泪。戚氏丫环秋菊诬告陆氏咒骂老爷，戚氏将陆氏打入厨房烧火做饭，陆氏受气上吊，被丫环梅香救下。戚氏担心陆氏生有子女，自己在周家地位受到威胁，与秋菊密谋害陆氏。戚氏让秋菊买来砒霜，在元宵节晚上请陆氏吃饭，将下有砒霜的毒酒敬与陆氏，陆氏推辞不会饮酒。戚氏正在强逼之时，周忠烈主仆二人收账回到家中，陆氏将酒转敬于丈夫，戚氏见没有害死陆氏，反而使丈夫受害，又生一计，主动让陆氏扶送周忠烈回房休息。半夜周忠烈毒性发作，暴死于陆氏床上。戚氏报官，诬告陆氏害死丈夫。兰山县令胡必青拿陆氏到堂，责问陆氏为何举杯到唇边久不饮下。陆氏口称自己从不饮酒，又怀有身孕。胡县令不听辩解，致使陆氏被屈打成招收监。周兴妻子同情陆氏，劝周兴去到南门外报信与陆老安人。周忠烈阴魂游到地府伸冤，秦广王当值，告知可托梦与陆氏和结义兄弟张必正。牢房禁子陈尚先受过周忠烈恩惠，幸得陈尚先夫妇帮助，陆氏在牢中顺利产下一子，取名如意。周兴带陆老安人到牢房探监，陈尚先打开牢门让陆氏母女相见，陆氏将小儿如意托付与母亲带回家中抚养。张必正进京赶考，得中二甲进士，皇帝亲授山东巡抚。张必正官船到达兰山县城码头，独自上岸私访，到周府求见恩人周忠烈。周忠烈已死三年，戚氏把张必正当作骗子打骂出府。张必正离开周家，赶回码头路上见到周忠烈坟墓，痛哭祭拜，恍惚中周忠烈托梦，请义弟营救陆氏。朝廷敕斩文书下达，陆氏被押游历四门，午时开斩。陈尚先夫妇领陆老安人、小如意到法场献上酒肉饭菜为陆氏送行。张巡抚传令刀下留人，令兰山县令胡必青重新审案，戚氏、秋菊当堂招供，被判死罪收监。如意长到八岁入学，取名周玉林，十八岁应考得中头名状元，官封吏部侍郎，陆氏被钦赐二品老夫人。皇上做媒，将张必正女儿张桂英许配给周玉林，周张两家亲上加亲，结为儿女亲家。周玉林接回外祖母陆老安人、陈尚先夫妇共同侍奉，全家和睦生活。

版本共2种：

《如意宝卷》民国二年（1913）上海文益书局石印本

一、民国二年（1913）上海文益书局石印本

线装。石印本。存上卷一卷一册。版框：17.7厘米×11.5厘米。共11页22面，每面16行，每行32字。白口，单黑鱼尾，四周双边。书口题"如意宝卷"。内容完整。封面后封，封底原装。第一页左下角少许缺角，后补抄。封面右上题"如意宝卷 文益书局印行"。书名页中大字题"如意宝卷"，右上题"民国二年仲冬出版"，左下题"李节齐题"。书名页背面列上海文益书局各地发行分售处。卷首前有书中人物、故事情节绘图绣像2幅，分别是张必正、周忠烈、周玉林1幅，戚氏、陆氏、秋菊1幅，"圣母殿烧香求子"1幅，"周员外出门收账"1幅。卷首题"如意宝卷上卷"。卷末无题。

开卷。开卷偈："《如意宝卷》初展开，诸佛菩萨降临来。善男信女虔诚听，增福延寿保安宁。"

正文：散说、七言诗赞。

结卷。上卷结卷偈："《如意宝卷》长得紧，只为半本要来停。且把鱼子停一停，安人探监下卷云。"

二、民国石印本

线装。石印本。存下卷一卷一册。版框：17.7厘米×11.5厘米。单页20面，每面23行，每行41字。白口，四周单边。书口题"如意宝卷"。封面、封底全。内容完整。封面左上题"如意宝卷后本"。卷首题"如意宝卷下卷"。卷末无题。

开卷。开卷偈："香烟缭绕透上苍，还将后卷再开场。前卷宣到通报处，后本尚先道短长。"

正文：散说、诗赞（三言、七言）。

结卷。结卷偈："《如意宝卷》宣完全，古镜重磨照大千。奉劝世人多向善，功成圆满上西天。不信但看《如意卷》，善恶分明在眼前。善恶到头总有报，岂知头上有青天。在位听了《如意卷》，回头是岸早修炼。一旦功成圆满日，不成菩萨也成仙。听卷之人回家转，家门吉庆子孙贤。今日宣了《如意卷》，年年四季福寿绵。"

S

110《三宝碧玉带》，又名《文英宝卷》《白马传》

宋仁宗年间，运水县刘家庄刘员外，人称刘百万，夫人黄氏，家财万贯，为人行善，年老时得子刘香宝。太行山上草寇大王陆林，娶妻吴氏，生有一女，取名青莲。香宝七岁上学，取学名文英。文英十六岁，辞别父母赴京赶考，路过太行山，被陆林捉到山上，抢去金银绑于凉亭。陆青莲小姐见文英相貌不凡，心生爱慕，为文英松绑，将他带入房中，与他结为夫妻。青莲送无量瓶、温良盏、碧玉带三件宝贝给文英，并赠送金银、白马助文英进京应考。文英途中投宿杨二家黑店，晚间拿出宝贝赏玩，被杨二发现。杨二心生歹意，用麻绳勒死文英，妻子陈氏阻止不听。杨二让陈氏将尸体投到后院枯井，陈氏心善，担心尸体被毁，用石板将井口盖上。杨二自得了三件宝贝，平日骑白马四处炫耀。国母生病，皇帝下召求天下良医。杨二揭榜进宫，用碧玉带医好国母。皇帝将杨二留在宫中，官封督巡。青莲与文英成亲后不久怀孕，父亲陆林气恼，要杀女儿，青莲出逃，暂居罗洪山，生下儿子刘天保。白马思念旧主文英，朝天一吼，惊动天庭，玉皇派雷公电母下界，雷劈枯井，提出文英尸体，白马驮上尸体，冲进开封府。开封府包公奏请皇帝帮忙，从国母处借得碧玉带救活文英。文英状告杨二谋财害命，包公命张龙赵虎从宫中捉得杨二，处以腰斩。国母因包公斩杀自己的救命恩人杨二，怒逼皇帝拿包公治罪，包公、文英被绑赴法场。青莲带儿子天保向朝廷宣战，皇帝命包公、文英戴罪去征讨罗洪山。文英、青莲、天保一家三口在罗洪山阵前重逢相认，青莲尽释前嫌，向朝廷下表请降。皇帝龙颜大悦，官封文英督巡，并将宝贝归还青莲。一家回乡祭祖，路过太行山，陆林已死，青莲将其尸骨带回刘家庄安葬。夫妻共奉二老，天保也成就功名，为国效力。青莲感念杨二之妻陈氏保全文英尸首，迎回陈氏一同供养。

版本共1种：

1988年钜鹿根抄本

线装。抄本。两册两卷。开本：27厘米×19.5厘米。共54页108面，每面9行，

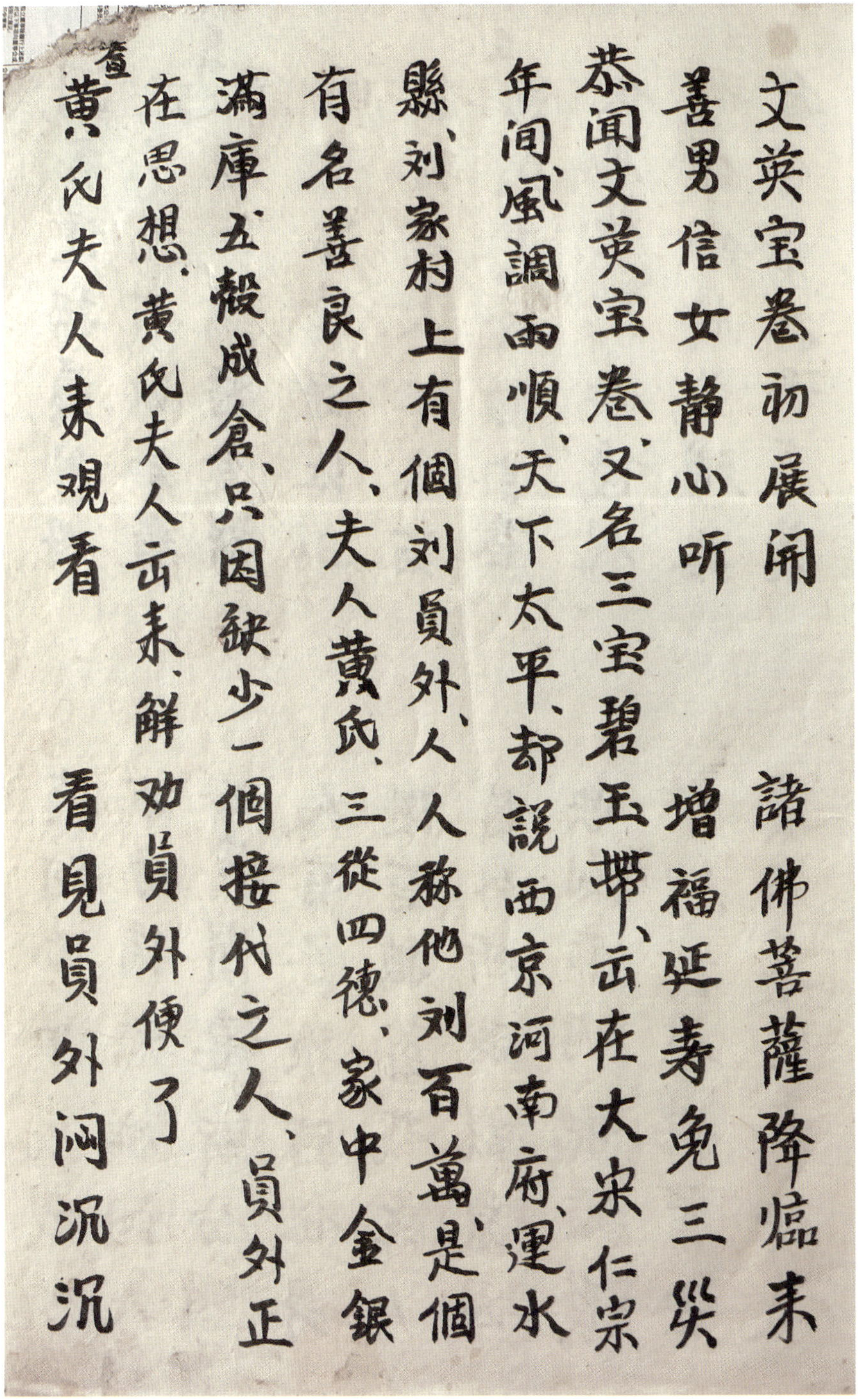

文英宝卷初展开　　　　诸佛菩萨降临来

善男信女静心听　　　　增福延寿免三灾

恭闻文英宝卷、又名三宝碧玉带、正在大宋仁宗

年间风调雨顺、天下太平、却说西京河南府运水

县、刘家村上有个刘员外、人人称他刘百万、是个

有名善良之人、夫人黄氏、三从四德、家中金银

满库、五谷成仓、只因缺少一个接代之人、员外正

在思想、黄氏夫人近来、解劝员外便了

（黄）黄氏夫人来观看　　　看见员外闷沉沉

《三宝碧玉带宝卷》1988年钜鹿根抄本

每行21—23字。封面、封底全。内容完整。封面左上题"三宝碧玉带"。右下题"戊辰年冬"，中下题"钜鹿根记"。卷末题"天运公元岁次戊辰年冬抄"，有钤印"宿迁运羽书馆"。

开卷。开卷偈："《文英宝卷》初展开，诸佛菩萨降临来。善男信女静心听，增福延寿免三灾。"

正文：散说、诗赞（七言、攒十字）。

结卷。上卷结卷偈："国太偶然得了病，请医问卜全不灵。东请医官无妙药，西请名医药不灵。太监官员忙不住，金殿上面奏当今。宋王天子无主意，文武官员出一惊。六部议论奏一本，我主快快出榜文。有人医得国母病，官封一品在朝门。未知君王可准奏，且听下卷说分明。"下卷结卷偈："《碧玉带宝卷》宣完成，古镜重磨照大千。为人要学忠和孝，莫学杨二黑心人。此卷又名《白马卷》，流传世人积善行。做得好事有好报，恶人那里有收成。杨二黑心谋三宝，后来铜铡命归阴。陈氏劝夫有好报，文英养老报她恩。龙图为官多清正，铁面无私不用情。仁宗天子多英明，风调雨顺民安乐。刘家积德多行善，子孙代代伴朝廷。文英金童星下凡，青莲玉女落凡尘。文英青莲归阴后，仍归原位在天界。一部《碧玉带宝卷》，大宋流传到如今。今夜宣了《碧玉带卷》，家家户户保太平。"

111《三茅宝卷》，又名《三茅应化真君宝卷》

舜帝时邠州有一乡宦姓金名宝，夫人钱氏，官封诰命。金宝全忠尽孝，夫人好善心慈。夫妻所生三子，长子金乾，官拜御史大夫之职；次子金坤，官拜边外总兵元帅之职；三子金福，二十二岁，尚未出仕。长媳孔氏，官封诰命，性慧淑德；次媳张氏，亦受荫封，心怀慈忍，志德宽厚；三媳孙氏，名曰慈真，年二十一岁。金福夫妻成亲三载，恩爱无比。一日，三公子携夫人到后花园赏花，时值清明，千花万朵，见一枝牡丹并开双花，一对蝴蝶翩翩双飞，忽然一阵狂风吹过，牡丹花败落地，蝶飞无影。金福哀叹人生苦短，世事难料，功名利禄、荣华富贵皆为过眼烟云，人生似春花秋草，光阴似燕过蝶飞，立志修行。家人劝告无果。

金宝在朝,官居极品,想到家中老夫人年老,三公子学业不知如何,便上表乞赐回乡,君王准奏。金宝到家,闻听金福弃学求道,大发雷霆,将金福头戴枷锁,身着囚服,每日只供与三碗稀粥,关禁于马坊,逼其回心转意。老夫人再三哭诉,金宝心如铁石,分毫不听。三公子被父亲禁足于马坊三月,道心不退,意志更加坚定。上元一品赐福天官观见下界金宝素有善根,三公子发愿修真,道心坚固,金家一门父子为官清正,合门积善,命女青真人付金丹一粒,传授口诀,度脱金福马坊枷锁之厄运。三公子正在马坊打坐念经,忽然一位青衣童子来到近前,手指一点,去除掉金福枷锁、脚链,让金福闭上双目,须臾再开双眼,见自己已到一座荒岭之上。正在恍惚之间,一阵狂风刮过,大雪纷飞,幸好三公子随身带有一把雨伞,冒雪而走。青衣童子为试金福心智,变作一个少妇跌倒在路旁雪地中。三公子见少妇衣体单薄,脱下衣服为其遮体,又将雨伞一并送与少妇。少妇感激不已,解衣露胸,愿给金福焐寒以报。金福见状大惊,急忙告别前行。青衣童子告知金福此地是终南山,正是其修行之处。金福随即在一棵松树下的大石块上盘腿打坐,专事念佛修行。金太师得知金福除掉锁链,不见人影,认为是慈真帮助金福逃脱,捉来慈真戴上枷锁,关进马坊,逼其说出金福下落。金福在终南山参禅悟道三年,无片物遮身,忍受风霜雨露,饥饿冰冻。

一日,金福正在打坐,一只猛虎追逐一只白兔,白兔钻入金福怀中,猛虎张开大口,立在金福前面,金福将左腿肉割下一块给虎吞下,老虎仍不离去,金福又割下右腿一块肉给老虎吞下,老虎仍不离去,金福于是伏倒在地,告诉老虎,愿舍自身残躯喂饱它,只求饶过兔儿一命。金福刚一言毕,老虎忽然不见,一位蓝衫仙长立于面前,原来是老仙长韩湘子试探公子。韩湘子见金福一尘不染,丝毫不惧,随即赐金丹一粒,传授秘诀真言,改金福道号为元阳。上元一品赐福天官引元阳乘仙鹤到蓬莱洞中参拜王母娘娘,王母传法旨,职授第八洞真仙。元阳得道成仙,思虑慈真因自己受枷锁困之苦,施法将慈真救出,带到巫山,随自己一起入道修行。金太师见慈真也去除枷锁,不见人影,担心亲家追究,污蔑说金福夫妇偷盗家中钱财出逃,差令县府行赏捉拿。孙太爷不信金宝之言,怒气冲冲到金殿状告金宝。皇帝查明情况,得知金家三公子弃世修行,非为歹事,

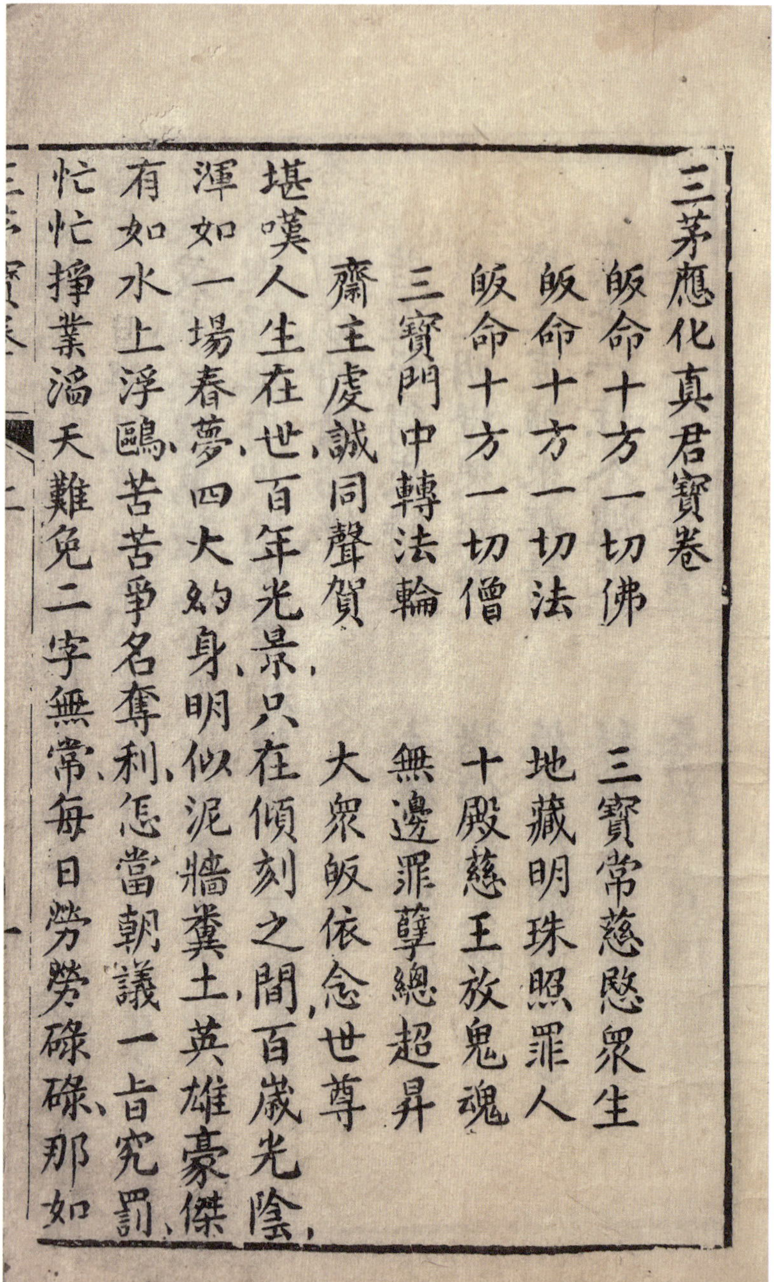

三茅應化真君寶卷

皈命十方一切佛
皈命十方一切法
皈命十方一切僧

三寶門中轉法輪
齋主虔誠同聲賀

堪嘆人生在世百年光景，只在傾刻之間百歲光陰，
渾如一場春夢四大的身明似泥牆糞土英雄豪傑、
有如水上浮鷗苦苦爭名奪利怎當朝議一旨究罰、
忙忙掙業滿天難免二字無常每日勞勞碌碌那如

三寶常慈愍眾生
地藏明珠照罪人
十殿慈王放鬼魂
無邊罪孽總超昇
大眾皈依念世尊

《三茅宝卷》清同治十三年（1874）苏州城内养育巷平桥北黄翠琅斋存板刻本

三媳孙氏修行也并无差错，罪责全在金宝，敕令将金宝削职为民。舜帝欲纳一个妃子，金乾上朝谏阻，舜帝大怒，将金乾打入天牢。边外总兵金坤元帅当阵失败，被皇帝下旨押解进京，打入天牢。金乾、金坤二子先后被收监天牢，老夫妇二人悲痛伤心，本指望儿孙求得功名，增享百年荣华，谁承想大祸来临，百事成空。一日，舜帝升殿，文武百官奏请圣上念金家父子在朝护国爱民有功，为国尽忠，赦免二人之罪。皇帝恩准。金宝见儿子奉赦回府，骨肉团圆，顿发道心，看破红尘，即修善果，持斋念佛，将合家大小用人一概发钱打发回家。夫妇二老、两个儿子、两个媳妇各设单房打坐修行，斋僧布施，广行方便。城西有一座灵禅寺，年久失修，殿宇坍塌，佛像尘埋，金乾、金坤有心修缮，无奈工程浩大，独力难成。兄弟沿街苦求募化。元阳在仙界得知两位哥哥受难，下界来到家中，与父母、哥嫂相见，代替哥哥前去驸马家募化。元阳劝说驸马信佛向善，驸马不听。元阳告知驸马三日后必有灾难，驸马气恼，将元阳囚禁于厢房。两位哥哥见弟弟去驸马家未归，到驸马府上找，也被囚禁。三日后，驸马忽得重病，昏迷中被恶鬼带至地府，要其拜佛，从善布施。驸马醒来，追悔自己错怪元阳道长，放回元阳及其两位哥哥，捐出家财修建灵禅寺，与公主一起入道修行。玉皇大帝封元阳为三茅道君。三茅道君募捐在金坛茅山修建三茅圣府，驸马又捐出全家资财帮助。玉帝感念驸马之功，封刘驸马为黑虎大神。慈真在巫山得道，闻听驸马功绩，运起神通法力，将邠州驸马府楼房亭阁移到茅山，造成土地行宫，元阳与慈真、父母、两个哥哥、两个嫂嫂全家八口共在茅山修行入道。

版本共1种：

清同治十三年（1874）苏州城内养育巷平桥北黄翠琅斋存板刻本

线装。刻本。两卷两册。版框：19.4厘米×12.2厘米。共102页204面，每面10行，每行20字。白口，单黑鱼尾，四周单边。书口题"三茅宝卷"。封面、封底全。内容完整。封面左上题"三茅宝卷"。内封中大字题"三茅宝卷"，右上题"同治甲戌年冬月"，左下题"板在苏州城内养育巷平桥北黄翠琅斋刻印"。卷首题"三茅应化真君宝卷"。卷末无题，有钤印"宿迁运羽书馆"。

开卷。开卷偈："皈命十方一切佛，三宝常慈悯众生。皈命十方一切法，地藏明珠照罪人。叭命十方一切僧,十殿慈王放鬼魂。三宝门中转法轮,无边罪孽总超升。斋主虔诚同声贺,大众叭依念世尊。"

正文:散说、诗赞(五言、七言、攒十字)。

结卷。结卷偈:"茅山宝殿在金坛,万世传言句曲山。华阳洞内真人住,灵官护佑在茅山。千人进香千人应,万人朝礼到如今。有人朝山还香愿,定然福禄寿遐龄。若是有人求子息,必有婴儿送进门。若不虔心来拜礼,灵官护法眼睁睁。不论男女并老少,持斋清净要虔诚。志诚焚香宣此卷,一家老小免灾星。听卷之人增福寿,诸般罪孽化为尘。若人欲免三途苦,称念三茅应化君。十万朝山传今古,十万贝山一念真。志心拜礼金身像,祖宗先还尽超升。茅山愿应志虔诚,若说烧香须用心。若进香规一念,一心一念拜高真。心性改过无杂念,自然荣贵得安宁。封诰三茅掌善恶,授人朝礼及香烟。玉帝敕封真君职,兄弟三位管凡人。天下庶民勤礼拜,降其祥瑞保延生。千经万卷惟为善,万圣千贤孝字尊。爹娘就是灵山佛,孝养如同敬佛神。敬重公婆叔伯母,胜似烧香念佛人。修斋布施来生福,敬老怜贫积善根。为人积德行方便,儿孙荣贵寿原增。当今天子谁能□,为官受禄莫欺□。半点亏心来犯法,立时斩首不迟停。今朝念了三茅延生佛,满门人口保安宁。"

按:此版本《三茅宝卷》是流传于靖江、金坛一带的母本。目前在当地及周边流传、宣唱的《三茅宝卷》都是在此宝卷的基础上演化而来的。

112《三人商议上兴化》

抗战期间,兴化县城为蒋匪军占领。刘庄营西乡的潘家村为新四军活动区,农民分得房产田地。农会号召大家抓紧农忙时节,犁地生产。唐荣中、李天祥和王家庄的杨春辉三人私下商议,贩卖粮食,运到兴化赚点钱财。三人向村里假说到蒋庄贩草,租借一条船,装上黄豆和杂粮,驶向兴化。行到旧坟茔口,船被碉堡里的汉奸黄狗兵拦住,船粮被抢,三人被抓进碉堡,强迫当兵。三人不从,被打得皮开肉绽。杨春辉姨娘在县城得到消息,使钱赎出三人回家,农会干部没有追究三人,帮助三人借钱还上欠债,恢复生产。三人自此再也不盘算发洋财，做私活，于是一心忙于生产，多产粮食。

版本共1种：

1994年抄本

线装。抄本。一卷，与1994年抄本《谈香哭瓜》同册。共7页14面，每面12行，每行14字。卷首题"三人商议上兴化"。卷末无题。

开卷。开卷偈："潘家村里潘家舍，三人商议上兴化。"

正文：散说、七言诗赞。

结卷。无结卷偈。

113《三世因果宝卷》

劝善类宝卷，无具体故事情节。

版本共1种：

清刻本

线装。刻本。一卷一册。版框：13.7厘米×9厘米。共17页34面，每面7行，每行14字。黑口，单黑鱼尾，上下双边。书口题"三世因果"。封面、封底全。内容完整。封面左上题"三世因果宝卷"。卷首题"三世因果宝卷"，右下手写题"喻灼华敬送"。卷末无题。

开卷。开卷偈："善男信女听原因，听讲三世果来因。三世因果真不假，富贵贫穷各有种。"

正文：通篇七言诗赞。

结卷。结卷偈："万般自做还受罪，各自回头种善因。莫道阴阳无报应，上有天堂待善人。十有八重大地狱，一百三十小狱门。任你阳间行恶事，死归地狱受非刑。善恶到头终有报，迟早报应各有因。莫道善恶无人见，举头三尺有神明。"

114《三仙阁宝卷》

明代嘉靖年间，马家庄有一富户马文永，家财万贯，在吏部为官，夫人张氏，生有一女，名叫玉英。玉英长到十六岁，配与西门外王友议为妻。玉英出嫁后，张氏又怀孕，生一子，取名马立。马立从小聪明过人，熟读诗书，习武弄棒，样样精通。马文永在朝不幸患病而亡。家中又遇天火，房屋全部被烧毁，山园田地被没收，家童仆佣四散，母子无处安身，投住坟庄。张氏夜半纺纱织布，马立日间砍柴打猎，夜间读书练武，母子相依，苦度光阴。是年开科取士，马立砍柴路过凉亭，看到皇榜，回家告诉母亲。苦于家中没有银两作盘缠，母子商议，让马立去姐姐马玉英家求借。姐夫王友议原本官居四品，因在职贪污，被削职为民，在家把守田产，夫妻二人年届五十，没有子女。马立上门，王友议推脱不理，姐姐马玉英瞧不起马立，数落马立饭都吃不上，还异想天开浪费钱财去求取功名。马立被姐姐激怒，发誓他日如若有出头之日，第一个要杀马玉英。马玉英叫来十六个丫环追打马立，被马立打败。玉英又让家人放出十六条恶狗，围住马立撕咬，马立打散恶狗阵，跳墙出走时被恶狗咬伤。马立逃到三官庙，自觉无脸回家见母亲，正欲上吊，被南门外大善人卢瑶救下。王友议怨恨卢瑶搭救马立，与马玉英商议，设计要害卢员外。马立在卢员外家养伤一月有余，伤好后，卢员外送银子三百两、龙驹马一匹、传家宝无情棍一根助其赴京赶考，另送白米四担到坟庄给张氏。马立担心母亲伤心，假说盘缠和米为姐姐所借。马立辞别母亲，赴京应考。钻天、失地二名叫花子到卢员外家借米，员外好酒好肉招待并借给钱米。马立应考夺得头名状元，皇帝将御妹嫁于马立。沙陀国反叛，马立领兵征讨，收降沙陀国，皇帝封马立为平辽王。卢员外去庵堂进香许愿保佑马立，王友议乘机邀歹徒烧毁卢家房屋。卢瑶无处安身，暂宿城隍庙，得遇钻天、失地，三人结拜为兄弟，一路乞讨到京城投奔马立。马立留钻天、失地在军中做参军，上奏皇帝卢员外善行。皇帝钦封卢瑶为千岁，回乡安享余生。卢员外回到家中，马立已经安排重新修建好卢家宅院。马立奉旨回乡祭祖，分别拜见卢员外和母亲。母亲要马立去请姐姐马玉英，感谢王家赠送盘缠。马立说明实情，要杀马玉英。卢员外讲情，罚马玉英讨饭三年后去白云庵修行。马玉英讨

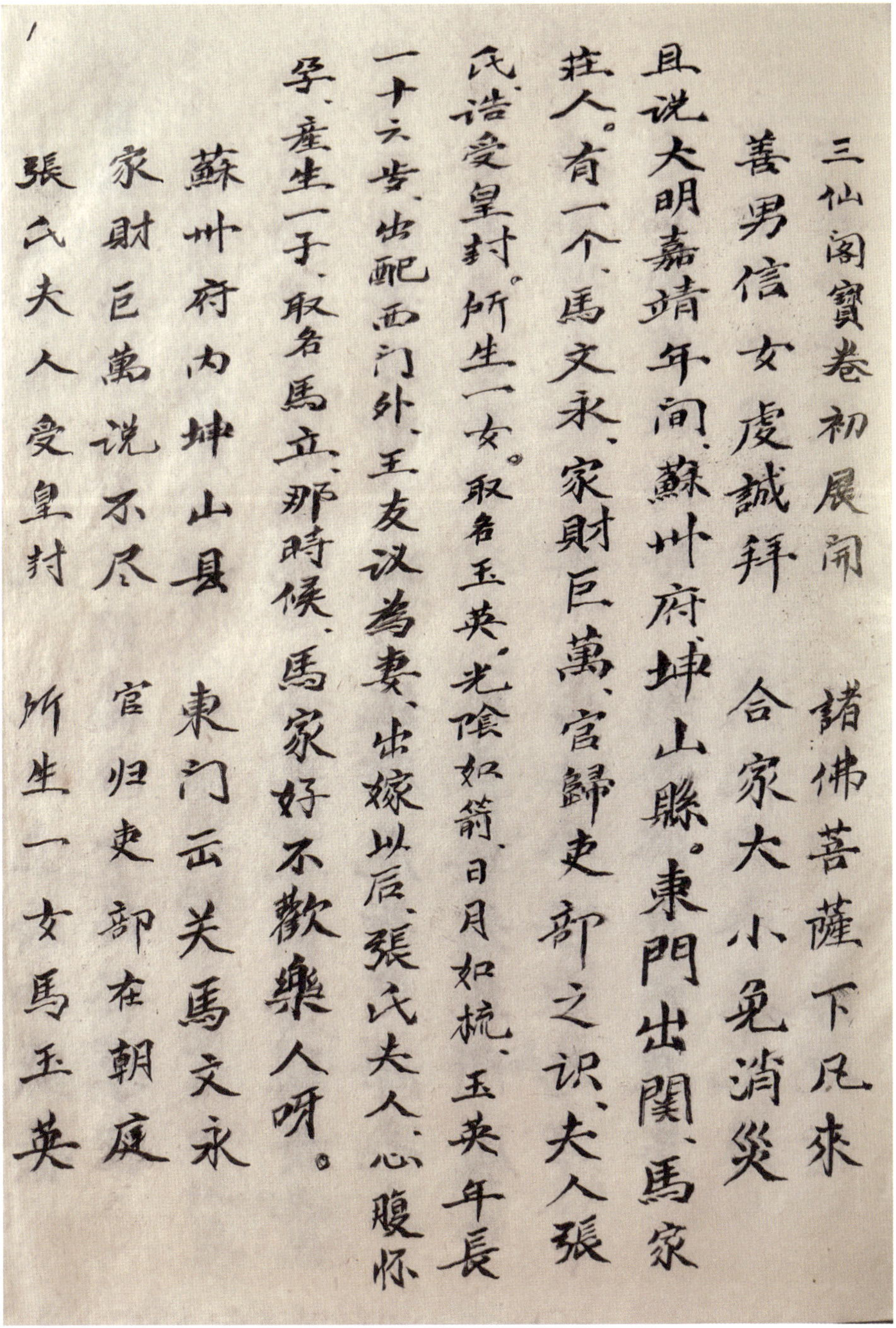

三仙閣寶卷初展開　諸佛菩薩下凡來

善男信女虔誠拜　合家大小免消災

且说大明嘉靖年间苏州府坤山縣。東門出闊、馬家

莊人。有一个馬文永。家財巨萬，官歸吏部之识、夫人張

氏诰受皇封所生一女。取名玉英，光陰如箭，日月如梭，玉英年長

一十六岁，出配西门外，王友议為妻，出嫁以后，張氏夫人心腹怀

孕，產生一子，取名馬立。那時候，馬家好不歡樂人呀。

蘇州府内坤山县　東门云关馬文永

家財巨萬说不尽　官归吏部在朝廷

張氏夫人受皇封　所生一女馬玉英

《三仙阁宝卷》1993年何崇焕抄本

饭路上遭遇天雷。王友议企图杀害卢员外，被处腰斩。

版本共1种：

1993年何崇焕抄本

线装。抄本。一卷一册。开本：19.3厘米×13.4厘米。共66页132面，每面10行，每行21字。封面、封底全。内容完整。封面左上题"三仙阁宝卷上下集"，右上题"公元一九九三 太岁癸酉桂月抄"，中下题"何记"。卷首题"三仙阁宝卷"。卷末无题，有钤印"宿迁运羽书馆"。

开卷。开卷偈："《三仙阁宝卷》初展开，诸佛菩萨下凡来。善男信女虔诚拜，合家大小免消灾。"

正文：散说、诗赞（七言、攒十字）。

结卷。结卷偈："马立身坐在厅堂，文武百官站两旁。两旁刀枪藤牌手，当众坐着阎罗王。友义夫妻跪在地，骂怨玉英事了忙。马立拍动惊堂木，骂你友义罪该当。你夫妻二人生毒计，放火烧屋罪该死。友义低头来认罪，大舅总要宽恕我。皇爷喊叫刀斧手，推出校场去斩首。母亲在旁呆登登，便差家童一个人。快快去到卢府门，请来卢瑶好讲情。皇爷大骂马玉英，当初你家借花银。不借银两尤且可，叫出丫环击乱棍。放出恶狗拨我身，活活要我一条命。今日总不干休你，雪恨报仇消我气。玉英今日来认罪，小弟宽恩大量人。千错万错玉英错，要望老娘的面情。卢瑶在旁听得明，开言便把马弟叫。上京赴考我送你，七星亭上说分明。遇兄话语你回意，难道你多全忘记。以我卢瑶的主见，要留胞姊命一条。王家房屋来分散，金银谷库分穷人。山园田地都没官，马玉英讨饭苦三年。狠毒之心不改换，三年之后斩首根。若是改换好良心，白云庵内去修行。本当把你来斩首，难为大哥讲的情。王家财产都没收，罚你讨饭三年正。叫出兵丁两个人，快快把他赶出门。劝君切勿学玉英，同胞手足多不认。自己富贵享荣华，骨肉娘亲多忘尽。十月怀胎在娘身，吃娘心血养成人。恶毒之人天有眼，玉英讨饭路上行。天雷打死马玉英，尸骸抛路狗拨尽。做人总要有良心，卢马两人做上人。《三仙阁宝卷》拜完成，大众回家福寿绵。合堂大众齐欢乐，诸佛菩萨上莲台。"

115《三笑宝卷》，又名《笑中缘》《九美图》

明弘治十三年，才子唐寅，字伯虎，时年二十岁，乡试得中解元。家有八位貌美夫人，分别是陆照容、蒋月英、谢天香、马凤鸿、李传红、罗秀英、春桃、九红。有三位朋友，分别是祝枝山、文徵明、周文宾。八月二十一日，唐寅闲来无事，到虎丘山游玩散心。当朝宰相华洪山告老还乡，回到无锡东亭镇居住，老夫人李氏到天竺山烧香回来，路过虎丘山，华府丫环秋香伴随老夫人到半塘寺敬香，巧被唐寅遇着。唐寅见秋香美貌，假装拜佛，跟随秋香一起进寺，搭讪秋香，秋香不理。老夫人一众人离寺回船，唐寅紧紧跟随到船边。秋香进船舱前，见唐寅如痴呆一般向船上，觉得奇怪，向唐寅回眸一笑。唐寅误认为秋香对自己有意，租小船紧紧跟随华府大船。行船途中，秋香出来泼水，碰巧泼到唐寅身上，秋香羞愧，对唐寅一笑，唐寅更加痴情，一路跟随，来到华府门口。秋香进府之前，遇着唐寅傻傻立在华府墙根，回头又对其一笑。唐寅被秋香三笑勾引，更加坚信秋香对自己有意。唐寅说通卖婆韩妈妈，假借韩妈妈外甥康宣之名，将自己卖身到华府做书童。华太师将唐寅改名为华安。华安到厨房为大爷华文、二爷华武端饭，遇见秋香，欲与之纠缠，被秋香锁在厨房。华文、华武责怪华安端饭耽误时间，要罚华安，华安帮助二人做文章两篇。华安所作文章得到先生陈楚台赞赏，拿与太师看。华太师不信自己儿子有此水平，当堂测试，二人道破是华安所作。先生陈楚台羞愧自己不如华家小使，请辞回家。华太师让华安教授华文、华武诗文。华安、华文、华武三人分别纠缠秋香。秋香施计，相约三人晚上都到后花园牡丹亭相见。秋香假借观看水晶屏，带老夫人李氏一起到牡丹亭，华文、华武将老夫人误认为秋香，上前相抱，被老夫人痛骂，唐伯虎隐在假山后面，见机逃脱。到了十二月底，唐伯虎离家四个多月未归，大娘陆氏寻到祝枝山家要人，祝枝山被逼无奈，到杭州找周文宾商议对策。二人返回苏州途中遇见文徵明，三人乘坐小船游玩，从船家口中得知唐伯虎下落。三人到华府拜访，华太师为显示家人才学，引小使华安接待，并让华安作文章献于三人。华安借相送三人之际，求计于祝枝山。华安回府，华太师责问为何耽误时间，华安告知，祝枝山以将家中丫环相送为代价，要为自己赎身。华太师闻听

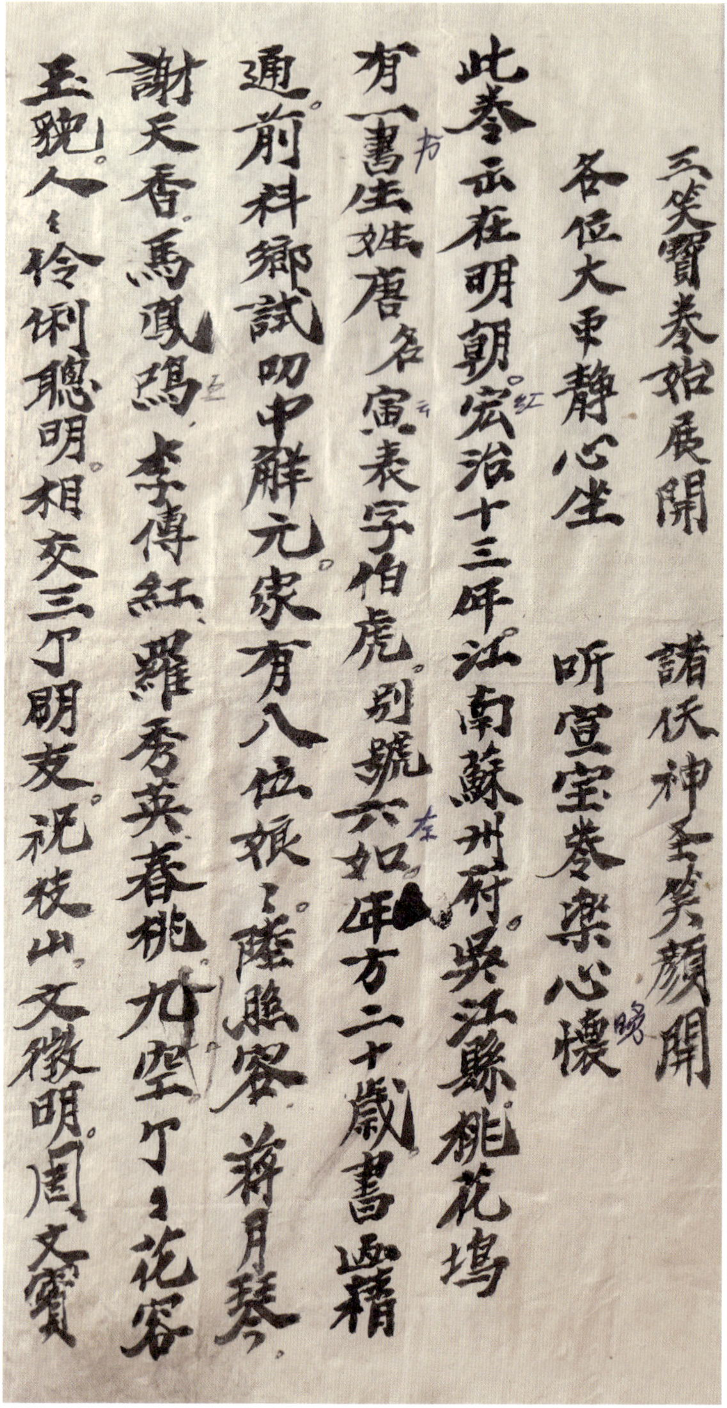

宿迁运羽书馆藏宝卷

三笑寶卷始展開

各位大更靜心坐　諸侯神聖笑顏開

听宣寶卷樂心懷

此卷正在明朝宏治十三年江南蘇州府吳江縣桃花塢

有一書生姓唐名寅表字伯虎，別號六如年方二十歲書必精

通前科鄉試叨中解元家有八位娘，陸賤客　蔣月琴。

謝天香。馬鳳鳴。李傅紅、羅秀英春桃。九空丁。花容

王貌人。伶俐聰明相交三丁朋友祝枝山、文徵明周文賓

《三笑宝卷》1986年抄本

祝枝山要挖自己墙角，遂告知华安可在华府七十二名丫环使女中随选一位做妻子。唐寅选中秋香，留下墙诗一首，连夜带秋香回到苏州唐府，将秋香收为九夫人。华太师到苏州唐府拜访，唐寅请出秋香相见，华太师认秋香为女儿，唐寅、秋香遂拜华太师为岳父。华太师回家送上嫁妆八船，作为嫁女之礼。祝枝山讨要酬金，唐伯虎赠送银子三百两。

版本共1种：

1986年抄本

线装。抄本。一卷一册。开本：25.3厘米×13厘米。共70页140面，每页10行，每行14—20字。封面、封底全。内容完整。封面左上题"笑中缘（九美图）"，右上题"公元一九八六年三月抄"。卷首无题。卷末题"一九八六年农历三月中王抄"。

开卷。开卷偈："《三笑宝卷》始展开，诸佛神圣笑颜开。各位大众静心坐，听宣宝卷乐心怀。"

正文：散说、七言诗赞。

结卷。结卷偈："不宣太师转回程，再宣唐寅家礼情。端正三百花银子，相送赔罪祝允明。枝山回言不客气，回家碰看讨扇人。自己扇子来赔伊，回转家中不必云。太师回家妆嫁办，八双大船送上门。一路送到唐府上，解元办酒待众人。相送舟力花银子，众人回转华府门。解元心中多欢喜，九位如花如玉人。画成《九美图》一幅，长挂房厅喜欢心。合府吃了团圆酒，一门和顺过光阴。九位娘娘生贵子，后来个个立朝廷。解元同妻行善事，一夫九妇诵经文。华府太师同太太，二个镀头也有名。《三笑宝卷》宣完成，佛欢神喜乐太平。若问此卷啥时出，大明传下到如今。斋主虔诚添吉庆，听宣宝卷福寿增。"

116《三阳宝卷》

经卷类宝卷。无具体故事情节。

版本共1种：

民国十七年（1928）抄本

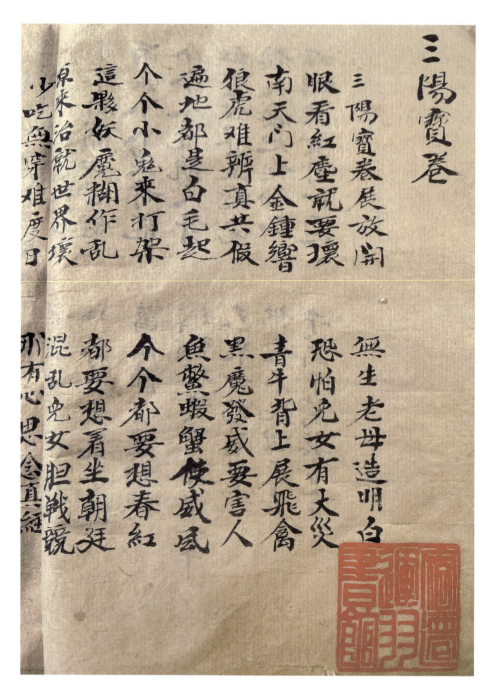

三陽寶卷

三陽寶卷展放開
眼看紅塵就要壞
南天門上金鍾響
狼虎难辨真共假
遍地都是白毛起
个个小鬼来打架
這夥妖魔糊作乱
原来治就世界壞
少吃無穿难度日
州有心思念真經

無生老母造明白
恐怕兒女有大災
青牛背上展飛禽
黑魔發威要害人
魚鱉蝦蟹候威風
个个都要想春红
都要想着坐朝廷
混乱兒女胆战兢

《三阳宝卷》民国十七年（1928）抄本

线装。抄本。一卷一册。开本：19.4厘米×13.2厘米。共4页8面，每页8行，每行25字。封面、封底后封。内容完整。封面无题。卷前有《玉皇紫薇大帝在天宫召见诸佛诸仙》《宣释迦燃灯佛祖下界度化九十四亿原性》《袁天罡推算天地循环》《上天老母批语》等4篇共16页32面经文。卷首题"三阳宝卷"。卷后附无极、太极、八卦三姓名旗号、长计惺、头五指线5篇经卷类劝世文。卷末附《太平表》。

开卷。开卷偈："《三阳宝卷》展放开，无生老母造明白。眼看红尘就要坏，恐怕儿女有大灾。"

正文：七言诗赞。

结卷。结卷偈："牛头蛇尾红花落，金龙吞日虎马年。吉日鸡头洋江水，泾渭跕立数燕南。真人独坐云中地，用手指画大觉仙。红花一声哈哈笑，五潮叫鸣变秦川。"

117《三元水忏宝卷》，又名《三元水忏法卷》《太上三元水忏法卷》

经卷类宝卷。无具体故事情节。

版本共1种：

民国抄本

线装。抄本。三卷一册。开本：22.5厘米×13.8厘米。共21页42面，每面8行，每行15字。封面、封底全。内容完整。封面左上题"三元水忏宝卷上下卷"，右下题"正一堂张识"。卷首题"太上三元水忏法卷上"。卷末题"太上三元水忏法卷下"，有钤印"宿迁运羽书馆"。

开卷。无开卷偈。

正文：散说、诗赞（七言、攒十字）。

结卷。无结卷偈。

按：此卷流传于山西临汾一带。

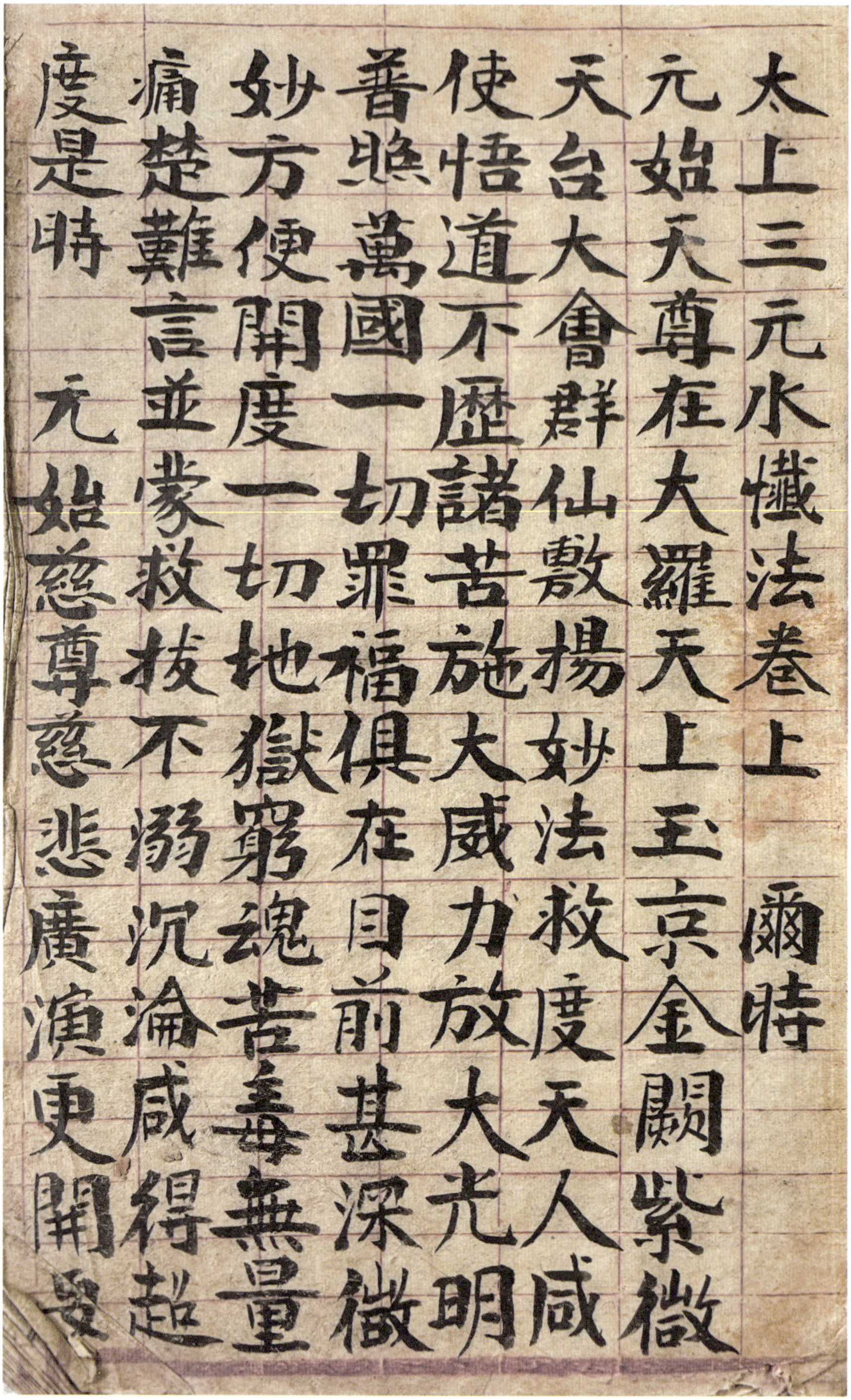

太上三元水懺法卷上 爾時

元始天尊在大羅天上玉京金闕紫微

天台大會群仙敷揚妙法救度天人咸

使悟道不歷諸苦施大威力放大光明

普照萬國一切罪福俱在目前甚深微

妙方便開度一切地獄窮魂苦毒無量

痛楚難言並蒙救拔不溺沉淪咸得超

度是時　　元始慈尊慈悲廣演更開是

《三元水忏宝卷》民国抄本

118《三真宝卷》

佛家归元类宝卷，无具体故事情节。云中子与元始天尊一问一偈曰，结成此卷。

版本共1种：

旧抄本

线装。抄本。一卷一册。开本：22.1厘米×13.5厘米。共17页34面，每面8行，每行19字。封面、封底全。内容完整。封面左上题"三真宝卷"，背面有钤印"宿迁运羽书馆"。卷首有《三真宝卷序》《凡例三则》。《凡例三则》中言明此书出处及时间：此书乃一善士朝拜中岳，观山崩地裂，现在石匣一圆上有朱砂大字"三真宝卷"是也，遂俯伏四十八拜，火光大起，石匣自开，内里有书一部，时乃太宗元年现也。卷首题"三真宝卷"。卷末题"三真宝卷终"。卷后附此书流传经过：金公祖师辛未交三公（俞、韩、谢），历经三公后于己卯年交于张四太爷。

开卷。题诗四句："三道自虚无开鸿蒙，真祖出现彻理明。元中大数天机定，搭查对号见无生。"

正文：七言、偈语。

结卷。元始天尊留偈四首："震雷向真人出现，举万古不凋不残。傅大道山海普遍，青阳柳转回瑶天。""乾天堂元乐出藏，明晃晃六壬内藏。三星地峨眉山上，涧泉流水落汪洋。""会元气三宝合相，内藏着芝兰味香。开花朵诸佛赞仰，若开着万古名扬。""吾今宝卷送凡尘，单等有志女共男。时至书现天心地，好与中元做证验。"

119《杀狗劝夫卷》

清道光年间，浙江嘉兴西门外有兄弟二人以种田为生。大哥沈凤林、弟弟沈凤春二人同心相处。沈大娶妻徐氏，贤惠孝顺，烧火做饭样样勤快，对二叔也是照顾善待，帮助沈二娶妻成家。沈二妻子好吃懒做，刻薄刁钻，过门不久，便鼓动沈二分家。沈二请来娘舅主持分家，徐氏上街打酒、买肉款待。沈二妻子私下煮鸡蛋送与娘舅，希望分家时能得到照顾。娘舅考虑沈大在父母生前照

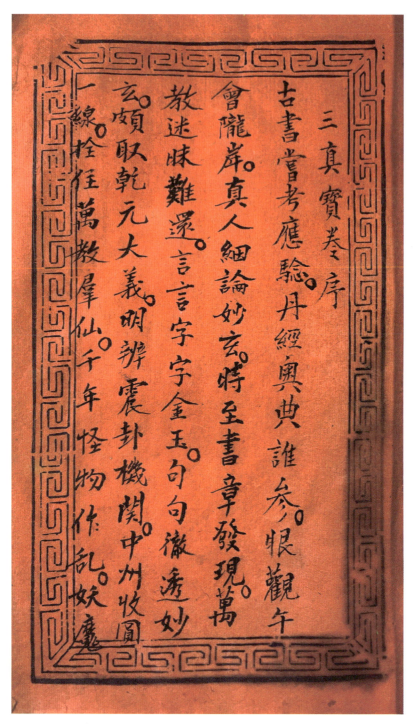

三真寶卷序

古書嘗考應驗丹經奧典誰參恨觀午
會隴岸。真人細論妙玄。特至書章發現萬
教迷昧難還。言言字字金玉。句句徹透妙
玄。頻取乾元大義明辨震卦機關中州收圓
一線。拴住萬教羣仙千年怪物作乱妖魔

《三真宝卷》旧抄本

顾较多，将好房好田分与沈大。沈二媳妇死活不依，徐氏主动把好房好田让与二叔，自己家住差房种差田。分家之后，沈大吃苦耐劳，徐氏辛勤持家，年年田地丰收，生活富足。沈二夫妇接连生病，田地连遭天灾，年年歉收，竟到了断粮地步。大年三十，沈二实在过不下去，硬着头皮去大哥家借粮，沈大没好脸色，一口回绝，沈二气急回家。徐氏闻知，责备沈大不顾兄弟之情，亲自把米面送到二叔家。徐氏有心帮助沈二，与沈二夫妇商议定计，促使沈大回心转意。徐氏回到家中，将自家黄狗杀掉，脱去狗毛，套上人的衣服，将死狗挂在门口枣树上。夜半沈大回家，在门口撞上狗尸，以为是死人尸体，慌忙进屋告诉徐氏自家门口挂有死尸。徐氏说可能是有人故意陷害，让沈大去找平日里的酒肉朋友阿二、阿四帮忙。阿二、阿四听得事关人命，连忙推脱拒绝。徐氏让沈大找兄弟帮忙。沈二一口应承，帮助大哥将狗尸埋到南山。沈大认识到危难之时还是自家兄弟为亲，徐氏乘机提出两家合炊，兄弟二人都连连赞同。自此，兄弟两家又和睦相处。阿二、阿四因沈家兄弟合并生活，和好如初，沈大也不再与他们来往，再也没有酒肉宴请，心生怨恨，便到官府状告沈家兄弟合谋害命，移尸私埋。知府见二人贼眉鼠眼，心知不是好人，将二人收留在府衙，自己亲自到沈家门上查问。徐氏将实情禀告了知府老爷，并带老爷到埋尸地点掘开查验，果然是一具狗尸。知府将徐氏杀狗劝夫之事上报朝廷，皇帝下旨表彰徐氏，钦赐贤德牌坊。阿二、阿四因有作恶前科及犯诬陷之罪，被处斩首。

版本共1种：

清抄本

线装。抄本。一卷一册。开本：23厘米×12.9厘米。共43页86面，每面8行，每行26字。封面、封底全。内容完整。封面左上题"杀狗劝夫卷"。卷首无题。卷末无题，有钤印"宿迁运羽书馆"。

开卷。无开卷偈。

正文：散说、诗赞（七言、攒十字）。

结卷。结卷偈："宣卷诵经多完备，三显已毕送诸贤。众圣驾回穹苍去，自然家宅得安宁。"

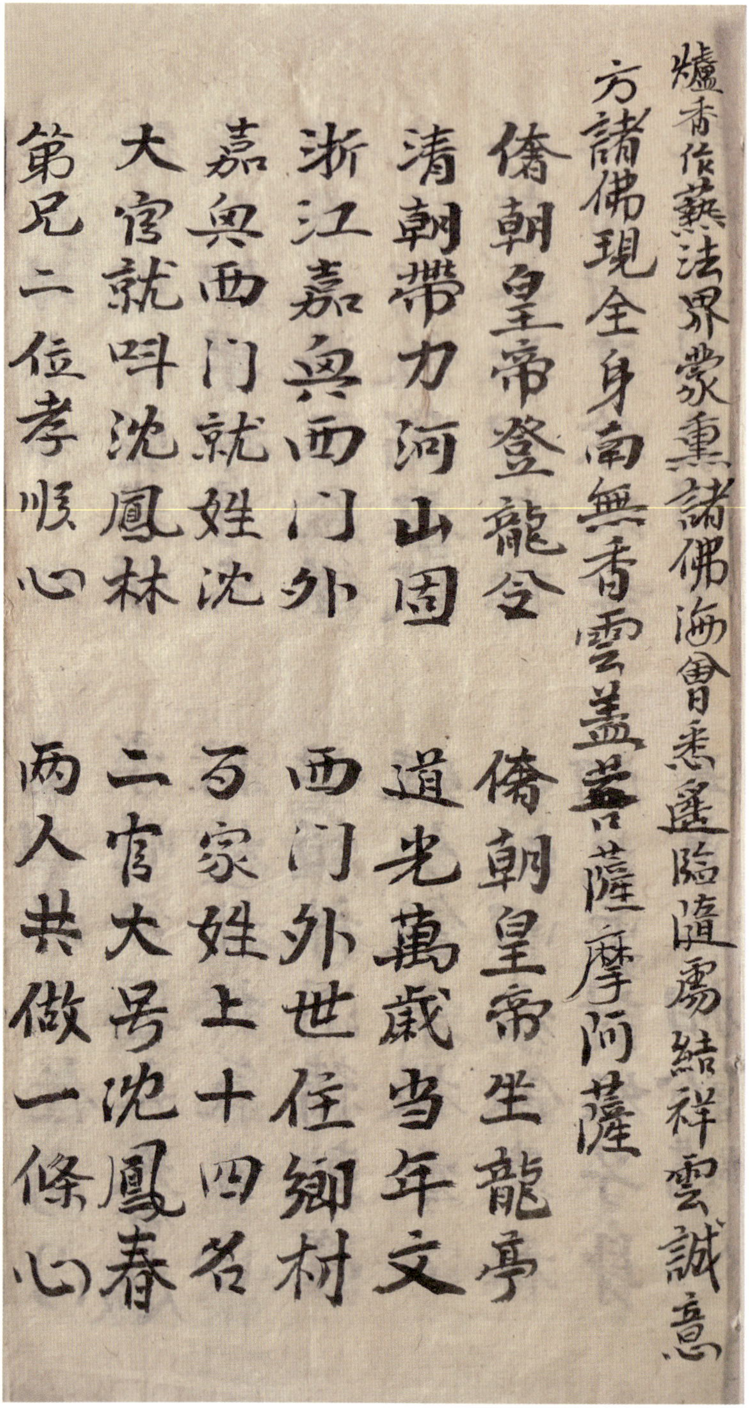

爐香乍艺法界蒙熏諸佛海會悉遥臨隨處結祥雲誠意

方諸佛現全身南無香雲盖菩薩摩阿薩

侨朝皇帝登龍兮

侨朝皇帝坐龍亭

清朝帶力河山固

道光萬歲當年文

浙江嘉興西門外

西門外住鄉村

嘉興西門就姓沈

百家姓上十四名

大官就叫沈鳳林

二官大号沈鳳春

第兄二位孝順心

兩人共做一條心

《杀狗劝夫卷》清抄本

120《舍子取义海哥卷》

汉光武帝年间，潞州古贤庄有一员外罗奎，夫人邵氏，家业兴隆，田产俱丰。夫妇生三子。长子兴周，娶妻萧氏，名国真；次子兴汉，娶妻邱氏；三子尚幼，不满周岁，乳名三舍。潞州府派富户出人讨贼，长子、次子皆去，一年多未回，罗奎病亡。邵氏独自操持家务，加之思念丈夫，也得病卧床，临终时将小儿三舍托付与两个儿媳。萧氏无子，无有奶水，让弟媳邱氏抚养。邱氏刚生一子，取名海哥，愿意承担抚育小叔之责，邵氏将家中三件头面付与邱氏以当报答。萧氏心中不悦，要求每月称量小叔三舍体重，不能有轻。邵氏病亡，邱氏守孝三十五天，左乳喂三舍，右乳喂海哥，两儿吃奶，难以养胖三舍，每月都轻。邱氏为保三舍吃饱，借回娘家之际，将海哥抱到路口桑树下，咬下海哥脚趾半截，留下血书离开。宰相柳海扬四十八岁，无有子女，丁忧回乡，路过桑树下，拾得海哥回家，请乳母同氏抚养。邱氏抚养三舍到八岁，请本州柴先生教读诗书，先生为三舍取学名罗兴国。兴国不贪玩耍，日夜苦读，每隔几天就要回家拜见恩嫂。萧氏心生嫉恨，借兴国生日之际，用毒酒害死兴国。邱氏悲痛，收殓兴国。在万宝山修行的严子陵奉玉帝差遣，下界救活兴国，带回万宝山修炼，邱氏并众人将空棺下葬郊外。兴国后来修炼多年得道，文武双全，被当朝大臣保举，领兵出征，平叛得胜，被皇帝封为总兵大元帅，加一等侯。萧氏担心陷害兴国事情败露，与哥哥萧江合谋，贿赂州官一千两银子，诬陷邱氏害死兴国。州官将邱氏提拿到堂，屈打成招，打入大牢。州官详报上去，因无尸体可以检验，上司未予据准，差将邱氏押解新县等候再审。萧氏又花五十两银子打点，让押差半路杀死邱氏，押差黑下银两，未取邱氏性命。新县老爷慈善，除去邱氏镣铐，安排她暂住九圣庵。邱氏在庵中啼哭，向庵主尼僧诉说兴国惨死经过。海哥得柳丞相待如亲子抚养，六岁读书，十岁进学，十五岁赴京赶考得中状元，皇上钦点海哥为八省巡案。海哥夜宿九圣庵，闻听邱氏向尼僧诉说冤情，相见得知是自己亲生母亲，母子失散十五年，得以重逢团聚。兴周、兴汉征北十六年，有功返朝，兴周被钦封总兵，兴汉为副将，兴国为山西总兵，全家回乡祭祖。萧氏判罚关进小黑屋，后被雷劈死。

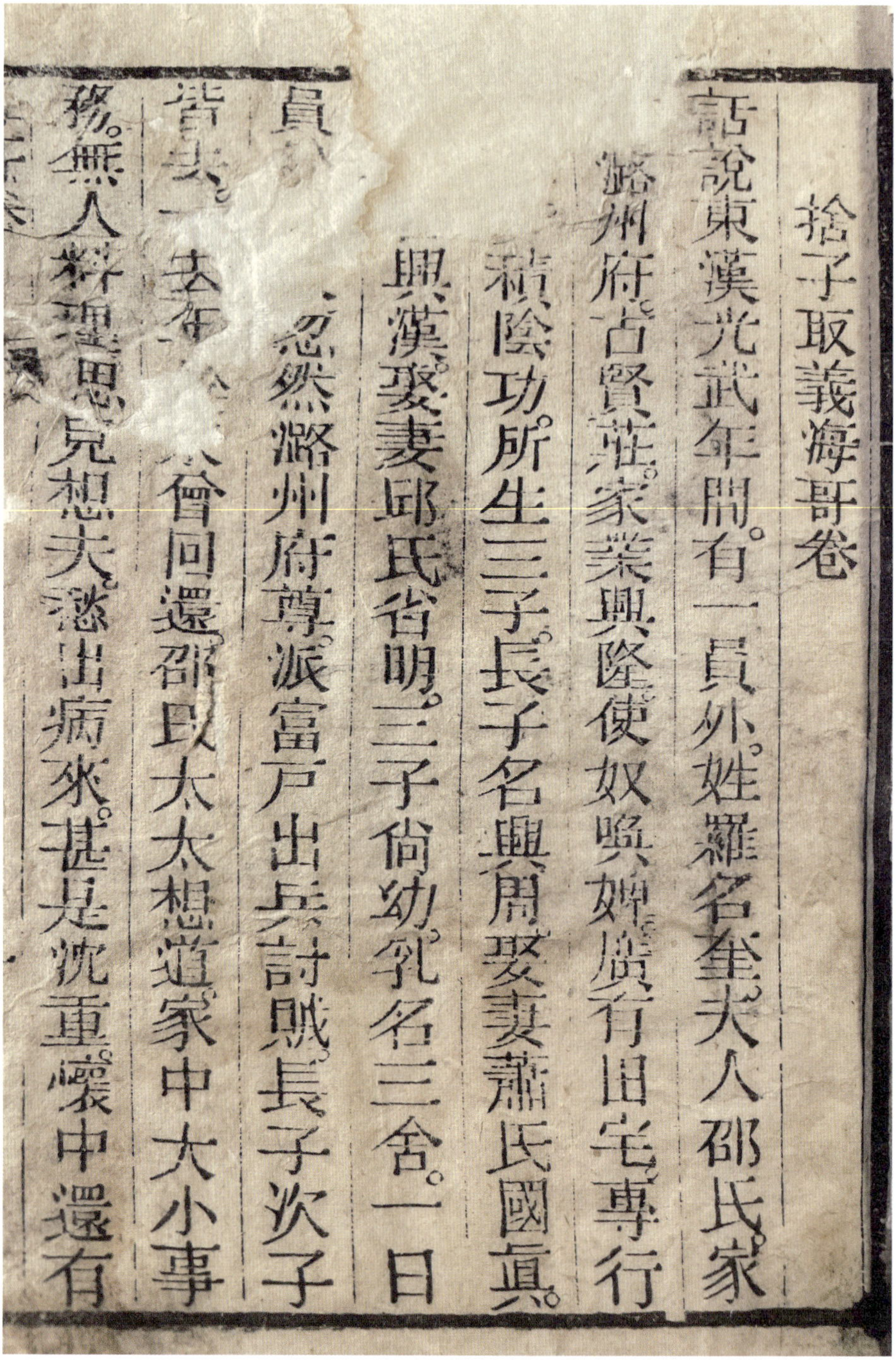

捨子取義海哥卷

話說東漢光武年間有一員外姓羅名奎夫人邵氏家

潞州府古賢莊家業興隆使奴喚婢廣有田宅專行

積陰功所生三子長子名興開娶妻蕭氏國真一日

興漢娶妻邱氏省明三子尚幼乳名三舍。

忽然潞州府尊派富戶出兵討賊長子次子

員……會回還郡取太太想道家中大小事

皆是……去在……

孩無人料理思兒想夫懣出病來甚是沈重懷中還有

《舍子取义海哥卷》清刻本

版本共1种：

清刻本

线装。刻本。一卷一册。版框：14.4厘米×10厘米。共41页81面，每面8行，每行21字。白口，单黑鱼尾，四周单边。书口题"海哥卷"。封面、封底全。内容完整。封面无题。卷首题"舍子取义海哥卷"。卷末无题。

开卷。无开卷偈。

正文：散说、宣唱（七言、攒十字）。

结卷。"众人谨遵兴周号令，各按律条办之。海哥修本一道奏知圣上。宣：罗兴周心公正断事不偏，善报善，恶报恶，一齐定完。把萧氏填到了小黑屋内，也无门也无窗闷死里边。邱氏叫留窟窿每日送饭，萧国真心不足恨地怨天。有一日功曹神往上禀报，打霹雳把萧氏轰在里边。劝世人行方便莫生奸计，好和歹善与恶早晚报还。人生在世须学贤人，莫学萧真萧氏作恶，火龙焚身。邱氏存善，诰封夫人。这个榜样，盖世古今。"

121《十方宝经》

经卷类宝卷，无具体故事情节内容。

版本共1种：

1995年何崇焕抄本

线装。抄本。一卷，与1995年何崇焕抄本《香山宝卷》同册。共7页14面，每面10行，每行14字。封面、封底全。内容完整。封面左上题"十方宝经"，右上题"公元一九九五年　太岁己亥荷月抄"，中下题"何记"。卷首无题。卷末题"愿以此功德，普及还一切。诵经保平安，消灾增福寿"。本册附有《观音游洞》《十劝公婆》《十劝儿女》《婆媳和睦》等经卷类劝世文。

开卷。开卷偈："释迦牟尼坐莲台，十方童子站两边。手执幢幡并宝剑，要度天下众善缘。早上出门拜《十方》，口念弥陀走路忙。到晚回转家中去，合家大小保安康。志心拜，拜《十方》，礼拜金莲台上释迦牟尼佛。《十方》本是救劫经，有难之事见分明。"

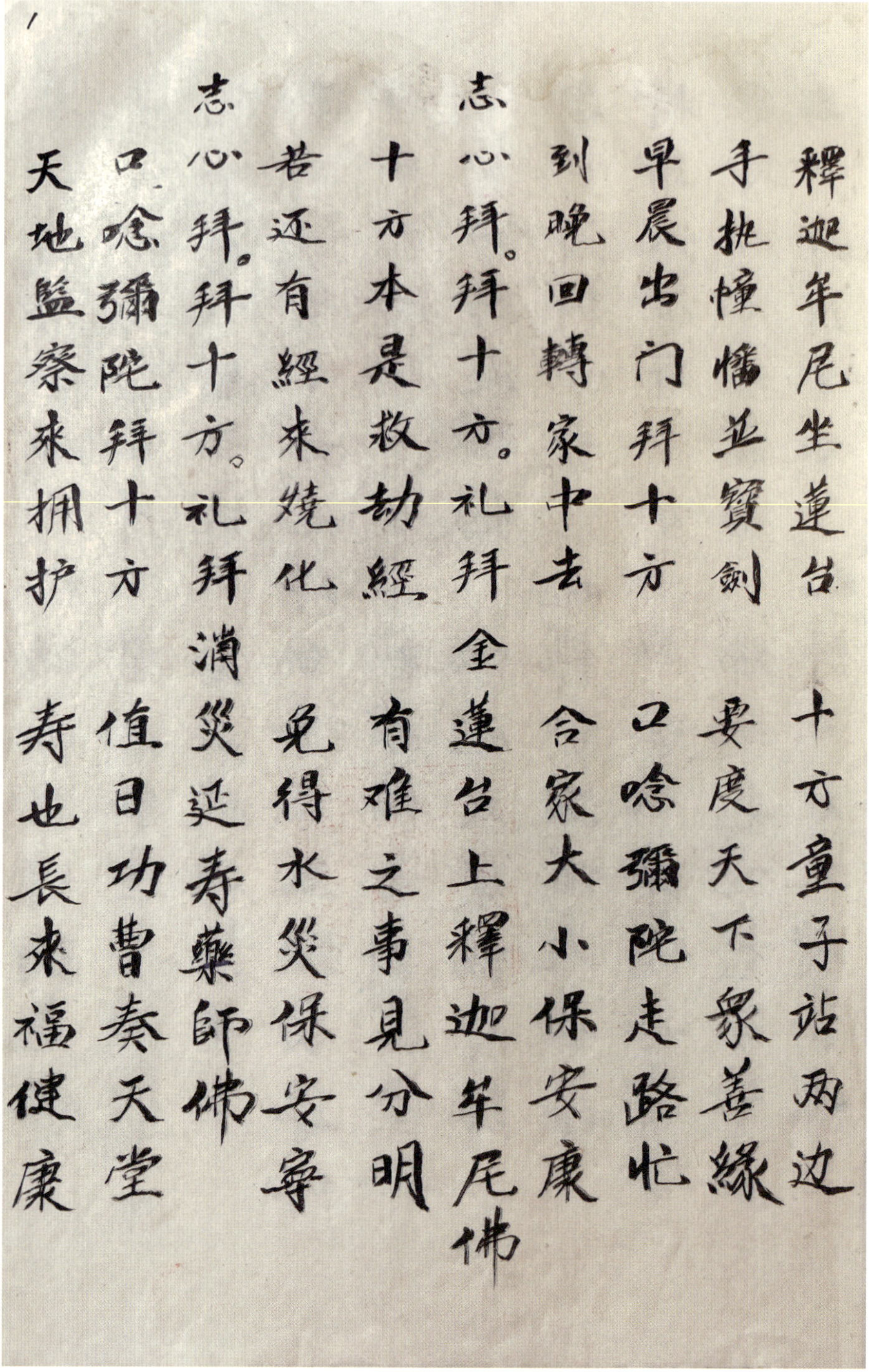

釋迦牟尼坐蓮台　十方童子站兩邊

手挑幢幡並寶劍　要度天下象善緣

早晨出門拜十方　口唸彌陀走路忙

到晚回轉家中去　合家大小保安康

志心拜拜十方。礼拜金蓮台上釋迦牟尼佛

十方本是救劫經　有難之事見分明

若還有經來燒化　免得水災保安寧

志心拜。礼拜消災延壽藥師佛

口唸彌陀拜十方　值日功曹奏天堂

天地監察來拥护　寿也長來福健康

《十方宝经》1995年何崇焕抄本

正文：通篇七言诗赞。

结卷。结卷偈："此经原是《十方经》，普劝大众男女人。在堂大众增福寿，胜比灵山拜世尊。志心拜，拜《十方》，礼拜诸尊菩萨摩诃萨。"

122《十佛接引原人升天宝卷》，又名《升天宝经》

佛经类宝卷，无具体故事情节。

版本共1种：

旧抄本

线装。抄本。两卷一册。开本：20.1厘米×12.4厘米。共57页114面，每页7行，每行17字。封面、封底全。内容完整。封面左上题"升天宝经"。卷首题"十佛接引原人升天宝卷"。卷末题"十佛接引原人升天宝卷下终。板存西安省城固斗山后湾广利院。有印刷者自备纸张，不取板资"。

开卷。开卷偈："十佛降临品：十佛传宝卷，身居空王殿。留下十字佛，定有人称赞。"

正文：散说、诗赞（五言、七言、攒十字）。

结卷。"宝卷圆满，大众同贺三声：南无接引如来阿弥陀佛，南无通天药师如来阿弥陀佛（三称，一称四叩），南无满空诸佛菩萨摩诃萨摩诃般若波罗蜜（三称，百叩）。"

123《十富宝卷》，又名《十富命宝卷》

明永乐年间，扬州府兴化县陶荣，家财巨万，与夫人任氏同庚，五十九岁，生三男一女，三子均已成家。女儿美玉年方十八，自小熟读诗书，知书明理。陶老爷六十大寿之际，众亲朋纷纷祝寿献词，唯独美玉未随众赞誉，言"各人有福各人过，有福无福靠自己"。陶老爷恼怒，一气之下，将女儿美玉配与叫花子姜介眉。小夫妻二人大年初一被陶老爷赶出家门，沿路乞讨，来到浙江省处州府青田县五龙庄，投宿到刘姓凶宅。护院刘公担心二人入住被伤连累到自己，邀请众邻作保见证，写下生死文契，将宅院送与二人，生死两不相欠。此宅院

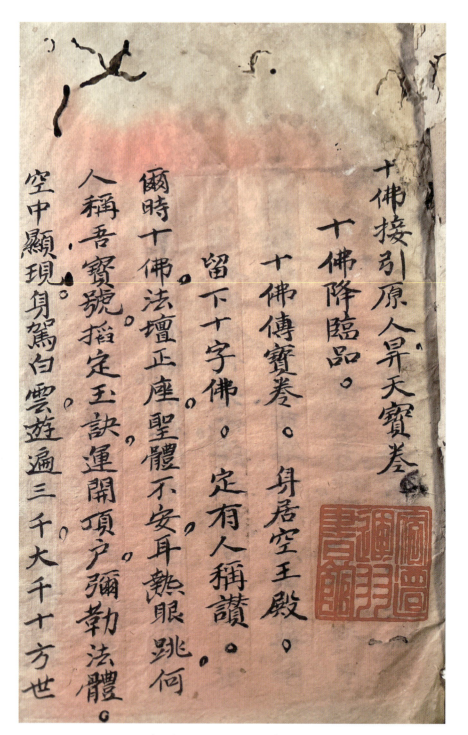

十佛接引原人昇天寶卷

十佛降臨品。

十佛傳寶卷。身居空王殿。

留下十字佛。定有人稱讚。

爾時十佛法壇正座聖體不安耳熱眼跳何

人稱吾寶號搖定玉訣運開頂戶彌勒法體。

空中顯現身駕白雲遊遍三千大千十方世

《十佛接引原人升天宝卷》旧抄本

内有三十六间房屋，聚满金银财宝，二人意外得财，自此巨富一方。扬州发生三年大灾，皇帝命陶荣出钱买米赈济灾民。陶荣买米来到五龙庄，得与女儿女婿夫妻相见。美玉、介眉不计前嫌，赠送父亲米面三万六千担，金钱无数。母亲任氏也赶到五龙庄与女儿相见。介眉夫妇后来生有三男三女，三子俱为进士，在朝为官，三女俱嫁入高门。

版本共1种：

抄本

线装。抄本。两卷一册。开本：20.2厘米×14.2厘米。共35页70面，每页8行，每行17字。封面、封底全。内容完整。封面无题。卷末题"生意年年发积又余广，富者年年发得余广"。

开卷。开卷偈："天留甘露生万物，佛留经卷度凡人。人留男女防身老，草留根芽等逢春。"

正文：散说、七言诗赞。

结卷。结卷偈："美玉小姐福分深，连生三子受皇恩。真真人家天发积，子孙代代耀门庭。姜介眉当初身落难，遇着小姐大富星。当初吃尽千般苦，如今做到老封君。夫人命中包发积，小姐如金饭罗十富命邦命发达长万金。劝君切莫与人争，则要命好果然真。小姐生来十富命，衣食禄食天注定。为人总要良心好，积善门定有余庆。《十富宝卷》宣完成，句句尽是劝人文。大明永乐年间日，传流古迹到如今。一年四季无灾悔，个个增福又添财。"

124《十王宝卷》，又名《泰山东岳十王宝卷》《十殿宝卷》

宣扬泰山十王之书。

版本共3种：

一、清光绪二十八年（1902）河南省彰德府林县同心堂存板刻本

线装。刻本。一卷一册。版框：16厘米×11.5厘米。共48页96面，每面8行，每行21字。白口，单黑鱼尾，四周单边。书口题"十王宝卷"。封面、封底全。内容完整。封面题"十王宝卷"。内封中大字题"十王宝卷"，右题"光绪二十八年仲春重刊"，左题"河南省彰德府林县同心堂众信存板"。卷首题"泰山东岳十王宝卷"，有钤印"宿迁运羽书馆"。卷末附《五字莲花经》《山东济南府临清县儒学生员李青赴阴还阳传十帝阎君圣诞》《众位善信捐资目录开列于后》。

开卷。举香赞："《十王宝卷》，法界来临。诸佛菩萨，悉遥闻随。处结祥云，成荐方殷。诸佛菩萨现金身。"开卷偈："《十王宝卷》利益深，日管阳来夜管阴。究查阳间男和女，善恶不差半毫分。"

正文：散说、诗赞（七言、攒十字）。

结卷。结卷偈："《十王宝卷》无量功，众善人等仔细听。荐亡若宣《十王卷》，亡灵开经得升腾。生日若宣《十王卷》，诸佛菩萨折受生。无子若宣《十王卷》，子孙后代得兴隆。有病若宣《十王卷》，病好离床保安宁。逢难若宣《十王卷》，逢凶化吉得纵横。做会若宣《十王卷》，合会善人保太平。还愿若宣《十王卷》，说得明白还得清。十王见管幽冥事，阳间阴间一般同。传于十方善人看，既宣宝卷若虔诚。虔诚增上无量福，虔诚地狱返天宫。虔诚消灾灭了罪，虔诚九祖得升腾。虔诚超出三界外，毁谤真经堕幽冥。虔诚同赴龙华会，不信愚夫闯四生。信受明心见了性，不信佛法惹灾星。信受功德功德大，不信堕罪罪不轻。信受增寿增福德，不信得病病患生。信受只因因果正，不信返堕堕幽冥。有人讪谤十王宝，永堕地狱不升腾。有人信受《十王卷》，八十一劫永长生。宝卷结果，功上加功。得生净土，永远续长生。宝卷圆满福无边，施财刊板种福田。增福无量平安乐，过去万事都俱全。有人请卷超三界，撒手归家到灵山。有人请卷来喜舍，富贵荣华万万年。地狱宝卷，大众宣看。寿命延长，同登彼岸。"

二、民国上海惜阴堂书局石印本

线装。石印本。一卷，与民国上海惜阴堂书局石印本《黄糠宝卷》同册。单面，共10页，每页12行，每行14字。每面上图下文。封面、封底全。内容完整。卷首题"全图十殿宝卷"。卷末无题。

开卷。无开卷偈。

正文：通篇七言诗赞。

结卷。无结卷偈。

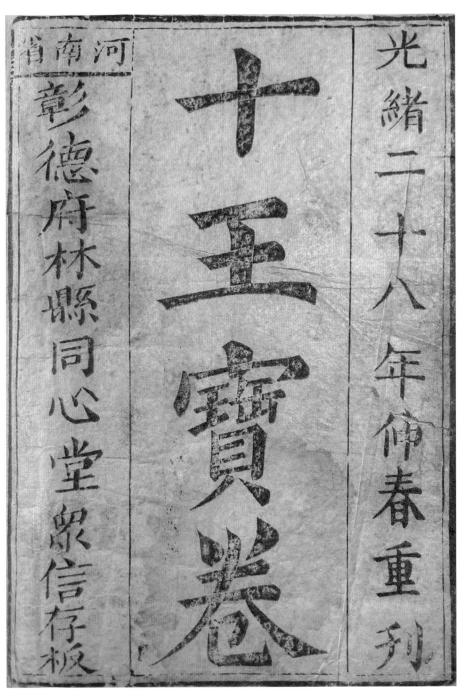

《十王宝卷》清光绪二十八年（1902）河南省彰德府林县同心堂存板刻本

三、抄本

经折装。抄本。一卷一册。开本：27厘米×14厘米。共31页62面，每面6行，每行18字。封面、封底全。内容完整。封面无题。卷首题"十王宝卷"。卷末无题。

开卷与前述版本（一）同。

正文：散说、诗赞（七言、攒十字）。

结卷。无结卷偈。

125《十月怀胎宝卷》

经卷类宝卷，无具体故事情节。

版本共2种：

一、民国上海大观书局石印本

线装。石印本。一卷，与民国上海大观书局石印本《花名宝卷》同册。开本：21.3厘米×13厘米。共1页2面，每面18行，每行37字。封面、封底全。内容完整。封面上题"绘图念经真本花名宝卷"，下题"上海大观书局发行"。书名页下题"十月怀胎宝卷"。卷首题"十月怀胎宝卷"。卷末无题。

开卷。开卷偈："《怀胎宝卷》初开谈，诸佛菩萨降临来。善男信女虔心听，增福延寿得消灾。"

正文：通篇七言诗赞。

结卷。结卷偈："各人当报大宏恩，在堂父母增福寿。仁人君子读一本，胜诵《莲花》一卷经。"

二、民国六年（1917）上海何广记书局石印本

线装。石印本。一卷，与民国六年（1917）上海何广记书局石印本《刺心宝卷》同册。尺寸：18厘米×11.5厘米。共2页4面，每面18行，每行39字。卷首题"新刻十月怀胎宝卷"。卷末题"十月怀胎宝卷完"。

开卷、正文、结卷与前述版本（一）同。

126《双钉记宝卷》, 又名《金龟宝卷》《张义宝卷》《双钉宝卷》《张义双钉记宝卷》

宋仁宗年间, 安徽合肥张家村张学举, 娶妻康氏, 夫妻同庚, 四十五岁, 膝下二子, 长子张仁, 时年二十一, 高中秀才, 次子张义, 喜好游山玩水。张学举在临庄开学馆, 包拯早年是其学生。张仁娶东王村王氏为妻, 王氏是刁妇, 时常打骂公婆, 欺负张义, 常年住在娘家。张仁专心读书, 张义在家打猎捕鱼, 供养父母, 不久, 父亲张学举得病亡故。张仁赴京应考, 得中探花, 经包拯举荐, 担任开封府总河厅。张仁差人回家报信, 王氏闻得丈夫做了高官, 撇开婆婆和小叔子, 独自一人到京城投奔丈夫。张义打鱼, 得金龟一只, 打一下能屙金屎一两。张义带金龟赴京见哥嫂, 张仁去处理黄河决口险情, 留下王氏招待张义。王氏见张义身上的金龟能屙下金屎, 心生歹意, 灌醉张义, 用双钉钉死他, 将金龟占为己有。张仁处理完决口回家, 王氏告知他张义暴病而亡。张义夜半托梦给母亲, 告知自己被王氏害死, 康氏进京到开封府告状。包拯命仵作建贵开棺查验张义尸体, 没有发现异常, 包公限期再验。建贵后妻范氏为二婚再嫁, 见建贵苦恼归家, 无意之中说出可在尸体头上细查。建贵二次复验, 查得张义头上钉有两颗铁钉, 就此同时牵出范氏钉杀前夫命案。包拯将两起案情上报皇帝, 皇帝钦命斩首王、范二毒妇。

版本共1种:

民国上海惜阴堂石印本

线装。石印本。两卷一册。版框: 18.5厘米×12厘米。单面32页, 每页18行, 每行32字。白口, 四周单边。书口题"双钉记宝卷"。缺封面, 有封底。内容完整。内封中大字题"绘图双钉记宝卷", 右上题"又名金龟宝卷", 左下题"上海惜阴堂书局印行", 右下有钤印"宿迁运羽书馆", 背面有书中人物包拯、王氏、张仁、康氏绣像1幅。上卷卷首题"绘图张义双钉记宝卷卷上集　又名金龟宝卷", 下卷卷首题"绘图张义双钉记宝卷卷下集　又名金龟宝卷"。上卷卷末附《本局出宝卷表》。下卷卷末无题。

开卷。上卷开卷偈:"《张义宝卷》初展开, 诸佛菩萨降临来。在座诸公增

包拯　王氏　張仁　康氏　張義

《双钉记宝卷》民国上海惜阴堂石印本

福寿,四季平安永无灾。四句开场念完成,善男信女虔诚听。年长公公添百福,年老婆婆福寿临。当家男女增康健,官官小姐甚聪明。祠灶家门多清泰,福禄寿喜四星临。合家和睦光阴过,大大小小皆趁心。非是宣卷恭维你,佛天保佑贵府门。开卷已毕正文宣,听宣当年大宋情。南无消灾障菩萨。"下卷开卷偈:"重开宝卷接前因,张家太太把冤伸。和佛。"

正文:散说、七言诗赞。

结卷。上卷结卷偈:"张老太太得一梦,梦见张义我儿身。七孔血流头发散,惊醒来时已三更。太太起身心悲切,专等天明上路程。亲身要到开封去,寻取我儿大孝人。随身小包带一个,雨伞一把手中擎。青布包头头发白,肩背包裹就登程。出门先把门锁上,托付邻里代管门。弓鞋足小行上路,心挂孩儿不惮辛。忽忽竟往阳关道,披星戴月赶行程。到晚就在古庙宿,晨起便上大路行。路上时常流泪哭,叫声张义我儿身。娘送吾儿开封去,指望见兄接娘亲。那知今日娘上路,求乞赶路苦伤心。一日只行五十里,十天方走五百程。二十多天开封到,抬头早见帝王城。进城一路逢人问,总河衙门那方存。自有闲人来指引,衙门外面立定身。未知见儿如何样,下集之中再表明。"下卷结卷偈:"一女只嫁一夫主,二婿定是贪淫人。奉劝世人不要婿,世间再毒妇人心。张仁为官半载后,包爷升了尚书身。新任开封胡府尹,与着张仁做媒人。翰林周公千金女,择日迎亲闹音音。新妇进门多贤孝,侍奉婆婆甚当心。张老太太心意足,巴巴只望早生孙。翌年新妇生一子,念叔二字取为名。二年之后连一子,二子生来皆聪明。张老太太心欢喜,孙孙绕膝快胸心。三年河塘无决口,张仁飞升侍郎身。与着包爷同衙住,也是一个大忠臣。后来包爷拜了相,张仁又升尚书身。翰林周公无儿女,接来衙门一家登。周太太与张太太,另造一座佛堂门。两个太太同信佛,早晚清香念世尊。二子早年已出仕,五个孙儿入泮门。张老太太年九十,无疾而终仙籍登。张仁丁忧因告老,家庭享福不非轻。邻村王家王氏弟,挑葱卖菜不番身。张仁时常银周济,王家无后绝了根。可见为人须行正,养女不好害家门。奉劝诸公听此卷,为人第一孝双亲。为人不孝亲父母,空中自有过往神。清风亭上张纪宝,天雷打死不孝人。试看张义行大孝,死后荣封张王灵。《张义宝卷》宣完成，奉劝世人行孝心。在生买点父母吃，死后供奉是虚文。《双钉宝卷》宣完成，增福增财富府门。在座诸公财源进，多子多孙皆称心。《金龟宝卷》宣完成，一年四季免灾星。宣卷之人开口谢，下次再到贵府临。"

127《双贵图宝卷》，又名《仁义宝卷》

宋仁宗年间，兰山县太平村兰仲林，父亲兰芳草，常年在外经商，颇有家财，母亲李氏早年去世，父亲娶继母许氏，继母刻薄不贤。仲林自小与胞弟仲秀同学武艺，多年参加武考不第，娶妻王氏，生一女名叫桂姬，时年五岁。当年沙陀国反叛，皇帝下旨征召天下英豪出征平乱，兄弟二人为报效国家，辞别家人赴京应征。兰芳草要去湘阳收账半年，担心许氏虐待王氏母女，便把家中财物、钥匙交与王氏保管，只给许氏一百两银子做日用。许氏怀恨在心，待兰芳草走后，逼迫王氏交出钱财、钥匙，并将其赶到磨坊磨面，让小桂姬用锥底水桶担水，每日折磨王氏母女。许氏所生儿子兰继子见到小侄女桂姬担水，把桂姬送到嫂嫂娘家。兰继子到磨坊救下正要上吊的嫂嫂并帮助磨面，被许氏发现。许氏认为王氏与自己儿子有奸情，要火烧磨坊。兰继子带嫂嫂逃到坟庄躲避，安顿好嫂嫂，只身进京寻找两位哥哥。许氏找到坟庄，不见继子，报官诬陷王氏杀害儿子，并贿赂县令。县差严刑拷打，王氏含冤招供，被打入死牢。仲林、仲秀二兄弟带兵出征，屡立奇功，平沙陀国叛乱，得胜还朝，分别被皇帝封为平沙王和平沙二王。兰继子一路乞讨，来到京城，遇到奉旨游街的两位哥哥。仲林、仲秀两兄弟得知家中情况，让弟弟先行回家报告消息，然后两人分别奏表皇帝还乡。皇帝钦赐黄金千两、《双贵图》一幅，准许二人奉旨回乡祭祖。兰芳草收账回家，路过磨盘山，财物被强盗抢劫一空，路遇家乡赵员外，得知家中变故，赶到王氏娘家带回桂姬，到牢房探望王氏。兰山县令接上司批文，解押王氏赴刑场问斩，被奉旨回乡的仲林、仲秀二王解救。兰芳草要重责许氏，王氏为母亲求情。仲林上表皇帝家中实情，皇帝加封王氏为贤孝夫人，兰山县令被削职为民，兰继子接任兰山县令。许氏自感羞愧，自此持斋念佛，多行善事。

版本共2种：

蘭繼子　蘭仲林　蘭仲秀

《双贵图宝卷》民国二十三年（1934）文益书局石印本

一、民国二十三年（1934）文益书局石印本

线装。石印本。两卷一册。版框：17.2厘米×11.7厘米。共18页36面。每面21行，每行41字。白口，四周单边。书口题"双贵图宝卷"。封面、封底全。内容完整，封面左上题"绘图双贵图宝卷"，左下题"文益书局印行"。右上题"甲戌年巧月"。中下题"尹兴祥"。书名页大字题"绘图双贵图宝卷"，小字题"仁义宝卷"，有钤印"宿迁运羽书馆"。卷首前有2幅绣像，分别是书中人物故事明天子、陈凌1幅、兰仲秀、兰仲林、兰继子1幅。卷首题"绘图双贵图宝卷上册"。卷末无题。

开卷。上卷开卷偈："《仁义宝卷》初展开，诸佛菩萨降临来。善男信女虔诚听，增福延寿免消灾。"下卷开卷偈："《仁义宝卷》复展开，供烛焚香敬如来。善男信女静心听，福寿康泰永无灾。"

正文：散说、诗赞（七言）。

结卷。上卷结卷偈："性急如火来行走，上前辞别报信人。三脚并做两步走，不管脚下路不平。老汉回家去盘问，道听详细再理论。此事都是老贼做，岂肯与我说真情。将身行走何多路，三岔路口暂定身。心中细细来思量，先到监中望媳身。问明犯了何条罪，搭救媳妇出监门。此地难分真和假，且到监中问分明。一头走来一头想，三步当做两步行。行来已到监门前，未知公婆可谈论。禁长大哥速声叫，并无人来问一声。监牢门前身立定，待等片刻问原因。只见犯人监中进，启口就把大哥称。王氏可在你监内，老汉前来探望身。此地监内住男犯，女监还在那边存。芳草行到西边去，就把禁子叫一声。衙门规矩甚害怕，心中为何战兢兢。公媳二人来相见，说长道短两泪淋淋。宣到此处有半本，游衙取斩下卷云。"下卷结卷偈："厅堂《双贵图》来高挂，大家一同谢皇恩。光阴如箭容易过，日夜如梭走得勤。陈氏夫人产一子，后来朝中做大臣。兰家尽修庵堂内，许氏一人佛楼存。佛楼有病无人问，魂灵早到地狱门。善有善报收成好，恶有恶报没收成。童男下凡兰继子，合家修行上天庭。《仁义宝卷》宣团圆，一年四季保平安。"

二、抄本

线装。抄本。两卷两册。开本：25.1厘米×17.8厘米。共88页176面，每面8行，每行17字。封面、封底全。内容完整。上卷封面左上题"双贵图甲"，下卷封面左上题"双贵图乙"。卷末题"愿以此功德，普度于一切。宣卷保长生，消灾增福寿。"

开卷。开卷偈："《双贵图宝卷》始展开，供请神圣降坛来。善男信女虔诚听，增福延寿保平安。"

正文：散说、诗赞（三言、七言）。

结卷。上卷结卷偈："双膝跪在地埃尘，三人结拜兄弟称。有福同享祸同当，患难相依心摆正。不能同生原同死，若有反悔不超生。曼表三人结拜事，如何去把兄长尽。到此处停二面，兄弟相会下面临。"下卷结卷偈："《双贵图宝卷》宣完全，古镜重磨照大千。兰家双贵福禄全，儿孙代代在君前。仲林征反得功劳，封为藩王威名传。仲秀同征得胜回，御封皇爷伴君前。御赐一幅《双贵图》，流芳百世美名传。继子为人多仁义，兰山知县去上任。他的为官多清正，百姓个个赞连天。员外恩享度晚年，无疾而终享天年。许氏改恶来想善，讲经说法劝世人。感动仙界奏玉帝，接引仙界也上天。桂姬年长御钦点，后配状元做夫人。伸不明知县贪贿银，削职为民占家庭。阿大阿二良心好，寿到百年享福田。王氏后来产一子，接续兰氏后代传。我今再劝一反言，诸位牢记在心田。善还善来恶还恶，世界头上有青天。善人个个上天去，恶人到底勿相干。一人能积无量福，千金难买子孙贤。《双贵图宝卷》宣完全，一年四季保平安。"

128《双花宝卷》

宋仁宗年间，进士王鼎，在开封府为官，一生清正，年老还乡归林。夫人杨氏，生二子，长子文龙，娶通判蔡必达之女为妻，次子文虎尚未婚配。暮春时节，家中牡丹花盛开，王鼎请诸亲好友前来赏花，翰林学士马文申当场将爱女马英真许配于文虎。不久，王鼎患病去世，朝廷查得其在任亏空库银二万两。杨氏变卖家产田地补上官亏，无处安身，寄住坟堂，全家辛苦过活。大考之年，文龙去岳父家求借盘缠被辱，妻子蔡氏典当金钗助夫赴京赶考，得中头名状元，京中雷太师欲招他为婿，文龙以家中已有妻室为由拒绝，遭雷太师陷害，被皇帝发配云南。高丽国送番书刁难朝廷，全朝上下无人识得番书内容，文龙经东阁大学士雷廷保荐，破解番书，高丽国心悦诚服，称臣纳贡。皇帝封文龙为九州元帅。沙陀国起兵造反，雷太师欲害文龙，奏请皇帝任文龙为大元帅，领兵西征沙陀国。文龙出征之前，差人送一千两银子回家，给母亲及家人报平安，不料差人途中遭遇强盗被杀，银两被抢。文龙赴京赶考后，一直没有音信，母亲杨氏去世，文虎在家守孝三年后和嫂嫂蔡氏沿路卖唱赴京寻找文龙。叔嫂二人路过扬州，借宿富户谈元兴员外家，谈家金花、银花二姐妹资助十两纹银相帮。大姐金花意欲婚配文虎，约定晚上到后花园再赠其黄金。不料二人约定之事被谈家马倌听到，马倌假扮文虎提前到后花园杀死丫环海棠，抢走黄金出逃。文虎夜晚到后花园撞上海棠尸体，身沾鲜血，被当作凶手，抓至官府，屈打成招，打入死牢。马家小姐马慧云怨恨父亲嫌贫爱富，不救王家，见文虎赴京，出家为尼。扬州知府不分青红皂白，将文虎押赴淮安府定罪，嫂嫂蔡氏跟随差人一路照顾叔叔。途中蔡氏夜宿城隍庙，庙神托梦蔡氏，告知有大官过路，可去伸冤。第二天，大队人马路过，蔡氏拦路告状，得知大官乃是平叛沙陀国得胜回京的丈夫文龙。夫妻相聚，文虎案情大白。

版本共1种：

民国石印本

线装。石印本。存上集一卷一册。版框：18厘米×11.7厘米。共8页16面，每面16行，每行33字。白口，单黑鱼尾，四周双边。书口题"双花宝卷"。封面、封底后封。内容完整。封面左上题"双花宝卷"。卷首题"双花宝卷上集"。卷末无题，有钤印"宿迁运羽书馆"。

开卷。上卷开卷偈："乾坤大地一璇玑，人在中间碌碌栖。富贵自然心快乐，贫穷何必苦凄凄。一生多是天排定，八字原来莫强求。乐得朝朝开口笑，忧苦无时病也稀。听得卷中前后事，宛如蓬岛看仙棋。"

正文：散说、七言诗赞。

乾坤大地一璇璣　人在中間碌碌棲　富貴自然心快樂　貧窮何必苦懷懐

一生多是天排定　八字原來莫強求　樂得朝朝開口笑　憂苦無時病也稀

聽得卷中前後事　宛如蓬島看仙蹤

且說宋朝仁宗年間風調雨順國泰民安其時福建泉州府太平村有位進士姓王

名鼎係特授開封府加陞北京道御史之職一生為官清正目下告歸林下夫人楊

氏所生三子長名文龍娶媳蔡氏次名文虎尚未聯姻弟兄甚自愛敬這也不在話

下時值暮春天氣園內牡丹盛開吩咐家人去請諸親好友前來遊賞牡丹也

御史倚帖喚家人　庖丁整席在園亭　東關要請張丞相　兵部尚書蔡大人

翰林學士馬文申　齋到聽堂行禮坐　少停園內飲林巡　把盞對酒甚斯文

遠有同窗潘通政　請出文龍文虎身　拜見各位諸年伯

三盃酒後來吩咐　王公開口道各位年兄不知世事倚我有一

卻說二位公子對酒到父親面前王公開口道各位年兄不知世事倚我有一

長兩短總請諸兄照應二位今日特備薄筵正為相託此事之意四位老爺同聲說

道王年兄年僅五十正在強壯之時何出此言王昌道我念賤體多病尚龍長久於

世馬翰林道兩位令郎生得一表人才今年幾歲王昌道大兒已攀蔡

氏為媳二小兒尚未聯姻令纏六歲馬爺道我有小女名鸞真也是六歲如蒙不棄

结卷。上卷结卷偈:"文虎开言嫂嫂称,今朝谢你万千恩。我到淮安身必死,愿投犬马报来生。愿你早会亲兄长,休将薄命挂在心。当初指望同寻访,谁知嫂嫂要独行。大娘听说双流泪,兄长如何独我寻。我今同叔淮安去,上司衙门把状伸。解差听说言称是,同了二人就起身。解到淮安如何样,且听下卷再宣明。"

129《双剪发宝卷》,又名《梅英宝卷》

宋仁宗年间,有一员外梅上林,为人正直,娶妻杨氏,十分贤德,是忠良积善之家。夫妻年近四旬,没有子女。一日,杨氏独自坐在房中思量,自己父亲当年为潼关总兵,母亲王氏被钦封为诰命夫人,生下三女一子,自己出嫁梅家,二妹出嫁到襄阳陈门,二妹夫早逝,三妹出家做尼姑,小弟杨文自小不学正道,父母双亡后留下的万贯家财被吃喝嫖赌挥霍一空,自己没有子女,后世无人依靠。为此,夫妻二人商议,为求子嗣,延续香火,同去天齐庙圣帝佛像前烧香许愿,如若得子嗣,愿重塑佛像金身,许施百亩良田,广集善缘。东岳大帝感于上林终日积善布施,奏表玉帝。玉帝下旨差天仙女下凡投于梅家为女,成年后配与骆云为一品状元夫人,骆云乃是仙童下凡,到那时二人同登仙界。梅上林夫妇进香许愿回家不久,杨氏即有身孕,十月怀胎,产下一女,取名梅英,自小聪慧过人,甚得父母喜爱。杨文赌博输钱,到梅府借钱。上林规劝杨文改除恶习,安稳过日,杨文不听,与之争吵。杨氏从中劝说,自己拿出私房十两银子给杨文,杨文出门即去赌场。梅英长到十五岁,喜读诗书,更喜从善修行。杨文多次到梅府找姐夫索要赌资,上林被气,忧闷病亡。杨文上门为非胡闹,要霸占梅家财产,杨氏为息事宁人,只得每次拿银两了事。杨氏为持家度日,在门边辟出两间房屋开饭馆,由家人梅福操持。福建泉州晋江县骆云父母双亡,带书童到永嘉县投亲,亲戚搬走不知去向,书童又生病半路亡故,盘缠用完,无法回程,投宿到梅府饭馆。杨氏见骆云知书达理,相貌堂堂,日后必发达,便将梅英许配于骆云,让骆云在家安心读书。杨文听闻姐姐收留异乡落魄书生为婿,眼见自己霸占梅家家财无望,上门要害骆云。杨氏与梅英、梅福商议,送骆云银子三百两,让其

店飯開奴囑氏楊

家常便飯

《双剪发宝卷》民国上海文益书局石印本

连夜回福建家中读书，以备上京赶考。临别之时，骆云和梅英互剪青丝留给对方作日后相见、永不变心之凭。梅英为防母舅杨文上门胡闹，与母亲商议把饭馆送与梅福经营，自己和母亲看破红尘，在家专事修行。杨文上门见没有便宜可占，便去襄阳找二姐借钱。二姐襄阳陈府安人杨氏，自从丈夫去世，多年未与娘家联系，儿子陈善已经十八岁，于是命陈善去永嘉看望母舅和姨母。陈善和杨文在途中旅馆巧遇。杨文假说其姨母招落魄书生做上门女婿，而今骆云害死其姨夫梅上林，骆云被自己赶走，特来陈家报信。杨文带陈善一同回永嘉，途中劝陈善不要听信姨母之言，许诺自己做媒将其表妹梅英许配于陈善。陈善心中欣喜，送给母舅银子五十两。到了梅府门前，杨文推说大姐杨氏怀恨自己，不便上门，让陈善先去。陈善见到姨母和表妹，得知母舅上门胡闹，害死姨夫，逼走骆云实情。杨文花钱请一名打卦先生上梅府，假送骆云病故书信。杨氏信以为真，气急身亡。杨文上门假意帮助料理丧事，陈善当面揭穿杨文骗局和狠毒害亲事实。杨文心生毒计，反告陈善毒死姨母，意欲抢占表妹成亲，将陈善扭送永嘉县府。永嘉县令金忠将梅英招到县衙问询，见陈善并非歹毒之人，便放梅英回家，将杨文和陈善一并收监。梅英让梅福去襄阳向二姨母报信。二姨母杨氏和梅福一起赶到永嘉牢房探监，骂弟弟丧尽天良，找县太爷叫冤。骆云赴京赶考，得中头名状元，被钦点为御史，回乡探望岳母及梅英。骆云听得梅英诉说情况，坐镇永嘉县衙，得知县令审案判决公允，赞赏有加，念梅英之面，判杨文千里充军，并受金忠请托，做媒将金忠之女许配与陈善。在梅府，由二姨母杨氏做媒，骆云与梅英、陈善与金女两对新人成婚。皇帝得新科状元奏报，下旨封骆云为两江总督；金忠为官清正，官升四级，为荆州知府；陈善为人忠善，特授四品南昌知府之职，即日赴任。骆云和陈善任期届满，均辞官归家。

版本共1种：

民国上海文益书局石印本

线装。石印本。存上集一卷一册。版框：18厘米×11.2厘米。共10页20面。每面19行，每行41字。白口，单黑鱼尾，四周单边。书口题"双剪发宝卷"。封面、封底全。内容完整。封面左上题"绘图双剪发宝卷"。书名页大字题"绘图双剪发宝卷",有钤印"宿迁运羽书馆"。版权页题"上海文益书局发行"。卷首绣像4幅,分别是书中人物故事梅福、梅上林、杨氏、梅英1幅、杨文、金忠、骆云、陈善1幅,书中故事情节"杨氏嘱奴开饭店""骆云梅府招东床"各1幅。上卷卷首题"绘图新出双剪发宝卷上卷"。卷末无题。

开卷。开卷偈:"《梅英宝卷》初展开,诸佛菩萨坐莲台。善男信女虔诚听,增福延寿免消灾。"

正文。散说、七言诗赞。

结卷。上卷结卷偈:"不表先生回家转,梅福撮药往街坊。梅英小姐多悲泪,悲悲切切好凄凉。一边煎药一边哭,声声口口念金刚。但愿母亲病体好,女儿情愿苦悲伤。倘若娘亲身不测,女儿怎样过时光。服药全然多不应,求神许愿不回光。一时冷来一时炙,日轻夜重不安康。倘若娘亲身死后,母舅到来怎样当。啼啼哭哭伤心去,梅福听得好凄凉。劝你不必多悲切,自然有日得安康。宣到此处有半本,杨氏归阴下卷听。"

130《双金锭宝卷》,又名《金锭宝卷》

明嘉靖年间,扬州江都县王香,娶妻裴氏,夫妻同庚四十八岁,生有一双儿女,长子玉卿,十四岁,喜读诗书,小女玉英十一岁。王香为进士出身,在京任吏部给事,因谏净忤上,被贬为嘉兴知府,现升任山东巡抚,在家省亲半月,不日赴任。王香家中宅院价值三千两银子,因前年一时缺用,将房屋抵与沈兵科,借一千两暂用,现今需要赴任盘缠和家中日常用度,让家中老仆王本去沈家再借一千两,到明年任上俸银下来,一并归还并赎回所抵房产。沈兵科给付王本银两,约定一年后还本付息,如若不还,房屋抵账,收归沈家所有。王香赴任,船只在瓜洲江上与吏部侍郎太仓黄恩老爷回乡的船只相遇,互不相让,黄恩船工殴打王香船工。黄恩深知王香秉性耿直,惧怕王香向皇帝参奏,于是登船向王香赔罪,并把长女金凤许配于玉卿。王香拿出一双金锭作为定礼送与黄恩。王香到任后勤勉为政,未满一年身染重病而亡。沈兵科乘机占取王家宅院,裴氏带着一双儿女和老仆王本夫妇暂住坟堂。黄恩知晓王家败落,遂起悔婚之心,让家仆陈豹邀玉卿到太仓读书、完婚。王本接到陈豹书信，担心有诈，让陈豹先回，随后陪玉卿到太仓找招商店住下。招商店主谢敬春的妻子陈氏在黄府做乳娘，趁黄恩外出赴宴，陈氏带玉卿从后门进府拜见黄老夫人。黄老夫人让管家徐文在龙王庙后门租房子让玉卿在外暂住，请先生魏公教授玉卿读书。魏公同窗好友、学府先生项君美和杜子卿告知府考即将开始，因玉卿没有参加过乡试，没有资格参考。徐文献计，称黄府二房黄鼎患病在身，无法参加考试，让玉卿顶替黄鼎参考。玉卿冒充黄鼎之名参加考试，得中府考第一名。黄恩看到自己侄儿患病没有参加考试，竟然能够得中，下令核查，得知是王玉卿冒名参加考试。黄恩骗玉卿到府中饮酒，逼迫其写下休书，然后将他推入江中。黄老夫人让陈豹救起玉卿，赠送银两三百两。小姐写书信让丫环秋菊送玉卿到坟堂，被黄恩发现，扭送官府，诬告玉卿偷窃家中银两，玉卿被打入大牢。魏公、项君美、杜子卿三人与学府众学生联名具呈太仓知县，保举释放玉卿。玉卿出狱后沿路乞讨，上京赶考。黄恩上奏学府秀才起事，威逼县府，魏公三人被夺去学士功名。玉卿考取头名状元，并被钦点为江苏巡按，奉旨回乡祭祖，查办黄恩为祸乡里一案，削职为民，魏公三人恢复学籍功名。皇恩赐王玉卿银两收回家宅，玉卿接回母亲和妹妹，到岳父门上拜见岳母，原谅了岳父，与黄小姐完婚。

版本共1种：

民国上海广记书局排印本

线装。排印本。两卷一册。版框：16.8厘米×12.2厘米。共16页32面。每面18行，每行34字。白口，四周单边。书口题"双金锭宝卷"。封面、封底后封。下卷缺1页。封面左上题"双金锭宝卷"。书名页中大字题"双金锭宝卷"，左下题"上海广记书局印行"，有钤印"宿迁运羽书馆"。卷首有书中故事情节绘图2幅，分别是"金凤私逃出后园""进宝见美调戏"。上卷卷首题"双金锭宝卷上集"，下卷卷首题"双金锭宝卷下集"。卷末无题。

开卷。先排香案，后举香赞。上卷开卷偈："《金锭宝卷》初展开，大家虔心念如来。卷中句句消灾障，妙谛行行灭罪磨。今日虔诚开宝卷，能消八难免消灾。三宝佛天齐欢喜，诸佛菩萨坐莲台。"下卷开卷偈："《金锭宝卷》再展

金鳳私逃出後園

進宝見美調戲

《双金锭宝卷》民国上海广记书局排印本

开，前果即来接后因。在堂诸位静心听，福也增来寿也增。负心丈人狼心肺，到后终无好收成。落难公子中状元，鲤鱼有日跳龙门。"

正文：散说、七言诗赞。

结卷。上卷结卷偈："陈豹去救王公子，细细之事下卷闻。倒杯茶来润润喉，奉请诸位等一等。"

131《双玉玦宝卷》，又名《顾鼎臣双玉玦宝卷》

明代凤阳县常家庄常安，字子文，二十四岁，娶兵部侍郎苏振之女苏氏为妻。常安父亲常镐原为潼关总兵，遭奸臣诬陷私通外邦，被逼身亡，岳父苏振因上书求情被削职为民回乡。常子文夫妇二人出逃到昆山杏花村，隐姓埋名，改姓朱，自称为朱子文，以耕田务农为生。内阁翰林顾鼎臣年老归乡居住，一日到乡间出游，路遇到去田里为丈夫送饭的苏氏，被苏氏请到家中，热情招待茶饭。顾太师收苏氏为义女，赠送随身佩戴的一双玉玦为日后相见凭据，约定日后如有需要，可拿双玉玦到城内四名桥头顾府相认。当地富豪毛七，字羽文，贪财好色，横行乡里，当日与家仆毛贵下乡收账，见苏氏美貌，欲行非礼，被朱子文回家撞见打出。毛七怀恨在心，与毛贵串通，夜间将野间新埋的一具男尸抬到朱子文门前，报官污说朱子文见财起意，害死上门收账的小使。昆山县令王夹之前受过毛七恩惠，捉拿朱子文到案。子文死不招认，被投入大牢。毛七趁苏氏一人在家，带家仆将苏氏抢入毛府，要收为二房，苏氏坚拒不从，毛七将苏氏打入冷房。苏氏悲痛上吊，被丫环春兰救下。苏氏与春兰结拜为姐妹，春兰连夜打开后门帮助苏氏出逃。苏氏回家拿上银两到牢房打点禁子，见到子文。苏氏到城内四名桥头顾府，拿出双玉玦面见义父，顾太师下令县令王夹重新审判，毛七、毛贵招认陷害朱子文事实，被收监入牢，子文被放出，回到顾府与苏氏团聚，顾太师将常子文情况用书信告知在京为官的儿子顾荣。云阳国反叛，侵犯边境。顾荣上表皇帝，保奏常子文领兵出征平叛。皇帝容许常子文戴罪领兵出征。云阳国王韩赤儿闻听常子文为前潼关总兵之子，当即撤兵受降，上表称臣，年年进贡。常子文不战而胜，凯旋还朝。皇帝官封常子文为平南王，妻苏氏为二品夫

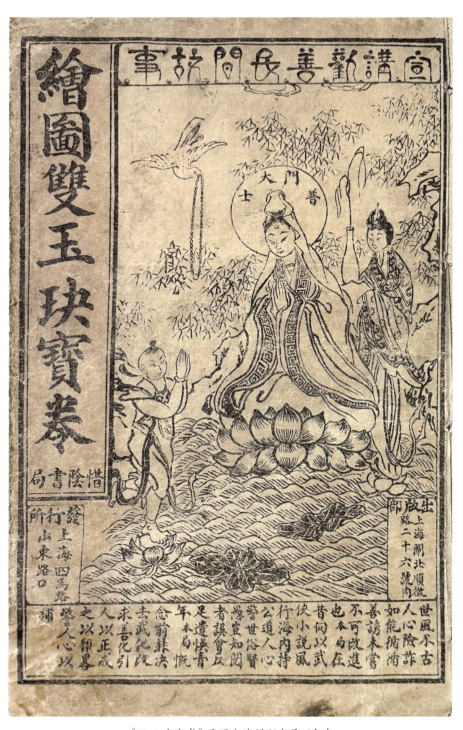

人，苏振官复原职，顾荣保奏有功，升任兵部尚书，顾鼎臣被封为福王。

版本共2种：

一、民国上海惜阴书局石印本

线装。石印本。两卷一册。版框：18.6厘米×11.6厘米。单面45页，每面22行，每行40字。白口，单尾鱼，四周单边。书口题"双玉玦宝卷"。封面、封底全。内容完整。封面左上题"绘图双玉玦宝卷"，左下题"惜阴书局"。书名页中大字题"绘图双玉玦宝卷"，右中题"为善者昌，为恶者亡"，左下题"上海惜阴书局印行，陈润身书"。书名页背面有书中人物顾鼎臣、苏大娘、林子文、韩赤儿、毛青画像1幅。上卷卷首题"绘图顾鼎臣双玉玦宝卷上集"。下卷卷首题"绘图顾鼎臣双玉玦宝卷下集"。卷末无题。

开卷。上卷开卷偈："《玉玦宝卷》初展开，诸佛菩萨降临台。善男信女虔诚听，增福延寿免消灾。"下卷开卷偈："《玉玦宝卷》二集临，善男信女莫高声。增福延寿保太平，一年四季免灾星。"

正文：散说、诗赞（七言、攒十字）。

结卷。上卷结卷偈："宣到此处有半本，停停鱼子再恭敬。"下卷结卷偈："各把前情来叙过，西厅摆酒已完成。两对夫妻四人来坐席，饮到了梅梢之上点红灯。此夜话文不必表，二日祭祖上了坟。祭奠一番来化纸，各人上轿回家门。正是一朝身荣贵，不是亲来也是亲。不觉时光容易过，期限已满要上京。夫妻上任边关去，太师夫人回家行。后来生下二男并一女，小姐是与兵部儿郎配了亲。只为当初留一饭，谁知后来救了残生得功名。为人总要多行好，作恶之人没收成。不信但看《双玉玦》，毛七到底没收成。此本名叫《双玉玦》，一餐饭是卷的名。《玉玦宝卷》宣完全，好比《莲花》一部经。"

二、民国石印本

线装。存卷下一卷一册。尺寸：18.1厘米×12厘米。封面、封底全。共14页28面，每面20行，每行39字。内容完整。封面后题"双玉玦宝卷下卷"。卷首题"绘图顾鼎臣双玉玦宝卷下集"。卷末无题。

开卷、正文、结卷与前述版本一同。

132《双珠凤宝卷》，又名《双珠凤奇缘宝卷》《珠凤宝卷》

河南府洛阳县闻必正，年方十八岁，尚未婚配，父亲在时官居十三道掌堂御史，母亲安氏钦封诰命，无有兄弟姐妹，父亲身亡，遗下三十万家财。大比之年，必正本欲赴京赶考，南阳计文生早年借了闻家三千两银子，本息未还，母亲要必正去讨取，为了不违母命，必正只得计划先去南阳，而后进京应考。必正与家童海清来到南阳，计文生已经到山东赴任知县。必正出城游玩散心，路过黄花庵。此庵为吏部霍天官家庵。霍天官为南阳本地人，名天雄，夫人韩氏，只有一女名杜氏。当日夫人、小姐到庵中烧香，必正见到小姐杜氏美貌，心生爱慕，不顾尼僧阻拦，闯入庵中后花园，小姐躲避不及，失落随身佩戴的一只双珠凤，被必正拾得。必正跟随霍家轿子来到霍府门口，见到霍家正在招收书童，便将衣服脱下送与倪婆，穿上倪婆儿子衣服，经由倪婆帮助到霍家做书童。霍老爷将必正改名为霍兴。倪婆儿子浪荡无赖，穿上必正衣服，招摇炫耀。西山有老虎出没，倪婆儿子去看热闹，被老虎吃掉，只留下衣服。海清见公子外出未归，到黄花庵寻找未果，看到老虎吃人残剩的衣服是公子的，抱着血衣回家禀报安氏。安氏伤痛病亡。必正二伯平章草草收殓安氏，停尸于坟厅，打散家人，霸占必正家财。西城御史韩奎家的夫人苏氏过寿，霍老爷夫妇前去祝寿，必正趁机到绣楼与小姐相见，二人私定终身，被丫环梅香撞见。杜氏拜梅香为姐姐，请必正日后收梅香做二夫人。必正辞别杜氏、梅香回家。霍天官回家不见霍兴，找倪婆要人，倪婆只得将女儿凤姐抵押给霍家，杜氏与凤姐姐妹相称。平章夫妇二人见侄儿必正回家，商议用毒酒害死必正，不料误将自己儿子连官毒死。只得花钱买通县官，嫁祸于必正。必正被捉到县衙大堂，屈打成招，投入死牢。平章担心夜长梦多，又花钱买通禁子王相、董圣用毒酒害死必正，二人将必正尸体抛到郊外坟堆。文昌差魁星下界送灵丹救活必正。必正夜半醒来，投宿破庙，被久居此地的李元甫救回家中，聘为先生，教儿子廷贵读书。李元甫得知必正是恩人闻御史之子，将女儿素娥许配于必正。必正告知自己已与霍家小姐私定终身，素娥情愿为小，必正于是将珠凤送与素娥作为订婚之礼。韩御史做媒，将金定许配于三边总制周司马家四公子周解元，杜氏与梅香女扮男装连夜出逃，遇兵部刘御史官

文必正

倪凤姐结小

送花上楼姐观

霍定金看

秋华

《双珠凤宝卷》民国十年（1921）上海文益书局石印本

船搭救，带回京城，刘御史收杜氏为义子。霍家不见杜氏，担心周家要人，于是火烧绣楼，报官说金定已被烧死。周家将周解元过继给霍家为义子，周解元思念杜氏，不久病亡。必正、杜氏应考都得中解元，刘御史改义子为女婿，将女儿刘小姐许配于杜氏。新婚之夜，杜氏用梅香计策，喝醉故意不与刘小姐同房。必正、杜氏参加殿试，必正得中状元，杜氏得中探花。杜氏上门拜见状元，夫妻二人就此重逢。必正奏明皇帝实情，皇帝龙颜大悦，钦封必正为河南巡按，赐尚方宝剑；正妻金定改扮全节，封为护国夫人；刘氏为立国夫人，素娥为安国夫人，各赐凤冠霞帔；李元甫封为江西知府；兵部尚书刘廷侯加封内阁大学士、太子少保，妻安氏封一品夫人；赐状元还乡祭祖。状元回乡娶凤姐为四夫人，梅香为五夫人。伯父平章遭天报身亡，伯母二娘上吊自尽。

版本共1种：

民国十年（1921）上海文益书局石印本

线装。石印本。两卷一册。版框：18厘米×11.9厘米。共21页42面。每面20行，每行41字。白口，四周单边。书口题"双珠凤宝卷"。封面、封底后封。内容完整。书名页中大字题"绘图双珠凤宝卷"，右上题"文必正卖身投靠，霍定女扮男装"，左下题"上海文益书局印行"。版权页右上题"民国十年孟夏出版"。卷首前有书中人物绘图2面，分别是霍天官、计文生、刘御史1面，文必正、霍定金等1面。卷首题"正本双珠凤奇缘宝卷"。卷末无题。

开卷。开卷偈："《珠凤宝卷》初开卷，诸佛菩萨降临来。在堂大众齐声贺，一年四季永无灾。人生一世天派定，善恶分明记得清。不宣前朝并后汉，且说河南府内情。"

正文：散说、诗赞（七言）。

结卷。结卷偈："即便四十迎风板，挟棍榔头打断筋。取了大枷就枷上，家口罚他每日做工人。抄出家财几十万，审还告状作赃人。人人畅快称铁面，恶有恶报不饶人。看看河南巡抚经一载，同了夫人就上京。差人又往河南去，问候天官岳父身。又差人往江西去，问候岳父府尊身。住宣两处差人去，且说闻爷到京城。家眷多到宰相衙门口，刘爷夫妇喜来迎。备酒接风闹盈盈，闻爷覆命见御尊。正德君王龙心悦,爱卿清正有名声。今封文华殿大学士,三呼万岁出朝门。接了五位夫(人)衙门住,又接了秋香的父母也来京。再说孝感李廷贵,十六岁高中也到京。住在姐夫衙门内,会试中了二甲头一名。官授翰林总修职,李太爷告老又回京。南阳霍府夫妇到,外甥承继上门庭。刘爷同住京城常来往,倪进溪夫妇在衙门。后来五位夫人生八子,连芳及第中魁名。还有总管家人忠且烈,另眼相待也得名。留与子孙无其数,个个在朝伴帝君。编成《节烈双珠凤》,正德皇帝真到今。《珠凤宝卷》宣完成,大众虔诚福寿增。卷也完来佛也满,三千诸佛念团圆。"

T

133《谈东生》

清嘉庆年间,东台县小六庄乡民谈俊爵,娶妻徐氏,生有三子一女,长子谈东义,次子谈东仁,三子谈东生,均已成家,妹妹谈秀英尚未出嫁。谈东生自小不喜读书,不沾农事,平日游手好闲,好事逞能,结交了一帮朋友。时年东台县内遭遇洪水饥荒,县府呈报灾情,朝廷下拨赈灾皇粮赈济乡民。县官王老爷与奸商姚典、马士法串通,侵吞赈灾皇粮。谈东生到县府领粮,被姚典唆使王老爷打四十大板,戴上枷锁游街。东生的结拜兄弟洪三宝贿赂王老爷1000两银子,救出谈东生。谈东生心生不平,要到官府状告王老爷。因泰兴知府与姚典是连襟,扬州知府与马士法是结拜兄弟,南京省城都官官相护,谈东生只有到北京告御状。洪三宝、陈宣二先生等众位兄弟筹措资助盘缠三千两,谈东生扮作卖麻人到北京告状。到了京城,谈东生投宿山林庙。庙中主持仁教大师早年从东台来到北京,以行医为生,因救过太子之命,深得皇帝赏识。大师得知家乡遭遇水灾,乡民为贪官奸商所害,于是主动帮助,将谈东生引见给皇帝。皇帝下旨赏赐东生银子一千两,封为南真大乡神,并派钦差到东台县,斩杀县官王老爷和奸商姚典、马士法,将他们的家财充公,济赈穷人,泰州、扬州、苏州正堂各有惩戒。

版本共1种：

1983年抄本

线装。抄本。一卷一册。开本：20厘米×13.7厘米。共22页44面，每面12行，每行21字。封面、封底全。内容完整。封面左上题"谈东生"。卷首无题。卷末题"一九八三年农历二月十八日完成"。卷后题告借书人"要向我借书，也可以，有借有还，再借不难，如若请送来，老老小小总发财。如若不送，有吏人有失火面门"。

开卷。开卷偈："炉焚宝香结彩云，川坛词上表新文。若问此人名和姓，自然道起本家门。"

正文：通篇七言诗赞。

结卷。结卷偈："东生回转家庭内，仇人个个报得名。喜怀堂上双父母，我儿为名天下闻。高厅上面摆下酒，合家大小饮杯巡。好个有名谈家子，个个仇人报得名。东生后来生五子，五男二女状元郎。状元傍庭还贤小，一品当朝做阁老。阁老头上插金花，百万豪富头一家。说到这块打个停，奉请诸位散散心。"

134《谈香哭瓜》，又名《谈香女哭瓜》

山东谈香县离城十里有个谈家庄，庄上有一个谈员外，家财巨万，膝下无有子女。谈员外为求子嗣，积善好德，烧香许愿，拜佛三年，得有一女，取名谈香。谈香从小聪慧清秀，贤孝父母。谈香十岁时父亲去世，十五岁那年，她娘生病卧床多日，一病不起，多日水米不下。谈香跪在床前昼夜服侍，愁苦哀求母亲吃点东西，谈大娘告知只想吃口香瓜。寒冬腊月，到哪里买得香瓜？谈香跑遍全城寻找，都无有香瓜可买。谈香心中不甘，不忍母亲受苦，将香瓜种子埋在花园中央，排开香案，跪地焚香，祷告上天，保佑母亲能吃上香瓜。天庭玉皇大帝在凌霄宝殿感应得知谈香心愿，命龙王、火神下界救助。龙王在天上喷水下雨，火神在地上喷火化冻，霎时寒冬变作六月天，香瓜种子出苗、开花、结果，长出香瓜来。谈香从一更天到五更天焚香祷告，忽闻得瓜香四溢，睁开眼睛一看，只见一对香喷喷的香瓜出现在眼前。谈香叩谢神明保佑，摘了香瓜，切开送到母亲面前。母亲吃了香瓜，顿时病体痊愈，下床行走如初。地方报到县里，县里报到州府，州府报到京城，天子钦赐谈香孝义动天牌坊。

版本共1种：

1994年抄本

线装。抄本。一卷一册。开本：20厘米×13.7厘米。共8页16面，每面12行，每行14字。封面、封底全。内容完整。封面左上题"谈香哭瓜"，右上题"甲戌年"。卷首无题，有钤印"宿迁运羽书馆"。卷末无题。

开卷。无开卷偈。

正文：通篇七言诗赞。

结卷。无结卷偈。

135《叹世无为卷》

宗教宝忏，无具体的故事情节。

版本共1种：

明刊木活字印本

线装。木活字印本。一卷一册。版框：20.3厘米×14厘米。共66页132面，每面8行，每行17字。白口，双鱼尾，四周双边。书口题"叹世"。封面、封底全。内容完整。封面题"叹世无为卷"。卷首有4幅佛像绘图。卷首题"叹世无为卷"，有钤印"宿迁运羽书馆"。卷末无题。后附《叹世警浮清音之词》。

开卷。无开卷偈。

正文：散说、诗赞（七言、攒十字）。

结卷。无结卷偈。

136《唐僧宝卷》，又名《唐僧取经》《唐僧取经全传》

唐太宗年间，洪农县陈光汝父亲早年去世，长到十九岁，辞别母亲，赴京赶考，高中头名状元，被国丈丞相殷开山看中，与三小姐婚配。光汝与殷小姐成婚后，思念家中老母，表奏万岁，回乡事母。夫妇二人尽心侍奉老母。大寒冬日，老母病重想喝鱼汤，光汝跑遍全城花十千文钱买到一条鲤鱼，将要杀鱼时，鲤鱼两眼流泪，母子不忍，遂放回水中。此鱼乃是东海龙王三太子所化。皇帝下旨，要光汝到洪州赴任。江上天寒风大，光汝为了久病初复的老母免受风浪颠簸之苦，把母亲暂时安顿在海安县，计划到任后再来接回。殷小姐将自己的金环交予母亲，作为婆媳日后相会之凭。光汝携妻乘船，夜半行到江心，遭遇江贼刘洪抢夺钱财，光汝跌落江中而亡。刘洪强抢殷小姐，并带上官文、官印，假冒光汝到洪州赴任。殷小姐已有三月身孕，为保陈家香火，委屈从命，与刘洪成亲。光汝跌落江中后被龙王三太子救起，安置龙宫，待日后返阳。殷小姐十月怀胎生下一子，刘洪欲害死小儿，亏火头军张老公帮忙，将婴儿并殷小姐所写血书放入木箱中，漂离刘家虎口。小儿在木箱中随江漂流到金山寺，被方丈收留在寺中，取名江流儿。江流儿从小念经读书，常被同门师兄弟嘲笑是孤儿。江流儿长到十七岁，方丈告知其身世。江流儿得到方丈许可，下山到洪州寻访父母。江流儿在刘府被刘洪毒打，被张老公救下，带与殷小姐见面，母子相认，江流儿暂回金山寺。殷小姐假借还愿，携带金银，布施金山寺，拜见方丈，商议让江流儿下山寻找祖母并赴京请外祖父搭救。陈光汝携妻离开后，母亲张氏即被店主赶出旅店，流落街头，因思念儿子哭瞎眼睛，以乞讨为生，一晃十七载。江流儿在旅店见乞讨的瞎婆婆手戴金环，得以与祖母相认。江流儿安顿好祖母后，赶赴京城，找到外祖父并告知其家中遭遇。刘洪全家除张老公外满门抄斩。殷国丈接回三女儿和张氏。殷小姐临别之时请和尚道士在江边做法事超度丈夫，惊动东海龙王，龙王算到陈光汝十八年灾难已过，遣三太子送光汝返阳，光汝一家重逢。国丈上表，皇帝下旨让陈光汝官复洪州知府。光汝在任一心为民，与妻子共奉老母。不忘张老公恩德，奉养终身。江流儿一心向善，修行得道，被唐太宗派往西天求取真经，是为唐僧。

版本共2种：

一、民国十三年（1924）上海文益书局石印本

线装。石印本。两卷一册。版框：19.2厘米×13.4厘米。共21页42面，每面17行，每行32字。封面、封底后封。内容完整。封面左上题"唐僧宝卷"，右上题"甲申年季秋月"。内封中大字题"唐僧宝卷"，有钤印"宿迁运羽书馆"。背

《叹世无为卷》明刊木活字印本

面版权页右上题"民国十三年春出版　发行上海文益书局"。卷首前有书中人物绣像2幅，分别是唐太宗、唐僧、殷开山1幅，张老夫人、殷三小姐、陈光蕊1幅。上卷卷首题"唐僧宝卷上集"，下卷卷首题"唐僧宝卷下集"。卷末无题。

开卷。上卷开卷偈："法堂初起道场开，斋主虔诚福寿来。香花灯烛佛首供，家家护福尽消灾。奉劝在堂诸大众，一心皈命听缘因。开宣《唐朝僧宝卷》，唐太宗治乾坤。太宗天子坐龙庭，君主国正出贤人。挂榜招贤安天下，万古传名出僧人。"下卷开卷：诗曰："众等齐听说，善恶总分明。善此念为善，恶此除邪淫。"

正文：散说、七言诗赞。

结卷。上卷结卷偈："昨日孩儿满了月，今朝母子两分离。可怜小小婴孩子，把你今朝放水边。娘看我儿高声哭，犹如心上火中焚。娘亲两泪双抛落，惊动江边水府神。娘硬心肠看你去，儿子连声哭不停。手抱孩儿朝天拜，祝告虚空过往神。娘看子来子看我，母子今日活分离。怎肯将儿放手去，犹如乱箭射穿心。做娘欲要投江死，陪我孩儿做鬼魂。将儿放在小箱内，推入江中浪里行。双手搥胸脚下跳，一交跌死地埃尘。三魂六魄归阴去，张公啼得舌头伸。张公一见夫人死，吓得心惊胆战魂。我救官官娘哭死，热肠惹出是非门。要知母子重相会，中卷之中细表明。不知自后如何样，逐一分明说你听。"下卷结卷偈："我今不愿为官做，夫妻母子总修行。张公同回家乡里，婆媳双双转家门。光汝升为大学职，伽婆洪福寺为僧。千万良田多不要，厅楼改做庙堂门。中间改做观音殿，左右改做佛堂门。前边改做弥陀阁，后殿焚香拜佛尊。夫妻如同亲弟妹，一口长素勿吃荤。太夫人长念弥陀佛，殷三小姐念经文。状元日夜拜经忏，各人修行赶成工。张老一世心肠好，白日升天脱化身。江流和尚真佛子，日夜西天去赶身。殷三小姐千金后，原是天仙织女星。状元就是罗汉做，尽是超凡入圣神。拜谢龙王三太子，拜谢南海观世音。在堂大众就起身，拜送天宫佛世尊。自新一报还一报，阴司报应勿差分。此卷功德如山海，奉劝贤良做善人。要知唐僧后来事，取经回来成世尊。要晓后来取经事，再又四卷见分明。"

唐太宗

唐僧

殷開山

像

《唐僧宝卷》民国十三年（1924）上海文益书局石印本

二、抄本

线装。抄本。存上卷一卷一册。开本：19.8厘米×18.2厘米。共19页38面，每面9行，每行14字。封面、封底全，上卷内容完整。封面左上题"唐僧宝卷上集"。卷首无题。卷末无题。

开卷。开卷偈："《唐僧宝卷》初展开，诸佛菩萨降临来。在堂大众虔心听，加福加寿又消灾。奉劝在堂大众人，一心皈命听分明。开宣《唐朝僧宝卷》，唐太宗定乾坤。太宗天子坐龙庭，君王国正出贤人。挂榜招贤定太平，万古流传出僧人。"

正文：通篇七言诗赞。

结卷。无结卷偈。

137《啼笑因缘宝卷》

民国年间，杭州富家子弟樊家树到北平读书，住在于财政部供职的表兄陶伯和家里。一日，家树到天桥游玩，遇到卖艺老人关寿峰，拜为师父。家树在关家遇见师父女儿关秀姑，心生爱慕。暑假家树为多陪秀姑，留在北平，没有回家。关家一日突然搬离居所，不知去向。家树到天桥寻找关家下落，见到弹唱女子沈凤喜，凤喜母亲沈大娘有意攀上家树，多次约家树与凤喜见面。陶伯和夫妻介绍交际花何丽娜与樊家树相识。家树觉得何丽娜虽然漂亮富贵，但是风流、用度大方之人，自己恐难担当，仍旧心中喜欢凤喜。凤喜送自己美照给家树，家树珍藏。凤喜爱慕家树，不再卖唱，家树资助凤喜另租住所并送凤喜上学读书。家树去会凤喜途中遇见秀姑，得知师父生病，和秀姑一起将师父送到医院治疗。家树多日未到医院，秀姑跟踪他，得知家树喜爱凤喜。家树告知实情，关家父女仗义理解。樊母生病，家树将沈家母女托付给关父照顾。何丽娜、凤喜到车站送别家树。关家父女提前到达丰台站等候家树，送吉林老参一只，让家树带给樊母。凤喜二叔沈三玄抽大烟，找沈大娘要钱被赶出，心中气恨，与昔日弹唱同行汪亦通合谋，将凤喜骗到尚师长家，由尚师长做人情将凤喜送与刘将军做妾。关大爷前去刘府搭救，见凤喜贪财顺从，遂打消营救念头。家树回京，得知凤喜进入刘府，心急生病，秀姑照顾半月方好。家树请关父帮忙探望凤喜，希望见凤喜一面，方得死心。秀姑扮作女佣进入刘府，利用刘将军去天津之际，引家树进府与凤喜见面。凤喜送家树四千元银票以表歉意，家树撕碎银票，愤然离去。刘将军得知凤喜私会旧日情人，毒打凤喜，又看上女佣秀姑，欲强纳秀姑为妾。秀姑假意答应，约定在大悲寺举行婚礼，暗带利刃杀死刘将军，跳窗而去。家树为避免受到牵连，到天津躲避，何丽娜随同到天津相陪。家树回到北平后，一日外出游玩，观赏红叶，被当地土匪绑票，被关家父女营救出来。最后由陶氏夫妇做媒，家树与丽娜配成婚姻。

版本共1种：

民国上海惜阴书局石印本

线装。石印本。两卷一册。版框：18.6厘米×11.8厘米。单面34页，每面18行，每行32字。白口，四周单边。书口题"啼笑因缘宝卷"。封面、封底后封。内容完整。封面左上题"绘图啼笑因缘宝卷"，左下题"惜阴书局印行"。书名页中大字题"绘图啼笑因缘宝卷"，左下题"上海惜阴书局印行"，有钤印"宿迁运羽书馆"。卷首有绣像2幅，分别是尚师长、刘将军、沈凤喜、沈大娘、沈三玄1幅，樊家树、陶伯和、何丽娜、关秀姑、关寿峰1幅。上卷卷首题"绘图啼笑因缘宝卷卷上"，下卷卷首题"绘图啼笑因缘宝卷卷下"。卷末无题。

开卷。上卷开卷偈："《啼笑因缘》初展开，爱情使者降临来。既啼为何又称笑，称笑不该又啼悲。姻缘本是前生定，既啼又笑真奇谈。究竟姻缘怎啼笑，诸位慢慢听宣来。"

结卷。上卷结卷偈："家树合眼见美人，姗姗而来走进门。脸上出现欢快色，启口开言叫先生。家树一见多欣快，问她怎知这里门。上前携手来挽住，炕床上面坐端正。两人正想谈情话，忽听外边有声音。风声起处来一怪，头戴金盔丈二身。伸手即把凤喜捉，顿时被他提出门。家树大呼追上去，妖怪脚步快十分。忽然惊醒仔细看，那里有个美人影。心想此梦实奇怪，可恨怪物抢美人。莫非将来有枝节，她我姻缘不能成。继又一想梦中事，如何可以认作真。覆去翻来难熟睡，次日天明便起身。这日恰巧逢礼拜，表兄休息未出门。来与表弟

《啼笑因缘宝卷》民国上海惜阴书局石印本

《啼笑因缘宝卷》民国上海惜阴书局石印本

宿迁运羽书馆藏宝卷

303

闲谈话，问他外出干怎行。近来我弟喜游玩，莫非常到关家门。家树答称久不去，他家不知住何方。许久之前曾去过，那晓屋空不见人。问过邻居称不晓，阔别一月到如今。伯和对他只是笑，关老大概仍住京。只为昨天刘福说，遇见关老在后门。家树即问表兄话，可是诚实是确真。欲知关老住何处，下集之中表分明。"下卷结卷偈："墙上题诗女英豪，她说将军太无道。不知国法与王章，只知摧残女同胞。殃民祸国不容诛，我今代民把仇报。秀姑开窗飞行去，次日发觉不得了。官厅即便出赏格，严拿凶手不放饶。家树心中却明白，只怕自身把祸招。因此避往天津去，伯父家中暂住了。丽娜也到天津去，时时相会热度高。避了一时风头过，家树仍复北平到。住在校中乃住读，每逢礼拜出外跑。那知一日看红叶，竟被土匪把他绑。幸有关家父女到，竭力救出了肉票。家树感激关父女，不知此恩怎样报。陶氏夫妇真起劲，竭力担任做月老。家树丽娜姻缘合，卷中有啼又有笑。宝卷就此亦告毕，诸君是啼还是笑。《啼笑姻缘》宣完成，恩冤分明不差分。在堂听众增福寿，一路回家乐万分。南无消灾爱情王菩萨。"

138《天仙七真宝传》，又名《七真传》《七真因果传》

昔年炎宋之末，陕西咸阳县大魏村有一员外王哲，号德盛，武举出身，娶妻周氏，生子秋郎。一年大雪天，吕洞宾、钟离子化作二位道人上门化缘，王员外请入家中，每日酒肉招待。天晴二人辞别，王员外送至二十里郊外桥边，三人共饮而醉，王员外经两位道长点化入道。王员外归家后装疯卖傻，独自修行十二年，修成大道，自己取道号重阳。一日，太白金星传玉皇御旨，封王重阳为开花真人，去山东度化七真上升，功成之日蟠桃会上相见。是夜，重阳在书房借土遁离了大魏村，到山东地界转了一圈，查看无可度之人，遂又回陕西，在地下蛰伏半年，被钟、吕二师找到，告知天上蟠桃会三千年举办一次，要有新人参加，不能错过，要其再行出来，"遇海则留，遇马而与，遇邱而止"。王重阳遂又到山东，手提铁钵，以乞讨为名，到宁海西北马家庄，被马钰、孙渊贞夫妇收留家中。马员外夫妇诚心入道，将所有家财献出，王重阳收二人为徒，改马钰道号丹阳，孙渊贞道号不二，用马家家财起造十多座草庵，引来众多信奉之人入道修行。经过多重考验，山东郝太古、谭长真、刘长生、王玉阳、丘长春及马丹阳、孙不二七人留下，跟随王真人学道修行。七人按照师父指引，各自苦修悟道，历尽万重艰辛，均修成正果。三官保举七真功绩，玉帝查考，评定邱长春为第一名，刘长生为第二名，谭长真为第三名，马丹阳为第四名，郝太古为第五名，王玉阳为第六名，孙不二为第七名。

版本共2种：

一、民国三年（1914）成都博文堂刻本

线装。刻本。四卷四册。版框：19.1厘米×12厘米。共205页410面，每面10行，每行23字。白口，单黑鱼尾，四周双边。书口题"天仙七真宝传"。封面、封底全。内容完整。封面左上题"天仙七真宝传"。书名页大字题"天仙七真宝传"，有钤印"宿迁运羽书馆"。版权页右上题"民国三年成都博文堂校刊"。卷前有《老祖施度世之金针》，天仙祖师佛像10幅，分别是吕祖纯阳、韩祖湘子、王祖重阳、马祖丹阳、孙祖清静、邱祖长春、王祖玉阳、刘祖长生、谭祖长真、郝祖广宁一人一幅，每幅画像背面有每位祖师诰。卷首前有《新镌天仙七真宝传目录》《灵祖大帝画像》《新镌天仙七真宝传凡例》《列圣同赞竹枝词》。首卷卷首题"新镌天仙七真宝传卷之一"。卷尾附《劝世文》一篇。卷末题"天仙七真宝传卷四终"。

开卷。无开卷偈。

正文：散说，七言诗赞。每回合以四句七言诗开始，四句七言诗结束。

结卷。无结卷偈。

二、民国十二年（1923）上海宏大善书局石印本

线装。石印本。两卷一册。版框：16.4厘米×10.8厘米。共87页174面，每面13行，每行32字。白口，单黑鱼尾，四周双边。书口题"新刊七真传"。封面、封底全。内容完整。封面左上题"七真传"。内封中大字题"七真传"，右上题"民国十二年新刊"，左下题"上海宏大善书局印"。书名页大字题"天仙七真宝传"，有钤印"宿迁运羽书馆"，背面题"上海市河南路中市宏大善书局藏板"。卷首前有《重刻七真祖师列仙传叙》《新刊七真因果传目录》。上卷卷首题

鍾祖正陽

《天仙七真宝传》民国三年（1914）成都博文堂刻本

"新刊七真因果卷上"，下卷卷首题"新刊七真因果传卷下"。卷末无题。卷尾附《文昌帝君戒淫宝训》《论命》二篇。

开卷。无开卷偈。

正文：散说，七言诗赞。每回合以四句七言诗赞开始，两句七言诗赞结束。

结卷。无结卷偈。

139《天元妙法真言玄音宝忏》

经卷类宝忏，无具体故事情节。

版本共1种：

明云南朱守仁刻本

经折装。刻本。四卷四册。版框：23.3厘米×10.8厘米。共146折292面，每面4行，每行16字。封面、封底全。内容完整。首册封面中题"天元妙法真言玄音宝忏卷上"。卷首题"南无天元妙法真言普度幽显玄音宝忏卷上"。无开卷偈。末册卷末题"天元妙法真言玄音宝忏卷下终，后杰子杨辅善沐手敬书，修真子朱守仁立绪敬刊"。

开卷。无开卷偈。

正文：散说、七言诗赞。

结卷。无结卷偈。

140《天缘宝卷》，又名《回龙阁宝卷》

唐代湖广省荆州府贵阳县北关门外薛家庄薛龙，字平贵，父亲早年在朝为相，母亲司马氏贵为一品夫人，不幸父母双亡，孤身一人，家财耗尽，一贫如洗。二十岁时，薛平贵到湘阳姑母家投亲，不料姑父姑母旧岁双亡，家无后嗣，家产入祠。薛平贵已无返家盘缠，只得沿街乞讨，栖身破窑，与同为乞丐的阿大、阿二结拜为兄弟。当朝丞相王允，妻邹氏，生三个女儿，长女、次女分别嫁于本朝为官的苏龙和魏虎，皇帝恩赐彩球，让三女儿王宝川抛绣球择婿。三小姐绣球抛中薛平贵，平贵抱绣球到相府求亲，王丞相嫌其贫苦，打将出府。

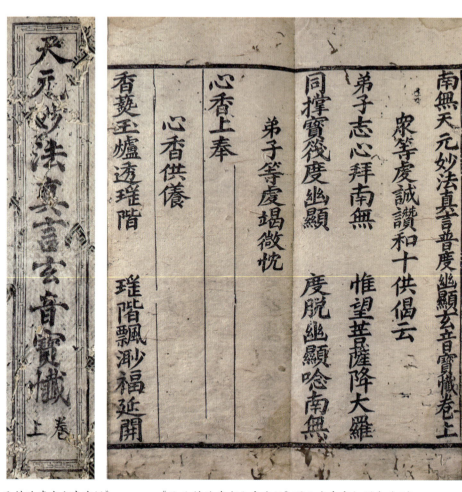

《天元妙法真言玄音宝忏》
明云南朱守仁刻本（一）

《天元妙法真言玄音宝忏》明云南朱守仁刻本（二）

王小姐坚决要嫁平贵，被父亲赶出家门。王小姐与薛平贵在破窑成亲。邹氏挂念女儿，差家仆王茂到破窑看望宝川，平贵随王茂到相府见岳母，邹氏私赠其金银。王允下朝回家路上撞见平贵身携金银，误认为是其从家中偷盗的，差家人将平贵打昏，弃之街头，阿大、阿二将平贵救回破窑。西江河妖作乱，伤害百姓，皇帝下旨征召天下英豪前去降服。平贵揭榜，辞别爱妻宝川赴西江，斩杀河妖，平定河怪，本应重封，却因王允阻扰，皇帝暂封平贵为先行官，随元帅魏虎出征西辽。魏虎心生毒计，用药酒灌醉薛平贵，绑于马上，赶入敌营。西辽戴战公主救下平贵，辽王招薛平贵为驸马，与公主成亲。平贵在西辽生活十八年，生有二子，分别是文虎、文豹，辽王病亡，传位于薛平贵。王宝川在破窑等待平贵十八年，含恨咬破手指写下的血书，被乌鸦叼去。元宵之夜，平贵与戴战公主一家在御花园赏灯，平贵箭射树头乌鸦，乌鸦飞走，树上落下血书，平贵见到血书思虑万分，给公主留下书信一封，只身飞奔南朝，与宝川在破窑相见。公主见信，担心平贵遭受南朝迫害，令大将大马江海带飞鸽去见平贵。唐皇亡故，王允与奸婿魏虎把持朝政，为非作歹，得知薛平贵归国，遂派兵捉拿。平贵放飞鸽传信，公主带兵攻入南朝，大破皇城。薛平贵坐上龙庭，成为皇帝，封宝川为皇后，公主为戴战皇后，封邹氏为国太，封太子文虎为西辽国王，大马江海官封大都督，辅佐太子治理西辽，阿大、阿二官封安乐王，苏龙为官清正忠厚，官封宰相。王允和魏虎被擒住治罪，宝川为父亲求情，平贵赦免王允死罪，在宫中养老，魏虎因奸雄误国，作恶多端，被判游街斩首。

版本共1种：

1989年抄本

线装。抄本。两卷两册。开本：25.1厘米×17.8厘米。共94页188面，每面9行，每行17字。封面、封底全。内容完整。上卷封面左上题"天缘上"，下卷封面题"天缘下"。卷末题"一九八九年元月立"。

开卷。开卷偈："《回龙阁宝卷》初展开，诸佛菩萨降临台。善男信女虔诚听，一年四季无灾星。"

正文：散说、诗赞（三言、攒四字、七言）。

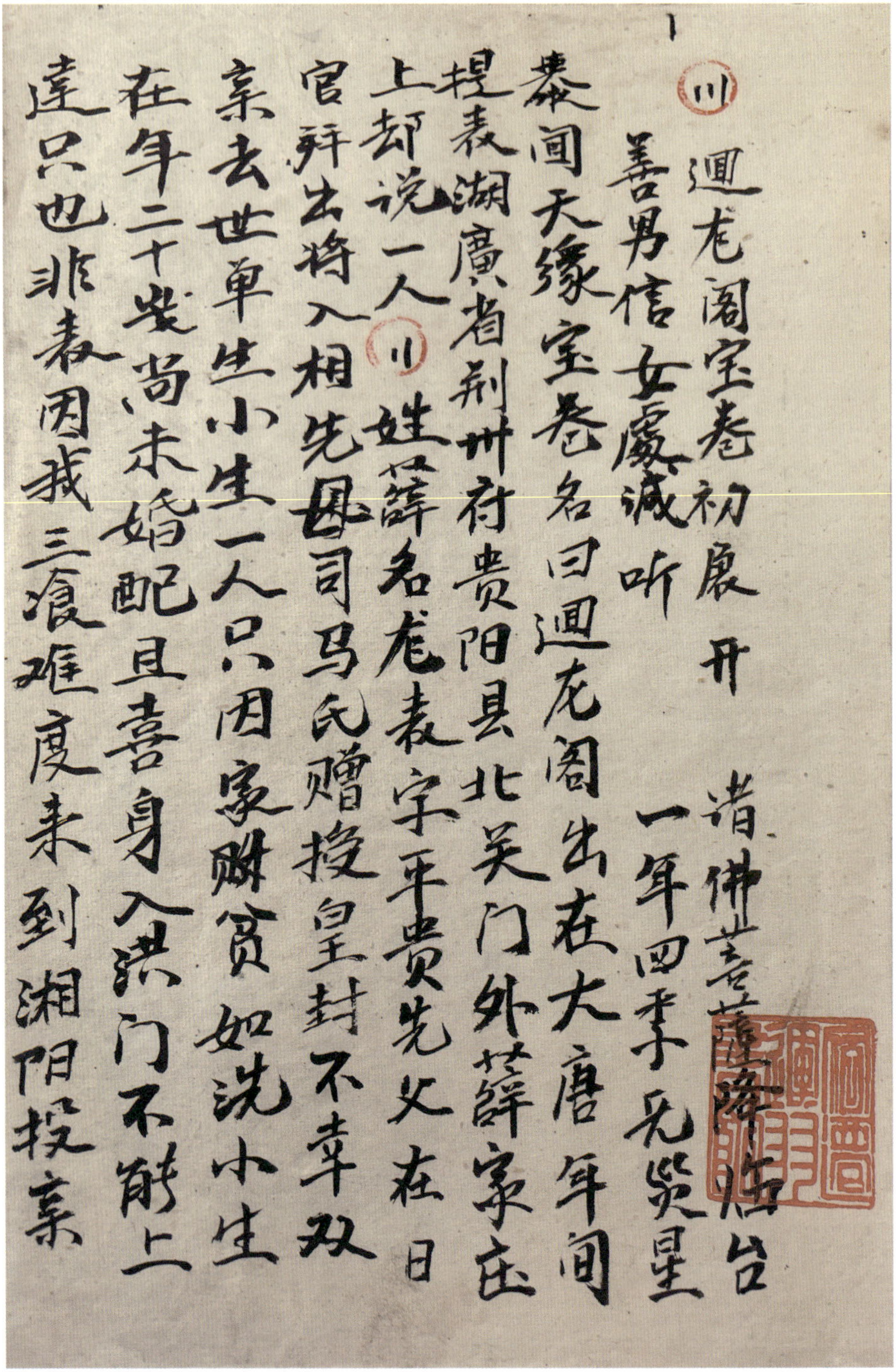

迴龙阁宝卷初展开　诸佛□菩萨降临台

善男信女虔诚听　一年四季免灾星

泰阗天缘宝卷名曰迴龙阁出在大唐年间

提表湖广省荆州府贵阳县北关门外薛家庄

上却说一人　姓薛名庞表字平贵先父在日

官拜入相先□司马氏赠授皇封不幸双

亲去世单生小生一人只因家财贫如洗小生

在年二十岁尚未婚配且喜身入洪门不能上

达只也非表因我三渡难度来到湘阳投案

《天缘宝卷》1989年抄本

结卷。上卷结卷偈："夫人说得好伤心，硬了心肠占回程。吩咐家人轿抬上，悲悲切切泪珠淋。坐在轿上回头望，几次三番看千金。家人抬轿多忙碌，王茂春梅一同行。曼表夫人回府去，再表窑内烈性人。听得窑外无声音，想必娘亲已回程。无奈开门来观看，果然不见我娘亲。哭罢就把门关好，终日思想奴夫君。未知生死存亡在，未知可有两相亲。宣到此处定半本，乌鸦寄信下卷云。"

下卷开卷偈："《天缘宝卷》宣完全，古镜重磨照大千。薛平贵自从登基后，国泰民安万万年。戴战公主生两子，一文一武万流传。文彪西辽为国王，年年进宫献中原。文豹大唐伴君颜，同父署理国政权。三姐后来生一子，顶立王家接香烟。王允相爷回心占，功成圆满上西天。邹氏夫人功成满，身坐五色九品莲。苏龙为官多忠心，官封极品伴龙颜。马大江海心正直，代代儿孙伴金殿。世继忠心来保国，镇守三关甚威严。阿大阿二良心好，敕封皇爷福绵绵。魏虎为人生嫉妒，斩首示众堕九泉。《天缘宝卷》宣完全，一年四季保平安。"

W

141《王化买亲》，又名《大孝记》《买父记》

明朝年间，吏部天官王德纯，住在北京城内，年届六旬，家资巨万，可惜没有子女，遂与老安人陈氏商议，与其身后家财无主，落入官府、不义恶人之手，不如现在就拿出家财田产周济贫困，修德行善。王德纯于是将家中账簿、借契全部拿出烧掉，修桥铺路，广开施斋。王公一日夜间梦见一仙人告知其前世有一子，现在浙江宁波东城王德佑家投生，名唤王化，三岁时亲生父母双亡，目下家贫，打鱼为生，自小立下誓愿，要寻着有缘人赡养，以敬孝顺之德，可去寻他，接回到家，做个养老送终之人。仙人说完，化作清风而去。王天官醒来知是一梦，将梦中情形告知夫人陈氏，夫妻决意离家出门寻找。王天官身带三百两银子，经过六年辛苦，到了宁波城，身上钱财用尽，不知何处寻找王化。为安身求活，王德纯便自标身价白银十两，卖身做人家老父。王德纯转遍宁波大街小巷，被人嘲笑，无人询问。城东王化打鱼归来，遇到夜宿桥边的王天官，如见亲人，要带王天官回家供其吃饭。王天官提出只有拿出十两银子把自己买回去，并保证每日要有四荤四素饭菜供养，才跟其回家。王化回家告知妻子周氏，周氏将家中积攒的十两五钱银子交给王化，让王化去把老人赎回。王化手捧银子走到半路，心想十两碎银老人不好收藏，就到银店把十两碎银铸成一锭十两银锭，留五钱做工钱，但是铸好的银锭已不足十两。王化找到王天官，把银锭交给他，并告知他因铸成银锭，已不足十两，请老人能够将就。王天官不同意，少一钱也不跟王化回家。王化无奈，只得将身上唯一的绵衫脱下，抵作五钱银子，王天官才罢休，跟王化回家。回到家后，王化夫妇每日四荤四素饭菜供养，不到十日，家中米菜吃完。王化与王德纯商议，能否荤菜减半，王天官不依，反说王化供养之心不诚。王化无奈，与妻商议，把赖以为生的渔船卖得四两银子，好酒好肉供奉了三天，银子又用完了。王化再次与老人商议饭菜减半供养，王天官仍是不答应。王化竭尽全力满足王德纯的需求，王天官看到夫妻二人经过自己多次的无理强求，没有怨言，一心供养，真是天下难寻，即使是自己亲生孩儿也不可能做到，心中不忍再逼，修书一封，让王化到北京城吏部天官王德纯府上借钱一百两回来度日。王府老安人陈氏见信，欣喜万分，当即认王化为儿，让担任巡按的弟弟陈蔡、陈龙发兵三千，护送王化回到宁波接回老爷。王天官回家后把家中三十六处庄子全都交于王化掌管，自己和陈氏离家专事修行。

版本共1种：

民国抄本

线装。抄本。一卷一册。开本：25.2厘米×16.2厘米。共31页62面，每页8行，每行19字。封面、封底后封。内容完整。封面左上题"王化买亲"。卷首题"新刻说唱大孝记（王化买亲）"，有铃印"宿迁运羽书馆"。卷末无题。

开卷。宝山至善从坛奉善缮正。诗曰："善似青松恶似花，花开青松不如他。有朝遇着严霜降，只见青松不见花。"

正文：散说、七言诗赞。

结卷。结卷偈："可见行孝有结果，王化夫妻享美名。善始善终全人道，福禄双全过一生。此卷名为《买父记》，传留人间劝化人。听劝若能把孝尽，自无大劫到来临。"

142《王氏宝卷》

劝善修行类宝卷,无具体故事情节,主要内容为王氏女十二月修行歌赞。

版本共1种:

民国抄本

线装。抄本。一卷一册。开本:21.4厘米×12.3厘米。共53页106面,每面8行,每行14字。封面、封底全。内容完整。封面题"王氏宝卷"。卷首题"王氏女修行宝卷",有钤印"宿迁运羽书馆"。卷末无题。

开卷。无开卷偈。

正文:通篇七言诗赞。

结卷。无结卷偈。

143《巍巍不动太山深根结果宝卷》,又名《大乘太山深根宝卷》《太山宝卷》

经卷类宝卷,无具体故事情节。

版本共1种:

清雍正七年(1729)刻本

线装。刻本。一卷一册。共二十四品。版框:22.2厘米×13.4厘米。共100页200面,每面6行,每行15字。白口,双黑鱼尾,四周双边。书口题"太山卷"。封面、封底全。内容完整。封面题"大乘太山深根宝卷"。卷前有佛像2幅。卷首前有《巍巍不动太山深根结果宝卷目录》。卷首题"巍巍不动太山深根结果宝卷",有钤印"宿迁运羽书馆"。卷末题"巍巍不动太山深根结果宝卷终 雍正七年岁次己酉阳月"。卷后附《宁清二邑乡名列表》《重修经板捐助善男信女人名列表》及佛像版画2幅。

开卷。无开卷偈。

正文:佛经散说、诗赞(七言、攒十字)。

我今來在大會上
淺學几句在亂唱
怕我開言無忍讓
倘有唸德不像樣
你我妙妹同堂唱
言語粗造要大量
未修草字來拜望
下山請你喫四刃

煩望沾你各台光
無有交割與排場
特來領教你高強
切忌不要罵我娘
斯文同骨又同行
象位不必記心傍
余下實在不敢當
桃園結義劉關張

《王氏宝卷》民国抄本

佛弟子官榮藤斯刻
佛像新求净土之資也

《巍巍不动太山深根结果宝卷》
清雍正七年（1729）刻本（一）

《巍巍不动太山深根结果宝卷》
清雍正七年（1729）刻本（二）

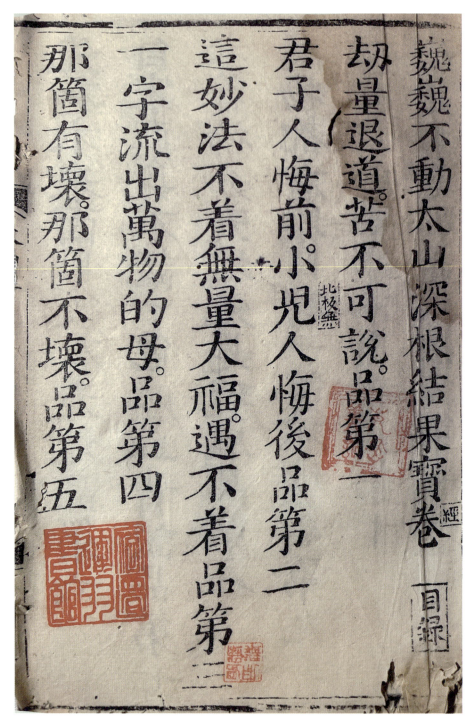

巍巍不動太山深根結果寶卷 經 目錄

劫量退道苦不可說品第一

君子人悔前小兒人悔後品第二

這妙法不着無量大福遇不着品第三

一字流出萬物的母品第四

那箇有壞那箇不壊品第五

《巍巍不动太山深根结果宝卷》清雍正七年（1729）刻本（三）

结卷。无结卷偈。

按：此本《巍巍不动太山深根结果宝卷》为清雍正党尚书家藏刻印板画砖厚宝卷，特大开本，煌煌二十四品一巨册全，品好无损。当年藏于浙江兰北溪提寺，抗战时其寺被日军烧毁，此本为本地一老农冒生命危险抢出，颇为珍贵。

144《文昌帝君收圆还乡宝卷》

经卷类宝卷。无具体故事情节。

版本共1种：

清刻本

线装。刻本。一卷一册。版框：19.8厘米×12.8厘米。共62页124面，每面8行，每行23字。白口，单黑鱼尾，四周单边。书口题"收圆还乡"。封面、封底全。内容完整。封面左上题"文昌帝君收圆还乡宝卷"。卷前有《重校收圆还乡叙》，有钤印"宿迁运羽书馆"。卷首题"文昌帝君收圆还乡宝卷"。卷末无题。卷后附《考取贤才篇》。

开卷。无开卷偈。

正文：散说、诗赞（七言、攒十字）。

结卷。无结卷偈。

145《文武香球宝卷》，又名《文武香球》《香球宝卷》《武香球》

元顺帝年间，山东省济南府历城县龙三惠为当朝一品元老，告老还乡，夫人杨氏，生一子名官宝，七岁进学堂，十六岁考取秀才第一名。北濠侯公达是浪山总兵，有一女名月英，喜习武，十八般武艺样样精通。一日，月英在后花园射中一只黄莺，黄莺飞走，不知落于何处。因箭上刻有月英闺名，月英焦急，让丫环去寻找。官宝在自家花园散步，拾得黄莺身上落下的箭，一看知是侯家小姐之物，到侯府送箭，与月英在侯家后花园相见，两人私定终身。薛媒婆将冷兵部的十六岁儿子说与月英，侯公达同意，月英得知不肯。薛媒婆与冷兵部串通设计陷害龙官宝，用五十两银子买通三个强盗，诬陷龙三惠私通强盗，窝藏赃

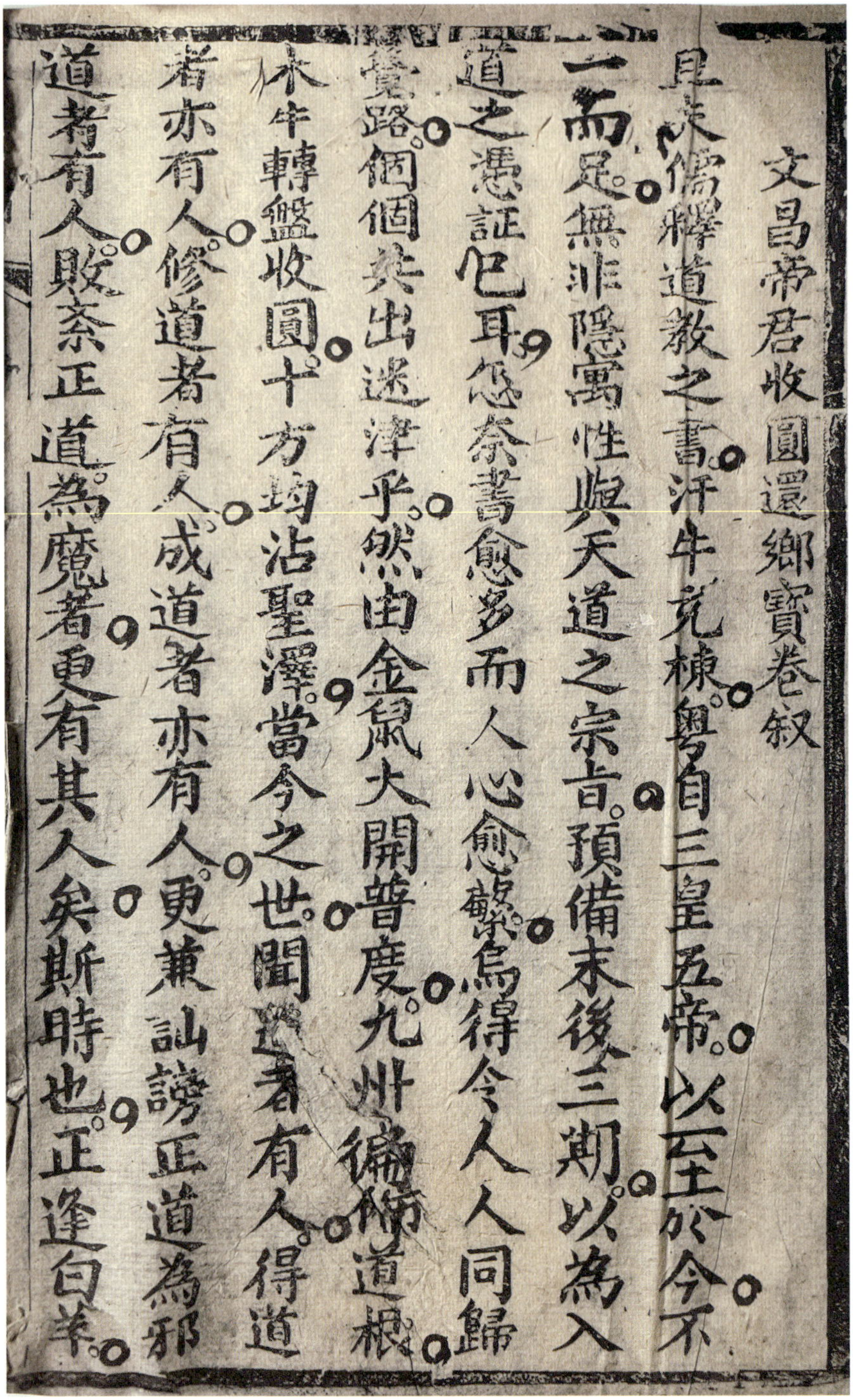

文昌帝君收圓還鄉寶卷叙

且夫儒釋道教之書汗牛充棟粵自三皇五帝以至於今不
一而足無非隱寓性與天道之宗旨預備末後三期以為入
道之憑証巳耳怎奈著書愈多而人心愈紊烏得令人人同歸
覺路個個共出迷津乎然由金鼠大開普度九州徧備道根
休午轉盤收圓十方均沾聖澤當今之世聞道者有人得道
者亦有人修道者亦有人更兼訕謗正道為邪
道者有人敗奈正道為魔著更有其人矣斯時也正逢白羊

《文昌帝君收圓还乡宝卷》清刻本

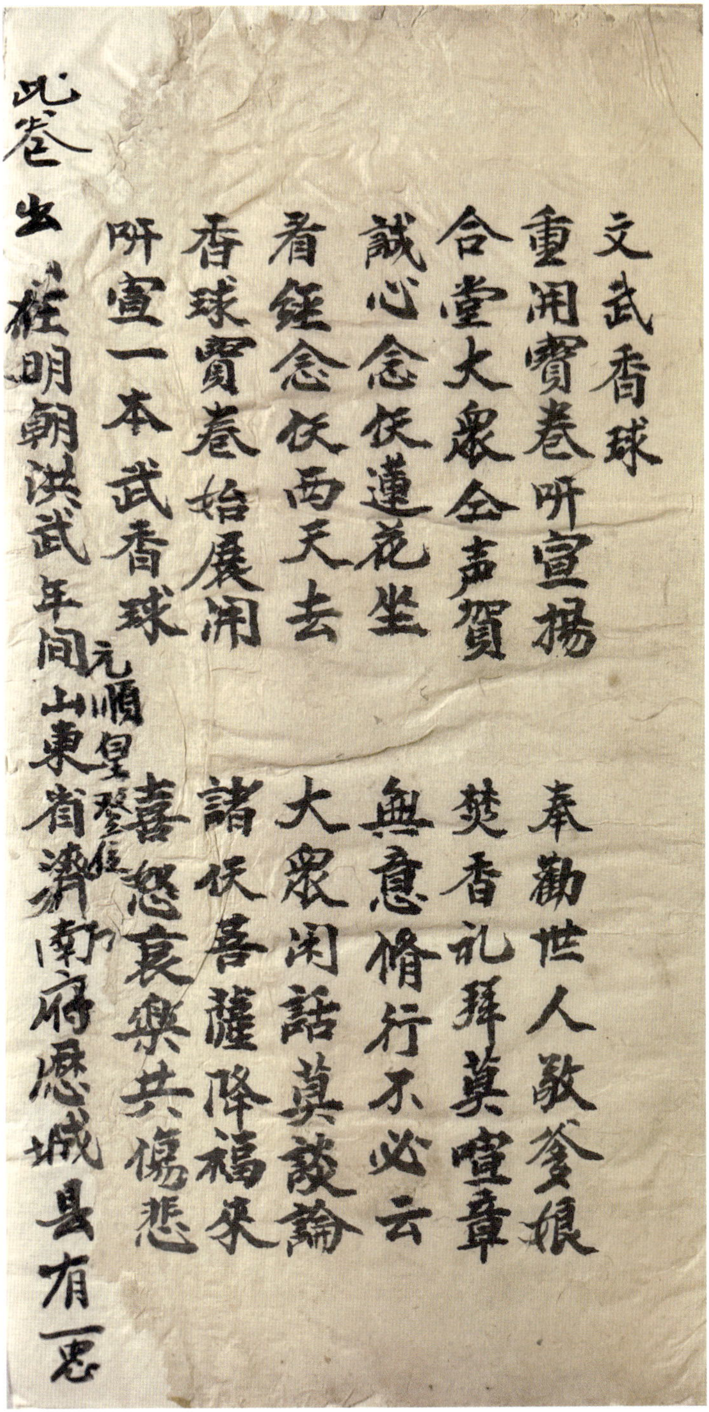

文武香球

重開寶卷听宣揚
合堂大眾仝声贺
誠心念佅蓮花坐
着銉念佅西天去
香球寶卷始展開
听宣一本武香球

奉勸世人敬爹娘
焚香礼拜莫宣章
無意脩行不必云
大眾閑話莫敘論
諸佅吾薩降福來
喜怒哀樂共傷悲

此卷出在明朝洪武年間山東省濟南府愿城县有一思

元順皇登位

《文武香球宝卷》清抄本

物，于是县官收监龙三惠。官宝和奶娘出逃至桃花山，被山大王王洪、张兴、吕焦捉拿上山。王洪要强逼奶娘陆夫人与其成亲，因张兴、吕焦内讧暂罢。王洪要箭杀官宝时突遇狂风，官宝被吹落山下，以乞讨为生，不幸又落入强盗张德龙之手。张德龙女儿张桂英爱慕官宝，以身相许，和官宝一起出逃。薛媒婆到侯府再次逼月英，月英和丫环吉祥打死媒婆，在后花园挖地掩埋媒婆时，挖得宝剑、兵书、天书。月英与吉祥携宝贝逃到桃花山，救下奶娘陆夫人，杀死三个强盗头目，占山自立为王。月英在山上得知刑部官文照批下来，五日内要斩龙三惠，于是带三千人马下山，扮作各色人等准备劫法场。张桂英与官宝出逃途中走散，桂英只得女扮男装赴京找寻官宝。月英出走后，侯公达让丫环如意代嫁。月英救出龙三惠夫妇，与公公婆婆相认。张桂英在黑风山斩杀妖精，得一匹独角龙驹宝马，投宿王木华家，木华将小女运莲配与桂英。成婚后桂英不与运莲同房，被运莲识破，桂英改名张尚荣，二人以姐妹相称。如意代嫁到冷家后被婆婆徐氏识破，吊打招认，冷兵部上奏元顺帝，元顺帝下旨捉拿侯公达入狱定罪。朝中萨登丞相受侯公达贿银，向元顺帝说情，皇帝赦免侯公达，让侯公达带兵攻打桃花山。月英知父亲为帅，也不留情面，生擒战将二十多名，侯公达兵败回朝。官宝与桂英走散后，被蒋公收留，改名蒋成龙。元顺帝下旨开考科举，蒋成龙和张尚荣都参加科考，分别夺得文武状元，皇帝下旨文武状元共同帅兵攻打桃花山，官宝与月英、奶娘及父母在桃花山相见。官宝上奏皇帝实情，皇帝下旨赦免月英及龙三惠，封官宝为征寇总督帅，月英为一品夫人，桂英为二品夫人，桂英的两个哥哥张龙、张虎分别喜配吉祥、运莲。冷府满门抄斩。

版本共1种：

清抄本

线装。抄本。两卷两册。开本：23.2厘米×13.5厘米。共88页176面，每面8行，每行28字。封面、封底后封。内容完整。封面左上题"文武香球宝卷"。卷首题"文武香球"。上卷卷末有钤印"宿迁运羽书馆"。下卷卷末无题。

开卷。上卷开卷偈："重开宝卷听宣扬，奉劝世人敬爹娘。合堂大众同声贺，焚香礼拜莫喧章。诚心念佛莲花坐，无意修行不必云。看经念佛西天去，大众闲话莫谈论。《香球宝卷》始展开，诸佛菩萨降福来。听宣一本《武香球》，喜怒哀乐共伤悲。"下卷开卷偈："宝卷再开宣，切莫讲闲言。上卷玄文过，下卷听宣言。《香球宝卷》再开宣，劝君切莫讲闲言。上卷侯月英正备劫法场，下卷再宣张桂英在路受难星。"

正文：散说、七言诗赞。

结卷。上卷结卷偈："小姐主意想罢定，喽啰个个近来听。要学三百六十行，看破不直半毫分。不宣桃花山上事，暂定五日看输赢。大众要看劫法场，未知劫得成来劫不成。若要再听下卷事，奉请各位停一停。"下卷结卷偈："卷中闲文不必云，状元回家齐完姻。一夫二妻多和睦，月英桂英姐妹称。张龙吉祥夫妻配，张虎运莲结成亲。各生一子传后代，子孙荣华跳龙门。善人是有天相救，恶人无有好收成。冷府害了龙三惠，君皇出旨满门尽做吃刀人。冷府凶恶无结果，龙家子孙万代兴。故此集成《香球卷》，明朝传流到如今。今日宣了《香球卷》，消灾恶难保太平。大众听了《香球卷》，合家团圆永康宁。《香球宝卷》宣完成，贺佛老太免灾辛。卷中倘有差误字，《吉祥神咒》送卷文。"回向："愿以此功德，普及于一切。送卷保长生，消灾增福寿。"

146《乌金记宝卷》，又名《乌金宝卷》

乾隆年间，安徽桐城县周明白，时年二十八岁，身入洪门，父母去世多年，娶妻陈氏，无有子女。元宵夜，周明白出门看花灯散心，行到一座酒楼前，遇吴天寿欠酒钱被店主责打。周明白替其垫付酒钱，经交谈，得知天寿为其父生前在南京的故友吴桂发之子，周父受过吴家恩惠，尚欠吴家三千两银子未还。周明白遂带天寿回家，与妻子陈氏相见。陈氏将陪嫁的两块乌金给明白拿去典当银两，将欠银还给天寿。天寿与明白结为异性兄弟，在明白家住了一月有余返回南京。不久，周家遭遇天火，家财烧尽，夫妻流落坟庄暂住。湖广襄阳盗贼雷龙流窜到桐城，盗取陈氏陪嫁首饰并欲强占陈氏，明白及时赶回，带众乡邻捉住雷龙并报官，雷龙被判罚入狱三年。富户王之万，有一子一女，分别为金宝和桂英。周明白受邀到王家教授一双儿女，金宝和桂英分别到了应考、出阁之年时，周明白便请辞回到坟庄。李官保父亲李炳曾官居极品，早年亡故，留下家财巨万，自小与王家之女桂英定下婚约。官保不喜读书，整日外出游荡不归，为收官保之心，李母与王家约定五月初五迎娶桂英成婚。新婚之夜，三年牢狱期满出狱的雷龙混入李府婚房，杀死李官保，迷奸桂英，盗走王家用乌金为桂英打制的乌金手镯一对。李家怀疑官保为桂英所害，将桂英扭送官府。桐城知县胡魁见桂英不似行凶之人，将她暂时收监，扮作卖卦人外出寻访凶手。胡知县到江西境内，借住在一座城隍庙，入梦之际经城隍神指点，在瑞昌捉回雷龙。雷龙因怀恨周明白，凭空捏造，污说周明白为其同党，行凶之事是受其指使所为。胡知县捉拿周明白到案，周明白被屈打成招，打入死牢。陈氏为救夫奔赴南京，头顶诉状，自缢于巡按府门前。吴天寿到巡按府堂击鼓，为结义兄弟夫妇伸冤。巡按部院受陈氏舍身救夫义举所感，亲自复审案情，斩杀雷龙，还周明白清白。部院将胡魁削职为民，上表皇帝，授职周明白为桐城知县，并亲自做媒，将王氏桂英配与周明白为妻。

版本共1种：

民国十三年（1924）上海文益书局石印本

线装。石印本。两卷一册。版框：18.4厘米×11.7厘米。共17页34面，每面18行，每行41字。白口，四周单边。封面、封底全。内容完整。封面左上题"绘图乌金记宝卷"，左下题"上海文益书局印行"，中下题"尹兴祥"。书名页大字题"绘图乌金记宝卷"。背面版权页题"民国十三年夏月出版"，有钤印"宿迁运羽书馆"。卷前有书中人物绘图2幅，分别是巡抚部院、胡知县1幅，吴天寿、周明白、陈氏1幅。卷首题"乌金宝卷"。卷末无题。

开卷。上卷开卷偈："《乌金宝卷》初展开，奉请诸佛降临来。善男信女诚心听，增福延寿永无灾。"下卷开卷偈："卷中再表雷龙事，狱期已满出监门。知道王府嫁千金，久闻王家多富豪。早想偷盗金和银，只因王府深似海。目今是听得小姐来出嫁，料想嫁妆多金银。早早定下时迁计，专等端阳盗金银。慢表雷龙定计事，再表王李两家门。光阴迅速容易过，五月初五到来临。李府之中挂灯彩，诸亲六眷到高厅。一顶彩轿王府去，迎娶新娘王桂英。彩轿抬到王府

吴天寿

周明白

陳氏

《乌金记宝卷》民国十三年（1924）上海文益书局石印本

内，鼓乐喧天在高堂。按下两府情由事，再表雷龙黑心人。"

正文：散说、诗赞（七言、攒十字）。

结卷。上卷结卷偈："夫人听得梅香话，此言却在理上论。就把媒人来请到，去求庚帖完婚姻。媒人急到王府内，求了庚帖转回程。良言择上端阳日，官保知道喜万分。专等五月初五到，预备花烛好完姻。卷中按下李家事，再表王府一段情。自从出了庚帖后，预备妆奁嫁千金。王家财产称万贯，嫁女妆奁毕难云。专等五月端阳日，出阁之期再提明。"下卷结卷偈："巡抚退堂往内去，奏明圣上不烦文。周明白拜别天寿桐城去，王家小姐重配婚。从此职任桐城县，为官清正治万民。到后来陈氏灵枢来搬运，运回桐城做就坟。王氏生下两个子，从后个个有功名。卷中表尽千般事，《乌金宝卷》大叙团圆。"

147《吴三春宝卷》，又名《聚宝盆全集宝卷》《聚宝盆宝卷》《吴三春聚宝盆宝卷》

当初吴三春投生阳间之际，向阎王请赐聚宝盆，不求官达，只求吃穿不愁，做个农人。阎王查吴三春六世行善，善根深厚，该有享福善果，答应赐给聚宝盆，到阳间多做善事，将来可增阳寿。吴江县四角村吴成林夫妇以卖豆腐为生，妻子白素贞正月十五看花灯后怀孕，十月怀胎，产下一子，异香满屋，取名吴三春。三春三岁那年，判官夜半送来聚宝盆，放在吴家锅中。此盆有一百零八色，中央有八卦乾坤图，放入一颗青梅一夜之间可变成一盆青梅，放入一枚铜钱一夜过后可变成一盆铜钱。三春七岁读书，聪明过人，过目不忘，自此家中买田建造房产院落，过上富足生活。三春十六岁那年，母舅登门看望二姐，见到姐夫家由贫到富，甚感惊奇，成林以实相告。母舅刮目相看，将自己的两个女儿都嫁与三春。三春二十岁时，喜得两个儿子。年交三十岁，三春自感家中天赐聚宝盆，得此无本富贵，均赖上天所赐，遂广施钱财，救困济贫，积德行善。大荒之年，吴家在吴江四门大开济贫斋饭。吴江县令假传圣旨，逼迫三春交出聚宝盆，欲占为己有。全城百姓请愿具保，恳留宝贝于吴家以造福乡民，县令无奈，只得撤兵。三春四十五岁时，父母双双病亡，三年守孝期满，夫妻二人便专心于开山筑路，建桥修寺，重塑庙宇金身。玉帝受感，差太白金星下界度化吴三春一家。太白金星下界点化后，三春行善更勤。观音大士在上天观见，下界变作一个卖桃之人，到吴家门前叫卖。卖桃人告知此桃送与吴家人，只需留住一宿即可。三春坚称不要钱不吃，桃子一两银子一个，全都买下，答应了才能留住一宿。卖桃人告知，桃子都在吴家后花园的大桃树上，需要自己去摘。三春一家大小全都爬到树上摘桃，只见卖桃人端坐云头，显出真身，乃是观世音菩萨，告知吴三春六世行善，阎王赠送聚宝盆，全家不念财富，广积善德，奉上天谕旨，接回天庭，列入仙班，享万世之福。

版本共3种：

一、1994年李云富抄本

线装。抄本。一卷一册。开本：27.6厘米×19.7厘米。共9页18面，每面9行，每行14字。封面、封底全。内容完整。封面左上题"聚宝盆全集宝卷"，右上题"甲戌年梅月办"，中下题"李云富记"。卷首无题。卷末无题，有钤印"宿迁运羽书馆"。

开卷。开卷偈："说有明来话有因，且说当初吴三春。阎王发生来做人，对了阎王说分明。若要发生阳间去，你要赠我聚宝盆。"

正文：通篇七言诗赞。

结卷。结卷偈："观音菩萨云头看，化作世间卖桃人。三春见桃心欢喜，问声卖桃老客人。前面桃儿怎样卖，后面桃儿几钱文。客人有话开言说，善人此桃大官临。此桃无钱该你吃，今夜借我宿安身。三春当时开言说，无钱桃儿我不吞。自己眠床让他睡，一夜睡到子时辰。此桃大小多吃过，个个桃儿一株定。卖桃客人开言说，后门一株好仙桃。三春看他也不信，那有桃儿在后门。即见桃儿我不信，叫他一家树上寻。我家去到树头上，树上桃儿要脱身。卖桃客人是观音，站在五色云头看。脚踏云头微微笑，观音渡去上天庭。"

二、1996年何崇焕抄本

线装。抄本。一卷，与1996年何崇焕抄本《回郎宝卷》同册。共11页22面，每面8行，每行14字。封面、封底全。内容完整。封面左上题"吴三春宝卷　回

說有明来話有因　　　且說當初吳三春

閻王發生来做人　　　對了閻王說分明

若要發生陽間去　　　你要贈我聚宝盆

上無兄来下無弟　　　單身獨自一個人

百様事情候我意　　　一切事情我勿管

爹娘現在掌家門　　　倘若爹娘双亡故

都由兔子掌門庭　　　我不管家裡一事情

百様新鮮我吃起　　　吃吃嬉嬉过光陰

身穿都是綾羅緞　　　全無憂愁一時辰

《吳三春宝卷》1994年李云富抄本

郎宝卷"，右上题"公元一九九六年太岁丙子蒲月抄"，中下题"何记"，背面有钤印"宿迁运羽书馆"。卷首无题。卷末无题。

开卷。开卷、正文与前述版本（一）同。

结卷。结卷偈："观音菩萨云头看，化作凡间卖花人。三春见花心欢喜，叫声卖花老客人。前头花儿怎样卖，后头花儿几分钿。人客有话开言说，天公下雨乱纷纷。此花无钿结我吃，今夜借我宿安身。无钿花儿我不要，今夜借宿可安身。自己眠床让桃客，一夜睡到子时辰。此桃大小多吃尽，个个桃儿一两银。卖花客人开言说，后门一株大白桃。我们此桃我不信，叫他后门树上存。大小去到树头上，树上一家脱凡身。卖花客人观世音，站在半空五色云。脚踏云头笑欣欣，度你六世善人吴三春。阎王赠他聚宝盆，万古流传到如今。全家大小上天庭，南海普陀观世音。大小听见行好事，大众回心拜世尊。恶人不听落地狱，善人听经世方行。大众虔诚求忏悔，但愿各家保平安。大众虔诚听经文，西方就在前面存。修得石岩无泥土，深山石岩也要穿。《三春宝卷》拜完成，公公婆婆慢慢行。"

三、抄本

线装。抄本。一卷一册。开本：25.5厘米×19.2厘米。共10页20面，每面9行，每行14字。封面、封底全。内容完整。封面左上题"吴三春聚宝盆宝卷"，中下题"何志"。扉页有钤印"宿迁运羽书馆"。卷首无题。卷末无题。开卷、正文、结卷与前述版本（二）同。

X

148《希奇宝卷》

晋朝四川成都府赵公，早亡，夫人金氏年近七旬，带两男两女。大郎培福，娶妻田氏。田氏生来忤逆，常与婆婆吵闹，大郎只用心读书，素不能管束。二郎培基，娶妻王氏。王氏孝母敬夫。分家之时，田氏强说婆婆偏心二郎，存心多占家产。分家后，老母并两妹妹一家一月轮换服侍供养，不到一年，老母金氏瘫痪卧床，不能自理。二郎怕老母受虐受气，独自接回老母及两个妹妹供养。二郎家中田产十亩，为母治病卖去三亩，为嫁两个妹妹卖去二亩，为老母置办寿具典当二亩，只剩三亩薄田。平日二郎帮人拉车，王氏帮人裁衣，买肉菜、面食供奉老母，夫妻二人仅以粗茶剩饭度日。夫妻二人都已年交三十七岁，尚无子女。二郎向观音菩萨许愿求子，夫妻善举感动观音大士，喜得一子。由于二郎家肉菜细粮都供养老母，无法供养幼子细食，幼子饿食狗屎。人皆称其子为狗郎。狗郎浑身臭气，邻人皆嫌弃，大郎及两个姑姑都感羞辱，与二郎断绝往来，也不再上门看望老母。狗郎渐渐长大成人，被众人嘲笑，遂怨恨父母，每日辱骂父母，父母内心歉疚，忍让多年，不与孩儿计较。大郎开馆教书，家境日丰，先后生两子三女，怕分家财，田氏将后生的二女淹死。观音大士派和尚点化大郎，大郎不信，遂遭报应，两个儿子暴病死去，田氏也生毒疮死去。狗郎长到十六岁时，二郎事母善举感动观音大士，观音大士派和尚点化狗郎，狗郎始知父母敬孝供养祖母之心，父母虽任其吃狗屎，也有每日掏食之恩。狗郎悔悟后大哭，全身出汗，散发出檀香气味，身上臭气全无，人皆稀奇，都来观看奇事，喧闹之声惊动祖母金氏，金氏翻身下床，行走出门观看。金氏卧床十多年，竟然能突然行走如常，众人更觉稀奇。大郎悔悟出家，家财尽交付与二郎打理，二郎家业逐步兴旺，两个姑姑也回心转意，时常上门看望老母。二郎请先生教授狗郎读书，狗郎聪慧过人，一年多便博学多才，不愿科举为官，在家侍奉双亲及祖母，一家和美团圆。

版本共1种：

清同治五年（1866）苏州元妙观得见斋刻本

线装。刻本。1册1卷。版框：20.3厘米×13.5厘米。共44页88面，每面11行，每行25字。白口，单黑鱼尾，四周单边。书口题"希奇宝卷"。封面、封底全。内容完整。封面题"希奇宝卷"。内封右上题"同治丙寅新镌"，中大字题"希奇宝卷"，左下题"苏城元妙观得见斋刷印"。卷首题"希奇宝卷　吃狗屎骂爷娘故典"。卷末无题，有钤印"宿迁运羽书馆"。

开卷。开卷偈："一炷清香供佛前，敬将劝孝卷来宣。古来百善孝为先，本来

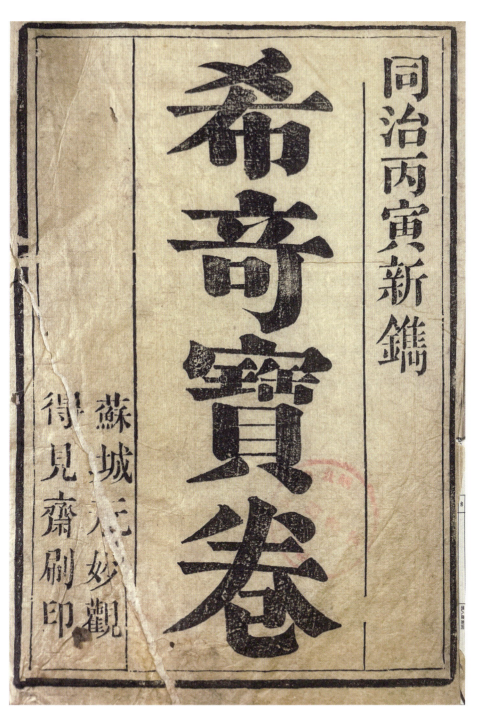

《希奇宝卷》清同治五年（1866）苏州元妙观得见斋刻本

庸行出心田。二十四孝人人晓，不须多讲再谈天。独有一个奇孝子，有凭有据记当年。说起来时奇且怪，话柄传来一大篇。穷彻骨时吃狗屎，应该遗臭万千年。谁知道吃狗屎中间出孝子，流芳百世想前贤。讲到此人佛也笑，拈花座上默无言。"

正文：散说、诗赞（七言、攒十字）。

结卷。结卷偈："《希奇宝卷》已宣完，骂爷娘逆子好传观。吃狗屎一事谁人肯，庶几乎良心打动梦难安。到底爷娘不该骂，试把心头摸摸看。劝急速改过行孝道，庶免得天雷霹雳胆方寒。"

149《喜鹊桥宝卷》,又名《鹊桥宝卷》《喜鹊宝卷》《铡判官》

宋仁宗年间，东京城富豪柳自芳，夫人钱氏，单生一女名金蝉，自小许与外甥颜查散为妻。颜查散父亲曾当朝为官，早年去世，钱氏要颜查散成就功名后方可娶亲。正月十五，金蝉外出观看花灯，与家人走散，被一阵狂风迷昏，吹落至鹊桥下。屠夫李保路过，为劫财勒死金蝉并弃尸桥边。经土地公指点，金蝉阴魂到李保家索命，李保遭惊吓，将金蝉衣物首饰包裹送回鹊桥边。金蝉为伸冤屈到地府告状，因各殿阎王赴天庭参加玉帝上元节盛会，各殿判官推诿不审，李保是第五殿判官张洪嫡亲外甥，张洪为徇私情，扯换生死簿，让油流鬼江福将金蝉押到阴山藏匿。颜查散与家童在鹊桥边先是见到金蝉尸体，后又拾得金蝉衣物包裹，被柳家疑为凶手报官。公堂之上，颜查散被屈打成招，判以绞刑。法场刑行之后，查散死尸不倒，颜母扯住祥符县官徐璟到开封府找包公伸冤。包公手执招魂幡引查散魂魄入体，查散醒后将详情呈明包公。包公带领王朝、马汉共睡游仙枕，赴地府提审金蝉阴魂，查得判官张洪徇私实情，怒斩李保和张洪。颜查散与柳金蝉二人喜结姻缘。

版本共1种：

民国二十五年（1936）宁波学林堂书局排印本

线装。排印本。两卷两册。版框：18.7厘米×10.8厘米。34面，每面17行，每行32字。白口，单尾鱼，四周单边。封面、封底全。内容完整。封面左上题"绘图鹊桥宝卷"，左下题"宁波崔衙前学林堂书局"。书名页中大字题"鹊桥宝卷"，

柳金蟬　　　　　　　額查散

包公

李保

《喜鹊桥宝卷》民国二十五年（1936）宁波学林堂书局排印本

右上题"民国二十五年仲春重刊",左下题"宁波崔衙学林堂书局发行",有钤印"宿迁运羽书馆",背面有书中人物颜查散、柳金蝉、包公、李保绘图1幅。卷首题"喜鹊桥宝卷全集"。卷末题"时在佛历二千九百五十八年岁次辛未宫仲夏之吉,慈水九老山人悟觉子童香山普境氏编辑"。

开卷。开卷偈:"《喜鹊宝卷》初宣扬,诸佛龙天降吉祥。善男信女虔诚听,延寿赐福免灾殃。"

正文:散说、诗赞(七言)。

结卷。上卷结卷偈:"包公批就发回文,速差张龙赵虎身。文件投送祥符县,按律惩办治罪人。二将领命急忙去,包公一面出榜文。告示贴在开封府,晓谕男女百姓人。安分守业要规矩,各存人道天良心。告示一出都知道,再表李保黑心人。"下卷结卷偈:"《鹊桥宝卷》宣完成,古镜重磨照分明。二人本是金童女,蟠桃园中动凡心。夫妻共遭冤屈事,幸亏包公救还魂。如今回心同修道,八十六岁寿遐龄。查散为官忠报国,仍归原位上天庭。生下三男并二女,后来金榜有名人。二子留传颜氏脉,一子顶立柳家门。此卷名为《铡判官》,大宋遗留到如今。要知颜查散历史,就在五鼠闹东京。玉堂归位铜网阵,七侠五义有其名。做官要看包公样,铁面无私不用情。如今赫赫金容相,第五殿上做阎君。善还善报恶还恶,善恶到头有报应。不信但看李保样,一刀两段没收成。再有作弊张判官,偏曲私心要用情。报应要犯铜铡铡,连得鬼魂无处寻。不等埋怨不公平,良善人家福常临。十凶万恶多顺泽,连得小灾小晦不上门。我劝诸君且忍耐,谅来因果看不明。祖宗殃尽善必昌,余德享尽灭恶人。做人总要良善好,良善虽苦有人尊。螃蟹横行有几日,仙鹤老实寿长春。宣卷都是讲因果,循环报应不差分。修行吃素并念佛,也要常存一点心。心存道德持斋戒,里方外圆大圣人。今朝大众听宝卷,诸恶莫作众善行。"

150《下关东全本》,又名《新刻下关东私访同三虎困龙全本》

清乾隆年间,丞相王成玉南征北战,战功至伟,官居极品,夫人吴氏,官封诰命,与国母为至亲姐妹。夫妇生有一子一女,长子王景隆,官封武举,娶妻陆氏，名霞云，贤孝俱佳；次女王兰英，聪慧贤德，钦封御花千金。不觉王丞相年事渐高，上表告老还乡。老丞相回家不久，夫妇二人先后病亡，景隆兄妹安葬二老，为父母守孝。关东城外八里有个同家村，村内有同家三兄弟，老大为当朝阁老，老二为关御总兵，老三名叫同三虎，不愿做官，被皇上封为御监生。同三虎在关东招兵买马，巧取豪夺，欺害百姓。清明时节，同三虎带领家将兵丁到郊外踏青打猎。遇到孝子景隆带妻子陆氏、妹妹兰英给父母上坟扫墓。同三虎看上王兰英，指使家将抢夺兰英。景隆与之厮杀，因寡不敌众战死。同三虎抢获兰英，欲强娶兰英为妻，遭兰英痛斥，同三虎被激怒，将兰英残忍杀害。怀有身孕的陆氏得家人护送逃出，幸免于难，为报血海深仇，带家人王能、丫环小春赴京告状。陆氏在京早朝途中两次拦官递状，状子先后落入同三虎的胞兄同阁老和同三虎舅舅苏太师之手，幸得大将徐盈太师帮助，得遇国母。国母留陆氏在身边陪伴自己。陆氏不久产下一子，取名王天保，为王家留下后代根苗。乾隆皇帝为彻底铲除关东同家势力，带三皇兄、冯高扮作贩卖珠宝客商，私访关东。路过决石山，山大王洪飞虎下山拦路抢劫，被冯高斩杀。洪飞虎的妹妹洪翠云为替兄报仇，下山展飞刀要害三人，天子突然身现金龙，翠云下拜归顺朝廷，天子收为东宫，封为娘娘。天子到了关东，夜宿告老还乡的巡城陈御史家中，正遇同三虎带人上门抢夺小姐陈杜氏。皇帝一行三人出手相助，追赶同家贼兵途中落入陷阱，身困同家地窖之中。同三虎给关东总兵同二报信，同二带兵到家与同三虎图谋造反，要害天子。大将徐盈受国母之命，率大军及时赶到，围困同家，翠云也从决石山带兵赶到支援。同三虎妹妹同凤英深明大义，放出皇帝三人。同家满门被剿灭斩杀，天子班师回朝，洪翠云、同凤英随驾入京，都被天子收入后宫，封为娘娘。陆氏被封为节孝御夫人，王天宝被授为御殿下。天保长大成人，也成为国家栋梁。

版本共1种：

1998年抄本

线装。抄本。一卷一册。开本：20厘米×13.7厘米。共34页68面，每面12行，每行21字。封面、封底全。内容完整。封面左上题"下关东全本"，右上题"戊寅年"。卷首题"新刻下关东私访同三虎困龙全本"。卷末题"一九九八年农历四月初六日写到十七下午完呈",有钤印"宿迁运羽书馆"。

开卷。开卷偈:"历代兴亡全不表,清朝年间表古人。顺治登基十八载,康熙六十登一春。雍正登基十三载,乾隆甲子贺太平。不表北京万岁主,表起关东一座城。"

正文:通篇七言诗赞。

结卷。结卷偈:"三宫六院齐迎接,喜然当今万岁君。按下皇宫内院事,再表佳人陆霞云。到家请僧来超度,超度丈夫姑娘身。日月如梭容易过,不觉光阴又几春。后来寿保身长大,做了扶王保驾臣。忠良还归忠良后,奸恶到底没收成。此书本是清朝事,传布人间作劝文。"

151《下关西》

清乾隆年间,关西凤凰城陈光玉、陈光汝兄弟二人是当朝内侍大臣和珅的干儿子,有赖和珅提携,被皇帝钦封为关西御总兵。陈家兄弟二人在关西强取豪夺,强抢民女,危害地方。陈光玉女儿陈秀英为黄花老母的徒弟,会呼风唤雨,点石成兵。陈光玉更有依仗,四处招兵买马,在关西修建二十四门。当朝忠臣刘荣夜观天象,算得关西有反叛朝廷星象,报奏于皇帝。天子即与五皇兄、刘荣三人私访关西。天子一行在酒馆吃饭无钱付账,天子将马褂脱下,交与叫卖花生儿郎官宝拿到当铺典当。于龙当铺为陈光玉家所开,当铺朝奉识得马褂乃是当今皇帝随身宝贝,扣下马褂送交家主陈光玉。五皇兄到当铺索要马褂未果,与陈光汝打斗起来,陈光汝不敌五皇兄,败回家中,陈秀英替父出门迎战,五皇兄被秀英施法落入陈家地窖。天子久等五皇兄不回,随官宝到栖身的破庙家中,官宝母亲徐老太太置办饭菜款待天子、刘荣并安顿他们暂住破庙。天子遣官宝回京送信,搬取救兵。官宝夜宿土地庙,祷告神明保佑快到京城,土地神差泥马显灵,驮官宝飞奔去京。关西岳家村有位岳员外,生有九子二女,儿子个个武艺超强,二女金平、银平为黎山老母徒儿,道行深厚,都能出入仙界。黎山老母托梦岳员外,天子有难,需岳家搭救。岳员外派一众儿女将天子、刘荣、

宿迁运羽书馆藏宝卷

徐老太太接到岳家村,天子当场收岳家子女为义子义女。陈秀英请来师父黄花老母,与父亲陈光玉、叔叔陈光汝一起带领家兵围困岳家村捉拿天子。岳家金平、银平出战,不敌秀英,被擒押入陈府。三关总兵年庚小满门为和珅所害,小儿年心被太白金星所救,带到山上学艺十三年。太白老君委派年心下界救助天子。年心扮作更夫潜入秀英小姐绣房,迷昏秀英,救出五皇兄和金平、银平。秀英醒来,心生气恼,到岳家村与年心当阵刺杀,年心被秀英施法刺落马下,太白老君救回年心送到天庭。陈光玉兄弟率兵围攻岳家村,黄花老母下山帮助徒儿陈秀英。太平娘娘得官宝报信,亲自率兵赶到,黎山老母也下山力助徒儿金平、银平,太白老君再派年心下界一起参战。黄花老母施法,被黎山老母破解落败,现出原形,乃是一只黄狗,欲行逃走,被年心一枪刺死。太平娘娘率领大将刘荣、岳家一众儿女、官宝、年心直捣陈家老巢,剿灭陈家,抄没其全部家财。乾隆班师回朝,对有功之人各行封赏。来年之春,乾隆皇帝染病归天,太子嘉庆皇帝登基。官宝、年心一班功臣即刻上奏新君,弹劾和珅。天子下旨斩杀和珅满门,查抄其全部家财充盈国库。

版本共1种:

1990年抄本

线装。抄本。一卷一册。开本:20厘米×13.7厘米。共28页56面,每面12行,每行21字。封面、封底全。内容完整。封面左上题"下关西",右上题"庚午年"。卷首无题。卷末无题,有钤印"宿迁运羽书馆"。

开卷。无开卷偈。

正文:通篇七言诗赞。

结卷。结卷偈:"圣旨又到关西去,岳家父子管万民。兄弟九个总有职,金平银平总有职。别的地方总不去,总在京城保圣君。官保小将封官职,子顶父职在朝门。这是一本《下关西》,消愁解闷劝世文。三下关西书一本,龙虎传上拿和珅。劝人行善莫行凶,行凶之人没后成,行恶之人天不容。莫说此书谎言语,不听此书其一声。"

152《仙姑宝卷》

宋熙宁年间，平阳县北港三桥朱壁登，娶妻周氏，生一子一女，长子士髦，次女婵媛。壁登二十六岁高中状元，文武双全。西番不纳贡，反叛朝廷，皇帝下旨让壁登领兵征讨西番，西番闻知，不战而降，皇帝恩赐壁登文武双状元，奉旨还乡。婵媛长到十二岁，辞别父母，外出寻访仙师修行，受观音菩萨点化，在白水河畔拜观音大士为师。婵媛归家告诉父母，父母却将其婚配与北港刘百万家做亲，婵媛坚拒不从，毅然只身出家到白水济畔修行。士髦前去劝说妹妹回转，反被婵媛劝说归佛，也出家修行。壁登夫妇、士髦妻子先后去劝说兄妹俩无果，壁登气恼，放火烧毁茅屋。观音派童子化作紫龙救出婵媛，送到南雁洞，婵媛在南雁洞莲花打坐修行，被封作南雁仙姑。士髦闻南雁洞有仙姑显灵，疑是妹妹婵媛，前去南雁洞寻访，仙姑指怪石变作金虎挡道，士髦才知妹妹已得道成仙，遂拜妹妹为师，誓愿出家。士髦归家，用婵媛给的洞泥化水治好母亲眼疾。母亲、妻子受感化皈依仙姑，父亲壁登也只身去南雁洞，一家四人都被仙姑度化，归佛向善。当时国中横遭瘟疫，仙姑下界祛除瘟病，天下安康，皇帝下旨敕封南雁洞主大慈大悲救苦救难护国慈母。

版本共1种：

民国十九年（1930）石印本

线装。石印本。四卷一册。版框：20.2厘米×11.6厘米。共60页120面，每面8行，每行21字。白口，四周双边。封面、封底全。内容完整。封面左上题"仙姑宝卷"，右上题"福安石古井"，右中题"三清道观珍藏"。内封上横题"仙姑修行宝卷"，中大字题"南雁圣传"，右上题"民国庚午岁　春月重"。卷前有《御笔亲题诗一首》《群臣称赞诗一首》《泮水王鼎阳撰序》《赤霞老人醒迷子序》《许智恭撰跋》。卷首题"南雁圣传仙姑修行卷"。每卷卷前均有套红插图1页2幅，共8幅插图。卷末题"南雁圣传仙姑修行卷之四终"。

开卷。开卷偈："《仙姑宝卷》初展开，诸佛群真一齐来。大地乾坤听经法，奉行众善至莲台。酒色气财君须避，孝忠节义尔莫裁。且说仙姑成正果，降龙伏虎伴如来。西番夷疆逆魃反，瓯平北港登职升。"

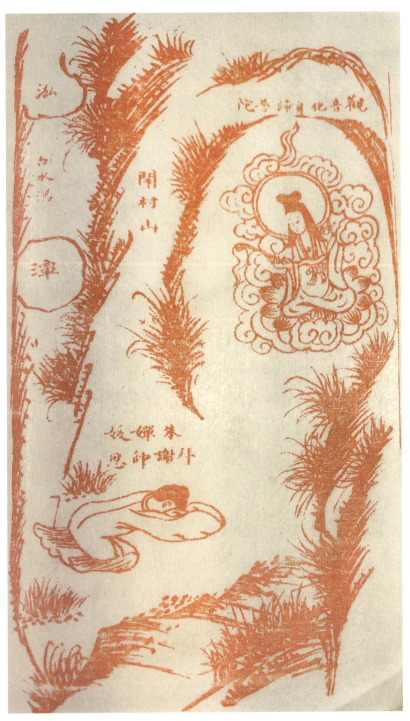

《仙姑宝卷》民国十九年（1930）石印本

正文：散说、诗赞（七言、攒十字）。

结卷。结卷偈："《仙姑宝卷》说圆成，万圣千真向天廷。老幼贤良宜立志，修仙学道竟飞升。玉皇上帝金容悦，格外施恩赏善庭。雨顺风调民安阜，乾坤壮稗乐太平。"

153《贤良宝卷》，又名《包公出世》

宋仁宗年间，包家村有一员外，姓包，名怀，院君周氏生二子，长子包山，次子包海。大儿媳妇王氏贤德孝顺，次儿媳妇李氏心地不良。一日，周氏梦见一怪物下降，醒来便有孕在身，身感不适，王氏日日端茶送饭，用心照料。因年老有孕，周氏羞于见人，王氏宽慰婆婆。李氏因周氏年老怀孕，有辱家门，从不进院探望。玉帝为王氏孝心所感，差太白金星下界为王氏送子。王氏梦得一道祥光从空中落下，便觉有孕。十月怀胎的周氏、王氏分别产下一子。王氏所产之子眉清目秀，面貌非凡，婆婆周氏所产之子面如黑炭，奇丑无比。包海征得父亲同意，将三弟用茶箩筐装上，提到锦屏山荒野扔掉，途中遇见一只猛虎，吓得丢下箩筐跑回家中。王氏经过包海房门，听得包海告知李氏三叔被猛虎吃掉，回房告诉丈夫，包山赶到山上，见三弟安然无恙，遂抱回家中抚养。本村张德之妻刚生一子，未满周月而亡，夫妻二人担心三弟再被害，瞒过父母和包海夫妇，便将自己小儿送与张家抚养，将三叔取名黑三，亲自抚养。黑三长到七岁，周氏六十大寿，王氏带黑三给母亲拜寿，周氏感谢王氏抚养小儿，将黑三改名包公。包公长到九岁，包山请宁先生教他读书，改名包文政。包海在父亲面前污说包公游手好闲，不求上进。包怀将包公赶到锦屏山放羊。锦屏山有一只白光狐狸，修炼四十多年，能腾云驾雾，玉帝差遣五雷处死它，白狐躲入包公身下，得保一命。李氏惦记包公日后成人，自己少得家财，处处设计陷害包公。李氏在油饼中加入砒霜，让丫环秋香送给包公，白狐暗中打落油饼，黄狗吞食油饼，顿时七窍流血而亡。李氏假借金簪落入枯井，让包公下井打捞，再将井绳剪断，包公被困井中，白狐发白光救出包公。包公十六岁时，天下大考，包公求父亲给盘缠进京赶考，包怀只给十两银子，王氏拿出十两私房钱资助三叔。包公赴京，路过隐合

贤良宝卷初展开　诸佛菩萨降临来
善男信女虔诚听　增福延寿免消灾

且说这本贤良宝卷，出在大宋年间，仁宗皇帝提表江南灵州府合肥县包家村人氏，姓包名怀人，称他包员外。配妻周氏院君今庚五十余零所生二子，长子包山次子包海大媳妇王氏贤德夫人，次媳妇李氏心地不良那周氏村，富户李菜做过吏部天官，告老还乡，小女为妖怪所迷，张榜除妖。家童包兴贪图三百两赏银揭榜，包公又得白狐帮助，使得李小姐除病平安，李天官将小女许配于包公。包公应考，得中二十三名进士，被授定远县令。包公日审阳案，夜断阴案，审过多起无头案件，因一件乌盆案件口供不明，施重刑致死一人，被革职为民，回家途中宿大相国寺。朝中王太师到寺中烧香，看到包公面有龙图之相，带包公上殿面见皇帝，皇帝敕封包公为龙图阁大学士，职放开封府，钦赐尚方宝剑一口，钦造龙虎狗三刑铜闸，可斩皇亲国戚，有先斩后奏之权。李天官将女儿送到开封府，万岁钦赐李小姐凤冠霞帔，四品夫人，包公奉旨成婚。包公奏表长嫂乳哺养育之恩，皇帝下旨，赐包公父母三品诰命，王氏四品贤良夫人，包山封赠长安乐。包公奉旨回乡，感念异人救命之恩，到岩洞头戴阴阳帽，坐乌台，白狐拜见，言明包公救了自己一命，自己回报三恩。包公请工匠为其在锦屏山建造白光庙，塑白素贞娘娘金身。包山夫妇后生三子，均成国家栋梁。

版本共2种：

一、1993年何崇焕抄本

线装。抄本。一卷一册。开本：19.3厘米×13.4厘米。共39页78面，每面10行，每行27字。封面、封底全。内容完整。封面左上题"贤良宝卷（包公出世）"，左下题"太岁癸酉年荷月"，右上题"公元一九九三年"，中下题"何崇焕记"。卷首无题。卷末题"愿以此功德，普及还一切。诵经保平安，消灾增福寿"。

开卷。开卷偈："《贤良宝卷》初展开，诸佛菩萨降临来。善男信女虔诚听，增福延寿又消灾。"

正文：散说、七言诗赞。

结卷。结卷偈："新造一座白光庙，白素贞娘娘最显灵。求男得男生贵子，求女得女送来临。锦屏山上多热闹，不断香火透天庭。年年春秋二祭到，男女烧香无数人。老人烧香求福禄，脚手康健过光阴。小人烧香拜菩萨，免去关节快长成。年少姑娘菩萨拜，早出良缘配婚姻。少年妇人拜菩萨，送来贵子到你们。白素贞有灵显圣庙，烧香拜佛福寿增。道友护寿菩萨拜，好比锦屏山上行。烧香拜佛求福禄，合家大小保安宁。此卷包公来出世，贤良出在王氏身。包山为人心正直,后来做得人上人。李氏二娘心肠毒,日后也无好收成。包海心地也不好,做个犯贱下等人。白光狐狸恩情重,身入太庙显威风。包公为官多清正,官封一品当朝廷。做人总要心正直,不可歪邪起黑心。包公出世分明说,大众牢牢记在心。《贤良宝卷》拜完成,各位回家永康宁。"

二、1997年石忠森抄本

线装。抄本。一卷一册。开本:23.5厘米×16.9厘米。共57页114面,每面8行,每行15字。封面、封底全。内容完整。封面左上题"贤良宝卷",中下题"石志"。卷首无题。卷末题"一九九七年石忠森抄"。

开卷。开卷偈:"《贤良宝卷》初展开,诸佛菩萨降临来。善男信女虔诚听,增福延寿免消灾"。

正文:散说、诗赞(三言、七言)。

结卷。结卷偈:"造了一座白光庙,白素贞娘娘显威灵。求男得男是贵子,求女得女伶俐人。锦屏山上多热闹,香烟渺渺透天宫。年年春秋季节到,男女烧香无数人。老人烧香求福寿,脚手康健过光阴。少年烧香拜菩萨,长大成人关煞无。年轻姑娘菩萨拜,早配良缘如意人。妇人烧香拜菩萨,子孙满堂福寿增。白素贞有灵并有圣,烧香拜佛福寿绵。年年四季天降福,平安吉庆永无灾。善男信女虔诚拜,好比锦屏山上走一程。烧香拜佛求福禄,合家大小永康宁。此卷包公来出世,贤良出在王氏身。包山夫妻心正直,日后做得人上人。李氏二娘心肠恶,后日并无好事情。包海心地也不好,做个犯贱下等人。白光狐狸恩情重,身坐大庙显威灵。包公为官清如水,官封一品掌朝中。做人总要良心好,不可歪邪行恶心。奉劝大众心肠好,皇天不负善性人。善恶后来总有报,奉劝大家行好心。敬天敬地敬神佛,孝敬父母两双亲。大众都学王氏样,日后一定有报应。《包公出世》说完成,大众牢牢记在心。此卷非是容易造,千思万想作成功。《贤良宝卷》拜完成,各自回家永康宁。四季八节平安保,三千大地有光明。听卷之人增福寿,合家大小得康宁。"

154《香山宝卷》，又名《观世音菩萨本行经简集》

妙善公主行善孝亲，终成正果，被封为千手千眼大慈大悲救苦救难观世音菩萨。

版本共2种：

一、民国三年（1914）上海文益书局石印本

线装。石印本。两卷一册。版框：17.9厘米×11.7厘米。共22页44面，每面20行，每行41字。白口，单黑鱼尾，四周单边。书口题"香山宝卷"。封面、封底全。内容完整。封面左上题"香山宝卷"。内封中大字题"香山宝卷"，右上题"民国三年仲夏出版"，左下题"上海文益书局印行"，有钤印"宿迁运羽书馆"。卷首前有书中人物绣像2幅，分别是观音大士、善财、龙女1幅，妙庄皇帝、皇后1幅。上卷卷首题"重刻观世音菩萨本行经简集卷上"，下卷卷首题"重刻观世音菩萨本行经简集卷下"。卷末题"宋天竺普明禅师编集，清梅院后学净宏简行"。

开卷。无开卷偈。

正文：散说、七言诗赞。

结卷。"佛世尊，即观世音菩萨十号也。而说偈曰：观音慈父受魔冤，流通大教世间传。莫道女身不成佛，功成行满证金仙。南无观世音菩萨。此偈八句和佛收功。"结卷偈："此卷因缘说已全，古镜重明照大千。信得及者成正觉，不成佛果也成仙。观音慈父本行经，普滋大帝众群情。见闻解义知端的，此事功圆贺太平。"

二、1995年何崇焕抄本

线装。抄本。一卷一册。开本：19.3厘米×13.4厘米。共12页24面，每面10行，每行14字。封面、封底全。内容完整。封面左上题"香山宝卷"，右上题"公元一九九五年　太岁己亥荷月抄"，中下题"何记"。卷首题"香山宝卷"。卷末无题。本册附有《十方宝经》《观音游洞》《十劝公婆》《十劝儿女》《婆媳和睦》五篇经卷类劝世文。

开卷。无开卷偈。

觀音大士

善財

《香山宝卷》民国三年(1914)上海文益书局石印本

正文：通篇七言诗赞。

结卷。无结卷偈。

155《孝灯宝卷》

宋高宗年间，无锡张鼎臣，做过吏部天官，娶妻黄氏，共生二子。长子元祥，举人出身；次子元庆，秀才出身。元祥娶妻王氏，名王月英，生有一女，名艾汉。元庆已聘无锡北门成明之女成凤英，年幼未娶。后来张鼎臣病亡，元祥守孝三年，赴京赶考，三年无有音信。元祥离家后，家中连遭不幸，连失大火，家财尽失，一家只得在一间茅屋居住。元庆只身到南门学堂读书。成明见张家败落，花钱买通无锡县衙蔡知县，将元庆捉拿到堂，诬陷元庆谋财害命，对元庆施以酷刑，元庆被屈打成招，投入大牢。艾汉当时七岁，在大街上闻听二叔被害之事，回家告知祖母，黄氏闻知，伤痛病亡。王氏得四邻相帮，安葬婆婆。王氏割发让艾汉到街上叫卖换钱，买馒头给二叔送饭。蔡老爷每日毒打元庆，威逼交出二百两银子才可释放。同窗好友相帮一百八十两，还差二十两银子无有下落。王氏为救元庆出狱，请王婆将艾汉以二十两银子卖给成家做丫环。凤英得知艾汉是自己的亲侄女，送艾汉五十两银子让其回家，叫艾汉到家后在家门口挂上一丈高孝灯作为记号。凤英当夜出门，凭孝灯指引找到张家，与嫂嫂王氏相见。凤英带上王氏手写书信赴京，借张元庆之名应考得中头名状元。主考大人是张元祥，凤英拜谢主考恩师时得与大伯相见。元祥上表皇帝，禀明实情，皇帝钦封元祥为吏部尚书，赐尚方宝剑，重审案情，元庆得以昭雪。皇帝钦封成凤英为贞烈夫人，不计假冒张元庆之罪，将功折过，状元让与张元庆，夫妻奉旨成婚。成明被责打四十大板，发配云南充军。

版本共1种：

民国抄本

线装。抄本。一卷一册。开本：19.2厘米×13.2厘米。共37页74面，每页8行，每行17字。封面、封底全。内容完整。封面无题。卷首题"孝灯宝卷"。卷末无题。

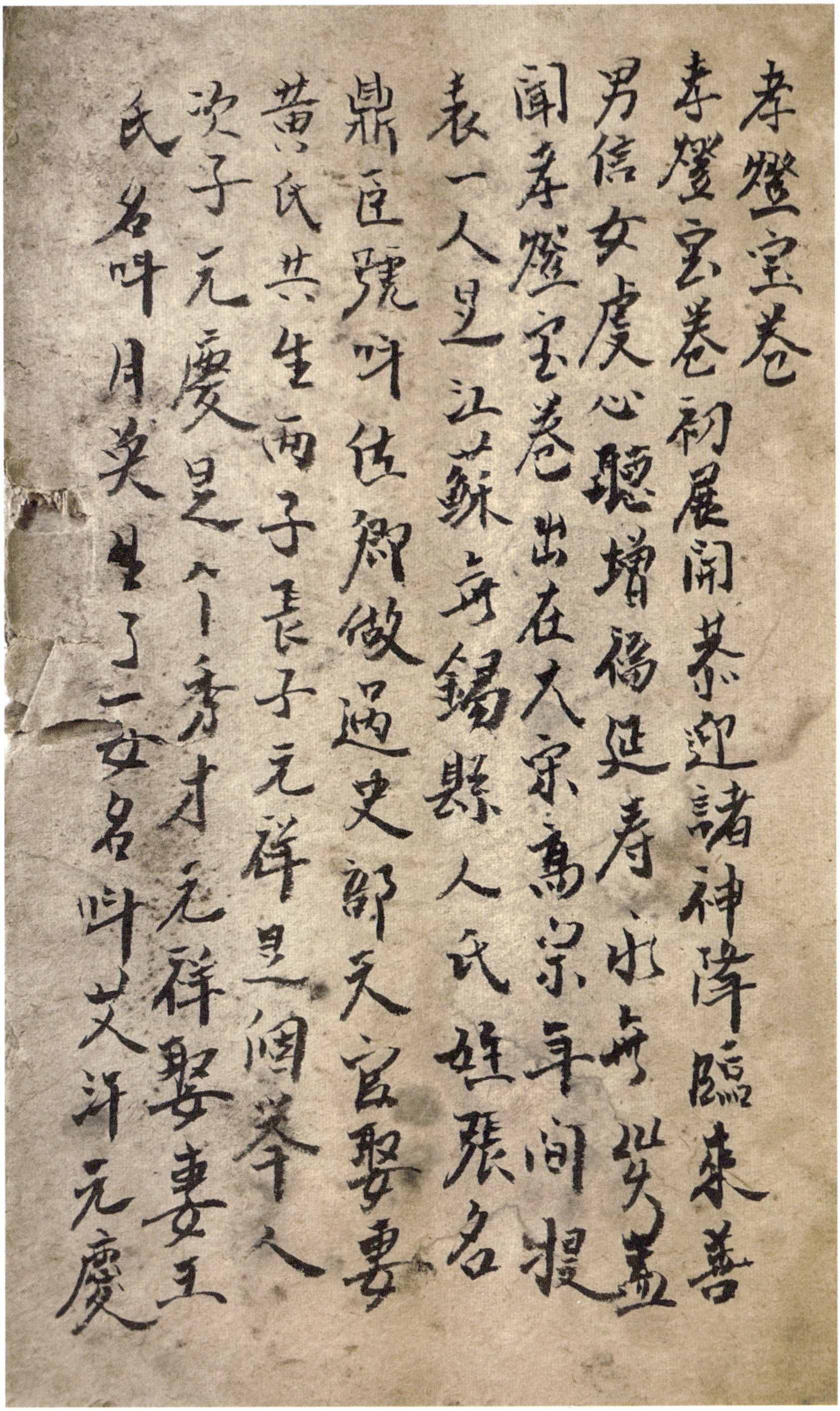

孝鐙宝卷

孝鐙宝卷初展開恭迎諸神降臨來善
男信女虔心聰增偽延壽水岁岁兴盡
閒孝鐙宝卷出在大宋高宗年間攝
表一人旦江蘇无錫縣人氏姓張名
鼎臣號叫伍郎做過史部天官娶妻
黃氏共生兩子長子元祥旦個举人
次子元慶旦个秀才元祥娶妻王
氏名叫月英生了二女名叫文汗元慶

《孝灯宝卷》民国抄本

开卷。开卷偈："《孝灯宝卷》初展开，恭迎诸神降临来。善男信女虔心听，增福延寿永无灾。"

正文：七言诗赞为主，少量散说。

结卷。结卷偈："伸冤报德才完了，忽报皇家圣旨临。兄弟二人忙接旨，跪听宣读自分明。元祥不封别的位，翰林学士他当身。王氏娘子多贤慧，封为一品正夫人。成氏娘子多贤德，封为贤良正夫人。钦赐夫妇成花烛，一家大小谢圣恩。劝人须要存心正，不可奸狡把人伤。善恶到头终有报，不过来早与来迟。"

按：此版本内容情节与《赵千金宝卷》《红灯宝卷》大体相同，但发生年代、地点、人物、故事经过仍有很大不同。此版本主要流传于江苏南部、浙江一带，而《赵千金宝卷》《红灯宝卷》主要流传于北方，属北方宝卷序列。因此将此宝卷单作一种予以列出。

156《孝子报恩拜烛宝赞》

经卷类宝卷，无具体故事情节。

版本共1种：

民国六年（1917）上海何广记书局石印本

线装。石印本。一卷一册，与民国六年（1917）上海何广记书局石印《刺心宝卷》同册。尺寸：18厘米×11.5厘米。共2页4面，每面18行，每行39字。卷首题"新刻孝子报恩拜烛宝赞"。卷末无题。

开卷。开卷偈："堪叹世人在凡间，爹娘受苦许多然。普劝善男并信女，莫忘生身养育恩。"

正文：通篇七言诗赞。

结卷。无结卷偈。

157《悭人宝传》

河南开封府招讨营张全学，字文忠，一生行善好施，广做善事，有地两百多亩，妻子生有七子二女，七子先后病死。张全学去关帝庙许愿求子，不巧关老

爷与文昌君外出监察天下,关少爷当值。关少爷见张员外头上祥光上升,知是善人,请广生殿送子娘娘帮其送子。广生殿大奶奶说张文忠前世未积德,命中注定缺少儿孙。广生殿三娘娘为圆张员外求子心愿,拉偷生鬼投到张家,但只给阳寿二十年,在洞房花烛之夜将被蝎子怪蜇死。张员外许愿后喜得一子,落地取名张怀宝。曹县王景隆读书未举,在汴京做一名阴差,到招讨营游玩,遇张员外家办得子满月酒筵,上门庆贺,告知张怀宝短寿。张员外恳求王景隆搭救小儿,让怀宝拜王景隆为义父。王景隆应允,将怀宝改名为张云峰。张云峰十九岁中举,二十岁与蔡员外家同庚之女蔡美容定亲。关老爷监察回来,关少爷向父亲禀报张文忠求子之事,关老爷上表玉帝,准许张云峰成人善终,下御旨差上界童子除去蝎子怪灵性。云峰、美容成婚之日,广生殿三娘娘赶到张家施法让蝎子精蜇死云峰,蝎子精因已经失去灵性无法施毒,被外出云游的王景隆及时赶到斩杀。张员外把王景隆奉养在家,云峰夫妇行孝如父。

版本共1种:

民国十一年（1922）刻本

线装。刻本。一卷一册。版框：15厘米×10.2厘米。共32页64面,每面9行,每行23字。白口,单黑鱼尾,四周双边。书口题"惺人宝传卷"。封面、封底全。内容完整。封面题"惺人宝传"。内封左上题"民国十一年刻",中大字题"惺人宝传"。卷首题"空忙惺人传"。卷末无题,有钤印"宿迁运羽书馆"。

开卷。无开卷偈。

正文：散说、诗赞（七言、攒十字）。

结卷。结卷偈："关老爷二次把本奏,玉帝爷件件察的清。蝎子精久矣心改变,起了凡心把道更。背着上神行凶事,三奶奶一字不知情。因此玉帝传下旨,先差仙童护景隆。蝎子精才把东楼上,一心蜇死小偷生。只听扒里喇喇响,王景隆只觉头朦。无奈壮壮精神胆,急急忙忙掀开灯。掀开明灯睁眼看,看见蝎子在楼棚。身子到有水盘大,肚子一尺还有零。王景隆观罢蝎子精,只说不怕心内惊。两膀攒就十分劲,急忙去扎蝎子精。蝎子一见事不好,就想隐身显法能。只因灵性摘了去,想着隐身法不灵。蝎子自觉事不好,着急忙蜇王景隆。

《惺人宝传》民国十一年（1922）刻本

景隆一见慌张了，举起宝剑下绝情。只听咔嚓一声响，蝎子精砍死东楼棚。钢叉扎住油锅下，一时炸的黄登登。这个蝎子死的苦，再想蜇人万不能。灵魂归回广生殿，三奶奶一见怒气冲。王景隆害我蝎子怪，我要与他把账清。即时出了广生殿，东楼寻着王景隆。三奶奶就把神通显，遣来一鬼手提绳。这头拴住偷死鬼，那头又拴王景隆。牵着二人往前走，景隆死在东楼棚。张全眼看绝了后，一时行善枉搭功。岂知天理有巧报，关圣帝君下天宫。三奶奶一见关老爷，躬身使礼前去迎。帝君老爷还一礼，叫声娘娘广送生。我今领了玉帝旨，特为张全立子公。举人夫妇该长寿，娘娘请回广生宫。娘娘说偷生夫妇罪不满，怎该叫他得长生。王景隆害我蝎子怪，这个罪过不非轻。叫我不管回宫去，心中难把此理明。帝君张全行善心不变，应得公子把人成。偷生虽说罪不满，可喜今世心性明。十二岁就能孝父母，好善乐施积阴功。惜老怜贫功德广，把他前罪尽赦清。女鬼今世也良善，每常劝人有大功。劝妇女守节数十个，劝人行善好美名。救人济急常在意，上神见喜准长生。他夫妇都该百年寿，富贵荣华一世享。说起这个蝎子精，本该此妖归阴灵。谁说他有千年道，如今又把凡心生。察他暗地多凶恶，背着娘娘不知情。上神传下一统旨，差下仙童摘性灵。去了性灵不能变，他才死在东楼棚。不是灵性先摘去，景隆怎能把他容。叫声娘娘回宫去，五党缴旨上玉京。不言帝君飘然去，再说娘娘广送生。解了绳锁把魂放，放回偷生与景隆。照着举人吹口气，好了举人张云峰。照着堂楼指一指，好了三姐蔡美容。小两一时病都好，员外夫妻喜心中。望着景隆深使礼，谢过贤弟好恩情。得你恩惠如天大，结草衔环亲内情。从今休往别处去，就在咱家享福荣。百年以后下世去，忝干儿披麻送坟中。景隆自此张宅住，云峰夫妻把孝行。这是一本《惺人传》，说到这里完了功。众明公想想这件事，可知暗里有神灵。若非帝君关老爷，连景隆有命难得生。自古积德有善报，天理昭彰甚分明。劝人多多行方便，要学东京张文忠。善心感动天和地，子贵孙贤万万冬。"诗曰："儿女钱财前世修，命里带来莫强求。也非积德行大善，怎能感动汉关侯。"

158《醒迷宝筏》

弥勒佛投生李家，取名李向善，排行老五，五岁父母双亡，十五岁得无生老母真传，十八岁在五台山剃度为僧，在五台山极乐寺布设法会辩法，六十三岁得道真性回转天庭。

版本共1种：

民国抄本

线装。抄本。一卷一册，与《立世宝卷》同册。开本：21.5厘米×14.2厘米。共10页20面，每面8行，每行22字。卷首题"醒迷宝筏"。卷末无题，有钤印"宿迁运羽书馆"。

开卷。无开卷偈。

正文：诗赞（七言、攒十字）。

结卷。无结卷偈。

159《杏花宝卷》

宋代东京城内富豪周凤，进士出身，担任本州太守。杏花是周太守家中使唤丫环，常遭主母赵氏打骂，私下发誓来生要托生做男身，决不再做女身，一心想要念佛修行。杏花用手帕做成义袋，平日里煮饭烧火时看到柴草上有谷粒就剥下放进义袋，日积月累，三年时间积攒了小米三斗三升。周家仆童周兴常去杭州置办府中用品，杏花托周兴把米带去杭州，到寺庙施斋，换请一尊观音佛像。杏花害怕老爷发现，与周兴约定把米放进狗洞，周兴从墙外取走。杏花清晨把米放进狗洞，返回房中路上被老爷发现，认为杏花偷东西出去，遭老爷毒打一顿。周兴去杭州途中将米换成酒肉招待一帮朋友，将吃剩下的九块肉骨头装进布袋，送与杏花，谎称是新做的观音佛像，不能拆开。杏花信以为真，把肉骨头包当做观音佛像供奉在床头，时常叩拜念经。一日夜间，周太守要喝鱼汤，杏花因叩拜观音佛像耽搁煮汤。周太守认为杏花是在房中咒骂家主，到杏花房中查看究竟，杏花告知床头的包裹里是观音佛像。周太守不信，杏花当场打开验证，不料却是九块肉骨头。周太守气恼，把骨头绑在杏花身上，将杏花投入后

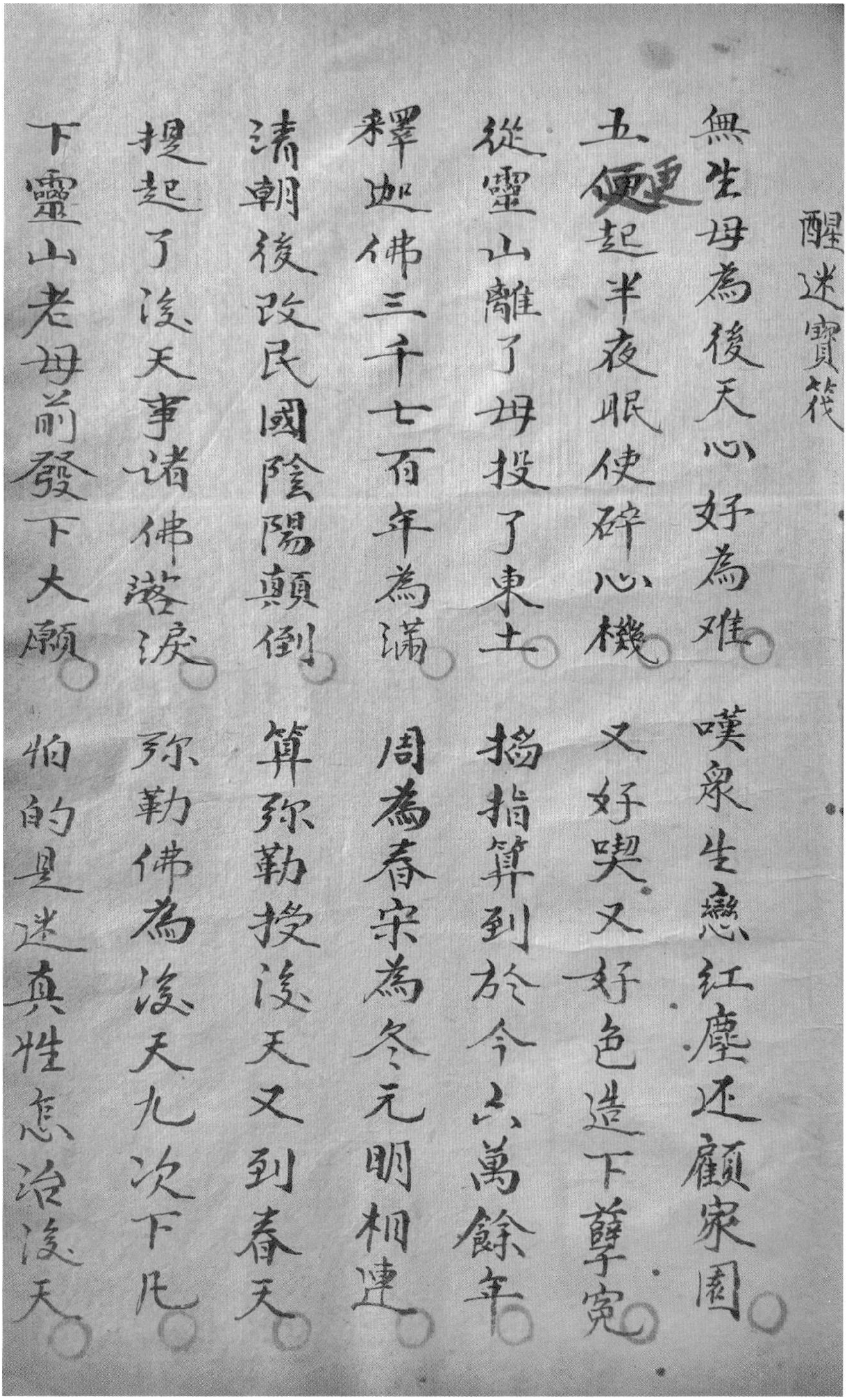

無生母為後天心好為难　嘆眾生戀紅塵还顧家園

五便起半夜眠使碎心機　又好喫又好色造下寃

從靈山離了毋投了東土　搯指算到於今六萬餘年

釋迦佛三千七百年為滿　周為春宋為冬元明相連

清朝後改民國陰陽顛倒　算弥勒投後天又到春天

提起了後天事诸佛落淚　弥勒佛為後天九次下凢

下靈山老母前發下大願　怕的是迷真性忘治後天

《醒迷宝筏》民国抄本

《杏花宝卷》民国四年（1915）上海文益书局石印本

花园荷花池。观音大士施法,顷刻骨头化作五彩莲花,杏花一跃,端坐莲花内,腾空而起。周太守一家见状惊魂失色,知是观音菩萨显灵,往空叩拜。从此全家改恶从善,专心修佛,周老爷夫妇终成正果。

版本共2种:

一、民国四年(1915)上海文益书局石印本

线装。石印本。一卷一册。版框:17厘米×11.3厘米。共10页20面,每面16行,每行32字。白口,单黑鱼尾,四周单边。内容完整。封面、封底后封。第一页左上角少许缺角,后补抄。封面右上题"民国四年五月收藏",中下题"施必洋志"。书名页大字题"杏花宝卷"。内封题"民国四年仲夏文益书局石印"。卷首前有书中人物绘图绣像2幅。卷首题"杏花宝卷"。卷末题"杏花宝卷终"。卷后附《张德方劝世文》一篇。

开卷。开卷偈:"《杏花宝卷》始展开,诸佛菩萨降临来。斋主虔诚齐念佛,吉祥如意满门来。大众诚心来供奉,门楼常挂太平牌。福禄寿喜星高照,四季康宁永无灾。"

正文:散说、七言诗赞。

结卷。结卷偈:"杏花修行成真果,一朵莲花捧足行。来兴心肠不行善,天雷打死不超身。善恶到头终有报,万古流传到如今。《杏花宝卷》已宣完,句句良言劝世人。要将五谷来敬重,柴梢剥谷好收成。一来修福增添寿,二修福德罪消沉。世人看此《杏花卷》,各人依他去修行。"

二、1993年何崇焕抄本

线装。抄本。一卷一册。开本:19.3厘米×13.4厘米。共24页48面,每面9行,每行31字。封面、封底全。内容完整。封面左上题"杏花宝卷",左下题"太岁癸酉年桃月",中下题"何崇焕记",右上题"公元一九九三年"。卷首无题。卷末题"杏花宝卷完成"。卷后题"借书观看正君子,借去不还烂小人。"

开卷。开卷偈:"《杏花宝卷》初展开,在堂大众听我言。莫说女人不成佛,杏花修行坐莲台。观音大士女人做,只怕凡人心不改。心若改来弥陀念,深山石岩也要穿。"结卷偈:"奉劝世人休挑唆,挑唆哄骗受灾魔。受得苦来勤念佛，功成修到进娑婆。在山修行六年春，合家修得见世尊。众位在堂虚心听，增福增寿保安宁。《杏花宝卷》宣完成，大众虽要发善心。奉劝世人早回头，男女修行不可愁。"

按：故事发生在山东济南府南乡村，陈德自称员外，娶妻方氏。杏花是苏州人，父女二人暂宿在王妈妈饭铺。七岁时父亲病亡，为葬父，杏花卖身到陈府做丫环。其他故事情节与前版本同。

160《修真宝传》

观音菩萨召命弟子金刚菩萨刘素贞下界度化众生。刘素贞化作一位说唱道情的道人在城中化缘。顺天府知府张龙，安人陈氏，生一子阳春，一女玉秀，二人与陈氏内侄陈春秋同窗攻读诗书。一日，张龙请来道人说书散心，张阳春、张玉秀、陈春秋三人在厅堂外偷听。刘素贞感知三人心有善缘，有心点化，化作一个年老贫困婆婆怀抱西瓜叫卖，引得三人前来询问。刘素贞收三人为徒弟，传授三皈五戒密诀，让他们回家各自修行，日后到明心寺寻师。三人回家后，玉秀回绣房念经；阳春无心读书，一心打坐念佛；陈春秋辞别姑母，只身入山寻访师父。刘素贞途中试探春秋，知其心诚，遂指引他到明心寺修行。张龙老爷见阳春荒废读书，责以刑杖，罚跪后花园。夜间一只猛虎将阳春驮到明心寺，师父刘素贞收留他在寺中修行。阳春被猛虎叼去后，妻子李桂音牵挂万分。玉秀告知嫂嫂，哥哥已去明心寺修行，人安无虑。桂音经玉秀劝导，也有醒悟入道之意，让玉秀先去明心寺，自己要回家辞别父亲，随后赴往。玉秀离家途中，规劝了山大王花桂芳一同到明心寺修行。李桂音回到娘家，带了妹妹青音一起到明心寺修行。贫寒孝子赵海州，父母双亡，诚心守孝三年。清明时节，海州无有祭品祭奠父母，只得在父母坟前四礼八拜一场，感动金刚菩萨，金刚菩萨下界度化，将他收为徒弟。海州受戒，被指引去明心寺。海州妻子鲁金花因不满兄嫂欺奴压榨乡民，在家闷闷不乐。刘素贞化作新科状元试探金花，金花不为所动，菩萨遂指引金花到明心寺，海州接引金花到寺中。金刚菩萨见金花父母鲁玉光、周氏虽作恶多端，但有善缘，又下界度化二人入佛门，指引他们到明心寺。金刚菩

《修真宝传》民国六年（1917）同心堂藏板刻本

萨让弟子均要回去度化有缘人，阳春、玉秀回家度化父母修行，春秋回家度化父亲陈文贵，桂音、青音回家度化母亲王氏。金刚菩萨九载先后度化十人。观音菩萨依功定果。

版本共1种：

民国六年（1917）同心堂藏板刻本

线装。刻本。一卷一册。版框：16.5厘米×11.4厘米。共82页164面，每面9行，每行23字。白口，单黑鱼尾，四周双边。书口题"修真宝传"。封面、封底全。内容完整。封面左上后题"修真宝传"。内封中大字题"修真宝传"，右上题"中华民国六年新刊"，左下题"同心堂藏板"，有钤印"宿迁运羽书馆"。卷前有《修真宝传原序》。卷首题"修真宝传因果"。卷末附有捐资姓名。

开卷。西江月："大明天子有道，士庶人民修真。新出一部醒世文，修真因果书正。劝人皈依学好，舍却恩爱利名。佛仙临凡救众生，一片婆心接引。"

正文：散说、诗赞（七言、攒十字）。

结卷。结卷偈："第一陈春秋封为捧香神仙，第二张阳春封为昙花神仙。第三张玉秀封为灯光神仙，第四李桂音封为净水神仙。第五花桂芳封为采果神仙，第六李清音封为献茶神仙。第七赵海州封为献食神仙，第八鲁金花封为供宝神仙。第九鲁玉光封为献宝神仙，第十周金莲封为捧衣神仙。观音古佛亲封赠，各人执事要留心。有功有果居上品，无功无果居下乘。十供执事遵佛令，百拜莲前谢宏恩。佛仙由凡而成证，只怕凡人心不真。十供神仙舍身命，何会亏了那一名。功圆果满亲封赠，永证菩提万万春。"偈曰：一部《修真》合大中，天机泄尽妙无穷。有缘得遇斯编者，直上灵山见祖翁。"

161《徐子建双蝴蝶宝卷》，又名《蝴蝶宝卷》

内容提要参见《罗衫宝卷》。

版本共1种：

民国五年（1916）上海文益书局石印本

线装。石印本。一卷一册。版框：17厘米×11.7厘米。共10页20面，每面16

徐子建

雲香

朱金姐

《徐子建双蝴蝶宝卷》民国五年（1916）上海文益书局石印本

行，每行32字。单黑鱼尾，四周双边。书口题"双蝴蝶宝卷"。封面尚存，封底后封。封面左上题"双蝴蝶"，右下题"潘晋亨"。书名页大字题"徐子建双蝴蝶宝卷"。背面版权页右上题"丙辰年仲夏出版"，中下题"总发行上海文益书局"。卷首前有书中人物绘图2幅。卷首题"新刻徐子建双蝴蝶宝卷"。卷末缺1页。

开卷。开卷偈："《蝴蝶宝卷》始展开，诸佛菩萨坐莲台。在堂大众同声护，自然降福又消灾。忠孝名扬增福寿，奸盗邪淫受灾害。不宣前朝并后代，且说苏州白罗山。"

正文：散说、七言诗赞。

结卷。卷末缺页，无结卷偈。

162《薛仁贵征东宝卷》

唐太宗一日夜梦在海边被贼敌追杀，身陷沙滩，危难之间，一员白袍小将赶来杀败贼敌，救出太宗。徐茂公解梦，告知皇帝，此梦意为有番邦要造反，威逼朝廷，小将为山西龙口县薛仁贵。太宗下旨征召兵马备战，派官员专程去山西寻访小英雄。朝中奸臣张世贵担心寻得薛仁贵平番夺得头功，主动请旨赴山西寻访薛仁贵。薛仁贵家住龙口县大王庄，父亲薛英，母亲潘氏，夫妇三十五岁时生下仁贵。仁贵自小力大无比，饭量巨大，每日学武练艺。仁贵长到十五岁，父母双亡，家中又遭遇大火，家财尽失。仁贵找叔父薛雄，被打出门，后被好心人王茂生收为义子。由于仁贵饭量巨大，王家余粮不到一年被吃完，王员外只得让仁贵离家自寻生路。仁贵流落到柳家庄，经营木材生意的富户柳员外见其力气巨大，收为长工。大年三十，天降大雪，仁贵在绣楼下搭窑棚栖身，柳家千金柳金花担心长工被冻死，找衣服给仁贵御寒，错把家中宝衣送给仁贵，被柳员外发现，二人逃出柳府，在破庙中结为夫妻。仁贵打猎，金花绣花过活。张世贵到山西招兵，薛仁贵辞别金花去投军。临行之际，金花已有身孕。金花让仁贵为孩儿取名，仁贵告知如是男儿取名薛丁山，女孩取名薛金莲。薛仁贵到军营报名，张世贵以冒犯自己之名治罪，仁贵被打出营门。薛仁贵投宿樊家庄，风火山占山强盗李庆红强娶樊洪海的千金樊绣花为压寨夫人，薛仁贵主动相帮，平了风火山，收服李庆红，救出樊绣花。李庆红敬佩薛仁贵，二人拜为结义兄弟。薛仁贵改名薛礼，带李庆红一起再次去投军，被张世贵认出，又被打出营门。薛仁贵在荒野救下被猛虎追赶的押粮国公程咬金。薛仁贵第三次投军，张世贵顾及程国公之面，勉强收留，命他做随营火头军。太宗御驾亲征，命尉迟敬德为元帅，徐茂公为军师，张世贵为先锋征讨辽东。行军途中，张世贵将薛仁贵诱入深坑，丢下不管。仁贵在深坑遇见九天玄女娘娘赐三支穿云箭、一把白虎鞭、一件水火袍和一部天书。薛仁贵随军征战辽东十三年，先后夺取黑风关、金沙滩、凤凰岭，在海沙滩勇救唐王，打败辽东主帅盖苏文，迫使辽东王献降表，纳贡称臣。唐太宗得胜，班师回朝，论功行赏，官封薛仁贵平辽王，下旨造办薛王府。张世贵因屡次冒功领赏，陷害薛仁贵，图谋造反，与三个儿子、二个女婿一同被处斩首。薛仁贵请旨回乡探亲，见一员小将箭射大雁，与之比试箭术，不料误射小将，一只老虎叼走小将尸首。薛仁贵来到自家破窑门前，一个女孩挡住家门，金花出来见是仁贵，夫妻重逢相认。仁贵得知金花生下双胞胎，女孩是妹妹，叫薛金莲，男孩叫薛丁山。仁贵不见丁山，金莲告知丁山出门去打大雁，仁贵才知自己误伤爱子，夫妻痛哭。夫妻二人接回王茂生夫妇赡养。樊员外得知薛仁贵归家，将女儿樊绣花送到薛家，金花主动让薛仁贵收绣花为二夫人。皇帝钦封柳金花为护国贤良夫人，樊绣花为贞洁贤良夫人。金莲小姐长大后被迎进皇门嫁与皇子，丁山后来带兵出征辽西，也成国家栋梁。

版本共1种：

抄本

线装。抄本。一卷一册。开本：20厘米×13.7厘米。共56页112面，每面12行，每行14字。封面、封底全。内容完整。封面左上题"薛仁贵征东"。卷首无题。卷末无题。

开卷。开卷偈："炉焚宝香透天庭，表起唐朝一段情。唐太宗登金殿，风调雨顺国太平。"

正文：通篇七言诗赞。

结卷。结卷偈："樊老员外听得说，知道仁贵转家门。姑娘嫁妆一齐抬，送到王府来成亲。绣花姑娘到府门，金花姑娘接佳人。选了良辰并吉日，绣花姑娘结成婚。仁贵心中多欢喜，好过贤德大夫人。咬金回朝交了旨，唐王奉赠二夫人。一奉夫人柳金花，护国贤良大夫人。二奉夫人樊绣花，贞静贤良女佳人。金莲小姐身长大，得为驸马皇宫门。要知丁山一小将，《征西》书上表分明。托盆就□酒满斟，恭喜听书长精神。"

163《雪梅宝卷》，又名《秦雪梅三元记宝卷》

宋仁宗年间，荆州府桂阳县陈世美，娶妻秦雪梅，生一子一女，子名英哥，女叫东妹。大比之年，陈世美辞别妻儿赴京赶考，高中状元。皇帝欲将御妹三宫主许配与他，陈世美隐瞒家中已有妻子儿女实情，奉旨与三宫主成婚，做了驸马。荆州三年大旱，雪梅带一双儿女，在兄弟秦禧的伴护下赴京寻找夫君陈世美。包公到荆州赈灾放粮，查到桂阳县民册陈世美家有妻儿，知陈世美欺骗皇帝。雪梅赴京途中路遇山贼，秦禧为救护姐姐雪梅一家被杀。雪梅到京城投住旅店。店主张三阳知其是三年前赶考时住店的陈世美妻儿，主动帮忙去驸马府找陈世美，被陈世美打出。雪梅到驸马府门前哀求门官通融，门官无奈，让雪梅自己撕下一片裙角给他，然后急速往门里跑，门官手扬撕下的裙角佯装追赶。雪梅进得驸马府，陈世美假装不识，令家丁将雪梅打出府门。兵部尚书赵大人和当朝王太史路过驸马府，雪梅当街拦轿告状。陈世美过寿之日，赵大人、王太史将假扮卖唱女的雪梅带入驸马府，雪梅当着众官之面含泪谈唱千里进京寻夫故事。陈世美恼怒，叫家丁将雪梅乱棍打出，并派人追杀。雪梅母子三人连夜逃到三官庙，雪梅上吊自杀，一双儿女饿死。阎王在阴间传授英哥和东妹武艺，兄妹二人返阳后投军到洪斌都督账下，随军平藩，有功返朝，均被封侯授爵。三官阎王爷上奏玉皇雪梅冤情，玉帝赠还阳丹救活雪梅。雪梅到开封府状告陈世美，包公上表弹劾陈世美欺君枉法，陷害妻儿。陈世美伏法，包公要斩陈世美，英哥、东妹奏请皇帝开恩，愿代父偿命。皇帝念兄妹二人有功于朝廷，赦免陈世美。陈世美得到了雪梅的原谅，辞官带雪梅及三宫主回乡。一家归道修行，终生行善，都成正果。

梅雪秦

陳世美

三宮主

《雪梅宝卷》民国三年（1914）上海文益书局石印本

版本共1种：

民国三年（1914）上海文益书局石印本

线装。石印本。两卷两册。版框：17.4厘米×11.4厘米。共22页44面，每面19行，每行41字。封面、封底后封。内容完整。内封中大字题"三官堂陈英宝卷"，右上题"民国三年出版"，有钤印"宿迁运羽书馆"。背面版权页题"上海文益书局发行"。卷前有书中人物绣像2幅。卷首无题。卷末无题。

开卷。先排香案，后举香赞。随后念诵开香赞。开卷偈："《雪梅宝卷》初展开，恭迎神圣降临来。善男信女虔诚听，子孙瓜瓞寿绵绵。"

正文：散说、七言诗赞。

结卷。上卷结卷偈："非是下官来害你，定要与你做仇人。山遥路远寻到此，杀你三人好伤心。杀死东妹倒也罢，女身他乡是外人。英哥绝了宗嗣后，不孝有三侮圣人。斩首我妻雪梅女，负了结发一段情。妻儿黄泉缓缓走，去到阴司怨我身。五方捉拿陈世美，阎王殿上凭你行。不在朝中多出丑，鬼门关上见分明。慢宣世美心懊悔，且宣三阳报信人。去杀三人情由事，再听下卷说分明。"下卷结卷偈："《雪梅宝卷》宣圆全，古镜重磨照大千。善男信女能修道，尽成菩萨做神仙。但愿诸位劳劳记，听过宝卷心向善。今朝宣了《雪梅卷》，四方各处永安宁。五谷丰登年岁熟，日月调和风又顺。家家户户平安乐，永享太平万万年。"

164《雪山太子宝卷》，又名《雪山宝卷》《雪山宝传》《雪山传》《太子宝卷》

净梵王与皇后摩耶夫人育有一子，取名萨婆悉达，娶妻耶伦公主。太子见世人生老病死之苦，立志离家修行。公主抓住太子龙袍不放，苦劝多留几日，留下子嗣。太子金杖指点公主腹部，送公主檀香一支、汗衫一件，遇难时可来救。太子出走之后不久，公主即有身孕，十月怀胎，产下一子。一晃三载，国母思念太子，净梵王派丞相苏佑、陈琳先后到雪山劝说太子。太子身如蜡色、形似枯木，但仍意志坚定，不肯回朝。陈琳受其所感，自愿留下。净梵王派大将王珍到雪山顶火烧山林，太子牙咬舌尖，向空中喷血，漫天红雨熄灭山火。王珍不愿为官，留在雪山，太子收他为徒弟。净梵王再让国母去劝太子，太子假意与母亲一同回去。下到半山，两只猛虎跳出，一只叼住太子驮上山去，一只赶母亲及众人下山。净梵王亲自到雪山，要斩太子手脚，太子用刀将山一劈两半，父子各在东西。净梵王见太子有如此法术，不再劝说。净梵王迁怒于公主，将公主绑于城楼，欲将其推入火坑烧死。公主披上汗衫，焚起檀香，高叫三声"悉达"，太子化作祥云，救起公主，接引到三十三焰摩罗天宫，礼拜燃灯古佛。古佛遂与公主授记，取名日光相佛，公主所生之子授为宝华佛。文殊、普贤二位菩萨见太子苦志修行，施法再试太子。二人分别变作一只黄雀和一只饿鹰，黄雀藏于太子腋下，饿鹰在旁等待。太子割下一块股肉喂与饿鹰，二鸟皆走。二人又分别变作饿虎和兔儿。太子哀告饿虎，愿舍自己肉身救兔儿。二人现出真身，低头便拜太子，引太子见燃灯佛，古佛遂与太子授记，号为释迦如来，升坐灵山莲华宝座，始称西方佛祖。

版本共2种：

一、民国石印本

线装。石印本。两卷两册。版框：18.2厘米×12厘米。共30页60面，每面16行，每行36字。白口，单黑鱼尾，四周双边。书口题"雪山太子宝卷"。封面、封底全。内容完整。封面题"绘图雪山太子宝卷"。书名页大字题"雪山太子宝卷"。卷前有书中人物绣像2幅。卷首题"雪山宝卷全集"，有钤印"宿迁运羽书馆"。卷末无题。

开卷。举香赞。开卷偈："《雪山宝卷》初展开，诸佛菩萨降临来。南无本师释迦牟尼佛。天龙覆护真如塔，赐福增祥尽消灾。释迦文佛现金身，普天匝地放光辉。普劝众生齐瞻仰，万国同观日月彩。再劝男女勤念佛，人人合掌志诚来。今日大众同聚会，他生净土坐莲台。"

正文：散说、七言诗赞。

结卷。和佛："自身自在观自在，如来如见见如来（和佛）。"结卷偈："证得丈六紫金身，感得六通又三明。蒙佛授记称释迦，住在灵山说经文。听法人人

《雪山太子宝卷》民国油印本

皆成道，闻经个个得超升。法传迦叶阿难受，如来寂灭卧双林。六季修行多受难，万世传名说世尊。昔年不遇燃灯佛，怎得今朝有此因。如今幸得成正果，可报君亲最重恩。一报天地常覆载，二报日月照临恩。三报皇王并水土，四报父母养育恩。五报祖师传心印，六报化度护法恩。七报檀那多陈供，八报八方施主恩。九报九祖升天界，十报三教圣贤恩。在堂大众增福寿，及早回心去修行。普劝斋戒勤念佛，又劝戒杀与放生。念佛能消三恶孽，放生戒杀可延生。善男信女依我劝，方正贤良孝双亲。学得温良恭让俭，孝弟忠信上天庭。节义廉耻天上重，循规蹈矩亦修行。有益于世真为善，正心修身第一能。每日行功不行过，诸恶莫作众善行。人到一点并一画，天上天下独为尊。在位不论男和女，工夫学到便为真。不论在家与出家，做得人来便是圣。苦海滔滔孽自造，劝君何不早回心。在世若不行善良，枉在浮生做世人。"

二、民国油印本

线装。油印本。两卷一册。开本：20.7厘米×13.3厘米。封面、封底全。共46页92面，每面16行，每行32字。内容完整。封面后题"雪山宝卷"。书口题"雪山传"。卷前有《雪山宝传目录》，有钤印"宿迁运羽书馆"。卷首题"雪山宝传全卷"。卷末题"雪山宝传全卷终"。

开卷。无开卷偈。

正文：散说、七言诗赞。

结卷。结卷偈："大众皈依来合掌，国王国姨证金身。三人始信佛果大，太子仁慈报四恩。修道之人宜报本，九玄七祖尽超升。大清送来金殿宇，古佛敕今去雷音。殿宇巍巍高万丈，佛像层层向空门。自此去赴华严会，尔时说法度众生。集成大神经千卷，阿弥佛号百千尊。句句教人离苦海，字字教人去超升。虔心便得成佛道，修行自然脱苦轮。天堂地狱从此起，宗教佛神自此兴。慧眼遥观含灵苦，东土含生受苦辛。夜梦明帝将身现，引他西方取经文。蔡暗张骞谒佛像，取得真经广济人。流传至今千万载，佛教从此接引人。修行之人买一本，照此修行种佛根。作福之人买一本，胜念弥陀《法华经》。"

165《血湖宝卷》

唐朝宣宗年间，王舍城富矣村傅相，安人刘氏，名青提，家财富足，无有子嗣。夫妻二人行善拜佛，上天小元祖师派金目菩萨下界投生傅家。刘氏十月怀胎，产下一子，取名萝钵。萝钵七岁时，傅相起造厅堂上梁时被斧头落下砍死。刘氏母子听信祖师教诲，把厅堂改做佛堂，念佛行善。时过三年，萝钵到杭州拜小元祖师为师，跟随祖师在九华山修行，祖师将萝钵改名为目连。目连离家不久，母亲刘氏经不住母舅刘贾诱劝、唆使，开戒食荤饮酒，杀猪宰羊，酒后毁损佛像，荒废修道，犯下滔天罪恶。目连三年修行得道，已成正果，思母归家，见家中佛堂荒废、猪骨成堆，责问母亲是否开荤。刘氏对天发誓，矢口否认。目连尊者随身佛法韦陀菩萨在云端听得刘氏发毒誓，力劈刘氏身亡。目连伤悲痛绝，到地府寻母，见到母亲在血湖池中遭受煎熬苦难，回灵山拜求师父搭救。经小元祖师指点，目连于圣佛前集起血盆盛会，终于救出母亲。

版本共1种：

顾明生抄本

线装。抄本。两卷一册。开本：27厘米×19.2厘米。共30页60面，每面12行，每行38字。封面、封底全。内容完整。封面左上题"雪湖宝卷一二册"，中下题"顾明生宣读"。卷首无题，有钤印"宿迁运羽书馆"。卷末无题。

开卷。开卷偈："目连尊者行大孝，因为母亲造孽深。哀告灵山如来佛，要救母亲出狱门。《血湖宝卷》初展开，拜请目连尊佛降临来。在堂大众同声贺，能消八难免三灾。血湖地狱广无边，菩萨终朝度有缘。有缘众生会过度，无缘众生胜一边。血湖地狱万丈深，七重行树两边分。七重报纲来盖复，棋杆七重门。二十四司排两岸，三十六案管冤魂。善人参透《血盆经》，十八重地狱化天堂。"

正文：散说、诗赞（七言、攒十字）。

结卷。上册结卷偈："《血湖宝卷》打个头，停停胜胜再动身。要等目连来救母，下册之中劝善人。"下册无结卷偈。

166《循环报宝卷》

明正德年间，广西太平府永康州西门外叶家庄叶仁昌，妻沃氏。沃氏早亡，生一子，名叶逢川，逢川时年十五岁，才貌双全。仁昌娶续弦包氏。包氏恶毒不贤，生一子，名秀川，秀川不喜读书，吃喝嫖赌，时年十三岁。仁昌要到湘阳收账半年，担心包氏欺辱逢川，给逢川十两银子做读书资费。包氏胞弟包荣光平日好赌，输光家财，经小女月英苦劝不再赌博，到叶府胞姐家借钱做正经生意，遭包氏挖苦拒绝，逢川将阿爹给的十两银子给了舅舅。包氏痛恨逢川，与秀川带家丁打死逢川，抛尸郊外，被舅舅包荣光遇到背回家中救活。荣光让逢川住在家中休养，把女儿月英许配于逢川。荣光父亲八十阴寿，荣光外出置办祭品，包氏让秀川回娘家代为祭奠父亲。秀川与逢川在包家相遇，秀川心生歹意，令家丁毒打逢川，逢川用砚台失手打死秀川。包氏报官，逢川被捉拿入狱。康州知府彦如玉审问案情，得知逢川有冤，与牢狱禁子时运道商议搭救逢川。时运道用自家亲生的痴呆残疾儿子时昌林为逢川替死，彦老爷和时禁子又分别把女儿彦尽英、时瑞仙许配于逢川，资助逢川进京应考。包荣光探监，得知逢川在狱中病亡，归家途中伤心痛哭。叶仁昌收账回家途中，遇到痛哭的妻弟包荣光，得知二子都亡，回到家中把包氏赶出家门。逢川得中头名状元，上奏自己冤情，皇帝下旨封叶仁昌为上大夫；封沃氏为阴间一品夫人；念包氏有养子成名之功，封为二品夫人；母舅包荣光封为四品王堂；康州彦如玉公证严明，官升三级；禁子时运道封为七品知县；包氏月英封为正义夫人；彦氏尽英封为淑德夫人；时氏瑞仙封为培义夫人；时昌林代罪殒命，封为康州城隍尊神。皇帝钦赐状元与三位夫人婚配，逢川奉旨还乡祭祖三月后，出任湖广巡按。

版本共1种：

抄本

线装。抄本。两卷两册。开本：25.1厘米×17.8厘米。共66页132面，每面9行，每行18字。封面、封底全。内容完整。上卷封面左上题"循环报上"，下卷封面题"循环报下"。卷末无题。

开卷。无开卷偈。

正文：散说、七言诗赞。

结卷。上卷结卷偈："可怜难舍亲生父，何人侍奉在膝前。说罢了言哀哀哭，一家三人哭伤肝。未知怎样送官厅，未知怎样进牢房。宣到此处停半本，逢川送官下回传。"下卷结卷偈："逢川为人孝义全，官居一品位列彦。公子长大高官做，小姐进宫伴龙颜。秀川为人多凶恶，天地昭彰不差偏。我今再劝一反言，诸位牢记在心田。善还善来恶还恶，世界头上有青天。善人一个一个上天去，恶人到底勿相干。一人能积无穷福，千金难买子孙贤。《循环报宝卷》宣完全，一年四季保太平。"

Y

167《牙痕记》，又名《瓦车蓬牙痕记》

明嘉靖年间，南昌府东门外五里洞庭村，有一位安员外，生有二子。长子安文亮，喜读诗书，十六岁中秀才，娶妻南庄顾员外之女顾凤英，婚后生有一子取名安寿保。次子安文秀，不喜读书，善持家务，娶妻周氏，也有一子，取名安禄保。安老员外夫妇病亡之后，文秀因家中事务都是自己操持，哥哥整日在书房读书，不问家务，心生不满，父母过世不久就闹分家。文亮无奈同意。分家不久，文亮家中遭遇大火，房屋财产烧为灰烬，一家三口只得到破瓦窑中安身。文秀庆幸与哥哥早早分家没有受到牵连，不但不予哥哥救济，反而嘲笑文亮是穷鬼之命。文亮在瓦窑忍饥挨饿，发奋苦读。年交大比，文亮有心赴京赶考，无有盘缠，心中苦闷。弟媳周氏让安禄保送去三十两银子给叔叔做路费，安禄保也将自己平日积攒的十两银子给了叔叔。文亮和顾氏带着寿保一家赴京，途中银两丢失，流落关王庙，文亮染病不起。八岁的寿保外出讨饭供给父母，见父亲昏迷不醒，无有钱两请医抓药，将自己卖身与刘员外，得十两银子为父亲治病。文亮痛斥妻子心狠卖儿，顾氏出破窑追赶寿保，无奈寿保已被刘员外带回老家。破庙夜间着火，文亮拖着病身逃出破庙，遇同乡算命先生熊铁嘴帮助，一同返家。刘员外带寿保回到老家陕西，夫人见寿保眉清目秀，聪明伶俐，便将其收为养子，取名刘天必，送到书房读书。顾氏没有寻到寿保，回到破庙，见破庙已被烧毁一空，料想丈夫已经被烧死，无奈痛哭，只得往陕西方向行走，日间乞讨，夜间宿在古庙。行到一间瓦车棚，顾氏在夜间产下一子，因无力抚养，在孩儿臂上咬牙印为记，取名安禄金，留下血书，离开瓦车棚，途经一座草庵，被庵主收留于庵中。富户王员外娶有三房夫人，没有子嗣，当夜路过瓦车棚，拾得安禄金，带回交与二夫人张氏，哄骗大夫人赵氏、三夫人李氏，孩子为张氏所生，取乳名天赐，大名应龙。安文秀在家娶了二房夫人赛祥。赛祥奸毒，是个丧门星。安文亮与熊铁嘴回到洞庭村，找文秀帮忙。文秀把文亮安顿在祠堂，赛祥出毒计，让文秀烧掉祠堂，烧死大伯。家人进宝得知消息，告诉周氏，周氏拿出五十两银子，让进宝送给文亮。文亮连夜逃出祠堂，出逃途中丢失银两，遂投河自尽，被告老还乡的黄大人救起，带回老家，聘为家中教书先生。赛祥为独占家财，污蔑周氏与进宝有私情。文秀将周氏和进宝赶出家门，周氏带禄保到莲花庵安身。赛祥与安能私通，为绝后患，指使安能火烧莲花庵，幸得周氏带禄保到慈云寺为父母烧香躲过一劫。周氏在师父帮助下，带禄保到城内宝华寺借住安身。安能为能与赛祥长久私通，串通在衙门当差的娘舅钱景，诬陷文秀买盗销赃，文秀被捉拿收监。顾氏在庵内以绣花卖钱，苦度五年。到庵内进香的翰林徐老爷家千金小姐徐素梅看中顾氏绣花手艺，将顾氏带回府中。徐老爷升任陕西制台，顾氏随徐老爷一家到陕西。山东秀才汤人杰，父亲为当朝学院，因奸臣参劾，全家被打入大牢，汤人杰出逃，流落到南昌，被王员外请到家中教授应龙读书。人杰见应龙聪慧过人，日后必会发达，主动将自家小女汤烈英许配与应龙。又到大考之年，正好山东家中来信，称父亲官复原职，汤先生辞别员外回乡并准备应考。先生离开三个月，王员外得病身亡，王员外堂兄王朝平想霸占王员外家产，设计陷害应龙，不料却毒死自己亲生儿子。张氏担心应龙受到牵连，让家人王安带一百两黄金领应龙逃往山东，投奔其岳父家。王朝平找不到应龙，在赵氏和李氏的唆使下将张氏打入冷房。王安出逃途中心生毒计，将应龙推入河中，抢走黄金逃跑，途中遇到强盗被杀。当朝官宦金天成官船经过应龙落水的地方，救起应龙，改其名为来旺子，让他做随身书童，将他带回芜湖老家。安寿保在刘

毛車蓬牙痕記　　　　上卷

牙痕記上卷

若問賈人家何處

聽我慢慢表本根

南昌府內有家門

老爺不在城內是

家住湖廣入江西馬地

長子名叫安文亮

東門五里洞庭村

次子文秀二官人

兄弟二人身長大

送到學堂書念文

顧要二字不用心

文亮讀書十六歲

父必見兒身榮貴

四下打聽要問親

只生一女叫鳳英

串莊有个顧員外

夫妻成婚方一載

新中秀士八襟門

文曲星居上他門

選定良辰娶過門

香房也生小妖生

管因安家洪福大

文秀後把親來定

腹中生下小官人

取名壽保小官人

三朝燒過香燭紙

夫妻終日多思愛

娶的園民女佳人

香煙飄飄結彩雲

文秀不比文亮好

《牙痕記》1957年賈明甫抄本

宿迁运羽书馆藏宝卷

370

家攻读诗书，长到十六岁，参加西安省考，得中解元。主考汤大人做媒，将制台徐老爷千金徐素梅许与刘天必。成婚之日，天必在徐府得与母亲顾凤英相认，母子团聚。刘天必应试，得中头名状元，任七省巡按，皇帝钦赐尚方宝剑，汤人杰中得三名探花，任江西按察。应龙在金家得与小姐金芳艳、丫环如翠私定终身，担心金老爷不同意，三人携带金银来到南京买凶房居住。应龙在房内斩杀妖怪，得金银二十缸和金盒天书一本。柳州、辽东边番造反，皇帝出榜招揽天下英豪。应龙参加比武，得中头名武状元，皇帝钦封应龙为都督大元帅，帅兵西征。汤人杰任满回京述职，与应龙相认。刘天必巡察到湖广地界，遇见进宝，结拜为义兄弟，将进宝改名为安景龙，随身当差。安能到府衙找母舅商议害死文秀，路过破庵遇到禄保，知道周氏母子没有被烧死，与赛祥设计串通媒婆康妈妈，把周氏卖到福建红楼。赛祥和安能下毒害死禄保，上天王禅老祖下界将禄保救活，带回仙山，改法名成龙，传授武艺。周氏在香楼拒不接客，被逼之下杀死吏部陈公子，红楼老鸨报官，晋江知县将周氏收监，打入死牢。刘天必巡察到福建，法场之上救下周氏，与叔母相认。天必发下官文到南昌府，捉拿赛祥和安能入监。文秀得知二人犯下伤天害理之事，甚是悔恨。皇帝下圣旨调刘天必回京，招为驸马。天必将自己的身世及已经成婚的实情禀报皇帝，皇帝下旨天必改姓为安，召徐制台到京重用。天必与公主成婚，顾氏与周氏妯娌在驸马府相认，抱头痛哭。应龙帅兵西征，勇斩番王嘛哩趷，收服番国，得胜回朝。应龙回乡祭祖，到山西天长县冷房内救出张氏，母子相认重逢，王朝平、赵氏、李氏被斩祭祖。应龙回京，接回汤烈英，与金芳艳、如翠一夫三妻，喜成婚配。徐洪基帅兵征辽，辽番苗公主设擂台挑战明将，徐洪基张榜征召天下豪杰。成龙辞别王禅老祖，下山到大帅府投军，与苗公主苦战一日，战成平手。徐洪基收成龙为义子，辽王向徐洪基求亲，成龙与苗公主结亲，两国罢兵。徐洪基凯旋回朝，成龙到驸马府拜见驸马安天必，与母亲周氏相认。应龙到驸马府拜见驸马安天必，露出臂上牙痕，经皇帝亲自公断，应龙与亲生母亲顾氏、哥哥安天必相认。皇帝开科选士，官封安天必为天下主考。安文亮辞别黄员外赴京赶考，得中头名状元，到驸马府拜见主考安天必，得与妻子顾氏、儿子天必和应龙，弟媳周氏、侄儿成龙相逢，全家团聚。一门三状元，天下少有，皇帝欣喜，封安文亮为乐公王。安氏全家奉旨回乡祭祖。赛祥、安能被判凌迟处死。文秀被释放归家，经禄保及一众侄儿求情，周氏原谅了文秀，全家团圆，安享康乐。

版本共1种：

1957年贾明甫抄本

线装。抄本。一卷一册。开本：20厘米×13.7厘米。共55页110面，每面12行，每行21字。封面、封底全。内容完整。封面左上题"瓦车蓬牙痕记"，右下题"贾明甫读本"。卷首题"瓦车蓬牙痕记"。卷末题"一九五七年农历正月二十八日完成"，有钤印"宿迁运羽书馆"。

开卷。开卷偈："香烟飘飘结彩云，《牙痕记》上表贤人。若问贤人家何处，听我慢慢表本根。"

正文：通篇七言诗赞。

结卷。结卷偈："玉皇大帝圣旨下，差了五雷下凡尘。当头一个金光电，打死文秀恶心人。禄保难舍生身父，买了棺木收尸灵。七七道场斋来做，扬旗挂榜念经文。也是禄保心肠好，父亲棺木八祖茔。一家大小多安乐，福寿双全喜临门。文亮顾氏多积德，周氏夫人也修行。张氏太太长斋吃，一笑而亡归了阴。还有员外刘半城，八十三岁归了天。七房夫人嚎啕哭，寿保披麻带孝人。一家不愿享洪福，齐吃长斋念经文。修行得道成正果，白鹤升天见玉君。玉皇大帝龙心喜，封他满门在天庭。先将文亮封官职，东斗星君收香烟。顾氏夫人封官职，蟠桃会上饮杯巡。周氏夫人封官职，广寒宫内收香烟。寿保本是文曲星，禄保本是武曲星。应龙封为东斗星，景隆封为北斗星。合家大小升天去，永在天宫收香烟。编成一本《牙痕记》，嘉靖传流到如今。"

168《延寿宝传》，又名《延寿宝卷》、《延寿卷》（二）

宋仁宗年间，东京汴梁城内有一员外姓金名良，夫人赵氏，二人同庚，四十岁，未生男女。夫妻商议，家财万贯，无人继承，与其百年之后家财流落异姓，便宜他人，不如广施善行，为来世积德。自此，夫妻二人修桥铺路，济孤救贫，广修庙宇，一切利物利他之事，无所不从。后得子，取名本中，本中志孝，攻读诗书，得中状元，娶妻刘氏，生三子，皆中进士。本中日行善举，百岁后圆满归天。

版本共3种：

一、民国二十三年（1934）解县东关时一心堂存板刻本

线装。刻本。一卷一册。版框：18.6厘米×12.3厘米。共41页82面，每面8行，每行23字。白口，单黑鱼尾，四周单边。书口题"延寿卷"。封面、封底全。内容完整。封面左上题"延寿宝传"。内封中大字题"延寿宝传"，左下题"解县东关时一心堂存板"。卷首前有《叙重刻延寿宝传原因》，落款题"中华民国二十三年秋之月时一心堂叙"。卷首题"延寿宝传"。卷末无题，有钤印"宿迁运羽书馆"。卷后附后人诗赞及捐资刻书者姓名。

开卷。开卷偈："奉劝世人积阴功，请看金公福寿增。命中只有九年寿，阴功浩大百年终。状元及第扬天下，三子九孙奉朝廷。持斋念佛归西去，九玄七祖尽超升。"

正文：散说、七言诗赞。

结卷。结卷偈："奉劝大众早修行，请看金公福寿增。金公百岁无疾病，一灵真性往西行。凡间引进人念佛，能与凡人作福星。金公修成西方去，双亲九祖上天庭。一子成道超七祖，迷人不信半毫分。有人能学金公样，福也增来寿也增。后来三子都修道，九个孙子伴朝廷。好个《金公延寿卷》，广传后世劝修行。莫说眼前无活佛，电光雷声活神明。普劝大家男和女，持斋念佛往西行。"后人有诗赞曰："作善天降祥，九岁延寿长。终活一百岁，三子送还乡。九个孙子贵，父子状元郎。脱却骷髅体，真性到西方。"

二、民国刻本

线装。刻本。一卷一册。版框：16.7厘米×10.5厘米。共32页64面，每面10行，每行24字。白口，单黑鱼尾，四周单边。书口题"延寿宝传"。封面、封底全。内容完整。封面左上题"延寿宝传"。卷末无题，有钤印"宿迁运羽书馆"。开卷、正文、结卷与前述版本（一）同。

延壽寶傳　　　　　　　宣講首功

奉勸世人積陰功　請看金公福壽增　命中只有九年壽

陰功浩大百年終　狀元及第揚天下　三子九孫奉朝廷

持齋念佛歸西去　九玄七祖盡超昇　　　講

且說大宋仁宗皇帝年間東京下梁城內有一員外姓全名

良夫人趙氏二人同庚四十歲未生男女我想萬貫家財無

子何人執掌日後命終分文難帶不如將這金銀做些善事

積些陰功消消罪孽也不枉為人在世一場不　宣

《延寿宝传》民国二十三年（1934）解县东关时一心堂存板刻本

金良含淚說嘆趙氏勸道員外不必煩惱。你我家私巨萬不做
善事真是成空即喚家人開庫取出銀錢傳請僧道建設普利
水陸道場各方寺院齋僧佈施即送經文劍修廟宇塑佛裝金
修橋補路戒殺放生施茶捨藥賑濟飢貧不覺感動上蒼過往
神明本省城隍東廚司命值日功曹家堂六神當方土地咸奏
表文。上帝看了。連稱善哉善哉金良積善求嗣當賜一子即着
東獄執掌善惡判官查看金良前世根由。奏來便了。

善惡判官來查看

命該豪富蔭兒孫　　今生萬賈家財足　　不料欺心嫉妒生

將米煮水哄眾漢　　大斗小秤用假銀　　無花起樣欺良善

作惡多端心不平　　查伊前生有善果

《延壽寶傳》民國刻本

三、民国上海文益书局石印本

线装。石印本。一卷一册。版框：19厘米×11.7厘米。共12页24面，每面19行，每行41字。白口，单黑鱼尾，四周单边。书口题"延寿宝卷"。封面、封底全。内容完整。封面无题。书名页大字题"绘图延寿宝卷"，有钤印"宿迁运羽书馆"。版权页右上题"上海文益书局"。卷首前有书中人物绣像6幅。卷首题"新出延寿宝卷"。卷末无题。

开卷。开卷偈："宣扬宝卷感天曹，诸佛龙天下九霄。南极老翁来上寿，西池王母献蟠桃。金童对对吹玉笛，玉女双双品凤箫。八童神仙来聚会，开筵介寿乐逍遥。寿星跨鹤哈哈笑，积善人家福自邀。幸逢黄道开经卷，拜受皇恩赐锦袍。寿香袅袅金炉内，寿烛双双遍地燎。寿果圆圆包世界，寿花朵朵叶飘飘。五福三星拱斗杓，仙童白鹤在云霄。群真毕集风云会，同日钧天奏徵韶。看财童子齐拱手，五路财神万宝招。金童寿果空中散，吃得长生灾厄消。神仙劝你来修道，惟有念佛最为高。你也修来他也修，大众齐来上仙桥。酒色财气如扰你，腰中拔出斩妖刀。十恶八邪除尽了，莲邦竺国把名标。灵台除障天真现，作佛成仙独自超。十二宫中添吉庆，一年四季乐陶陶。二十八宿安方位，开通善道路千条。无数仙人将花散，神仙花散度英豪。此花供养释迦尊，供养十方佛法僧。供养观音大势至，文殊普贤地藏尊。三十三天诸天将，金刚罗汉与诸神。庆贺斋主开经卷，拜谢佛恩快修行。"

正文：散说、诗赞（七言）。

结卷。结卷偈："《延寿宝卷》宣完成，拜送诸佛众龙成。天地水府三官帝，满天南北斗星君。城隍土地并太岁，镇宅龙神与灶君。各镇其方常保佑，一年四季保安宁。有缘听到增福寿，大众拜谢沐神恩。各人听信《延寿卷》，回家急速发善心。世人若要延寿者，必须要学本中行。若人依了本中样，满门结果好收成。能使儿孙多富贵，能延寿算升天庭。普劝佛堂诸大众，会聚三宝精气神。一齐同赴龙华会，逍遥极乐去安身。"回向："愿以此功德，普及于一切。消灾并延寿，全凭心愿力。南无释迦牟尼佛。南无阿弥陀佛。"

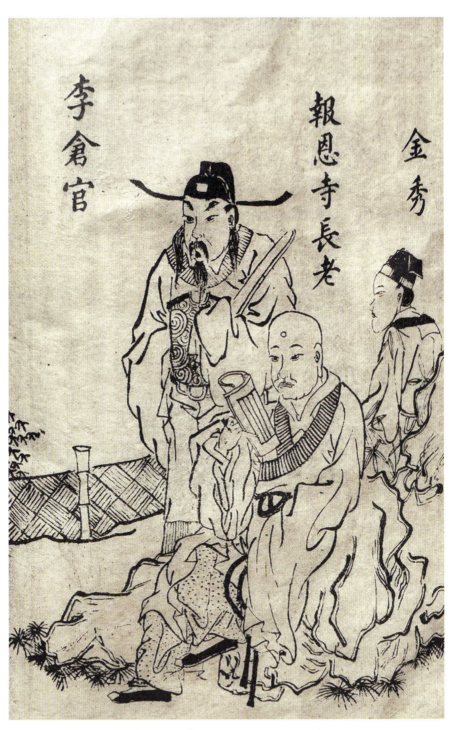

《延寿宝卷》民国上海文益书局石印本

169《养媳宝卷》，又名《童养媳宝卷》

洛阳城外胡家村农户胡有德，靠租种大户几亩薄田，带一双儿女辛苦过活。一年天遭蝗灾，无有收成，胡有德到大户章三育家借债度日。章三育听闻胡有德女儿凤珠年幼美貌，意欲不费聘礼娶进家门，配与次子章敏为妻，便设下高利贷圈套，致使胡有德无力偿债，逼迫胡家将凤珠送到章家抵债。章敏自小读书，性格温良，对凤珠疼爱有加。婚后不久，章敏赴省城参加乡试，此时凤珠已有身孕。凤珠怀孕六个月，就将临盆，章家怀疑凤珠在娘家之时就与人有私情，婆婆陆氏因长媳王氏搬弄是非，将凤珠打入柴房。凤珠在柴房产下一子，幸得厨房柳妈妈善心相帮，偷偷将孩子抱回家交由媳妇喂养。章敏高中举人回家，要见凤珠，陆氏阻止。章家为章敏再娶新妇，章敏心中仍然思念凤珠。柳妈妈为避免凤珠遭王氏陷害，施计让凤珠蓬头垢面，隐忍生活。柳妈妈打听到章敏将要赴京应考，在章敏临行时，引章敏与凤珠在柴房相会。章敏离家之后，凤珠又有身孕，怀胎六个月，又产下一子，在柴房中独自喂养。章敏高中进士回家，章家贺宴之上，柳妈妈当众向章敏道贺喜得二子，都是怀孕六个月所生。陆氏追问原因，章敏告诉母亲赴京之前确实曾与前妻凤珠见面留宿。陆氏算下时间确实是怀孕六个月，方知自己错怪媳妇，从柴房请出凤珠，向凤珠认错。章敏与凤珠夫妻重逢，新妇自愿为小。章敏接回岳父胡有德奉养。

版本共1种：

民国上海惜阴堂书局石印本

线装。石印本。两卷两册。版框：19厘米×11.8厘米。36面，每面18行，每行32字。白口，四周单边。书口题"童养媳宝卷"。封面、封底全。内容完整。封面题"绘图童养媳宝卷"。书名页大字题"绘图童养媳宝卷"，左下题"上海惜阴堂书局印行"，背面有书中人物绣像1幅，有钤印"宿迁运羽书馆"。版权页右上题"丙辰年仲夏出版，上海文益书局"。卷首题"绘图现世报养媳妇宝卷"。卷末无题。

开卷。上卷开卷偈："《养媳宝卷》初展开，糕桃烛面供满台。时新果子有三样，蘑菇香菌金针菜。木耳胡桃加红枣，云片雪片油酥饺。长台浪向一斗米，

章敬

胡進才

章三育

章王氏

陸氏太太

胡鳳珠

章敏

胡德有

《養媳寶卷》民國上海惜陰堂書局石印本

称心如意供中央。王母娘娘中间供,太君送子两边排。福禄寿星左首位,右首还有八仙家。铙钹叮噹钟鼓响,正文宝卷宣香山。观音得道多少苦,千载留名后世间。"下卷开卷偈:"上卷宣过停一停,下卷宝卷再开场。列公仍旧原位坐,且听宣卷表分明。为人须要心田好,上苍报应不差分。倘然为人不行正,天雷查着命必倾。"

正文:散说、诗赞(七言)。

结卷。上卷结卷偈:"不知后来如何样,下卷之中再宣明。诸位也吃一杯茶,吸根香烟散散心。南无消灾障菩萨。"下卷结卷偈:"好人自有好结果,坏人总是没收成。凤珠受苦成正果,王氏弄舌早亡身。《养媳宝卷》已完成,听宣之人福寿增。一年四季平安乐,合家老小太平春。斋主人家财源进,官官小姐甚聪明。宣卷之人称多谢,领了糕桃转家门。南无消灾障菩萨。"

170《钥匙宝卷》,又名《通天钥匙宝卷》《钥匙经》《普静如来通天钥匙宝卷》

经卷类宝卷,无具体故事情节。为明朝中叶无为教创始人罗清所著《五部六册》之一,为我国早期民间讲经布道的通行经典宝卷。

版本共1种:

清光绪二十四年(1898)河清堂存板刻本

线装。刻本。三卷一册。版框:19.3厘米×11.5厘米。共74页148面,每面7行,每行14字。黑口,单黑鱼尾,四周双边。书口题"钥匙宝卷"。封面、封底全。内容完整。封面左上题"钥匙宝卷"。内封中大字题"钥匙宝卷",右上题"光绪戊戌年新镌",左下题"板存河清堂如有印送者自备纸墨"。卷首题"通天钥匙宝卷原本",有钤印"宿迁运羽书馆"。卷末题"归州梓人岳茂山敬刊,普净如来通天钥匙宝卷卷六终"。

开卷。无开卷偈。

正文:散说、七言诗赞。

结卷。无结卷偈。

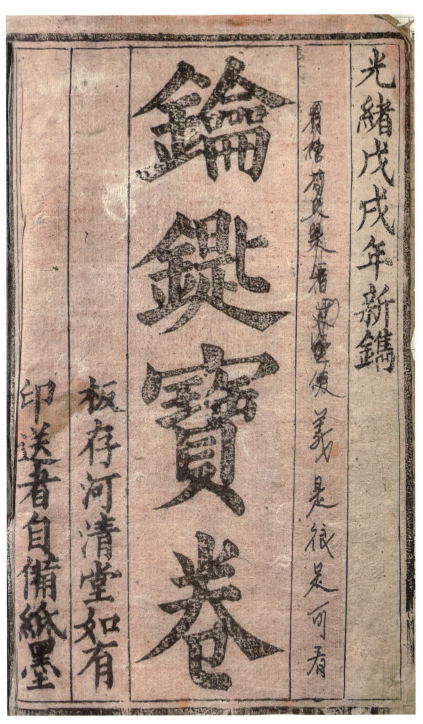

《钥匙宝卷》清光绪二十四年（1898）河清堂存板刻本

171《阴告宝卷》

晋国时期，山西太原有一世代官宦子弟曾三南，依仗祖上留下的万贯家财，不学无术，整日横行乡里。一日，曾三南外出到佃户何寿章家躲雨，见其女儿何秀英美貌，便诓骗秀英要娶其为妻，秀英误信其言而失身。后秀英怀孕。曾三南听闻后，闭口不提娶亲之事。秀英十月怀胎产下一子，何寿章恨女儿有辱门庭，将秀英赶出家门。秀英抱着小儿到曾府门上认亲，曾三南拒不相认。秀英与小儿饿死街头。何寿章告到县府，知县迫于上司压力，压下案子不提。何秀英阴魂到阴司，向城隍老爷告状，判官查何秀英阳寿未尽，阴魂还要在阳间游荡五十三年。秀英阴魂要到阳间找曾三南算账，城隍老爷告知曾家有宅神、门神、灶君保护，阴魂不能随便进入，秀英闻听自己无法报仇，失声痛哭。城隍老爷心中不忍，便送秀英珠签一根，可随便进出各家宅院。秀英阴魂回到阳间，白天宿在庙门内，晚上出来游荡。南山富户顾家小姐许配于曾三南，秀英托梦顾员外不要将女儿嫁于曾家，顾员外醒来不信。顾小姐与曾三南成婚后日夜啼哭不停。曾三南无奈差人告知顾家，顾员外上门，见到女儿吊死在后花园，绣房中躺着何秀英的死尸，顾员外状告曾家逼死女儿。何寿章听得女儿死尸在曾家，与乡邻到女儿坟墓查看，不见尸体，也急忙报官。知县要治曾三南死罪，曾家买通北京刑部大堂，上司施压，要知府从宽发落。曾三南送钱送米，封住何家之口。知县判顾家小姐自己上吊，没有伤痕，不算谋命，两宗案子就此草草结束。曾家因出了新娘上吊、死尸上门之事，远近人家的姑娘都不愿嫁给曾三南。过了三年，有人做媒，定了几十里外的曹进士家千金为妻。秀英阴魂闻听此事，到处托梦告知皇帝要选美人，家有姑娘的人家纷纷将女儿找人家出嫁。一日，一个老夫人领着女儿到曾府，自称是曹进士家夫人送女儿上门，为避免皇帝点美女，过几日将嫁妆送过门。夜间女子脱了衣服，变成一具女尸，曾三南差人连夜送信给曹家。曹家坚称女儿在家中从未出过家门，便将曾家人打出。曾家又出女尸，传遍街坊。离曾家东北三里地有一户陶王府，女儿陶郡主，年方十八岁，于前日死去。守坟家人突然来报郡主坟墓被盗，尸体消失，又有人报知曾家出现女尸。陶王府家人到曾家一看，正是陶郡主尸体。陶千岁差人捆绑曾三南，扭送到县衙。曾三南被判斩首示众。

版本共1种：

1996年王金珍抄本

线装。抄本。一卷一册。开本：19.6厘米×13.5厘米。共23页46面，每面8行，每行14字。封面、封底全。内容完整。封面左上题"阴告宝卷"，右上题"丙子年蓄月抄办"，中下题"王金珍"。卷首无题。卷末无题。

开卷。开卷偈："《阴告宝卷》宣开言，奉请诸位静心点。听我慢慢宣仔细，有个人叫曾三南。"

正文：散说，诗赞（七言、攒十字）。

结卷。结卷偈："王爷千岁怒充冠，一张禀单送知县。私盗王坟该何罪，开棺盗宝罪难免。糟蹋女尸千万罪，家财充公理当然。知县看了心大怒，王法难饶曾三南。调戏姑娘第一款，奸污小姐第二款。怀孕不认第三款，逼死姑娘第四款。逼妻上吊第五款，掘坟抛尸第六款。私盗王坟第七款，开棺盗宝第八款。腐辱王亲第九款，奸污女尸第十款。犯了十次滔天罪，千刀万剐理当然。何英姑娘告阴状，开膛剖肚曾三南。珠签还给县城隍，千金完卷劝善人。《阴告宝卷》宣圆满，在堂各位喜欢心。"

172《幽冥宝传》，又名《幽冥传》《目连救母幽冥宝传》

梁武帝时，王舍城中傅家庄傅天斗为长沙知府。因武帝被困台城，天斗押送粮草，被侯景拿获杀害。天斗夫人李氏看破红尘，每日念经诵佛，家中大小事务全都托付与侄儿李伦操持。梁武帝遇难后，元帝复位，皇上恩赐天斗之子傅崇仍承袭长沙知府之职，傅崇带李伦赴任。傅崇到任后恪尽职守，为官清正。李伦与门官萧自然私下串通，敲诈告状百姓，赚取无数钱财，犯下滔天罪恶，遭五雷轰顶。李伦被打昏后尚有气息，萧自然被劈得身无全尸，傅崇收殓萧自然，帮助李伦调养身体。傅崇在任未有一年，母亲李氏病故，傅崇上报丁忧，赶回王舍城家中，一应事务仍交给李伦料理。不期王舍城遭遇大旱，百姓无收，李伦造置假斗假秤，坑害乡民，遭天谴而亡。傅崇夫妇回家，王氏有身孕，十月怀胎，

道於是觀道有魔考能精進何愁功果不滿圓九轉

丹成無外理高懸紅日照大干似相非相掃塵垢一

顆明珠現佛前有人參透禪機語翻身跳出天外天

幽冥傳全部終

目連救母幽冥寶傳

　　　　　　　　　燕　知一子敬閱

　　　　　　青陽山人冠玉氏校

西江月調

　　　　　南　胡慶賞捐貲重刊

世間善惡兩類果報看來無偏暗室衾影細研神

靈刻刻窺鑒造孽多遭凶報積德可列仙班報應遠

近芭顯然絲毫不漏半點

爾時梁武帝登基以來存心好道廣種福田勤修善

生下一子，取名傅象。傅象长到六七岁，无人使唤伺候。城中有一孩童，父母双亡，无钱埋葬，傅崇得知，出钱帮助埋葬，将幼童带至家中，取名伊利，服侍傅象读书。傅象长到十六岁，娶刘万筠之女刘四娘为妻。傅崇夫妇功圆果满，无疾而终。傅象料理完父母后事，将家中外事一概付与刘氏侄儿刘假，内事付与刘氏随嫁带来的金娄、金枝及李伦儿子李狗、伊利照应。傅象夫妇每日守孝在堂，看经念佛，超度父母早升天界。后刘四娘产下一子。取名萝卜，书名吉祥。萝卜长到五六岁上，聪明过人，读书识字，过目不忘，心性纯良，亦知看经念佛。杭州慧光寺长老收萝卜为徒，将其改名目连。目连辞别道长，回家探母。目连带伊利赶到家中，见母亲吃荤杀生，遂责问母亲，刘氏矢口否认，对葵花发誓，如自己开戒，火焚葵花，言毕，只见葵花顿时起火光，刘氏一见昏倒在地，气绝身亡。目连梦见母亲刘氏在地狱受苦。目连历尽千辛万苦以救出母亲，而母亲已被佛祖恩准送到阳间，发放到平阳县，投生为一只白犬。目连到平阳县找到白犬，带白犬来到西天。佛祖封目连为幽冥教主地藏王菩萨，镇守幽冥。

版本共1种：

民国刻本

线装。刻本。一卷一册。版框：15.5厘米×11.2厘米。共111页222面，每面8行，每行20字。白口，单黑鱼尾，四周双边。书口题"幽冥传"。封面、封底全。内容完整。封面左上后题"幽冥宝传"。卷首有《重刊幽冥宝传序》。卷首题"目连救母幽冥宝传"。卷末题"幽冥传全部终"。

开卷。无开卷偈。

正文：散说、诗赞（七言、攒十字）。

结卷。无结卷偈。

173《游龙宝卷》，又名《正德游龙宝卷》

明正德年间，皇帝为了解民间疾苦，独自出宫私访民间。三月中旬，皇帝行到潼关外荒郊野地，恰遇天降大雪，投宿到一户农家。家主姓周，早年亡故，家中只有老太婆方氏和儿子周玄二人，周玄常年以砍柴为生。方氏把家中唯一的老母鸡杀掉招待客人，周玄见到老母鸡被杀，伤心流泪。正德皇帝追问原因，周玄告知自己指望老母鸡生蛋，蛋再生鸡，积攒银钱，以后好娶媳妇。夜间皇帝闻听有打更之声，早上问周玄此荒野之地怎有打更声。周玄告知，离此地三里有曹家庄，曹太史居住在此，太史有一子一女，子曹文，女曹玉娥。皇帝闻知曹玉娥还没有出阁，便撕下黄袍一角，御笔下旨，钦命曹太史招周玄为婿。周玄与玉娥成婚之后，曹太史与周玄一同进京拜谢皇恩。皇帝官封周玄为指挥史，在朝中护驾，封方氏为镇国夫人，曹玉娥为贤德夫人，差人修建周宅。周玄与玉娥生有一子，取名周斌，读书取得功名，入翰林院。周、曹两家世代为官，富贵延绵。

版本共1种：

民国五年（1916）上海文益书局石印本

线装。石印本。一卷一册。版框：17.8厘米×11.7厘米。共14页28面，每面16行，每行32字。白口，单黑鱼尾，四周双边。书口题"游龙宝卷"。封面、封底全。内容完整。封面题"游龙宝卷"。书名页大字题"正德游龙宝卷"，有钤印"宿迁运羽书馆"。版权右上题"丙辰年仲夏出版　上海文益书局"。卷首前有书中人物绣像4幅。卷首题"新刻正德游龙宝卷全集"。卷末题"正德游龙宝卷终"。

开卷。开卷偈："《游龙宝卷》初展开，诸佛菩萨坐莲台。在堂有缘来听卷，大众尽心要虔诚。自从盘古立乾坤，三皇五帝到如今。前朝后代说不尽，且说正德坐龙庭。"

正文：散说、七言诗赞。

结卷。结卷偈："方氏修德功完满，成其正果上天庭。周玄夫妇多享福，周斌加封在朝门。做人总要气量宽，但看周氏好团圆。杀鸡留客一顿饭，一朝荣华富贵全。小气不做大事业，大量倒有银子传。土地可能住大殿，小鬼何曾作判官。弥陀古佛肚皮大，看见小气笑勿完。《游龙宝卷》宣完全，诸佛菩萨喜欢天。佛天三界回銮驾，消灾集福保平安。诸尊菩萨摩诃萨，摩诃般若波罗蜜。"

正德天子

曹太史

《游龙宝卷》民国五年（1916）上海文益书局石印本

174《鱼篮观音宝卷》，又名《鱼篮宝卷》《家堂卷》《提篮宝卷》

宋仁宗年间，台州府海门东门岭金沙滩，住有三百多户人家，以打猎捕鱼为生。其中有少数人奸盗诈伪，罪孽深重。值日功曹报奏天庭，玉帝震怒，下旨要使海水淹没金沙滩。观音大士心生慈悲，请旨宽限时日，自愿下界劝度恶人从善，玉帝准允。观音菩萨来到金沙滩，化作一位卖鱼老婆婆，手提鱼篮沿街叫卖，见无人过问，遂又变作二八娇美女子提篮卖鱼，引得众人纷纷围观。富家公子马右要娶卖鱼姑娘，姑娘告知鱼篮里有《莲花经》，谁能熟背此经，可与之成亲。众人争相随观音到承天寺拜学宝经。马右苦读一月有余，能熟背《莲花经》，姑娘答应嫁与马右。成亲当日，观音念动真经，使得自己身患重病，召来众人，告知自己乃是南海观世音，为救众生免受天灾，下界传经，度化大家，与玉帝约定时日已到，需回天庭复命，要众生终身修行，不能半途而废，言毕，即端坐莲台而去。马右及众人画了观音卖鱼娘子佛像，各家供于堂前，日夜礼拜诵经，全村众人都修成善人。马右修行九年，得道升仙，列入仙班。玉帝盛赞南海观世音菩萨普救众生功德，封其为大慈大悲救苦救难观世音大士菩萨。

版本共3种：

一、1995年何崇焕抄本

线装。抄本。两卷一册。开本：19.3厘米×13.6厘米。共23页46面，每面10行，每行20字。封面、封底全。内容完整。封面左上题"鱼篮观音宝卷上下集"，右上题"公元一九九五年桂月抄"，中下题"何记"。卷首题"鱼篮观音宝卷"。卷末题"鱼篮宝卷剧终"，有钤印"宿迁运羽书馆"。卷后附《七佛真言》《观音赞》。

开卷。开卷偈："《鱼篮宝卷》初展开，诸佛菩萨降临来。善男信女静心听，增福延寿保安宁。观音菩萨发慈心，下凡化做卖鱼人。到得海门金沙滩，相劝凶徒好回心。"

正文：散说、七言诗赞。

结卷。结卷偈："不表大士回宫转，再说马郎成果真。若非观音来显圣，凶人怎肯学修行。恶人回心能成佛，强人修行鬼神侵。马郎劝化九年另，金沙滩上多修行。值日功曹奏天庭，玉帝见奏喜欢心。即差金童并玉女，度了马郎上天庭。金童领旨下凡尘，往到海门东门岭。度得马郎一个人，辞别众位修道人。公子修得功成满，腾云驾雾上天庭。马郎灵魂上天去，跪拜玉帝谢皇恩。玉帝一见心欢喜，难得恶人学修行。吃素念经劝世人，九年修得道圆满。马郎谢恩出皇宫，金童玉女护送行。劝人修行有功成，极乐世界做仙人。行到西方极乐国，永享佛国万万春。不说马郎成真果，再提金沙滩上人。恶人回心有感应，天赐福禄永安宁。《鱼篮宝卷》说真言，并无半句是虚文。若能修行行大道，免得轮回受苦辛。切勿错过好光阴，将此比果说你听。但看马郎成真果，修道九年上天庭。若是有人不相信，请看海门东门岭。汇沙古洞有三个，多少男女逢走过。首先第一金沙洞，中央第二观音洞。第三就是马郎洞，真心修仙在洞中。此卷良言万年传，奉劝大众结善缘。听卷之人增福寿，九宗七祖尽超升。《鱼篮宝卷》宣完成，大众欢乐福寿增。"

二、1998年王士元抄本

线装。抄本。一卷一册。开本：24.9厘米×13.8厘米。共18页36面，每面8行，每行28字。封面、封底全。内容完整。封面左上题"家堂卷结圆偈"，右上题"己巳岁仲春月　日立"，中下题"王记"。卷首题"家堂卷"。卷末题"公元一九九八年杏月王士元录"，有钤印"宿迁运羽书馆"。卷后附《观音赞》《结圆偈》。

开卷。开卷偈："佛在灵山没远去，灵山这在自心头。人人有座灵山塔，好向灵山塔下修。《提篮宝卷》初展开，香烟供养在佛坛。大众虔诚弥陀念，消愆免难又消灾。"

正文：散说、七言诗赞。

结卷。结卷偈："众人听得多明白，佛拜南洋观世音。救苦救难恩难报，日日焚香念莲经。黑虎此时心行善，金沙滩上尽回心。六神土地齐奏本，大士立奏玉帝闻。善人个个多劝转，恶人得到尽回心。玉皇大帝心欢喜，善哉救苦大士尊。众姓各户家堂供，初一月半把香焚。金炉不断千年火，玉盏常明万载灯。《提篮宝卷》宣完满，家堂圣众尽喜欢。诸尊菩萨摩诃萨，摩诃波若密多罗。"

魚籃寶卷初展開　諸佛菩薩降臨來

善男信女靜心聽　增福加壽免消災

觀音大士發慈心　下凡化作賣魚人

到得海門金沙灘　相功兜徒轉回心

却說魚籃寶卷、出在宋朝仁宗年間、在浙江省台州府海門東門嶺地方、有一個金沙灘、當時沙灘上住着有三百多戶人家、以打猎捕魚戝業、其中少嵌人奸盜詐偽、橫行霸道不敬神明拋散五谷、罪逆深重值日功曹、奏上玉帝、玉帝見奏心中大

《鱼篮宝卷》盛氏抄本

三、盛氏抄本

线装。抄本。两卷一册。开本：27厘米×19厘米。共25页50面，每面9行，每行19字。封面、封底全。内容完整。封面左上题"鱼篮宝卷上下集"，中下题"盛抄"。卷首无题，有钤印"宿迁运羽书馆"。开卷、正文、结卷与前述版本（一）同。

175《玉钗宝卷》，又名《赖婚记》《全城九如记》

明嘉靖年间，浙江绍兴府余姚县邹玉林，时年二十岁，父亲在日官居吏部尚书，不想父母早亡，家中连遭厄运，竟至一贫如洗，无家可归，只得暂住坟庄。大比之年，玉林有心进京赴考，无奈没有盘缠，因家遭不幸落魄，亲朋早就断绝往来。玉林想到七岁那年，父亲曾为自己与本城表妹章星姑定下亲事，有双玉钗为聘，姑母去世后，姑父章成表娶了后妻张氏，现姑父又已去世，两家虽不常来往，但毕竟是至亲，只能前去看看能否借点银两。张氏本就嫌弃邹家贫穷，见玉林上门借钱，更是心中不满，将玉林打发出门。丫环秋菊告知星姑小姐，星姑找继母张氏理论，责怪继母。张氏回娘家为母亲马氏祝寿，马氏侄儿马锡芳带次子马银也来给姑母祝寿。马氏做媒把章星姑许配给马银。张氏回家告诉星姑，星姑气急寻死，被秋菊救下。马氏把星姑诓骗到家，让马家来抢人。马锡芳带领家丁前来抢娶星姑，被春兰打伤，遂到余姚县衙告状。星姑担心马家必来报复，送银两助玉林赴京赶考，自己与春兰出逃。春兰带小姐星姑到杭州投奔做巡抚的叔叔童兆敬，到山阴县柯桥镇李家庄时遭遇强盗李远震拦路抢劫，被春兰打死，山阴县令将星姑、春兰二人收监。邹玉林应考得中头名状元，余姚县令郝云龙接报后，奉旨起造状元府。杭州巡抚童兆敬接到玉林高中状元的官报，差山阴县令将星姑、春兰二人释放并护送到杭州。邹玉林将自家遭遇据实上奏皇帝，皇帝命抄没马锡芳家财，宣令童兆敬赴京重用。皇帝钦封邹玉林做七省巡查御史，赐尚方宝剑，有先斩后奏之权；封妻章氏为一品夫人，赐凤冠霞帔；封童春兰为仁义夫人，配与玉林。玉林奉旨回乡祭祖完婚。邹玉林夫妻体谅张氏养育之恩，赡养其终生。

版本共1种：

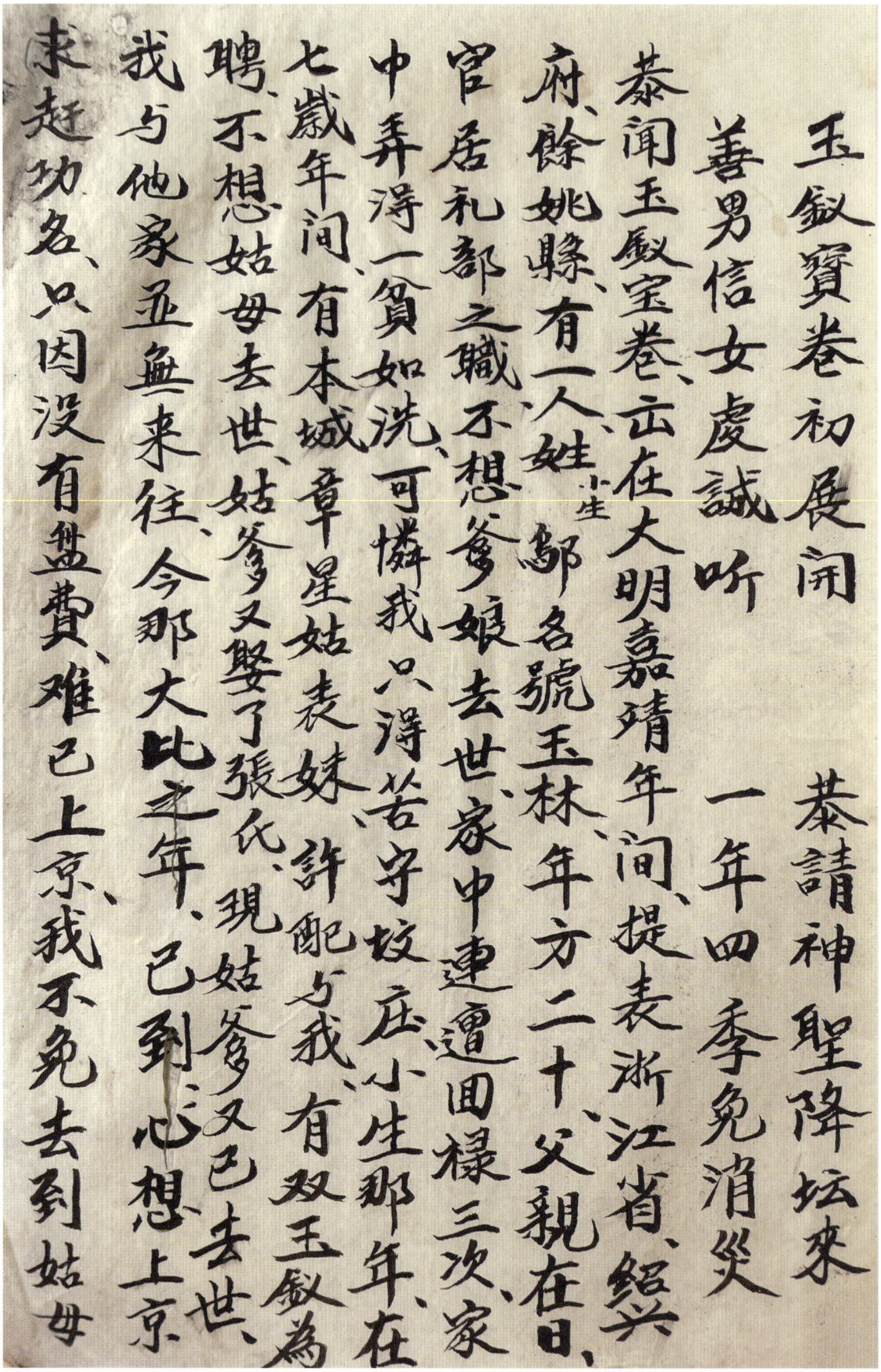

玉釵寶卷初展開

善男信女虔誠聽　　　恭請神聖降壇來

恭聞玉釵宝卷、立在大明嘉靖年間提表浙江省、紹興　一年四季免消灾

府、餘姚縣、有一人姓^{小生}鄔名號玉林年方二十、父親在日

官居礼部之職、不想爹娘去世家中連遭回祿三次、家

中弄得一貧如洗、可憐我只得苦守坟庄、小生那年在

七歲年間、有本城章星姑表妹、許配与我、有双玉釵為

聘、不想姑母去世、姑爹又娶了張氏、現姑爹又已去世、

我与他家並無來往、今那大比之年、已到心想上京、

束赶功名、只因沒有盤費、难已上京我不免去到姑母

《玉钗宝卷》1985年马秋涛抄本

1985年马秋涛抄本

线装。抄本。两卷两册四回。开本：26.5厘米×19.2厘米。共63页126面，每面11行，每行22字。封面、封底全。内容完整。封面左上题"玉钗宝卷"，中题"赖婚记"，中下题"全城九如记"，右上题"乙丑年眷抄"。卷前有目录，共有四回，分别是：第一回"重许"，第二回"抢亲"，第三回"逃难"，第四回"团圆"。卷首无题，有钤印"宿迁运羽书馆"。卷末题"一九八五年五月廿九日前马秋涛敬钞"。

开卷。开卷偈："《玉钗宝卷》初展开，恭请神圣降坛来。善男信女虔诚听，一年四季免消灾。"

正文：散说、七言诗赞。

结卷。上卷结卷偈："想罢已毕抽身起，收拾盘费与衣衿。路上行走心中想，表妹是我大恩人。多亏表妹差人到，早早一命丧黄泉。你今虽然人逃出，何处可以躲藏身。你为了我身受苦，这般恩情报不尽。此去若有头名中，凤冠霞帔谢你恩。小生上京路来走，再宣锡芳把状呈。《玉钗宝卷》宣到此处有半本，半本头上停一停。列位呀听卷须要听全本，越宣后头越好听。"下卷结卷偈："我今不管家务事，夫妻二人静修行。初一十五谈正果，初二十六讲经文。奉劝世间修行好，吃素念佛是真情。世间万般都是假，修行吃素上天庭。□□□□无老小，无常不管少年人。《玉钗宝卷》□□序团圆，（下面散莲花）。《玉钗宝卷》宣完全，古镜重磨照大千。邹玉林为人多诚实，头名状元显门庭。章星姑不愿重改嫁，凤冠霞帔做夫人。春兰为人多正直，也做状元二夫人。张氏改过重修行，将功抵罪补前因。余姚县为人多清正，官升三级在朝廷。□□□□□多凶恶，死在地狱不超升。□□□□多势利，枉死城中受罪刑。李□□□劫多凶恶，千刀万剐地狱门。邹家世□忠良后，子孙代代做公卿。章小姐看破红尘路，早到西方见世尊。世上到底为善好，皇天不负善心人。"

176《玉皇宝卷》，又名《玉皇卷》

妙乐国王与月光皇后育有太子。太子在双亲离世后，让位于朝内贤臣，散尽皇家库内钱财与天下贫苦人家，离宫修行，后由太上老君推举成为玉皇大帝。

版本共1种：

1991年林梅生抄本

线装。抄本。一卷一册。开本：24.2厘米×13.3厘米。共18页36面，每面8行，每行23字。封面、封底全。内容完整。封面左上题"玉皇宝卷全集"，右上题"辛未岁"，右下题"林梅生"。卷首题"玉皇宝卷全集"。卷末题"一九九一年三月初四日　梅抄"，有钤印"宿迁运羽书馆"。

开卷。开卷偈："《玉皇宝卷》初展开，玉皇大帝亲身来。今朝宣了《玉皇宝卷》，诸佛菩萨降凡来。各公啊，任何事情驱邪妇正人，无影无踪要真心。修行修心去邪谣，奇语忘言乱食喷。诽访大乘真心教，喜怒哀乐也慢证。皈依上圣大悲念，路发真心忏悔伸。将身理心无上真，唯令消除孽障根。"

正文：散说、七言诗赞。

结卷。结卷偈："今朝宣完《玉皇卷》，念佛太太免灾星。男要修来女要修，不修像一根弯木头。弯木头叫老师务弹一线，后来原可以造高楼。老年修来活长寿，年青人修来身康宁。诸尊菩萨摩诃萨，摩诃般若寿延增。"

177《玉连环宝卷》，又名《连环宝卷》

松江华亭县赵云卿，时年十八岁，父亲早年官居吏部尚书，平生为官清正，不幸身亡。家里接连遭遇天灾，家财尽失，赵云卿只得与母亲安氏暂住坟堂，靠多年跟随的义仆赵茂做点小生意赚钱供养母子过活。父亲生前曾为他定下狼山总兵白龙江女儿为妻，无奈家境困难，无钱迎娶。正值大考之年，云卿带赵茂往扬州岳父家求借盘缠，以赴京应考。行到苏州城，云卿病倒，暂住在招商旅店，只得让赵茂拿上书信及当初订婚之物玉连环先行到扬州借银子，再赶回苏州一起回家。云卿同乡李文林因身遇官司被官府追缉，经过丹阳县，路遇赵茂，心生恶意，诱骗赵茂到桥上，将其推入河中淹死，拿上书信和玉连环到扬州白府冒名认亲。白龙江本就嫌弃女婿家贫，又见其相貌不端，举止轻佻，不肯相认，指使白于、白能用毒酒毒死李文林，并对外说李文林独自饮酒醉死，一面大张旗鼓地大办丧事，把李文林葬在码头边，一面张罗为小姐重新挑选婆家。小姐坚决不从，气急伤心，欲寻短见，幸得好友李翠英劝慰止住。云卿病好，未见赵茂回来，店家资助盘缠，助他到扬州寻找。云卿到了扬州码头，看到一座新坟墓碑上写着"华亭赵云卿之墓"，心中甚是惊异，竟然有和自己同乡同名同姓之人客死他乡的怪事。云卿一路打听到白府门上，正遇王翰林替国舅申荣的儿子到白府提亲。云卿回到客店，在房中哀叹自语，惊动店家女儿李翠英。翠英了解实情后，对赵云卿深为同情，并暗自为小姐庆幸，施计让云卿男扮女装，带入白府给小姐做使唤丫环。白老爷将小姐许与国舅家，逼迫小姐上轿出嫁。小姐坚决不从，拔刀以死相拼。云卿夺刀救下小姐，说明自己身世，小姐不信。李翠英回到自家旅店，拿到李文林留在店中的包袱，小姐始信云卿所言。夫人进香回来，见到赵云卿和小姐，心中满意，请求李翠英帮忙设法救小姐脱身。李翠英弄乱小姐头发，用鸡血洒满小姐全身，让小姐装疯。申家接亲人看到小姐有疯病，遂退亲。夫人拿出银两安排小姐、云卿、翠英三人出逃，白总兵得知后，立即派白于、白能追杀。云卿和小姐、翠英慌乱中走散，翠英带小姐到姑母家，安顿小姐在姑母家住下，自己回家看望父母并送信给云卿母亲安氏让其宽心。云卿只身逃到一座桥边，见一妇人怀抱包裹坐在桥边痛哭，正欲上前询问，无故被一群人拿住，诬陷他谋财通奸，将其扭送至公堂。江都县令华成观云卿不似奸盗之人，将其收监。县令提问妇人王氏得知，王氏丈夫金大夜半回家，假说将其卖入妓院，王氏信以为真，心生惧怕，连夜出逃回娘家，半路到桥上歇脚。金大夜里不见王氏，叫乡邻追赶，撞见二人在桥上，误认为两人通奸出逃。华县令得知云卿是白总兵的女婿，赶忙差人禀报白府。白老爷乘机使钱，让华县令陷害云卿。华县令将云卿打入大牢。白府老夫人让母舅王德陪翠英到济南府状告白龙江。翠英与王德去济南府路上被铁盘山占山大王铁其奴捉到山上，铁其奴要强收翠英为二夫人。翠英求救于大夫人戚氏，戚氏私放翠英和王德下山。铁其奴找戚氏算账，戚氏一气之下失手误杀丈夫其奴，随后自刎，一

繪圖玉連環寶卷卷下

下本寶卷接前因　奉請菩薩再臨壇　善男信女兩邊坐　虔聽寶卷好消災

却說趙雲卿說了一個小生小姐大驚細問情由方知雲卿未死但如今事在狐疑不能憑信雲卿便將根底細說一番要求小姐一對筆迹小姐去拿一張文契同信封一對一字不錯果然一人筆迹

小姐回言趙郎稱　你把情由說我聽
幸虧店主行仁義　方才獨自上揚城
自言自語心中惱　驚動店中李翠英
今晚已知事已急　小姐跟前方說明
東一翻來西一翻　翻出一庄奇事情
雲卿一見都明白　原來假冒是文林
天幸岳父存心毒　藥死文林一賊人
既已認了親夫婦　兩邊堂定論裏情
千不怪來萬不怪　只恨娘親不在家
夫妻二人說不盡　是日正逢喜期日
是日正逢喜期日　東方已是五更終
堂前結絲鬧盈盈　然後八內見千金
高叫小姐開門罷　云卿此刻回言答
堂前先把老爺叫　只此梳粧等時辰

雲卿先把家景說　到此適逢有喜事
盤我情形我才說　說罷之時包袱取
包袱之內首分明　後說病倒旅店中
因此就擱旅店中　代我設計進府門
被他害死來冒親　果然着看李文林
一個珠球標名姓　文林却是姓李人

小姐也把球來看　你說一句我一句
若然娘親在家裏　爹爹焉敢另配親
呆呆對坐在房中　哭哭啼啼好傷心
二人一夜未合眼　樂人鼓手齊求到
喜娘儐相亂紛紛　喜娘立定便開聲
行到樓上房門閉　小姐分付話你聽
云卿此刻回言答　小姐分付話你聽

《玉连环宝卷》民国石印本

时山寨众贼四散，都口传山寨为女英豪所破。铁其奴在当地占山七八年，危害四方，深为当地官府民众痛恨，山寨一破，大快人心。翠英在济南府当街拦住巡抚邹应龙告状，邹大人见是破贼女英豪喊冤，把翠英接进府内，问明冤情，安顿好翠英后，亲自赴扬州破案。邹大人到达扬州，官船在码头驻下，自己着便服到城中私访，听得朝中王御史儿子王野在乡里为非作歹。王野在京城见过邹应龙，识破其身份，将他诓骗进府，打入自家水牢。邹应龙早年救过王野府中丫环桂香父亲的性命，桂香夜间打开水牢放了邹大人。邹应龙回到码头，传令江都县令华成捉拿王野，并传见总兵白龙江，怒斥白龙江赖婚害婿，白总兵惭愧谢罪。邹大人令华成从牢中带回赵云卿，提出王氏女，当堂了结案情。王野祸害乡里，被定罪收监。白总兵资助云卿攻读诗书。赵云卿当年赴京应考，得中头名状元。皇帝钦赐云卿与白小姐、翠英一夫二妇，结成婚姻。

版本共1种：

民国石印本

线装。石印本。存下卷一卷一册。开本：18.3厘米×11.7厘米。单面15页，每面18行，每行33字。白口，四周单边。书口题"玉连环宝卷"。封面、封底后封。内容完整。封面左上题"玉连环宝卷卷下"，背面有钤印"宿迁运羽书馆"。卷首题"绘图玉连环宝卷卷下"。卷末无题。

开卷。下卷开卷偈："下本宝卷接前因，奉请菩萨再临坛。善男信女两边坐，虔听宝卷好消灾。"

正文：散说、七言诗赞。

结卷。下卷结卷偈："桂香闻说吃一惊，打算主意等黄昏。黄昏时候瞒小姐，悄悄一路后园行。行来一到水牢门，守牢王德醉沉沉。桂香去了水牢锁，开门放出邹大人。大人出牢重重谢，桂香悄悄说分明。引了大人后门到，幸喜园中没有人。开了园门大人去，叮嘱感谢两边云。桂香仍旧归绣阁，再说大人急急行。天明便把扬城出，归舟立刻命起行。船到码头文武候，传进江都毕县尊。吩咐先把野成捉，名片拿去请总兵。大人登岸辕门进，野成早已到衙门。总兵白爷来拜会，大人接进两分宾。先问令婿赵云卿，因何你要赖婚姻。唬得龙江称不是，一切待凭大人行。大人又传江都县，牢中快放赵云卿。不多一会云卿到，大人升座审案情。牢中吊出王氏女，当堂审结了案情。王氏释放归家去，云卿恢复秀才身。限令知县来缉访，另提凶身抵罪名。后来张三来捉住，金七冤情方才伸。此刻大人传奸贼，野成一见顿然惊。堂上一口来招承，发下牢房不容情。又令江都抄他产，王家男女下监门。大人回身总兵叫，快同令婿转家门。罚你拿出攻书本，好把云卿早成名。二人相谢归家去，太太说与女儿情。此刻李翠也回转，派人迎接小姐身。赛花回家父母见，堂前重谢李翠身。云卿书房攻书读，八月初旬上帝京。南场三试皆出色，金榜题花解元身。殿试三场君对策，状元及第赵云卿。钦赐宫花游街景，恰巧巡按转帝京。一本当朝来直奏，天子大怒不非轻。金殿拿下王御史，传旨一家问典刑。单留桂香同小姐，钦赐配与邹大人。次日状元金殿奏，奉旨荣归去完姻。先辞海瑞老师相，又去拜别邹大人。状元及第扬州去，差人送信转家门。到了扬州白府里，一夫二妇结成亲。三朝期满都已毕，辞别白爷夫妇们。一路顺风华亭去，行到华亭文武迎。祭祖荣归多热闹，《连环宝卷》也完成。奉劝世人要行善，行恶之人少收成。宣卷原是增福寿，合家大小免灾星。"

178《玉蜻蜓宝卷》，又名《瑞珠宝卷》

明嘉靖年间，苏州府南濠申贵升，父母早亡，留下万贯家财，娶妻阊门外礼部尚书张大人之女张雅云。贵升生性风流好玩，雅云平日管束严苛。一日，山塘街王老爷家做法事唱大戏，贵升与同庚好友沈君钦一同前去观看，贵升被法华庵尼姑志贞美貌吸引。第二天，贵升去法华庵约见志贞，被庵主普禅撞见，强留庵中，与众尼相狎，志贞求庵主放贵升回家被拒。雅云先后三次到庵中搜寻丈夫未果，为探真相，与志贞结拜为姐妹。三月后，贵升得病，在庵中身亡。时志贞已有身孕，贵升死前将一双玉蜻蜓付与志贞给孩子留作纪念。志贞将手书血书并玉蜻蜓藏于孩子身上，托请佛婆半夜将孩子送到申府门口。佛婆半路丢下婴儿逃走。婴儿幸被苏州知府徐国安拾得，抱回家中，徐夫人将其收养为子，取名徐元宰。沈君钦也生一子，取名上宗，因感念与贵升同庚之情，让上宗认

宿迁运羽书馆藏宝卷

雅云为干娘。上宗和元宰同窗读书到十六岁，参加乡试，元宰高中头名解元，上宗高中第二名。元宰在乳母房中看到血书，心知自己可能不是徐家所生。上宗带元宰到干娘雅云家游玩。雅云见元宰酷似丈夫，随身所带玉蜻蜓也是贵升之物，猜想元宰是贵升骨肉，让其去法华庵找志贞师傅。元宰在志贞房中看到与自己相像的画像，追问志贞，志贞说出自己为其母亲，其父亲是申府老爷，担心雅云不容，不让其告知雅云。元宰面见雅云，为生母志贞求情，雅云原谅并接纳志贞。徐家夫妇深明大义，同意元宰与二母相认。元宰与上宗一同赴京参加大考，元宰夺得头名状元，上宗高中榜眼。元宰上表皇帝实情，皇帝钦赐徐国安二品顶戴，苏母二品夫人，雅云多年守节，建节孝牌坊，封一品夫人。志贞因状元行孝，修行圆满后位列仙班。礼部尚书张廷是雅云兄长，生有一女，名瑞珠，两家结亲，元宰娶瑞珠为妻。元宰侍奉一父三母，夫妻恩爱，香火旺盛。

版本共2种：

一、民国三年（1914）上海文益书局石印本

线装。石印本。两卷一册。版框：18.6厘米×11.8厘米。共23页46面，每面19行，每行41字。白口，单黑鱼尾，四周单边。封面、封底后封。内容完整。内封中大字题"玉蜻蜓宝卷"，右上题"民国三年仲夏出版"，有钤印"宿迁运羽书馆"。背面版权页题"上海文益书局出版"。卷前有书中人物绣像2幅。卷首题"大明嘉靖江苏苏州府瑞珠宝卷"。卷末无题。

开卷：开卷偈："《瑞珠宝卷》初展开，敬神如在保平安。奉劝善男信女辈，须听好样在心田。"

正文：散说、七言诗赞。

结卷。上卷结卷偈："一众尼僧不留停，取出僧帽与海青。就将大爷来盛殓，官箱里面盛他身。葬在三太云房内，使他外人不知情。唯有三太多啼哭，铁石人闻也泪淋。宣到此处停二回，游魂跌镜下回明。"下卷结卷偈："《瑞珠宝卷》宣完全，古镜重磨照大千。申夫人守节多年，□成圆满上西天。贵升善才童子降，志贞原是龙女仙。徐爷夫妻回头占，后来圆满也升天。状元夫妻后向善，接引西方九品莲。君钦夫妻后向善，回头修行上西天。上宗为官登州府，夫妻上

《玉蜻蜓宝卷》民国上海惜阴书局石印本

任治民间。乳母寿终归天去，状元与他好安眠。芳兰丫环贤德妇，配与夫妇两团圆。今宣一部《瑞珠卷》，一年四季保平安。"

二、民国上海惜阴书局石印本

线装。石印本。两卷一册。版框：18.9厘米×11.8厘米。单面36页，每面22行，每行41字。封面、封底全。内容完整。封面左上题"绘图玉蜻蜓宝卷"，左下题"上海惜阴书局"，背面有钤印"宿迁运羽书馆"。内封中大字题"绘图玉蜻蜓宝卷"，右下题"上海惜阴书局印行"。卷首有绣像1页1幅。上卷卷首题"大明嘉靖江苏苏州府玉蜻蜓宝卷又名瑞珠宝卷卷上"，下卷卷首题"绘图玉蜻蜓宝卷卷下"。卷末无题。开卷、正文、结卷与前述版本（一）同。

179《玉英宝卷》

宋代浙江温州府平阳县白梅村员外刘达早年亡故，遗下万贯家财，妻张氏带一子一女靠殷实家底，过着富足生活。长子刘必昌，乳名巧官，吃喝嫖赌，不问家事，娶妻金氏，十分贤惠孝顺。次女刘玉英，一心好善，平日吃斋念佛，不沾腥荤。时值张氏五十大寿，必昌好排场，图名声，大鱼大肉招待宾客。平阳县碧桃山紫竹庵当家尼师法真到刘府规劝张氏修行归佛，张氏不听。玉英长到十八岁，媒婆挤破门槛，玉英都坚拒回绝，不愿出嫁。必昌日日在外喝酒鬼混，金氏屡劝不果，为此伤心至极。平阳县有一解元名方正，年方二十岁，这年二月十九日在紫竹庵遇见玉英，心生爱慕，托周妈妈到刘家做媒。任凭周妈妈如何说讲，玉英只当耳边风过，拒不松口。方解元惊叹玉英心志坚定，料想她今后必成圣道，于是自己也割除凡念，抛却名利，专心读书。月圆之夜，玉英在后花园烧香拜佛，观音大士化作书生前来试探，被醉酒后从后门回家的必昌撞上，化青烟而走。玉英知是仙人来访。必昌拉玉英见母亲，诬陷妹子在后花园与外人偷情。张氏原本就气恼玉英不听母命出嫁，拿麻绳让玉英上吊自尽，并让必昌将尸体抛到荒郊野地。判官查看玉英生死簿，知她十九岁该魂游地府，日后配夫方正，享有阳寿七十二年，遂叫童子把玉英送还阳间。玉英还阳后，在荒郊野地醒来，被黎山老母收为徒弟，学得武艺。刘巧官寻欢作恶，不思悔改。张氏生病，金氏被张氏误会要害她，必昌将金氏赶出家门。金氏投奔紫竹庵法真师傅门下，入道修行。刘巧官和张氏家中连遭火灾，家财房屋全都烧为灰烬，巧官被烧死，张氏流落街头，以乞讨为生。宋皇帝开科取士，方正赴京应考得中头名状元。王丞相欲招方正为婿，方正不受。红毛国反叛，王丞相为陷害方正，奏请皇帝让方正为先行官，带兵去征讨红毛国。黎山老母遣玉英下山助方正破敌，并成就两人姻缘。玉英施法大败红毛国，红毛国投降称臣纳贡。皇帝官封方正为忠义王，玉英为一品镇国夫人，钦赐二人婚配。方正夫妇奉旨回乡祭祖，接回嫂嫂金氏和岳母张氏。张氏受感，从此一心向佛念经，六十五岁寿终。玉英得道成佛，享年七十二岁。

版本共1种：

清光绪三年（1877）越郡刿北刻本

线装。刻本。一卷一册。版框：20.3厘米×12.9厘米。共90页180面，每面8行，每行18字。白口，单黑鱼尾，左右双边。书口题"玉英宝卷"。封面、封底全。内容完整。封面题"玉英宝卷全集　玛瑙南房印造"。卷首题"浙江温州府平阳县白梅村七世修行玉英宝卷全"，有钤印"宿迁运羽书馆"。卷末题"光绪三年菊月。越郡刿北重刊"。

开卷。先排香案，后举香赞："炉香乍爇，法界蒙熏。诸佛海会悉遥闻，随处结祥云。诚意方殷，诸佛现全身。南无香云盖菩萨摩诃萨（三称）。"开卷偈："《玉英宝卷》初展开，香烟缭绕入云台。三千诸佛垂加护，十方菩萨降临来。"

正文：散说、诗赞（七言、攒十字）。

结卷。结卷偈："《玉英宝卷》宣完全，古镜重磨照大千。善男信女虔修道，不成菩萨也成仙。诸佛菩萨凡人做，只怕凡人心不坚。士女听宣《玉英卷》，万事如意称心田。一年四季招吉庆，天赐福禄保平安。善信听得归家转，福也增来寿也坚。"

浙江溫州府陽縣白梅村七世修行玉英寶卷全

先拼香案

後舉香讚

爐香乍爇　法界蒙熏　諸佛海會悉遙聞　隨處結

祥雲　誠意方般　諸佛現全身

南無香雲蓋菩薩摩訶薩　三稱

玉英寶卷初展開　香烟繚繞入雲臺

三千諸佛垂加護　十方菩薩降臨來

《玉英宝卷》清光绪三年（1877）越郡剡北刻本

180《玉鸳鸯宝卷》，又名《鸳鸯宝卷》

宋代山东省淮安府清河县罗家庄潘罗灿，官居平南王，有一女，名凤鸣。潘公辞官回乡，在家闲居，五旬寿辰之日，朝廷下旨宣他回朝理事。江都蔡炳清，父母早亡，孤身一人，难以过活，往洛阳投奔舅父王忠道。王忠道娶妻魏氏，夫妇年届五旬，无有子嗣，魏氏意欲将内侄魏必忠过继为子。炳清一路乞讨到了洛阳，在街头相遇舅父，王忠道将外甥带回家中。舅母魏氏刻薄势利，不待见炳清，趁丈夫王忠道外出收账之机，将炳清剥去衣服，赶出家门。炳清流落母子庙为乞丐，被丐帮帮主金大身收为义子，供其读书。淮安侯娄仲达，夫人郏氏，生一女，名云雅，时年十六岁。娄侯爷搭彩楼为女儿招婿，云雅扔绣球，抛中炳清。娄侯爷嫌弃炳清为丐首义子，门不当户不对，意欲悔婚。云雅不听父命，誓从炳清，下嫁到金家。炳清上京赶考，云雅以一对玉鸳鸯相赠，嘱其勿忘夫妻之情。炳清高中状元，平南王潘罗灿看上炳清，招为驸马，炳清勉强应承。成婚之后，炳清派家童罗兴带三百两银子回洛阳报信。罗兴见财起意，途中携银两出逃。王忠道收账回家，不见炳清，外出寻找，路遇进京寻亲的金老大和云雅，赠送二人银两作为去京盘缠。金老大和云雅到京城，得知炳清已被招为驸马，到潘王府门前打听消息，被门倌打出，二人到奉天府告状。奉天府吕惠卿大人闻听二人是驸马义父和妻子，引他们到潘王府与炳清、凤鸣相见。娄仲达镇守青龙关失守被革职，炳清上表求情，并将家中情况禀明圣上。皇帝下旨钦封蔡炳清为吏部尚书，金老大为四品顶带，娄云雅为一品贞烈夫人，王忠道为五品侍郎，吕惠卿官升二品，娄仲达官复原职，王忠道妻子魏氏后来改恶从善。

版本共1种：

1982年钜鹿根抄本

线装。抄本。两册两卷。开本：27厘米×19.3厘米。共98页196面，每面9行，每行16字。内容完整。封面、封底全。封面左上题"玉鸳鸯上集"。右下题"1982年"，中下题"钜鹿根记"。卷首无题。卷末无题，有钤印"宿迁运羽书馆"。

开卷。开卷偈："《鸳鸯宝卷》初展开，诸佛菩萨降临来。善男信女虔诚听，

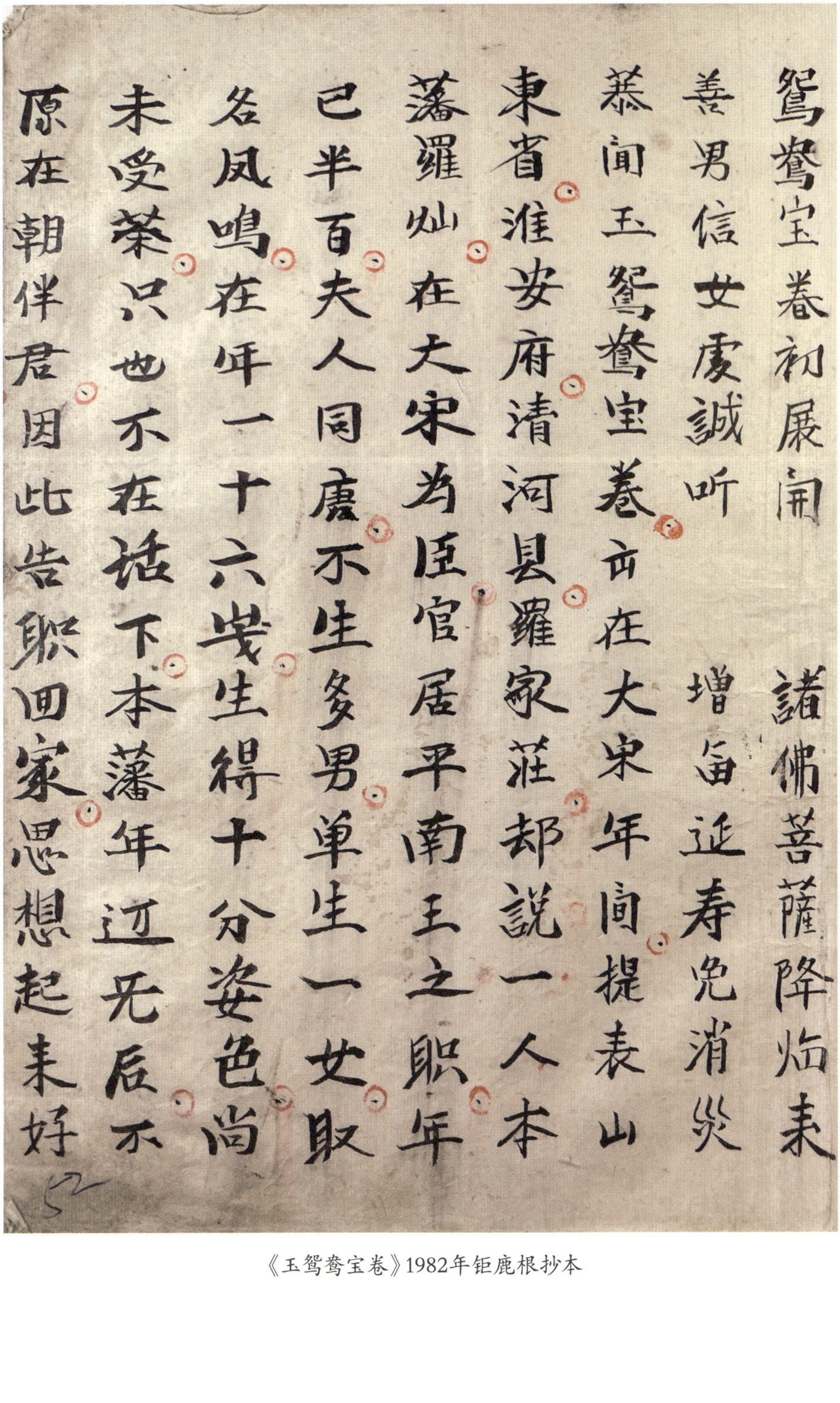

鸳鸯宝卷初展开　　诸佛菩萨降临来
善男信女虔诚听　　增益延寿免消灾
恭闻玉鸳鸯宝卷立在大宋年间提表山
东省淮安府清河县罗家庄却说一人本
藩罗仙在大宋为臣官居平南王之职年
已半百夫人同虔不生多男单生一女取
名凤鸣在年一十六岁生得十分姿色尚
未受荣只也不在话下本藩年过无后不
原在朝伴君因此告职回家思想起来好

《玉鸳鸯宝卷》1982年钜鹿根抄本

增福延寿免消灾。"

正文：散说、七言诗赞。

结卷。上卷结卷偈："炳清此刻写书信，外备三百雪花银。吩咐罗兴洛阳去，一路之上莫留停。家人奉了郡马命，手拿银信出府门。炳清此刻心中想，但愿家人早回程。未知继父可安好，我妻在家可安宁。娘子为我受苦辛，有恩不报反欺人。不是卑人负了你，只因无奈留住身。总日愁闷心难放，未知何日见妻身。宣到此处停半本，大娘寻夫下卷听。"下卷开卷偈："《鸳鸯宝卷》宣完全，古镜重磨照大千。炳清在朝为吏部，赤胆忠心保君前。王爷为人心仁义，富贵荣华福寿全。娄氏云雅多正烈，罗氏凤鸣生一子。同产麒麟乐太平，后来封侯在金殿。金大为人良心好，靠子荣身乐安然。忠道仁心两双全，百年蔡氏接香烟。魏氏改心来修行，后来也登极乐天。文武状元身长大，个个在朝伴君前。忠孝节义四字全，为人必须记心头。天地神明无私曲，善恶头上有青天。今宵宣本《鸳鸯卷》，一年四季保太平"。回向："愿如此功德，普渡净一切。消灾增福寿，永远保太平。南无阿弥陀佛。"

181《袁樵摆渡》，又名《袁樵摆渡画中人》

唐太宗年间，礼泉县袁家庄袁进，字光远，家财富足，娶妻钱氏，生有一子名袁樵。袁樵七岁进学，聪明过人，诗书俱佳。本城光棍王聪锦，专横无赖，因敲诈袁员外被扭送官府，遭县令李梦庚责打，因此怀恨在心，放火烧毁袁进家。袁进夫妇被烧死，袁樵侥幸逃出，无处安身，只得置办船只，在清水涧上以摆渡为生。大年三十，袁樵哀叹自己孤苦一人，惊动玉皇大帝。玉皇大帝算得他与三仙女该有临凡三年之姻缘，遂命黎山老母带三仙女下界。黎山老母让三仙女进入画轴中，到清水涧边请袁樵摆渡过河，以画轴抵一文渡资。袁樵展开画轴，见画中为一美貌女子，随即焚香礼拜。三仙女从画中走出，道明身份，表明心迹，与袁樵结为夫妻，十月怀胎，产下一子，取名袁天罡。成婚一年半，一家三口喜乐过活。王聪锦发现袁樵家中藏有美女，报官诬告袁樵拐骗民女。大堂之上，袁樵为证三仙女不是凡人，当堂让三仙女进入画轴之中。县令李梦庚垂涎三仙女美貌，将画轴扣留，打发袁樵出门。袁樵回到船上，心中哀痛，投河自尽。李梦庚挂起画轴，焚香礼拜，三仙女走下画轴，两人婚配。一名行善老者出资安葬袁樵，将天罡抱到县府衙门，李梦庚将他收留身边抚养，视如己出。不久三仙女产下一子，取名李巡风。三仙女下凡三年，嫁二夫生两子，回天庭期限届满，临别之际，告知李梦庚日后会与两孩儿在蟠桃会上相见。袁天罡、李巡风被同学讥笑没有母亲，回家追问父亲原由，梦庚告知其母亲为天上仙女，如要相见，需到蟠桃会上。二子辞别父亲，离家寻母。李梦庚任满，辞官回长安老家隐居。袁天罡、李巡风二兄弟历尽千难万险，寻母到了云梦山。鬼谷道人王禅老祖为二子寻母孝心所感，将二人收为弟子，教授天文地理、占卜问卦之术。二子学道一年，来年七月初七，王禅老祖告知二子，九天仙女赴蟠桃会路过玉龙潭，会在潭中洗澡，在潭边等候可见到其母。七月初七，二子在玉龙潭边见到母亲。三仙女送二子一红一白两个葫芦，红葫芦交于师父，白葫芦交于父亲李梦庚。二子回到云梦山将红葫芦交予师父，王禅老祖打开葫芦，被喷出的火焰烧瞎双眼。老祖自知破了仙家之法，遭仙女惩罚，让二位徒弟去长安卖卦，会得朝廷重用。二子辞别师父到长安西门外李家庄拜见父亲，李梦庚打开白葫芦，葫芦随即消失。不久李梦庚病逝，二子安葬完父亲，回到长安卖卦。当朝军师徐茂公闻知，将二人带至朝堂，引荐给皇帝，大宗皇帝封二人为钦差监官，当朝伴驾，成为国家栋梁。

版本共2种：

一、民国三十七年（1948）清慎堂抄本

线装。抄本。一卷一册。开本：29.3厘米×17厘米。共30页60面，每页10行，每行28字。封面、封底全。内容完整。封面左上题"袁樵摆渡"，右上题"戊子年三月立"，右下题"清慎堂殿记"。卷首无题。卷末无题。卷后附抄写者诗一首："达道逍遥远近游，江河湖海浪波流。客船守定寒恪宿，杨柳梧桐桂枝楼。""苏家才郭家福彭年姬子，钟氏字杜氏诗舜孝尧贤，唐朝诗晋朝字尧典汉文。"

开卷。开卷偈："紫金炉内把香焚，奉请袁樵摆渡人。请问来神家何住，甚何州县有家门。"

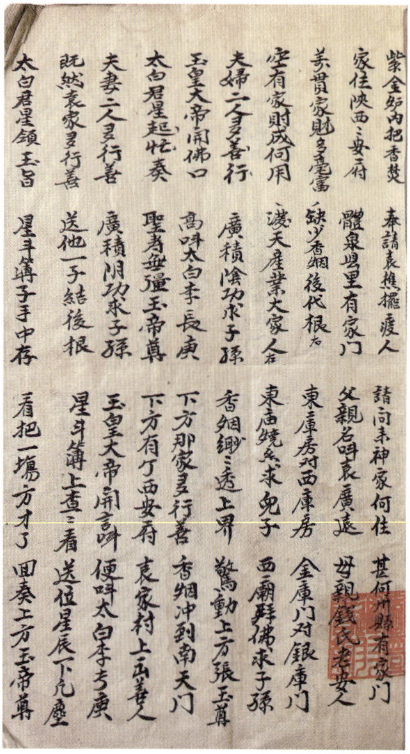
紫金炉内把香焚 奉请袁樵摆渡人 请问来神家何住 甚何州县有家门
家住陕西西安府 醴泉县里有家门 父亲名呼袁广远 母亲钱氏老安人
万贯家财多豪富 缺少香烟后代根 东库房对西库房 金库门对银库门
空有家财成何用 凌天产业大家人 东庙烧香求儿子 西庙拜佛求子孙
夫妇二人多善行 广积阴功求子孙 香烟缈缈透上界 惊动上方张玉真
玉皇大帝开佛口 高呼太白李长庚 下方那家多行善 香烟冲到南天门
太白君星起忙奏 圣寿无疆玉帝尊 下方有个西安府 袁家村上出善人
夫妻二人多行善 广积阴功求子孙 玉皇大帝开言叫 便呼太白李长庚
既然袁家多行善 送他一子结后根 星斗簿上查查看 送位星辰下凡尘
太白君星领玉旨 星斗簿子手中存 看把一场方才了 回奏上方玉帝尊

《袁樵摆渡》民国三十七年（1948）清慎堂抄本

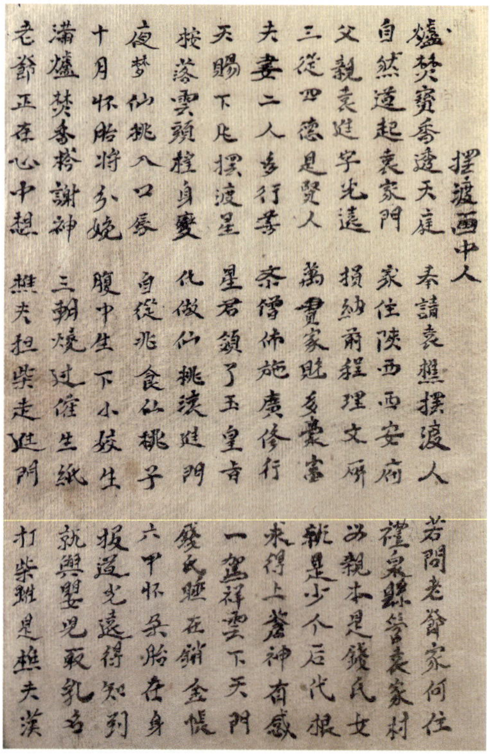
摆渡西中人
炉焚宝香透天庭 奉请袁樵摆渡人 若问老爷家何住
自然道起袁家门 家住陕西西安府 醴泉县管袁家村
父亲袁廷字光远 赐纳尔程理文府 母亲本是钱氏女
三从四德是贤人 万贯家财多豪富 就是少个后代根
夫妻二人多行善 斋僧布施广修行 求得上苍神有感
天赐下凡摆渡星 星君领了玉皇旨 一朵祥云下天门
投落云头轻身变 化做仙桃淡庭门 钱氏睡在绣金帐
夜梦仙桃入口吞 自从兆食仙桃子 六甲怀孕胎在身
十月怀胎将分娩 腹中生下小孩生 投道光远得知到
满炉焚香拜谢神 三朝烧过催生纸 就与婴儿取乳名
老爷正在心中想 樵夫担柴走进门 打柴难是樵夫汉

《袁樵摆渡》1987年抄本

正文：通篇七言诗赞。

结卷。结卷偈："天罡淜气流下泪，拜别师父动了身。来时吃的千般苦，回去脚下如驾云。一驾云头来得快，清净山在前面存。天罡来到清净山，会见父亲袁寿成。袁樵问起根由事，才知天罡小姣生。父子抱头一场哭，旁边哭坏淜气人。取出一棵谷苗子，亲娘把我送父身。袁樵接过谷苗子，又如看见女佳人。忙把谷苗吃下肚，一阵清气上天门。摆渡星君归上界，还到天宫受香灯。天罡淜气双动身，怎奔知县大衙门。在路行程来得快，体泉县在目前存。将身走进衙门内，会见知县老大人。孟根问起根由事，才晓得淜气小姣生。一把抓住淜气手，喊声乖乖小姣生。父子抱头一场哭，旁边哭坏天罡身。淜气仙丹来取出，亲娘送你贵宝珍。亲娘叫你吃下肚，后来成仙得道人。孟根仙丹接在手，又如看见女佳人。忙把仙丹吃下肚，青阵清气上天门。文曲星君归上界，还到天宫去安身。衙门妻子来丢下，让与旁人掌衙门。天罡淜气成人大，扶保唐王把基登。此书若还造下念，斩龙买卦来找根。"

二、1987年抄本

线装。抄本。一卷一册，开本：20厘米×13.7厘米。共26页52面，每面12行，每行21字。封面、封底全。内容完整。封面左上题"袁樵摆渡"，有钤印"宿迁运羽书馆"。卷首题"摆渡画中人"。卷末题"一九八七年农历三月十五日下午一点半钟起敬写到四月廿五上午九点完成"。

开卷。开卷偈："炉焚宝香透天庭，奉请袁樵摆渡人。若问老爷家何住，自然道起袁家门。"

正文：通篇七言诗赞。

结卷。结卷偈："唐王天子开金口，叫声卿家听寡人。今有军师来保你，保孤江山镇乾坤。孤家金殿封赠你，恩赐钦差做监臣。天罡巡风将恩谢，辞王别驾出午门。满朝文武都拜过，又谢军师徐先生。入朝营理朝政事，巡风回家祭祖坟。喜坏梦庚李老爷，我儿荣祖教门庭。后来李爷归西去，巡风殡葬老父亲。再来回表袁天罡，他盘回家祭祖坟。将身来到清河涧，问人寻到袁樵坟。重造坟墓来祭尊，兄弟入朝伴当今。按下兄弟保朝话，长安又来一先生。登在袁李挂棚馆，天罡房叔袁守成。招牌上面写大字，断风断雨断天晴。如有一卦断不准，罚银十两与来人。上断普天星和斗，下断幽冥十八层。中断阳世祸福事，未来过去总知情。能断六甲生男女，能断终身可成名。长安三年未下雨，好多人来问干淋。长安何时有雨下，卖卦新龙表分明。摆渡就从这块止，请诸合位休息加精神。"

182《岳山宝卷》，又名《岳山宝传》

山东莱州府即墨县有一人姓李名鳌，乃是儒门出身，起初任七品知县，为官清正，升任四川成都府巡按，圣旨一到，走马上任。李鳌到了成都，不见成都知县迎接，便问察院书班，书班禀告，知县到阎罗天子处监造夹棍板子去了。李鳌听说心中大怒，哪有世间活人到阴司监造夹棍板子的，认为定是书班欺官胡话，叫手下人责打书班四十大板。那书班被打得皮开肉绽，未过七日，断气而亡。书班魂魄飘到地府，找阎罗天子伸冤，阎罗天子让判官查看生死簿，得知书班前世名叫王倩，李鳌是他仆人，因酒后误事被王倩一脚踢死。李鳌前世为人正直纯朴，温厚待人，故今生该有巡按之分。阎罗天子思量李鳌虽做高官，但不明阴阳果报之事，让判官将李鳌真魂唤到阴曹，游尽一切关口，使他明白阴阳因果事理。李鳌游后心中领悟，还阳回到衙门，留下上表辞呈，将官印、官服交付知县，回家辞别妻儿，前往岳山，拜魏严为师，在岳山勤修苦练。一日李鳌一灵真性出了玄关，来到地府探望母亲遇着书班。书班拉住李鳌在阎罗天子面前责问，到底成都知县在此监造夹棍板子是真是假。李鳌被问得满面通红，承认此事不假。阎罗天子告知李鳌与书班前世恩怨，李鳌明白阴阳因果报应原由。阎君吩咐李鳌、书班二人恩怨已经相报了结，自今以后不许乱事搅扰。二人一起谢恩而去。

版本共2种：

一、清光绪二十四年（1898）刻本

线装。刻本。一卷一册。版框：17.2厘米×9.5厘米。共18页36面，每面8行，每行22字。白口，单黑鱼尾，四周单边。封面、封底全。内容完整。封面左上题

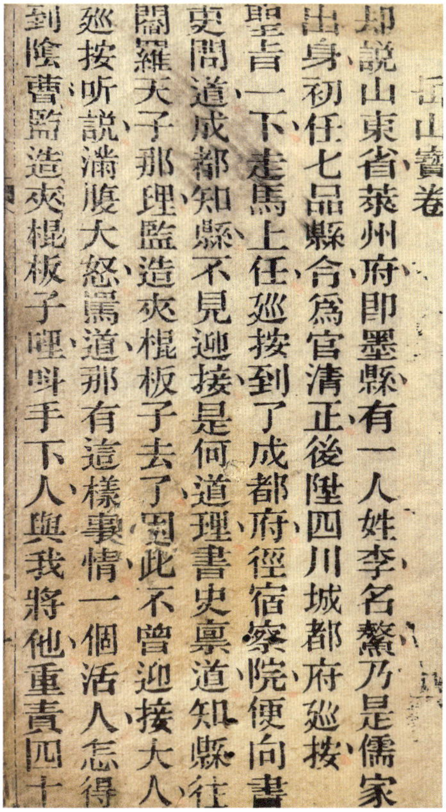

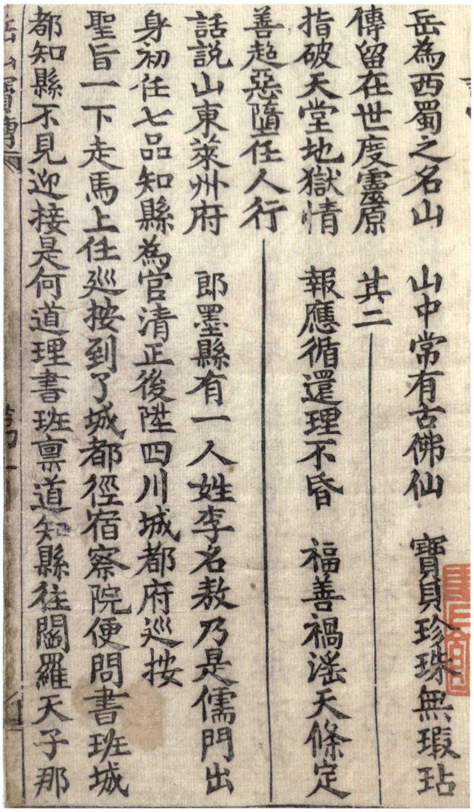

岳為西蜀之名山　山中常有古佛仙

傳留在世度靈原

指破天堂地獄情　其二

善起惡隨任人行　報應循還理不昏

福善禍滛天條定

宝貝珍珠無瑕疵

話說山東萊州府　郎墨縣有一人姓李名教乃是儒門出身初任七品知縣為官清正後陞四川城都府巡按聖旨一下走馬上任巡按到了城都徑宿察院便問書班城都知縣不見迎接是何道理書班稟道知縣往閣羅天子那

《岳山宝卷》民国三十六年（1947）明心堂刻本

岳山寶卷

即說山東省萊州府即墨縣有一人姓李名螯乃是儒家出身初任七品縣令為官清正後陞四川城都府巡按聖旨一下走馬上任巡按到了成都府徑宿察院便向書吏問道成都知縣不見迎接是何道理書史稟道知縣往閣羅天子那理監造夾棍板子去了因此不曾迎接大人巡按聽說滿腹大怒罵道那有這樣事情一個活人怎得到陰曹監造夾棍板子哩叫手下人與我將他重責四十

《岳山宝卷》清光绪二十四年（1898）刻本

"岳山宝卷"。内封中大字题"岳山宝卷",右上题"光绪戊戌秋月镌"。卷首题"岳山宝卷"。卷末无题,有钤印"宿迁运羽书馆"。

开卷。无开卷偈。

正文:散说、诗赞(七言、攒十字)。

结卷。结卷偈:"阎罗天子说原因,李鳌才放□条心。不是完了前生债,几乎性命□□人。王倩为人无大过,发往平阳去为民。岳山魏严传妙法,一□玄关度王灵。李鳌救母回岳山,想师恩□大如天。超度九玄并七祖,永镇西方不计年。"

二、民国三十六年(1947)明心堂刻本

线装。刻本。一卷一册。版框:20.2厘米×13.5厘米。共15页30面,每面10行,每行23字。白口,单黑鱼尾,四周单边。书口题"岳山宝传"。封面、封底全。内容完整。封面左上题"新刻岳山宝传"。卷首题"新刻岳山宝传",有钤印"宿迁运羽书馆"。卷末题"明心堂善士赵名标(鼎臣)暨各师友同敬刊印行,板存西区甸苴百亩村。有印送者,自备烟墨,不取板资。中华民国三十六年春月重刊《岳山宝传》全集终"。

开卷。诗曰:"岳为西蜀之名山,山中常有古佛仙。宝贝珍珠无瑕玷,传留在世度灵原。"其二:"指破天堂地狱情,报应循环理不昏。福善祸淫天条定,善超恶堕任人行。"

正文:散说、诗赞(七言、攒十字)。

结卷。诗曰:"阎罗指破妙中情,果报昭彰甚分明。今生休欠来生债,谁将命账让与人。"李敖吟诗曰:"识破阴阳果报情,性命双修莫视轻。除却假知寻大道,功圆果满度娘亲。"

183《云香宝卷》

佛经类宝卷,无具体故事情节。共有《十朵莲花词》《九品金莲词》《织绫罗词》《一串铃词》《十不亲词》《仙佛出家词》《老母捎书词》《公冶长叹鸟词》《子房辞朝词》《子房辞家词》《孔子哭颜回词》《十二月寡妇词(皂罗

《云香宝卷》清刻本（一）　　　《云香宝卷》清刻本（二）

袍）》《保童劝母不嫁词（皂罗袍）》《十重娘恩词》《五更梦词（凄凉吊）》《五更懒修行词》《戒烟酒词》《五更梦醒词》十八篇佛家劝善词章。

版本共1种：

清刻本

线装。刻本。一卷一册。版框：19.7厘米×11厘米。共47页94面，每面7行，行字不等。白口，单黑鱼尾，上下双边，左右单边。书口题"云香宝卷"。内容完整。封面、封底后封。前16页为后抄补。封面无题。卷首无题。卷后附《青阳新著逍遥佛偈（四十段收为答佛）》《青阳新著应答佛偈（一十三段）》两篇佛文。卷末题"卷终"。

开卷。无开卷偈。

正文：散说、诗赞（三言、五言、七言）。

结卷。无结卷偈。

按：经查考辽宁大连杨先生所提供的民国十年（1921）德善堂刊本（泽田藏本）的复本，此书正是此版本的抄补本。根据泽田藏本复本（下称复本）与此抄补本（下称抄补本）进行对比，抄补本比复本少了卷首民国十年李松云所作《云香宝卷序》及《云香宝卷目录》。抄补本的抄补内容比复本少了《造法船词》《四瞧词》《举花瓶词》《太子游四门词》《贫人修行词》《点瓜词》《葫芦词》《织手巾词》《四季词》《鹦鸽出笼词》十篇词章。复本卷后附的《青阳新著逍遥佛偈（四十段收为答佛）》缺1页，缺《青阳新著应答佛偈（一十三段）》。

Z

184《再生缘宝卷》（即《龙凤配宝卷》下部），又名《再生宝卷》

元成宗年间，高丽元帅邹必凯带兵入侵山东，元帅皇甫和先锋卫焕领命率军抵抗，兵败被俘。山东巡抚如泽是刘国丈门生，素知国丈早有陷害皇甫之意，上奏弹劾皇甫，成宗下旨查抄皇甫满门。皇甫娘舅赶在钦差之前，修书报于皇甫家门，公子皇甫少华带家仆吕忠连夜出逃武昌，路遇熊浩，拜为兄弟。钦差押解皇甫妻女路过吹台山，遭遇占山头目单洪抢劫，皇甫妻女被捉拿上山。山大王韦勇乃卫焕之女卫勇娥，因父亲兵败，担心受到牵连，女扮男装出逃到吹台山，杀死山大王韩虎，自立为王。勇娥为免皇甫小姐在山上受辱，假借招亲之名，将小姐收留在自己身边，两人在山上结为姐妹。刘太郡千金刘燕玉听闻皇甫家被抄，想到生母托梦告知自己曾与少华订婚，决意为少华守节。刘太郡公子刘奎璧想娶孟女，太郡拜请皇后与皇帝赐婚，皇帝同意并下旨丞相主婚。孟士元因孟丽君已婚配少华而苦闷，又不敢违抗旨意，便勉强收下定礼。孟丽君死不相从，议计让苏映雪代嫁，自己与丫环荣兰女扮男装逃往京师。映雪代丽君成婚之夜，用利刃刺伤奎璧，自己跳入水中，孟、刘两家上京告状。映雪在水中被右相梁公救起，梁夫人将她收为义女，改名素华。丽君与荣兰赴京途中路过贵州，得认义父康若山，康若山资助丽君赴京应考。少华拜师学艺，出师后也投奔吹台山。国丈担心皇甫兄妹在吹台山日久势大，必为后患，奏请发兵围剿吹台山。皇帝命奎璧为元帅，带兵攻打吹台山，奎璧兵败被囚。丽君应考，被皇帝钦点为状元。梁公搭彩船为义女映雪招亲，选中丽君。丽君想朝中有人日后好报仇，将一支玉簪、一双玉狮子呈与梁公，作订婚之物。映雪见到订婚之物，方知状元是小姐丽君。奎璧母舅儿子板凤看中燕玉，两家父母同意婚配，燕玉拒婚出逃，刘家用梅姑娘代嫁。太后有病，丽君经梁公保奏，医好太后。邹必凯率部攻打山东，皇帝下旨比武招征讨大元帅。丽君奏请皇帝，担保少华参加比武。少华比武夺得头名，被封为大元帅，熊浩为先锋。少华帅兵打败邹必凯之军，皇甫父子阵前相认，同回京师。成宗皇帝龙颜大悦，官封皇甫父子为王，将卫勇娥婚配熊浩。刘皇后病故，皇甫长华被封为皇后。刘国丈父子因通敌被打入大牢，刘燕玉冒死上殿为父兄求情，皇帝感动赦免。成宗下旨赐孟丽君、苏映雪、刘燕玉婚配皇甫少华。

版本共1种：

民国上海惜阴堂书局石印本

线装。石印本。两册两卷。版框：18厘米×11.6厘米。共34页68面，每面18行，每行32字。白口，四周单边。书口题"再生缘宝卷"。封面、封底全。内容完

宿迁运羽书馆藏宝卷

長華皇甫

蘇映雪

劉燕玉

江三嫂

孟嘉齡

劉捷

《再生缘宝卷》民国上海惜阴堂书局石印本

整。封面题"绘图再生缘宝卷"。内封右上题"天理无私",中大字题"绘图再生缘宝卷",左下题"上海惜阴堂书局印行",有钤印"宿迁运羽书馆"。卷前有书中人物绘图1幅。上卷卷首题"再生缘宝卷卷上",下卷卷首题"再生缘宝卷卷下"。卷末无题。

开卷。上卷开卷偈:"《再生缘》卷接上文,诸佛菩萨笑盈盈。在堂父母增福寿,合家快乐过光阴。恶运退了好运到,《再生缘》上事惊人。皇甫元帅遇妖法,元帅先锋同遭擒。忠良也该有磨难,顷刻之间身首分。正在危险有人出,神武军师做好人。相劝元帅且慢杀,若能劝降我朝兴。皇甫乃系有名将,武艺精通有威声。军师便劝皇甫帅,时务须识是俊英。……元帅先锋听见了,破口大骂是贼人。□师大怒必须杀,神武道人又出声。这俩英雄若杀了,可惜世上难得人。不如囚禁使受苦,日后愿降也答应。□师因此又吩咐,打入囚笼解进京。"下卷开卷偈:"《再生宝卷》下卷开,诸佛菩萨降临来。孟家小姐伤了身,合家得信闹天翻。阅书诸君看到此,心中一定急非凡。奉劝诸位且慢急,看了下卷可喜怀。为忠为孝有结果,恶人到头果报来。奎璧此时心着急,差人送婢孟家回。此时孟公与夫人,一同在堂把酒饮。旁边还有苏大娘,大家把盏喜欢生。忽见二婢归家转,不由各人吃一惊。急问为何你等转,二婢急忙禀夫人。小姐投河身已死,此刻性命已归阴。即将带刀来行刺,一一禀告这段因。大娘闻听便大哭,自己只有一亲生。希望靠老成长大,那知出嫁便命倾。孟公夫人也哭泣,当下商定到刘门。孟公同了嘉麟子,一同上轿离府行。"

正文:散说、七言诗赞。

结卷。上卷结卷偈:"欲知孟氏千金女,去往哪方到哪边。上卷《再生缘宝卷》,此刻暂时延一延。要明以后如何事,下卷之中分明宣。听了我卷多吉庆,财运临门乐无边。财源日增生意好,一家康健福绵绵。"下卷结卷偈:"燕玉上殿奏君皇,将身下跪泪汪汪。宁愿代父来受罪,成宗闻奏心内忙。文武百官都骇异,及时闪出忠孝王。俯伏将情来跪奏,私订终身事一桩。就是奎璧将我害,幸他私下来释放。只道现到崔家去,谁知出逃到他方。太郡也就用改嫁,那知祸患满门当。天子原本是仁厚,宽改罪名理不妨。郦相为官天子宠,欲要相认事未当。孟氏夫妇心忧虑，一同定计探女装。孟氏太太装有病，相请君玉到内房。房内母女来相认，士元大悦喜满腔。便到皇甫家中去，此情报与忠孝王。又请梁相来商议，议同明日奏君皇。大家都上陈情表，君皇见了疑胸膛。暗想情节太奇怪，下诏赐婚世无双。正室当然是孟氏，映雪同嫁忠孝王。刘氏也有救命恩，一夫三妻乐满堂。天子赐婚多荣耀，百官庆贺真闹忙。刘家多亏燕玉女，救了性命出天牢。回到云南家乡住，苦守田园免命伤。皇甫家中都荣耀，忠臣到底姓名芳。历尽艰难受尽苦，《再生宝卷》哀陪伤。宝卷已完世人劝，忠孝原为第一桩。不信但看少华事，虽受磨折亦不妨。结果封王享富贵，子孙繁盛有威光。听我宣卷多吉利，无灾无虑过时光。听我宣卷多福寿，财运临头世无双。南无救苦救难消灾王菩萨。"

185《灶皇宝卷》，又名《灶皇卷》《太阳灶王真经》《太阳经》《太阳阴灶王本愿真经》《灶王府君本愿新经忏》《太阳灶王新经》《灶君经》

　　灶君皇帝本是女人，姓张名善，号为子郭，是火种之母。玉皇大帝封张善为灶君，下界救济凡人，守护厨宅，掌管人之生死，察人间之善恶。张君老母变化五位灶皇君，执掌东、西、南、北、中诸方人间厨宅，察晓人间善恶，一一记下，月月上天庭奏报玉皇大帝。玉皇大帝看到作恶的人多，行善的人少，心中大怒，下旨命令灶皇对凡人作恶行善者各施报应。灶皇鉴察分明，劝世人改恶从善，并上奏玉皇大帝行三十六大赦，给凡间世人改恶从善的机会。世人感念灶皇恩德，家家供奉灶皇，户户烧香颂扬。

　　版本共5种：

一、清光绪四年（1878）王绍南抄本

　　线装。抄本。一卷一册。开本：22.4厘米×13厘米。共22页44面，每面7行，每行19字。封面、封底后封。内容完整。封面左上题"灶皇宝卷"。卷首无题。卷末题"完满大吉，天运戊寅年腊月置，弟子王绍南选万子鑫灯下录"。卷末附《十尊观音像赞》《十炷上香赞》。

　　开卷。开香举赞。开卷偈："《灶皇宝卷》初展开，东厨司命送福来。香花

灯烛来供养，一来降福二消灾。在堂大众同声贺，家常俗语净丢开。"

正文：散说、诗赞（七言、攒十字）。

结卷。结卷偈："三十六赦诸般业，尽行消释以赦行。斋主朝拜玉皇尊，南斗宫中紫微星。《灶皇宝卷》宣完成，斋主满门福寿增。卷中倘有差错字，《准提神咒》补卷文。"

二、清光绪四年（1878）古阳派大仓文宫藏板刻本

线装。刻本。一卷一册。版框：18.3厘米×13厘米。共13页26面，每面8行，每行16字。白口，单黑鱼尾，四周单边。书口题"太阳经"。封面、封底全。内容完整。封面左上题"太阳灶王新经"。内封中大字题"太阳阴灶王本愿真经"，右上题"光绪四年辅世坛重刊"，左下题"古阳派大仓文宫藏板"。卷首题"太阳清净经"。卷末题"灶王府君本愿新经忏终"。

开卷。无开卷偈。

正文：经文散说、七言诗赞。

结卷。无结卷偈。

三、清宣统三年（1911）解州一心堂刻本

线装。刻本。一卷一册。版框：12.3厘米×8.8厘米。共10页20面，每面6行，每行10字。白口，单黑鱼尾，四周单边。书口题"灶君经"。封面、封底全。内容完整。封面左上题"灶君真经"。内封中大字题"灶君真经"，右上题"宣统辛亥年二月新刻"，左下题"解州一心堂"。卷首题"灶君经"。卷末题"无名氏重刊"。

开卷。开卷偈："这一部，《灶君经》，何人留下。有西天，老古佛，带来藏经。唐三藏，去取经，带来东土。传流到，普天下，苦劝众生。灶君爷，司东厨，一家之主。一家人，凡作事，看的分明。谁行善，谁作恶，观察虚实。每月里，三十日，上奏天庭。"

正文：通篇诗赞（攒十字）。

结卷。结卷偈："进厨房常存敬畏，敬灶君口念真经。遵十戒诸恶莫作，得佛法众善奉行。"

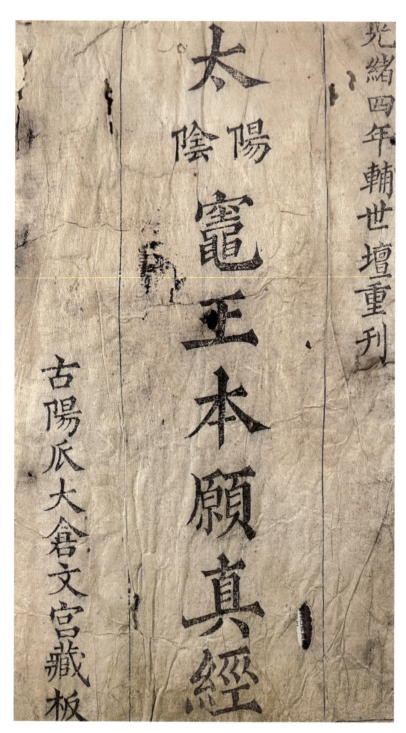

太陽
太陰

竈王本願真經

光緒四年輔世壇重刊

古陽派大倉文宮藏板

《灶皇宝卷》清光绪四年（1878）古阳派大仓文宫藏板刻本

420

宿迁运羽书馆藏宝卷

四、民国上海大观书局石印本

线装。石印本。一卷，与《花名宝卷》同册。共2面，每面18行，每行37字。封面、封底全。内容完整。书名页下题"灶君真经"。卷首题"灶君经"。卷末无题。

开卷。开卷偈："昔日贤良诵《灶经》，善男信女尽来听。今世为人难得见，后世为人难得明。"

正文：通篇七言诗赞。

结卷。结卷偈："灶夫灶妇听有益，灶子灶孙喜欢心。长灶短灶能接送，新灶旧灶进门庭。七十二宫灶君多，查察十二月廿四，灶君起程天庭上，富贵荣华万年深。"

五、1984年丁慧照藏抄本

线装。抄本。一卷一册。开本：24.2厘米×13.7厘米。共15页30面，每面6行，每行18字。封面、封底全。内容完整。封面左上题"灶皇宝卷"。书名页左上题"灶皇宝卷"，右上题"甲子宫"，右下题"丁慧照藏"。卷首无题。

开卷。开卷偈："斋主发虔心，信向炉内焚。宣本《灶皇卷》，人口保平安。"

正文：散说，诗赞（七言、攒十字）。

结卷。结卷偈："世人听得十相劝，永无祸患到门庭。《灶皇宝卷》宣完成，诸佛尊尊喜欢心。今朝宣本《灶皇卷》，年年月月保平安。卷中倘有差错字，《准提神咒》送卷文。"回向："灶皇宝卷，普劝为人。为人切莫思气心，斗斛要公平，念佛诚心，方便劝世人。南无火伦皇菩萨（三声）。"

186《湛然宝卷》

明嘉靖年间，浙江绍兴府会稽县东关蒋家村夏三木，时年四十二岁，娶妻徐氏，三十二岁，夫妻没有子女。三木父亲在世时为县府捕兵，父亲病亡后，三木袭了父职。一日，县府接到刑部监斩文书一包，差三木送到余姚交代县主，立等回文。三木接了文书，回家与徐氏商议推迟三日再送文书。徐氏怕延误公差，不许三木在家停留。三木离家，走到曹娥江边，将文书丢入江中，只身投奔宁波

民國己未菊月承印

湛然寶卷

汕頭啟明公司排印

《湛然宝卷》民国八年（1919）汕头启明公司铅字排印本

护国寺。护国寺主持六祖见三木心如磐石，一心出家，便收他为徒，取名湛然。三木多日未归，县主提拿徐氏到堂审问，限令交出文书。渔翁在曹娥江打得文书包，上交县衙，县主判定三木差行途中淹死，放徐氏回家。徐氏不信三木已经遇难，离家外出寻找丈夫。徐氏在护国寺劝不回丈夫，遂投江自尽，被曹娥江娘娘救起，放到曹娥庙内。陶门王氏到庙内进香，带徐氏回家作伴，一同修行。王氏出资三千两银子，请护国寺湛然大师主持修缮大珠寺殿宇、佛身。湛然修缮好大珠寺，并留下做寺内住持。徐氏指望湛然能回心转意，但湛然不为所动。徐氏悲愤，患病归天。湛然怜悯徐氏前世修行，差大珠寺护法韦驮护卫徐氏阴魂游遍地府后还阳。徐氏魂归地府，七日还阳，辞别陶门，回家修行讲佛。湛然也出游四方，讲经说道。陶门王氏之子陶望龄得中探花，奉旨回乡探母，在黄河上遭遇狂风。湛然及时赶到，用太白金星所送佛牙镇邪，救下望龄。望龄在黄河边设坛请大师作法超度母亲王氏。湛然功德圆满，回归天庭。

版本共1种：

民国八年（1919）汕头启明公司铅字排印本

线装。排印本。一卷一册。版框：14.3厘米×9.5厘米。共35页70面，每面12行，每行24字。白口，单黑鱼尾，四周双边。书口题"湛然宝卷"。封面、封底后封，后有缺页。封面左上题"湛然宝卷全集"。书名页中大字题"湛然宝卷"，右上题"民国己未菊月承印"，左下题"汕头启明公司排印"。卷前有序。卷首题"湛然宝卷"。卷末无题。

开卷。开卷偈："《湛然宝卷》始展开，恭请诸佛降临来。善男信女虔诚听，增福延寿免消灾。"

正文：散说、七言诗赞。

结卷。无结卷偈。

187《张郎选妻》，又名《丁香记》

小仙庄张员外娶妻陆氏，年过半百，无有子女。二老吃斋念佛三年，感动玉帝，玉帝差八败星下凡，投胎于张家。陆氏十月怀胎，产下一子，取乳名九林宝，六岁入学，十六岁时先生为他取学名张大刚。大刚读书九年，不识一字，父母只得让其上山打猎。经东庄王奶奶、西庄李媒婆说合，大刚娶山西葛员外千金葛丁香为妻。丁香过门之后，善持家务，全家生活富足，先后生育一双儿女。夫妻结婚七年，大刚逐渐染上吃喝嫖赌恶习，不服丁香劝说管教。太白金星化作算命先生下界，算得大刚是八败星，大刚气恼，要打算命先生。太白金星心生一计，改口说丁香是丧门星，大刚回家休掉丁香。丁香无脸投奔娘家，主动委身于范家三郎为妻，过门不久，范家就逐步兴旺和发达起来。大刚休了丁香，娶胡氏过门。胡氏是好吃懒做的傻妇，过门不久，家境逐步败落，随后又遭遇大火，家宅烧为灰烬，父母、一双儿女及胡氏全被烧死。大刚无处安身，流落破窑，以乞讨为生。范家起造高楼宅院，为庆贺新房上梁，丁香斋饭放粮。大刚听得范家放粮斋饭，连续三日去排队领饭，每天都是排到他面前饭就被分完。大刚饥饿难忍，爬进范家后厨，被丁香认出，施以饱饭。大刚央求重归于好，丁香告知范家家主即是自己现在的丈夫。大刚羞愧，投到灶中烧死。范三郎见家中出了人命，受到惊吓，投井自尽。范母见儿子丧命，跌落灰坑呛死。丁香见三人都死，起因皆出于己，心中恼悔，跳入粪坑淹死。太白金星回禀玉皇大帝，玉皇大帝传四人到上界听封。玉皇大帝封张大刚为东厨灶君，记录每家善恶诸事，年年腊月二十四上天奏报，大年三十下界保诸家平安；封范三郎为井泉水龙王，因张、范二人是冤家对头，井砖不得起造锅灶；封范三母为灰坑大姑娘，年年正月十五，各家要掏灰上田。玉皇大帝封完三人，因丁香一身许配二夫，就是不封丁香。最终，玉皇大帝经不住丁香哀求，只得将她封为桥杠三姑娘。

版本共1种：

1994年抄本

线装。抄本。一卷一册。开本：20厘米×13.7厘米。共18页36面，每面12行，每行21字。封面、封底全。内容完整。封面左上题"张郎选妻"，右上题"甲戌年"。卷首无题。卷末题"丁香记全本，一九九四年农历四月十五动手写到五月初一上午完呈"，有钤印"宿迁运羽书馆"。

开卷。开卷偈："紫金炉内把香焚，表起东厨张灶君。灶君老爷本姓张，娘娘本是葛丁香。家住西京洛阳县，离城七里是家乡。"

正文：通篇七言诗赞。

结卷。结卷偈："太白金星云中过，转头灵霄见玉君。玉君大帝忙传旨，带上四人封他身。第一封他小张郎，封他东厨张灶王。小小灶王一家主，善恶凡事奏天堂。年年腊月二十四，家家送你上天堂。三十下界保平安，保护人间大吉祥。第二封你范三郎，封你井泉水龙王。井砖不可灶上用，因他二人对头星。第三又封范三母，封你灰坑大姑娘。年年有个正月半，家家请你润田庄。其他三人都封到，为有不封葛丁香。他一身许配两个郎，丁香向前苦哀告。要求天主张玉皇。第四封你葛丁香，封他桥杠三姑娘。丁香一见忙谢恩。封请诸公仔细听，在场儿女大吉祥。"

188《赵千金宝卷》，又名《赵千金烈女宝卷》《千金宝卷》

唐朝仁宗年间，开封府有一孙员外，娶妻苏氏，所生二子，长子孙继成，次子孙继高。继成十八岁，取西京陆员外之女陆凤英为妻，生一子，取名保童。继高与南门赵知府之女赵千金定亲，因年幼，尚未成婚。赵千金自小读书数年，腹内文章无人能比。孙员外病亡，继成守孝三年后赴京应考，得中进士第七名。适逢陕西造反，继成被文授武职，官封都督大将军，带兵三千，到陕西平反，得胜，就地封为陕西都督大元帅，镇守边疆。继成离家后，孙家连遭不幸，家境败落，继高在家卖水为生。继高被赵知府诓骗到府，威逼写下退婚书约，回家遇城门关闭，夜宿北门，遇天降大雪，遂被冻死。玉皇大帝差太白金星下界救活继高。赵千金在后花园赏花与进园卖水的继高相见，二人私定终身，相约晚上在后花园再见面。夜间继高身携小姐相赠的金银，被赵府巡夜的家童天才、进宝撞见，二人将继高扭送报官。刘太守得赵知府贿赂，将继高打入死牢。陆氏为救继高，将保童以五十两银子卖与赵府。赵千金得知保童身世，送保童五十两银子让其回家，叮嘱保童在家门高挂红灯笼。赵千金夜间出府，根据门前灯笼找到孙家，看望婆婆和嫂嫂。赵知府为千金择婿钱二公子，千金假意答应，得以前去给继高探监。苏氏心忧继高病故，陆氏安葬婆婆。陆氏打点牢卒，

宿迁运羽书馆藏宝卷

《赵千金宝卷》民国十三年（1924）上海文益书局石印本

为继高送饭。大比之年，千金借继高之名应考，得中状元，皇帝欲招其为驸马，千金为救继高暂先应承。皇帝允赐赵千金回乡祭祖。赵千金到河南重审继高案情，将赵知府责打四十大板，削职为民；天才、进宝二人斩首示众；刘太守罚打五十大板，降级留用。千金祭祖完毕，带继高、陆氏、保童回京，卸刀自缚，上朝请罪。继高当朝作文章三篇，深得皇帝赏识，被招为驸马，玉女公主自愿为二夫人。继高上表奏请恩准大哥回京，继成、继高兄弟二人朝中相见。皇帝钦封孙继成为随朝丞相，陆氏为一品贤孝夫人，孙保童为接本御史，赵千金为才烈一品夫人，赐烈女牌坊。

版本共1种：

民国十三年（1924）上海文益书局石印本

线装。石印本。两卷两册。版框：16.5厘米×11.5厘米。共18页36面，每面16行，每行32字。白口，四周单边。书口题"赵千金宝卷"。封面、封底全。内容完整。封面左上题"赵千金宝卷"。版权页右上题"民国十三年春出版　发行上海文益书局"。卷首前有书中人物绘图4幅。上卷卷首题"赵千金烈女宝卷上集"，下卷卷首题"赵千金烈女宝卷下集"。卷末无题。

开卷。开卷偈："《千金宝卷》初展开，诸佛菩萨降临来。善男信女归正道，欺穷爱富总勿该。我有一本忠孝卷，大众静心听情怀。在堂大众齐声贺，能消八难免三灾。"

正文：散说、七言诗赞。

结卷。结卷偈："千金小姐多贤慧，陆氏大娘世所稀。合家五人齐念佛，观音度了往西天。子孙代代官职显，富贵荣华永绵绵。《千金宝卷》已修完，佛也欢来人也欢。大众听了回家转，各将此卷记在心。卷中若有差误字，《心经》一卷补完全。"

189《贞烈动天》

民国年间，禹州神后镇北乡泉沟村李稳，忠诚老实，娶妻杨氏，生有一子四女。子长遂，聪明过人；长女名春，字秀英，从小有善心。李隐路遇家住登封县吕店里竹园村的道办先生宋丕显，将他带回家中为患有眼疾的母亲治病。宋先生告诫，想治好眼疾，需吃斋修道。桂英向先生禀明自己的修行决心。先生受桂英意志所感，收其为徒。一日，有名唤胡混狗的人来李家为桂英提亲。桂英告知父亲，自己今生立志修行，坚决不嫁。岂将父母逼迫甚急，桂英无奈在绣房上吊自尽。桂英魂魄云游到阴间，一髯眉老公引其游历。游完之后，桂英拜问老公是何方仙圣，老公笑答是禹王化身。禹王派童子送桂英归阳。桂英魂魄归阳苏醒后，发现自己躺在母亲怀中，母亲正在伤心痛哭，桂英便向母亲诉说阴间经历。自此桂英放下杂念和躁性，专心修道，终成正果。

版本共2种：

一、民国上海益文书局石印本

线装。石印本。一卷一册。版框：16.7厘米×10.8厘米。共59页118面，每面8行，每行21字。白口，四周双边。书口题"贞烈动天　页数　益文书局"。封面、封底后封。前两页为后抄补。内容完整。封面左上后题"贞烈动天"，右下后题"益文书局"。卷末无题，有铃印"宿迁运羽书馆"。书后附《古佛捎书》《吩咐乐修要言》《指点迷人》《佛仙根宗》《差弥勒引度原人》《艾明珠回文》《瑶池金母十嘱咐》等七篇劝世文。书末附有修书捐赠人名单及捐赠金额。

开卷。开卷偈："坐在书案论古今，为着善事多操心。说书唱戏皆有假，唯有善事全是真。愚人不知真和假，他说俺是瞎胡抡。聪明知道真和假，假者自假真自真。假者听见这些话，扭头就走笑骂人。不是假者他不信，佛祖难度无缘人。是他祖上德行小，由他这些愚蠢人。李狗刘假他不信，如今现在地狱门。庄王当初他不信，恶病在身宫院存。文公当初他不信，马到蓝关雪冰身。四娘当初他不信，十八地狱好寒心。刘全当初他不信，后来居家无处存。不信之人说不尽，再把真人云一云。真人听见这些话，吃斋加功勤修身。皇姑当初把道信，舍了手眼救父亲。后来他父把香进，居家同他修成神。目连当初把道信，十八地狱救母亲。湘子当初把道信，越墙成仙度满门。翠莲当初把道信，大转皇宫度夫君。上古之人说不尽，说说现今修道人。神后北乡有一女，持斋修道无二心。有人与他说婆家，寻死上吊赴幽冥。禹王把他真魂引，天堂地狱看假真。

貞烈動天

此事由在民國九年、二月二十七日至於十年、一月二十二日在洛陽南鄉曰沙鎮泉先生齊集同善佛堂之中宣講此事漁作一篇

詩　自古修道無二心　貪生怕死道不真
曰　不捨束土假肉體　怎得西方紫金身
又　貞烈姑娘天喜觀　先苦後甜永平安
曰　修明先天道一貫　榮歸瑤池會翠仙

坐在書案論古今　為着善事多操心　說書唱戲皆有假

《贞烈动天》民国抄本

天罰他鐵五行少這無那
天罰他受罪苦他罵人惘
勸世人你總要存心正大
殺他生吃他肉寬仇結下
富一命還一命逃脱不下
你吃他他吃你大禮不差
萬物中人為賣神仙躰駡
追本是醒迷尤一篇寔話

天罰他好美味不船唇牙
天罰他被旁人累累欺壓
且不可為口腹去把他殺
再一世他轉人他將你殺
吃四兩還半斤本利語加
上天爺正無私償罰不差
化為高响為人命不换殺
囑咐你世間人常記心下

《贞烈动天》民国上海益文书局石印本

地狱天堂看一遍,禹王送他又还魂。天堂地狱叫他记,传到世上劝劝人。众人要知这件事,听我从头说原因。"

正文:散说、诗赞(七言、攒十字)。

结卷。结卷偈:"将女儿抱在怀高声哭喊,喊一声我的儿快忙回还。我的儿你若是有啥好歹,有为娘我想你难活三天。正然见他里娘抱女嗟叹,李桂英悠悠的魂又复还。来睁眼先想着仙桃手攒,睁开眼看不见桃在那边。见母亲他抱我泪流满面,不由的这一阵我也心酸。老母亲你不必心中嗟叹,听孩儿我与你说说阴间。吃斋人到阴间真来体面,禹王爷他引我地狱瞧看。十八层恶地狱真来凶险,有多少作恶人受罪不堪。看黑狱又引我天堂去看,天堂上真快乐美景可观。至如今我才知大道有验,若真修真能以成佛成仙。往后去咱母女志向久远,任千魔与万难总要向前。正是他母女们自解自劝,耳听得打五更声响连天。打罢了五更鼓天将明亮,该做啥还做啥还照从前。这本是李桂英天堂看遍,众贤良见此书多发诚虔。"诗曰:"自古降道无二心,贪生怕死道不真。不舍东土假肉体,怎得西方紫金身。"又曰:"贞烈姑娘天喜欢,先苦后甜永平安。修明先天道一贯,荣归瑶池会群仙。"

二、民国抄本

线装。抄本。一卷一册。开本:21.3厘米×14.3厘米。共27页54面,每面9行,每行24字。封面、封底全。内容完整。封面无题。卷首题"贞烈动天",有钤印"宿迁运羽书馆"。卷末无题。开卷、正文、结卷与前述版本(一)同。

190《针心宝卷》

从前扬州兴化县李自新,二十余岁。一日,李自新去茅山进香路上遇到老者张启贤。张启贤乃是神仙所化,下界来点化李自新。张启贤向李自新宣讲诸多修行劝世箴言,并送其《真君宝卷》一本。李自新深受其感,归家即诚心修行,将张启贤所言及宝卷一一说唱宣讲,一生说话做事都依从老者及宝卷所言,积德行善,子孙兴旺,五世同堂。

版本共1种:

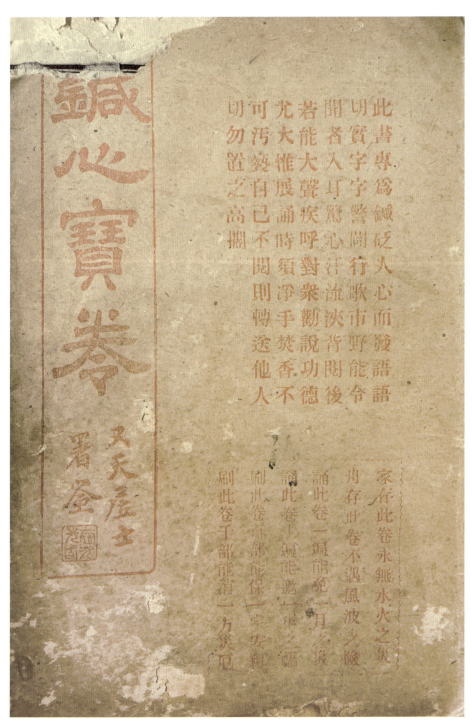

鍼心寶卷

天天居士署檢

此書專為鍼砭人心而發語語
切寶字字警闢行歌市野能令
聞者入耳驚心汗流浃背閱後
若能大聲疾呼對衆勸說功德
尤大惟展誦時須淨手焚香不
可污䙝自已不閱則轉送他人
切勿置之高擱

家存此卷永無水火之災
身存此卷不遇風波之險
誦此卷一遍能免一月之災
誦此卷上遍能邀一年之福
刷此卷南部能保一家發蹟
刷此卷千部能消一方災厄

《针心宝卷》民国八年（1919）上海宏大善书总发行所石印本

民国八年（1919）上海宏大善书总发行所石印本

线装。石印本。两卷一册。版框：16.8厘米×11厘米。共26页52面，每面18行，每行39字。白口，单黑鱼尾，四周双边。书口题"针心宝卷　页数　上海宏大纸号印"。封面、封底后封。内容完整。封面左上题"针心宝卷"。书名页中大字题"针心宝卷"，右上题"民国己未秋月"，左下题"盐城仁济堂校刊"，有钤印"宿迁运羽书馆"。卷前有民国八年盐城同善分社《重刊针心宝卷序》，民国七年常腾子《针心宝卷序》，民国七年淮东惕心悯世斋主人唐光先《针心宝卷序》，民国七年乐善老人《太上感应篇与针心宝卷合刊叙》《太上感应篇》《跋》《宝卷流通八法》。卷首题"针心宝卷"。卷末题"针心宝卷终"。卷后附《救时金丹灵验记》《上海宏大善书总发行所各种善书价目一览表》。

开卷。开香举赞。无开卷偈。

正文：散说、诗赞（七言、攒十字）。

结卷。结卷偈："《针心宝卷》已完成，再谈几句劝世文。宝卷五伦俱说到，夫妇朋友未详明。……宝卷全是真诚话，广劝人人发善心。果然劝得人心好，皇天不负苦心人。一寸光阴一寸金，寸金难买寸光阴。劝君及早行方便，错过光阴没处寻。"歌曰："劝世人理未通，唤醒难，是愚蒙。损人利己成何用，生前财帛如山积，死后依然万象空。回头一想真春梦，倒不如，早些种德。能看破，便是英雄。（耍孩儿）"

191《珍珠塔宝卷》

明代开封府祥符县太平村方卿，早年父亲为当朝吏部尚书，被奸臣罗同陷害身亡，之后家中又连遭不幸，母亲杨氏带方卿寄住坟庄。方卿在贫苦中发奋读书，长到十九岁，辞别母亲，到襄阳姑父陈御史家借钱读书，以应科考。当日陈御史五十寿辰，在前厅接待宾客。方卿衣衫褴褛上门借钱，被姑母嫌弃、羞辱，恍惚间走到后花园，被丫环彩屏带与小姐陈翠娥相见。翠娥私赠银两和珍珠宝塔给方卿带回家。姑父陈御史接待完宾客后不见方卿，追赶至九松亭，送方卿银两，方卿不收。陈御史以九松亭为媒，将女儿陈翠娥许配给方卿。方卿回家途中，在黄州地界上，路遇盗贼邱六乔，被劫走钱财和珍珠宝塔。方卿受惊吓昏死在雪地，被回乡祭祖的湖广提督毕云显救回府中。毕老夫人看中方卿，将女儿毕秀金许配与他，方卿表示只有考中状元，奏明皇帝恩准，先娶了陈翠娥后才能来迎娶毕小姐。毕云显差令黄州知府搜捕邱六乔。邱六乔逃到襄阳，将所抢珍珠塔拿到陈御史家当铺典当。陈御史拿珍珠塔盘问翠娥，翠娥告知父亲珍珠塔是自己私自赠送给方公子的。邱六乔被捉拿送官，招供说被抢之人已经冻死在雪地，翠娥伤心得病。陈御史派人去开封方家，未见方卿母子。陈御史假报方卿平安到家，翠娥病情方得好转。方母独自去襄阳寻子，路上听闻方卿遇盗贼已经身亡，悲痛欲绝，投河轻生，被白云庵尼姑救到庵中。翠娥到白云庵还愿，遇见婆母杨氏，资助银两请庵主帮助奉养。方卿在毕家苦读，大考之年赴京应考，得中头名状元，皇帝钦点其为七省巡查御史。方卿查出奸臣罗同贪赃违法实情，奏请皇帝将罗同斩首。方卿乔装改扮到姑母家，试探翠娥，见翠娥贞心未变，把自己情况以实相告。翠娥告知婆母在白云庵，方卿母子重逢。方卿奏告皇帝实情，皇帝钦赐方卿娶陈、毕二夫人，翠娥感念彩屏难中相助，请方卿纳彩屏为妾。一夫三女各生子女，生活和美。

版本共1种：

清宣统元年（1909）杭州聚元堂石印本

线装。石印本。一卷一册。版框：17.5厘米×11.5厘米。共21页42面，每面17行，每行36字。白口，单黑鱼尾，四周单边。书口题"珍珠塔宝卷"。封面、封底后封。内容完整。内封中大字题"绘图珍珠塔宝卷全集"，背面题"宣统纪元中秋月杭州聚元堂石印"，有钤印"宿迁运羽书馆"。卷前有《开香赞》，书中故事情节绣像4幅。卷首题"珍珠宝卷全集"。卷末无题。

开卷。开卷偈："《珠塔宝卷》初展开，诸佛菩萨降临来。善男信女前来听，增福延寿得消灾。"

正文：散说、七言诗赞。

结卷。结卷偈："《珠塔宝卷》宣完成，古镜重磨照大千。听宣宝卷回家转，福有增来寿又延。听卷圆满福寿绵，不信但看卷中事。彩屏善报做夫人，陈宣

唱道情
譏諷
姑母

《珍珠塔宝卷》清宣统元年（1909）杭州聚元堂石印本

苍头多仁义，百年寿终到西天。好人终须有好报，皇天不负善心人。大众听卷多欢喜，一年四季保平安（下接麒麟豹）。"

192《正信除疑无修证自在宝卷》，又名《正信卷》《正信除疑卷》

明罗清撰，无为教经书，《罗祖五部经》之四。

版本共1种：

明刊本

线装。刻本。一卷一册。版框：19.9厘米×14厘米。共80页160面，每面8行，每行17字。白口，四周双边，书口题"正信卷"。封面、封底全。内容完整。封面题"正信除疑无修证自在宝卷"。卷前有佛像2幅，有目录2页。卷首题"正信除疑无修证自在宝卷"。卷末无题。卷后有《皇帝万岁万万岁》画像1幅，佛像1幅。

开卷。无开卷偈。

正文：经卷教义散说、诗赞（七言、攒十字）。

结卷。无结卷偈。

193《众喜宝卷》，又名《众喜粗言宝卷》

劝善类宝卷，无具体故事情节。共一百零八个劝善箴言。

版本共1种：

民国十八年（1929）浙江高墟龙会山尚德斋刻本

线装。刻本。五卷五册。版框：26.9厘米×15.2厘米。共437页874面，每面9行，每行16字。封面、封底全。内容完整。封面左上题"众喜宝卷"，左下题"浙江高墟龙会山尚德斋刷印流通"。内封中大字题"众喜粗言宝卷"，右上题"民国己巳仲冬"，左下题"尚德斋主人谢氏重刊"。卷首有佛仙绘图3幅。卷首无题。卷末无题。卷后有赞。附《四川总督部堂蒋劝世文（增）》《罗摩尊者劝世歌（增）》《附志》。附刊道正卷《说财色酒气》《先修人道》《莫贪富贵》《童身修养》《访师求教》《丹机莫泄》《儒书正道》《养气》《妙机火候》《婴姹相亲》《活时应验》《无师指示》《采药归炉》《外药小药》《大药》《十月怀胎三

435

《正信除疑无修证自在宝卷》
明刻本（一）

《正信除疑无修证自在宝卷》
明刻本（二）

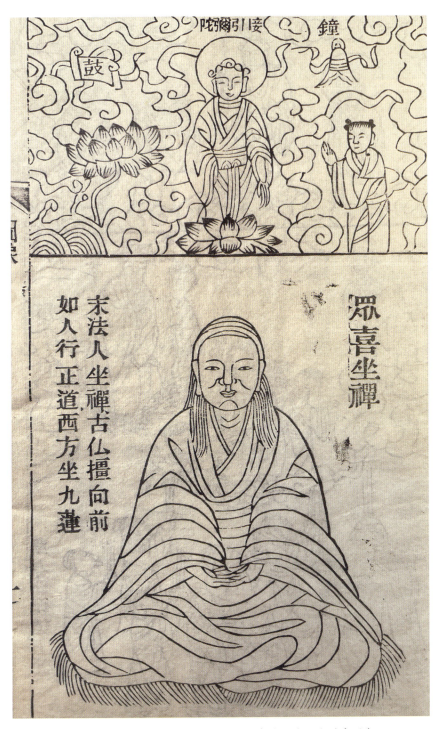

末法人坐禪古仏攏向前
如人行正道西方坐九蓮

众喜坐禪

《众喜宝卷》民国十八年（1929）浙江高墟龙会山尚德斋刻本

季乳哺》《九季面壁》《妇女修道》。

　　开卷。无开卷偈。

　　正文：散说、诗赞不等。

　　结卷。无结卷偈。

　　按：此书正文页分上下栏，上栏部分占五分之一，为各种凶吉、报应、杂说、大川名山、养生、古方等内容。下栏为正文。

194《朱砂宝卷》，又名《朱砂痣》《朱砂卷》

　　大汉武帝年间，河南汝宁府祥无县大平村有一员外姓韩名昌，字春荣，得中进士，家财豪富，娶妻苏氏，年纪同庚，夫妻恩爱，单生一子，取名珠宝，左足底有一颗朱砂红痣。皇帝下旨钦封韩春荣为四川成都太守。到任未满一月，边民反叛，攻陷成都，韩春荣带家眷逃出城外，与妻儿走散。夫人苏氏将珠宝托付于丫环秋香，投河自尽。秋香抱着珠宝，眼看要被反兵追上，慌乱之中将珠宝藏于草丛之下，引开追兵，也投河而死。杨裕受皇命领兵赶到，打败叛军，收复成都。成都北门外孤婆张康氏，丈夫三年前病逝，清早出城祭奠亡夫，听得乱草丛中有婴儿啼哭，发现珠宝，抱回家抚养，取名天赐。韩春荣在叛军退后，仍担任原职，遍寻不到妻儿下落，愁苦不堪，老家人韩英让老爷张榜寻找，亦无结果。河南汝宁府平西县姜文虎，阿伯姜廷秀，阿母林氏，生下兄妹二人，阿妹姜月贞嫁与前村吴慧全为妻，妹夫做生意，家财豪富。姜文虎自父母双亡、阿妹出嫁之后，吃喝嫖赌，无恶不作，败尽家财，阿妹家多次接济其钱财，都被他赌钱输光。是日姜文虎又到阿妹家借钱，妹夫吴慧全外出要账，只有月贞一人在家。几年来，吴家已被文虎借去千两银子无有归还，月贞再也不肯借。姜文虎推倒阿妹，抢走装有吴家房产地契、钱财的文契匣子。月贞悲痛欲绝，自觉难以向丈夫交代，正要上吊自尽，正巧被收账回家的吴慧全救下。慧全安慰妻子，看在岳父母的面上，没有追究姜文虎。韩春荣日夜思念妻儿，五年任期届满，上表辞官回家，布施贫穷，行善修身。值日功曹将韩春荣行善、姜文虎作恶、吴慧全夫妻相爱诸事上报天庭。上帝查得吴慧全原是静普和尚之徒，名曰修林，在杭州照青寺落发，姜月贞原是王德荣之女，不愿出嫁，在小和山带发修行。二人在西湖游玩，动了春心，因此今生结为夫妻。韩春荣是照庆寺静普和尚修成正果，因少年坐关未满，私自出门，故将今生骨肉分离。今有山东东昌府云门寺尽修和尚，修功未满，不成正果，上帝降旨，让其投生吴慧全家为子，赐他文武魁星，以报善人之德。姜文虎十恶不赦，命十殿阎罗拿下，游遍地狱，打入丰都城，永不超生，以表善恶之报。姜文虎将妹夫家的房产田契拿去抵押赌博又输光，倒欠赌资。债主到吴家门上逼债，吴家土地田产、家财全被债主收走。吴慧全自此家贫如洗，心中忧闷，加上风寒，一病不起。姜文虎听到妹夫卧病在家，三年未好，正欲上门劝说阿妹改嫁，自己好得些赌资，走到半路突发腹痛，倒地一命归阴。韩春荣回乡行善十多年，年届五旬，家人韩英劝说老爷续弦，为韩家延续后代，韩春荣不肯，经韩英多次哀求，韩春荣只得应许，让韩英去操办。韩英找到城北李媒婆，李媒婆告知吴慧全多年生病，家贫无药治病，担心连累娘子姜月贞，多次托请她为月贞找人家。韩英得知，拜请李婆婆帮忙，经李婆婆说合，韩英以五十两银子为老爷娶回月贞。新婚之夜，韩春荣见月贞悲伤流泪，问明情由，当场烧毁婚书，另送一百两银子让家人韩奎送月贞回家。吴慧全夫妻重新团聚，又得韩老爷资助银两，吴慧全病情很快恢复。慧全还有小件账务未收，打算再去四川收账。临行之前，夫妻到韩府门上酬谢，得知韩老爷妻儿走散，目下无后，表示收账途中有适合的小儿会帮助恩人领养回来。张康氏抚养天赐十三年，自己已经七十三岁，料想自己时日无多，无有能力供养，自己也不能享天赐赡养之福，于是想到将天赐卖与好人家，日后不至受苦。张康氏苦于无有借口，只得逼迫天赐上山砍柴，天赐只愿在家读书，不愿上山砍柴。张康氏告知他不是自己亲生儿子，是她在城外荒草丛中拾得的，要带他去找亲生母亲。张康氏将天赐带到路边凉亭，在天赐身上插上竹片。吴慧全收账路过凉亭，用五十两银子买回天赐，送给韩春荣做养子。吴慧全离家之时，姜月贞已有身孕，十月怀胎，产下一子，夫妻欣喜，感谢上苍。韩春荣看到天赐脚上的朱砂痣，方知他正是自己失散多年的亲生儿子珠宝，顿觉喜从天降，父子团圆。珠宝攻读诗书，成年之后，考取头名状元。珠宝面见皇帝之际，将自己身世一一奏禀圣上。皇帝龙心大悦，遂与珠宝兄弟相称，封他八王侯之职，钦赐尚方宝剑；韩春荣封为乐善侯，苏氏荫封一品太夫人，敕建贞节牌坊一座；养母张康氏赐牌亭一座，以表养子成名；吴慧全仁义双全，赐四品冠戴。皇帝亲自为媒，将吏部毛文景之女，配与御弟为室，恩准珠宝回乡祭祖并让他奉旨完婚后回朝伴驾。珠宝忠心报国，慧全夫妻仁厚正直，一生行善积德，后代皆是文武全才，担当国家栋梁。

版本共1种：

众义堂抄本

线装。抄本。一卷一册。开本：25.4厘米×16.7厘米。共67页134面，每面10行，每行23字。封面、封底全。内容完整。封面左上题"朱砂痣"，中下题"众义堂"。卷首无题。卷末题"朱砂卷终"，有钤印"宿迁运羽书馆"。

开卷。开卷偈："《朱砂宝卷》始展开，恭请神圣降坛前。善男信女虔诚听，增福延寿保平安。"

正文：散说、七言诗赞。

结卷。上卷结卷偈："大娘双膝跪埃尘，拜别老爷大恩人。救我夫妻真难得，赠我百两雪花银。若得夫君身康健，夫妻拜谢门大恩。拜罢即便抽身起，家人提灯向前行。大娘出了墙门外，春荣看得喜欢心。看他好比脱笼鸟，漏网之鱼赴海心。来时好比云遮日，如今云散见日明。想他也是名门女，只为兄长不良人。卖身救夫真难得，好个贤德女钗裙。我若将他来留住，必须他心比我心。皆因前主少善根，今生妻儿各离分。他家无钱我无子，彼此相同一样形。如今放他回家去，与他夫妻两相亲。不表春荣心思想，大娘一路喜欢心。行善之人世间少，仍然放奴转回程。又赠花银一百两，与奴夫君看医生。若得官人病体好，理该酬谢大德恩。宣到此处定半本，夫妻团圆下卷云。"下卷结卷偈："《朱砂宝卷》宣完全，汉朝留下照大千。不信但看韩春荣，同入仙班往西天。珠宝忠心来报国，遗下公子伴君前。后来夫妻同修善，圆满也往极乐天。韩永家人多仁义，同主修行也成仙。惠全夫妻心正直，产生贵子后代传。夫妻从此多行善，持斋把素甚心坚。双德文武中魁首，功劳非小在金殿。文虎行凶多作恶，永堕地狱下九泉。韩家为人多行善，代代儿孙伴朝前。今日宣本《朱砂卷》，一年四季保太平。"

195《朱氏取心肝宝卷》，又名《朱氏宝卷》《取心宝卷》

浙江省湖州府归安县张宝万，娶妻符氏，所生一子，排行第六，名唤六郎，娶媳妇朱氏。朱氏是名门闺秀，知书达理，孝顺贤惠。过门之后，朱氏绣了一匹花丝绢，拿给公公婆婆看。公公看了很是夸赞，婆婆看了嫌弃朱氏绣得不如自己，打骂朱氏。朱氏过门有半年，要回娘家省亲，符氏要求朱氏在娘家学成刺绣手艺后再回来。朱氏回到娘家，日日练习，经过四个月，针线刺绣水平大幅提高，绣的龙像龙、凤像凤。朱氏回到夫家，把四个月绣的丝绢呈给公公婆婆。公公十分满意，婆婆仍然不满意，污蔑朱氏没有用心，辱骂毒打朱氏。天上神明心中气愤不过，上奏玉帝，玉帝下旨惩处符氏。符氏突然得病，卧床不起，百骨疼痛难忍，试过各种药方，三月不见好转。朱氏日日夜夜在符氏床前端药送饭服侍。朱氏看到婆婆病痛难忍，心中不忍，祷告菩萨救助婆婆，夜间梦中得遇仙人指点。符氏明白真相后，哀请媳妇原谅自己。乡村保甲具呈朱氏行孝情形报到归安县，县主早已行文到京。六郎参加京试。皇帝知晓六郎之妻朱氏的行孝大义，钦点六郎为头名状元，敕封朱氏为一品孝义夫人，赐冠诰一副。自此，婆媳和顺互敬，堪比亲生母女。

版本共2种：

一、1993年何崇焕抄本

线装。抄本。一卷一册。开本：19.3厘米×13.4厘米。共17页34面，每面10行，每行23字。封面、封底全。内容完整。封面左上题"朱氏取心肝宝卷"，右上题"公元一九九三年太岁癸酉年桐月抄"，中下题"何崇焕记"。卷首无题。卷末题"朱氏宝卷完成"，有钤印"宿迁运羽书馆"。

开卷。开卷偈："《朱氏宝卷》初展开，诸佛菩萨降临来。大众志心来礼拜，免生八难与三灾。上年道孝顺还生孝顺子，不孝还生忤逆儿。不信但看檐头水，点点滴滴不差分。"

正文：散说、七言诗赞。

结卷。结卷偈："且把天使来款待，张百万欢喜不非轻。六郎亲自来陪饮，梨园演戏在中厅。华筵已毕天使去，合家朝北谢皇恩。婆媳自此多和顺，好比亲生一女儿。六嫂后来升天去，张家大小尽登云。家中有人行大孝，九宗七祖成超升。奉劝世人要行孝，须学张家六嫂同。《朱氏宝卷》拜完全，大众回家永平安。"

二、1996年李云富抄本

线装。抄本。一卷一册。开本：27.8厘米×20厘米。共24页48面，每面9行，每行19字。封面、封底全。内容完整。封面左上题"朱氏宝卷"，右上题"岁次丙子年腊月抄"，中下题"李云富置"。卷首无题，有钤印"宿迁运羽书馆"。卷末无题。开卷、正文、结卷与前述版本（一）同。

196《朱寿昌找母》

宋仁宗年间，四川女子刘氏，父母双亡之后，被当地朱员外娶为二房夫人。婚后一年，刘氏生下一子，取名寿昌。大夫人王氏开始待刘氏也算和善。王氏得病卧床六年，刘氏把她当作亲娘一样服侍照顾。不料王氏病好后，不讲情义，处处刁难虐待刘氏，把她当作丫环一般使唤。丈夫朱员外也不向着刘氏。王氏变本加厉，将刘氏卖给外地商人。商人带刘氏回家途中遭遇盗贼打劫，财尽人亡。刘氏流落到南窑藏身，每日以乞讨度日。小儿朱寿昌七岁失去亲娘，人小无处寻找，苦读诗书，得以进学做官。寿昌日夜思念亲娘，差人四处找寻未果，遂奏请皇帝恩准，辞官亲自寻访。寿昌奔波几年，来到陕西，手写血书，拜求神明，神明托梦指点他到同州寻访。寿昌到同州关帝庙焚香求挂，按关帝赐挂所指一路向西，途中到三教庙宇躲雨。一位老婆婆身负柴草，也来庙中躲雨，坐在庙堂门槛上哀叹，不停念叨"寿昌"二字。寿昌上前询问，得知婆婆正是自己的亲生母亲刘氏。母子失散五十年，就此团圆。

版本共1种：

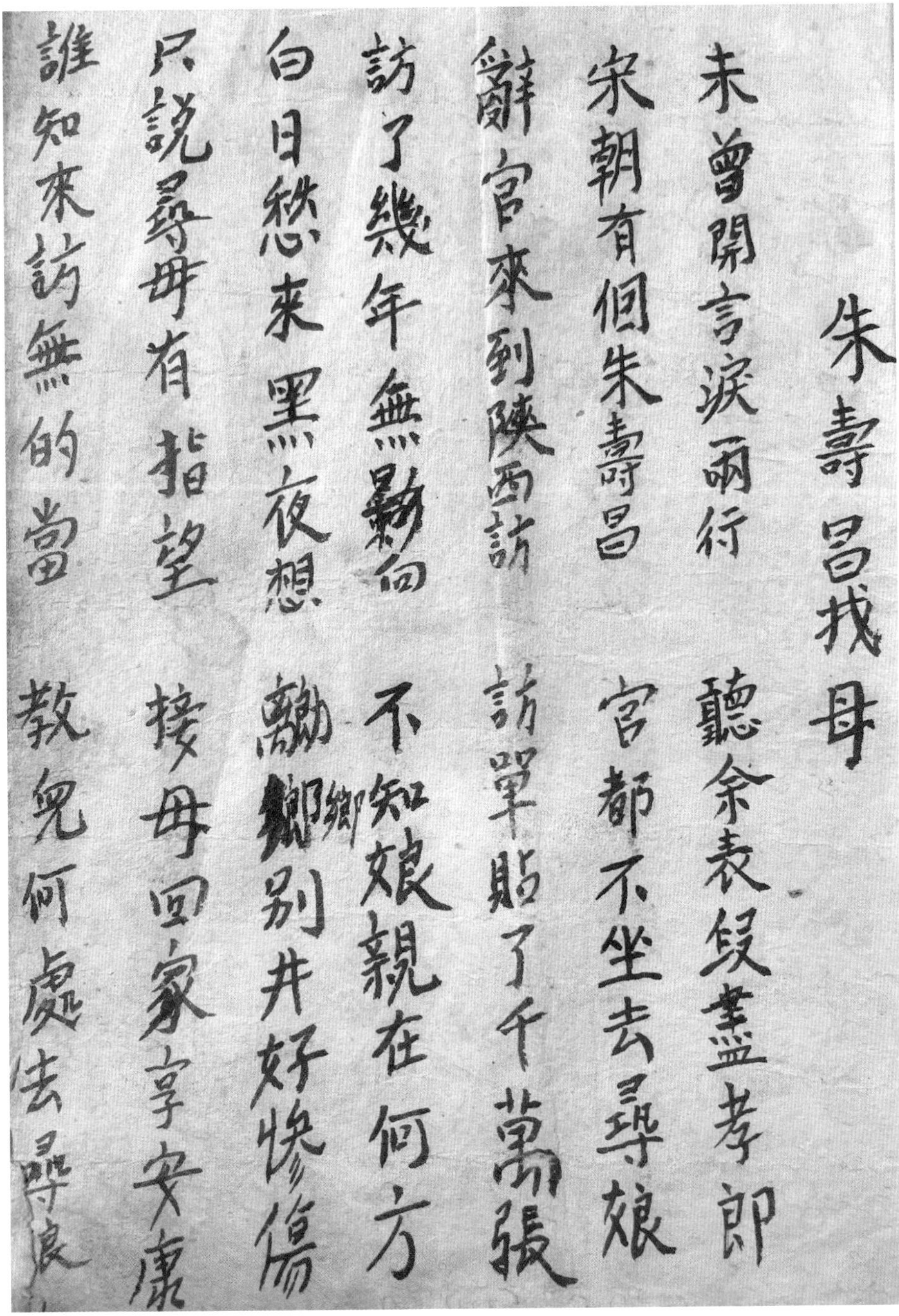

朱壽昌找母

未曾開言淚兩行　聽余表叚盡孝郎

宋朝有個朱壽昌　官都不坐去尋娘

辭官來到陝西訪　訪單貼了千萬張

訪了幾年無影向　不知娘親在何方

白日愁來黑夜想　勸鄉別井好慘傷

只說尋母有指望　接母回家享安康

誰知來訪無的當　教兒何處法尋娘

《朱寿昌找母》抄本

抄本

线装。抄本。一卷一册。开本：20.3厘米×15厘米。共6页11面，每页8行，每行14字。封面、封底全。内容完整。封面左上题"朱寿昌找母"。卷首题"朱寿昌找母"。卷末无题。

开卷。开卷偈："未曾开言泪两行，听余表段尽孝郎。宋朝有个朱寿昌，官都不做去寻娘。"

正文：七言诗赞。

结卷。结卷偈："千山万水遭魔障，母子见喜泪汪汪。苏姓输林来拜望，拜见昌母喜洋洋。送诗奏明岁皇上，神宗钦旌忠孝郎。命他仍把原任上，他母亲受诰封娘。后来持斋神旌奖，寿活百年无病亡。众位你们听的当，有吃无吃要孝娘。上堂下堂都一样，庶民君臣生何生。且思翁来把娘访，千年万载把名扬。列位且把孝子看，半老半少仔细观。少靠父母养命源，老靠儿女供吃穿。"

197《珠花宝卷》，又名《珠花卷》《秀英宝卷》《柏青宝卷》

明嘉靖年间，绍兴府新昌县离城十里有个普州村，村里有个戴员外，家财万贯，娶妻张氏，生一子名叫柏青。柏青自小熟读诗书，十六岁考中秀才。本县横山有一员外，姓潘，名苏亭，娶妻王氏，生一女，名秀英，长到十六岁，未曾婚配。一日，潘员外夫妇二人商议为秀英招婿以继承家财，被潘员外的邻居金氏得知，金氏遂主动做媒将秀英说与戴家公子。戴家准备丰厚彩礼与潘家定亲。只因戴家过彩礼之时没有敬奉家中财神，财神气恼，带走金银，施法致使戴家着火。戴员外家财瞬时烧尽，幸得戴员外亡父事先托梦，全家早有预知，连夜脱逃火海。潘家逃避途中又受命案牵连，耗尽家财田产，最后无处安身，只得暂住坟庄。潘员外得知戴家败落，劝说秀英改嫁，秀英誓死不依，潘员外只得让秀英过门与柏青成亲。秀英过门之后，帮助公婆操持家务，绣花纺线，孝敬公婆，得到全家称赞。大比之年，柏青要去京城赶考。为筹丈夫盘缠，秀英回到娘家。父母不忍秀英受苦，父亲赠银子四十两，母亲王氏将自己的陪嫁珠花簪子送与秀英以应急。潘员外安排老家人护送秀英回家，走到半路，遇到雷雨天

秀英听得心欢喜
奴今拜你为师父
观音听说心中喜
傳你三皈并五戒
慈悲分付发已畢
秀英看見師父去
後来修得戒真果
秀英堂卷拜完念
阿弥陀佛常々念

師父連々叫几声
总要慈悲開大恩
大娘真个善心人
你要存心孝修行
辞别大娘就起身
轉到經堂拜觀音
夫妻双々上天庭
善男信女听我言
福壽綿々保平安

《珠花宝卷》民国十七年（1928）杭州崇和堂书局石印本

气，秀英担心老家人年老，雨路难行，让其回府，自己独自在凉亭中避雨。不料，暴雨直至天晚也未停息，幸得过路避雨的农家妇人方氏带秀英至家中暂住。夜半时分，方氏丈夫王少回家，见财起意，抢夺秀英的银子和珠花，勒死秀英，并将其尸首捆上石头沉入荷花池中。土地爷请河伯水官将秀英救起，驮到岸上。秀英醒来伤心痛哭，正巧被竹林寺三个和尚遇见。其中一个老和尚心中怜悯，让两个年轻的和尚明乡、明卓先回寺中，自己带秀英回家。明乡和明卓两个年轻和尚见色起意，杀死老和尚，带秀英到竹林寺，欲行非礼。秀英假意应承，骗得二人离开房门，自己在房内上吊自尽。明乡和明卓两个和尚害怕事情败露，将秀英尸体投入寺院后面枯井，用泥土板封上。柏青在家等待秀英，见其三日未回，到岳父潘家找人未果，一纸诉状送到新昌县，状告岳父谋害妻子潘秀英。潘员外当庭告知自己曾借银两并珠花给女儿，由老家人亲送回家。知县陈大人思量双方均有道理，左右为难之际，经请教胡师爷，随后扮作买花妇人到凉亭和荷花塘附近买花，查出事实真相，捉拿明乡、明卓、王少归案，审定罪行，斩首三人。阎王感念秀英的贞节和孝心，改增其阳寿为九十九岁，送其还阳。秀英尸体被打捞上来，即苏醒如初。戴、潘两家感谢陈知县恩德，柏青制作万民伞恭送陈知县。

版本共2种：

一、民国十七年（1928）杭州崇和堂书局石印本

线装。石印本。一卷一册。版框：19.2厘米×10.8厘米。共38页76面，每面9行，每行15字。白口，单黑鱼尾，四周单边。书口题"珠花卷"。封面、封底后封。内容完整。封面左上题"新出珠花宝卷全集"。卷首前6页为后抄补。卷末版权页右上题"中华民国十七年蒲月"，中题"杭州崇和堂书局"，有钤印"宿迁运羽书馆"。

开卷。开卷偈："《秀英宝卷》初展开，诸佛菩萨降来临。请问宝卷何朝地，大明天子嘉靖君。绍兴府里新昌县，离城十里普州村。村中有个戴员外，娶妻张氏老安人。万贯家财多豪富，单生一子传后根。年长九岁多伶俐，请来先生上学堂。先生提笔取名字，柏青二字取为名。每日常把诗书读，勤读诗书不离身。九岁读到十三岁，四书五经读完成。一十六岁入洪门，爹娘喜欢不非轻。诸亲百眷来庆贺，挂灯结彩闹盈盈。不表戴家多闹热，再表员外姓潘人。"

正文：散说、七言诗赞。

结卷。结卷偈："罗三即刻就动身，日夜勤做不留停。要做屏轴写金字，飞禽走兽两边分。又做龙凤万民伞，百花绣得密层层。□□件件多绣好，便叫老爷看分明。柏青一见心中喜，果然老司武艺精。请问工夫钱多少，我好钱钱该你门。罗三听说回言答，老爷在上听元因。工夫四十零一日，不要工钱半毫分。柏青见说心欢喜，身边取出十两银。少小意思付与你，后来再谢你门身。罗三接钱心欢喜，拜谢老爷就起程。不说罗三回家去，再宣柏青把话论。吩咐家人扛行李，笙箫鼓乐往前行。一路滔滔无耽搁，新昌县内到来临。知县拱手来迎接，携手同行到花厅。二人分宾来坐定，知县开口问元因。看你家道多贫苦，何必今日费心情。柏青当时回言禀，老爷在上听元因。小生意思多平薄，聊谢老爷一片心。又看天色将下晚，拜别老爷就起程。知县送出大堂外，柏青再三不非轻。二人分别衙门外，柏青来到自家门。秀英当时忙迎接，夫君在上听元因。世上红尘因何用，做人到脚一场空。奴奴思想修行好，免受阴司地狱门。柏青当时回言答，我妻你且听元因。眼前无有男和女，乃好学道去修行。待等生下男和女，三十四十好修行。秀英又乃将言说，我夫还要听元因。阎王有话吩咐我，叫我阳间做好人。今日丈夫休阻挡，奴奴心愿离红尘。满身绫罗多脱下，素衣一套穿在身。手执香珠来念佛，只念救苦观世音。念得三年并五载，惊动南海观世音。观音云头来观看，看见潘氏善心人。当时慌忙来变化，化作道姑下凡尘。将身来到戴家地，连叫老爷二三声。秀英听得高声叫，走出房外看分明。便问师父何方地，到我小舍为何因。观音假意将言说，大娘你且听元因。我今到来非别事，要问大娘化钱文。秀英听得心欢喜。师父连连叫几声。奴今拜你为师父，总要慈悲开大恩。观音听说心中喜，大娘真个善心人。传你三皈并五戒，你要存心学修行。慈悲吩咐多已毕，辞别大娘就起身。秀英看见师父去，转到经堂拜观音。后来修得成真果，夫妻双双上天庭。《秀英宝卷》拜完全，善男信女听我言。阿弥陀佛常常念，福寿绵绵保平安。"

线装。抄本。一卷一册。开本：19.3厘米×13.4厘米。共28页56面，每面9行，每行21字。封面、封底全。内容完整。封面左上题"珠花宝卷"，右上题"公元一九九七年，太岁丁丑桃月"，中下题"何记"。卷首题"珠花宝卷"。卷末无题，有钤印"宿迁运羽书馆"。

开卷。开卷偈中"《柏青宝卷》何朝地"一句，与前述版本（一）中的"请问宝卷何朝地"一句有异，其他开卷、正文、结卷均与前述版本（一）同。

198《祖师玄帝宝卷》，又名《祖师宝卷》《祖师玄天修行苦功宝卷》《元始天尊说北方真武修行宝卷》《太上元始天尊说北方真武修行苦功宝卷》

版本共1种：

旧抄本

线装。抄本。一卷一册。开本：25.5厘米×18.7厘米。共30页60面，每面7行，每行14至18字不等。封面、封底全。封面左上题"祖师玄帝宝卷"。卷首题"祖师玄天修行苦功宝卷"。卷末题"元始天尊说北方真武修行宝卷。"

开卷。开卷偈："混沌初分不计年，苍天改换数千番。吾降生时无日月，万象森罗是我安。南山采药无松柏，东海寻水又无泉。老君不计年多少，先有吾身后有天。"

正文：散说、诗赞（七言、攒十字）。

结卷。结卷偈："盖闻《祖师宝卷》，祝赞圆满。以今坛下，朝山进香。修醮保安信士，□□人等。各家父母，寿命延长。己妻相安，男女合平。眷属胥庆，经商得利。财谷丰盈，四季康宁。八节安泰，官瘟杜绝。贼寇埋藏，子嗣茂衍。福寿绵长，凡在有情。"和佛："均希玄佑，仰凭道力，志心称念。佛生无量天尊，不可思议功德。"后附诗："元始传经黍米开，无辄数众自天来。吾今代说天尊法，礼毕还当下宝台。"

祖師玄天修行苦功寶卷

混沌初分不計年　蒼天改換數千番

吾降生時無日月　萬像森羅是我安

南山採藥無松栢　東海尋水又無泉

老君不計年多少　先有吾身後有天

太上元始天尊說北方真武脩行苦功寶

卷伏以列諸道衆嚴整威儀法侶雲簪

《祖师玄帝宝卷》旧抄本

199《最好听》

劝善类宝卷。共有《闺女逐疫》《听唆欺兄》《红蛇化逆》《雷神报》《舍命伸冤》《尊兄抚侄》《知恩报恩》《大贤姑》《谋产绝后》等九个伸张正义、劝善救世的故事。

版本共1种：

清宝善堂刻本

线装。刻本。一卷一册。版框：16.6厘米×10.2厘米。共108页216面，每面8行，每行20字。白口，单黑鱼尾，四周单边。书口题"最好听"。封面、封底全。内容完整。封面左上题"最好听宝卷"。卷首无题。卷末无题。

开卷。无开卷偈。

正文：散说。

结卷。无结卷偈。

雷神報　　　　　　　　　每本錢八文

東昌一人姓虞名小恩。父母早亡。家計小康。喜看善

書。頗知報應故。品行端方不敢妄爲。娶夏氏美而且

賢于歸將及十年。夫婦甚是和好。但膝下無嗣。小恩

常以爲慮。聞村北有梓橦廟。求嗣最靈。小恩喜不自

勝歸與夏氏言明其故。夏氏然之沐浴齋戒三日夫

妻同往炳燭焚香伏地祈禱祝畢同歸行至中途忽

見一位道長鶴髮童顏手執漁鼓肩負錫杖身穿破

《最好听》清宝善堂刻本

后　记

　　整理自己收藏的宝卷，我的初衷是为了日常便于查找、翻阅，也是出于对自己多年收集收藏的宝卷的一种珍视，从没有想过要出版成书。经过一年多的努力和闲暇劳作，当几十万字的书稿呈现于案头，想想每部宝卷都是经过几十上百年乃至上千年的口口相传、不断手抄传唱，再经前人的整理流传至今，实属非常难得。想想经过传唱人、传抄人多年的不断提炼、不断改进的讲述真善美、孝忠道的精彩宝卷故事和精美绝艳的三言、五言、七言、十言唱词只能深藏于自己的书橱，觉得未免太可惜了，便有了出版的想法。我国宝卷研究专家黄靖老师得知我的想法后，诚恳地告知我，宝卷书目方面的出版不同于一般书籍，必须选择在宝卷、古籍出版方面有经验且相对专业的出版社，基于此古吴轩出版社就成了我的首选。古吴轩出版社的编辑老师们对稿件编排、校核的严谨精神让我领略到什么叫作专业和专注，他们真正是把编辑工作当作学问来做，一字一句一标点稍有疑虑，都要仔细与我核对原书。此书能够出版真是倾注了他们的心血和辛劳，更让我学到了做每一件事、做每一项工作都要怀有敬畏之心。我真为我遇到好的出版社和好的编辑老师而感到庆幸和欣慰。

　　我的夫人宋义秀女士多年来对我宝卷收藏的爱好始终全力支持，使得我能够在宝卷收藏的道路上安心走下去。在我整理宝卷的过程中，她更是利用自己的闲暇时间帮助我整理、校对，此书也凝结着她对我的帮助和关心，因此要很好地感谢她！

　　我的挚友、国内资深收藏家马志春先生对此书的出版给予了很好的指导和建议，宿迁豫新中学的王帅老师为此书的图片拍摄提供了帮助，在此也向他们表示感谢。

最后我还是要再次提及黄靖老师，他是我宝卷收藏、学习路上的鼓励者、鞭策者。他不但对本书的内容、结构、分类等做了全面的修订、指导，在得知本书能够出版后，还欣然接受我的请求，精心为本书作序。我深知我的书稿内容浅显，表达笨拙，但黄老师仍然给予很高的赞誉和鼓励，这使我真正体会到一位德高望重的宝卷研究专家对一个新人是多么地关爱和提携，这也正体现和代表了宝卷研究前辈们对我国宝卷这个传统文化瑰宝能够长久传承、新人辈出的期待。

宝卷爱好、学习、研究永无止境。《宿迁运羽书馆藏宝卷》的出版是我在宝卷研学的这条路上进一步提升的新起点，希望借此书的出版，能够结识更多的宝卷研究专家、学者和同行，拓宽我的视野，坚定我在宝卷学习的道路上持续走下去的信心。随着我的宝卷收藏不断丰富，《五祖宝卷》《立愿宝卷》《惜谷宝卷》等上百种版本稀少珍贵的宝卷后续还将继续整理、出版。

由于我只是一名业余的宝卷收藏爱好者，文字水平有限，在宝卷的版本信息分类、汇总、描述及宝卷故事概述上难免有疏漏和不当之处，祈请宝卷专家和广大读者批评指正。